世界哲學家叢書

喬 姆 斯 基

韓 林 合 著

1996

東 大 圖 書 公 司 印 行

國立中央圖書館出版品預行編目資料

喬姆斯基／韓林合著. --初版. --臺北
市：東大發行：三民總經銷，民85
　面；　公分. --(世界哲學家叢書)
參考書目：面
含索引
ISBN 957-19-1908-X (精裝)
ISBN 957-19-1909-8 (平裝)

1.喬姆斯基 (Chumsky, Noam,
　1928-　　)-學術思想-語言學

800.1　　　　　　　　　　　85004571

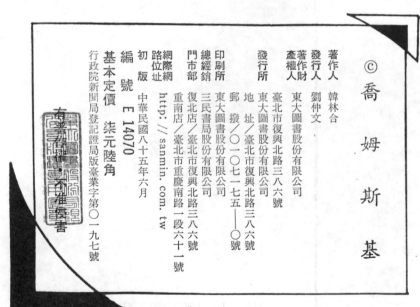

ⓒ 喬姆斯基

著作人　韓林合
發行人　劉仲文
產著作財
權人　東大圖書股份有限公司
發行所　東大圖書股份有限公司
　　　　地址／臺北市復興北路三八六號
　　　　郵撥／〇一〇七一七五──〇號
印刷所　東大圖書股份有限公司
總經銷　三民書局股份有限公司
門市部　復北店／臺北市復興北路三八六號
　　　　重南店／臺北市重慶南路一段六十一號
網際網
路位址　http://www.sanmin.com.tw
初版　　中華民國八十五年六月
編　號　E 14070
基本定價　柒元陸角
行政院新聞局登記證局版臺業字第〇一九七號

有著作權·不准侵害

ISBN 957-19-1909-8 (平裝)

「世界哲學家叢書」總序

　　本叢書的出版計劃原先出於三民書局董事長劉振強先生多年來的構想，曾先向政通提出，並希望我們兩人共同負責主編工作。一九八四年二月底，偉勳應邀訪問香港中文大學哲學系，三月中旬順道來臺，即與政通拜訪劉先生，在三民書局二樓辦公室商談有關叢書出版的初步計劃。我們十分贊同劉先生的構想，認為此套叢書（預計百冊以上）如能順利完成，當是學術文化出版事業的一大創舉與突破，也就當場答應劉先生的誠懇邀請，共同擔任叢書主編。兩人私下也為叢書的計劃討論多次，擬定了「撰稿細則」，以求各書可循的統一規格，尤其在內容上特別要求各書必須包括(1)原哲學思想家的生平；(2)時代背景與社會環境；(3)思想傳承與改造；(4)思想特徵及其獨創性；(5)歷史地位；(6)對後世的影響（包括歷代對他的評價），以及(7)思想的現代意義。

　　作為叢書主編，我們都了解到，以目前極有限的財源、人力與時間，要去完成多達三、四百冊的大規模而齊全的叢書，根本是不可能的事。光就人力一點來說，少數教授學者由於個人的某些困難（如筆債太多之類），不克參加；因此我們曾對較有餘力的簽約作者，暗示過繼續邀請他們多撰一兩本書的可能性。遺憾的是，此刻在政治上整個中國仍然處於「一分為二」的艱苦狀態，

加上馬列教條的種種限制，我們不可能邀請大陸學者參與撰寫工作。不過到目前為止，我們已經獲得八十位以上海內外的學者精英全力支持，包括臺灣、香港、新加坡、澳洲、美國、西德與加拿大七個地區；難得的是，更包括了日本與大韓民國好多位名流學者加入叢書作者的陣容，增加不少叢書的國際光彩。韓國的國際退溪學會也在定期月刊《退溪學界消息》鄭重推薦叢書兩次，我們藉此機會表示謝意。

　　原則上，本叢書應該包括古今中外所有著名的哲學思想家，但是除了財源問題之外也有人才不足的實際困難。就西方哲學來說，一大半作者的專長與興趣都集中在現代哲學部門，反映著我們在近代哲學的專門人才不太充足。再就東方哲學而言，印度哲學部門很難找到適當的專家與作者；至於貫穿整個亞洲思想文化的佛教部門，在中、韓兩國的佛教思想家方面雖有十位左右的作者參加，日本佛教與印度佛教方面卻仍近乎空白。人才與作者最多的是在儒家思想家這個部門，包括中、韓、日三國的儒學發展在內，最能令人滿意。總之，我們尋找叢書作者所遭遇到的這些困難，對於我們有一學術研究的重要啟示（或不如說是警號）：我們在印度思想、日本佛教以及西方哲學方面至今仍無高度的研究成果，我們必須早日設法彌補這些方面的人才缺失，以便提高我們的學術水平。相比之下，鄰邦日本一百多年來已造就了東西方哲學幾乎每一部門的專家學者，足資借鏡，有待我們迎頭趕上。

　　以儒、道、佛三家為主的中國哲學，可以說是傳統中國思想與文化的本有根基，有待我們經過一番批判的繼承與創造的發展，重新提高它在世界哲學應有的地位。為了解決此一時代課題，我們實有必要重新比較中國哲學與（包括西方與日、韓、印等東方

國家在內的）外國哲學的優劣長短，從中設法開闢一條合乎未來中國所需求的哲學理路。我們衷心盼望，本叢書將有助於讀者對此時代課題的深切關注與反思，且有助於中外哲學之間更進一步的交流與會通。

　　最後，我們應該強調，中國目前雖仍處於「一分為二」的政治局面，但是海峽兩岸的每一知識份子都應具有「文化中國」的共識共認，為了祖國傳統思想與文化的繼往開來承擔一份責任，這也是我們主編「世界哲學家叢書」的一大旨趣。

傅偉勳　韋政通

一九八六年五月四日

自　序

　　筆者對喬姆斯基思想的濃厚興趣可以說由來已久。做研究生時曾讀過他的一些著作，但那時對喬氏的了解是非常不全面的，更談不上有多麼深入。近一段時間，有時間和機會仔細研讀了他的幾乎所有語言學和哲學著述，對其思想有了一個比較全面、深入的了解。這種了解都已悉數表達於呈現在讀者面前的這本不大不小的書中。

　　在現代哲學氛圍中，喬氏的思想可謂獨樹一幟，卓然不群。眾所周知，現代哲學從總體傾向上說是完完全全經驗論的。喬姆斯基能夠在這種著實有些令人窒息的理智氛圍中堅定地為唯理論的再度輝煌而苦苦奮爭，實屬不易。以前我對經驗論哲學（這裡請注意：經驗論哲學絕非僅僅是一種認識理論，實際上它也是一種形而上學、一種人生倫理觀）傾注了比較多的時間和精力，並且一定程度上為其所征服。但喬姆斯基的論證使我認識到了經驗論哲學的不足。不過，我並不認為喬姆斯基的「徹頭徹尾的」唯理論沒有任何問題。更可取的選擇或許是維根斯坦式的經驗論── 它與傳統經驗論有重大的不同 ──與喬姆斯基式的唯理論的某種方式的結合。

　　喬姆斯基的哲學思想主要是通過其對語言問題（具體說來，語言知識的本性和來源問題）的思考而表達出來的。在筆者看來，

他的語言觀就是他的哲學觀。正因如此，本書對他的語言觀做了比較「冗長」的介紹。

在寫作過程中，我曾多次寫信向喬姆斯基本人請教。他對筆者提出的每一個問題都一一作答，並多次將其最新的哲學論文（包括未正式發表的）寄贈于我。對此鄙人甚為感激。但願拙作沒有辜負他的期望。

韓 林 合

北京大學外國哲學研究所

一九九六年三月十日

(于奧地利 Graz 2)

喬姆斯基

目　次

上篇：喬姆斯基的語言理論

下篇：喬姆斯基語言理論的哲學基礎及其哲學意蘊

㈠規則系統之歸屬

㈡遵守規則之歸屬

㈢源自於維根斯坦的批評

緒論　生平、著作及思想發展

　　1928 年 12 月 7 日，阿維拉姆‧諾姆‧喬姆斯基 (Avram Noam Chomsky) 生於美國賓西法尼亞州費城 (Philadelphia)。其父威廉‧喬姆斯基 (William Chomsky) 是一位著名的希伯萊語 (Hebrew) 專家，著有《永恆的語言 — 希伯萊語》(*Hebrew, the Eternal Language*) 和《大衛‧吉米的希伯萊語語法》(*David Kimhi's Hebrew Grammar*) 等著作。從他父親那裡，喬姆斯基得到了有關歷史語言學 (historical linguistics) 和中世紀希伯萊語語法方面的知識，並熟練地掌握了希伯萊語。

　　喬姆斯基的小學時光是在費城的一所實驗小學度過的。對其小學生活喬姆斯基後來非常懷念，因為那時無拘無束，學生們可以按自己的興趣學習，不存在競爭意識，老師們不按學習成績的好壞來給學生們排名次。十二歲時喬姆斯基進入費城的一所公立中學讀書。中學生活與小學生活形成了鮮明的對比。他非常不喜歡他所上的那所中學，因為在那裡老師們不鼓勵學生們的個人興趣，而是一味地按學習成績的好壞來區分好學生和壞學生（儘管喬姆斯基自己一直被歸於好學生之列），讓學生們彼此競爭，向學生們灌輸錯誤的信念。

　　1945 年，喬姆斯基進入賓西法尼亞大學讀書。他當時的興趣主要集中在政治問題上，特別對無政府主義 (anarchism)、左翼（反列寧的）馬克思主義情有獨鍾。他積極參加了反對猶太復國

主義 (anti-Zionism) 的活動，對巴勒斯坦 (Palestine) 地區猶太人定居點上的集體農莊庫布茲 (Kibbutz) 及其合作勞動制度倍感興趣。他當時希望巴勒斯坦人和猶太人能攜手合作共同建立一個無政府性質的社會主義社會。出於對政治的濃厚興趣，大學二年級快結束時（1947年）喬姆斯基曾一度想中斷學業，以便全身心地投入於政治活動之中。在這個關鍵時刻，他結識了賓州大學蔡里希·哈里斯 (Zellig Harris, 1909～1992 年) 教授。哈里斯對政治有濃厚的興趣，對社會主義、左翼馬克思主義深表同情，對許多現實的政治問題都有自己全面而獨到的看法。他的政治觀點吸引並影響了當時的許多年輕人。另一方面，哈里斯同時又是現代語言學界的頂尖人物，是美國結構語言學派的重要代表。在與哈里斯頻繁接觸過程中，喬姆斯基開始對語言學產生了興趣。他開始選聽哈里斯的研究生課程。這時哈里斯交給喬姆斯基一項任務，即校讀他的《結構語言學的方法》(*Methods in Structural Linguistics*) 一書的清樣（該書於 1951 年出版）。在校讀過程中，喬姆斯基對語言學的興趣日益加深。在與哈里斯進行了幾次富有激勵意義的談話後，喬姆斯基徹底打消了終止學業的想法，並決定將語言學作為本科專業，繼續攻讀下去。在選聽語言學課程的同時，喬姆斯基還聽了許多哲學、邏輯和數學方面的課程。特別是著名哲學家耐爾遜·古德曼 (Nelson Goodman, 1906～) 和莫頓·懷特 (Morton White) 的課使其獲益匪淺。古德曼有關構造性體系 (constructional systems）的思想給他留下了深刻的印象。他認為，總體上說古德曼的思想和哈里斯的思想非常相似。後來，喬姆斯基和古德曼結成了良好的友誼。

　　喬姆斯基後來回憶說，他的大學生活有點不同尋常。他所在

的語言學系由幾名教授和為數不多的研究生組成。在哈里斯周圍聚集了一批既感興趣於語言學又感興趣於政治的學生。他們的生活與通常的大學生活相對隔離。他們的課通常是在大學周圍的餐館或者哈里斯的家裡進行的。每一次課常常花掉一整天時間。課程的主題也不十分固定，總是在語言學和政治之間擺動。喬姆斯基非常喜歡這種無拘無束的學習生活，認為它既有意義又激動人心。

　　哈里斯建議喬姆斯基選擇一種語言對其結構語法做系統的探討。喬姆斯基自然選中了他所諳熟的希伯萊語。他的研究工作起初完全是按照哈里斯等人所堅持的結構語言學的方法進行的。但是，他對由此而得到的結果非常失望。於是他便放棄了這種方法，轉而以如下方式進行研究：努力為希伯萊語構造一個能生成其句子的語音形式的規則系統，即現在所說的生成語法 (generative grammar) （但它還不是轉換語法）。最後，他成功地構造出了這樣一種語法。1949 年喬姆斯基將其研究結果寫成論文，定名為〈現代希伯萊語的語素音位學〉(Morphophonemics of modern Hebrew)，以此獲得了學士學位。此後，他又對之進行了多所修改，作為碩士論文提交給哈里斯，以此於 1951 年獲得碩士學位。

　　1951 年秋，在古德曼的推薦下，喬姆斯基幸運地獲得了一筆研究津貼，得以進入哈佛 (Harvard) 大學繼續進行其語言學的學習和研究。在哈佛他結識了著名語言學家羅可布遜 (Roman Jakobson, 1896～1982) 的學生莫里斯·哈利(Morris Halle, 1923～)，後者同時任教於麻省理工學院 (MIT)。他們常在一起討論問題。哈利對哈里斯等人所堅持的結構語言學方法頗有微辭，常常對其提出十分嚴厲的批評。儘管喬姆斯基幾年前在實踐上就已放棄了

這種方法，而且從理論上說他也對其持或多或少的懷疑態度，但是他仍然堅信經過適當的充實和完善，它還是能夠為我們提供出完全而精確的語法的。不過，哈利的批評的確進一步加深了他的懷疑。

1952 年，喬姆斯基著手構建英語的生成語法。所得到的結果進一步證明了結構語言學方法的不足：通過它我們根本不能構建出豐富而複雜的英語生成語法。到了 1953 年，喬姆斯基終於徹底放棄了這種方法以及在此基礎上所構造出的貧乏而單調的語法體系。這時他決定將自己以前的研究結果進一步加以擴充並使之系統化，按照全然不同於結構語言學的精神寫一部語法巨著。到了 1955 年春天，書稿的主要部分基本完成。其中最為新穎的部分是引入了轉換分析。這標誌著轉換生成語法 (transformational generative grammar) 正式誕生。喬姆斯基將其中的〈轉換分析〉(Transformation analysis) 部分作為博士論文提交給賓州大學語言學系，以此獲得語言學博士學位。

在哈佛期間喬姆斯基繼續選聽哲學課程，並積極參加有關哲學方面的討論。他與蒯因 (Willard Van Orman Quine, 1908～)、奧斯汀 (John L. Austin, 1911～1960)（他當時在哈佛任訪問教授）等著名哲學家進行過直接的討論。

1955 年秋，喬姆斯基完成了其在哈佛的研究任務，在哈利的推薦下受聘到麻省理工學院現代語言系和電子學研究實驗室工作。他對那裡所提供的教學和研究條件非常滿意。他為本科生開設了語言學、邏輯和語言哲學方面的課程。電子學研究實驗室為他提供了非常理想的多學科研究環境。

1955 年秋季學期期間，喬姆斯基修改了他的書稿的若干章

節。1956年春他繼續修改書稿以期出版。定稿後，喬姆斯基將稿子交給麻省理工學院出版社，但很快便被退了回來。退稿理由如下：一個具有非常不同尋常的觀點的不知名的作者在計劃出版一部篇幅如此巨大、內容如此詳盡的書稿之前，應該將其主要思想寫成文章交給專業雜誌發表，以看其反響如何。實際上，喬姆斯基也不是沒有嘗試過以文章的形式發表其主要觀點。他曾向一個著名的語言學刊物（《語詞》(Word)）投過稿，但遭到了非常乾脆的拒絕。他也曾經到幾所大學宣講自己的觀點，但當時也沒有引起專業語言學家們的任何興趣。

1955和1956年喬姆斯基參加了三次學術會議，在會上宣讀了三篇論文：〈語法中的語義學考慮〉(Semantic consideration in grammar)，〈語言描寫的三種模式〉(Three models for the description of language)，〈語言中的邏輯結構〉(Logical structures in language)。它們分別被收於會議錄中。

1956年，在哈利的建議之下，喬姆斯基將其講課筆記交給荷蘭莫頓(Mouton)出版社「語言學入門」(Janua Linguarum) 系列叢書的編輯，讓其審閱看有否出版的可能。他答應出版這些筆記。1957年它們以《句法結構》(*Syntactic Structures*) 為名出版。這本書實際上是對他的1956年的書稿的主要內容的概要式的、非形式的敘述；此外還附加上了一些關於有限狀態語法(finite-state grammars) 和語法的形式特性方面的論述。幾乎與《句法結構》問世的同時，羅伯特·理茲(Robert Lees) 在《語言》(*Language*) 上發表了一篇關於這本書的書評。這個書評詳盡而頗富挑戰性。正是通過這個書評，許多專業語言學家才開始注意喬姆斯基的思想。

1958 年和 1959 年，喬姆斯基兩度應邀參加德克薩斯 (Texas) 大學英語語言分析大會，提交了〈關於句法的轉換觀點〉(A transformational approach to syntax) 和〈句法的轉換基礎〉(The transformational basis of syntax) 兩篇論文（前者發表於會議錄中，後者未發表）。在這兩次會議上，喬姆斯基不失時機地向專業語言學家們充分表達了自己的嶄新的轉換生成語法觀，引起了與會學者們的充分注意和熱烈的討論。

1958 年到 1959 年間喬姆斯基到普林斯頓 (Princeton) 大學進行了為期一年的訪問研究。在此期間他對他的 1955～1956 年的書稿進行了進一步的修改。

1959 年，喬姆斯基寫了一篇極富論戰性的書評〈評斯金納的《言語行為》〉(Review of B. F. Skinner, *Verbal Behavior*)，發表在《語言》(*Language*) 雜誌第 35 期上。在文章中，喬姆斯基詳細而深入地分析批判了斯金納 (B. F. Skinner, 1904～1990) 的行為主義學習理論，指出正是這種理論構成了哈里斯等人的結構主義語言學的一個重要的思想基礎。同時，在這篇書評中他還正式明確地提出了對他的語言（學）理論的心理學解釋。

1962 年，喬姆斯基參加了在麻省理工學院召開的第九屆國際語言學大會。在會上他作了一次重要的報告，名為「語言學理論的邏輯基礎」(The logical basis of linguistic theory)。在這篇報告中喬姆斯基著力解釋了生成語法與結構語言學之間的本質區別。1964 年這篇報告經修改、補充後以《當前語言學理論中的若干問題》(*Current Issues in Linguistic Theory*) 的名稱在荷蘭出版。

從六十年代初開始，喬姆斯基和其他教師一起建立了一個培養語言學研究生的計劃。開始招收研究生。幾乎與此同時麻省

理工學院還建立了一個培養心理學研究生的計劃。稍後，建立了培養哲學方面研究生的計劃。主持這三個計劃的教師互相交流，共同開課，攜手培養研究生。理茲將其〈英語名物化語法〉(The grammar of English nominalizations) 作為博士論文提交給喬姆斯基主持的語言學計劃。他自然成了該計劃所招收的第一名研究生（儘管理茲事實上是喬姆斯基的親密的同事）。

1963 年，卡茨 (Jerrold Katz) 和福都 (Jerry Fodor) 共同發表了〈語義理論的結構〉(The structure of a semantic theory) 一文。在這篇文章中，卡茨和福都力圖給喬姆斯基的句法結構理論附加上一個語義解釋部分。1964 年，卡茨和波斯塔 (Paul M. Postal) 共同撰寫的《一個關於語言描寫的一體化理論》(*An Integrated Theory of Linguistic Descriptions*) 出版。這本書進一步改進了卡茨和福都的語義理論。

1963～64 年，喬姆斯基接受一筆資助到哈佛大學認知研究中心撰寫《句法理論面面觀》(*Aspects of the Theory of Syntax*) 一書。這本書於 1965 年出版。它標誌著喬姆斯基語言理論第二個模式 —— 標準理論 (Standard Theory) 正式誕生。在書中喬姆斯基對其語言理論的第一個模式 —— 五十年代中期的理論進行了大幅度的修改，並基本上接受了卡茨－福都－波斯塔的語義理論。

1965 年，喬姆斯基到波士頓 (Boston) 參加了「波士頓科學哲學論壇」，就天賦觀念 (innate ideas) 問題與哲學家普特南 (Hilary Putnam, 1926～)、古德曼等展開爭論。發言稿於 1967 年發表在《綜合》(*Synthese*) 第 17 期上。

1966 年，喬姆斯基出版了《笛卡兒語言學：唯理論思想史上的重要一章》(*Cartesian Linguistics: A Chapter in the History of*

Rationalist Thought)。在這本書中他對自己的語言理論的思想淵源 —— 笛卡兒語言學傳統及其哲學基礎 —— 傳統唯理論哲學進行了深入的剖析。

1967 年 1 月，喬姆斯基應邀在加利福尼亞 (California) 州立大學伯克利 (Berkeley) 分校作了三次題為「語言學對心理研究的貢獻」(Linguistic contributions to the study of mind) 的講演，講演稿於 1968 年以《語言和心理》(*Language and Mind*) 為名出版。在這些講演中喬姆斯基特別強調了轉換生成語法研究與哲學認識論的密切關係，指出它能幫助我們更好地認識人類心理的本性（特別是人類認知結構的本性、來源等）。

1968 年 4 月，喬姆斯基參加了在紐約 (New York) 大學舉辦的「語言學和哲學」討論會，作了題為「語言學和哲學」(Linguistics and philosophy) 的學術報告。在報告中喬姆斯基批判了有關語言學和哲學關係上的種種錯誤看法，擺正了語言學和哲學之間的真正關係。同年，他與哈利合著的《英語的語音類型》(*The Sound Pattern of English*) 一書出版。在書中，他們探討了句法結構的語音解釋問題，因而進一步補充了標準理論。

1969 年 1 月，喬姆斯基在明尼蘇達 (Minnesota) 州古斯塔烏斯・阿道夫斯學院 (Gustavus Adolphus College) 做了一次面向高中生和大學生的非形式的講演，題為「自然語言中的形式和意義」(Form and meaning in natural languages)。在這次講演中喬姆斯基特別介紹了句法結構語義解釋方面的最新發展，指出了標準理論語義解釋部分的局限性和不足之處，並提示了應該如何避免這種局限性以及如何彌補其不足之處。這標誌著喬姆斯基語言理論的第三個模式 —— 擴充的標準理論 (Extended Standard Theory) —— 正

式誕生。同年，喬姆斯基還撰寫了〈現代語言哲學中的某些經驗論預設〉(Some empirical assumptions in modern philosophy of language) 一文，對蒯因、維根斯坦 (Ludwig Wittgenstein, 1889～1951) 等哲學家的經驗論語言觀進行了深入的分析和批判。這篇文章收於莫根拜色 (S. Morgenbesser) 等人編的《哲學，科學和方法：紀念恩斯特‧內格爾》(*Philosophy, Science and Method: Essays in Honor of Ernest Nagel*) 中。其中批評蒯因的那部分〈蒯因的經驗論預設〉(Quine's empirical assumptions) 同時發表於戴維森 (Donald Davidson, 1917～) 和亨提卡 (Jaakko Hintikka) 主編的《語詞和反對》(*Words and Objections*) 中。

1970 年，喬姆斯基寫了〈深層結構，表層結構和語義解釋〉(Deep structure, surface structure and semantic interpretation) 一文，對標準理論進行了更為深入的修改，進一步完善了擴充的標準理論。此外他還撰寫了其他幾篇文章，包括〈論名物化〉(Remarks on nominalization)。

1971 年，上半年，喬姆斯基應邀到劍橋 (Cambridge) 大學三一學院主持羅素講座。他的講稿同年以《語言和自由問題》(*Problems of Knowledge and Freedom*) 為名出版。在這部講稿中，喬姆斯基分析批判了羅素 (Bertrand A. W. Russell, 1872～1970) 和其他現代經驗論者的語言觀點，指出經驗論學說不可能前後一貫，它必然假設了某些天賦的東西。另外，他還分析了羅素的政治觀點。同年下半年，喬姆斯基撰寫了〈轉換的條件〉(Conditions on transformation) 一文，在印第安那(Indiana) 大學語言學俱樂部上散發。這篇文章從另一個方面進一步充實了擴充的標準理論。

1972 年，喬姆斯基修改並擴充《語言和心理》一書；將〈論

名物化〉和〈深層結構，表層結構和語義解釋〉與新寫的〈轉換語法理論中的某些經驗問題〉(Some empirical issues in the theory of transformational grammar) 一文合在一起，以《生成語法中的語義學研究》(*Studies on Semantics in Generative Grammar*) 為名出版。

1974 年 6 月，喬姆斯基應邀到麻薩諸塞 (Massachusetts) 大學參加美國語言學協會大會，提交了論文〈形式和解釋問題〉(Questions of form and interpretation)。該文於 1975 年發表在《語言分析》(*Linguistic Analysis*) 雜誌上。它進一步充實了擴充的標準理論。

1975 年 1 月，喬姆斯基與卡茨共同撰寫的〈論天賦〉(On innateness) 發表在《哲學評論》(*Philosophical Review*) 第 84 期上。該文澄清了喬姆斯基唯理論觀點的原本面貌，批判了哲學家們對它的種種誤解。6 月參加了美國語言學協會在南佛羅里達 (South Florida) 大學舉辦的夏季會議，提交論文〈關於語法規則的條件〉(Conditions on rules of grammar)，該文於 1976 年發表在《語言分析》雜誌第 2 卷第 4 期上。9 月喬姆斯基參加了由紐約科學院主辦的學術會議，提交了題為〈論語言的本性〉(On the nature of language) 的論文。在後兩篇文章中他進一步修改並發展了擴充的標準理論。在這一年，他於 1955～56 年完成的大部頭書稿終於以《語言學理論的邏輯結構》(*The Logical Structure of Linguistic Theory*) 為名出版。也是在這一年，喬姆斯基應邀到加拿大麥克馬斯特 (McMaster) 大學主持惠頓 (Whidden) 講座。講稿於 1976 年作為《關於語言的反思》(*Reflections on Language*) 的主要內容出版。在這部講稿中，他最終將標準理論的語義解釋部分排

除於語法研究之外，認為它實際上屬於語用學範圍。另外，他還對蒯因、塞爾 (John R. Searle, 1932～) 和斯特勞遜 (Peter Frederick Strawson, 1919～) 等人的語言哲學觀點進行了嚴厲的批判。

　　1975 年還發生了一件重要的事情。這年的 10 月喬姆斯基應邀到巴黎 (Paris) 與著名認知心理學家和哲學家讓·皮亞杰 (Jean Piaget, 1896～1980) 進行面對面的討論。皮亞杰關於語言和人類心理其他認知結構之本性及其來源的觀點與喬姆斯基很不一樣。在他看來，包括語言在內的人類所有認知結構（即所謂知識）都是主體與客體相互作用的結果。在這種相互作用的過程中主體不斷地進行一系列建構 (construction) 活動，最終依次獲得所有認知結構（知識）。比如，語言便是主體在感知運動 (sensorimotor) 水平上的構建活動的結果。當然，皮亞杰並不像經驗主義者那樣，斷言人類心理原本是空無一物的「白板」(tabula rasa)。但他同樣反對唯理論者（包括喬姆斯基）的觀點，認為人類的心理並非先天就具有某些高度複雜的現成的概念或原則。在他看來，天賦於人類心理的東西只能是主體作為本能所具有的構建能力 (the ability to construct) 以及作為這種能力之基礎的其他一些東西，如自我調節機制 (autoregulation mechanism)。在論戰中，皮亞杰主要從如下兩個方面批評了喬姆斯基的天賦論：其一，能夠在人類身上引起喬姆斯基所假設的那些天賦結構的突變 (mutations)「從生物學上說是不可解釋的」 (biologically inexplicable)；其二，能夠在喬姆斯基所假定的那些天賦結構基礎上加以解釋的一切東西都可以被完好地解釋為感知運動智力 (sensorimotor intelligence) 的「必然」結果。對這兩個斷言喬姆斯基都不予接受。在他看來，第一，那種能夠引起天賦的語言結構（原則）的突變只是「從生

物學上說還沒有得到解釋的」(biologically unexplained)，但我們不能由此就說它們「從生物學上說是不可解釋的」；第二，生成語法理論所揭示出的那些抽象而複雜的普遍語法原則不可能經由簡單機械的感知運動智力構建出來。同樣，我們的其他認知結構中的絕大部分也不可能借助於皮亞杰所謂的其他更高級水平上的構建活動構建出來。總之，在面對面的討論中，雙方只是一再地重複和強調了各自的觀點，最後誰也沒有說服誰。

1976 年 1 月，法國語言學家羅那 (Mitsou Ronat) 與喬姆斯基進行了一次比較長的訪談。這次談話的內容整理後於 1977 年以法文形式出版。1979 年由弗爾特 (John Viertel) 將其譯成英文，以《語言和責任》 (*Language and Responsibility*) 為名出版。這次談話涉及的範圍甚廣，從政治到哲學和語言學，都涉及到了。其中尤以喬姆斯基對經驗論的一般性批判最富特色。同年 4 月，喬姆斯基到康乃爾(Cornell) 大學參加紀念語言學家埃里克・勒內伯格 (Eric Lenneberg) 的討論會，作了題為「語言能力的生物學基礎」 (On the biological basis of language capacities) 的報告。11 月到華盛頓精神病學校作了一次題為「語言和無意識知識」(Language and unconscious knowledge) 的講演。

1977 年，喬姆斯基將〈形式和解釋問題〉、〈論語言的本性〉、〈轉換的條件〉和〈關於語法規則的條件〉四篇文章結集出版，書名為《形式和解釋論文集》(*Essays on Form and Interpretation*)。

1978 年 11 月，喬姆斯基應邀到哥倫比亞 (Columbia) 大學主持伍德布里奇 (Woodbridge) 講座。講座題目如下：〈心理和身體〉(Mind and body)；〈結構，能力和約定〉(Structures, capacities, and conventions);〈語法知識〉(Knowledge of grammar);〈語法的某些要素〉(Some elements of grammar)。這些文章於 1980 年與〈語言能力的生物學基礎〉和〈語言和無意識的知識〉一起結集出版，書名為《規則和表現式》(*Rules and Representations*)。在這些文章中，喬姆斯基首次提出了「參數」(parameters) 概念，預示著其語言理論的第四個模式 —— 原則和參數理論 (Principles-and-Parameters Theory) 即將誕生。另外，他還花了較大篇幅深入地分析和批判了蒯因、塞爾和達梅特 (Michael Dummet) 等人的語言哲學觀點。

1979 年 1 月，喬姆斯基應邀到斯坦福 (Standford) 大學主持康德講座。他將伍德布里奇講座的內容重新又講了一遍。

1979 年 4 月，喬姆斯基到意大利比薩高等師範學院 (Scuola Normale Superiore) 參加「歐洲生成語言學家協會」大會。在會上以及會後的討論會中喬姆斯基作了一系列報告和講演。這些報告和講演經修改補充後於 1981 年以《支配和約束講演集》(*Lectures on Government and Binding*) 的書名出版。在這些講演中喬姆斯基對（修改的）擴充的標準理論進行了大幅度的修改，大大地擴充了原則系統。這一年 11 月份和 1980 年 3 月份語言學家瑞尼・惠布賴茲 (Riny Huybregts) 和亨克・泛・里姆斯蒂吉克 (Henk van Riemsdijk) 對喬姆斯基進行了訪談。談話記錄於 1982 年以《生成事業》(*The Generative Enterprise*) 為名出版。在回答這兩個來訪者的提問過程中，喬姆斯基對生成語法的現狀做了概述，對語言學和哲學及其他學科的關係做了深入的分析。

1980 年，喬姆斯基在《語言學研究》(*Linguistic Inquiry*) 第 11 期發表了〈論約束〉(On binding) 一文。在文章中他深入探討

了普遍語法中的一個重要組件「約束理論」。同年11月份他到加州大學聖迭哥 (San Diego) 分校為研究生做了一次題為「關於心理研究的組件觀點」(Modular approaches to the study of the mind) 的講演。講演稿於 1984 年正式出版。這次講演的主旨是將語言研究中的組件觀點推廣到人類心理一般性質的研究中。

1981 年 6 月，喬姆斯基到挪威 (Norway) 參加第六屆斯堪的納維亞 (Scandinavian) 語言學大會。他將在該次會議上所作的報告擴充成為一本書，名為《支配和約束理論的某些概念和後果》(*Some Concepts and Consequences of the Theory of Government and Binding*)，於 1982 年出版。 1981 年喬姆斯基還發表了〈語言知識：其成分與來源〉(Knowledge of language: its elements and origins)。

1982 年 11 月，喬姆斯基到哥倫比亞大學做了題為「語言研究中的概念轉移」(Conceptual shifts in the study of language) 的學術講演。在這篇講演和〈語言知識：其成分與來源〉一文中，喬姆斯基對其語言理論的發展歷程做了總結；指出當時語言研究正歷經著第二次重大的重心轉移或概念轉移 (conceptual shift)，即從規則系統到原則系統；並根據這種最新發展對語言知識的本性及其來進行了深入的分析。到這時，原則和參數理論已趨於成熟。

1986 年 3 月，喬姆斯基應邀到位於尼加拉瓜 (Nicaragua) 首都馬那瓜 (Managua) 的中美洲大學 (Universidad Centroamericana) 作學術講演。部分講稿於 1988 年以《語言和知識問題》(*Language and Problems of Knowledge*) 為名出版。在這些講演中喬姆斯基以非形式的方式向聽眾們深入淺出地介紹了他的最新的語言理論，

並著力探討了其哲學認識論意義。1986 年喬姆斯基出版了他的又一部重要著作《語言知識：其本性，來源和使用》 (*Knowledge of Language : Its Nature, Origin and Use*)。在這本書中，喬姆斯基引入了內在化語言 (internalized language) 和外在化語言 (externalized language) 的區別；對原則和參數理論做了系統而深入的介紹和分析；批判了語言哲學家們關於規則和遵守規則問題的一系列誤見，等等。同年，喬姆斯基還出版了另一部著作《語障》(*Barriers*)。這是一部非常技術性的著作，書中探究了將普遍語法諸組件進一步聯繫起來的可能性。

1987 年，喬姆斯基到日本京都 (Kyoto) 大學和東京索非亞 (Sophia) 大學作學術講演。講演題目分別為：「生成語法：其基礎、發展和展望」(Generative grammar: its bases, development and prospects)；「心理學背景下的語言」(Language in a psychological setting)。

1989 年 5 月，喬姆斯基應邀到荷蘭參加格羅寧根 (Groningen) 大學建校三百七十五周年學術討論會，宣讀論文〈心理構造和社會現實〉(Mental constructions and social reality)。

1990 年，喬姆斯基在《自然語言和語言學理論》(*Natural Language and Linguistic Theory*) 雜誌第 8 期上發表了〈論形式化和形式語言學〉(On formalization and formal linguistics)。

從 1991 年起，喬姆斯基又大幅度地縮減和歸約了其語言理論，提出了所謂的「最小綱領」(Minimalist Program)。代表作有：〈關於推演和表現式的經濟性的一些評論〉(Some notes on economy of derivation and representation)（1991 年）；〈一個關於語言理論的最小綱領〉(A minimalist program for linguistic theory)（1992

年）；〈僅有的短語結構〉(Bare phrase structure)（1994 年）；
〈語類和轉換〉(Categories and transformations)(1995)。

1992 年，喬姆斯基發表〈解釋語言之使用〉(Explaining language use) 和〈語言和解釋：哲學反思和經驗探究〉(Language and interpretation：philosophical reflections and empirical inquiry)。

1993 年 4 月，喬姆斯基作了題為「語言和心理研究中的自然論和二元論」(Naturalism and dualism in the study of language and mind) 的講演。同年出版小冊子《語言和思想》(*Language and Thought*)。

1994 年 5 月，喬姆斯基應邀在倫敦大學大學學院和國王學院作了兩次講演，題目分別為：「作為一種自然對象的語言」(Language as a natural object) 和「從一個內在論者的觀點看語言」(Language from an internalist perspective)。在這些文章中，喬姆斯基主要探討了其語言理論的哲學意蘊，並對現代語言哲學中的一些流行觀點進行了尖銳的批判。

上面我們曾經提到，喬姆斯基實際上是由於同情和欣賞哈里斯的政治觀點而投在他的門下攻讀語言學的。因此，我們可以說是政治將他帶入語言學領域的。後來，不知不覺中他發現自己對語言學方面的天資和興趣都頗高，因而在一段時間內專心致志於語言學研究。但是他自幼培養起來的政治熱情從未被語言學研究完全壓抑住。他一直積極關心著美國內外的政治局勢，並不失時機地作出尖銳的評論和批判。六十年代，他成了美國對外政策的最為重要的批評家之一。他於 1969 年出版的論文集《美國的權力及新達官貴人》(*American Power and the New Mandarins*) 對美國的越戰政策進行了尖銳的抨擊，指出美國的行為是不折不扣的

侵略，是霸權主義的極端表現。在隨後的年代中，他對世界上發生的幾乎每一個重要的政治事件以及美國在其中所扮演的真正角色都給予切實而深入的分析和客觀的評判。《與亞洲開戰：印度支那論集》 (*At War with Asia: Essays on Indochina*)(1970) 批評了美國的亞洲政策；《為了國家的理由》 (*For Reasons of State*) 和《智囊人物》 (*The Backroom Boys*) (1973) 等著作著力批評了知識分子在維護現存制度中的作用；《中東的和平?》 (*Peace in the Middle East?*)(1974) 批評了美國的中東政策；《「人權」和美國的對外政策》 (*'Human Rights' and American Foreign Policy*)(1978) 批評了美國以「人權」為幌子干涉其他國家內政、企圖控制其他國家的行徑；《極端的優先權》 (*Radical Priorities*)(1981) (論文集，編者為卡洛斯・奧太羅 (Carlos Otero))；《走向新的冷戰：關於當前的危機及其由來的論文集》 (*Towards a New Cold War: Essays on the Current Crisis and How We Got There*) (1982) 對美國和蘇聯等超級大國在製造冷戰中所起的作用進行了批判性分析；《致命的三角：美國，以色列和巴勒斯坦》 (*The Fateful Triangle: the United States, Israel and the Palestinians*)(1983) 從以色列對黎巴嫩 (Lebanon) 的入侵及其後果的角度批判地審視了美國的中東政策；《改變潮流：美國對中美洲的干涉及為和平而鬥爭》 (*Turning the Tide: US Intervention in Central America and the Struggle for Peace*)(1985) 和《恐怖主義文化》 (*The Culture of Terrorism*)(1988) 主要批評了美國對中美洲的入侵，但也概要地評論了雷根 (Ronald Reagan, 1911〜) 統治下的美國政局；《論權力和意識形態》 (*On Power and Ideology*)(1987) (馬那瓜講演集) 總結了他的政治觀點；《製造同意》 (*Manufacturing Consent*) (1988) (與人合著) 揭露了

美國及其他西方資本主義國家通過灌輸 (indoctrination) 而進行
意識形態控制的政策;《必要的幻覺》 (*Necessary Illusions*)(1989)
集中探討了傳媒(media) 在宣傳和維護所謂「官方路線」(official
line) 中的作用。 1991 年海灣戰爭（波斯灣戰爭）爆發後，喬姆
斯基通過廣播、電視、報紙和文章不斷地抨擊美國、英國及其他
西方國家的海灣政策，揭露了它們企圖通過煊耀武力來控制海灣
地區石油資源的真實用意。

喬姆斯基博大精深的語言理論和哲學觀及其獨立不倚的政治
態度為其贏得了極高的國際聲譽。《紐約時報書評》(*New York
Times Book Review*) 曾將其描述為我們時代「仍然健在的最為重要
的知識分子」。他獲得了世界上多所大學 — 包括: 倫敦大學,
斯旺斯莫學院 (Swarthmore College), 芝加哥勞約拉 (Loyola) 大
學, 印度德里 (Delhi) 大學, 麻薩諸塞大學, 賓西法尼亞大學等
等 — 的名譽博士學位。此外, 他還獲得了許多其他榮譽, 如:
1984 年被授予美國心理學協會特殊科學貢獻獎; 1988 年榮獲日
本京都基礎科學大獎。他是美國國家科學院和藝術與科學學院的
成員, 英國科學院通訊院士, 英國心理學社榮譽研究員。他還是
國際裁軍與和平聯盟理事會的成員。他曾應邀到世界上許多著名
大學作講演, 是許多大學的客座教授。

限於篇幅, 本書不擬介紹喬姆斯基的政治觀, 而只介紹其語
言觀和哲學觀。

上篇——

喬姆斯基的
語言理論

上篇 一

語言類論

喬姆斯基

第一章　喬姆斯基語言理論的思想背景及其思想淵源

一、思想背景

喬姆斯基的語言理論是在布隆菲爾德 (Leonard Bloomfield, 1887~1949) 及後布隆菲爾德學派 (Post-Bloomfieldian School) 的語言學思想的直接「熏陶」下而形成的。但他最後徹底「背叛」了它。

㈠布隆菲爾德的語言學思想

布隆菲爾德的語言學思想是作為對傳統心理主義 (mentalism, 也可作 psychologism) 的反對而提出的。按照心理主義者的看法，人類行為的根本原因在於某種非物質性因素 ── 每個人內在的精神、意志或者心理(mind, 希臘文「psyche」)❶ ── 的參與。正是這種非物質性因素最終決定了我們是否行動以及該怎樣行動。它們遵循的是另一種因果律，甚或根本就不遵循什麼因果律。比如，就言語行為 (verbal behavior 或 act of speech) 來說，當某一

---

❶　「mind」(「psyche」) 在哲學中常常譯為「心靈」(「心」) 或「精神」，在心理學中一般譯為「心理」。在本書中我們根據具體的情況，或者將其譯為「心靈」(「心」)，或者將其譯為「心理」。

個說話者說出一種語言形式時，在他的身體內部便產生了某種非物質性的過程 —— 心理過程 (mental process)；而聽話者在接收到聲波並對其進行解釋時，同樣也經過一種相同的或者相應的心理過程。例如，一個說話者在說出「蘋果」這個詞以前在其心中便預先有了一個關於蘋果的心理意象 (mental image)，這個詞在聽話者心中也引起了相同的或者相應的心理意象。因此，心理主義者便認為，語言就是觀念、感覺或意志的表達。語言表達式的意義就在於與其相應的（或者說由其所引起的）心理對象 (mental objects)，如觀念之類的意象。

布隆菲爾德堅決反對這種看法。在他看來，人類的一切行為，包括言語行為，都是物質的因果序列之一部分，任何涉及心理方面的假定都只是研究人類事物的前科學的方法，甚或是「泛靈論 (animism) 的原始藥物」。思維、觀念、內心的意象、意象、感覺、意志、欲望以及其他一些心理主義的術語都只是一些比喻性的說法或者是解釋性的虛構 (explanatory fiction)。實際上，它們不過是表達人體各種活動的一些通行的用語罷了。比如，當某個人說「在我的心中有一個關於蘋果的意象」時，實際上，他所欲表達的意思是：「我在對某種隱蔽的內部刺激作出反應，這類刺激跟過去某一次蘋果給我的刺激相關」。由於我們每個人都只能通過言語行為和其他可觀察（知覺）的行為來知道其他人的內在的身體活動即所謂的心理過程，所以即使是心理主義者實際說來也只是通過實際的情景（刺激和反應）來規定意義的。

布隆菲爾德將他的這種反心理主義 (antimentalism) 的觀點稱為機械主義 (mechanism) 或唯物主義 (materialism)。

為了更為深入、具體地分析人類的言語活動，布隆菲爾德舉

了這樣一個簡單的例子：假設杰克和琪兒正沿著一條小路漫步而行，這時琪兒感覺餓了。她看到路邊的樹上結有蘋果，於是她就用她的喉嚨、舌頭和嘴唇發出一串聲音。杰克聽後便跳過籬笆，爬上果樹，摘下蘋果，把它放到琪兒的手裡。琪兒因此吃到了蘋果。顯然，這個事件實際上是由三個部分組成的：

　　A.言語行為以前的實際事項；

　　B.言語（行為）；

　　C.言語行為以後的實際事項。

　　我們首先考察一下實際事項 A 和 C。A 項主要是關於說話者琪兒的一些事情。她餓了，也就是說，她的某些肌肉在收縮，有些液體，特別是胃液分泌出來。或許此外她還感覺口渴，她的舌頭、喉嚨乾燥難忍。光波從紅色的蘋果那兒反射到她的眼睛裡。她看到杰克站在她的身邊（這裡我們假設杰克是她熱戀中的男友）。布隆菲爾德將所有這些在琪兒說話以前便已存在並且和她有關的事項稱作對說話者的刺激 (stimulus)。

　　現在我們分析一下發生在琪兒說話以後的實際事項 C。這些事項主要是關於聽話者杰克的，包括他去摘蘋果並把蘋果交給琪兒等事項。布隆菲爾德將這些在說話以後發生而且和聽話者有關的實際事項叫作聽話者的反應 (response)。

　　最後，我們還必須考察這個事件中的語言事項 B。生理學和物理學的知識告訴我們，這個語言事項實際上包括三個部分：

　　B_1. 說話者琪兒使聲帶、下顎、舌頭等等活動起來，使空氣形成聲波。說話者的這些活動是對刺激 S 的一種反應。她不去做實際的反應 R —— 也就是說，實際動手摘下蘋果 —— 而去做這些發音動作，即言語反應(speech response)。布隆菲爾德將這樣的

反應稱為「替代性反應」(substitute response)，並用小寫字母r 來代表這種反應。所以總起來說，作為說話者的琪兒不只有一種而是有兩種對刺激作出反應的方式：

$$S \to R（實際的反應）$$

$$S \to r（語言的替代性反應）$$

在目前的情況下，她所作的是後一種反應。

B$_2$. 琪兒口腔裡發出的聲波使她周圍的空氣形成類似的波形振動。

B$_3$. 空氣中的聲波衝擊杰克的鼓膜，使其顫動，這樣就對杰克的神經發生了作用，由此杰克便聽到了琪兒的言語。這聽到的話對杰克來說構成了一種刺激（不妨以小寫字母 s 代表）。他立即對此作出反應 (R)，跑過去摘下蘋果並將其放於琪兒手中。我們可以將這個過程表示為：

$$s \to R$$

如果我們將上面的分析結合起來，那麼就會得到下面這個簡潔明瞭的公式：

$$S \to r \cdots s \to R$$

式中的虛線代表空氣中的聲波傳遞，兩個箭頭分別代表發生在說話者（琪兒）和聽話者（杰克）身上的一系列事項。顯然，聲波傳遞借助於生理學和物理學的事實很容易得到解釋：說話者的聲帶、舌頭、嘴唇等阻礙著他吐出來的氣流，由此便產生了聲波；這些聲波通過空氣傳播開來，進而衝擊聽話者的鼓膜，鼓膜因此就相應地顫動起來。但是，發生在說話者和聽話者身上的事情相對說來就不是那麼好理解了。我們並不了解使人們在一定的條件下說出一定的話的機制，也不了解語音衝擊鼓膜時使人們作出適當

的反應的機制。布隆菲爾德認為，這些機制是人體內對刺激作出反應的一般裝置的一部分，不論那些刺激是語音還是其他什麼東西。無論怎麼說，這些主管言語行為的機制必定是非常複雜而精細的，即使我們對說話者以及他所受的當下刺激了解得很清楚，我們一般也無法正確地預言他是否要說話或者他要說些什麼。任何一個特定的言語行為都是由如下多重原因共同決定的：

　　1.特定事例的情況

　　　　a.物理刺激

　　　　b.此時此地當事者（說者或聽者）的純粹個人的狀態

　　2.由社會決定的情況

　　　　a.外在於語言的團體習慣 (group-habits)（例如，諸如禁忌或禮儀方面的風俗習慣）

　　　　b.語言模式 (linguistic patterns)（共同體(community) 的語言）❷

比如，在我們的例子中，琪兒是否要說話以及她會說些什麼樣的話就取決於如下多重原因：蘋果對她的刺激；她對蘋果的喜愛程度以及她過去和杰克的關係，她目前的身體狀況；她的語言共同體的風俗習慣及其語言模式等等，不一而足。

　　顯然，構成言語行為之原因的 1a、1b 和 2a 諸項分別由生理學、心理學和人類文化學 (ethnology，或譯人種學) 以及其他社會科學加以研究，並不是語言學家的事情。我們可以對一個剛生下來不久的特定個體 —— 這時他的行為可以由 1a 和 1b 得到完全的解釋 —— 進行跟蹤研究，觀察他所屬的共同體中的其他成員（如

---

❷　參見 Leonard Bloomfield, 'On recent work in general linguistics'. In *Modern Philology* 25 (1927), p. 212。

父母、兄弟姐妹、小伙伴等等）的行為是怎樣一步一步地使他的行為符合於社會習慣的（即2a 和 2b）。這是個體心理學的任務所在。另外，我們也可以研究整個言語共同體，觀察它的每一個特定類型的言語行為，以便考察其傳遞方式及其演變。這是社會心理學的任務所在。語言學家研究的是固定的語言模式（語言形式），他始終停留在抽象的層面上，他關心的是共同於一個言語共同體的所有說者－聽者的那些規則性的 (regular) 語言特徵。

> 一旦一個個體習得了使用某一個語言形式的習慣，我們便假定，在 (1a)、(1b) 和 (2a) 的某些配合之下，他便會說出它。給定了某一個語言形式在某一個共同體中的存在，我們便假定它將在這樣的配合中被說出。我們只關心它在整個語言模式中的位置及其逐漸的變化 (modifications)。 ❸

> 語言學家規定行為的那些特徵，它們在共同體中是習慣性的，並將它們安置在習慣系統（語言）中……。 ❹

以對語言的上述一般規定或認識為基礎，布隆菲爾德斷言，語言研究者只能以這樣的方式進行工作：遵循機械主義（唯物主義）的基本原則，以歸納、概括 (generalization) 或類比(analogy) 等作為一般的方法論原則（「對於語言，唯一有用的概括是歸納的概括」❺），對語言事實進行「切切實實，不帶偏見的描寫」❻，由此而獲得足夠充分的語言素材 (corpus)；然後通過某種方法對這

---

❸　Ibid., p. 213.

❹　同❸。

❺　布隆菲爾德：《語言論》，頁 21。

❻　同❺，頁41。

些素材進行細緻的切分 (segmentation) 和歸類(classification)；最後便能獲得有關固定的語言模式（如音位、語素和句法類別等）的知識。

那麼，我們究竟能借助於什麼方法對語言素材進行切分和歸類呢？對此，布隆菲爾德並沒有給出明確的回答。不過，從其著述中，我們不難發現他實際上是使用了後來所謂的「替換 (substitution) 方法」。在《語言論》中，為了確定一個語言形式的音位 (phoneme，也譯作音素)，即區別性 (distinctive) 語音特徵的最小單位，布隆菲爾德使用了如下方法：改變該語言形式的任何一部分，並保持其他部分不變，然後找出那些與其部分相同的語言形式。下面我們以「pin」（針）這個詞為例來看一下布隆菲爾德究竟是如何使用此方法的。

　⑴pin 跟 fin（鰭）、sin（罪惡）、tin（錫）以相同的聲音收尾，可是開始的聲音不同；

　⑵pin 含有 in 這個聲音，不過在開頭加了一點兒東西；

　⑶pin 跟 man、sun、hen（母雞）也以相同的聲音收尾，但這裡的共同點比⑴和⑵那裡的範圍小些；

　⑷pin 跟 pig（豬）、pill（藥丸）、pit（坑）以相同的聲音開始，不過收尾不同；

　⑸pin 跟 pat（輕拍）、push（推）、peg（木釘）以相同的聲音開始，不過共同點比⑷的範圍小些；

　⑹pin 跟 pen（筆）、pan（盤子）、pun（雙關語）的開頭和收尾都相同，不過中間部分不相同；

　⑺pin 跟 dig（挖）、fish（魚）、mill（磨坊）的開頭和收尾都不同，不過中間部分是相同的。

通過上述程序，我們看到，pin 這個詞共有三個可以替換的部分，所以我們可以斷定，pin 的全部區別性特徵就是三個獨立的、不可分的單位(unit)。這三個單位中的每一個都會在別的組合中出現，可是不能用部分相同的方法把這些單位再做進一步的細分了。這也就是說，三者之中的每一個都是區別性語音特徵的最小單位，即音位。因此，我們說 pin 這個詞包含有三個音位：第一個也出現在 pet（寵物）、pack（捆紮）、push（推）以及許多別的詞裡；第二個也出現在 fig（無花果）、hit（擊中）、miss（失去、懷念）以及許多別的詞裡；第三個也出現在 tan（黃褐色）、run（跑）、hen（母雞）以及許多別的詞裡。

此外，在《語言論》中，布隆菲爾德似乎也暗示並不自覺地使用了後來所謂的「分布(distribution)方法」。因為他曾說：

> 一個形式能出現的一些位置就是它的多種功能(functions)，或作為總體來講就是它的功能。所有能占據某一個特定位置的形式因而就構成一個形類(form-class)。❼

在《語言論》中，借助於上述原則和方法，在獲得了音位之後，布隆菲爾德便對其加以歸類。然後，進而考察更大的語言形式。首先，他對語言形式 ── 即具有意義的語音形式 ── 按如下方式進行了歸類：

黏附形式 (bound form) 和自由形式 (free form)。前者指不能單說的語言形式。除黏附形式之外的所有語言形式即是自由形式。

複合形式 (complex form) 和簡單形式 (simple form)。複合形

---

❼ 同❺，頁227。

式是指跟別的語言形式在語音－語義上有部分相似的語言形式。任何（兩個或者兩個以上）複合形式的共同部分都是語言形式，它（它們）是這些複合形式的成分 (constituents)。如果一個複合形式除了共同部分以外還包括一個剩餘部分，它在任何其他複合形式中都不出現，那麼這個剩餘部分也是語言形式。與複合形式形成鮮明對照的是簡單形式，它和任何一個別的形式在語音－語義上都沒有任何部分相似之處。通常被稱為語素 (morpheme，也譯作詞素) 的東西便是簡單的語言形式。簡單形式或語素之間當然也可以有部分的語音的相似，比如 bird（鳥）和 burr（粗喉音）就是這樣。但很明顯，這種相似純粹是語音上的，並沒有其語義上的對應物。

　　綜上所述，我們看到，每一個複合形式單就其語音上可確定的成分而言，最終完全是由語素組成的，而語素則構成了最小的語法區別單位 (the minimal distinctive unit of grammar)，或者說，句法上起作用的最小單位 (the minimal syntactically functioning units)。除了通過音位學 (phonology, phonemics) 或語義學 (semantics) 的詞項之外，它們不可再進一步加以分解。正因如此，布隆菲爾德又稱語素為最終成分 (ultimate constituents)。但是，這裡我們要注意，就大多數複合形式而言，它們並不是直接由最終成分組成的，而是由其他的較小的複合形式直接組成的。布隆菲爾德就將直接組成某個複合形式的語言形式稱為它的「直接成分」(immediate constituents)，簡稱為 IC。比如，poor John ran away（可憐的約翰跑了）這個複合形式的直接成分是 poor John 和 ran away；而這兩個形式又各自是一個複合形式，poor John 的直接成分是簡單形式（語素）poor 和 John, ran away 的直接成分是簡單形式

（語素）ran 和複合形式away，後者的直接成分（語素）是 a- 和way。布隆菲爾德斷言，在語法分析中嚴格遵守直接成分原則是非常重要的。因為只有這樣才能正確地分析出最終的語素成分，才能認清語言結構的層次關係及組成成分的結構次序，並藉此對語言形式作出恰如其分的歸類。

布隆菲爾德語言觀的另一個重要方面是他對意義問題的思考。在《語言論》中，他對意義作出了這樣的規定：說話者發出語言形式時所處的情境（刺激）和這個形式在聽話者那裡所引起的反應。布隆菲爾德認為，引起人們說話的情境包括人類世界中的每一件客觀事物和在其內所發生的每一種情況。因此他斷言：為了給每一個語言形式的意義下一個從科學角度看準確無誤的定義，我們必須具有關於說話者－聽話者的世界裡的每一件事物的精確的科學知識。但人類目前所掌握的科學知識跟這種要求比較起來，範圍就顯得過於狹窄了。正因如此，在語言研究中對意義的說明始終是一個薄弱的環節。布隆菲爾德認為，這種情況一直要持續到人類的知識遠遠超出於目前的狀況為止。

從這種意義觀布隆菲爾德自然而然地推出了如下結論：語言學無力承擔起意義研究的任務。

意義單憑語言科學是無法加以明確的界說的。❽

言語形式的意義，只有在一切科學部門，特別包括心理學和生理學，都接近完善的時候，才有可能科學地加以確定。❾

---

❽ 同❺，頁 203。
❾ 同❺，頁 91。

　　不過，儘管布隆菲爾德認為語言學無力承擔起意義研究的任務，但他並沒有因之而斷言意義與語言研究毫無關係。恰恰相反，他在許多地方都特別強調了二者的相關性。

> 只有在我們知道意義是什麼的時候，我們才能認識一段話語的區別性特徵。在純粹語音學平面上，我們是無法識別這些東西的。❿

> 為了認識一種語言的區別性特徵，我們必須離開純粹語音學的立場，而假設科學已經大有進展，所有構成語言形式的意義的環境和反應，科學都已經能識別了。這樣來進行工作才行。⓫

> 記住這一點是重要的，那就是實用語音學〔practical phonetics〕和音位學〔phonology〕都得以意義的知識為前提：沒有這種知識，我們就不能肯定音位的特徵。⓬

無論如何，語言學研究都不能不以下述假設為基礎和前提：每一個語言形式都有一個固定而特殊的意義。

　　以對言語或語言的上述理解為基礎，布隆菲爾德對人類習得或學習 (acquire, learn) 語言的過程做了如下解說：語言完全來自於訓練和習慣。在《語言論》中，布隆菲爾德對語言習得過程做了非常具體的描述。

　　⑴在各種刺激之下，小孩兒發出一些聲音，以後又重複發

---

❿　同❺，頁90。

⓫　同❺，頁91。

⓬　同❺，頁164。

出。這似乎是一種遺傳下來的特性。假定他發出一個聲音，我們姑且用 da 代表它。當然，他的實際動作和發出的相應的聲音和任何正規使用的英語可能不同。當這個小孩不斷重複他的這個發音動作時，聲波便不斷地衝擊他的鼓膜。這樣，他就形成了一種習慣：每當一個類似的聲音衝擊他的鼓膜時，他往往做同樣的口腔動作，再發出 da 這個聲音。這種無意義的發音動作教會他照樣去發出衝擊他的耳朵的其他聲音。

(2)有個人，譬如說，母親，在孩子面前發出了一種聲音，和小孩兒咿呀學語的音節類似，例如，她說 doll（洋娃娃）。當這些聲音衝擊小孩兒的耳朵時，他的習慣(1)就起作用了，他發出了最接近 doll 的音節 da。在這個時候，我們說他開始「模仿」了。

(3)在適當的刺激出現時，母親自然得用她自己的詞來說話。當她真的給嬰兒看洋娃娃或者把洋娃娃給他時，她就說 doll。看到、拿到洋娃娃，和聽到、說出 doll（也就是 da）這個詞，多次一塊兒出現，一直到這個小孩兒形成了一種新的習慣：每當他看到並接觸到洋娃娃時，他就會說出 da 來。這時候他就懂得一個詞的用法了。成年人也許覺得，這個詞聽起來不像他們所使用過的任何一個詞，但這僅僅是因為發音不正確。

(4)看到洋娃娃就說 da，這個習慣引起了另一個習慣。譬如說，每天在小孩兒洗完澡以後，接著就給他洋娃娃（而且小孩同時說 da, da, da），那麼他就有了一種在洗澡後說 da、da 的習慣。這就是說，假如有那麼一天，母親忘了給他洋娃娃，他在洗完澡後還是會喊 da、da 的。這時，母親就會說：「他在要洋娃娃呢！」到這時候，小孩兒已經學會用抽象的或者轉移的 (abstract or displaced) 言語了：甚至當某個東西不在面前的時候，他也會

說出那個東西的名稱。

(5)小孩的言語由獲得效果而逐漸完善。假如他的 da、da 說得相當好，那麼長輩就懂得他的意思，給他洋娃娃。在這種情況下，看到和摸到洋娃娃就成了一種附加的刺激，這個小孩兒也就一再地使用他的這個有效的、變了音的詞。另一方面，假如他的 da、da 說得不完善，也就是說，和成年人們慣用的形式 doll 有很大的差異，那麼他的長輩就沒有受到刺激，也不會給他洋娃娃了。當他沒有得到看見與拿到洋娃娃這些附加的刺激，相反，卻受到了另外一種使他精神混亂的刺激，或者洗完澡以後沒有像平時那樣得到洋娃娃時，他便發脾氣了，這就打亂了他最近的印象。總之，他在言語方面比較成功的嘗試往往由於重複而得到強化，而他的失敗往往就在精神混亂中被抹去了。這樣的過程不斷地進行下去。過一段時間後，假如他說：daddy bringed it! 他只能得到失望的回答：不，你必須說「daddy brought it!」（爸爸將它拿過來了！）。可是假如他說：「daddy brought it!」那麼他往往會再一次聽到這個形式：是的，daddy brought it。他因此而得到了一個有利的實際反應。

布隆菲爾德認為，小孩也是通過類似的過程同時學會聽話的。當他拿著洋娃娃時，他聽到自己說 da、da，而母親說 doll。過了一段時間，聽到了 doll 這個聲音，他就會跑去拿洋娃娃。當小孩兒自動向父親招手，或者母親舉起他的手搖一搖的時候，母親就會說：wave your hand to daddy（向爸爸招手）。小孩在聽到別人說話時就養成了按照約定俗成的方式行動起來的習慣。

布隆菲爾德宣稱，隨著小孩的逐漸長大，言語習慣的這種二重性（即學說話和學聽話）變得越來越一致了，因為二者總是一

塊發生的。每當小孩兒學會了把 s→r 聯繫起來時（例如，當他看到他的洋娃娃時就說 doll），他也就學會了把 s→R 聯繫起來（例如，當他聽到doll 這個詞的時候，他便將手伸向洋娃娃撫摸它或者將它拿起來）。當他學會了許多這樣的雙重聯繫後，他就逐漸養成一種習慣，把某一類聯繫和另一類聯繫結合在一起：每當他學會說一個新詞的時候，他就能在聽到別人說這個詞的時候作出反應；反過來也是一樣，每當他學會如何對一個新詞作出反應時，他通常也能在適當的場合把這個詞說出來。

(二)後布隆菲爾德學派的語言學思想

　　布隆菲爾德的上述思想對從三十年代開始一直到五十年代中後期的美國語言學研究產生了深刻的影響，可以說它左右了整整一代語言學家的語言學研究。他的學生布洛赫 (Bernard Bloch, 1907～1965)、威爾斯 (Rulon Wells)、哈里斯、霍凱特 (Charles F. Hockett, 1916～) 等人幾乎接受了他的全部重要思想，並在多方面將其推向極端，最終形成了一個蔚為壯觀的「運動」或「學派」 — 後布隆菲爾德學派 (Post-Bloomfieldian School)，通常又稱為美國結構語言學派(American Structural Linguistic School)。在這方面，要數哈里斯的貢獻最大。在其積多年心血而寫成的《結構語言學的方法》 (*Methods in Structural Linguistics*) (1951) 一書中，他系統地總結並發展了後布隆菲爾德學派的語言學思想，以最為精緻的方式發展並運用了他們的獨特的形式化的描寫和分析方法。

　　具體說來，後布隆菲爾德學派在以下幾個方面接受並充分發展了布隆菲爾德的思想。

　　(1)全盤接受了布隆菲爾德的反心理主義或機械主義的基本原

則，認為根本就不存在什麼作為言語行為（以至一切行為）之基礎的內在的心理過程（活動）、狀態或事件，即所謂的「心理實在」(psychological reality)。

(2)接受並進一步極端地發展了布隆菲爾德關於意義的觀點，將意義完全排除於語言研究之外。前面我們看到，布隆菲爾德雖然認為語言學無力承擔意義研究的任務，但他還是充分肯定了意義與語言研究的相關性，並且在許多地方都力圖借助於人們對語言形式的意義的直觀了解來規定、歸類語言形式。而後布隆菲爾德學派語言學家們則處處竭力排除意義對語言研究的「侵擾」，力圖徹底拋棄意義標準，並處處以分布標準 (distributional criterion) 取而代之。更有甚者，有時他們就逕直將意義理解為分布了。例如，哈里斯就曾斷言：意義是分布的一種功能，意義的差別跟分布的差別有對應關係，分布上的不同也就是意義上的不同。

(3)後布隆菲爾德學派語言學家還全盤接受了布隆菲爾德的語言學習觀。

(4)最後，後布隆菲爾德學派語言學家還接受了布隆菲爾德關於語言研究的一般方法論原則，即歸納、概括或類比方法，並進一步發展、完善了布隆菲爾德雖然已經使用但卻未明確地將其表述出來的替換和分布方法，將它們充實成為一套嚴謹、有序的「發現程序」(discovery procedure)（又稱「發現方法」(discovery method)）。在後布隆菲爾德學派語言學家們看來，給定了一定的語言素材，只需通過這套程序，我們便可準確無誤地將語法「提取」(extract) 出來。

就替換而言，是哈里斯最先自覺地將其作為語言學的基本方法而明確地表達出來的。在他看來，這種方法不僅在音位學裡是

必要的，而且在確定語素及辨認語素與語素之間的界限方面也是不可或缺的。

就分布而言，最早將其作為語言學的基本概念而提出的是斯瓦德什 (Morris Swadesh, 1909~1967)。他在〈音位原則〉(The phonemic principle)(1934) 一文中，首先把分布概念應用於音位分析，用來指語言類型出現的位置，也就是後來所謂的音位變體 (phonemic variants) 出現的位置。換言之，它所意指的是一個語音在詞內若干位置出現這個事實。後來布洛赫和特拉格 (George L. Trager) 在《語言分析綱要》(*Outline of Linguistic Analysis*) (1942) 中把互補分布 (complementary distribution)❸ 當作音位分析的基本方法加以使用。哈里斯和其他一些語言學家則從四十年代開始把分布正式用於語法分析。在《結構語言學的方法》中哈里斯對分布分析方法做了詳盡的發揮和最為充分的使用，使其和替換方法一起，共同成為描寫語言學的基本方法。按照他的定義，一個語言成分的分布，是指這個成分在其中出現的一切環境的總和，也即，一個成分可能占有的一切（不同）位置的總和（**注意**：這裡所謂一個成分的位置，是跟其他成分的位置相對而言的）。他認為，從確定單位 (units) 開始，我們就必須使用分布分析方法。

無論是在音位分析還是在形態 (morphological，也譯作詞

---

❸ 兩個具有互相排斥的分布的對象可以被看成是相同類型的對象，如果它們各自的分布合起來窮盡了相關語境 (relevant contexts) 的整個集合，並且兩個對象的內部構成近於等同。這裡涉及到的分布便是互補分布。比如，水和冰相對於溫度來說就是互補分布。英語中的口腔元音 (oral vowels) 和鼻元音 (nasal vowels) 構成了互補分布關係，因為它們出現在相互排斥而合起來又具有窮盡一切性質的環境中：鼻元音出現在鼻輔音 (nasal consonants) 之前（如在 beam 或 lane 中），而口腔元音出現在口腔輔音 (oral consonants) 之前（如在 bead 或 late 中）。

法）分析中，語言學家首先面臨的問題便是確立適當的單
位。這些單位為了成為適當的，就必須被建立在分布基礎
之上：如果 x 相對於其他單位 B、C 等等的分布和 y 的分
布某種意義上說是一樣的，那麼 x 和 y 便包含於同一個單
位 A 之內。……因此，各個單位是按照它們之間的關係
確定的，而且是在各個單位之間的分布關係的基礎之上建
立的。❹

在歸併語素、把語素進一步歸併為形類，以及說明語法單位之間
的關係時，哈里斯及其追隨者都主要是以分布為根據的。

顯然，替換和分布是密切相關的。哈里斯提出了一個關於分
布和替換的基本公式： X — Y。橫線「 — 」代表所研究的成
分， X 和 Y 是它的環境（位置）。這就是說，凡是能在 X — Y
這個環境中出現，或者說能占據 X — Y 這個位置的單位，就構
成一個替換類，彼此可以替換。換言之，凡是能相互替換的單位
就具有相同的分布情況。

接下來，我們看一下後布隆菲爾德學派語言學家們究竟是如
何具體地實施他們的「發現程序」的。

第一步是將言語流 (speech flow) 劃分為一系列音子 (phones)。
音子是聲音 (sound) 的基本單位，是言語流中最小的可以知覺的
離散的音段 (the smallest perceptible discrete segment of sound)。
如果音子之間不是對比的 (constrative)，也就是說，如果它們處
於互補分布關係之中，或者可以在一個環境中自由變化（即以一
個替換另一個），而不致於引起意義上的變化，那麼它們便可以

---

❹　Zellig Harris, *Methods in Structural Linguistics*, p. 7.

成為同一個音位 (phoneme，音素) 的成員。音位是一個語言的聲音系統的最小區別性單位。音子是抽象的音位在言語中的具體的實現 (realization，也譯作體現) (現實化 (actualization) 或表現 (manifestation))。所以音位與音子之間實際上具有現代語言哲學家們所謂的「類型–標誌」(type-token) 的關係。

發現音位之後，下一步便是將它們組織成 (group into) 語子 (morphs)。語子是經常出現的最小的音位序列，是抽象的語素 (morpheme，詞素) 在言語中的具體的實現 (體現)。因此，語素與語子之間也具有「類型–標誌」關係。

接著是將語子歸併為 (classify into) 語素，所用的方法類似於將音子歸併為音位。兩個語子如果處於互補分布之中，並且從音位上講是類似的，那麼它們就可以是同一個語素的成員。因此，便有了如下語素描寫：「語素 {ed} 有成員 /əd/ (在一個特殊的環境中) 和 /t/ (在另一個特殊的環境之中)」。

在得到語素之後，語言學研究便進入句法領域。在這裡存在著兩種不同的研究程序。一種為「從上到下」(top-down) 的直接成分分析 (immediate constituent analysis)，一種為「從下到上」(bottom-up) 的語素 – 話語分析 (morpheme-to-utterance analysis)。前者直接源自於布隆菲爾德，後來威爾斯等人詳盡地發展了它；後者是哈里斯所採取的程序。下面我們分別扼要地描述一下這兩種程序。

威爾斯於 1947 年發表了其著名的〈直接成分〉(Immediate constituents) 一文。在這篇文章中他系統而詳盡地闡發了直接成分原則，發展了布隆菲爾德的理論。他首先對形式分析的替換手段進行了進一步的加工，提出了「擴展」(expansion) 概念。進而

對直接成分分析與詞和結構的關係進行了闡述。此外，他還對早期直接成分分析理論中所遇到的一些困難 —— 如多直接成分問題（一個結構可能有兩個以上的直接成分）和非連續成分問題（有的直接成分可能是非連續的）—— 做了進一步的探索。

在威爾斯所作出的多項理論革新中，他所提出的擴展概念顯得最為突出。實際上，它後來成了直接成分分析的基本概念和手段。威爾斯是這樣規定擴展的：當兩個序列能出現在相同的環境裡時（通常是一個序列比另一個序列長，但結構不同），就把一個序列（長的序列）叫作另一個序列的擴展，而把另一個序列叫作模型 (model)。也即，如 A 是 B 的擴展，那麼 B 就是 A 的模型。例如，the King of England opened parliament（英國國王宣布議會開會）可以被看作是 John worked（約翰工作）的擴展，因為 the King of England 是 John 的擴展，而 opened parliament 則是 worked 的擴展。顯然，擴展是由替換方法提供根據的。比如，在「the young man reads a book」（那個年輕人讀一本書）中，因為 the young man 可以由 John 加以替換，read a book 可以由 works 加以替換，所以 the young man 和 read a book 分別是 John 和 works 的擴展。

借助於替換、擴展等概念和方法，威爾斯對句子的直接成分進行了一層層的「從上到下」的切分和歸類。因為在 the King of England opened parliament 中，the King of England 和 opened parliament 這兩個語素序列較句中的其他的序列具有更大的替換可能性，因此它們應是這句話的最大的直接成分。依照同樣的步驟，我們便可將這句話一直分析到個別的語素。

與布隆菲爾德和威爾斯不同，哈里斯的分析程序是從小到

大，先切分出語素，然後通過分布和替換方法將個別的語素歸併為句法語類 (syntactical category)[15]。例如，任何出現在複數{-s}語素之前的語素都被歸類為名詞。按照類似的程序，低一級的句法語類依次被歸併為高一級的句法語類，直到整個句子為止。

　　大約在 1948 年，完成《結構語言學的方法》以後，哈里斯開始考慮如何分析擴展的話篇 (extended discourse) 中句子之間的句法關係問題。顯然，句子可以以不同的表層形式 (surface form) 存在，而通常的替換程序和分布方法不能用來解釋存在於不同類型的句子之間的那種顯而易見的系統相關性。為了彌補這種缺陷，哈里斯設計出了將複合句子類型「規範化」(normalize) 為簡單的「核心句子」(kernel sentence) 類型的方法，即轉換 (transformation)。例如，他發現，常常存在著與

　　　Nx V Ny

　　　（名詞 x ＋ 動詞 ＋ 名詞 y）

這樣的句子形式相對應的如下句子形式（被動結構）：

　　　Ny is V-ed by Nx

假設存在於兩種類型句子中的 Nx、V 和 Ny 之間的同現 (co-occurrence) 關係是一樣的，哈里斯認為通過如下形式的轉換便可將它們聯繫起來：

　　　Nx V Ny ↔ Ny is V-ed by Nx（被動式轉換）

　　　（可以讀為：名詞 x ＋ 動詞 ＋ 名詞 y 等價於名詞 Y ＋ 助動詞 (is) ＋ 動詞之過去分詞形式 ＋ by ＋ 名詞 x）

公式中雙箭頭符號兩邊的結構被認為是在下述意義上等價的：如

---

[15]　category 通常譯為「範疇」（尤其是在哲學中），意為最基本的區分或類別。但我們認為，在語言學中將其譯為「語類」（意指語法單位的類別）似乎更為貼切。

果我們選定了一個特定的名詞（比如，John）來代替 Nx、一個特定的名詞（如Mary）來代替 Ny，並同時選定一個特定的動詞（如 see）來代替 V，那麼兩個替換實例 —— 即左邊的 John sees Mary（約翰看到了瑪麗），右邊的 Mary is seen by John（瑪麗被約翰看到了） —— 就是具有同等程度的可接受性(acceptability) 的句子。哈里斯認為，這樣的「等價」關係可以用來以下述方式使一段話變成為「規範的」：如果在這段話中，一個句子是以兩種形式中的一種出現的，那麼我們便可以用另一種形式的句子替換它。如果連續不斷地將這種等價轉換應用於一段話，最終我們便可以將其中的句子都轉變為類似的形式。而對如此改造了的一段話我們便可應用那種本來只是為句子的語法而發展出的替換程序了。而且，我們還能藉此而構造出在這段話中起著或多或少相同作用的語詞的替換類 (substitution classes) 來。（當然，這些話篇語類 (discourse categories) 與語言的單詞語類 (lexical categories) —— 如名詞、動詞、形容詞等 —— 或短語語類 (phrasal categories) —— 如名詞短語、動詞短語、形容詞短語等 —— 是完全不同的）。以上構成了哈里斯的「話篇分析」(discourse analysis) 的主要內容。

在哈里斯看來，存在於句子之間的轉換關係一旦被建立起來，那麼它們就是不可更改的 (incorrigible) 了。因此，「一個轉換一旦被建立起來，那麼正常說來它不可能被進一步的觀察所否證」❻ 。之所以如此的原因在於：每一種轉換都只是對由共現原則所聯繫在一起的兩種句子形式的一種配對 (pairing)，而共現原則又是由觀察和對提供信息者 (informant) 所作的實驗決定的。一

---

❻　Zellig Harris, 'Transformational theory'. In *Language 41* (1965), p. 383.

次轉換實際上就是關於兩種句子形式的實例的可接受性的一種概括，而這種事實的概括之真假是完全獨立於我們事後關於語言所發現的任何東西的，它也獨立於任何語言理論以及任何其他的來源（如心理實驗）。

顯然，哈里斯的這種觀點與整個後布隆菲爾德學派的基本精神 —— 非心理的語言學觀念 (a nonpsychological conception of linguistics) —— 是相一致的。在他們看來，他們的「發現程序」（以及哈里斯的「轉換分析」）只是為人們提供了一套以嚴謹有序的方式整理、組織語言素材的技巧或方式，而人們通過使用它們所獲得的各式各樣的語法描寫 (grammatical descriptions) 也只是對語言素材所作的不同的「簡潔敍述」(compact account) 而已，它們並沒有反映或表達什麼「心理的實在」(psychological reality)。正因如此，發現程序和由此而獲得的語法描寫無所謂真假、對錯問題，它們只能通過「語用學」(pragmatics) 的詞項而得到不同的辯護：如果通過一種發現程序而獲得的一種語法描寫（即語言素材的某種形式的組織）對於某一個特定的目的來說恰好有用，那麼它就是適當的；否則，就此而言它就不是適當的。總之，「以一種語言學工具反對另一種」是無意義的，不存在什麼「彼此競爭的理論」(competing theories)，不同的分析程序、不同的理論都同樣是有效的❼。

---

❼ Ibid., pp. 363~401.

㈢喬姆斯基對布隆菲爾德及後布隆菲爾德學派語言學思想的批判

對布隆菲爾德及後布隆菲爾德學派的上述語言學思想，喬姆斯基從一開始就表現出了極大的不滿。他的獨特的語言觀便是在對這種思想的激烈的批判中逐漸形成的。下面我們考察一下他究竟是如何進行這種批判的。

1.首先，他對布隆菲爾德及後布隆菲爾德學派語言學思想的基本原則 —— 機械主義或反心理主義 —— 以及建立在這種原則基礎之上的語言學習理論進行了追根溯源的分析和批判

布隆菲爾德及後布隆菲爾德學派的語言學觀點顯然是以行為主義心理學為基礎而構建起來的。我們都知道，行為主義的旗幟首先是由美國心理學家華生 (J. B. Watson, 1878～1958) 樹立起來的。他認為心理學的對象並非如傳統心理學家所言，是心理或意識，而是行為。而行為不過是有機體應付環境的一切活動之統稱。引發有機體活動的外部和內部的變化，或者，泛而言之，引起有機體活動的一切情境被他稱為「刺激」；作為行為的最基本成分的肌肉收縮和腺體分泌，或者，泛而言之，有機體的一切活動被他稱為「反應」。華生斷言，任何刺激都是物理性或化學性的變化。儘管引發人的行為的原因可以是高度複雜的，但無論怎樣複雜，最後也要通過物理性或化學性的物質變化作為刺激才能起作用，否則其影響不能為有機體所接受。至於作為反應的肌肉收縮和腺體分泌，當然也是物理變化和化學變化。這樣一來，全部行為，包括身體活動和通常所說的心理活動，都不外乎是由一些物理或化學變化而引起另外一些物理或化學變化而已。即使

一向被認為是最高級的心理活動的思想也不過是全身肌肉，特別是喉部肌肉的內隱的活動而已。根本說來，它與打球、游泳或任何其他的身體活動並沒有本質上的區別，只是難於觀察或者更為複雜和約縮罷了。華生以為，以這樣的方式就可以把心理學納入整個自然科學體系中去，取消了心理現象表面上的獨特性。一句話，「人和動物的全部行為都可以分析為刺激和反應」[18]。

既然所有行為最後都可以還原為由刺激引起的反應，而刺激顯然不可能來自於遺傳，由此華生斷言：行為不可能得自於遺傳，而只能是學習的結果。他認為，如果有什麼與生俱來的行為的話，那也只是因為有與生俱來的身體結構。人是生來就具有一定類型的結構的動物。有這樣的結構，就不得不在一出生時即以一定的方式對刺激作出反應。在華生看來，這種完全由身體結構所決定的行為必然是非常簡單的、初級的。一切較為複雜的人類行為最終都完全來自於學習，尤其是早期的訓練。有機體結構上的差異和早期訓練上的差異兩者結合起來足以說明全部後來行為的差異。他還認為，行為的決定性因素是外部刺激。外部刺激是可以控制的，控制的最為基本的途徑是條件反射法。條件反射是整個習慣所由以形成的單位。不論多麼複雜的習慣，分析到最後我們就會發現都是由一系列反應連結而成的。不論多麼複雜的行為都可通過條件反射這一機制而建立起來。

早期行為主義的另一個主要代表韋斯 (A. P. Weiss, 1879～1931) 完全贊成華生的上述思想，並力圖藉之去分析人類的社會性行為。在其主要著作《人類行為的理論基礎》 (*A Theoretical Basis*

---

[18] J. B. Watson, *Behavior: An Introduction to Comparative Psychology*, p. 299.

of Human Behavior)(1925) 中，他全力以赴地要把人的社會行為還原為自然行為或生物行為。他明確宣稱：「在最後分析之下，人類行為可以還原為許多電子－質子間的運動」❿ 。他認為，人的一切社會活動完全可以用自然科學中所使用的力的概念來加以描寫和解釋。他不承認社會因素是非物理的或超物理的。他認為，行為主義心理學一方面研究物理條件對感知－運動機能的影響，這是人類行為的生物物理方面；一方面又研究感知－運動機能對社會組織的影響，這是人類行為的生物社會方面。他聲言，所有的生物社會反應都是生理物理反應，不過在生物社會反應中，我們不是按照肌肉收縮的物理效果來分類，而是按照其所引起的別人的反應來分類。

　　1921～1927 年，布隆菲爾德和韋斯同在俄亥俄(Ohio) 州立大學任教。他的機械主義或反心理主義觀點很有可能就是通過與韋斯的密切接觸而生發出來的。（當然，布隆菲爾德的觀點沒有華生和韋斯那樣極端。）

　　如果說華生是早期行為主義的主要代表的話，那麼斯金納則是晚期行為主義的傑出代表。斯金納強調行為的科學研究必須在自然科學的範圍內進行。他給出的行為公式是：

　　R=f(S, A)

式中 R 表示行為反應，是因變量；S 表示情景刺激，A 代表影響反應強度的諸條件，如「過去形成的條件」，它們二者是自變量。有機體的行為反應是情境刺激和影響反應強度的諸條件的函數。斯金納認為，作為行為科學的心理學所面臨的首要任務就是

---

❿　A. P. Weiss, *A Theoretical Basis of Human Behavior*, 2nd ed., 1929, p. 38.

建立起這樣的函數關係，也即對人類行為進行函數分析 (functional analysis)：找出控制人類行為的諸變量並詳細說明它們是如何相互作用來決定一個特定的行為反應的。

斯金納行為分析中的核心觀點是他關於操作性條件作用 (operant-conditioning) 的分析。他把條件作用區分為「S」型與「R」型兩種。S 型條件作用是指巴甫洛夫 (Ivan Petrovich Pavlov, 1849～1936) 的古典式條件反射。在條件反射中，有機體的行為反應是被一個特殊的可以觀察得到的刺激所引起的。在 R 型即操作性條件作用中，有機體的行為作用於環境，而且是產生效果的手段或工具。在這種區分基礎之上，斯金納進一步區別了兩種反應：S 型條件反應是由特定的刺激引發的純粹的反射反應 (reflex responses)，他稱之為應答性行為 (respondents)；R 型條件反應則是一種沒有可覺察到的外部刺激的反應，它們是發出的反應 (emitted responses)，他稱之為操作性行為 (operants)。顯然，人類行為多半屬於操作性行為。進餐的行為、駕駛汽車的行為、寫信的行為等等，都表現不出什麼應答性行為的性質。斯金納正確地將他的研究重點放在操作性行為之上。

為了了解操作性條件作用中的數量關係，斯金納設計了一種適用於白鼠的特殊裝置，即著名的「斯金納箱」。它由一個陰暗的隔音箱和安置在其一側內壁上的銅棒構成。每當銅棒被壓下去時，便有一小團食物落在箱壁下部的托盤中，這時箱外的某種裝置便把壓棒的動作記錄在紙帶上。白鼠被關在其內，它可以自由探索。在探索過程中它或遲或早地會偶然壓著銅棒，從而便得到了食物。因按壓銅棒而導致的這個事件增加了壓棒的操作性行為的強度 (strength)。那一小團食物被稱為強化物 (reinforcer)；

而這個事件被稱為強化事件(reinforcing event)。斯金納是通過消退 (extinction) 期反應的速率來規定操作性行為的強度的。一個刺激可以因與一個已經起強化作用的刺激一再地一起出現而成為起強化作用的刺激。這樣的刺激被稱為次級強化物 (secondary reinforcer)。和大多數行為主義者一樣，斯金納將金錢、贊許等都視為次級強化物。次級強化物可以通過與各種各樣不同的初級強化物 (primary reinforcers) 的聯繫而被泛化 (generalized)。能夠影響壓棒操作性行為的速率的另一個變量是內驅力 (drive)。斯金納是通過剝奪 (deprivation) 時間來對其進行操作定義的。

斯金納用斯金納箱這個強化的研究方法，對老鼠以外的動物和人進行了廣泛的研究。以人作為被試的操作性行為就是解答問題，通過口頭贊許或者讓他知道正確答案的方式來強化。斯金納從他的這個基本實驗中總結出如下學習規律：如果一個操作性行為發生後，隨即呈現一個強化刺激，那麼其強度就增加；如果一個已經通過條件作用而加強的操作性行為發生後，沒有強化刺激出現，那麼其強度就會減弱。

不過，在操作性條件作用中被增加或被減弱的並不是某個特定的反應，而是使反應發生的一般傾向。因為反應早在操作強化前就已經發生，它不會改變；所改變的是那類反應在以後發生的概率。老鼠一按銅棒便得到食物，因此它便極有可能再一次（以至一再）地去按銅棒。斯金納把反應的速率作為動物在學習上發生變化的唯一量度：動物在學習時，速率就增高，在它不學習時（如消退時），速率就下降。斯金納認為，為了使條件作用的速率增高，練習固然很重要，但關鍵的變量是強化。練習本身不會使反應速率上升，只能為強化的進一步發生提供機會。

斯金納把操作性條件反應的形成歸因於強化的偶然性（依隨性）(contingencies of reinforcement)。因為開始時主試所強化的是被試偶然發生的動作：被試（動物或人）在實驗情境中，偶然做了某種動作，如果主試立即給其以強化，那麼這個動作後來出現的概率就會大於其他動作，而且強化的次數越多，概率也就越大，由此便導致了操作性行為的建立。

斯金納將他的上述理論運用於人類言語行為 (verbal behavior) 的分析之中。為此他花了二十餘年時間專門寫了《言語行為》*(Verbal Behavior)*(1957) 一書。在這本書中，他除了大量使用他的一般行為理論中的「刺激」、「反應」和「強化」等概念外，還特別制定了一些新概念。首先，他對「言語行為」作出了如下規定：言語行為就是那些「通過其他人的中介 (mediation) 而被強化的行為」[20]。顯然，這個定義過於寬泛，後來他又通過如下附加條款對其進行了限定：強化者（「聽者」）的中介反應本身「恰恰為了強化說者的行為而已經受到了條件控制」[21]。斯金納自認為，借助於這個改進了的定義「我們便將我們的主題限制在通常被認為是言語的領域之內了」[22]。在規定了言語行為後，接著斯金納便對「言語操作性行為」(verbal operants) 進行了歸類，標準是它們與刺激、強化及其他言語反應的「函數」關係。第一類言語操作性行為是「mand」（該詞是「com*mand*」（命令），「de*mand*」（要求），「counter*mand*」（召回）等詞的共同的構詞成分）。斯金納將其規定為「這樣的言語行為，在其中反應通

[20] B. F. Skinner, *Verbal Behavior*, p. 2.
[21] Ibid., p. 225.
[22] Ibid., p. 225.

過一個獨具特色的結果而得到強化，因而是受剝奪或令人反感的
刺激 (aversive stimulation) 的相關條件的函數控制的」❷。提問、
命令等都屬 mand 之列。第二類言語操作性行為是「tact」（該
詞是「contact」（接觸）的構詞成分），斯金納將其規定為這樣
的言語行為，「在其中一個給定形式的反應是由一個特定的對象
或事件或者一個對象或事件的性質所喚起的（或至少是由其所加
強的）」❷。比如，看到一把椅子時說出「椅子」這個言語行為
便是 tact。斯金納是通過刺激控制 (stimulus control) 來分析 tact
的。在他看來，這樣的分析方式要好於通常以「指稱」(reference)
和意義之類的詞項對之所進行的分析。第三類言語操作性行為是
「echoic operant」（回應式操作性行為），斯金納將其規定為這
樣的行為，在其中一個反應「產生了一個類似於刺激的聲音模式
(sound pattern) 的聲音模式」❷，因此它是受制於在前的言語刺激
的。第四種類型的言語操作性行為是「autoclitics」，它是指出現
於肯定、否定、量化(quantification)、對反應的限定、構造句子，
以及其他「高度複雜的言語思維運作 (manipulations)」中的操作
性行為。所有這些行為都要「根據說話者的其他行為所喚起的行為
或作用於說話者的其他行為之上的行為」❷ 來加以解釋。因此，
autoclitics 是對已經給定的反應的反應，或者更準確地說，是對隱
蔽的 (covert) 或初期的 (incipient) 或潛在的言語行為的反應。「我
記得……」，「我設想……」，「例如……」，「假定……」，

---

❷　Ibid., p. 35.
❷　Ibid., p. 81.
❷　Ibid., p. 55.
❷　Ibid., p. 313.

「假定 X 等於……」，否定詞項，表示述謂 (predication) 和斷定的「是」、「所有」、「一些」、「如果……，那麼……」，以及除名詞、動詞和形容詞之外的所有語素，還有排序 (ordering) 和配列 (arrangement) 等語法過程，都屬 autoclitics 之列。斯金納認為，一個句子就是一個由一系列關鍵反應（名詞、動詞、形容詞等）在一個框架之上所組成的集合。如果我們所關心的事實是「山姆租了一條漏船」，那麼對這個情景的最初的、比較粗糙的反應將是「租」、「船」、「漏」和「山姆」等等。限定這些反應、表達它們之間關係的 autoclitics（包括排序）然後通過一個被稱作「合成」(composition) 的過程參加進來，其結果便是一個合乎語法的句子。斯金納堅信，無論是上述四種言語操作性行為中的哪一種，都可以通過他的學習規律即強化模式而習得。

對行為主義心理學家關於行為的種種理論解說，喬姆斯基是持堅決的否定態度的。斯金納的《言語行為》出版不久，他便寫了一篇極富論戰性的書評對其進行極為尖銳的批評。在這篇文章中，他對斯金納以及其他行為主義者藉以解釋人類行為（特別是言語行為）的基本概念和學說進行了深入的分析和批判，指出儘管它們在描述和解釋特定實驗中的動物（如白鼠）的行為方面不無價值，但一旦企圖將它們運用到複雜無比的人類行為，特別是言語行為之上，那麼經過細緻的分析就會發現它們完全是不適用的。如果嚴格按照字面意義（即斯金納等人在特定的實驗中給予它們的技術性意義）來理解它們，那麼它們根本就沒有涵蓋人類行為，特別是言語行為，任何形式的刺激－反應公式都無法恰切地表達人類行為，特別是言語行為的高度複雜性，大多數人類行為（尤其是言語行為）都是獨立於任何刺激的；而如果按照引申

的意義或比喻的意義去理解它們，那麼它們絕不比關於人類行為的傳統的看法（如心理主義的看法）更為「科學」、更為優越，相反，倒是更為模糊、更為草率。

　　對行為主義心理學家的行為理論，特別是其學習理論，喬姆斯基還給出了另一個更具毀滅性的批判。美國數學心理學家和邏輯學家薩佩斯 (Patrick Suppes) 在七十年代曾證明，一個非常豐富的刺激－反應式的學習理論（行為主義學習理論）必然是屬於有限狀態馬考夫資源模型 (finite state Markov source model)❷⁷ 範圍之內的。換言之，有限狀態馬考夫資源模型是借助於刺激－反應學習理論所能獲得的最為豐富的系統。但是，眾所周知，甚至諸如命題演算 (propositional calculus) 這樣的非常基本、非常簡單的知識系統都不能通過有限狀態馬考夫資源模型加以表達。因此行為主義學習理論即使發揮到極致也不能接近或獲得我們所掌握的任何稍為複雜的知識系統。比如，就言語行為而言，無論怎麼說，它們也不能通過行為主義的學習理論所習得。因為通過那樣的學習理論，我們至多只能習得有限狀態語法 (finite-state grammar)（有限狀態馬考夫模型的一個特例）和由這種語法所決定的（所生成的）有限狀態語言。而有限狀態語言是全然不同於我們的自然語言的，它不具有我們的自然語言所具有的一些很明顯的性質。在〈語言描寫的三種模式〉(Three models for the description of language) 這篇文章和《句法結構》一書中，喬姆斯

---

❷⁷　簡單說來，有限狀態馬考夫資源模型就是指這樣的形式裝置 (formal device) 或機器，它具有有限數目的型式 (configurations) 或狀態 (states)，這些型式或狀態按線性次序 (linear order) 依次產生符號序列，其中下一個符號序列僅僅取決於當前的狀態和某種輸入。這種模型是信息論的基本工具。

基對有限狀態語法和有限狀態語言的局限性做了深入的剖析和論證。下面我們就具體地看一下他的這種剖析和論證。

假定我們有這樣一部機器，它可以處於有限數目的不同的內部狀態中的任何一種狀態。並且假定這部機器通過生產 (produce) 一個特定符號 —— 比如，英語單詞 —— 的方式而從一種狀態轉換到另一種狀態。這些狀態中的一個被稱為初始狀態 (initial state)，另一個被稱為終端狀態 (final state)。假設該機器從初始狀態開始，經過一系列狀態轉換（每一次轉換都生產出一個新的語詞），終止於終端狀態。我們不妨將以這樣的方式生產出的語詞序列稱為一個「句子」。顯然，每一部這樣的機器都規定了一個語言，即可以以這樣的方式生產出的句子的集合。喬姆斯基將能由這樣的機器生產出的語言稱為有限狀態語言，而將這樣的機器本身稱為有限狀態語法。有限狀態語法可以在所謂的「狀態圖」(state diagram) 中得到非常直觀的表達。例如，生產出「the man comes」（那個人來了）和「the men come」（那些人來了）這兩句話的語法可以由如下狀態圖加以表示：

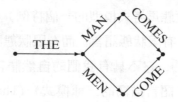

顯然，我們可以通過給該圖附加封閉環 (closed loops) 的方式來擴充該語法以生產出無窮數目的句子。因此，包含著上述句子和「the old man comes」（那個老人來了），「the old old man comes」（那個非常老的人來了），……，「the old men come」

（那些老人來了），「the old old men come」（那些非常老的人們來了），……，之類的句子的英語的子部分可以通過如下狀態圖加以表示。

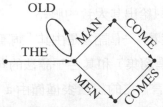

　　給定了一個狀態圖，我們便可以沿著從左邊的初始點開始到右邊的終點為止的通路來生產句子了。當然，在這個過程中，我們始終要按箭頭所示的方向前進。已經到達了圖中的某一個點後，我們可以沿著從該點出發的任何通路繼續前進，而不管前面在構造我們正在構造的這個句子時我們是否已經穿越過這條通路。因此，這個圖中的每一個結點 (node) 都相應於該機器的一個狀態。我們可以以多種不同的方式從一個狀態過渡到另一個狀態。而且我們可以附加任意數目、任意長度的封閉環。

　　顯然，如果我們的語言屬於這樣的有限狀態語言，那麼語言之使用和語言之習得也就是再容易不過的事情了。我們可以將說話者從本質上看成是我們上面所說的那種類型的機器 —— 自動機 (automaton)。在生產一個句子時，說話者從初始狀態開始，首先生產出該句子的第一個詞，然後轉入限制第二個詞的選擇的第二個狀態，……。他所經過的每一個狀態都代表著一系列語法限制，它們限制著該句話中的下一個詞的選擇。喬姆斯基認為，後布隆菲爾德學派的代表人物之一霍凱特在其《音位學手冊》(*A Manual of Phonology*)(1955) 中所發展的那個語言模式，實質上就

是這樣的有限狀態語言模式。

對有限狀態語言模式，喬姆斯基在〈語言描寫的三種模式〉一文中給予了高度嚴密而技術性的批評。在此我們不擬詳細介紹他的這個批評，而只給出其大致的脈絡。

從純形式的角度看，一個語言是由其「詞匯表」(alphabet)（即構成句子的符號的有窮集）和其合乎語法的句子構成的。讓我們假設有這樣三個語言，它的詞匯表僅僅由 a 和 b 這兩個字母組成，而其句子分別是依如下定義而構成的：

<1> (i)ab, aabb, aaabbb,……。概而言之，由 n 個 a 和跟隨其後的 n 個 b 構成的所有句子，而且只允許有這樣的句子；

(ii)aa, bb, abba, baab, aaaa, bbbb, aabbaa, abbbba,……。概而言之，由詞匯串 (string of words) X 和跟隨其後的 X 的「鏡象」(mirror image)（即反過來的 X）構成的所有句子，而且只允許有這樣的句子；

(iii)aa, bb, abab, baba, aaaa, bbbb, aabaab, abbabb,……。概而言之，由詞匯串 X 和緊隨其後的同樣的詞匯串 X 構成的所有句子，而且只允許有這樣的句子。

不難證明，這三種語言中的哪一種也不是有限狀態語言。同樣，在其他方面類似於它們，而只在下述之點上與它們不同的語言也不是有限狀態語言：在其中諸 a 和諸 b 不連續出現，而是被嵌入其他的詞匯串之中。

但是，很明顯，在我們的日常語言（如英語）中，卻充滿著具有 <1>(i) 和 <1>(ii) 那樣的基本形式的句子。假設 S_1, S_2, S_3,……，是英語的陳述句，那麼我們便有如下形式的英語句子：

　　<2>　(i)if S_1, then S_2

　　　　　（如果 S_1，那麼 S_2）

　　　　(ii)either S_3, or S_4

　　　　　（或者 S_3，或者 S_4）

　　　　(iii)the man who said that S_5, is arriving today

　　　　　（說 S_5 的那個人今天就要到了）

在 <2>(i) 中，我們不能用「or」代替「then」；在 <2>(iii) 中，我們不能用「are」代替「is」。這說明，在所有這些情況下，逗號兩側的語詞（即「if」－「then」，「either」－「or」，「man」－「is」）是互相依存的。但是，在這些互相依存的語詞之間我們總是能插入一個陳述句 S_1, S_3, S_5，而且這個陳述句事實上甚至可以是 <2>(i)～(iii) 中的一個句子。因此，如果將 <2>(i) 中的 S_1 看作 <2>(ii)，並把 S_3 看作 <2>(iii)，那麼我們將會得到這樣的句子：

　　　　<3>if, either <2>(iii), or S_4, then S_2

而 <2>(iii) 的 S_5 又可以是 <2> 中的某一個句子。這也就是說，在英語中，我們總是能夠找到 $a + S_1 + b$ 這樣形式的句子。其中 a 和 b 間存在有依存關係；而且我們可以將具有 $c + S_2 + d$ 這樣形式的另一個句子選作 S_1，其中 c 和 d 之間存在有依存關係；同樣，又可將具有這樣形式的第三個句子選作 S_2；……[28]。顯然，依

---

[28]　喬姆斯基承認，<3> 那種形式的句子是很奇怪，很不尋常的，一般情況下人們也很少構造那樣的句子。但他認為，無論它們多麼怪，多麼不尋常，它們仍然是合乎語法的句子，用以構造它們的那些過程非常簡單、非常基本，甚至最為初級的英語語法都會將它們包含在內。我們可以理解它們，而且我們甚至能夠輕而易舉地給出它們成真的條件。我們很難設想出將它們排除於合乎語法的句子之外的任何合理的理由。

這樣的方式所構造出的句子集（從 <2> 我們看到，我們可以通過幾種可能的方式進行這樣的構造，而且 <2> 也絕沒有窮盡這些可能性）勢必都具有 <1>(ii) 所具有的那種鏡象特徵，由於恰恰是這種鏡象特徵決定了 <1>(ii) 的非有限狀態語言性質，所以英語中是存在著各種各樣的非有限狀態模型的。這說明，整個說來，英語以及許多其他足夠豐富的自然語言不是有限狀態語言。由於有限狀態語言，或者說決定了這種語言的有限狀態語法，是通過行為主義學習理論所能獲得的最為豐富的系統，所以英語以及其他許多自然語言，或者說借助於它們而進行的言語行為，是不能通過行為主義學習理論而習得的。

正是從對行為主義語言學習理論的如上批判，喬姆斯基引出了如下重要結論：為了完滿地解釋人類語言行為，我們必須假設人類心理或大腦中有作為其基礎的語言知識以及作為後者之基礎的天賦的普遍語言原則。

2.喬姆斯基還對布隆菲爾德及後布隆菲爾德學派的「發現程序」進行了詳盡而深入的批判

上面我們看到，按照後布隆菲爾德學派語言學家們的看法，他們的以替換和分布方法為核心的發現程序只不過是整理、組織語言材料的一種方法，它們並沒有表達或反映作為語言行為或語言現象之基礎的心理的實在，而且真正說來根本就不存在這樣的「實在」。喬姆斯基從一開始就堅決反對這種觀點。他將後布隆菲爾德學派對待發現程序和心理實在的這種態度輕蔑地稱為「虛構論」(fictionalism)。在他看來，只有將發現程序解釋為以某種方式表達了心理實在，比如遺傳稟賦 (genetic equipment) 或生物學上給定了的天賦結構 (biologically given innate structure)，談論

它們才有意義。否則，我們根本就沒有必要談論它們。1953 年之前，喬姆斯基一直認為，一旦作出了這種解釋，那麼我們就會發現發現程序從原則上說還是正確的 —— 它們基本上表達了實際用來從給予我們的材料中獲得我們所具有的語言知識的那些程序，只需對它們進行一些微小的改進，就能使它們為我們工作。他花了大約五、六年的時間，力圖克服這些程序的某些顯而易見的不足之處，以使它們能夠從有限的語言素材中構造出一個具有無窮的描寫範圍的正確的語法來。但是，大約在 1953 年，在哲學家巴希樂爾 (Yehoshua Bar-Hillel) 和語言學家哈利的幫助下，他最終認識到發現程序具有著內在的、不可克服的缺點，它們之所以不能令人滿意地工作，恰恰是因為它們的基本態度（傾向）就錯了，而並不是因為人們還沒有將它們正確地、完善地表述出來。那麼，具體說來，發現程序有哪些缺點呢？歸納起來，它們有如下這些缺點：

第一，由於環境、分布、位置、替換等術語都比較空泛且比較模糊，在實際使用中往往需給其附加上各種補充條件來加以限制，因此實際上很難運用。例如，就替換而言，由於在任何語言材料中，任何兩個詞都不可能具有絕對相同的語境集合；而另一方面，很多本該屬於不同的語類的詞卻具有一些共同的語境（如「John」（約翰），「red」（紅色），「mine」（我的），「likely」（有可能），「here」（這裡）等等都可填入「it is____」之中），因此當替換被用作歸類標準時，它或者是過窄了 —— 如果我們將共屬於一個語類的成員身分 (co-membership in a syntactic category) 規定為完全的相互可替換性，或者是過寬了 —— 如果我們將這種成員身分規定為部分可相互替換性（即只需共同享有部分語境）。

有鑒於此，為了使替換具有實用價值，我們就必須根據具體情況對其作出各種各樣的限制。這樣就大大危及了其作為一般語言學方法的地位和資格。

第二，發現程序還犯有嚴重的循環論證的毛病。這是因為，要進行分布分析，其前提條件是單位已經分析出來；而按照分布分析方法，單位又是通過分布、替換等手段得出來的。這就是說，分布、替換之進行有賴於單位，而單位又有賴於分布、替換。這便陷入了循環論證之泥淖。

第三，在對待意義問題上，發現程序前後自相矛盾。後布隆菲爾德學派語言學家自認為他們的發現程序高於傳統語言學研究方法的一大特徵就是它們儘可能地排除了意義的「侵擾」，而最大限度地將語言研究「形式化」(formalize) 了。但是，意義並沒有真的被前後一貫地排除於他們的考慮之外，相反，實際上在很多地方他們都不得不使用意義。因為無論是切分還是歸類，都需使用替換方法，而判斷替換之能否成立，不是憑本人的語感，就是靠提供信息者的回答。但無論是根據本人的語感，還是根據提供信息者的回答，最後都勢必要涉及意義。

第四，正如我們以上所說，發現程序根本說來是建立在歸納、類比等方法基礎之上的。後布隆菲爾德學派語言學家力圖根據已經觀察到或搜集到的有限的語言素材就把整個語言的語法分析、整理出來。喬姆斯基認為，這是不可能成功的。因為素材不可能囊括全部語言材料，因此不可避免地帶有或大或小的偶然性、隨意性，無法保證沒有將至關重要的素材遺漏掉。

第五，整個發現程序根本說來不過是一套十分精緻的分類方法 (taxonomy)，由此而獲得的語法是一種分類語法 (taxonomic grammar)。在布隆菲爾德及後布隆菲爾德學派語言學家們看來，語言學為了成為真正的科學它就必須是前達爾文性質的分類學(pre-Darwinian taxonomy)。這也就是說，在他們的心目中，只有以搜集和歸類樣品為旨歸的工作才是「科學」的。科學不能企圖去解釋什麼，它的唯一的任務在於描寫。顯然，布隆菲爾德及後布隆菲爾德學派語言學家們的這種科學觀是與現代科學的理論與實踐背道而馳的。現代科學給自己設立的中心任務恰恰在於尋找作為紛繁複雜的自然和社會現象的本質的一般原則和規律，並藉此對其作出解釋。

　　鑒於發現程序具有上述諸多致命的缺陷，它不可能正確地、充分地表達或反映作為語言現象或言語行為之基礎的那種心理實在。喬姆斯基認為，這樣的心理實在只有通過更為抽象、更為一般的原則，或者說，一個普遍而抽象的系統結構(schematism)才能正確地、充分地加以表達或刻畫(characterize)。

　　3.最後，喬姆斯基對布隆菲爾德及後布隆菲爾德學派的語言學研究的最終成果 —— 分類語法或「清單語法」(grammar of list)進行了深入的剖析和評判，指出它們實際上都可以被改造為或解釋為某種形式的生成語法(generative grammar)，即短語結構語法 (phrase strcture grammar)（當然，這樣的改造或解釋可能有違他們的原本意圖）。但由於後者具有明顯的缺點，不適於表達我們的語言知識（或語法結構），因而分類語法或清單語法也必是不適當的。

　　下面我們就具體地看一下喬姆斯基究竟是如何分析短語結構語法的。

　　按照喬姆斯基的理解，短語結構語法是由初始符號串(initial

strings) 的有窮集 $\sum$ 和 X → Y/Z–W（或 Z+X+W → Z+Y+W）
（意即「將處於語境 Z–W 中的 X 改寫為 Y」）❷ 這樣形式的指
令公式 (instruction formulas)（也稱作改寫規則 (rewriting rules)）
的有窮集 F 所定義的一種語法形式。因此，我們可以將短語結構
語法簡單地表示為〔$\sum$，F〕。

　　給定了〔$\sum$，F〕，我們可以以如下方式給出符號串的推演
(derivation) 的定義：一個推演是一個符號串的有窮序列 (a finite
sequence)，它從 $\sum$ 中的一個初始符號串開始，並且序列中的每一
個符號串都是從在其前面的那個符號串通過應用 F 中的一個指令
公式而獲得的。如果構成某個推演的最後的符號串不能再借助於
F 中的規則進一步加以改寫了，那麼我們就稱這樣的推演為終止
推演 (terminated derivation)。如果一個符號串是一個終止推演的
最後一行，那麼我們便稱其為終端符號串 (terminal string)，而組
成其的符號被稱為終端符號 (terminal symbols)。終端符號實際上
就是不出現於任何改寫規則左端的符號。顯然，某些具有〔$\sum$，
F〕這樣的形式的語法可能沒有終端符號串，但語法學家所感興
趣的只是那些確實具有終端符號串的語法，也即那種確實描寫了
某種語言的語法。如果一個符號串集合是由〔$\sum$，F〕形式的語
法所決定的終端符號串集合，那麼它就是一個終端語言 (terminal

---

❷　這裡 X、Y、Z、W 都是代表任意符號串的變量。其中語境變量 Z 和 W 可以是
　　「空」的。如果這樣，那麼指令公式就變成為「X → Y」了。喬姆斯基將含有非
　　空的語境變量 Z 或 W 的指令公式稱為「依賴於語境的規則」(context-sensitive
　　rule)，而將「X → Y」這樣形式的公式稱為「獨立於語境的規則」（context-free
　　rule）。另外，出現於括號中的「＋」表示形成符號串的連接（concatenation）運
　　作（operotion）。六十年代後喬姆斯基改用連字號「⌢」或者通過加大符號之間
　　間距的方式來表示這種連接運作。

language)。因此，每一種這樣的語法都定義了某種終端語言（也可以是不含任何句子的「空」語言），而每種終端語言都是由某種〔∑，F〕形式的語法所產生的。

　　〔∑，F〕語法有這樣一個顯著特點，即在應用 F 中的指令公式（改寫規則）於一個給定的符號串之上時，我們只需知道該符號串現在所具有的形式（或曰其最終形式）即可，而無需知道其成分結構 (constituent structure) 即其推演史 (history of derivation)，它究竟是如何獲得它現在所具有的形式的並不重要。如果它包含 X 作為子符號串 (substring)，那麼規則 X → Y 就可應用於它之上；如果它不包含 X 作為子符號串，那麼 X → Y 就不能應用於它之上。

　　請看下面這個較為簡單的短語結構語法：

　　(i)S → NP+VP

　　(ii)NP → Det+N

　　(iii)VP → V+NP

　　(iv)Det → the

　　(v)N → man, ball, etc.

　　(vi)V → hit, took, etc.

(i)～(vi) 中出現的符號的意義是：S 為 Sentence（句子）的縮寫；NP 和 VP 分別為 Noun Phrase（名詞短語）和 Verb Phrase（動詞短語）的縮寫；Det（或者 DET）為 Determiner（限定詞）的縮寫；N 和 V 分別是 Noun（名詞）和 Verb（動詞）的縮寫。在這個語法中，∑ 只有一個成員，即 S（句子）（當然，在這裡我們可以將 ∑ 加以擴充，使其包括陳述句、疑問句等等作為附加符號），而 F 則是由 (i)～(vi) 這六個規則構成的。下面這個符

號串序列便是由這個語法所決定的一個推演（每一行右邊的數字指示推演其時所使用的規則）。

S
NP+NP   (i)
Det+N+VP   (ii)
Det+N+V+VP   (iii)
the+N+V+NP   (iv)
the+man+V+NP   (v)
the+man+hit+NP   (vi)
the+man+hit+Det+N   (ii)
the+man+hit+the+N   (iv)
the+man+hit+the+ball   (v)

顯然，上面的推演是一個終止推演（但由它的前五行所構成的序列並不是終止推演）。因此，the+man+hit+the+ball 是一個終端符號串。喬姆斯基將這個推演形象地表達為如下形式的樹形圖 (tree-diagram)：

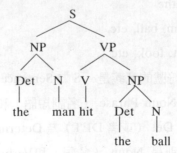

圖中的諸分支點 (branching point) 被稱為「節點」(node)。直接主導 (dominate) 另一個節點的節點被稱為「母」(mother) 節點；被主導的 (dominated) 節點是其「女兒」(daughter)；如果兩個節

點被同一個節點所直接主導，它們便是「姐妹」(sisters) 節點。樹形圖最頂端的節點是其「根」(root)。不主導其他節點的節點是終端節點 (terminal node)；主導其他節點的節點是非終端節點 (non-terminal node)。在上面的樹形圖中，S 為根，the、man、hit、ball 等都位於終端節點上，NP、VP、Det 等都位於非終端節點上，NP 為 Det 和 N 等節點的母節點，Det 和 N 等為 NP 的女兒節點，Det 和 N 為姐妹節點。喬姆斯基將這種樹形圖稱為「短語標式」(phrase-marker，簡寫為 PM)。另外，我們還可以用「標記括弧」(labelled bracketing) 來表示上述短語標式：

$[_S[_{NP}[_{Det}the]_{Det}[_N man]_N]_{NP}[_{VP}[_V hit]_V[_{NP}[_{Det}the]_{Det}[_N ball]_N]_{NP}]_{VP}]_S$ [30]

　　在以如此的方式規定了短語結構語法和終端語言之後，喬姆斯基作出了如下重要斷言：所有有限狀態語言都是終端語言，但並非所有終端語言都是有限狀態語言。這也就是說，根據短語結構語法理論所進行的描寫根本說來要比根據有限狀態語法理論（有限狀態模型）所進行的描寫更為有力 (more powerful)。比如，我們上面所提到的語言 {ab, aabb, aaabbb, …} 和 {aa, bb, abba, baab, …} 都是終端語言，但並不是有限狀態語言。就前者而言，它可以由如下形式的短語結構語法生產出來：

$$\sum : Z$$
$$F: Z \to ab$$
$$Z \to aZb$$

由於英語（還有許多其他自然語言）中包含著相應於這兩種語言

---

[30]　標記括弧有多種不同的寫法（A 代表任一語類）：$[_A \ ]_A$；$A[\ ]$；$[_A \ ]$；$A[\ ]$；$[\ ]_A$；$[\ ]_A$；$[_A \ ]_A$；$A[\ ]_A$。本書採用第一種寫法，即將語類名稱標記於左括弧的內側和右括弧的外側。

形式的子部分，所以與有限狀態語法比較起來，短語結構語法似乎更適合於用來表達英語（以及其他自然語言）的語法結構。

喬姆斯基認為，儘管短語結構語法比有限狀態語法更為有力，但它同樣是不適當的 (inadequate)。真正說來，它也不能用來恰切地描寫或表達我們的自然語言。因為它有時是極端複雜的，「不具有任何啟示性」(unrevealing)，某些用來描寫合乎語法的句子的非常簡單的方式不能被吸收進這樣的語法之中，自然語言中的某些非常基本的形式性質不能被用來簡化語法。一旦我們開始考慮稍為複雜的句子類型，特別是當我們給生產出這些句子的那些規則規定某種次序的時候，我們便會遇到大量的困難和複雜情況。比如，就主動－被動式關係 (the active-passive relation) 而言。我們都知道，被動式是借助於 be+en 結構而構造起來的。但對這樣的結構是有許多限制的。首先，只有在後面的動詞是及物動詞的情況下才能選擇 be+en（例如，允許 was+eaten，但不允許 was+occurred）；其次，如果動詞 V 後面跟著的是名詞短語 NP，那麼也不能選擇 be+en（例如，一般說來，不允許 NP+is+V+en+NP ── 即使 V 是及物動詞。我們不能說「lunch is eaten John」）；再次，如果 V 是及物動詞並且有介詞短語 by+NP 跟隨其後，那麼我們必須選擇 be+en（我們可以說「lunch is eaten by John」，但不能說「John is eating by lunch」等等）；最後，為了構造一個完善的短語結構語法，我們必須根據主語和謂語的情況來對動詞 V 的選擇進行限制，以便允許「John admires sincerity」（約翰欣賞真誠），「sincerity frightens John」（真誠嚇壞了約翰），「John plays golf」（約翰打高爾夫球），「John drinks wine」（約翰喝葡萄酒）之類的句子，而不允許這些句子的「倒裝」(inverse) 形式：

「Sincerity admires John」（真誠欣賞約翰），「John frightens sincerity」（約翰嚇壞了真誠），「golf plays John」（高爾夫球打約翰），「wine drinks John」（葡萄酒喝約翰）。但是，一旦我們選定 be+en 來作為（輔）助動詞（auxiliary verb，簡寫為 Aux）的構成部分，那麼這一系列限制就勢必全部失敗了。事實上，在這種情況下，同樣的選擇依存性 (selectional dependencies) 還是存在著的，只是次序相反罷了。也就是說，每一個 $NP_1–V–NP_2$ 形式的句子都有一個 $NP_2–is+Ven–by+NP_1$ 形式的句子與之相對應。如果我們試圖將被動式直接包括於短語結構語法之內，那麼我們就不得不為 be+en 被選作為助動詞之一部分這種情況以相反的次序重新陳述一遍所有這些限制。這何其的複雜、累贅！喬姆斯基認為，消除或避免這種不甚優雅的重複以及涉及到 be+en 的上面那些特殊的限制的出路只有一條，那就是將被動式完全排除於短語結構語法之外，然後通過下面這樣的規則將其重新接納進來：

> 如果 S_1 是一個具有 $NP_1–Aux–V–NP_2$ 形式的合乎語法的句子，那麼相應於它的具有 $NP_2–Aux+be+en–V–by+NP_1$ 形式的符號串也是一個合乎語法的句子。

經過如此一番變革後，我們便可以去掉出現於短語結構語法規則中的 be+en 以及與之相聯在一起的那些特殊的限制了。所有那些限制實際上都只是上述規則的自然而然的後承 (consequences)。因此這個規則導致了語法的高度簡化。但顯然它遠遠超出了〔∑，F〕語法即短語結構語法的界限，因為它需要參照 (refer to) 它所應用於其上的那個符號串的成分結構（即其過法的推演史），而且它還以結構上決定了的方式 (in a structurally determined way) 在

這個符號串之上進行了一次「倒裝」(inversion)。這個規則就是所謂的轉換規則 (transformational rule)，而包含了這樣的規則的生成語法便是轉換生成語法 (transformational generative grammar)。

㈣結論

從（三）的第1.點批判我們看到，有限狀態語法或者由這種語法所決定（所生成）的有限狀態語言是布隆菲爾德及後布隆菲爾德學派的語言學習理論所能獲得的最為豐富的系統；從（三）的第3.點批判我們又看到，布隆菲爾德及後布隆菲爾德學派通過他們的發現程序所構造出的語法可以改造或解釋為遠比有限狀態語法豐富的短語結構語法，因此布隆菲爾德及後布隆菲爾德學派的語言學習理論與其語法理論之間存在著嚴重的內在矛盾：根據發現程序所構造的語法不能被習得。

按照喬姆斯基的觀點，為了克服布隆菲爾德及後布隆菲爾德學派的語言理論的上述諸多缺點和矛盾，出路只有一條，那就是：一方面，拓寬他們的短語結構語法，使之最終成為轉換生成語法；另一方面，徹底放棄他們的學習理論，假設人類的心理或大腦中存在有一系列共同的天賦的語言原則（或者說，心理機制），在適當的經驗環境下，經過一段遺傳上決定了的成熟過程 (genetically determined course of maturation) 之後，它們就能自然而然地「生長」(grow) 成為我們的語言知識（轉換生成語法所刻畫的就是這種知識），而正是這種知識在某種程度上決定了我們的語言行為（語言使用）。這也就是我們實際「習得」或「學習」語言的過程。喬姆斯基認為，盛行於十七、十八以至十九世紀上半葉的「笛卡兒語言學」(Cartesian Linguistics) 便向我們提

示了這樣一種出路。實際上，笛卡兒語言學構成了喬姆斯基語言理論的精神上的祖先。

二、思想淵源

按照喬姆斯基的解釋，笛卡兒語言學並非特指笛卡兒 (René Descartes, 1596～1650) 的語言學思想，它是一個集合名詞，用以概指具有某種共同傾向和共同的關懷的一種語言學研究傳統，其思想基礎是十六至十八世紀的歐洲唯理論哲學傳統。它發軔於笛卡兒，終止於洪堡特 (Wilhelm von Humboldt，1767～1835)。笛卡兒儘管沒有對語言問題進行過系統的探討，但他卻注意到了人類語言的一個非常重要的特徵，並且力圖在他的哲學體系中給其委以重任。這個特徵就是正常語言使用（語言運用）中的創造性方面 (the creative aspect of the normal language use (linguistic performance))❸ 。具體說來，這種創造性集中體現在如下三個方面：

　1.正常的語言使用是創新性的 (innovative)，從範圍上講是無邊界的 (unbounded)，或者說是潛在無窮的

我們在正常的語言使用過程中，生產出（說出或寫下）的大部分話是全新的，並非是我們此前所知覺（聽到或看到）的任何話語的簡單的重複，甚至於僅從模式 (pattern) 上說它們與我們在過去所知覺（聽到或看到）的句子或話語可能也沒有任何相似之處。一個人能毫無困難或陌生感地理解（解釋）的他的母語中的

---

❸　注意：這裡是指語言在日常生活中的日常使用的創造性，而非指文學作品（如詩歌）對語言所作的帶有審美價值的使用的創造性。

句子的數目可謂是天文數字，作為我們的正常語言使用的基礎，並且相應於我們的語言中的有意義的、容易理解的句子的模式的數目也數不勝數。

2.正常的語言使用不僅是創新性的，從範圍上說是無邊界的，而且它還獨立於任何可以覺察 (detectable) 的外部刺激或內部狀態的控制，因而是自由的、非決定的 (undetermined)

我們並不是「被迫」(compelled) 說出或寫下一個句子的，而只是受到「誘發」(incited) 後傾向於 (incline) 這樣做的；而且即使受到了「誘發」，我們也並非必須這樣做；而即使我們這樣做了，那麼這也是自由選擇的結果。正是因為我們的語言具有這種獨立性，我們每一個正常的人才能將其用作為思想和自我表達的工具，它才不致成為特別聰明的人的專利。

3.正常語言使用的創造性還體現在其連貫性 (coherence) 及其「對於情景的適合性 (appropriateness)」之上

我們總能保持我們的話語前後一貫，構成有機的整體，並總能根據不同的環境來隨時調整我們所說的話（以在聽話人那裡引起我們所欲引起的效果），並理解其他人所說的話的涵義。

在其哲學體系中，笛卡兒是這樣使用正常語言使用的創造性特徵的：語言使用的創造性無法通過力學的原則加以解釋，因而必須假定存在著另一種全新的解釋原則。在其實體形而上學的框架之內，這另一種解釋原則成為另一種實體，即心靈（心理）。它的本質是思想。這種全新的解釋原則有一個「創造性方面」，它最為明顯地表達在語言使用中的創造性特徵之中。由於每一個正常的人都能完好地掌握並使用語言，語言是為人類這個種所共同具有的東西，因此我們可以斷言其他人和我們一樣也有心靈。

在笛卡兒的影響下，他那個時代的語言學家們開始關注上了語言使用的創造性特徵，並力圖給其以深入、合理的解釋❸ 。很明顯，為了回答語言使用何以具有如是的創造性這個複雜的問題，最起碼我們首先應該對語言的結構或本性有一個較為深入的了解。在這方面，《普遍唯理語法》(*Grammaire générale et raisonnée*)(1660)（又名《波爾‧羅雅爾語法》(*La grammaire du Port-Royal*)）一書的作者朗斯洛 (Claude Lancelot, 1615～1695) 和阿爾諾 (Antoine Arnauld, 1612～1694) 作出了重要貢獻。他們的貢

---

❸ 布隆菲爾德及後布隆菲爾德學派語言學家在大多數時候根本就沒有注意到語言使用的這個創造性方面。而在他們注意到它時，他們則力圖通過所謂的「類比」(analogy) 來「解釋掉」(explain away) 它：說者通過與他們已經聽過的語言形式的類比說出新的語言形式，並依同樣的方式理解新的語言形式。但這種解釋沒有任何說服力。請看如下例子：

　　〈1〉John ate an apple
　　　　（約翰吃了一個蘋果）
　　〈2〉John ate
　　　　（約翰吃了）
　　〈3〉John is too stubborn to talk to Bill
　　　　（約翰太頑固，他不會和比爾說話）
　　〈4〉John is too stubborn to talk to
　　　　（約翰太頑固，誰都不願與他說話）

〈2〉意指 John ate something or other （約翰吃了什麼東西）。人們可能會借助於簡單的類比程序來解釋這個事實：ate 帶有賓語（如在〈1〉中），如果沒有賓語，那麼我們便可將任何東西當作其賓語。將同樣的類比程序應用於〈3〉和〈4〉，我們推出〈4〉的意思是：John is so stubborn that he (John) will not talk to some arbitrary person （約翰是那麼頑固，以致於他（約翰）不願與任何人說話）。但事實上，它的意思是：John is so stubborn that some arbitrary person won't talk to him (John) （約翰是那麼頑固，以致於任何人都不願和他（約翰）說話）。每一個小孩不經任何訓練或不借助於任何相關的證據（經驗）就知道這一點。這說明通過類比無法解釋語言使用中的創造性。

獻之一便是首次認識到了短語概念作為語法單位的重要意義。以前
的語法大都是關於詞類 (word classes) 和屈折變化 (inflections) 的
語法。在朗斯洛和阿爾諾的理論中，短語對應著複雜觀念。一個句
子著先被分析為連續的 (consecutive) 短語，後者再被分析為短語，
如此類推，直到將其分析到語詞為止。依這樣的方式，最後我們
便得到了該句子的象徵性結構 (figurative construction)（相當於喬
姆斯基所說的表層結構 (surface structure)）。比如，就「invisible
God created the visible world」（不可見的上帝創造了可見的世
界）這句話而言，它首先可以被分析為主語「invisible God」和
謂語「created the visible world」，而後者又可被分析為複雜觀念
「the visible world」和動詞「created」等等。這裡，非常難能可
貴的是朗斯洛和阿爾諾不僅認識到了這樣的表層分析的重要性，而
且更認識到了其不足之處。在他們看來，與象徵性結構相對應的只
是聲音，即語言的有形的 (corporeal) 的方面。但是，事實上，每
當一個語言符號（連同其象徵性結構）被生產出來（說出或寫下）
或者當其被理解（解釋）了的時候，在生產者（說者或寫者）或
理解者（聽者或看者）的心中便同時發生了一種心理運作 (mental
operation)，即將象徵性結構（表層結構）分析為簡單結構 (simple
construction)（相當於喬姆斯基所謂的深層結構 (deep structure)）
—— 它直接決定了意義 —— 的心理演算 (mental calculus) 過程。簡
單結構是由以各種各樣不同方式組織在一起的基本命題系統構
成的。這種基本命題具有主–謂式形式，而且都只具有簡單的主
語和謂語（即單詞語類而非更為複雜的短語）。例如，在上面所
給出的例子中，簡單結構是由如下三個命題組成的：「that God
is invisible」；「that he created the world」；「that the world is

visible」。一般說來，相互關聯起來而構成一個簡單結構的那些命題，在以該簡單結構為基礎的那個句子被生產出來的時候，並沒有得到斷定 (asserted, affirmed)。如果我說「a wise man is honest」（聰明的人是誠實的），那麼我並沒有斷定人們是聰明的或是誠實的，儘管「a man is wise」和「a man is honest」都進入了該句話的簡單結構之中。準確說來，這些命題進入了呈現於心靈中的那個複雜觀念中了，儘管它們並沒有出現於說出的這句話之中。為了從決定了一個句子的意義（即其所表達的思想）的簡單結構實際構造出該句子，我們就必須將一系列心理運作（諸如，重新排列、替換、刪略等等）應用於其上，這些心理運作實際上就是喬姆斯基後來所說的語法轉換。朗斯洛和阿爾諾聲稱，一切語言都具有共同的簡單結構。這種簡單結構可以說構成了一切語言的共同的邏輯結構，它直接反映了我們的思想形式（當然，喬姆斯基並沒有採納他們的這種看法）。但是，將簡單結構轉變成象徵性結構的心理運作即轉換（規則）在不同的語言中很可能是不同的。這些轉換所導致的象徵性結構並沒有直接地表達出語詞間的意義關係 — 除非在非常簡單的情況下。傳達了或決定了一個句子的語義內容的東西是作為實際話語之基礎的純粹心理性的簡單結構（深層結構） ㉝ 。

㉝　朗斯洛和阿爾諾的上述觀點中的某些純語言學的部分可以在經院學者和文藝復興時期的一些作者（特別是一位名叫桑克底烏斯 (Sanctius) 的西班牙學者）那裡找到其來源。正因如此，一些學者（如拉考夫 (Robin Lakoff)）認為不應將他們列入笛卡兒語言學家之列。但是，這裡我們要注意，當喬姆斯基說他們是笛卡兒語言學家時，他是從總體精神上說的，是為了強調他們的思想的哲學認識論性質及其來源。根本說來，喬姆斯基的整個語言理論遠非單純的語言學理論，勿寧說它是一種哲學理論。

笛卡兒對於語言使用的創造性方面的強調在洪堡特建立普遍語言學 (general linguistics) 的努力中得到了最為有力的表達。與朗斯洛和阿爾諾一樣，洪堡特也認為，語言的本質遠非外在的符號表達，而是作為這種表達之基礎的某種「心理活動」。它是一種「活動」(Tätigkeit, energeia)，而不是什麼「產品」(Werk, ergon)；是一種「創造」(Erzeugung)，而不是什麼「死寂的被創造出來的東西」(ein todtes Erzeugtes)。

> 當然不能將語言看作是擺放在那裡，可以一覽無餘的⋯⋯質料，而應將其看作是始終處於自我創造中的創造性物質 (ein sich ewig *erzeugender Stoff*)，⋯⋯。❸④

對於洪堡特來說，關於語言的唯一恰當的定義只能是「發生學的」(genetische)：

> 它是這樣一種不斷重複的精神勞動（*Arbeit des Geistes*），正是這種精神勞動使分節的聲音（*der articulierte Laut*）成為能夠表達思想的工具。❸⑤

這種精神勞動當然不是毫無秩序地盲目進行的。實際上，存在著作為其基礎的恆常不變的因素或規律。洪堡特將這種因素或規律稱為語言的「形式」(Form)。

> 存在於這種將分節的聲音提升為思想的表達的精神勞動中的恆常不變的、同樣的東西，一經儘可能完全地被在其相互關聯的整體中加以理解，並且系統地表達出來，便構成

---

❸④ Wilhelm von Humboldt, *Über die Verschiedenheit des Menschlichen Sprachbaues,* p.71.

❸⑤ Ibid., p. 57.

了語言的形式❸。

按照洪堡特的理解，形式概念不僅包括「言語搭配規則」(Regeln der Redefügung)，而且還包括「語詞構造」規則和那些決定了「基本詞」(Grundwörter) 的類的概念形成規則。在他看來，我們甚至不能將語言的詞匯 (lexicon) 看作是「一堆完成了的、擺放在那裡的東西」(fertig daliegende Masse)❸。即使撇開新詞的形成不談，說者或聽者對詞匯的使用也涉及到「語詞構造能力的不斷的創造和再創造」(ein fortgehendes Erzeugnis und Wiedererzeugnis des wortbildenden Vermögens)❸。因此，他並不將詞匯看作是一個記憶下來的清單，在使用語言的過程中我們只是將語詞簡單地從其中提取出來；而是將其看作是這樣的東西，它們以某些起組織作用的生成原則（即形式）為基礎，在必要的時候這些生成原則便生產出適當的詞項。

語言的形式是一個系統的結構，它絕不包含任何作為孤立的構成成分的個別要素，而只是在如下情況下才會將它們包含於內：可以在它們之中發現某種「語言構造方法」(Methode der Sprachbildung)❸。因此，語言的形式是那種給每一個特殊的新的語言行為以意義和生命的恆常不變的因素。我們每一個人只是在已經發展出了關於這種形式的內在表現式 (internal representation) 之後才能理解語言並以我們的同胞可以理解的方式使用它。這也就是說，這種獨特的形式內在於每一個單獨的語言要素之中並完全

---

❸　Ibid., p.58.
❸　Ibid., pp. 125~126.
❸　Ibid., pp. 125~126.
❸　Ibid., p.62.

決定了其使用。每一個個別的要素的作用和意義只有通過全面地考察它與作為其基礎的語言形式 —— 也即決定了其構成 (formation) 的那些固定不變的生成規則（規律）—— 的關係，才能最終加以確定。洪堡特認為，語言學家的重要任務之一便是準確地描寫和構述這樣的語言形式，即為人們提供出一套描寫語法 (descriptive grammar)。

正是因為語言具有這樣的形式作為其內在的本質，它才能生產出符合思想過程所設置的那些條件的不定數目的言語事件。語言的領域是無限的，它無邊無際，它是「一切可思想的東西的總匯」(Inbegriff alles Denkbaren)。因此，語言的基本性質必然是它使用它的有窮的、可以明確地加以說明的機制來表達無邊無界的、不可預測的偶然事件的能力。「它必須對有窮的手段做出無窮的使用」[40]。

在笛卡兒語言學框架之內，描寫語言學既關心語音，也關心意義。用喬姆斯基的話說，它給語言的每一個句子都指定一個決定了其語義內容的抽象的深層結構（或曰「形式」）和一個決定了其語音形式的表層結構。於是，一個完全的語法將是由這樣的規則組成的有窮的系統，它們生成了這個由配對結構 (paired structure) 組成的無窮集合，並因此說明了說者－聽者是如何能夠在表達其「心理行為」和「心理狀態」時對有窮的手段作出無窮的使用的。

不過，笛卡兒語言學家並不僅僅滿足於構述這樣的描寫語法，他們更希望對這樣的語法之由來給以解釋，也即希望對人類

---

[40] Ibid., p.62.

語言何以具有如此複雜的結構這個問題給以適當的回答。在他們看來，為了圓滿地回答這個問題，我們就必須找出那些所有語言都共同具有的普遍特徵，然後指出不同的語言所具有的不同的結構只是這些普遍特徵的特例。他們將那種以探究人類語言之普遍特徵（或者說決定著所有語言之形式的普遍條件）為己任的語言學研究稱為「普遍語法」(grammaire générale, universal grammar)，而將以探究某個特殊語言的特殊特徵（或者說僅決定某個特殊語言的形式的特殊條件）為己任的語言學研究稱為「特殊語法」(grammaire particulière, particular grammar)。在他們看來，共同於所有語言的那些普遍特徵（或決定著所有語言的形式的那些普遍條件）反映了人類心靈的某些非常基本的性質。它們並不是習得的；相反，它們提供了這樣的組織原則，正是這些原則使得語言學習成為可能。如果我們想由語言素材獲取語言知識，我們的心中就必須早已先天地具有這些原則。正是因為我們的心靈中早已具有這樣一些天賦的原則，以下事實才成為可以理解的：一個語言的使用者知道大量他並未曾學習過的句子。當然，笛卡兒語言學家也不否認，為了使潛存於人類心靈中的這些天賦的普遍原則進入「工作狀態」，「活躍起來」(active)，就必須對其進行適當的外部刺激。但這裡我們要注意，這種外部刺激只是起到了一種誘發性的作用，它並沒有完全決定所習得的東西的形式。洪堡特非常明確地表達了這種語言習得觀。「學習……總歸只是再創造 (Wiedererzeugung)」 **❹** 。透過表面現象我們看到，語言「真正說來是……不可教的，它只能從人們的內心 (Gemüt) 中加以喚

---

❹　Ibid., p. 126.

醒；人們只能將繩索 (Faden) 給予它，然後讓它在其上自我發展 (entwickelt sich von selbst)」❷。因此，從某種意義上講，語言是每個人的「自我創造物」(Selbst-schöpfungen)。

> 小孩的語言學習並不是單個語詞的配給 (Zumessen)，在記憶中將其記下，然後使用嘴唇將其喃喃地說出 (Wieder nachlallen)；相反，它是因年齡和訓練而導致的語言能力 (Sprachvermögen) 的生長 (Wachsen)。❸

> 如下事實也證明了在小孩那裡所發生的並不是語言的機械的學習，而是語言能力的發育 (Entwickelung)：人類絕大多數的能力都在其一生中的某一個時間點發育起來，所有處於極端不同的環境之下的小孩都大致在相同的年齡（只在很小的範圍內加以變化）說話並理解別人的話。❹

笛卡兒語學家們力圖將他們的上述觀點運用到對語言的知覺（即語言之被聽到或看到並被理解或解釋的過程）和語言的生產 (production)（即語言之被說出或被寫下）的解釋中去。在他們看來，無論是在知覺語言的過程中還是在生產語言的過程中，都發生了這樣的事情：按照制約著語言的簡單結構（深層結構）或語言的形式的那些（生成）規則或原則（規律）對所接受到的語言符號或所欲使用的語言符號進行分析。這也就是說，無論是言語知覺機制還是言語生產機制都必須使用深層的生成規則系統。正是因為無論是聽者還是說者都須使用這個共同的深層系統，人

---

❷ Ibid., p. 72

❸ Ibid., p. 21.

❹ Ibid., p. 72.

與人之間的語言交流才有可能發生。而這種深層生成系統之共享最終可以追溯到人性的統一性 (the uniformity of human nature) 之上。

> 在心靈中只存在通過自己的活動所創造的東西，理解和言說只是同一種語言能力 (Sprachkraft) 的不同種類的作用 (Wirkungen)。共同的言語 (die gemeinsame Rede) 絕不能混同於材料之傳遞 (übergeben)。在理解者 (der Verstehende) 之內，正如在說者 (der Sprechende) 之內一樣，必須有同樣的東西從自己的內在的能力之中發展出來；……以這樣的方式整個語言便處於每一個人之中了。但這只是意味著每一個人都具有這樣一種受以確定的方式……加以限定了的能力制約的衝動 (Streben)：他力圖逐漸地將整個語言……從自身之內創造出來並對其加以理解。**❹❺**

但是，

> 如果在單個人之間的差異性中不存在那種只在被隔離開的個體性中才分別開來的人性的統一，那麼理解當然也不能像我們上面所發現的那樣具有內在的自主自立的地位了，而共同的言說 (das gemeinschaftliche Sprechen) 也必然不能再是聽者的語言能力的單純的互相喚醒了。**❹❻**

總起來說，笛卡兒語言學的一個具有根本意義的貢獻就是它認識到了，人類語言，就其正常使用而言，是獨立於任何可以獨立地辨認出來的外部刺激或內部狀態的。它並不局限於任何實用的交流功能 (practical communicative function)（這與動物的「語

---

❹❺　Ibid., p. 70.

❹❻　Ibid., p. 70.

言」形成了鮮明的對照）。因此，它可以被自由地用來作為自由思想和自我表達的工具。思想和想像的無窮可能性完好地反映在了語言使用的創造性方面之中。語言為我們提供的是有窮的手段，但這種有窮的手段卻具有無窮的表達可能性。這種可能性只受概念形成規則和句子形成規則的限制。每一種語言的可以有窮地加以說明（列舉）的形式 —— 用現代的術語說，即其生成語法 —— 提供了這樣一個「有機的統一體」(organic unity)，它將語言的每一個基本的要素互相關聯起來，並為語言的每一個個別的表現 (individual manifestations) —— 這種表現就數目來說是潛在無窮的 —— 提供了基礎。除這些成就之外，笛卡兒語言學家還作出了另一個具有持久價值的貢獻，那就是他們充分認識到了尋找適用於所有語言的普遍原則、為語言事實提供理性解釋的重要性。他們企圖將語言學研究從語言的「自然歷史」層面提升到語言的「自然哲學」的層面。

不過，儘管笛卡兒語言學取得了如上諸多了不起的成就，但它還是內在地含蘊著一些重大的缺點和不足。這主要表現在如下幾個方面。

首先，它過分依賴於語言使用者的直覺和智力了。一般說來，笛卡兒語言學只為人們提供了這樣一張清單：規則性結構 (regular constructions) 的範例 (paradigms) 和例子；這些規則性結構的例外情況（如，不規則動詞）；關於表達式之形式和意義的一般性評論等等。它並沒有清楚明確地構述出制約著語言知覺（理解或解釋）和語言生產的規則性過程的那些規則。語言使用者被期望著從這諸多的例子和暗示中作出關於語法規則的正確的推斷。

其次，笛卡兒語言學沒有明確地區分開兩種截然不同的「創造

性」，一種是「受制於規則的創造性」(rule-governed creativity)，一種是「改變規則的創造性」(rule-changed creativity)。前者並沒有對語言的形式作出任何變動，而後者則改變了語言的語法結構。顯然，語言使用中的創造性只能是前一種意義上的創造性。

再次，笛卡兒語言學家雖然事實上已經正確地作出了深層結構（簡單結構）和表層結構（象徵性結構）的區分，但他們並沒有認識到將二者聯繫起來的那種機制的高度複雜性。相應地，他們並沒有明確地區分開作為一個句子的基礎的抽象的深層結構和該句子本身。一般說來，他們都假定深層結構是由以更為簡單、更為自然的方式組織在一起的實際的句子構成的，而那些藉以形成全部實際的句子的倒裝規則、刪略規則等等也只是簡單地作用於這些已經形成的簡單句子之上而已。

最後，儘管笛卡兒語言學家已經意識到了尋找適用於所有語言的普遍原則、為語言現象尋找解釋的重要性，但他們在這條路上並沒有走多遠，他們還是太注重於描寫了。他們考察了大量的特例，然後試圖就每一個特例指出作為其表層結構之基礎並決定了其語義內容的深層結構。他們的研究和分析具有十分明顯的特設特徵 (ad hoc character)。儘管他們所提供的深層結構的確傳達了語義內容，但其選擇基礎一般說來並沒有得到明確的闡述。這裡所缺乏的是這樣一種語言結構理論：它被足夠精確地構述出來，而且足夠豐富；足以承擔起為語法的選擇提供證明的任務。

喬姆斯基認為，笛卡兒語言學的上述內在缺點，主要是由如下幾個方面的原因造成的：

第一，笛卡兒語言學家一般都持有這樣的假設，即組成句子的語詞的次序反映了（或者說直接對應著）「思想的自然次序」

(natural order of thoughts)──至少在一個「設計良好的」(well-designed) 語言中是如此。因此,句子形成 (formation) 的規律(語法規則)也就是思想的規律,進一步說也就是邏輯的規律,而邏輯規律是不能適當地在語言學(無論是特殊語法還是普遍語法)中進行研究的,語言學研究的正當任務只能是語言的象徵性使用 (figurative use)。這樣他們似乎就為不去明確地構寫句子形成規則找到了原則性的理由。

第二,笛卡兒語言學家的另一個基本假設是,決定著思想和知覺之本性的那些規則或原則(廣而言之,心理的屬性和內容)必是可以內省、可以意識到的。正是因為這個假定致使他們不可能認識到當一個話語被生產(說)出來或被理解(知覺)時呈現於說者或聽者心中的那些結構的抽象性,或者,將表達了該話語的語義內容的心理結構與其物理體現 (physical realization) 聯繫起來的心理運作鏈 (the chain of the mental operations) 的漫長性 (length) 及其複雜性。

第三,笛卡兒語言學家之所以未能將抽象的(生成)語法規則或原則明確而系統地構述出來,之所以未能清楚地區分開兩種不同的創造性,還有其純技術上的原因,那就是在他們所處的時代還不存在能夠將他們的基本觀念明確地表達出來的方法或技術手段(比如,用以表達作為語言使用的創造性之重要特徵的那種遞歸過程 (recursive process) 的技術手段)。

在喬姆斯基看來,阻礙笛卡兒語言學家取得更大成就的上述第一和第二個假設根本是錯誤的,句子形成的規律並不同於思想的規律(邏輯規律),決定思想(語言)和知覺的本性的那些規則或原則也並非是可以內省、可以意識到的。另外,現在我們也已有

了可以用來將語言生產和語言知覺或理解（解釋）過程的某些重要方面明確地表達出來的方法或技術手段，即現代邏輯和數學基礎研究所提供給我們的形式化方法 (the method of formalization)。因此，現在我們可以再度回到笛卡兒語言學家們所提出、但他們並沒有很好地加以解決的那些意義重大的問題，並可望在某種程度上令人滿意地解答它們。這就是喬姆斯基給自己設置的歷史性任務。

第二章 喬姆斯基的語言研究綱領

從上一章我們看到，喬姆斯基給自己設置的最終研究目標是解釋人類正常語言使用（語言運用）中的創造性特徵，簡言之，也即人類理解（解釋）在特定的環境（包括全新的環境）下生產出（說出或寫下）的特定的（新的）話語，或者自由地生產出（說出或寫下）適合於特定的環境（包括全新的環境）的（新的）話語的實際能力。他斷言，人類所共同具有並僅為人類所具有的這種能力是以某種存在於人類心理或大腦中的內在的語言資質 (linguistic competence) 即語言知識為基礎的❶。同一個語言的所有正常的

---

❶ 七十年代後期喬姆斯基將語言資質（語言知識）——知道一種語言的心理狀態——進一步分為語法資質 (grammatical competence) 和語用資質 (pragmatic competence) 兩部分。前者指關於一個句子的形式和意義的知識即語法知識，包括句法知識、音系 (phonological) 知識和語義知識；後者指關於如何按照各種各樣的意圖和環境適當地使用一個句子的知識即語用知識。語法資質（部分）決定了作為一種工具的句子的內在的物理特徵（物理形式）及其語義特徵；語用資質則決定了我們應該如何有效地使用它們，可以說它將語言放在了其使用的制度（風俗）方面的背景 (the institutional setting) 之下，將人們的意圖和目的等與他們所掌握的語言手段聯繫了起來。關於語法資質，後面將詳加介紹；至於語用資質，喬姆斯基認為它也是一個由規則和原則構成的複雜系統，其中包括格萊斯 (H. P. Grice) 所謂「會話邏輯」(logic of conversation) 之類的東西。顯然，日常生活中所說的語言知識既包括語法知識（語法資質），也包括語用知識（語用資質），而且還包括某些與語法知識相互作用的概念系統。但是，由於語法知識（語法資質）決定了句子的內在本性，是語用知識（語用資質）得以起作用的基礎和前提，所

使用者都具有同一種語言知識，但不同語言的使用者所具有的語言知識則不盡相同。既然正常的語言使用的創造性特徵是以語言知識為基礎的，那麼為了富有成效地解釋它，我們就必須對語言知識的本性和來源有一個深入的了解。於是，便有了如下「研究綱領」(research program)。

1.刻畫語言知識的本性

這個任務是通過構造特殊的生成語法 (particular generative grammar) 來完成的。這種語法給語言中的每一個表達式 (expression) 都提供了一個決定其聲音和意義的結構描寫 (structural description，簡寫為SD)。與一個特定的語言表達式相聯的結構描寫是

以我們不妨將語法知識（語法資質）直接就看成是語言知識（語言資質），而這也就是我們所述及的語言知識的意義所在。實際上，在絕大多數場合下，喬姆斯基就是在這種意義上使用語言知識（語言資質）的。至於語用資質（語用知識）喬姆斯基始終沒有對其進行足夠多的討論。在給筆者的一封覆信（1994 年 9 月 27 日）中，喬姆斯基以如下方式回答了我向他提出的關於語用資質的問題：

關於語用資質，已進行了許多研究，但是就我所知至今人們並沒有獲得太多的理解。這個範疇過於寬泛。某些特殊的事情正在得到理解，如「相關性理論」的某些觀念（斯皮爾波 (Dan Sperber) 和威爾森 (Deirdre Wilson) 正在按令人感興趣的方式發展格萊斯的某些想法）。我之所以沒有太多地討論這個問題，是因為我看不出有太多的東西可以說。

自八十年代中期起，喬姆斯基又將這種狹窄意義上的語言知識即語法知識稱為「內在化語言」(internalized language)，簡稱為 I– 語言 (I-Language)，而將由其所決定的實際的話語或語言形式（有意義與之相配）、語言事件、語言行為的無窮集合稱為「外在化語言」(externalized language)，簡稱為 E– 語言 (E-Language)。「內在」和「外在」二詞在這裡的意義，分別是指心理或腦之內和心理或腦之外。（這裡，喬姆斯基提醒我們注意，無論是 E– 語言還是 I– 語言，都不同於我們日常生活中所理解的「語言」。可以說，它們都抽離掉了後者中的某些內容，都是不同程度的理想化 (idealization) 的結果。比如，它們都抽離掉了通常所說的「語言」中的至關重要的社會政治維度及其規範性－目的論 (normative–teleological) 要素。）

由其在所有語言層次 (linguistic levels) 上的表現式 (representations)
所構成的一個序列 (sequence)。每一個語言層次都是一個符號系統
(symbolic system)，一個表現式系統 (representational system)，它
為人們提供了用以呈現 (present) 關於語言表達式的某些系統信息
(systematic information) 的手段 (means)。我們不妨將語言表達式
直接等同於其結構描寫。喬姆斯基將正確地刻畫了人們的語言知
識的語法理論稱為達到了「描寫充分性」 (descriptive adequacy)
的理論。

2.探究語言知識的來源

　　喬姆斯基認為，語言知識的來源問題構成了通常所說的「柏
拉圖問題」(Plato's Problem) —— 即這樣的問題：我們和世界的接
觸短暫而有限，但我們卻知道了大量關於它的事情，這是如何可
能的？ —— 的一個特殊方面：我們是如何從所接觸到的非常有限、
貧乏的語言材料（實際聽到或說過的話語）獲得那麼豐富、複雜
的語言知識的？

　　請看如下例了：

　　　<1> the man is at home

　　　　（那個人在家裡）

　　　<2> the man is happy

　　　　（那個人很快樂）

　　　<3> the man, who is happy, is at home

　　　　（那個快樂的人在家裡）

　　　<4> is the man at home?

　　　　（那個人在家裡嗎？）

　　　<5> is the man happy?

（那個人快樂嗎?）

　　<6> is the man, who happy, is at home?

　　<7> the man, who is happy, at home?

（那個快樂的人在家裡嗎?）

<1>～<7> 說明了英語中形成疑問句的正確方法。如果我們僅僅觀察 <1>～<2> 以及相應於它們的疑問句形式 <4>～<5>，那麼我們可能會作出如下結論:

　　<8>英語的疑問句是通過將相應的陳述句中的第一個動詞

　　　　形式移取到其最前面而形成的。

但如果我們繼續考察稍為複雜的句子形式 <3>，將此結論應用於其上，則得到不合語法的句子形式 <6>。這說明 <8> 不能充當疑問句形成規則。實際上，英語中疑問句形成規則應該是這樣的:

　　<9>將相應的陳述句中的主要動詞 (main verb) 即主句中

　　　　的動詞移取到該陳述句的最前面。

顯然，從運算 (computation) 上說，<9> 比 <8> 要複雜得多: <8> 是以線性次序 (linear order) 為基礎的，為了應用它，我們只需考慮句子中語詞出現的先後次序; 但 <9> 並不是以線性次序為基礎的，為了應用它，我們必須進行複雜的運算分析 (computational analysis) 以發現滿足要求的、具有如下特點的動詞: 它處於句子中的某一個結構位置，以某種特定的方式位於包含它的短語之中。但是，令人驚異的是，每一個處於英語環境中的小孩都知道他們應該使用從運算上看更為複雜的規則 <9>，而不是更為簡單的、以線性次序為基礎的 <8>。在這類問題上，他們從不會出錯，無需別人的糾正或教導。那麼小孩們的這種知識從何而來呢? 喬

姆斯基認為，唯一可信的回答是：來自於小孩心理或大腦中的某一天賦的原則。<1>～<2> 和 <4>～<5> 這些簡單的經驗材料與這個原則互相配合便產生出 <9> 而不是 <8>。這個原則便是所謂的結構－依賴 (structure–dependence) 原則：

> <10>語言規則或原則並非是簡單地應用於作為線性序列的表達式之上，而是應用於有著內在結構的表達式即短語標式 (phrase marker) 之上。這個內在結構是通過各種類型的短語的等級層次 (hierarchy) 而決定的。

比如，<3> 的內在結構是：

> <11>〔the man〔who is happy〕〕is at home

按照 <10>，只有處於括弧之外的 is 才可前移形成疑問句，其結果便是合語法的形式 <7>。由於其他的語言也都具有結構－依賴特徵，而且小孩們也能毫不費力地習得它們，所以喬姆斯基斷言：結構依賴原則是任何小孩生來就有的，不需任何經驗他們就知道了它，它構成了小孩或者說整個人類共同的遺傳稟賦 (genetic endowment) （生物稟賦 (biological endowment)）的一個重要部分。以上論證常常被稱為「刺激（證據）匱乏論證」(the argument from poverty of the stimulus (evidence))。由諸如此類的論證喬姆斯基得出了如下一般性結論：人們所具有的關於不同語言的不同的語言知識具有共同的來源，它們都是由人類心理或大腦所共同具有、並且僅為人類所具有的語言官能 (faculté de langage, the faculty of language) （或者更準確地說，其遺傳決定了的初始狀態），在特定的環境下，經過一定的成熟過程生長發育而來。這種語言官能構成了人類的語言習得機制 (language acquisition device)。在抽象的層面上對其應該具備的性質所作的理論研究便

構成了所謂的普遍語法 (universal grammar, 簡寫為 UG)。 ❷

　　喬姆斯基將那種滿足如下條件的普遍語法理論稱為達到了「解釋充分性」(explanatory adequacy) 的理論：它令人滿意地解釋了人類內在的語言知識之由來，或者說，它在原始的語言材料的基礎上成功地選擇了 (或提供了) 一個到了描寫充分性的特殊語法。 ❸ 。

3.在完成上述兩項研究後，我們便可以嘗試著解答正常語言使用的創造性問題了

　　這個問題有兩個方面：一為接受方面 (receptive aspect) （喬姆斯基又將其稱為知覺 (perception) （聽或看）方面或理解（解釋）方面 ），即我們是如何使用我們所獲得的語言知識來解釋（理解）我們所聽到或者看到的（新的）話語的問題；一為生產（說出或寫下）方面 (production aspect)，即我們是如何使用我們所獲得的語言知識來說出或寫下適當而連貫的（新的）話語的問題。相較而言，生產方面的問題更加困難，喬姆斯基將其特稱為「笛卡兒問題」(Descarte's Problem)。

---

❷ 這裡我們要注意：喬姆斯基在八十年代中期以前曾一度以系統歧義 (systematic ambiguity) 的方式使用「特殊的（轉換）生成語法」和「普遍語法」二語，即既用它們分別指語言知識（語言資質）或後來所說的 I- 語言和語言官能（的初始狀態），又用它們分別指語言學家關於語言知識（語言資質）或 I- 語言和語言官能的理論。這造成了許多不必要的混亂、誤解以及不必要的爭論。八十年代中期以後，他明確地區分開了這兩種用法，「語法」一語僅僅限於指語言學家的理論。

❸ 在描寫充分性和解釋充分性之外，喬姆斯基還曾提出「觀察充分性」(observational adequacy) 的概念。一個語言理論（語法）如果正確地給出（描寫）了所觀察到的原始語言素材，那麼它就達到了觀察充分性。按照喬姆斯基的看法，布隆菲爾德及後布隆菲爾德學派語言學家所提供的語言理論所關心的就主要是觀察充分性，而笛卡兒語言學家則主要是想達到描寫充分性（儘管他們沒有真正達到這個目標）。

4.在圓滿地進行了上述三項研究後，我們還可以進一步探究作
為語言知識之本性、來源及其使用的物理基礎的那些物理機制
（the physical mechanisms）為何的問題

　　從喬姆斯基如上的研究綱領我們不難看出，他實際上從根本
上扭轉了（或「倒轉了」）語言（學）研究的方向，將研究重心
從 E- 語言轉移到了 I- 語言，或者說將其從實際的或潛在的語言
行為及其產品 (products) 轉移到了作為這種語言行為及其產品之
基礎的內在的心理表現式和心理運算 (mental representations and
computation)。從十九世紀後半葉一直到二十世紀五十年代中期，
語言（學）研究的重心始終是 E- 語言。惠特尼 (William Dwight
Whitney, 1827～1894) 將語言看作是「任何人藉以表達其思想的
語詞和短語的總和」❹。索緒爾 (Ferdinand de Saussure, 1857～
1913) 將語言看作是語音系統和與之相聯的概念系統。布隆菲爾德
將語言看作是在一個言語共同體中可以說出的所有話語的總和。
後布隆菲爾德學派語言學家們則將他們的注意力主要集中在了語
音和詞的結構之上。行為主義者將語言看作是言語行為（或言語
行為傾向）之類聚。現代哲學家也幾乎都將語言僅僅看作是 E- 語
言，如蒯因將語言規定為「言語行為傾向的複合體」。喬姆斯基
則力圖探究作為 E- 語言之基礎的 I- 語言。顯然，這種研究方向
的扭轉（「倒轉」）具有非常深遠的意義。

　　首先，研究方向的如此轉移導致了截然不同的語法觀念。當
以 E- 語言為研究重心時，語法只是關於 E- 語言（即實際的或潛

---

❹　W. D. Whitney, 'Steinthal and the psychological theory of language'. In *North
　　American Review 114*(1872), 轉引自 Chomsky, *Current Issues in Linguistic Theory,*
　　1964, p.22.

在的言語事件、言語行為）的描寫性陳述的類聚。用技術性的術語來說，即列數 E- 語言的成員的一種函數。有時語法甚至被直接看成是 E- 語言的一種特性，語法「就是各種語言形式的有意義的配列」❺。因此，語法是一個派生的概念 (derivative notion)。語言學家可以隨意依一種或另一種方式選擇語法，只要所選擇的語法正確地鑒別出了該 E- 語言。除此而外，便無所謂真假問題。但是，當以 I- 語言為研究重心時，我們便會得到不同的語法概念。這時，由於作為語言研究（語法）對象的 I- 語言（語言資質，語言知識）和人類的語言官能存在與否是一個純經驗的問題，因而語言研究即語法便有了真假問題。語言學家的任務便是以盡可能準確、詳盡的方式刻畫 I- 語言（語言資質，語言知識）和人類的語言官能。

其次，研究重心從 E- 語言到 I- 語言的轉移使人們重新注意到了許多被長期忽視了的重大問題。當以 E- 語言為重心時，人們只將語言看作是一個習慣系統，一個行為傾向系統，它經過訓練和條件作用 (conditioning) 而被習得。語言行為中的創造性方面被看成是「類比」的結果。這種行為的物理機制本質上與「接球」及其他訓練有素的行為的物理機制無任何明顯的差別。這時，人們或者根本就認識不到柏拉圖問題，或者只是將其看作是「瑣屑」(trivial) 的，而置之不理。語言一般被認為是「學習得過了頭」(overlearned)：如此簡單的技巧卻需要如此多的經驗和訓練！同樣，笛卡兒問題也沒有受到真正的注意。相反，一旦將研究重心轉移到 I- 語言，我們就會立即注意到柏拉圖問題和笛卡兒問題，

---

❺ 布隆菲爾德，《語言論》，頁 198。

而且還能最終給其以恰當的解答。

　　最後，語言學研究一旦將其重心從 E– 語言轉移到 I– 語言，那麼我們便能很容易將其納入到真正科學的軌道上來。E– 語言是一個很令人生疑的概念，它不是實在世界 (the real world) 中的實在的對象，而是人為的 (artificial) 產物，某種程度上說是任意的。相反，I– 語言（語言資質、語言知識）則是一種實實在在的自然對象 (natural object)，是心理或大腦的一種狀態，而且它又是心理或大腦中的一種官能（語言官能）的終端狀態。關於它的命題（以及關於作為其基礎的語言官能的命題）都是有真假的。關於I– 語言的理論（特殊的生成語法）以及關於語言官能的理論（普遍語法）和其他領域中的科學理論具有同等的價值。作為研究 I– 語言以及先天的語言官能的理論的語言學實際上構成了心理學之一部分，最終說來，它們屬於生物學。只要我們最終找到了具有在這些非常抽象的研究中所揭示出的那些性質的生物的或物理的機制，語言學便被納入到自然科學之中了。

　　喬姆斯基的語言研究主要是圍繞著上面第一、第二項任務而進行的。至於第三（特別是其中的生產問題）、第四項任務他只是做了一些綱要性、展望性的評論。在下面兩章我們將首先詳細地介紹一下他的第一、第二項研究的結果，之後簡單地介紹一下他關於第三、第四項研究的評論。

第三章　喬姆斯基語言理論
　　　　的發展歷程（上）

　　從緒論中我們看到，喬姆斯基的語言理論前後經歷了如下幾個發展階段：

第一個階段（五十年代中後期）

　　代表作為《語言理論的邏輯結構》和《句法結構》。在這個階段，喬姆斯基提出了其第一個語言理論模式，它的描寫部分由三個子部分構成，即短語結構部分、轉換部分和語素音位部分；在解釋方面即普遍語法理論（普遍的語言結構理論）方面，他提出了評價程序（簡單性尺度）以作為語法選擇的根據。

第二個階段（五十年代末到六十年代中後期）

　　代表作為《句法理論面面觀》和《笛卡兒語言學》。在這個階段，他對第一個語言理論模式進行了重大的修改和補充，提出了所謂的「標準理論」，認為一個語言的生成語法是由句法部分、語義部分和音系部分這三個子部分構成的。其中句法部分又進一步分為基礎部分和轉換部分，基礎部分由改寫規則和詞庫構成，它生成深層結構；轉換部分將深層結構最終轉換為表層結構。這一階段的一大革新是注意到了語義問題，認為深層結構決定了句子的語義內容，而表層結構只決定了句子的語音形式。另外，喬姆斯基還正式明確地陳述出了語法和普遍語法的心理學解釋，並開始注意到了對生成語法規則進行限制的必要性。

第三個階段（六十年代末到七十年代中後期）

代表作為〈深層結構、表層結構和語義解釋〉、《語言和心理》、〈轉換的條件〉和《關於語言的反思》等等。對前一階段提出的「標準理論」又做了比較大的修改，相繼提出了所謂「擴充的標準理論」及「修改的擴充的標準理論」。主要革新有兩個，一是淡化了深層結構和表層結構的區分，認為表層結構在許多情況下也參與決定句子的語義內容，進一步說來，深層結構的語義作用也可以通過某種方式而被表達於表層結構中；另一個革新是進一步發展了普遍語法，對規則系統提出了更多的限制條件。

第四個階段（七十年代末到八十年代末）

代表作有〈論約束〉、《支配和約束講演集》、《語障》、《語言知識：其本性、來源和使用》、《語言和知識問題》。在這個階段，喬姆斯基的語言研究發生了一次意義重大的重心轉移，即從規則系統轉向了原則系統，大幅度削減和歸約了規則系統，相應地，最大限度地擴充了原則系統，最終提出了所謂「原則和參數理論」。

第五個階段（九十年代）

代表作為〈一個關於語言理論的最小綱領〉、〈僅有的短語結構〉和〈語類和轉換〉。對「原則和參數理論」又進行了大刀闊斧地修改和歸約，提出了所謂「最小綱領」。

下面我們就對喬姆斯基語言理論的上述幾個發展階段依次加以介紹。

一、第一個模式

　　從第一章我們看到，作為生成語法的短語結構語法對於語言描寫的目的來說是不適當的。為了構建出能充分而適當地描寫人類語言知識的語法，我們就必須給其補充以轉換規則。這樣，喬姆斯基語言理論的第一個模式便應運而生了。下面我們從語言描寫和語言解釋兩個方面對其加以介紹。

㈠描寫

　　第一個模式的描寫部分由以下三個子部分組成：短語結構部分，轉換部分和語素音位 (morphophonemic) 部分。

　　關於第一個部分，我們前面已有所介紹。其內的規則即短語結構規則生成基礎終端符號串 (underlying terminal strings)（又稱 C–終端符號串(C–terminal strings)，這裡 C 代表 constituent（成分））——它們的終端符號由語素組成——以及與之相聯的基礎短語標式 (underlying (base) phrase-markers)，轉換規則將作用於它們之上。

　　現在，我們來考察轉換部分。按照喬姆斯基的理論，一個轉換是通過對它所欲應用於其上的符號串的結構分析 (structural analysis) 和它在這個（這些）符號串之上所引起的結構變化來加以規定的。結構分析確定了轉換的應用對象——短語標式的集合，並且說明了為了進行該轉換我們應該如何對它們進行分析；結構變化則指示了為了得出一個新的短語標式，我們應該對這些短語標式做些什麼。比如，以形成一般疑問句的轉換規則為例。它的

結構分析指出它適用於如下句子:

> you think – who – saw John
>
> （你認為誰看到了約翰）

該分析可簡單表示如下:

> $X_1 - X_2 - X_3$

結構變化則指出該規則將 X_2 (who) 移至句首形成:

> $X_2 - X_1 - X_3$（即 who – you think saw John）

另一條轉換規則將其轉變為:

> who do you think saw John?

喬姆斯基區分開了兩種性質不同的轉換，一種是強制性轉換 (obligatory transformation)，一種是可選轉換(optional transformation)。前者指在推演的某個給定階段必須進行的轉換，否則結果將不是一個句子；而後者則指在推演的某個給定階段不一定非得進行的轉換。比如，被動式轉換就是可選轉換，無論一個推演中應用了它與否，都不影響推演的結果之是否為一個句子。通過強制性轉換和可選轉換的區別，喬姆斯基在一個語言的句子之間作出了一個基本的區分。他將通過僅僅應用強制性轉換於〔$\sum$, F〕語法的終端符號串之上而生產出的句子稱為核心句 (kernel sentences)，而將這樣的句子的集合稱為該語言的核心 (kernel)。核心句實際上就是不包含任何複雜短語的肯定的簡單陳述句。語法的轉換部分以如下的方式建立起來: 轉換可應用於核心句（更準確地說，應該是: 作為核心句之基礎的那些形式，即語法的〔$\sum$, F〕部分的終端符號串）之上或者應用於在前的轉換式 (prior transform) 之上。因此，該語言的每一個句子或者屬於核心，或者是通過一系列轉換從作為一個或多個核心句之基礎的符號串中推演而來。

在此，喬姆斯基還作出了另一個重要的區分，即單獨轉換 (singulary transformation) 和概括轉換 (generalized transformation)。前者只應用於一個句子之上，而後者則應用於多個句子之上。顯然，概括轉換皆屬於可選轉換。

喬姆斯基認為，轉換規則的使用並不是雜亂無章的，而是有一定的次序要求的。也就是說，我們必須給轉換規定一個適當的應用次序。比如，被動式轉換必須在強制性數轉換 (Number Transformation) 之前進行，因為只有這樣才能保證作為推演結果的句子 (the resulting sentence) 的動詞要素與被動句子的新的語法主語具有相同的數。

轉換生成的英語語法主要包含如下轉換規則：

A. 單獨轉換

1. Tp–optional（可選被動式轉換）

結構分析：NP–Aux–V–NP

結構變化：$X_1 - X_2 - X_3 - X_4 \rightarrow X_4 - X_2 + be + en - X_3 - by + X_1$

（這裡 X_1、X_2、X_3、X_4 依次代表上面結構分析中的第一、第二、第三和第四個成分，下同。）

2. T_{sep}^{ob}–obligatory（強制性分離 (separate) 轉換）

結構分析：$\begin{cases} X - V_1 - Prt - Pronoun \\ X - V_2 - Comp - NP \end{cases} \left(\begin{array}{l} Prt=particles（小品詞）\\ Comp=complement（補語）\end{array} \right)$

結構變化：$X_1 - X_2 - X_3 - X_4 \rightarrow X_1 - X_2 - X_4 - X_3$

3. T_{sep}^{ob}–optional（可選分離轉換）

結構分析：$X - V_1 - Prt - NP$

結構變化：$X_1 - X_2 - X_3 - X_4 \rightarrow X_1 - X_2 - X_4 - X_3$

4.Number Transformation–obligatory（強制性數轉換）

結構分析： $X - C - Y$

結構變化： $C \rightarrow$ $\begin{cases} \text{在語境} NP_{sing} - \text{中為} S \\ \text{在語境} NP_{pl} - \text{中為} \phi \\ \text{過去式} \end{cases}$ $\left(\begin{array}{l} NP_{sing} = \text{Singular NP（單數NP）} \\ NP_{pl} = \text{Plural NP（複數NP）} \\ \phi \text{ 表示零語素（Zero Morpheme）} \end{array} \right)$

5.T_{not}–optional（可選否定轉換）

結構分析： $\begin{cases} NP - C - V \cdots \\ NP - C + M - \cdots \\ NP - C + have - \cdots \\ NP - C + be - \cdots \end{cases}$ $(M = \text{modal verbs（情態動詞）})$

結構變化： $X_1 - X_2 - X_3 \rightarrow X_1 - X_2 + n't - X_3$

6.T_A–optional（可選斷定 (affirmation) 轉換）

結構分析：同於 5

結構變化： $X_1 - X_2 - X_3 \rightarrow X_1 - X_2 + A - X_3$

7.T_q– optional（可選問句 (question) 轉換）

結構分析：同於 5

結構變化： $X_1 - X_2 - X_3 \rightarrow X_2 - X_1 - X_3$

8.T_W–optional（可選 wh– 問句轉換）

T_{W1}:

結構分析： $X - NP - Y$（X 或 Y 可以是空的）

結構變化：同於 7

T_{W2}:

結構分析： $NP - X$

結構變化： $X_1 - X_2 \rightarrow wh + X_1 - X_2$

（這裡 wh+animate noun（表示有生命事物的名詞） $\rightarrow$ Who

　　　wh+inanimate noun（表示無生命事物的名詞） $\rightarrow$

What）

9. Auxiliary Transformation–obligatory（強制性助動詞轉換）

　結構分析：$X - Af - \nu - Y$

　結構變化：$X_1 - X_2 - X_3 - X_4 \rightarrow X_1 - X_3 - X_2 \# - X_4$

　（這裡 Af=Affix（詞綴），它可以是任何 C 或 en 或 ing；

　ν 是任何 M 或 V 或 have 或 be；# 表示詞與詞之間的

　界線 —— 詞界（word boundary））

10. Word Boundary Transformation-obligatory（強制性詞界

　轉換）

　結構分析：$X-Y$（$X \neq \nu$ 或 $Y \neq Af$）

　結構變化：$X_1 - X_2 \rightarrow X_1 - \# X_2$

11. do–Transformation–obligatory（強制性 do 轉換）

　結構分析：$\# - Af$

　結構變化：$X_1 - X_2 \rightarrow X_1 - do + X_2$

B. 概括轉換

12 Tconjunction（結合轉換）

　結構分析：S_1：$Z - X - W$

　　　　　　S_2：$Z - X - W$

　　　　（這裡 X 是最小成分（minimal element），如 NP、

　　　　VP 等，Z 和 W 是終端符號串的語段（segments））

　結構變化：$(X_1 - X_2 - X_3; X_4 - X_5 - X_6) \rightarrow X_1 - X_2 +$

　　　　　　$and + X_5 - X_3$

　（例如，由 the scene–of the movie–was in Chicago

　　　　　和 the scene–of the play–was in Chicago

得到 the scene–of the movie and of the play–
was in Chicago）

13. T_{so}（so 轉換）

結構分析：S_1：同於 5

S_2：同於 5

結構變化：$(X_1-X_2-X_3; \ X_4-X_5-X_6) \rightarrow X_1-X_2-X_3-$
and $-so-X_5-X_4$

14. Nominalizing Transformation T_{to}（不定式名物化轉換）

結構分析：S_1：NP–VP

S_2：X–NP–Y（X 或 Y 可以是空的）

結構變化：$(X_1-X_2; \ X_3-X_4-X_5) \rightarrow X_3-to+X_2-X_5$

15. Nominalizing Transformation T_{ing}（現在分詞名物化轉
換）

同於 14，只是在結構變化中以 ing 代替 to。

16. Nominalizing Transformation T_{adj}（形容詞（簡寫為 A）
名物化轉換）

結構分析：S_1：Det–N–is–A

S_2：同於 14

結構變化：$(X_1-X_2-X_3-X_4; \ X_5-X_6-X_7) \rightarrow X_5-$
$X_1+X_4+X_2-X_7$

17. T_R（關係 (relative) 從句轉換）

結構分析：S_1：X–Y–NP

S_2：NP–Y–X

結構變化：$(X_1-X_2-X_3; \ X_4-X_5-X_6) \rightarrow X_1-X_2-X_3+$

$$\left. \begin{array}{c} \text{that} \\ \text{which} \\ \text{who} \\ \text{whom} \\ \text{whose} \end{array} \right\} - X_5 - X_6$$

18.(Substitution) Embedding Transformation T_E（（替換）

內嵌轉換）

結構分析：S_1：$X-Y-S'$

　　　　　S_2：S

結構變化：$(X_1 - X_2 - X_3;\ X_4) \rightarrow X_1 - X_2 - X_4$

　　上面所列出的那些單獨轉換實際上可被歸併為如下幾種類型：前移 –wh (Front–wh)，移取 –NP (Move–NP)，移取 –PP (PP= Prepositional Phrase, 介詞短語)，移取 –V (Move–V)；刪略 –NP (Delete–NP)，刪略 –wh (Delete–wh)；插入 (Insertion) 規則。例如，所謂的特殊疑問句轉換規則便屬於前移 –wh 類型的規則；形成一般疑問句的轉換規則屬於移取 –V 類型的規則；被動式轉換規則是由移取 NP 類型的規則和插入規則共同組成的。

　　上面的每一種轉換都將某一個（兩個，三個）基礎終端符號串的一個（二個，三個，……）完整的基礎短語標式映射到(map into) 一個T– 終端符號串 (T-terminal string) —— 即由每一次轉換所獲得的符號串 —— 的新的導出短語標式 (new derived phrase-marker) 之上。T– 終端符號串的句法描寫 (syntactic description)（結構描寫之一部分）由與每一個基礎終端符號串相聯的基礎短語標式的集合、整個符號串的導出短語標式及其轉換史 (transformational history) 的表現式 —— 喬姆斯基將其稱為轉換標式 (transformation marker，簡寫為 T-marker) —— 構成。

接下來我們看一下語素音位部分。它也可以由一系列改寫規則加以表達。例如，對英語而言，就有如下語素音位規則：

1. walk → /wɔk/

2. take+past → /tuk/

3. hit+past → /hit/

4. /··· D/+past →/··· D/+/id/（這裡 D=/t/ 或 /d/）

5. /··· Cunv/+past → /··· Cunv/+/t/（這裡 Cunv 是清輔音 (unvoiced consonant)）

6. past → /d/

7. take → /teyk/

喬姆斯基認為，語素音位規則的使用也是有先後次序的，例如 2.必須先於 5.或 7.而被使用，否則我們就會得出 take 的過去式具有 /teykt/ 這樣的形式的結論。語素音位規則不同於短語結構規則之處在於：在後者中每一次改寫只能改寫一個符號，而在前者中我們可以同時改寫多個符號。

為了從這樣的一部語法生產出一個句子，我們構造一個從句子開始的擴展的 (extended) 推演。依次應用短語結構規則，由此得到一個終端符號串，它是一個語素序列。然後依次應用轉換規則，它們可能重新排列符號串，或者增加（插入）或者刪略語素。結果便得到一個語詞串。然後再應用語素音位規則，語詞串因此而被轉變成音位串。這樣整個生成過程便告結束。

無論是改寫規則（短語結構規則）還是轉換規則抑或是語素音位規則，從數目上看都是有限的，但它們的合同作用卻能生成無限數目的結構描寫。喬姆斯基認為，語法規則所具有的這種功

能無限性來源於轉換規則（更為具體地說，概括的轉換規則）的遞歸 (recusive) 性質。比如，每一種語言都包含著結合轉換，它允許將一個句子與另一個句子結合起來。這樣的過程可以無限地進行下去。每進行一次都生成一個新的句子，由此便可生成無限數目的句子。

　　喬姆斯基斷言，他上面給出的生成語法模式要比短語結構語法更為有力，正如後者比有限狀態語法更為有力一樣。比如，我們在第一章所考察過的第三種類型的語言即 aa, bb, abab, baba, ……，就無法通過短語結構語法生產出來，但卻能通過上面的轉換生成語法模式生產出來（證明從略）。而且，一旦我們補充上了轉換層次，那麼整個語法就會得到實質性的簡化，因為這時只需直接為核心句提供短語結構。〔∑, F〕的終端符號串恰恰是那些構成了核心句之基礎的符號串。核心句是以如下方式被選擇的：作為核心句之基礎的終端符號串很容易通過〔∑, F〕描寫推演出來，而所有其他的句子都只能通過轉換從這些終端符號串中推演出來。

　　在第一章我們看到，後布隆菲爾德學派的主要代表之一哈里斯也談到了「轉換」。正因如此，許多人便望文生義地認為喬姆斯基的轉換就源自於，甚至就是，哈里斯的轉換。喬姆斯基堅決反對這種看法。他認為他的轉換與哈里斯的轉換根本不同：

　　首先，哈里斯的轉換只是存在於兩組句子（或兩個表層形式）之間的一種特殊的等價關係，是外在的、偶然的。而喬姆斯基的轉換全然不是這樣的，它是一個規則系統中的一種規則，這個規則系統將結構描寫歸屬給無窮的句子集。在一個特殊的句子的推演中，一條轉換規則應用於該句子的一個抽象的表現式之上，並

將其轉換成另一個抽象的表現式。初始表現式（即後來所謂的深層結構）被一步步地轉換成終端（或表層）結構。

其次，在喬姆斯基的生成語法模式中，句子形式之間的同現關係或等價關係只能向人們提示一種轉換的存在，即它們是通過轉換從相同的或相關的基礎結構 (underlying structures) 中推演而來的，而不能建立起它。但在哈里斯的體系之內情況恰恰相反，這樣的關係恰恰就定義了轉換。

最後，哈里斯的轉換是不可修改的，但在喬姆斯基的轉換生成語法模式中，轉換並非是不可修改的，它可以被進一步的研究所否證。因為根本說來一個轉換並非是關於一個觀察到的特殊的同現關係的陳述，而是構成了一個系統（一部生成語法）之一部分，而這個系統（這部生成語法）作為一個整體是有其經驗後承的。它可以被新的證據所否證，或者被一個具有更高價值的語法 (more highly-valued grammar) —— 它具有不同的轉換規則和其他規則 —— 所取代。

第一個模式的描寫部分可圖示如下：

短語結構部分 ─── 轉換部分 ─── 語素音位部分 ──→ 音位表現式

㈡解釋

即使是在五十年代中期，喬姆斯基的目標也不僅僅是語言描寫，而更主要的是語言解釋，是如何為語法提供辯護 (justification) 的問題。在他看來，特殊的（轉換生成）語法是從普遍的語言（結構）理論那裡得到辯護的。「一個語法是從如下事實中得到辯護的：它被證明是一個給定的抽象的語言結構理論的結果 (follows from a given abstract theory of linguistic structure)」 **❶** 。

　　普遍的語言結構理論為了達到為特殊的語法提供辯護的目的必須具有如下性質：對於每一個語言來說，它為其所提供的語法必須符合為那個語言所設定的外在充分性標準或條件 (external conditions or criteria of adequacy)。這種外在充分性標準或條件主要包括：

　　1.所生成的句子為母語說話者(the native speaker) 所接受，或者符合母語說話者關於語言形式的語感 (linguistic intuition, grammatical intuition)。

　　2.表面上類似的句子（如「the picture was painted by a new technique」（這幅畫是用新技巧畫的）和「the picture was painted by a real artist」（這幅畫是由一個真正的藝術家畫的））的不同的解釋被不同的推演史所表達了。

　　3.以類似的方式理解的句子在同一個描寫層次上以類似的方式得到了表達。

　　4.每一種「結構性同形同音異義性」(constructional homonymity) （即多個結構描寫被賦予給同一個句子的情況）都描寫了一種真正的歧義性 (ambiguity)；每一種歧義情況都被結構性同形同音異義性加以表達了。

　　五十年代中期，喬姆斯基認為普遍的語言結構理論是由如下兩個部分構成的：

　　其一為對語法的型式 (format) 的明確刻畫。規定語言描寫須包括音位、語素、語詞、句法語類等概念和短語結構、轉換和語

---

❶ Chomsky, *The Logical Structure of Linguistic Theory.* p. 65.

素音位等部分。此外，根據任意語言 L 的物理性質和分布性質及其語法的形式性質給出「L 中的音位」、「L 中的短語」、「L 中的轉換」等等概念的定義。

其二為評價程序 (evaluation procedure)（或者說評價尺度 (evaluation metric)）。所謂評價程序就是這樣一套機制，給定了一定的語言材料以及兩種或多種可供選擇的語法，它便能告訴我們哪一種是「最有價值的」(the highest-valued) 語法。影響語法選擇的因素很多，其中「簡單性尺度」(the measure of simplicity) 最為重要。所謂簡單性尺度就是指一個語法系統的「概括程度」(degree of generalization)。當由所有關於單個成分的規則組成的規則集被一個關於整個成分集的規則所取代時，我們便達到了某種程度的概括。在構造一種語法時，我們總是力圖建立起這樣的成分：它們具有規則的、從型式上說類似的並且易於陳述的分布，在類似的情況下它們將經歷類似的變化。換言之，也即這樣的成分，關於它們我們可以進行大量的概括，但卻幾乎不需要對之進行特殊的限制。顯然，這樣理解的「簡單性」實際上就是「語法的長度」(the length of the grammar)，即語法中符號數目的函數。完全的概括和特殊的限制的消除將自動地縮短語法的長度，並因而也就提高了語法的簡單性程度。

關於評價程序（簡單性尺度），喬姆斯基告誡我們要特別注意以下兩點：

第一，簡單性是一種系統性的尺度 (systematic measure)，作為選擇的唯一終極標準的東西只能是整個語法系統的簡單性。在討論特殊的情況時，我們只能指出一個或另一個決定將如何影響整體的複雜性 (the over-all complexity)。這樣的討論只能是試探

性的，因為在簡化一個語法的某一個部分時，我們可能就使其他的部分變得複雜了。只有當我們證實了語法的某一部分的簡化確實導致了它的其餘部分的相應的簡化時，我們才能說我們獲得了真正的簡單性。

　　第二，評價程序並不是以某種方式先天地 (a priori) 給定了的。事實上，關於它的任何建議都是關於語言之本性的經驗假說。給定了原始的語言素材 D 不同的評價程序將導致完全不同的語法選擇，並最終導致關於如下事情的不同的預測：以 D 為基礎學習語言的人是如何解釋或生產未曾出現於 D 中的新句子的。因此，評價程序的選擇完全是經驗之事，並非是任意的，關於評價程序的任何建議都有真假對錯問題。就簡單性尺度而言，「簡單性」這個概念實際上是和「語法」、「音位」等概念一起在特定的語言理論中得到定義的。簡單性尺度的選擇與一個物理常量 (physical constant) 的值的確定非常類似。給定了語法的外在充分性標準，我們便能得到這樣的經驗結果：符合充分性標準的語法事實上是最短的（最簡單的）語法。換言之，我們是這樣定義簡單性的：在某些情況下，最簡單的語法事實上恰恰是正確的語法。因此，簡單性尺度的選擇是經驗之事，不同的選擇將會導致不同的經驗後果。

二、第二個模式：標準理論

　　從第一章和第二章我們看到，喬姆斯基語言理論的中心任務是在正確地刻畫（描寫）人類內在的語言知識的基礎上成功地解釋其來源，即語言之習得過程。顯然，這個任務的設定和完成假

設了關於語法和普遍語言理論的「心理學解釋」(the psychological interpretation) 或者說「實在論解釋」(the realist interpretation)。五十年代中期，當喬姆斯基提出其語言理論的第一個模式時，他並沒有明確地陳述出這種解釋❷。這時他認為語言學的中心任務是為語法（語言學家的語法）提供辯護。五十年代末，在理茲 (Robert B. Leeds) 的那篇著名的書評 ('Review of Chomsky, *Syntactic Structures*') ❸ 的影響和鼓勵下，喬姆斯基正式明確地提出了對特殊的（轉換）生成語法和普遍語言理論的心理學解釋：特殊的（轉換）生成語法描寫的實際上是表達於語言使用者心中的內在的語資質即語言知識，而普遍的語言理論（從六十年代起喬姆斯基將其稱為普遍語法）所欲解釋的則是這種內在的語言知識的來源。

　　進入六十年代以後，喬姆斯基還對其第一個模式的描寫部分的內部「組織」(organization) 進行了大規模的修改和補充。

　　喬姆斯基將所有這些修改和補充的結果稱為標準理論（Standard Theory, 通常簡寫為 ST）。下面我們就對其進行比較詳細的

❷　喬姆斯基自己後來回憶說，他於五十年代中期（甚至更早的時候）就已經明確地意識到了應該對語法和普遍語言理論進行心理學解釋，但考慮到這種想法在當時看來過於有違常規，過於「大膽」(audacious)，因而沒有將其明確陳述出來。請參閱上引書導言，p. 35。

❸　在這篇書評中，理茲寫道：
喬姆斯基的理論的最為令人迷惑、從長遠來看必定是最為有趣的意蘊在於其與人類心理學領域的結合。……我們不能通過查看一個人類說話者的大腦內部的方式來確定他究竟是通過使用什麼樣的裝置 (device) 來生成他的語言的句子的……，我們只能構述一個具有所有那些所期望的性質的模型，也即這樣的模型，它也依人類說話者的方式生成那些句子。如果所構造的模型被構造得足夠普遍，它就應該正確地預測人類說話者將來的語言行為。這時我們便可以將這個模型的結構歸屬給人類大腦中的那種裝置，……。(pp. 76～77)

介紹。

㈠描寫

標準理論的描寫部分是由如下三個子部分組成的：句法部分 (the syntactic component)、語義部分 (the semantic component) 和音系部分 (the phonological component)。下面我們分而述之。

1.句法部分

標準理論的句法部分是由基礎部分 (the base component) 和轉換部分 (the transformational component) 構成的。下面我們先介紹基礎部分。

⑴基礎部分

我們首先看一下下面這個句子：

<1>sincerity may frighten the boy

（真誠會嚇壞那個男孩的）

關於這個句子，傳統語法學家給出了如下分析：

<2>(i)符號串<1>是一個句子 (S)；frighten the boy 是一個動詞短語 (VP)，它是由一個動詞 (V) frighten 和一個名詞短語 (NP) the boy 構成的；sincerity 也是一個 NP；NP the boy 由限定詞 (Det) the 和緊隨其後的一個名詞 (N) 構成；NP sincerity 由單獨一個 N 組成；the 還是一個冠詞（Article, 簡寫為 Art）；may 是輔助動詞 (Aux)，並且還是情態動詞 (M)。

(ii) N boy 是一個可數名詞 (Count Noun)（不同於物質名詞 (Mass Noun) butter（黃油）和抽象名詞 (Abstract Noun) sincerity），且還是一個普通

名詞 (Common Noun) （不同於專有名詞(Proper Noun) John 和代詞 it）；此外，它還是有生命名詞 (Animate Noun) （不同於 book）和人性名詞 (Human Noun)。 frighten 是一個及物動詞(Transitive Verb) （不同於 occur），它並非毫無限制地允許取消賓語（不同於 read, eat）；它可以自由地採取進行體 (Progressive Aspect) （不同於 know, own）；它允許抽象主語(Abstract Subject) （不同於 eat, admire）和人性賓語(Human Object) （不同於read, wear）。

<2>(i) 中所給出的信息關涉到符號串 <1> 的子劃分 (subdivision)。它被進一步分析為連續的子符號串，其中的每一個都被歸屬給一個確定的語類。從上一部分我們看到，在第一個模式中，這個信息由 <1> 的一個標記括弧

<3>$[_S[_{NP}[_N$sincerity$]_N]_{NP}[_{Aux}[_M$may$]_M]_{Aux}[_{VP}[_V$frighten$]_V$
$[_{NP}[_{Det}$the$]_{Det}[_N$boy$]_N]_{NP}]_{VP}]_S$

或者由如下樹形圖

<4>

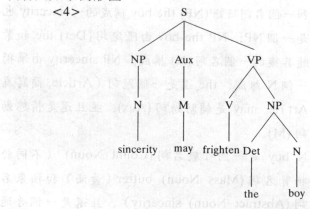

形式地加以表達了。

按照第一個模式，為了提供短語標式 <3> 或 <4>，短語結構部分（可以看作是第一個模式的基礎部分）須包括如下改寫規則：

<5> (I) S → NP͡Aux͡VP

　　　　VP → V͡NP

　　　　NP → Det͡N

　　　　NP → N

　　　　Det → the

　　　　Aux → M

　　(II) M → may

　　　　N → sincerity

　　　　N → boy

　　　　V → frighten

現在，我們看一下究竟如何以明確的規則的形式將 <2>(ii) 所包含的信息陳述出來。不難看出，這個信息具有如下獨特的特性：第一，它關涉到的是「子語類化」（subcatcgorization, 也可譯作「子語類劃分」），而非「分支化」(branching)（也即將一個語類分析為一串語類，例如，將 S 分析為 NP͡Aux͡VP，或將 NP 分析為 Det͡N）；第二，它只涉及到那些以詞匯形素(lexical formative) ❹ 為成員的語類，即所謂的單詞語類 (lexical category)。

---

❹　形素 (formatives) 即通常所說的語素 ── 句法上起作用的最小的單位。六十年代後，喬姆斯基不再用語素而用形素。他將形素進一步區分為詞匯形素 (lexical formative) 即詞項 (lexical item)（如 sincerity, boy 等）和語法形素 (grammatical formative)（如the（定冠詞），Perfect（完成體）、Possessive（所有格）等等）。另外，由句法規則引入的連結 (junctural) 成分，如詞界 (word boundary)「#」和形素界限 (formative boundary)「＋」也屬於語法形素。

在第一個模式中，子語類化是由類似於 <5> 那樣的改寫規則來統一處理的。但是，馬修斯 (G. H. Matthews) 於 1957～1958 年間指出，這種做法是錯誤的，改寫規則並不是實現單詞語類子語類化的適當手段。之所以如此的根本原因在於：子語類化並不具有嚴格的等級層次 (hierarchy)，相反，它涉及到交叉劃分 (cross classification)。例如，英語中的 N（名詞）或者是 Proper（專有的）（如 John, Egypt（埃及））或者是 Common（普通的）（如 boy, book），同時又可以是 Human（人性的）（如 John, boy）或者是 non-Human（非人性的）（如 Egypt, book）。某些規則（如涉及到限定詞的規則）適用於 Proper/Common 的區分，其他的規則（如涉及到關係代詞之選擇的規則）適用於 Human/non-Human 的區分。但是如果子語類化由 <5> 那樣的改寫規則給出，那麼這些區分中的一個或另一個就必須居於主導 (dominate) 地位，這樣其他的區分也就不可能得到自然而然的陳述了。因此，如果我們決定將 Proper/Common 當作是主要區分 (major distinction)，那麼便有如下規則：

<6>N → Proper

N → Common

Proper → Pr–Human

Proper → Pr–nHuman

Common → C–Human

Common → C–nHuman

這裡，「Pr–Human」、「Pr–nHuman」、「C–Human」和「C-n-Human」等符號彼此完全無關（正如「Noun」、「Verb」、「Adjective」和「Modal」一樣）。在這個系統中，儘管我們可以很容易

地陳述出一個只適用於 Proper Nouns 或只適用於 Common Nouns
的規則，但是適用於 Human Nouns 的規則卻必須借助於互不相
關的語類 Pr–Human 和 C–Human 來陳述。這說明這裡我們缺少
應有的概括。諸如此類的問題揭示出僅僅由 <5> 那樣的改寫規
則組成的語法的基礎部分是不完善的。而且這種不完善性也不能
通過轉換規則加以消除。

　　上面的論述表明，為了完善第一個語法模式，我們必須對其
基礎部分（短語結構部分）進行重大的修改和擴充。

　　喬姆斯基所做的第一項重大修改是：在類似於 <5>(I) 那樣
的分支改寫規則 —— 它們適用於短語語類，如 NP、VP 等 —— 之
外又引入了適用於單詞語類（如 N、V 等）的改寫規則。下面我
們就看一下後一種類型的改寫規則是如何構寫出來的。

　　喬姆斯基首先引入了句法特徵 (syntactic features) 概念。
所謂句法特徵實際上就是指單詞語類所具有的子語類特徵，如
〔+Common〕（表示具有 Common Noun 的特徵），〔+Human〕（表
示具有 Human Noun 的特徵）、〔–Human〕（表示不具有 Human
Noun 的特徵）等。如果一個單詞語類具有某個句法特徵，那麼我
們便說它相對於這個句法特徵正面地得到了規定 (positively speci-
fied)，反之，則說它負面地得到了規定 (negatively specified)。明
確規定了的 (specified) 句法特徵的集合被稱為複雜符號 (complex
symbol)。

　　以句法特徵為基礎，我們可以為 N 這個單詞語類構造出如下
語法規則（子語類化規則）：

　　　　<7>(i) N →〔+N,±Common〕

　　　　　　(ii)〔+Common〕→〔±Count〕

(iii)〔+Count〕→〔±Animate〕

(iv)〔−Common〕→〔±Animate〕

(v)〔+Animate〕→〔±Human〕

(vi)〔−Count〕→〔±Abstract〕

<7>(i) 所斷言的是：處於某一推演通路 (path) 上的 N 由〔+N,+Com-mon〕和〔+N, −Common〕這兩個複雜符號中的一個所取代。<7>
(ii) 斷言：任何一個複雜符號 Q，如果它已經被確定為〔+Common〕，那麼它就由包括著如下特徵的複雜符號所取代：Q 的所有特徵；〔+Count〕和〔−Count〕中的一個。(7)(iii) − (7)(vi) 的內容依此類推。

　　規則(7)的全部效果由如下分支圖 (branching diagram) 完全地加以表達了：

<8>

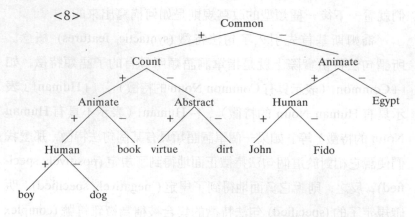

在上述圖示中，每一個節點都被標上了一個特徵，每一條線 (line)
都被標上了 + 或 −。每一條最長的通路 (maximal path) 都對應著諸詞項的一個語類；這個語類的一個成員具有特徵〔α F〕（α = +
或 −），當且僅當構成這條通路的諸條線中的一條被標上了 α 且由被標記為 F 的節點延伸而來。<8> 的終點給出了由 <7> 所定

義的那些語類的典型成員。

接下來，我們考慮如何為單詞語類 V 提供子語類化規則的問題。這裡，人們也許會情不自禁地認為，只需將如下類似於 <7> 的規則附加於語法規則系統之上就行了：

<9> V →〔+V,±Progressive,±Transitive,±Abstract−Subject,
±Animate−Object〕

但喬姆斯基認為這不行。因為只有在語類符號 V 出現於環境 —— NP 之中時，它才能被一個包含著特徵〔+Transitive〕的複雜符號所取代。同樣，一個動詞只有在其出現於環境〔+Abstract〕… —— 中時它才能具有特徵〔+Abstract−Subject〕；一個動詞只有當其出現在環境 —— …〔+Animate〕之中時它才能具有特徵〔+Animate−Object〕等等。因此，〔Transitive〕、〔Abstract−Subject〕、〔Animate−Object〕等特徵必須通過依賴於語境的改寫規則 (context−sensitive rewriting rules) 加以引進。相反，我們上面給出的關於名詞 N 的子語類化規則 <7> 都是獨立於語境的 (context−free)。

基於如上考慮，喬姆斯基認為關於 V 的子語類化規則應該以如下的方式給出：

<10> (i) V → 〔+V,+Transitive〕/ − NP

(ii) V → 〔+V,−Transitive〕/ − #

<11> (i) 〔+V〕 → 〔+〔+Abstract〕−Subject〕/〔+N,+Abstract〕Aux−

(ii) 〔+V〕 → 〔+〔−Abstract〕−Subject〕/〔+N,−Abstract〕Aux−

(iii)〔+V〕 → 〔+〔+Animate〕−Object〕/ − Det〔+N,+Animate〕

$$(iv) [+V] \rightarrow [+[-Animate] - Object]/-Det[+N, -Animate]$$

如果我們約定:

$$A \rightarrow Z/ \begin{cases} X_1 - Y_1 \\ . \\ . \\ . \\ X_n - Y_n \end{cases}$$

是如下規則的縮寫:

(i) $A \rightarrow Z/X_1 - Y_1$

$\vdots$

(n) $A \rightarrow Z/X_n - Y_n$

那麼 <10> 和 <11> 便可重新表述為如下更為簡潔的形式:

$$<12> \begin{matrix} (i) \\ (ii) \end{matrix} \Big\} V \rightarrow [+V, \begin{cases} +Transitive]/-NP \\ -Transitive]/-\# \end{cases}$$

$$<13> \begin{matrix} (i) \\ (ii) \\ (iii) \\ (iv) \end{matrix} \Bigg\} [+v] \rightarrow \begin{cases} [+[+Abstract] - Subject]/[+N, +Abstract]Aux- \\ [+[-Abstract] - Subject]/[+N, -Abstract]Aux- \\ [+[+Animate] - Object]/-Det[+N, +Animate] \\ [+[-Animate] - Object]/-Det[+N, -Animate] \end{cases}$$

規則 <10> <12> 和 <11> <13> 都根據一個語類所處的框架（環境）而將其分析為一個複雜符號。它們的區別在於: 在 <10> <12> 中，該框架是根據語類符號而給出的; 而在 <11> <13> 中，該框架是根據句法特徵而給出的。喬姆斯基將類似於 <10> <12> 那樣的規則 —— 它們根據一個符號的語類環境 (categorial context) 對其進行分析 —— 稱為嚴格子語類化規則 (strict subcategorization rules)，而將類似於 <11> <13> 那樣的規則 —— 它們

根據一個符號（一般說來，為複雜符號）所處的框架的句法特徵對其進行分析 —— 稱為選擇規則 (selectional rules)。後者所表達的是通常所謂的「選擇限制」(selectional restrictions) 或「共現限制」(restrictions of co-occurrence)。

　　現在我們轉而考察喬姆斯基對其第一個模式的基礎部分（短語結構部分）所作的另一項重大修改。我們看到，在第一個模式中，屬於單詞語類的形素即詞項也是由改寫規則（如 <5>(II)）引入的。這也就是說，詞項和其所屬的語類的關係被看成與短語和其所屬的語類的關係是一樣的。六十年代中期，喬姆斯基放棄了這種做法，用詞庫 (lexicon) 取代了類似於 <5>(II) 那樣的規則；然後通過詞項插入規則 (lexical insertion rule) 將詞項引進語法之中。詞庫的主要內容是詞條 (lexical entry)。所謂詞條可以被看成是各種各樣的特徵的集合。其中除句法特徵（如〔±Proper〕）而外，還有音系特徵 (phonological features) （如〔±Voicedn〕，意思是第 n 個音段 (segment) 濁音化或非濁音化）和語義特徵 (semantic features) （如〔±Human〕，意即具有人的特徵或不具有人的特徵）❺ 。除以上特徵之外，詞條還應包括如下特徵：它們規定了哪些詞法的（morphological, 也譯作形態的）或轉換的過程適用於該相關詞項。總之，某一詞項的詞條應該包括所有不能被一般的規則所解釋的信息，即該詞項的所有特異特性 (idiosyncrasies)。它可以被簡潔地表示為這樣的對集 (pair)： (D,C)。其中 D 是「拼寫」(spell) 某一個詞匯形素（詞項）的音系區別特徵矩陣 (phonological distinctive feature matrix)，C 是明確規

---

❺　關於句法特徵上面已有所論述，至於語義特徵和音系特徵稍後詳論。

定了的 (specified) 句法特徵和語義特徵的類聚 (collection)。比如，相應於「sincerity」的詞條可以簡略地表示為：(sincerity,〔+N, −Count, +Abstract,…〕)；相應於frighten 的詞條可以簡略地表示為 (frighten,〔+V, +−NP,+〔+Abstract〕Aux−Det〔+Animate〕, +Object−deletion, …〕)。（**注意**：我們這裡給出的這兩個詞條並沒有將所有句法特徵都列舉出來，同時也沒有包括語義特徵、音系特徵。）

喬姆斯基認為，除詞條外，詞庫還需包括各種各樣的冗餘規則 (redundancy rules)（包括音系冗餘規則、句法冗餘規則和語義冗餘規則），它們作用於音系、語義和句法規則之上，規定了各種類型特徵間的相互關係，並根據一般的規則性 (regularities) 修正一個詞條的特徵內容。只要關於特徵合成 (feature composition) 的規則性可以由規則加以表達，那麼相關的特徵便可以從詞條中去除掉。例如，「元音要濁化 (voiced)」或「人類是有生命的 (animate)」就不需要在特殊的詞條中特別地加以提及。不過，大多數冗餘詞匯信息是由一般的約定（即普遍語法規則）提供的，而並不是由特殊的冗餘規則提供的。

由分支規則和子語類化規則所組成的改寫規則系統生成的推演將終止於由語法形素和複雜符號構成的符號串。喬姆斯基將這樣的符號串稱為前終端符號串 (preterminal string)。按照如下規則將詞匯形素（詞項）插入前終端符號串便形成終端符號串：如果 Q 是一個前終端符號串的一個複雜符號，並且 (D,C) 是一個詞條，C 所包含的句法特徵並非不同於 Q 中的句法特徵，那麼 Q 便可被 D 所取代。這就是所謂的詞項插入規則。顯然，這條規則無需在語法中陳述出來，因為它是一條普遍的原則，屬普遍語法之列。

　　用詞庫取代第一個模式中的 <5>(Ⅱ)，或者說將詞庫與改寫規則系統分開來處理給語法的構造帶來了諸多方便。其中之一便是，詞項或者說形素的許多語法屬性現在可以通過句法特徵（還有語義特徵和音系特徵）的引入而在詞庫中直接得到明確的說明，而不必表達於改寫規則之中。特別是各種各樣的形態特性 —— 如詞項在派生類 (derivational class)（詞尾變化類 (declensional class)，強弱變化動詞，可以名物化的 (nominalizable) 形容詞）中的成員身分 —— 可以以這樣的方式得到處理。由於這類特性中的很大一部分與基礎部分的規則的運作 (functioning) 完全無關，並且是高度特異的，因此如果將它們從改寫規則中排除出去並將其列於詞條中，那麼語法就會得到意義重大的簡化。比如，我們根本沒有必要使用改寫規則來將及物動詞區分為允許刪略賓語的和不允許刪略賓語的兩類，而只需在詞條中針對於刪略賓語這個特殊的句法特徵給出不同的規定就可以了。刪略賓語的轉換規則只能應用於那些針對於這個特徵得到了正面的規定（即取其正值）的語詞之上。

　　至此，我們看到，第一個模式的基礎部分已被擴充、修改成這樣：它由分支規則、子語類化規則（包括依賴於語境的子語類化規則和獨立於語境的子語類化規則）以及詞庫共同構成。例如，屬於第一個模式的規則系統 <5> 現在變成為如下的形式：

　　　<14> (i)　S → NP⌒Aux⌒VP

　　　　　 (ii)　VP → V⌒NP

　　　　　 (iii) NP → Det⌒N

　　　　　 (iv) NP → N

(v) Det → the

(vi) Aux → M

(vii) N →〔+N, ± Common〕

(viii)〔+Common〕→〔± Count〕

(ix) 〔+Count〕→〔± Animate〕

(x) 〔−Common〕→〔± Animate〕

(xi) 〔+Animate〕→〔± Human〕

(xii)〔−Count〕→〔± Abstract〕

$$\text{(xiii)} \begin{matrix} \text{(i)} \\ \text{(ii)} \end{matrix} \Bigg\} V \to [+V, \left\{ \begin{matrix} +\text{Transitive}]/-NP \\ -\text{Transitive}]/-\# \end{matrix} \right\}$$

$$\text{(xiv)} \begin{matrix} \text{(i)} \\ \text{(ii)} \\ \text{(iii)} \\ \text{(iv)} \end{matrix} \Bigg\} [+v] \to \left\{ \begin{matrix} [+[+\text{Abstract}]-\text{Subject}]/[+N,+\text{Abstract}]\text{Aux}- \\ [+[-\text{Abstract}]-\text{Subject}]/[+N,-\text{Abstract}]\text{Aux}- \\ [+[+\text{Animate}]-\text{Object}]/-\text{Det}[+N,+\text{Animate}] \\ [+[-\text{Animate}]-\text{Object}]/-\text{Det}[+N,-\text{Animate}] \end{matrix} \right\}$$

<15>(sincerity,〔+N, −Count, +Abstract〕)

(boy,〔+N, +Count, +Common, +Animate, +Human〕)

(frighten,〔+V, + —— NP, +〔+Abstract〕Aux − Det〔+

Animate〕, +Object − deletion, …〕)

(may,〔+M〕)

<14>(i)～<14>(vi) 為分支（改寫）規則，<14>(vii)～<14>(xii)
為獨立於語境的子語類化規則，<14>(xiii)～<14>(xiv) 為依賴於
語境的子語類化規則。這些規則將生成如下前終端符號串：

<16>〔+N, −Count, +Abstract〕⌢M〔+V, + —— NP, +〔+

Abstract〕Aux−Det〔+Animate〕, +Object−deletion, …〕

⌢the⌢〔+N, +Count, +Common, +Animate, +Human〕

詞項插入規則允許我們用 sincerity 取代 <16> 中的第一個複雜符號，用 boy 取代其最後一個複雜符號，用 frighten 取代其第二個複雜符號，最後，用 may 取代 M，便得到如下終端符號串：

　　　sincerity may frighten the boy

這個句子的生成過程可以由如下短語標式加以表達：

<17>

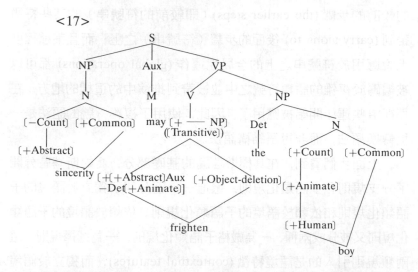

　　　這裡我們要注意，經過如此補充、修正了的基礎部分已全然不是什麼短語結構語法了。因為：其一，詞項插入規則實際上是轉換規則，它並不適用於語類符號串和終端符號串，而是適用於短語標式，並以某種方式修正了短語標式（正因如此，詞項插入規則常常又被稱為詞項轉換規則）；其二，應用於複雜符號之上的規則實際上也是轉換規則，之所以如此的原因是只涉及短語結構規則的推演都具有嚴格的「馬考夫」(Markovian) 特徵，也即，在這樣的推演中用來形成第 n 個符號串的規則只依賴第 n−1 個符號串的特徵，而與第 n−1 符號串之前的所有符號串都無甚依賴

關係。但是，一個語法轉換則正好相反，它應用於帶有特定的結構描寫的符號串之上。因此，它究竟如何應用於一個推演的終端符號串之上部分取決於前面的諸多符號串。換言之，語法轉換是應用於短語標式之上的規則，而非應用於語法的終端和非終端語匯 (vocabulary) 之上。但是，複雜符號的使用卻可以將一個推演的較前的步驟 (the earlier steps)（即較前的符號串）的某些特徵帶到 (carry along to) 後面的步驟（符號串）之上；而且某種程度上說應用於符號串之上的全局性運作 (global operations) 都可以被編碼於複雜的語類符號之中並被帶到推演中的這樣的地方，在那裡這些運作開始被應用了。因此，使用了複雜符號的語法是一種轉換語法，而非短語結構語法。

　　上面我們看到，在其標準理論的基礎部分，喬姆斯基區分開了分支規則和子語類化規則，還進一步區分開了獨立於語境的子語類化規則和依賴於語境的子語類化規則。依賴於語境的子語類化規則又被分成兩種，一為嚴格子語類化規則，一為選擇規則。這兩類規則引入的是語境特徵 (contextual features)，而獨立於語境的子語類化規則引入的是固有特徵 (inherent features)。這裡，或許有人會提議將子語類化規則悉數從改寫規則系統中清除出去，而將其置於詞庫之中。喬姆斯基認為這樣的建議是完全可行的。他認為我們可以以如下方式將子語類化規則歸併於詞庫之中。首先，可以將獨立於語境的子語類化規則看作是句法冗餘規則，因此將其歸併給詞庫。接著我們來看一下引進了語境特徵的子語類化規則。這些規則選擇一個符號可以出現於其中的某些框架，並且指定相應的語境特徵。一個詞條，如果其語境特徵與其欲替換的符號的語境特徵相符合，那麼它就可以取而代之。顯然，語境

特徵必出現於詞項之中。但是，我們可以通過對詞項（插入）規則的適當的重新表述而把將語境特徵引入複雜符號的規則取消掉。我們不再將詞項插入規則表述為通過與複雜符號的比較而起作用的獨立於語境的規則，而是通過如下的約定將其轉變為一條依賴於語境的規則。假設我們有一個詞條 (D,C)，其中 D 是音系特徵矩陣，C 是包含著語境特徵〔+X–Y〕的句法特徵（這裡我們暫不考慮語義特徵）的集合（因而為一複雜符號）。前面我們曾規定：只要前終端符號串 $\varphi Q \psi$ 的 Q 的句法特徵並非與 C 所包含的句法特徵不同，那麼 D 便可取而代之。現在，我們進一步要求，Q 在此事實上出現於框架 X–Y 之中。這也就是說，我們要求 φ Q ψ 等價於 $\varphi_1 \varphi_2$ Q$\psi_1 \psi_2$（在 φ Q ψ 的短語標式中，φ_2 為 X 所主導，ψ_1 為 Y 所主導）。比如，「persuade」（說服）的詞條中包含有〔+ —— NP PP〕（PP＝Preposition Phrase, 介詞短語）這樣的語境特徵。詞項插入規則要求，只有前終端符號串中的某個符號 Q 事實上出現於〔+ —— NP PP〕語境之中時，persuade 才可以取而代之。至此，我們便從語法中取消了所有依賴於語境的子語類化規則，而它們所擔當的角色將由以上述方式重新表述了的句法特徵和詞項插入規則來承擔。這樣，我們前面所敘述的關於子語類化規則的條件便成了關於可以出現在詞條中的語境特徵的種類的條件。因此，關於語類 A 的一個詞項的嚴格子語類化特徵必須包含這樣的框架，它們和 A 一起形成了直接主導 A 的單個成分 B；而關於其的選擇特徵必須包含這樣的單詞語類，它們構成了與其語法上互相關聯的短語的中心語 (head)。

　　現在，基礎部分由分支改寫規則（它們全都是獨立於語境的）和詞庫組成。喬姆斯基將分支改寫規則的系統稱為語類部分

(categorial component)，它生成前終端符號串；詞庫的詞條按照上面陳述的原則替換前終端符號串的單詞語類，將其轉變為（基礎）終端符號串。在此，我們不妨作出這樣的約定：一個單詞語類 A 只有在 Z 是Δ（Δ為固定的虛位符號 (the fixed dummy symbol)）的情況下才能出現在規則「A→ Z」的左端。這也就是說，語類部分可以包含有「A→ Δ」這樣的改寫規則。如果採取了這樣的約定，那麼語類部分將生成由Δ 的各種各樣的出現 (occurrences) 和語法形素所構成的前終端符號串；按照詞項插入規則，用適當的詞項替換Δ 便可將其轉變成終端符號串。無論我們採取還是不採取這樣的約定，語類部分都構成了典型的（獨立於語境的）短語結構語法。在整個語法系統中，它所起的作用是：一方面，定義語法關係 (grammatical relation) 或語法功能 (grammatical function) 系統（正是這種系統決定了語義解釋）❻；另一方面，決定諸語法成分的基礎次序 (underlying order)，正是這種次序才使得轉換規則能正常地運作。

(2)轉換部分

以上述方式擴充並修改了的基礎部分（短語結構部分）生成基礎短語標式。喬姆斯基將與一個句子相聯的基礎短語標式序列稱作該句子的基礎 (basis)。比如，下面三個短語標式 <1>、<2> 和 <3> 便構成了句子 <4> 的基礎：

---

❻ 由改寫規則 A → XBY 所定義的語法關係（或語法功能）是〔B, A〕。比如，S→ NP⌢VP，VP→ V⌢NP 便定義了〔NP, S〕、〔VP, S〕、〔V, VP〕、〔NP, VP〕等語法關係（或語法功能）。它們分別是通常所謂的Subject–of（……的主語）（直屬於 S 的NP 為主語）、Predicate–of（……的謂語）、Main–verb–of（……的主要動詞 ）、Object–of（……的賓語）（直屬於 VP 的 NP 為賓語）。

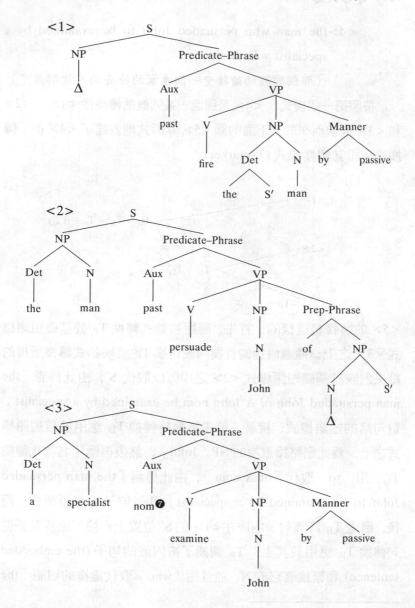

　　<4>the man who persuaded John to be examined by a
specialist was fired

（那個曾勸約翰接受一個專家的檢查的人被解雇了）

　　按照第一個模式，<4> 是通過一系列概括轉換從 <1>、<2>
和 <3> 推演而來的。下面的圖 <5> 非形式地表達了 <4> 的「轉
換史」即其轉換標式 (T-marker)。

　　(5)

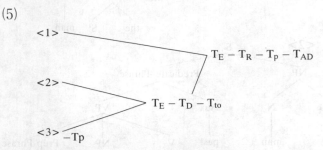

<5> 的解釋是這樣的：首先，應用被動式轉換 T_P 於基礎短語標
式 <3> 之上；通過概括的替換內嵌轉換 T_E 將被動式轉換所得的
結果內嵌於基礎短語標式 <2> 之中，以取代 S′，由此得到「the
man persuaded John of Δ John nom be examined by a specialist」
這句話的短語標式；接著，首先將刪略轉換 T_D 應用於該短語標
式之上，藉此刪略掉重複的 NP「John」，然後再應用名物化轉換
T_{to}，用「to」取代「of Δ nom」，由此得到「the man persuaded
John to be examined by a specialist」這個句子的短語標式；隨
後，通過 T_E 將該句子內嵌在 <1> 的 S′ 位置上；接下來將關係從
句轉換 T_R 應用於其上，T_R 調換了被內嵌的句子 (the embedded
sentence) 和緊挨著它的 N，並且用「who」取代重複的短語「the

❼　　式中 nom 為 nominalizing（名物化）之縮寫。

man」，由此得到「Δ fired the man who persuaded John to be examined by a specialist by passive」的短語標式；最後，將被動式轉換 T_P 和施事刪略 (agent deletion) 轉換 T_{AD} 應用該短語標式之上，便得到 <4>。

　　以上是六十年代以前喬姆斯基關於語法的轉換部分的基本看法。進入六十年代以後，許多語言學家對轉換部分進行了進一步的研究，指出了喬姆斯基轉換理論中的一些缺點，這促使喬姆斯基於六十年代中期下決心修改他以前的觀點。他指出，實際上只要對基礎部分的改寫規則（即其語類部分）繼續進行一些必要的修改，那麼我們便完全可以去除「概括轉換」和「轉換標式」等概念。具體說來，基礎部分須修改如下：將符號串 S 引入到改寫規則中由符號 S′ 所占據的位置。這也就是說，無論在何處，只要一個基礎短語標式中包含著這樣的位置 —— 某個句子轉換式 (sentence transform) 將被引入於其上，那麼便用符號串 S 占據這個位置。S 在這裡啟動 (initiate) 一些新的推演。現在我們允許基礎部分的規則在保持其線性次序的前提下循環使用 (apply cyclically)。例如，在生成 <1> 並用 S 取代 S′ 之後，它們又可被重新應用於 <1> 所表達的推演的終端線 (the terminal line) 中再一次出現的 S 之上。從 S 的這一次出現基礎部分的規則便能生成 <2> 所表達的推演。這時再用 S 取代 <2> 中的 S′。再次應用基礎部分的規則便能從 S 的後面這次出現形成 <3> 所表達的推演。以這樣的方式，基礎部分的規則將生成前終端符號串，它是通過以 <2> 取代 <1> 中的 S′ 並以 <3> 取代 <2> 中的 S′ 而從 <1>、<2> 和 <3> 形成的。當我們按照由詞條所包含的語境特徵所規定的轉換規則（詞項插入轉換規則）將詞條插入前終端符號串時，它便

變成為概括的短語標式 (generalized phrase-marker)。句法部分的基礎子部分可以依上述方式生成無限數目的概括短語標式 ❽。

我們看到，通過如下兩個緊密相關的步驟，喬姆斯基對其語法的基礎部分作出了進一步的修正：允許 S 出現在某些分支（改寫）規則的右端（以前虛位符號 S′ 曾出現在這個位置）；允許這些規則重新應用於（在保持其次序的情況下）這些新引進的 S 之上。以如此的方式形成的概括短語標式包含著所有那些構成了一個句子之基礎的基礎短語標式，但是它又包含著比原來意義上的基礎更為多的信息，因為它還明確地指示出了這些短語標式如何彼此內嵌於對方之中。這也就是說，概括的短語標式既包含了由概括的內嵌轉換所提供的信息也包含了包含於基礎之中的全部信息。

除以如此的方式修正了的基礎部分外，語法還包含一個由單獨轉換組成的線性序列 (linearly ordered sequence)❾。他們依循環的方式 (cyclically, in a cyclic fashion) 按如下步驟應用於概括的短語標式之上。首先，轉換規則序列應用於那些嵌入最深的基礎短語標式 (the most deeply embedded base phrase-markers)（比

❽ 我們上面的討論是以內嵌概括轉換為例而進行的。喬姆斯基認為，他由此而得出的結論是普遍適用的，也適用於各種各樣形成併列結構 (co-ordinate constructions) 的概括轉換（如我們曾經提到的結合轉換）。此外，在他看來，我們前面提到的名物化概括轉換或者可以通過修改詞庫而取消或者可以以類似於上面的方式而加以處理。在此我們不做進一步的介紹。

❾ 六十年代，理茲等還證明，喬姆斯基以前所謂的可選轉換（如否定轉換、問句轉換、被動式轉換等等）實際上都是強制性轉換。它們對於一個符號串可應用與否是由該符號串中的某一個標式 (marker) 的出現或不出現唯一決定的。這也就是說，單獨轉換幾乎都是強制性轉換。這樣，「核心句」概念也就沒有任何存在的必要了。

如，它們首先應用於通過如下方式形成的那個概括的短語標式中的 <3> 之上：將 <3> 內嵌於 <2> 之中，然後將由此而得到的結果內嵌於 <1> 之中）。在被應用於所有這些基礎短語標式之後，該規則序列再度應用於由 S 所主導的結構式 (configuration)（在上面的例子中即 <2>）—— 這些基礎短語標式便被內嵌於其中。如此類推，直到最後該規則序列應用於由整個概括的短語標式的初始符號 S 所主導的結構式（在上面的例子中即 <1>）。這裡，喬姆斯基提醒人們注意，在 <1>～<3> 的情況下，上述約定的結果恰恰是轉換標式 <5> 中所描述的東西。也即，單獨轉換應用於被嵌入之前的成分句子 (constituent sentences)，應用於內嵌發生之後的母式句子 (matrix sentences)。而內嵌本身現在則由基礎部分的分支規則而非概括轉換提供。

在此，喬姆斯基自然而然地引入了其「深層結構」(deep structure) 和「表層結構」(surface structure) 概念。他是這樣規定它們的：如果應該進行的所有轉換都得以「暢通無阻地」進行，那麼由此而得到的最終結構便是「良構的」(well-formed) 表層結構。在這種情況下，而且也只有在這種情況下，作為轉換之最初的應用對象的概括的短語標式才真正構成了深層結構，即導出的表層結構的終端符號串 —— 句子 S 的深層結構。「深層結構是為某個良構的表層結構提供基礎的概括的短語標式。」❿ 在這裡，轉換規則可以說起到了「過濾器」 (filter) 的作用。它們只承認某些概括的短語標式有資格被稱為深層結構。

至此，標準理論的句法部分的組織形式業已介紹完畢。我們

---

❿　Noam Chomsky, *Aspects of the Theory of Syntax,* p.138.

看到，它是由基礎部分和轉換部分構成的。基礎部分又由語類部分（分枝改寫規則系統）和詞庫組成，它們共同作用生成深層結構；而轉換部分則將深層結構映射為（轉換為）表層結構。

最後，還有一點需要提及，那就是：在第一個模式中，語言的「創造性」即語法的遞歸性質被歸屬給了轉換部分，特別是其概括轉換和形成轉換標式的規則。現在，在標準理論中，遞歸性質成了基礎部分的一個特徵，特別是屬於它的如下規則的一個特徵：它們將初始符號 S 引進於語類符號串的指定的位置 (designated positions) 之上。

標準理論中除句法部分外還有語義部分和音系部分。一個句子的深層結構直接進入語義部分，決定句子的語義解釋（語義內容）；它的表層結構進入音系部分，決定其語音解釋（語音形式）。

2.語義部分

標準理論的另一項重大革新是給語法增加了一個語義部分。

為了更好地理解語義部分在整個語法組織中的地位和作用，我們有必要首先了解一下喬姆斯基六十年代以前的語義（意義）觀。

五十年代中期左右，在語言學家和哲學家中間流行著這樣一種信念，即認為句法研究只有建立在語義考慮或語義研究的基礎之上才會獲得有價值的結果。他們認為，語法概念必須在語義概念的基礎之上加以定義（比如，音位概念必須通過同義性來定義，r 和 l 之所以是不同的音位就是因為 ramp（斜面）和 lamp（燈）具有不同的意義），合語法性 (grammaticality) 就是有意義性 (meaningfulness)。對於這種無限制地「求助於意義」的觀

點，喬姆斯基是持堅決的否定態度的。他斷言，上述觀點的每一種明確清晰的表述都將被證明是錯誤的。（在《句法結構》一書中他對此進行了詳細的論證。在此從略。）句法研究（即語言形式、語言結構的研究）只有在不求助於任何語義考慮、語義概念的前提下才能向人們提供一個「嚴謹的、有效的、富有啟示意義 (revealing) 的語言結構理論」**⓫**。後來喬姆斯基將他的這種觀點稱為「句法獨立性」(independence of syntax) 或「句法自立性」(autonomy of syntax) 論題。

但是這裡我們要注意，不要錯誤地理解了喬姆斯基「句法獨立性」論題的意蘊。儘管喬姆斯基告誡我們不要在句法研究（以及音系學研究）中動輒求助於意義，但他並沒有進一步說句法研究（語言形式的研究）與意義、指稱或使用的研究無關，更沒有說全面的語言研究可以忽略後者。在他看來，在話語的句法特性與其語義特性之間存在著顯而易見的互相對應之處，而「這些對應之處應該在更為一般的語言理論中加以研究，這樣的理論將包括語言形式理論和語言使用〔意義〕理論作為其子部分」**⓬**。通觀《句法結構》和《語言理論的邏輯結構》，我們看到，它們中的很大一部分篇幅都是在探討形式系統的語義解釋問題。一方面，它們令人信服地證明了句子的語義解釋的某些非常重要的方面可以通過在轉換生成語法框架之內所發展出的語言層次理論 (theory of linguistic levels) 得到令人滿意的解釋；另一方面，它們又非常明確地論證了語義研究對於句法研究的相關性：語義考慮以非常根本的方式影響著正確的句法理論的選擇。

⓫ Noam Chomsky, *Syntactic Structures,* p. 103.

⓬ 同**⓫**, p. 102.

就意義理論本身而言，六十年代以前，喬姆斯基一方面接受了古德曼式的指稱論 (theory of reference) —— 語詞的意義至少部分說來可以被歸約為包含著它們的表達式的指稱，另一方面還接受了維根斯坦等人的用法論 (theory of use)。

不過，盡管早在六十年代以前喬姆斯基就非常明確地規定了語義理論與句法理論之間的相互關係，但他並沒有實際建立起一個將二者內在地聯繫起來的系統的、一體化的 (integrated) 理論。這個任務是由卡茨和福都等人於六十年代中期完成的。

卡茨和福都在〈語義理論的結構〉(The structure of a semantic theory)(1963) 一文中所率先建立起來的語義理論是以喬姆斯基語言理論的第一個模式（以及他於五十年代末對其所作的心理學解釋）為基礎的。在他們看來，第一個模式只是正確地解釋了人類內在的語言能力（即喬姆斯基所謂的語言資質）或語言知識的一個方面，即確定句子的句法結構的能力。為了全面地解釋人類內在的語言能力或語言知識，我們就必須對其進行補充，給其補充上一種語義理論。這種語義理論的目標是利用轉換生成語法理論所提供的關於語言形式的語法信息（包括句法的、音系的、詞法的信息）來描寫並解釋說者和聽者所具有的抽象地確定我們語言的任何句子的語義內容（意義）的內在能力。他們認為，說者和聽者所具有的這種抽象地確定一個句子的語義內容的內在能力與他們同時具有的、根據他們關於世界的一般信念（即其整個認知系統）來給這個句子指派上一個具體的 (specific) 解釋或意義的能力是截然有別的。一個話語的背景 (setting) 可以限制其說者或聽者實際指派給它的解釋的數目，但是確定它可能具有的解釋（意義）的全部範圍 (the full range) 則是說者或聽者的內在的語言能

力的事情。請看下面這個具體的例子。人們一般不會將下面兩個
句子看成是歧義的：「Our store sells horse shoes」（我們的商店
出售馬穿的鞋（馬蹄鐵））和「Our store sells alligator shoes」
（我們的商店出售鱷魚皮皮鞋）。一般說來，人們會將前者解釋為
「… shoes for horses」（……馬穿的鞋（馬蹄鐵）），將後者解
釋為「… shoes from alligator skin」（……用鱷魚皮做的鞋）。
卡茨和福都論證道，語義理論的任務並不是處理如下純文化的事
實：給馬做鞋，但並不給鱷魚做鞋；用鱷魚皮做鞋，但不用馬皮
做鞋。因此，在抽象而一般的語義理論中，上述兩句話都須被解
釋為歧義性的。

　　卡茨和福都認為，為了正確地描寫和解釋人類所具有的這
種解釋句子的內在能力，語義理論（更準確地說，語法的語義部
分）就必須包含著這樣的兩個部分：一為詞典 (dictionary)，它為
語言的每個詞項提供意義；一為投射規則 (projection rules) 的有
窮集，它們將語義解釋 (semantic interpretation) 或者說語義表現
式 (semantic representation) 指派給句法部分所生成的每一個形
素串。

　　為了獲得語義解釋，形素串中的每一個詞項都須在詞典的語
義內容的基礎上接受一個意義。然後，投射規則按照該形素串的
句法描寫（它由句法部分提供）所指定的方式將這些意義結合起
來，由此便能夠達到對該形素串的每一個成分結構乃至整個形素
串的意義的完全的刻畫。這個過程可以說重新構造了說者或聽者
從一個句子的諸詞項的意義及其句法結構獲得它本身的意義的
方式。因此，正確構述的語義部分解釋了說者或聽者將任何句子
（包括對於他們來說全新的句子）的意義確定為其構成詞項的意

義的複合函數 (compositional function) 的能力。

由於語義部分為了給一個句子指派一個語義解釋，必須使用句法部分所指派給其的結構描寫即句法描寫，因此語義部分的輸入 (input) 就是句法部分的輸出 (output)。語義部分依次將形素串以及與它們相聯的結構描寫拿過來並在其上進行一系列語義運作，以給出它們的每一個的解釋。這些語義運作的第一步便是將詞典中相關的語義內容指派給這些從句法部分所接受來的形素串的每一個構成詞項（詞匯形素）。

我們知道，詞典都是由詞條構成的。按照卡茨和福都的觀點，一個詞項的詞條的正規形式 (normal form) 須提供關於該詞項的意義的完全的分析，即它必須將詞項的意義分解為其最為基本的成分並陳述出這些成分之間的語義關係。為此，他們將詞條設計成這樣：它由符號序列的有窮集構成，每一個序列都由初始的句法標式 (syntactic markers)（又稱語法標式 (grammatical markers)）子序列 (subsequence)、緊隨其後的語義標式 (semantic markers) 子序列、一個鑒別者 (distinguisher) 以及一個選擇限制 (selection restriction) 構成。詞典之詞條可以表示為如下示圖（見下頁），在其上一個詞項的詞條中的每一個序列都作為始自於該詞項的一個不同的通路而出現。

圖中語義標式置於圓括號中，鑒別者置於方括號中，選擇限制置於角括號中，句法標式未放於任何括號中。圖中的省略號指示出做進一步句法語類劃分（語類化）(syntactic categorization) 的可能性（如將 Noun 進一步分為 Animate Noun、Common Noun、Count Noun 等等）。每一條完整的通路 —— 即每一個這樣的符號的完整的序列 —— 都表達了出現於該詞條中的詞項的一個不同的

<1>

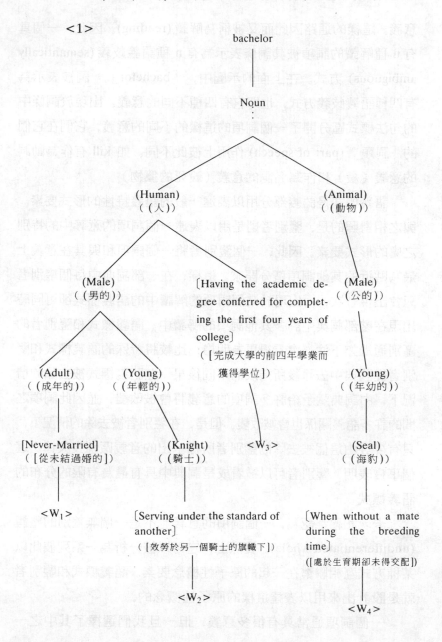

意義。這樣的通路因此而又被稱為解讀 (reading)。因此，一個具有 n 種解讀的詞項被其詞條表示為有 n 種語義歧義 (semantically ambiguous) 方式。在上面的示圖中，「bachelor」一詞被表示為有四種語義歧義方式，也即它有四種不同的意義。出現於詞條中的句法標式區分開了一個詞項的這樣的不同的意義，它們在它們的「詞類」(part of speech) 作用上彼此不同。如 kill 有作為動詞的意義（殺）和作為名詞的意義（殺死的獵物）。

語義標式是語義部分用以表達一般的語義特性的形式要素。與之相對照的是，鑒別者則是用以表達一個詞項的意義中的特別之處的形式要素。因此，一個鑒別者將一個詞項和與其在意義上最為貼近的其他詞項區分開來。這樣，在一部詞典中每個鑒別者只會出現一次，而出現於某個詞項的解讀中的語義標式卻可同時出現在整部詞典中許多其他詞項的解讀中。語義標式和鑒別者的區別通過如下途徑會看得更為明白：比較將特殊的語義標式和鑒別者從詞典中去除後所造成的不同後果。在語義標式被去除的情況下，由詞典賦予給許多詞項的意義將會被改變，並因此詞項之間的許多語義關係也會被改變。但是，在鑒別者被去除的情況下，只有少許由這個被去除的鑒別者所標示出的意義區別喪失掉。這個事實表明，鑒別者可以被看成是詞典中具有最為有限的分布的語義標式。

卡茨和福都認為，一個詞項的意義並不是一個無差別的整體 (undifferentiated whole)。實際上，它可以被分析為一系列彼此以某種方式互相聯繫在一起的原子性概念要素。語義標式和鑒別者就是設計出來用以表達這樣的原子性概念的。

一個詞項通常具有很多意義，但一旦我們選擇了其中之一

種，那麼它的其他的意義被選擇的可能性往往同時也就被排除掉了。卡茨和福都認為這點很重要，因為它和詞彙歧義 (lexical ambiguity) 一起決定了語義部分所指派給一個句子的語義解釋究竟將什麼樣的意義給予了該句子。因此，一個詞項的詞典詞條中的每一種解讀都須包含一個選擇限制，也即該解讀與其他解讀結合時所必須滿足的充分且必要條件的形式表達。因此，附加於一種解讀之上的選擇限制決定了使用投射規則時該解讀與其他詞項的解讀進行結合的可能性。

　　卡茨和福都將這樣的選擇限制看作是對我們通常使用的詞典的某些特徵的闡釋 (explication)。比如，在《牛津英語小詞典》(*The Shorter Oxford English Dictionary*) 中關於 honest 一詞有這樣一種限制：當其作一般的使用時，意思是「of good moral character, virtuous, upright」（具有好的品德、善良、公正）；但當其專門應用於女人之上時，卻還同時具有「chaste」（貞潔的）之意。

　　卡茨和福都將選擇限制表述為句法標式和語義標式的函項。讓我們以關於修飾語 (modifier) 及其所修飾的中心語 (head) 的解讀的語義上可以接受的結合的選擇限制為例說明此點。在 honest 一詞的詞條中，有這樣一種解讀（通路）： honest→ Adjective→ (Evaluative)→(Moral) →〔Innocent of illicit sexual intercourse〕〈(Human) and (Female)〉（貞潔的 → 形容詞→（評價性的）→（道德的） →〔不進行非法的性交〕〈（人）並且（女的）〉）。該解讀的選擇限制〈(Human) and (Female)〉的意思是：以形容詞形式出現的 honest 一詞只有在其所修飾的名詞性中心語 (the nominal head) 的解讀包含著語義標式 (Human) 和語義標式 (Female) 的情況下，才能具有 (Evaluative)→ (Moral) →〔Innocent of illicit sexual intercourse]這樣的意義。如果名詞性中心語的解讀缺少這兩個標式（即使是其中之一），那麼就不會有結合發生，因此也就不會有通過修飾語－中心語這個結構式的構成成分的意義來表達它本身的意義的導出解讀 (derived reading) 了。因此，honest woman 這個表達式的意義之一便是：「a woman who is not guilty of illicit sexual intercourse」（不進行非法性交的女人 ）。因為 woman 這個詞項具有一個包含著 (Human) 和 (Female) 兩者的解讀。但是， honest geranium 卻毫無意義可言，因為 geranium（天竺葵）這個詞項的解讀不滿足 honest 一詞的選擇限制。卡茨和福都將那些沒有獲得任何導出解讀的句法複合表達式 (syntactically compound expression) 稱為語義異常的表達式 (semantically anomalous expression)。

考察了詞典的特徵之後，現在我們接著考察一下在卡茨和福都的語義理論中語義解釋是如何被指派給句子的，即考察一下所謂的投射規則的運作方式。假設句法部分為語義部分提供了這樣一個句子輸入

　　　<2>The boy likes candy
　　　（那個男孩喜歡糖果）

以及與其相聯的 <3> 圖（見下頁）形式的短語標式。在為 <2> 提供語義解釋的過程中，語義部分所採取的第一個步驟是給 <2> 的每一個詞項 (the, boy, like, Present, candy) 都聯繫上它們的詞典詞條中的所有這樣的解讀：它們與這些詞項在圖 <3> 所表示的短語標式中的句法語類劃分一致。卡茨和福都認為，這樣的聯繫是通過如下條件而建立起來的：

<3>

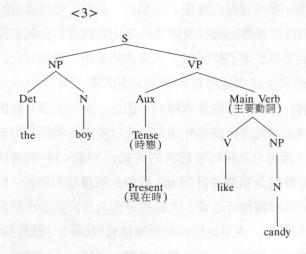

<4>如果與詞項 m_j 相應的詞典詞條中的一個解讀（通路）包含有這樣的句法標式，它們歸屬給 m_j 的句法語類劃分與 m_j 在短語標式 P^i 中的某次出現所具有的句法語類劃分相同，那麼就可以將這個解讀歸屬給與 P^i 中 m_j 的這次出現相聯的諸解讀的集合 R_j^i。

因此，詞項 m_1 相聯於解讀集合 R_1^i，m_2 相聯於 R_2^i 等等。就圖 <3> 而言，將 <4> 應用於其上的結果是將其轉變成為一個這樣的示圖，在其上詞項 the 被聯繫在它的詞典詞條的諸解讀的集合之上，boy 被聯繫在它的詞典詞條的解讀集之上，Present 這個語法形素被聯繫在它的詞條的解讀集之上等等。因此，例如，與圖 <3> 中的 candy 相聯的解讀集包含著所有那些表達了 candy 作為 N 時所具有的意義的解讀，但卻不包含任何表達 candy 作為 V 時所具有的意義 —— 如它在「the fruits candy easily」（水果很容易結晶成為糖）中所具有的意義 —— 的解讀。語義解釋的下一

步工作是將由第一步所獲得的解讀加以結合、合併，形成導出的解讀；然後，再將這些導出的解讀與其他導出的解讀結合起來，如此類推，直到獲得表達了整個句子的意義的導出的解讀為止。

一個句子的句法結構通過提供詞項之間的形式關係而決定了該句子中具有什麼樣可能的意義結合。因此，由句法部分提供的結構描寫所決定的句法結構部分決定了投射規則將與詞項相聯的詞典詞條的語義信息互相結合起來的方式。在圖 <3> 的情況下，句法結構允許將分別取自於與 the 相聯的解讀集和與 boy 相聯的解讀集的兩個解讀結合起來，允許將分別取自於與語法形素 Present 相聯的解讀集、與 like 相聯的解讀集和與 candy 相聯的解讀集的三個解讀結合起來。而且這個結構還允許將以上兩種結合的結果（導出的解讀）再結合起來。但是這個結構卻不允許將分別取自於與 the 相聯的解讀集和與 like 相聯的解讀集的兩個解讀結合起來。

根據轉換生成語法的第一個模式，一個句子的句法結構是由其結構描寫中的短語標式的集合和轉換標式共同給出的。一個句子的成分恰恰是由這些短語標式的節點所主導的那些子符號串。因此，投射規則所進行的意義結合是由句子的短語標式中的加括弧關係 (the bracketing relation) 所決定的。每當兩個成分的意義被結合起來形成一個導出的意義時，這個意義便被指定為對直接主導這兩個成分的那個節點的解讀。

卡茨和福都區分開了兩種類型的投射規則。

第一種類型的投射規則具有這樣的一般形式：假設給定了兩個解讀，它們分別與從某一個短語標式中的同一個節點處分支而來的兩個節點相聯，其中的一個解讀具有 R_1 的形式，另一個具

有 R_2 的形式，並且 R_1 具有一個滿足 R_2 中的選擇限制的子符號串，那麼就存在著一個這樣的導出解讀，在其中 R_2 以某種方式內嵌於 R_1 中。由這個一般形式可以看出，第一種類型的投射規則通過將低一級的成分 (lower-order constituents) 的解讀結合起來形成高一級的成分的解讀的方式生產出了許多導出解讀。它們導致了一系列解讀的合併 (amalgamations)，這些合併從短語標式的底層到高層一步一步地將解讀彼此嵌入，以形成一系列新的解讀（導出解讀）。每一種由合併而來的導出的解讀都被納入到與直接主導著這樣的解讀集合 —— 被合併的解讀就是從它們那裡抽取出來的 —— 的那個節點相聯的解讀集合之中。歸屬給一個節點的一種導出的解讀提供了由該節點所主導的詞項序列的一種意義。依這樣的方式，一系列可供選擇的意義便被提供給了一個句子的每一個成分。這樣的過程將一直進行到最高的成分即句子為止，這時一系列與句子相聯的導出解讀的集合便為整個句子提供了意義。

合併是形成合成解讀 (composite reading) 的一種運作。合成解讀是通過從被一個短語標式的某個給定的節點所主導的諸解讀的集合中的每一個選取出一個解讀而構成的。如果一對解讀中的一個滿足它們中的另一個中的選擇限制，那麼它們就可以被合併在一起。假設由一個句法標式 SM 所標記的一個節點恰好主導解讀集 $R_1^i, R_2^i, \cdots, R_n^i$，其中第一個集合包含 K_1 種解讀，第二個包含 K_2 種解讀，$\cdots$，第 n 個包含 K_m 種解讀，那麼與被標記為 SM 的這個節點相聯的導出解讀的集合便包含至多 $(K_1 \times K_2 \times \cdots \times K_m)$ 個成員。而且如果選擇限制阻止了每一種語法上講可能的結合的形成，那麼該集合的成員將是零個。

卡茨和福都將被分配給一個成分的解讀的數目看作是其語義歧義性的程度的表達。沒有被指派上任何一種解讀的成分是異常的 (anomalous)，被指派上恰好一種解讀的成分是非歧義的 (unambiguous)，被指派上兩種或多種解讀的成分是以兩種或多種方式語義歧義的 (semantically ambiguous)。

下面是第一種類型的投射規則的一個例子。

(R1) 給定兩種與從同一個節點 SM 分支而來的節點相聯的解讀，其中之一為：

lexical string$_1$ $\rightarrow$ syntactic markers of head $\rightarrow$ (a_1) $\rightarrow$ (a_2) $\rightarrow$ $\cdots$ $\rightarrow$ (a_n) $\rightarrow$ $[1]$ <1>

另一個為：

Lexical string$_2$ $\rightarrow$ syntactic markers of modifier of head $\rightarrow$ (b_1) $\rightarrow$ (b_2) $\rightarrow$ $\cdots$ $\rightarrow$ (b_m) $\rightarrow$ $[2]$ <2>

如果中心語的句法或語義標式串含有一個滿足 <2> 的子串，那麼便存在一個如下形式的導出解讀：

Lexical string$_2$ + Lexical string$_1$ $\rightarrow$ SM $\rightarrow$ (a_1) $\rightarrow$ (a_2) $\rightarrow$ $\cdots$ $\rightarrow$ (a_n) $\rightarrow$ (b_1) $\rightarrow$ (b_2) $\rightarrow$ $\cdots$ $\rightarrow$ (b_m) $\rightarrow$ $[[2][1]]$ <1>

其中任何相同的語義標式或鑒別者如果出現不止一次，那麼除其第一次出現之外，將其餘的全部刪掉。這個導出的解讀被指派給與 SM 相聯的解讀的集合。

由 (R1) 所產生的合併的例子如下：將解讀 colorful $\rightarrow$ Adjective $\rightarrow$ (Color) $\rightarrow$ [Abounding in contrast or variety of bright colors] <(Physical Object) $\vee$ (Social Activity)>（色彩豐富的 $\rightarrow$ （形容詞） $\rightarrow$ （顏色） $\rightarrow$ 〔顏色對比強烈，種類多樣〕<（物理對象）$\vee$（社會活動）>）和解讀 ball $\rightarrow$ N $\rightarrow$ (Physical Object) $\rightarrow$ [Having

globular shape〕（球 → 名詞 →（物理對象）→〔具有球形〕）結合起來
生產出導出解讀colorful+ball → N → (Physical Object)→(Color)→
〔〔Abounding in contrast or variety of bright colors〕〔Having globular
Shape〕〕。這個導出解讀給出了 colorful ball 在句子「the baby is
playing with a colorful ball」（那個男孩正在玩色彩豐富的球）
中的意義。下面是由選擇限制所阻止的合併的一個例子：解讀
colorful → Adjective →(Evaluative)→〔Having distinctive character,
vividness, or picturesqueness〕<(Aesthetic Object)∨ (Social Activ-
ity)>（豐富多彩的 → 形容詞 →（評價性的）→〔具有獨特的特
徵，生動，或如畫的〕<（審美對象）∨（社會活動）>）與上面
給出的 ball 的解讀的合併。這樣的合併之所以不能成立是因為
colorful 這個修飾語的這個解讀的選擇限制只允許人們將其內嵌於
下面這樣的中心語的解讀之中：它或者包含著語義標式 (Aesthetic
Object)，或者包含著語義標式 (Social Activity)，或者同時包含著
兩者。但 ball 的上述解讀卻不包含它們中的任何一個。

　　以上述論述為基礎，卡茨和福都引入了「語義上解釋了的短
語標式」(semantically interpreted phrase marker) 概念。他們將
其規定為相對於某一個特定的短語標式的這樣的對子 (pairs) 的集
合：它的一個成員是該短語標式的一個節點，而其另一個成員則
是某些解讀的集合，這些解讀中的每一個都給出了由該節點所主
導的那個符號串的諸多意義中的一個。與每一個節點相聯的解讀
的集合在下述意義上是最大的 (maximal)，即根據詞典、投射規
則和句法結構而能夠屬於它的每一種解讀事實上都是它的一個成
員，而且也只有這樣的解讀才是它的成員。第一種類型的投射規
則的運作生產出語義上解釋了的短語標式。

現在我們看一下卡茨和福都所謂的第二種類型的投射規則。前面我們曾經指出，卡茨和福都於 1963 年提出的語義理論是以喬姆斯基轉換生成語法的第一個模式為基礎而建立起來的。我們知道，在這個語法模式中，喬姆斯基明確區分開了如下兩種句子：在其轉換標式中僅含有強制性單獨轉換的句子和在其轉換標式中包含至少一個可選單獨轉換或至少一個概括轉換的句子。前一種類型的句子被稱作核心句。在〈語義理論的結構〉一文中，卡茨和福都認為，第一種類型的投射規則作用於核心句的最終導出短語標式。而至於它們是否也能作用於其他的短語標式之上，當時他們並沒有作出定論。特別是他們沒有決斷它們是否能作用於由可選單獨轉換所生成的短語標式之上。他們注意到，可選單獨轉換中的很大一部分並沒有改變意義。這也就是說，轉換式與被轉換的結構具有相同的意義。為了解釋這種規則性，他們當時建議，將這樣的轉換看作是起到了建立句子的等價類 (equivalence classes of sentences) 的作用：對於任何轉換集 T_1, T_2, $\cdots$, T_n 和任何句子序列 S_1, S_2, $\cdots$, S_n 來說，如果 S_1 是一個核心句，S_2 由 T_1 從 S_1 轉換而來，S_3 由 T_2 從 S_2 轉換而來，$\cdots$，S_n 由 T_{n-1} 從 S_{n-1} 轉換而來，那麼 S_1, S_2, $\cdots$, S_n 便都屬於相同的等價類。既然至少這樣的等價類中的一個成員（即核心句 S_1）已經具有一個為其提供意義的語義上解釋了的短語標式，並且該等價類的所有句子又都具有相同的意義，那麼我們便可通過如下約定來表達這種規則性：這樣的等價類的任何成員都具有相同的語義上解釋了的短語標式。顯然，這樣的處理方法具有如下後果：在所有不改變意義的可選單獨轉換的情況下，沒有必要使用第一種類型的投射規則。

　　在第一種類型的投射規則之外，卡茨和福都還引入了第二種類型的投射規則。他們適用於經由改變了意義的可選單獨轉換和概括轉換而生成的句子（及其短語標式）。它們的使命是在語義部分陳述出各種轉換對它們所作用於其上的結構的意義所產生的不同影響，以及這些影響從一種轉換到另一種轉換的系統相關性，更進一步說來，是以作為這樣的句子 —— 它們經由改變了意義的可選單獨轉換或者概括轉換而生成 —— 之基礎的核心句的語義上解釋了的短語標式為基礎為其提供語義上解釋了的短語標式。

　　總起來說，在〈語義理論的結構〉一文中，卡茨和福都認為：語義部分包含有兩種類型的投射規則，第一種類型的投射規則只適用於經由始終不會改變意義的強制性單獨轉換和不改變意義的可選單獨轉換而生成的句子及其短語標式，而且它們只作用於核心句的最終導出短語標式之上；第二種類型的投射規則適用於由改變了意義的可選單獨轉換或概括轉換而生成的句子及其短語標式。

　　1964 年，卡茨和波斯塔共同出版了《一個關於語言描寫的一體化理論》 *(An Integrated Theory of Linguistic Descriptions)* 一書。在這部重要著作中，卡茨和波斯塔對卡茨和福都不久前所提出的語義理論進行了重大的修改和補充，指出：第一，第一種類型的投射規則不僅適用於經由強制性單獨轉換而生成的句子及其短語標式，而且也適用於經由可選單獨轉換而生成的句子及其短語標式；第二，第一種類型的投射規則為了正常地運作（起作用）而所需要的一切信息都已包含於基礎短語標式之中了，換言之，所有單獨轉換都不會改變意義，因此第一種類型的投射規則

只需而且必須作用於基礎短語標式；第三，第二種類型的投射規則只適用於經由概括轉換而來的句子及其短語標式；第四，第二種類型的投射規則為了正常地運作而所需要的一切信息也都已經包含在句子的基礎短語標式之中了，換言之，概括轉換也不改變意義，因此第二種類型的投射規則也只需而且必須作用於基礎短語標式之上。他們的作用是將關於這樣的句子 —— 它們借助於概括轉換推演而來 —— 的諸基礎短語標式集合的分離的語義解釋結合起來，使之成為對於整個句子的單一的語義解釋。第二和第四點合起來便構成了所謂的「卡茨–波斯塔假設」(Katz–Postal Hypothesis)：投射規則（語義解釋規則）為了正常地運作而所需要的一切信息都已包含在了基礎句法結構（即基礎短語標式）之中，換言之，轉換規則不影響意義。（也可以表述為：任何句子的意義都由投射規則（語義解釋規則）在基礎短語標式上的運作而唯一決定了，轉換沒有任何語義效應。）

六十年代中期，在其標準理論中，喬姆斯基基本上接受了卡茨–福都–波斯塔的語義理論。不過，他又對之進行了某些局部的修改：他將相應於卡茨–福都的詞典的詞庫併入了句法部分的基礎子部分之中；由於他已從句法部分中去除了概括轉換和轉換標式，所以他根本不需要第二種類型的投射規則；他將卡茨、福都和波斯塔等人所謂的基礎短語標式（在他的模式中，即概括的短語標式）稱作「深層結構」，將他們所謂的「句法標式」和「語義標式」改稱為「句法特徵」和「語義特徵」等等。

3.音系部分

音系部分的作用是給句法部分所生成的表層結構指派上特定的語音解釋 (phonetic interpretation)，即將其轉變為語音表現式

(phonetic representation)。

　　一個句子的表層結構是由各種各樣的形素（包括詞匯形素和語法形素）構成的形素序列。它被附加上了適當的括弧，而且每一個加上了括弧的子符號串（短語）都被歸屬給某一個語類。整個形素串被歸屬給了語類 S，其他的子形素串被歸屬給了 NP、VP、N、V 等等。比如，下面這個句子 <1>

　　　　<1>we established telegraphic communication

　　　　（我們建立了電報通訊）

的表層結構如下：

　　　　<2>$[_S[_{NP}[_N + we +]_N]_{NP}[_{VP}[_V[_V + establish +]_V + past +]_V[_{NP}[_A[_N + tele + [_{STEM} + graph +]_{STEM}]_N + ic +]_A[_N[_V + communicate +]_V + ion +]_N]_{NP}]_{VP}]_S$ ❸

<2> 也可以通過如下樹形圖加以表示：

(3)

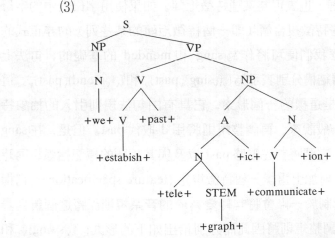

　　喬姆斯基將由詞庫直接提供的形素，即恰巧出現在詞庫詞條

---

❸　式中 STEM 的意思是詞幹。

中的詞匯形素和某些語法形素稱為「詞匯表現式」(lexical representations)（注意：語法形素也可以由句法規則直接引入）。因而，可以說表層結構首先是以詞匯表現式串的形式出現的。我們可以根據詞庫和句法規則而將詞匯表現式表達成某種形式的抽象的特徵矩陣 (feature matrix)。

　　由詞庫和句法規則相互作用所生成的詞匯表現式串即表層結構在某些情況下並不適合於音系部分使用。我們必須再通過某些再調整規則 (readjustment rules) 對其加以修正，將其轉變為適合於音系部分使用的形式。這些再調整規則將以各種各樣特別設定的 (ad hoc) 方式修正表層結構，將其區分為不同的音系短語 (phonological phrases)，取消某些結構。此外，有時它們還為某些詞匯形素和語法形素串構造新的特徵矩陣。請看下面這個例子。sing（唱歌）在詞庫中表現為某種特徵矩陣，同樣，mend（修理）也表現為某種特徵矩陣。如果使用字母表中的字母來作為某些特徵複合體（即一個特徵矩陣的某些列）的非正式的縮寫，那麼我們便可將作為 sang 和 mended 的基礎的、句法上生成的表層結構分別表示為〔$_v$〔$_v$sing〕$_v$past〕$_v$ 和〔$_v$〔$_v$mend〕$_v$past〕$_v$。這裡，past 是這樣的一個形素，它具有由句法規則引入的抽象特徵結構。一般說來，再調整規則將用 d 取代 past。但是，在 sang 的情況下，它們將首先刪略 past 以及與其相聯的標記括弧，同時給 sing 的 i 附加上這樣一個特徵規定 (feature specification)：它指示出 i 要受制於一條會將其轉變為 æ 的音系規則。將這個新列表示為∗，再調整規則將因此而分別給出如下的形式：〔$_v$s∗ng〕$_v$ 和〔$_v$〔mend〕$_v$d〕$_v$。喬姆斯基將這樣的因再調整規則的使用而獲得的表現式稱為音系表現式 (phonological representation)。由於音系表

現式串是句法規則所生成的表層結構 —— 句法表層結構 (syntactic surface structures) —— 的變體，因而喬姆斯基又將其稱為音系表層結構 (phonological surface structures)❶。

　　每一個音系表現式都可以分析為如下形式的特徵矩陣：其中的縱列 (column) 相應於該音系表現式（形素）的前後相繼的音系音段 (phonological segments)，橫行 (row) 相應於語音系統的某些普遍特徵，可稱為音系區別特徵 (phonological distinctive features)，如〔vocalic〕（〔元音性〕）、〔consonantal〕（〔輔音性〕）、〔voiced〕（〔濁音性〕）、〔nasality〕（〔鼻音性〕）、〔tenseness〕（〔緊張性〕）等等。矩陣的第 i 行和第 j 列中的條目 (entry) 表明第 j 個音段是否具有第 i 個音系特徵。它可以採取「＋」（表示具有）、「－」（表示不具有）或「0」（表示第 j 個音段是否具有第 i 個特徵還未確定）的形式。

　　至此，我們看到，表層結構已被表示成了包含有「＋」、「－」或「0」這樣的條目的單個矩陣。只有兩種確定的值出現於它的條目中這個事實表明，這種基礎矩陣 (underlying matrix) 實際上起到了純粹分類性的功能 (purely classificatory function)。它把每一個句子都以如下方式加以歸類：將其與所有其他的句子區分開來；決定音系部分的規則將如何指派特定的位置（語）音值 (positional phonetic values)。因此我們可以說：普遍語音系統的區別特徵在作為表層結構的一個部分的基礎矩陣中具有分類性的功能。（正因如

---

❶　這裡所謂的音系表現式相當於其他語言學家以及喬姆斯基第一個語法模式的語素音位表現式 (morphophonemic representation) 或系統音位表現式 (systematic phonemic representation)。由於這時喬姆斯基不承認存在著音位層次，所以他決定不再使用「音位」這個詞以及包含著它的複合詞。

此，喬姆斯基又將它們稱為分類區別特徵 (classificatory distinctive features)。）

喬姆斯基將與音系表現式相聯的矩陣稱為音系矩陣 (phono-logical matrix)。由於它們都具有分類功能，因而他又將其稱為分類矩陣 (classificatory matrix)。

音系表現式已完全適合於音系部分的使用了。音系規則作用於其上，將其轉變為語音表現式。語音表現式是由普遍語音字母表 (universal phonetic alphabet) 中的符號組成的符號序列，其中的每一個符號都被分析成了具有特定的值的語音區別特徵 (phonetic distinctive features)。比如，表層結構<2><3> 的語音表現式可看成為：wīyəstǽblišt+tèləgrǽfik+kəmyǜwnəkéyšən。我們可以將語音表現式看成是這樣的一種矩陣：其中橫行相應於普遍語音系統的語音特徵或曰語音刻度線 (phonetic scales)；縱列相應於生成的話語中的前後相繼的語音音段 (phonetic segments)（語音字母表中的符號）；第 i 行第 j 列中的條目是一個整數 (integer)，它指示了第 j 個語音音段沿第 i 個語音刻度線的位置，換言之，它規定了第 j 個特定的音段相對於第 i 個特徵的值：前者是否具有後者，以及在什麼程度上具有後者❶❺。喬姆斯基將與語音表現式相聯的矩陣稱為語音矩陣 (phonetic matrix)。普遍語音系統的區別特徵在語音矩陣中具有語音功能 (phonetic function)，它們可以接受直接的物理解釋 (physical interpretation)。

在音系規則作用於音系表現式（音系矩陣）將其轉變為語音表現式（語音矩陣）的過程中，一般說來，它們會將音系矩陣中

---

❶❺ 我們常常只關心一個語音刻度線上的兩個位置，在這種情況下我們就可以使用符號「＋」和「－」，而無需使用整數來表示音值。

根據＋、－和0等值而進行的特徵規定轉變為語音矩陣中根據整數而進行的、更為詳細的特徵規定。除此而外，音系規則還會大幅度地改變音值，並且還會插入、刪略或重新排列某些音段。例如，相應於形素「by」的音系矩陣有兩個縱列，其中的第二個縱列被規定為 high front-vowel（高（舌）前元音）；但與其相對應的語音矩陣卻包含有三個縱列，其中的第二個縱列被規定為 low back-vowel（低（舌）後元音），第三個被規定為 palatal glide（顎滑音）。

下面分別是形素 inn（在「the man stopped at the ＿＿」這樣的語境之中）和形素 algebra（在「he likes ＿＿」這樣的語境之中）的音系矩陣和語音矩陣的子矩陣 (submatrices)：

音系矩陣

	i	n	æ	l	g	e	b	r	æ
consonant（輔音性）	−	+	−	+	+	−	+	+	−
vocalic（元音性）	0	0	0	+	−	0	−	+	0
nasal（鼻音性）	0	+	0	0	−	0	−	0	0
tense（緊張性）	−	0	−	0	0	−	0	0	−
stress（重音性）	0	0	0	0	0	0	0	0	0
voice（濁音性）	0	0	0	0	+	0	+	0	0
continuant（延續性）	0	0	0	0	−	0	−	0	0

語音矩陣

	i	n	æ	l	g	e	b	r	æ
consonant（輔音性）	−	+	−	+	+	−	+	+	−
vocalic（元音性）	+	−	+	+	−	+	−	+	+
nasal（鼻音性）	2	+	−	−	−	−	−	−	−
tense（緊張性）	−	−	−	−	−	−	−	−	−
stress（重音性）	1	−	1	−	−	4	−	−	4
voice（濁音性）	+	+	+	+	+	+	+	+	+
continuant（延續性）	+	−	+	+	−	+	−	+	+

在上面的語音矩陣中出現的整數的意義如下：處於 nasal 行 i 列的條目的 2 表示 inn 的元音 i 相對於 nasal 特徵取值為 2，即它的鼻音化程度只是局部的；處於 stress 行 æ 列的 1 和 4 分別表示主重音（一級重音）和四級重音。

　　從上面的例子可以看出，音系矩陣和語音矩陣之間的一個重要區別是：後者得到了完全的規定（即關於每一個特徵，我們都確定了一個音段是否具有它以及在何種程度上具有它），而前者並沒有得到完全的規定。事實上，音系規則的主要功能之一便是將音系矩陣擴充成完整的語音矩陣。

　　喬姆斯基將音系規則的一般形式規定為：

　　　　<4>A→Z/X−Y

這裡，A、Z、X 和 Y 是矩陣，而且 A 和 Z 還是音段（即具有恰好一個縱列的矩陣）。規則 <4> 可以應用於任何符號串 WX′A′Y′V

之上，其中 X′、A′ 和 Y′ 分別是與 X、A 和 Y 具有相同數目的縱列的矩陣，X′A′Y′ 並非不同於 XAY。規則 <4> 將符號串 WX′A′Y′V 轉變為符號串 WX′Z′Y′V（這裡，Z′ 是由 Z 的特徵規定和 A′ 相對於這樣的特徵 —— 相對於它們 Z 沒有得到任何規定 (unspecified) —— 的特徵規定構成的音段）。請看下面這個音系規則：

$$[+\text{continuant}] \rightarrow [+\text{voiced}]/ \longrightarrow [+\text{voiced}]$$

（〔＋延續性〕→〔＋濁音性〕/ —— 〔＋濁音性〕）

它將把〔sm〕轉變成〔zm〕，將〔fd〕轉變成〔vd〕，將〔šg〕轉變成〔žg〕等等，但它並不影響〔st〕或〔pd〕。

音系規則可以被排列成 $R_1, \cdots, R_n$ 這樣的線性序列。喬姆斯基認為，它們是以循環的方式而被應用於表層結構的。在第一個應用循環中，$R_1, \cdots, R_n$ 依次被應用於不包含任何內部括弧 (internal brackets) 的、表層結構的最大的連續部分之上。在應用完了這些規則中的最後一個規則之後，將最內層的括弧去掉，這樣便啟動了第二個應用循環。在這個循環中，諸規則再度以給定的次序被應用於不含有任何內部括弧的、表層結構的最大的連續部分。然後再去掉最內層的括弧，這樣便啟動了第三個循環。這樣的過程一直進行到音系過程的最大的區域 (the maximal domain of phonological processes)（在簡單的情況下，即整個句子）為止。某些規則在應用上需局限於詞界層次 —— 只有當應用區域是一個完整的詞時，它們才在循環內使用。其餘的規則在每一個應用層次上都可以自由地重複使用。關於音系規則的循環應用原則實際上斷言了：存在著這樣一個固定的規則系統，它從一個較大的單位的諸構成部分的形式確定了該較大單位的形式。顯然，這個原則並非是英語

或任何其他語言的特殊的語法規則，而是一條制約著特殊規則的應用方式的普遍語法原則。

我們可以通過英語中的重音指派規則來說明音系規則的循環應用原則。英語中似乎存在著這樣的事實：儘管其語音表現式必須在關於重音的區別特徵方面允許 5 或 6 個不同的值，但在表層結構上所有的音段相對重音卻可以是未標記出來的 (unmarked)，或者說未得規定的 (unspecified)。語音表現式的複雜的重音升降曲線 (stress contours) 是由如下這樣的規則決定的：

> <5>複合詞重音規則 (Compound Stress Rule)：將主重音 (primary stress, main stress) 給予名詞的兩個主重讀元音中的最左端的那個；

> <6>核心重音規則 (Nuclear Stress Rule)：將主重音給予最右端的重音－峰值。（某個區域中的元音v是重音－峰值，當且僅當這個區域不再包含有比v更加加重的重讀元音。）

規則 <5> 應用於帶有兩個主重音的名詞；規則 <6> 應用於任何其他種類的單位。它們將依照 <5>、<6> 這樣的順序被依次循環使用。我們約定，當主重音被指派給某一個位置時，所有其他重音都被弱化一級。如果一個區域不包含任何重讀元音，那麼規則 <6> 將把主重音指派給其最右端的元音。

現在我們看一下 <5> 和 <6> 是如何應用於下面這個表層結構之上的：

<7>$[_S[_{NP}[_N John]_N]_{NP}[_{VP}[_V saw]_V[_{NP}[_N Bill]_N]_{NP}]_{VP}]_S$

按照循環應用原則，<5> 和 <6> 將首先應用於最內層的單位 $[_N John]_N$，$[_V saw]_V$ 和 $[_N Bill]_N$。顯然，<5> 不能應用於其上；將

<6> 應用其上，在每一種情況下它都將主重音指派給那個唯一的元音。然後消掉最內層的括弧。下一個循環處理單位〔$_{NP}$John〕$_{NP}$和〔$_{NP}$Bill〕$_{NP}$，按照規則 <6> 將主重音再度指派給唯一的元音。然後消掉最內層的括弧，由此得到規則下一步的應用區域〔$_{VP}$Saw Bill〕$_{VP}$。規則 <5> 還是不能應用於其上，因為它不是名詞；規則 <6> 將主重音指派給「Bill」的元音，「saw」上的重音因此而被弱化成次重音 (secondary stress)。消去最內層的括弧，得到規則下一步的應用區域（單位）〔$_{S}$John saw Bill〕$_{S}$。規則 <5> 還是不能應用，規則 <6> 將主重音指派給 Bill，因此弱化了其他重音，給出「John saw Bill」。這可以被看作是對重音升降曲線的理想的表達。

　　現在再來看一下下面這個稍為複雜的例子：「John's blackboard eraser」（約翰的黑板擦）。在第一個循環中，規則 <5> 和 <6> 應用於最內層的加括弧的單位「John」、「black」、「board」和「erase」。規則 <5> 不能應用，規則 <6> 在每一種情況下都將主重音指派給最右端的元音。下一個循環涉及到單位「John's」和「eraser」，因而是空洞的 (vacuous)。再下一個循環的應用區域是〔$_{N}$black board〕$_{N}$。由於它為名詞，因而要受制於規則 <5>。<5> 將主重音指派給「black」，因而將「board」上的重音弱化為次重音。去掉最內層的括弧，得到下一個循環的應用區域〔$_{N}$black board eraser〕$_{N}$。規則 <5> 將主重音指派給「black」，因之其他重音皆弱化一級。在最後一個循環中，規則的應用區域是〔$_{NP}$John's blackboard eraser〕$_{NP}$。規則 <5> 不能應用於其上，因為它是一個完整的名詞短語。規則 <6> 將主重音指派給最右端的主重讀元音，並因之弱化了所有其他重音，得出「John's blackboard

3
eraser」。依這樣的方式，音系規則便最終決定了一個複雜的語音表現式。

至此，我們對標準理論描寫部分的介紹便告一段落。我們看到，按照標準理論，一個語言的語法包含句法、語義和音系三個部分。後二者是純粹解釋性的，它們在句子結構的遞歸生成 (recursive generation) 方面不起任何作用。句法部分由基礎子部分和轉換子部分構成。而基礎子部分又由語類子部分和詞庫構成。基礎子部分生成深層結構。深層結構進入語義部分，接受語義解釋；它又被轉換規則映射為表層結構。最後，音系部分的規則給予表層結構以語音解釋。深層結構完全決定了語義解釋，而表層結構則完全決定了語音解釋：意義與表層結構無關，聲音與深層結構無關。因而，整個說來，語法將語義解釋（意義）指派給言語信號 (speech signals)（聲音），而這二者的結合最終是通過句法部分的規則促成的。

標準理論的描寫部分可以簡明地表達於如下示圖之中：

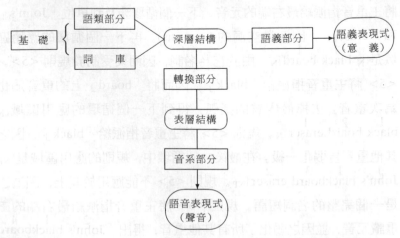

㈡解釋

　　上面我們結合著英語介紹了喬姆斯基語言理論的第二個模式
──標準理論的描寫部分。它是對使用英語的人的心理或大腦中
所具有的內在的語言知識之本性的刻畫，是關於英語的一種特殊
語法。使用其他語言（如漢語）的人的心理或大腦中具有的內在
的語言知識在某些方面可能與此完全不同。但喬姆斯基斷言，總
體上說，在使用不同的語言的人的心理或大腦中所具有的語言知
識之間必然存在著某些具有本質意義的共同之處。他將這些共同
之處統一稱為語言普遍現象 (linguistic universals)。在他看來，它
們構成了所有人類語言的本質屬性，是所有關於人類語言的特殊
語法都必須滿足的條件；它們決定了所有可能的人類語言的集合
以及關於某種特殊的人類語言的潛在的語法的集合。對這些普遍
現象的研究便構成了普遍的語言理論即普遍語法的主要任務。

　　喬姆斯基將語言普遍現象區分為兩種，一為實質普遍現象
(substantive universals)，一為形式普遍現象 (formal universals)。

　　實質普遍現象關心的是語言描寫所需的語匯 (vocabulary)，
它們規定了可以出現於特殊語法之中的全部要素的集合。如下
這樣的斷言都構成了實質普遍現象：存在著一個普遍的句法特
徵系統，對於所有語言的句法來說它們都是不可或缺的，它們必
出現於任何語言的句子的句法表現式中；存在著一個普遍的語
義（區別）特徵或曰語義語類 (semantic categories) 系統，它們
能表達所有可能的概念內容，為語義描寫提供了一個普遍的框
架 (universal framework)；最後，還存在一個由很少數量固定而
普遍的語音（區別）特徵──我們可以獨立於任何特殊語言而對

它們作出實質性的聲學－發音的特徵刻畫 (acoustic–articulatory characterization) —— 組成的普遍的語音特徵系統，音系部分的所有輸出（即語音表現式）都要由它們依特定的方式組合而成。

與實質普遍現象不同，形式普遍現象所關心的是語法規則的特徵以及它們之間相互關聯、相互作用的方式，它們規定了語法所需滿足的各種各樣的形式條件或形式限制 (formal conditions or constraints)（喬姆斯基又將這樣的條件或限制稱為原則 (principles)）。具體說來，形式普遍現象可以分為如下幾類：

1.關於語法及其諸子部分的組織形式的規定

如，任何語言的語法都須由三個子部分構成，即句法部分、語義部分和音系部分，句法部分之中還須包含著一個轉換子部分，它將語義上解釋了的深層結構轉換為語音上解釋了的表層結構。

2.關於諸不同的語法規則所需滿足的不同的限制或條件的規定

此類規定包括：句法規則所需滿足的條件；語義規則所需滿足的條件；音系規則所需滿足的條件。

在五十年代中期左右，當轉換生成語法初創之時，喬姆斯基所關心的是提供一個盡可能豐富的規則系統，以充分刻畫各種各樣的語言現象。但從六十年代初開始，喬姆斯基認識到，他的第一個語法模式的表達力 (expressive power) 過強，以致生成了許多不合乎語法的句子。因此，他便開始努力尋找關於語法規則及其使用的限制條件，並將其併入普遍語法之中。六十年代初期他發現了一條關於轉換規則的限制條件，即所謂的 A–蓋–A 原則 (A-over-A Principle)。請看下面的例子：

<1>Mary saw the boy walking to the railroad station

關於 <1> 有兩種可能的分析：

<1>　(i)Mary saw[NP[NPthe boy]NP[walking to the railroad

　　　　station]]NP

　　　（瑪麗看到了那個正在向火車站走的男孩）

　　　(ii)Mary saw[NPthe boy]NP[walking to the railroad station]

　　　（瑪麗看到那個男孩正在向火車站走）

在 <1>(i) 中，「walking to the railroad station」被分析為一個歸
約了的關係從句 (reduced relative clause)；在 <1>(ii) 中，它被
分析為「walk to the railroad station」。喬姆斯基認為，下面這個
疑問句只能被看成是從 <1>(ii) 而不是從 <1>(i) 轉換而來的：

<2>who did Mary see walking to the railroad station?

從這個例子，喬姆斯基引出了如下一般性結論（即 A 蓋 A 原則）：

在一個短語標式（一個標記括弧）中，當一個節點被另一
個與其具有相同語類的節點所主導（一個語類的標記括弧
內嵌於另一層標著相同語類的標記括弧中）時，轉換規則
只能應用於主導節點（最外層標記括弧內的語類）。

在 <1>(i) 中，由於 the boy 被另一個 NP 所主導，所以我們不能
通過一條轉換規則從其所在的位置將 NP（如 who）移取或提取
(extract) 出來。同樣，我們也不能由 your interest in him surprised
Mary（你對他感興趣，這令瑪麗很吃驚）通過轉換而形成 whom
did your interest in surprise Mary? 因為替換 him 的 whom 被另
一個更大的名詞短語 your interest in whom 所主導了。

　　A 蓋 A 原則提出不久，喬姆斯基就發現了許多對於它的反
例，因而便放棄了它。請看下面的例子：

<3> (i)you would approve of[NPmy seeing[NPhim]NP]NP

（你會同意我見他的）

(ii)you are uncertain about[NPmy giving[NPthe book]NP

to John]NP

（你不敢確定我把那本書給了約翰）

下面兩個問題可以認為是由 <3>(i) 和 <3>(ii) 經轉換而來，而且它們被看作是完全合乎語法的：

<4> (i)[NPwho]NP would you approve of[NPmy seeing___

]NP?

(ii)[NPwhat]NP are you uncertain about[NPmy giving

to___ John]NP?

後來羅斯 (J. R. Ross) 在其博士論文〈關於句法中變項的諸多限制〉 (Constraints on variables in syntax)(1967) 中，對 A 蓋 A 原則所欲解釋的問題，即移取 (movement) 或提取 (extraction) 轉換（即將句中某個成分移取或提取到句中其他地方的轉換運作，第一個模式中的許多轉換都屬於移取或提取轉換）的限制問題，進行了更為深入和全面的探討，提出了一系列限制原則。其中最為重要的有以下幾種。

A. 複雜名詞短語限制 (Complex Noun Phrase Constraint)：由帶有一個詞匯中心語名詞 (lexical head noun) 的名詞短語所主導的句子中的任何成分都不能通過轉換而提取出來。該限制可圖示如下：

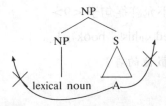

比如，複雜名詞短語限制不允許我們從句子 <5>

    <5>you believe[NPthe claim[Sthat Bill saw the man]S]NP

    （你相信比爾見到了那個人這個斷言）

通過提取轉換而形成句子 <6>

    <6>[NPwho]NP do you believe[NPthe claim[S that Bill saw＿

    ＿]S]NP?

    B. 併列結構限制 (Coordinate Structure Constraint)：併列結構中的併列成分 (conjunct) 以及併列成分中的任何成分都不能通過轉換而移取出來。該條件可圖示如下：

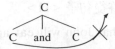

比如，該限制就不允許從句子 <7>

    <7>John was eating[NP[NPbeans]NP and apples]NP

    （約翰正在吃蠶豆和蘋果）

通過轉換而得出句子 <8>

    <8>[NPwhat]NP was John eating[NP[NPbeans]NP and＿]NP?

    C. 左分支條件 (Left Branch Condition)：一個名詞短語的左分支上的任何名詞短語都不能提取出來。該條件可圖示如下：

比如，該限制條件不允許從句子 <9>

<9>you liked[NPhis[N book]N]NP

（你喜歡他的書）

形成句子 <10>

<10>[NPwhose]NP did you like[NP[N book]N]NP?

D. 句子主語限制 (Sentential Subject Constraint)：處於一個句子的句子主語內的任何成分都不能通過轉換而提取出來。該限制可圖示如下：

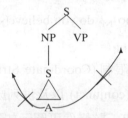

比如，該限制不允許從句子 <11>

<11>[NP[S that John will eat apples]S]NP is likely

（約翰要吃蘋果是可能的）

形成句子 <12>

<12>[NPwhat]NP[NP[S that John will eat]S]NP is likely?

羅斯提出的如上幾條限制條件有一個共同特點，那就是它們都將某些句法結構看成為一個孤立的區域，該區域內的成員不能通過轉換規則提取出來。所以人們又常常稱它們為「孤島條件」(Island Conditions)。羅斯認識到，它們並非具有同樣的普遍性。其中 A 和 B 具有最大的普遍性，適用於一切語言，而 D 則不具有如此的普遍性，比如，它並不適用於日語。

六十年代初，喬姆斯基發現的另一條重要的限制條件是有關

刪略轉換的，即所謂的「刪略的可復原性原則」(the Principle of Recoverability of Deletion)。其基本內容是：只有在如下條件下，一個短語標式中的一個成分才能夠被刪略，即它被包含著它的詞匯特徵並且從結構上說與它相關的某個短語所完全決定了；或者它是一個語類的「指定的代表」(designated representative) —— 這樣的代表或者可以實際地實現（體現）出來（如代表抽象名詞的it，或代表名詞短語的someone 和 something），或者可以是一個抽象的「虛位要素」(dummy element)。例如，在「the man who John saw」中，作為關係代詞的who 由「the man」完全決定了，因此它可以被刪略，由此得到「the man John saw」這個合語法的句子。但在「I wonder who John saw」中，作為疑問代詞的who 則沒有被該句中的任何成分所決定，因此不可刪略，刪略掉它而形成的「I wonder John saw」不合語法。

3.關於語法規則之應用方式及其應用次序的規定

如我們上面提到的音系規則、語義規則和句法規則相對於一個給定的（句子）結構的循環應用原則，以及關於在一個給定的循環內語法規則之應用次序的規定。

4.形式普遍現象還包括關於實質普遍現象之可能的結合及其多樣性 (variety) 的一些規律或原則

比如，語音特徵之間的同時結合和序列結合 (the simultaneous and sequential combinations) 要受制於一系列特殊的限制。關於同時結合的限制條件有：不存在既是〔−consonantal〕（〔− 輔音性〕）又是〔+strident〕（〔＋刺耳性〕）的音段；關於序列結合的限制包括這樣的條件，它們將最大的長度給予了〔+consonantal〕音段序列，即輔音叢 (consonant cluster)。每一種語言的每一個語音

表現式都要滿足這兩類限制條件。就語義層次而言，存在著如下形式普遍現象：任何語言中的專名都須指示 (designate) 滿足時空連續性 (spatiotemporal contiguity) 條件的對象；任何語言中的顏色語詞都須將色譜 (color spectrum) 進一步細分為連續的色段 (segments)；人造物品應通過某些人類目標、需求和功能（而不能僅僅通過物理性質）加以規定等等。顯然，形式的語義普遍現象是關於人類語言能夠表達的可能的概念系統以及它們之間可能存在的內在關聯的原則。建立起這樣的原則系統是相當困難的。

5.某些具有普遍適用性的語法規則，如詞項插入規則和各類冗餘規則（句法的、語義的、音系的）

普遍語法除研究實質普遍現象和形式普遍現象外，其另一個主要任務是研究作為語法選擇之標準的評價程序。

喬姆斯基認為，無論是實質普遍現象和形式普遍現象，還是評價程序（簡單性尺度），都是人類心理或大腦所內在固有的，它們都是先天的，是遺傳決定了的（當然，它們中的一些或許需經歷一段遺傳上決定了的成熟過程才能表現出來並起作用）。正是因為它們在人類心理或大腦中的先天的普遍存在，才使語言習得成為可能。因而，可以說它們構成了人類天賦的語言官能。這樣看來，普遍語法是對人類的語言官能的一種刻畫。先天地具有這些普遍現象的語言官能經過與適當的外部環境或經驗（特別包括原始的語言素材 — 被區分為句子和非句子 (nonsentences) 的信號；信號與結構描寫的局部的、試探性的配合）的相互作用（ — 這些外部環境或經驗中的一部分啟動 (initiate)（激活 (activate)，引發 (trigger)）了語言官能的運作（使其開始動作起來），語言在實際生活情境中的使用便起到了這樣的作用；而另一部分則決定

了其起作用的方式，即語言學習應採取的方向，原始的語言素材便起到了這樣的作用 —— 便會提供出特殊的語言規則系統。但它們很可能不是唯一的。這時同樣內在於人類語言官能中的評價程序便起作用了，它能幫助人們從這諸多可能的語法規則系統中選擇出那種「最有價值的」（實即最簡單的）系統。這樣的系統便構成了我們人類的語言知識（語言資質）。因而，嚴格說來，語言知識並不是「習得」的，它是從人類天賦的語言官能中自然而然地「生長」出來的。

三、第三個模式：擴充的標準理論

從六十年代末期起，喬姆斯基逐漸認識到，在某些方面標準理論存在著重大的缺陷，需加以修正；而在另外一些方面，它又需進一步加以補充。一系列修正和補充的最終結果便構成了所謂的「擴充的標準理論」（Extended Standard Theory, 通常簡稱為 EST）。

(一)描寫

1.擴充的標準理論

從上面的介紹我們看到，標準理論為每一個句子規定了一個句法結構 $\sum = (P_1, P_2, \cdots, P_i, \cdots, P_n)$（這裡 P_1 由基礎部分的語類子部分生成，詞項插入（轉換）規則將 P_1 一步一步地轉變為 P_i，即深層結構，然後轉換規則將 P_i 一步一步地轉換成 P_n，即表層結構），一個語義表現式（語義解釋）S，和一個語音表現式（語音解釋）P。P_i 通過語義解釋規則而完全決定了 S，P_n 通過音系

解釋規則而完全決定了 P。更為一般地說來，∑ 決定了音義關係
(P,S)。由此看來，在標準理論中，深層結構實際上同時具有如下
特性：首先，它們滿足基礎部分的規則所規定的諸形式條件的集
合。具體說來，語類部分的規則規定了語法功能和構成成分的序
列，而詞條所包含的語境特徵則決定了諸詞項能以何種方式進入
這樣的結構之中。其次，它們啟動了轉換推演，換言之，語法轉
換將它們映射為良構的表層結構。最後，它們完全決定了語義表
現式。從六十年代末期起，喬姆斯基對標準理論關於句法結構與
語義解釋之間的關係的如是解說進行了反思和批判，指出上述三
種性質並不是必然相伴而行的，而可能是相互獨立的：接受（或
決定）語義解釋的結構未必就是詞項插入的場所 (locus)，也未必
就是被轉換成表層結構的那個結構。實際上，表層結構在句子的
語義解釋方面常常具有不可忽視的重要作用，在許多情況下語義
解釋似乎更為直接地牽涉到表層結構而不是深層結構。下面我們
就看來一下表層結構是如何在語義解釋方面起作用的。

　⑴重心和預設

　　每一個說出來的句子都有其重心 (focus) 和預設 (presupposition)。
所謂重心就是指包含著句子的語調中心 (intonation center) 的那個
短語；所謂預設則是指一個句子所暗含的某種斷言，大致說來，
它可以通過用變項替換重心的方式而形成。於是，每一個句子可
以說都與由諸對集 (F,P)（F 指重心，P 指預設）所構成的集合聯
繫在了一起。顯然，一個句子的重心和預設在其語義解釋方面是
起著重要作用的。與一個句子相聯的對集 (F,P) 中的每一個都對
應於一種對於該句子的可能的語義解釋。根據這些概念我們可以
對自然的反應 (natural response) 作出如下闡釋：被解釋為 (F,P)

的句子 S 為了成為對另一個句子 S′ ── 它被解釋為 (F′,P′) ── 的自然的反應，P 就必須等於 P′（此外，F 還必須以某種「自然而然的」方式與 F′ 相匹配）。因而，自然的反應即共享預設的反應 (presupposition-sharing response)。

請看下面的例子：

　　<1> a. is it JOHN who writes poetry?

　　　　（是**約翰**寫詩嗎？）

　　　　b. it isn't JOHN who writes poetry

　　　　（寫詩的人不是**約翰**）

在採取正常語調 (normal intonation) 的情況下，<1> 中大寫的詞（漢語譯文中為粗體字）接受主重音並且作為音高曲線 (pitch contour) 的最大變化之點而起作用（即是句子重心）；<1> 的預設是 someone writes poetry（某人寫詩）。<1> 的語義表現式必須以某種方式表明：John 是句子的重心；<1> 表達了 someone writes poetry 這樣的預設。根據上面給出的定義，下面的句子：

　　<2> No, it is BILL who writes poetry

　　　　（不，是**比爾**寫詩）

是對 <1> 的一種可能的自然的反應，因為它保持了 <1> 的預設，而只是在重心上不同於 <1>。但下面的句子

　　<3> No, John writes only short STORIES

　　　　（不，約翰只寫**短篇小說**）

卻不是 <1> 的可能的自然的反應，因為它沒有表達出<1> 的預設。讓我們再看一下如下句子：

　　<4> a. does John write poetry in his STUDY?

　　　　（約翰在他的**書房**裡寫詩嗎？）

　　　　b.is it in his STUDY that John writes poetry?

　　　　（約翰是在他的**書房**裡寫詩嗎？）

　　　　c.John doesn't write poetry in his STUDY

　　　　（約翰並非在他的**書房**裡寫詩）

　　　　d.it isn't in his STUDY that John writes poetry

　　　　（約翰寫詩並非在他的**書房**裡）

對 <4> 的自然的反應可以是

　　<5>No, John writes poetry in his GARDEN

　　　　（不，約翰在他的**花園**裡寫詩）

因為 <5> 保持了 <4> 的預設 John writes poetry somewhere（約翰在某地方寫詩）。

　　從前面的介紹我們看到，標準理論並沒有充分注意到重心和預設在語義解釋方面所具有的如此重要的作用。那麼，我們能夠按照標準理論的模式來處理這種作用嗎？換言之，我們能夠將重心和預設的語義作用歸因於深層結構的某些特點嗎？對此，喬姆斯基給出了否定回答。當然，在某些非常簡單的情況下，我們可以認為重心和預設是由深層結構決定的。例如，在例 <1> 的情況下，其深層結構可以看成具有如下形式：

　　<6>〔the one who writes poetry〕is John

　　　　（寫詩的那個人是約翰）

於是，我們就可以依照標準理論的基本模式而直接從這個深層結構決定 <1> 的重心和預設：重心是深層結構的主導命題(dominant proposition) 的謂語，而預設則是將重心替換為變項後所獲得的表達式。但是，在絕大多數情況下，這樣的處理方式是不適當的。讓我們回頭看一下上面的例子 <4>。為了能夠按照標準理論的模

式處理 <4>，我們須將 <4> b.和 <4> d.的深層結構規定為：

<7>the place where John writes poetry is in his study

（約翰寫詩的地方是在他的書房裡）

這時，我們便可將 <7> 的謂語看作是表達了 <4> b.和 <4> d.的重心，而將那個內嵌句 (the embedded sentence) 看作是表達了其預設。但是，為了將這樣的分析推廣到 <4> a.和 <4> c.之上，我們就必須假定 John writes poetry in his study 的深層結構也必須具有類似於 <7> 的形式。但這與標準理論相左：在標準理論中，in his study 被看成是只包含一個從句的深層結構中的副詞修飾語 (adverbial modifier)。與此形成鮮明對照的是，如果我們按照本小節開頭所述的方式來處理重心和預設，即根據表層結構來確定它們，並因之將它們在語義解釋方面的作用歸因於表層結構，那麼我們便不會陷於自相矛盾，便能給上述例證以及所有其他的例證以統一的處理。

　　請看下面更為複雜的例子：

$$\text{<8>was it} \begin{cases} \text{an ex-convict with a red SHIRT} & \text{(a)} \\ \text{a red-shirted EX-CONVICT} & \text{(b)} \\ \text{an ex-convict with a shirt that is RED} & \text{(c)} \end{cases}$$

that he was warned to look out for?

<8> 的直接的基礎結構 (immediately underlying structure) 可以是

<9>the one he was warned to look out for was x

（他被警告當心的人是 x）

這裡，x 是 <8> 中括弧內的三個短語之一。為了達到深層結構，<9> 中的謂語短語和內嵌的主語從句都需要進一步加以分析。

假設深層結構決定重心和預設，那麼例 <8> 中的句子的重心應該是 <10>，而其預設應該是 <11>：

<10>(i)an ex-convict with a red shirt

（一個穿紅色襯衫的刑滿釋放分子）

(ii)a red-shirted ex-convict

（一個穿紅色襯衫的刑滿釋放分子）

(iii)an ex-convict with a shirt that is red

（一個穿其顏色為紅色的襯衫的刑滿釋放分子）

<11>he was warned to look out for someone

（他被警告當心某個人）

相應地，對例 <8> 中任一句子的自然的反應將是 <12>：

<12>No, he was warned to look out for an AUTOMOBILE salesman

（不是，他被警告當心的是**汽車**銷售商）

當然，這個結論是完全令人滿意的，但是，一旦我們將我們的探究繼續進行下去，我們就會遇到一系列難以克服的困難。考慮 <13> a.～c.：

<13> a.No, he was warned to look out for an ex-convict with a red TIE

（不是，他被警告當心的是打紅色**領帶**的刑滿釋放分子）

b.No, he was warned to look out for a red-shirted AUTOMOBILE salesman

（不是，他被警告當心的是穿紅色襯衫的**汽車**銷售商）

　　　　c.No, he was warned to look out for an ex-convict

　　　　　with a shirt that is GREEN

　　　　　（不是，他被警告當心的是穿**綠色**襯衫的刑滿釋

　　　　　放分子）

<13> a.、<13> b.和 <13> c.分別是 <8> a.、<8> b.和 <8> c.的
自然的反應，而且按照通常的理解它們也只能分別是 <8> a.、
<8> b.和 <8> c.的自然的反應。比如 <13> b.和 <13> c.就不能
是 <8> a.的自然的反應。但上面的假設（即深層結構決定重心和
預設）顯然不能解釋這個事實。因為按照它，<13> b.和 <13> c.
都表達了 <8> a.的預設 <11>，因而都是 <8> a.的自然的反應。
如果說在 <4> 的情況下我們還能通過修改所建議的深層結構的方
式來維護標準理論，那麼在這裡這種方法無論如何是不可行的，
它太人為了。但是，如果我們不是通過深層結構，而是通過表層
結構的語調中心來決定重心和預設，那麼我們便能擺脫困境。根
據後一種決定重心和預設的方式，<14> 中的任何一個短語都可
以被看作是 <8> a.的重心，而相應的預設則可以通過以變項取代
重心的方式加以表達：

　　　　<14>(i)an ex-convict with a red shirt

　　　　　(ii)with a red shirt

　　　　　(iii)a red shirt

　　　　　(iv)shirt

<14> 中的所有短語都包含 <8> a.的語調中心，因此它們都可以
被看作是重心。相應地，<15> 中的任何句子都可以是對 <8> a.
的自然的反應：

　　　　<15>(i)No, he was warned to look out for an AUTO-

MOBILE salesman

(ii)No, he was warned to look out for an ex-convict wearing DUNGAREES

（不是，他被警告當心的是穿**粗布工作服**的刑滿釋放分子）

(iii)No, he was warned to look out for an ex-convict with a CARNATION

（不是，他被警告當心的是帶有**麝香石竹**的刑滿釋放分子）

(iv)No, he was warned to look out for an ex-convict with a red TIE

但是 <13> b.和 <13> c.並不是 <8> a.的自然的反應，原因是它們並沒有保持 <8> a.的這種意義上的預設（即由表層結構的語調中心所決定的預設）。同樣的評論也適用於 <8> b.和 <8> c.。

另外，「重心和預設是由表層結構而並非由深層結構決定的」這個論題還可以從如下兩點得到支持：其一，作為重心的短語有時根本就不必對應於深層結構的某個短語。請看下面的例子：

<16>is John (certain (to WIN))?

（約翰肯定**獲勝**嗎？）

<17> 中的任何一句話都可以是 <16> 的自然的反應

　　<17> a. No, John is certain to LOSE

（不，約翰肯定**輸掉**）

　　b. No, John is likely not even to be NOMINATED

（不是，約翰甚至可能不會被**提名**）

　　c. No, the election will never take PLACE

（不，大選不**舉行**了）

因此，<16> 中任何一個被括弧括起來的短語都可以看作是重心，但其中的 certain to win 並不對應於深層結構 <18> 中的任何成分：

<18>〔sJohn win〕s is certain

其二，兩個句子儘管有相同的深層結構，但卻可以有不同的重心和預設。請看下面的例子：

<19>(i)did John give the book to BILL?

（約翰將那本書給**比爾**了嗎？）

(ii)did John give Bill the BOOK?

（約翰給比爾那本書了嗎？）

「No, he kept it」（不，他留下用了）這個反應在 <19>(i) 和 <19>(ii) 兩種情況下都是自然的，因為在每一個中「give…」都是一個可能的重心。但 <20>(i) 只是 <19>(i) 的自然的反應（因為它只保持了 <19>(i) 的預設），而 <20>(ii) 只是 <19>(ii) 的自然的反應（因為它只是保持了 <19>(ii) 的預設）：

<20>(i)No, to someone ELSE

（沒有，給了**其他**某個人）

(ii)No, something ELSE

（沒有，他給他的是**其他**東西）

因此，儘管在 <19>(i) 和 <19>(ii) 的深層結構之間沒有任何相關的差別，但二者卻具有不同範圍的可能的重心和預設（這種範圍是由語調中心的位置決定的）。同樣的評論也適用於如下對子：John didn't argue with Bill about MONEY（約翰不與比爾爭論**錢**的事），John didn't argue about money with BILL（約翰不就

錢的事與**比爾**爭論）； I didn't buy that car in Italy five YEARS ago（在意大利五**年**前我沒有買那部車），I didn't buy that car five years ago in ITALY（五年前在**意大利**我沒有買那部車）等等。

由於重心和預設並非是由深層結構而是由表層結構（的語調中心）決定的，而它們又在語義解釋中具有重要的作用，因此我們可以得出這樣的結論：語義解釋並非僅僅與深層結構有關，表層結構在語義解釋方面也具有重要的作用。

⑵否定和量詞

上面的結論還可以從否定和量詞 (quantifiers) 等邏輯要素在語義解釋上具有重要的作用這個事實而得到進一步的支持。杰肯道夫 (R. Jackendoff) 在〈關於否定的解釋理論〉(An interpretive theory of negation)(1969) 一文中認為，否定和量詞之類的邏輯要素的轄域 (scope) 是由表層結構決定的。請看句子<21>：

<21>(i)not many arrows hit the target

（並非許多箭射中了靶子）

(ii)many arrows didn't hit the target

（許多箭沒有射中靶子）

顯然，<21>(i) 和<21>(ii) 具有完全不同的意義。因此，如果我們假設深層結構是 <22>，<21>(i) 和<21>(ii) 是由 not- 移取規則推演而來，那麼深層結構將不決定意義。

<22>not〔many arrows hit the target〕

相反，否定的轄域將由 not 在表層結構中的位置加以決定。在<21>(i) 中，被否定的是許多箭射中了靶子這個命題；在 <21>(ii) 中，許多箭被**斷**言沒有射中靶子，也即，被否定的是動詞短語。

為了支持這種分析，杰肯道夫考察了既包含量詞又包含否定

的主動和被動形式之間的意義關係。請看如下句子：

<23>the target was not hit by many arrows

（靶子沒有被許多箭射中）

<24>not many demonstrators were arrested by the police

（並非許多示威者都被警察抓起來了）

<25>many demonstrators were not arrested by the police

（許多示威者沒有被警察抓起來）

<26>John didn't buy many arrows

（約翰沒有買許多箭）

<27>many arrows were not bought by John

（許多箭沒有被約翰買走）

<28>John bought not many arrows

（約翰買了不很多箭）

<29>not many arrows were bought by John

（並非許多箭都被約翰買走了）

<23> 是<21>(i) 而不是 <21>(ii) 的一種釋義 (paraphrase)（它是 <21>(i) 的最簡單的被動形式）。相應地，在 <21>(i) 和 <23> 的表層結構中量詞和否定的次序是一樣的，但在 <21>(ii) 中次序卻不同。而且 <21>(ii) 沒有被動形式的釋義。<21>～<23> 向我們提示了如下事實：表層結構中的量詞和否定的次序決定意義。因此，如果表層結構的主語包含一個量詞，那麼句子否定 (sentence negation)（如 <21>(i)）從意義上說將不同於動詞短語否定（如 <21>(ii)）；但是，如果量詞是緊隨動詞之後的名詞短語的一部分，那麼否定和量詞的次序在句子否定和動詞短語否定的情況下將是一樣的，並因之意義也將是一樣的。<24> 和 <25>

支持了這個原則。由於它們的主語包含有量詞，因此句子否定的
情況 <24> 從意義上說將與動詞短語否定的情況 <25> 不同，這
是因為二者的量詞和否定的次序不同。這個原則從 <26>～<29>
得到了進一步的支持。<26> 和 <27> 顯然具有不同的意義，
儘管 <26> 和 <29>、<28> 和 <29> 分別具有相同的意義。在
<26>、<28> 和 <29> 中，否定和量詞的次序相同，而在 <27>
中次序則不同。這恰好符合上面所提及的原則。

　　按照上述原則，在表層主語含有量詞的情況下，句子否定從
意義上說將不同於動詞短語否定。這也就是說，如果在兩種情況
下，否定和量詞的次序不同，那麼它們的意義也就不同。由於這
裡在決定意義相同與否時涉及到了「表層主語」概念，因此該原
則與標準理論不相容。

　　(3)代名化

　　代名化 (pronominalization) 現象——即名詞代詞化現象，其
結果是形成了許多代名詞（代替名詞的詞），如 he, him, us 等
等——進一步例示了表層結構在確定語義解釋方面的重要作用。
阿克瑪吉依安 (A. Akmajian) 和杰肯道夫早在 1968 年就注意到了
如下事實：重音在決定應如何解釋代詞的指稱方面具有重要的作
用。例如，在 <30> 中，當 him 沒有被重讀時，它指稱 Bill；但
如果它被重讀了，那麼它便可以或者指稱 John，或者指稱 John
之外的某個人，或者指稱 Bill：

　　<30>John hit Bill and then George hit him

　　（約翰打了比爾，然後喬治打了他）

類似地，在 <31> 中，當 else 被重讀時，someone else 指稱 John
之外的某個人，而當 afraid 被重讀時，它指稱 John 本身：

<31>John washed the car; I was afraid someone else would
do it

（約翰將車子洗了；我怕其他人做這種事）

由於重音是表層結構的特徵，所以 <30> 和 <31> 說明表層結構
在語義解釋中是起著重要的作用的。

多爾蒂 (Ray Dougherty) 的研究（〈兩種代名化理論之比較〉
(A comparison of two theories of pronominalization), 1968）進一
步支持了這個建議。他論證，關於指稱的解釋規則須待各種各樣
的轉換都應用完之後才能應用，而且它們之應用還須使用深層結
構所不曾包含的信息。請看 <32>：

<32>(i)each of the men hates his brothers

（那些人中的每一個都恨他的兄弟）

(ii)the men each hate his brothers

（那些人每一個都恨他的兄弟）

多爾蒂提供了大量的證據來支持他的下述觀點：<32>(ii) 是由
<32>(i) 推演而來，推演時所根據的規則是「將 each 移取到它在
句子中的可能的位置之一」。但很明顯，<32>(i) 和 <32>(ii) 在
給予代詞 he 的指稱的可能的解釋的範圍上是有差別的。只是在
<32>(ii) 中而不是在 <32>(i) 中，我們須將 he 解釋成這樣：它
指稱所提到的那些人 (the men) 之外的某個人。這樣，<33>(ii)
的偏異性 (deviance) 便可歸因於表層結構解釋規則所具有的過濾
作用 (filtering effect)。

<33>(i)each of the men hates his own brothers

（那些人中的每一個都恨他自己的兄弟）

(ii)the men each hate his own brothers

（那些人每一個都恨他自己的兄弟）

現在，再來看一下 <34>：

<34>(i)each of Mary's sons hates his brothers

（瑪麗的兒子中的每一個都恨他的兄弟）

(ii)his brothers are hated by each of Mary's sons

（他的兄弟被瑪麗的兒子中的每一個所憎恨）

(iii)his brothers hate each of Mary's sons

（他的兄弟憎恨瑪麗的兒子中的每一個）

(iv)each of Mary's sons is hated by his brothers

（瑪麗的兒子中的每一個都被他的兄弟所憎恨）

最簡單形式的被動式轉換將從類似於 <34>(i) 的一個結構推演出 <34>(ii)，從類似於 <34>(iii) 的一個結構推演出 <34>(iv)。但是，在 <34>(ii) 和 <34>(iii) 中，he (his) 不能被解釋為指稱了Mary's sons 中的任何一個，儘管在 <34>(i) 和 <34>(iv) 中我們可以對其做如是的解釋。實際上，諸如此類的評論不僅適用於代名化，也適用於其他許多類似的現象。如果將 <34> 中的his 統一替換為the other，我們會有同樣的結果。在所有這樣的情況下，似乎都存在有一個相對簡單的解釋規則，它使用表層結構的信息，並通過其所具有的過濾作用將某些從其他方面看良構的句子 (otherwise well-formed sentences) 判定為「偏異的」。

(4)現在完成式

英語中現在完成式 (present perfect aspect) 相對於它所表達的預設的某些獨特的表現進一步否證了標準理論對句法結構與語義解釋之間的關係的解說。一般說來，類似於 <35> 那樣的句子都做了這樣的預設 —— John is alive （約翰還活著）：

<35>John has lived in Princeton

（約翰一直生活在普林斯頓）

因此，只要知道 <36> 是真的，人們也就不會說 Einstein has lived in Princeton（愛因斯坦一直生活在普林斯頓），而只說 Einstein lived in Princeton（愛因斯坦在普林斯頓生活過）：

<36>Einstein has died

（愛因斯坦已經死了）

現在，考慮如下句子：

<37>Einstein has visited Princeton

（愛因斯坦已經到普林斯頓訪問）

<38>Princeton has been visited by Einstein

（普林斯頓被愛因斯坦訪問過）

<39>Einstein (among others) has told me that …

（愛因斯坦（還有其他人）告訴了我如下事實……）

<40>I have been told by Einstein (among others) that …

（我曾被愛因斯坦（還有其他人）告知如下事情……）

<41>Einstein has taught me physics

（愛因斯坦教我物理學）

<42>I have been taught physics by Einstein

（我的物理學是愛因斯坦教的）

<37>、<39> 和 <41> 似乎預設了 <36> 的否定，但 <38>、<40> 和 <42> 並沒有做這樣的預設。如果這點沒有疑問的話，那麼現在完成式的語義解釋似乎依賴於表層結構的某些特性。

請看下面更為複雜的例子：

<43>Hilary has climbed Everest

（希拉里已經登上了珠穆朗瑪峰）

<44>Marco Polo has climbed Everest

（馬可‧波羅已經登上了珠穆朗瑪峰）

<45>Marco Polo and Hilary have climbed Everest

（馬可‧波羅和希拉里已經登上了珠穆朗瑪峰）

<46>Marco Polo and many others have climbed Everest

（馬可‧波羅和許多其他人已經登上了珠穆朗瑪峰）

<47>Everest has been climbed by Marco Polo (among others)

（珠穆朗瑪峰被馬可‧波羅（還有其他人）登上過）

<48>many people have climbed Everest

（許多人登上了珠穆朗瑪峰）

<43> 和 <44> 表達了 Hilary and Marco Polo, respectively, are alive（分別還活著）這樣的預設。而 <45>～<47> 則沒有表達 Marco Polo is alive 這個預設；<48> 也沒有表達 the various climbers of Everest are alive（各種各樣的珠峰攀登者還活著）這樣的預設。這些斷言表明，表層結構在確定話語的預設方面（進而在決定其語義解釋方面）是有著重要的作用的。

⑴～⑷點足以說明表層結構在語義解釋方面的重要作用。

為了進一步說明此點，請考慮如下例子：

<49>John is tall for a Pygmy⑯

（對於一個俾格米人來說，約翰是高大的）

這個句子預設了：John is a Pygmy（約翰是一個俾格米人）和

---

⑯ Pygmy（俾格米人），分布在中非、東南亞和大洋洲一帶，身材矮小。

Pygmies tend to be short（俾格米人通常是矮小的）。因此，假定了我們關於瓦圖西人 (Watusi)❶ 的知識，說「John is tall for a Watusi」（對於一個瓦圖西人來說約翰是高大的）也就不合常規了。現在我們將「even」插入 <49> 中，看一看會產生什麼後果。先將其插入「John」之前，我們得到：

　　　　<50>Even John is tall for a Pygmy

　　　　　（對於一個俾格米人來說即使約翰也是高大的）

這時預設仍然是：John is a Pygmy 並且 Pygmies are short 現在看一看 <51>：

　　　　<51>John is tall even for a Pygmy

　　　　　（即使對於俾格米人來說，約翰也是高大的）

<51> 預設了 Pygmies are tall（俾格米人是高大的）。由於我們都知道 Pygmies tend to be short（俾格米人通常都是矮小的），所以 <51> 有些令人奇怪。但「John is tall even for a Watusi」（即使對於瓦圖西人來說，約翰也是高大的）則完全是正確的。這裡，關鍵之點是：「even」在句子「John is tall for a Pygmy」中的位置決定了其相對於 Pygmies 的平均身高的預設。但是，很明顯，「even」的位置是表層結構的事情。這可從如下事實中看出：「even」可以和在深層結構中沒有得到任何表現的短語一起出現。請看下面的例子：

　　　　<52>John isn't certain to leave at 10; in fact, he isn't even

　　　　　certain to leave at all

　　　　　（約翰不一定十點鐘出發；事實上，他甚至不一定

---

❶　watusi（瓦圖西人），分布在非洲，身材高大。

出發）

這裡，「even」和短語「certain to leave」相聯，而後者根本不出現於句子的深層結構之中。因此，在這種情況下表層結構的特性在確定句子的預設（進而其意義）方面也起了重要的作用。

以上的考察遠沒有窮盡這樣的情況，在其中我們可以設定這樣的語義解釋規則，它們使用了沒有表現於深層結構中的信息。這些情況表明，標準理論是不正確的，它應該被修改以容納這些規則。不過，它們並沒有否證如下較弱的假設：表現於深層結構中的語法關係是那些決定語義解釋的關係（具體說來，深層結構在語義解釋中的作用是：它的語法關係決定了施事(agent)、受事(patient) 之類的「題元關係」(thematic relation)⑱ ）

根據以上考慮，喬姆斯基對標準理論之描寫部分做了如下修改：

擴充的標準理論：

基礎部分： $(P_1, \cdots, P_i)$（P_i 為深層結構）

轉換部分： $(P_i, \cdots, P_n)$（P_n 為表層結構）

音系部分： $P_n \rightarrow$ 語音表現式

語義部分： $(P_i, P_n) \rightarrow$ 語義表現式（所涉及到的語法關係是表現於 P_i 中的語法關係）

這也就是說，深層和表層結構共同決定語義解釋。

擴充的標準理論可通過示圖表示如下：

---

⑱　詳情請參見下一章的有關論述。

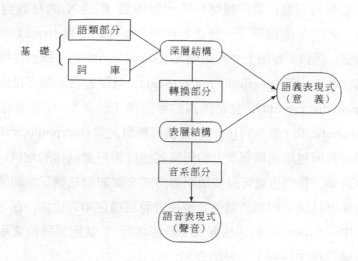

2.修改的擴充的標準理論

　　從上面我們看到，按照擴充的標準理論，深層結構和表層結構共同決定語義解釋。表現於深層結構中的語法關係決定了所謂題元關係，而某些代詞的指稱、否定和量詞之類的邏輯算符 (logical operator) 的轄域、重心和預設等語義性質或語義關係則要由適用於表層結構的語義規則來加以決定。由此看來，就對語義解釋的處理來看，擴充的標準理論並不是統一的 (unified)，不怎麼優美 (elegant)。從七十年代中期開始，喬姆斯基力圖修改它，以使它能夠以統一的方式處理語義解釋。那麼，如何修改？顯然，我們不能再回到標準理論，將語義解釋的任務再度全部推給深層結構。因此，只有一種選擇，那就是將其推給表層結構，而表層結構為了完成這個任務就必須依某種方式表現出表現於深層結構中的那些語法關係（語法功能）。這也就是說，我們必須充實表層結構。為此，喬姆斯基提出了語跡論 (the theory of trace)。

其主要內容是: 當一種轉換將一個短語 P 從 X 處移取到 Y 處時，它在 X 處留下了一個受 P 約束 (bind) 的語跡 (trace)「t」。因而，語跡 t 實際上是約束變元 (bound variable)。雖然從物理上講它並不出現 (physically not present)，但從心理上講它是出現的 (mentally present)。它是所謂的零語素（形素）—— 語音學上講 (phonetically) 是空的 (null)，但從形態學上講 (morphologically) 它們具有與短語結構層次上的任何其他終端符號同樣的地位。有了語跡論，我們也就可以按預期的方式充實表層結構了，即將表現於深層結構中的語法關係表現在表層結構之中。比如，在下述例子中，to whom 的語法關係（語法功能 ）就因語跡的使用而在表層結構中得到了很好的表現:

> <1>to whom does John give the book
>
> （約翰把那本書給了誰）

再請看下面的例子:

> <2>John seems to be a nice fellow
>
> （約翰似乎是個好人）
>
> <2′>John seems[s t to be a nice fellow]s
>
> <2″>Y seems[s John to be a nice fellow]s

為了理解 <2> 我們當然必須知道「John」是內嵌句的主語。深層結構 <2″> 提供了這個信息。但標準理論和擴充的標準理論中所謂的表層結構 <2> 並沒有提供這個信息。不過，有了語跡論，情況就不一樣了。按照語跡論的要求，在應用 NP- 移取規則將 John 移到句子最前面時，應該在 John 原來的位置寫下一個語跡符號 t，因而得到充實了的表層結構 (the enriched surface structure)<2′>。顯然，從其中 t 的位置我們便能清楚地看出「John」在深層結構

<2″> 中的語法關係 —— 它是內嵌句的主語。

　　由於深層結構對語義解釋（語義表現式）的貢獻通過語跡論都已表現於（充實了的）表層結構之中，所以我們可以說：只有表層結構才接受（或歷經）語義解釋，換言之，語義解釋規則在運作時，只需使用表層結構所提供的信息即可。

　　經過如此一番修改後，不僅表層結構的意義發生了變化，深層結構的意義也不同於以前了。我們知道，無論是在標準理論中，還是在擴充的標準理論中，深層結構都肩負著這樣的雙重任務：其一是句法作用 —— 啟動轉換推演；其二是語義作用 —— 決定或部分決定語義解釋。由於現在語義作用已完全由（充實了的）表層結構所承擔，所以深層結構也就只具有句法作用了。既然意義已變，七十年代中期後，喬姆斯基便決定不使用「深層結構」一語，而建議用「初始短語標式」（the initial phrase marker, 簡寫為 IPM）取而代之。（當然，喬姆斯基之所以放棄「深層結構」一語，還有其他理由。從一開始，人們就對「深層結構」概念產生了種種誤解。例如，許多人望文生義地認為，只有深層結構及其性質才是「深刻的」(deep)，而其餘的語法項目都是表面化的、膚淺的 (superficial)、不重要的，或者是變化不定的等等。但喬姆斯基從來沒有這樣理解「深層結構」。實際上，正如我們所看到的，音系理論也包含著許多深刻、普遍且頗具啟發意義的語言規則。同樣的話也適用於表層結構理論以及語法中其他的要素。另外，關於深層結構，還存在著這樣一種嚴重的誤解，那就是將它等同於「語法」或「普遍語法」或「規則的抽象屬性」等等。從我們上面的介紹可以看出，這是全然錯誤的。）

　　既然只有表層結構接受語義解釋（或者說，語義規則只作用

於表層結構之上），那麼我們能否由此而引出這樣的結論呢：表層結構完全決定了語義解釋，為我們提供了完全的語義表現式(the full semantic representation)？按照標準理論（甚至擴充的標準理論）的語義理論的基本精神，我們可以這樣說。從本章第二部分我們看到，按照卡茨和福都的觀點，存在著一個普遍的語義（區別）特徵（或語義語類）系統，它們表達了所有可能的概念內容。語義理論的最終目標就是：根據這樣的普遍的語義特徵系統，不依賴於一切外在於語言的考慮，對所有語言的所有詞項和所有話語的所有可能的語義特性進行完全的刻畫。也即，給出對任何語言所能表達的任何東西、任何可以被思想的東西的完全的敘述。實際上，喬姆斯基從一開始就對卡茨和福都這種過分「宏偉」的計劃心存疑問，因此在將其併入他的標準理論中時，他也明確地表達了他的保留態度。到了七十年代中期後，他便明確地否定了卡茨和福都的理論。因為，第一，並不存在一個普遍的語義（區別）特徵系統；第二，我們不可能獨立於一切外在於語言的考慮對任何詞項和任何話語所具有的所有可能的語義特性進行完全的刻畫，因為其他的認知系統 (cognitive systems) —— 特別是我們關於世界中的事物及其行為的概念或信念系統以及我們的意圖系統 —— 在我們關於意義和指稱的判斷中起著非常重要的作用。無論什麼時候，一旦對概念進行仔細的考察，那麼我們就會發現它們總是涉及到我們關於實際世界的信念或我們的意圖。許多哲學家都強調過這點。例如，維根斯坦和蒯因就曾斷言：我們是在我們的關於對象的規則性行為 (lawful behavior) 的信念系統的基礎上使用我們的概念的。更早的時候，萊布尼茨 (Gottfried Leibniz, 1646～1716) 也表達過同樣的信念。比如，當我們使用「椅子」

或「桌子」之類的語詞的時候，我們便假定了（依賴著）有關我們藉其所指稱的對象的信念。我們假定：它們不會突然消失，當我們將它們舉起並放開後，它們會摔在地上等等。如果這些假定不成立，那麼我們只能作出這樣的結論：我們並沒有像我們一度認為的那樣在指稱椅子或桌子。以上論述說明，在研究語義學的時候，我們必須時刻記住非語言的信念系統的作用：我們對三維空間，對事物的結構 (texture) 和感覺，對人類行為，對無生命的對象等等，都抱有我們的期望。我們的話語是多種認知結構共同作用的結果。欲將語義表現式與我們關於實際世界的信念和知識以及我們的意圖等等截然區分開是不可能的，也是不正確的。因此，我們不能說：充實了的表層結構完全決定了語義解釋，為我們提供了完全的語義表現式。

不過，儘管我們不能說表層結構完全決定了語義解釋，為我們提供了完全的語義表現式，但它們確實部分決定了語義解釋，提供了對於意義的局部表現式 (partial representation)。喬姆斯基將表層結構所完全決定的局部意義表現式稱為「邏輯式」（logical form, 簡寫為 LF）。因此，邏輯式是指這樣的語言表現式層次，它包括了所有那些由語言學規則所嚴格決定的語義特性。作用於（帶有語跡的）表層結構以決定邏輯式的語言學規則（喬姆斯基將其稱為第一種類型的語義解釋規則，簡寫為 SI-1）主要包括以下幾種：

> <3>(i)關於相互代詞 (reciprocal pronouns)（即 each other 形式的代詞）的解釋規則（它將適當的意義給予了「NP ……each other」形式的句子）；
>
> (ii)分立指稱 (disjoint reference) 規則（它給 NP 和

Pronoun（代詞）指派上不同的指稱）；

(iii)關於 wh- 結構（短語）（如 who, whose, whom, what 等等）的解釋規則。如規定 who ≡ for which person x；

(iv)關於約束和約束變元的約定；

(v)重心規則 (the rule FOCUS)。比如，它將「Bill likes JOHN」解釋為「the x such that Bill likes x – is John」（比爾所喜歡的那個 x，─是約翰）；

(vi)關於代詞與約束變元間關係的規則：a.位於一個量詞的轄域 (scope) 之外的代詞不能與位於該轄域之內的約束變元具有「照應關係」(anaphora, anaphoric relation)（即不能將這樣的代詞改寫成受該量詞約束的變元）；b.位於一個量詞轄域之內的一個代詞 P 在下述條件下可以被改寫為受該量詞約束的變元，即如果 P 不出現於已經受該量詞約束的某個變元的左側（這也就等於說：一個變元不能是位於其左側的代詞的「先行語 」(antecedent)）。

喬姆斯基斷言，上述諸語義解釋規則的使用是有著一定的次序的。規則 (iii)、(iv) 和 (v) 首先應用於包含語跡的充實了的表層結構之上，給出部分決定了的邏輯式 (partially determined logical form)，即確定了量詞轄域和約束變元的表層結構；然後規則 (i)、(ii) 和 (vi) 應用於這個部分決定了的邏輯式之上，給出完全的邏輯式。請看下面的例子：

<4> a. who said Mary kissed him?

（誰說瑪麗吻了他？）

b. who did he say Mary kissed ?

（他說瑪麗吻了誰？）

c. who said he kissed Mary?

（誰說他吻了瑪麗？）

<4> 的表層結構是：

<5> a. who〔t said Mary kissed him〕

b. who〔he said Mary kissed t〕

c. who〔t said he kissed Mary〕

將對 wh- 結構的解釋規則應用於 <5> 之上，根據規則 <3>(iii)
用 for which person x 替換 who，得到部分決定了的邏輯式 <6>：

<6> a. for which person x, x said Mary kissed him

b. for which person x, he said Mary kissed x

c. for which person x, x said he kissed Mary

根據規則 (vi)，a 和 c 中的 he(him) 和 x 之間可以有照應關係，
而 b 中的 he 和 x 卻不能具有這樣的關係。經如此一番解釋後，
我們便最終獲得了完全的邏輯式。

借助於 SI–1 得出完全的邏輯式之後，嚴格意義上的語法（可
特稱之為句子語法 (sentence grammar)）的構造工作也就最終完
成了。接下來，第二種類型的語義解釋規則（簡寫為 SI–2）（它
們不屬於句子語法）對邏輯式繼續進行解釋。例如，沒有被指派
上先行語的代詞（如 the other(s)）可以被看作是指稱了句子中其
他地方所指示 (designate) 的對象，儘管這並非是必然的。這些進
一步的確定指稱的規則可能涉及到某些話語特性，它們要和關於
情形、交流－意圖 (communicative intention) 等等的考慮一起才

能起作用。總之，SI-2 和其他認知系統（後來，喬姆斯基將二者統稱為概念－意圖系統 (Conceptual–Intentional System)）相互作用，繼續對邏輯式進行解釋，將最終給出完全的意義表現式，即完全的語義表現式。

修改了的擴充的標準理論（Revised Extended Standard Theory, 簡寫為 REST）的描寫部分可以通過如下簡圖加以表示：

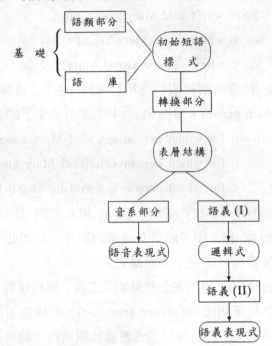

(二)解釋

以上我們介紹了六十年代末期至七十年代中後期喬姆斯基關於人類（內在的）語言知識（語言資質）或者說內在化語言之構成的觀點。在如何解釋這種知識之由來的問題上，他仍然堅持著五十

年代末到六十年代中後期所提出的觀點，即認為它是由我們心或腦內的天賦的語言官能生長發育而來。這種天賦的語言官能 —— 或者更準確地說，語言官能未接觸任何經驗以前的初始狀態(the initial state of the language faculty before any experience)S_0 —— 的主要特徵是：它先天地規定了語法（更準確地說，語言知識）及其諸部分的組織形式；它給出了語法規則所需滿足的限制條件；最後，它還提供了一個評價程序（評價尺度）以在諸多可能的語言知識間作出選擇。進入七十年代後，喬姆斯基愈來愈重視解釋問題了。他相繼發現了許多限制語法規則的條件，因而使其語言理論的解釋力量越來越強。下面我們就看一下他是如何限制語法規則的。

1.對短語結構規則的限制。

從本章第二部分我們看到，標準理論並沒有對基礎部分的語類規則即短語結構規則的形式作出明確的限制。比如，它就沒有明確地排除如下形式的荒唐的「規則」：

<1> a. VP → A

b. NP → P

c. N → NP

七十年代初，喬姆斯基提出，短語結構規則必須採取如下形式：

<2> a.　NP　→　… N …

b.　VP　→　… V …

c.　AP　→　… A …

d.　PP　→　… P …

如果我們用變元 X 來表示N、V、A 和 P，那麼便有如下規則程式 (rule schema)：

<3> XP → … X …

由於 <1> a.、 <1> b.和 <1> c.都不符合 <3>，所以都應排除。

我們可以如下方式擴展程式(3)。用 X′（或 $\overline{X}$, X^1）代表以 X 作中心語 (head) 的短語（即 XP），引入 N、A、V 和 P 的短語結構規則因此便具有如下形式：

<4>X′ → ···X···

類似地，我們可以將直接主導 N′、A′、V′ 和 P′ 的短語分別標記為 N″、A″、V″ 和 P″（或 $\overline{\overline{N}}$、$\overline{\overline{A}}$、$\overline{\overline{V}}$、$\overline{\overline{P}}$; N^2、A^2、V^2、P^2），同時將初始短語標式（基礎結構）中與 N′、A′、V′ 和 P′ 相聯的短語稱為它們的「標誌成分」（specifier, 簡寫為 Spec）。這樣，N′、A′、V′ 和 P′ 便可以由程式 <5> 引入基礎部分之中：

<5>X″ → 〔Spec, X′〕X′

其中〔Spec, N′〕將被分析為限定詞 Det，〔Spec, V′〕被分析為助動詞 Aux（或許還帶有時間狀語），〔Spec, A′〕可被分析為與形容詞短語相聯的限制成分的系統（如比較結構，very 等等）。於是，基礎部分的初始規則將具有如下形式：

<6>S → N″V″

<6> 可以附加上其他可選 (optional) 成分。

七十年代末以後，上述思想被逐漸發展成為著名的 X− 階理論 (X–bar theory)。

2.對轉換規則的限制

從本章第二部分我們已經看到，早在六十年代初期喬姆斯基就發現了一條重要的轉換限制，即 A 蓋 A 原則。後來羅斯發展並改進了它，提出了一系列「孤島條件」。進入七十年代後，喬姆斯基進一步概括了羅斯的孤島條件，並且還發現了另外一些重要的轉換限制。現在簡單介紹如下。

⑴領屬條件

在介紹領屬條件 (Subjacency Condition) 之前，我們先介紹一下埃蒙茲 (J. Emonds) 對不同的轉換所作的一個重要區分。我們知道，有的轉換只適用於完整的句子結構，而不適用於所謂的內嵌句。例如，形成一般疑問句（即「是或否問句」 (Yes-or-No-Question)）的轉換便屬此類。埃蒙茲將這樣的轉換稱為「根轉換」 (root transformation)，而將由這樣的轉換所形成的結構稱為「根句子」(root sentence)。與之相對的是非根轉換 (nonroot transformation)，它們既適用於完整的句子，又適用於內嵌句。比如，wh- 移取轉換便是非根轉換。喬姆斯基將可以做非根轉換的作用區域 (domain) 的語類稱為「循環語類」(cyclic category) 或「循環節點」(cyclic node)，並認為只有 NP 和 S 可以是循環語類或循環節點。他斷言，在含有多個循環語類的初始短語標式的情況下，轉換部分的規則的應用是以循環的方式進行的（因此，非根轉換又可稱作循環轉換）：轉換首先應用於嵌入最深的循環語類，然後應用於直接包含著它（它們）的循環語類，依此類推，直到到達整個結構，在這裡根轉換也可以應用了。

非根轉換首先要遵循所謂的領屬條件：

> 在一個給定的循環層次上，轉換規則只可應用在出現於該循環層次上的成分或者直接位於其前面（上部）的層次上的成分。

因此，如果存在著這樣一個循環語類 B，它包含著循環語類 A，但又被包含於循環語類 C 之中，那麼我們就不能通過轉換規則而將 A 之內的一個成分直接移至 C 之內的某個位置之上。換言之，循環轉換每一次至多只能跨越一個循環語類。（顯然，領屬條件

涵蓋了羅斯「孤島條件」中的很大一部分內容。）例如，在結構
<1> 中，轉換規則就不能將一個成分從 X 位置移取到 Y 位置：

$$<1>[_C \cdots Y \cdots [_B \cdots [_A \cdots X \cdots]_A \cdots]_B \cdots Y \cdots]_C$$

請看下面的例子：

<2>the only one of Tolstoy's novels that I like is out of
print

（托爾斯泰的小說中我所喜歡的那唯一的一本已售
完了）

<3>$[_{NP}[_{NP}$ the only one t$)_{NP}$ of Tolstoy's novels$]_{NP}$ is out
of print that I like

<4>$[_{NP}$ the only one that I like of Tolstoy's novels$]_{NP}$ is
out of print

從初始短語樣式 <4> 可以推得 <2>，但卻沒有規則能夠從 <4>
中推導出 <3>。原因是，為了形成 <3>，需將句子「that I like」
從 <1> 中的 X 位置（在 <3> 中被寫為 t，因此 NP「the only one
that I like」是 <1> 中的 A）移至 <1> 中最右端的位置 Y，即它
在 <3> 中的位置，而這違反了領屬條件。

　　初看起來，似乎存在許多對領屬條件的反例。請看 <5>：

<5>John seems to be a nice fellow.

<5> 顯然得自於 <5'>：

<5'>Y seems$[_S$ John to be a nice fellow$]_S$

NP- 前置 (NP–Preposing)（或者叫 NP- 提升 (NP–raising)）規則將
「John」從其在內嵌句中的主語位置移至主句中的主語位置 Y。
同樣的規則使得我們能從 <6'> 中推出 <6>：

<6>John is certain$[_S$ t to win$]_S$

　　<6′>〔s Y is certain〔s John to win〕s〕s

但是現在考慮句子 <7>，它從初始短語標式 <7′> 推演而來：

　　(7)John seems to be certain to win.

　　<7′>Y₂ seems〔s Y₁ to be certain〔s John to win〕s〕s

這裡，NP- 前置轉換規則似乎將「John」從其在 <7′> 中所處的位置上移到了 <7′> 中 Y₂ 位置上。將「John」的初始位置看作是 <1> 的 X，將 Y₂ 看作是 <1> 的 Y，於是我們似乎就有了一個領屬條件的反例：<7> 違反了領屬條件，但它卻是似乎語法的。喬姆斯基不這樣認為。在他看來，<7> 並沒有違反領屬條件。因為 <7> 並不是直接從 <7′> 中推演而來，而是直接從 <7″> 推演而來：

　　<7″>Y₂ seems [s John to be certain [s t to win]s]s

而 <7″> 則又是直接從 <7′> 推演而來的。NP- 前置規則是被循環應用的，它首先應用於 <7′> 之上，給出 <7″>；然後應用於 <7″> 之上，給出 <7>。而在每一次應用的情況下，領屬條件都得到了遵守。同樣的考慮也適用於某些其他似乎違反了領屬條件的例子之上。請看例 <8> 和 <9>，其中語跡 t 標記出了初始短語標式中的這樣的位置，who 就是從那裡被移走的：

　　<8>who do the police think〔s that the FBI discovered〔s that Bill shot t〕s〕s

　　　（警察認為，FBI（聯邦調查局）發現比爾殺了誰）

　　<9>who did John believe〔s that Mary said〔s that Tom saw t〕s〕s

　　　（約翰相信瑪麗說湯姆看到了誰）

在這裡，wh- 移取似乎違反了領屬條件。但是，正如上面所強

調的，wh- 移取是循環轉換，而不是根轉換。將其依循環方式應用於 <8> 的初始短語標式之上，我們得到中間形式 <8′> 和 <8″>，最後得到 <8>：

> <8′>the police think[s that the FBI discovered[s who Bill
>
> shot t]s]s

> <8″>the police think[s who the FBI discovered[s t that Bill
>
> shot t]s]s

依相同的方式我們最終得到 <9>。在推演 <8> 的過程中，我們前後三次使用了 wh- 移取規則。第一次應用給出了合乎語法的句子 <8′>，第三次應用給出了合乎語法的句子 <8>，但從 <8′> 得出的結構 <8″> 卻不是合乎語法的句子。不過，喬姆斯基認為，這並不是因為從 <8′> 推演 <8″> 的過程違反了領屬條件或其他語法限制條件，而是「think」的獨特的句法特性的結果。如果我們在基礎初始短語標式中選擇了動詞「know」，而不是「think」，那麼 wh- 移取規則的第二次應用將給出合乎語法的句子 <10>：

> <10>the police know who the FBI discovered that Bill shot

<8″> 和 <10> 的區別在於「think」和「know」所具有的不同的屬性：「know」帶有間接問句補語 (indirect-question complement)，但「think」並不帶有這樣的補語。

接下來我們再考察一個涉及到領屬條件的更為複雜的例子。在我們剛剛處理的句子 <8> 和句子 <10> 中都含有「that Bill shot someone」這樣的句子結構，其中 that 通常沒有語義內容，僅僅起一個句法標誌的作用，表示它後面的成分是內嵌句 S。由於這個句子結構是動詞的補語，所以通常把 that 稱為補語化成分（complementizer, 簡稱 COMP）。實際上，由 that 引導的內嵌句

並不都是動詞的補語，它也可以是句子的主語、表語等等。布雷士南 (J. Bresnan) 更進一步假設，不但從句中有 COMP，簡單句和主句中也含有 COMP 位置，只不過在它們中 COMP 採取零位形式罷了。因此，他建議將句法的基礎部分的語類子部分的初始規則寫成如下形式：

<11>S′ → COMP S

S′（也可表示為 S̄）是比 S 更大的語類，可稱為超句 (super–sentence)。由於 COMP 的含義已發生變化，它不再是補語標誌，而是任何句子形式的標誌，所以我們可以將其譯為標句成分（標句詞）。埃蒙茲於七十年代中期曾提出「保持結構原則」(Structure–Preserving Principle)，認為wh– 移取並非只是簡單地將wh– 詞語前置，而是將其放在標句成分 COMP 的位置。我們還可以規定，當 COMP 位置沒有被wh– 詞語占據時，便可以將 that 引入其上。如此看來，在不含標句成分 COMP 的短語內是不能進行wh– 移取運作的。比較 <12> 和 <13>：

<12>COMP John discovered[s COMP Bill had seen who]s

<13>COMP John discovered[np pictures of who]np

從 <12> 可以推演出 <12′>，然後通過重複使用循環的wh– 移取規則，便可得到 <12″>：

<12′>COMP John discovered who Bill had seen

<12″>who did John discover that Bill had seen?

（約翰發現比爾看到誰了？）

但是，從 <13> 我們只能推演出 <13″>，而不能推演出 <13′>：

<13′>COMP John discovered who pictures of

<13″>Who did John discover pictures of?

（約翰發現誰的照片了？）

<12′> 和 <13′> 的這種差別源自於名詞短語不含標句成分這個事實。請注意，這裡從 <13> 直接推演出 <13″> 的過程沒有違反領屬條件。現在考慮如下兩個初始短語標式：

<14>COMP John believed$[_S$ COMP Mary said$[_S$ COMP Tom saw wh-someone$]_S]_S$

<15>COMP John believed$[_{NP}$ the claim$[_S$ COMP Tom saw wh-someone$]_S]_{NP}$

從 <14> 通過對循環的 wh– 移取規則的重複使用可以推出句子 <14′>（即 <9>），而且這種推演完全合乎領屬條件：

<14′>who did John believe that Mary said that Tom saw?

但從 <15> 我們卻不能以類似的方式推出 <15′>：

<15′>who did John believe the claim that Tom saw?

<14> 和 <15> 的唯一不同之處在於：<15> 包含一個不帶 COMP 的 NP，而在 <14> 的相應位置上出現的則是一個帶有 COMP 的句子。由於 wh– 移取只能將 wh– 詞語移至 COMP 位置，所以 <14′> 可以從 <14> 一步一步地推演出來，但我們卻不能以類似的方式從 <15> 推演出 <15′>，因為在中間的結構 (intermediate structure)NP 中不含有能接受該 wh– 詞語的 COMP 位置。而且，根據領屬條件，我們也不能將 <15′> 從 <15> 中直接推演出來。因此，它根本就不能被「合法地」推演出來。

　　(2)時態句條件

　　對循環轉換（非根轉換）的另一個重要的限制條件是所謂的時態句條件 (Tensed Sentence Condition)：

　　　　<1>在如下結構中

…X…〔ₐ…Y…〕ₐ…

如果 a 是一個時態句，那麼任何規則都不能使 X 和
Y 發生關係（特別說來，不能將 X 移至 Y，也不能
將 Y 移至 X）。

比較下面兩個句子：

　　<2>I believe the dog is hungry

　　（我認為狗餓了）

　　<3>I believe the dog to be hungry

　　（我認為狗餓了）

通過被動式轉換從 <3> 我們可以形成 <3′>：

　　<3′>the dog is believed to be hungry (by me)

但從 <2> 我們不能形成 <2′>：

　　<2′>the dog is believed is hungry (by me)

原因是在 <2> 中內嵌句是一個時態句（定式句(finite sentence)），
而在 <3> 中，相應的句子不是時態句。因而按照 <1>， <3′>
成立，而 <2′> 不成立。請再看如下例子：

　　<4> a.the candidates each hated the other(s)

　　　　（那些候選人每一個都恨另一個（其他候選人））

　　　b.the candidates each expected the other(s) to win

　　　　（那些候選人每一個都希望另一個（其他候選人）
　　　　獲勝）

　　　c.the candidates each expected that the other(s) would
　　　　win

　　　　（那些候選人每一個都希望另一個（其他候選人）
　　　　獲勝）

按照多爾蒂的分析，the men hated each other 這樣的句子是根據如下規則：將each 移到 the other(s) 中的定冠詞的位置，從 the men each hated the other(s) 這樣的句子推演而來的。據此，<4> 中的句子應該被轉換成 <5> 中的句子：

<5> a. the candidates hated each other

　　（那些候選人彼此忌恨）

b. the candidates expected each other to win

　　（那些候選人彼此希望對方獲勝）

c. the candidates expected that each other would win

　　（那些候選人希望彼此獲勝）

但只有 a.和 b.是被允許的，c.則違反了時態句條件，因而不合語法。

⑶明確的主語條件

對循環轉換的第三個重要限制是所謂的明確的主語條件 (Specified Subject Condition, 通常簡寫為 SSC)：

<1>在如下結構中

$\cdots X \cdots [_a \cdots Z \cdots - WYV \cdots]_a \cdots$

如果 Z 是 a（它可以是 NP，或者是 S）中的 WYV 的明確的主語 (specified subject)（即這樣的主語，它或者含有詞項或者含有非照應性的代詞），那麼任何規則都不能使 X 和 Y 發生關係。

請看下面的例子：

<2> a. the men each expected[$_s$ the soldier to shoot the other]$_s$

　　（那些人每一個都希望那個士兵射擊另一個）

b. the men expected the soldier to shoot each other

（那些人希望那個士兵彼此射擊對方）

從 <2> a.不能推演出 <2> b.，因為這違反明確的主語條件。再看如下例子：

<3> a. the men each saw[NP pictures of the other]NP

（那些人每一個都看另一個人的照片）

b. the men saw pictures of each other

（那些人看彼此的照片）

<4> a. the men each saw[NP John's pictures of the other]NP

（那些人每一個都看約翰的另一個人的照片）

b. the men saw John's pictures of each other

（那些人看約翰的彼此的照片）

each- 插入 (each-Insertion) 規則可應用於 <3> a.之上，給出合乎語法的句子 <3> b.；但將其應用於 <4> a.之上，卻得到 <4> b.這個不合語法的句子，原因是後面這個應用違反了明確的主語條件。

3.對語義解釋規則的限制

喬姆斯基認為，明確的主語條件和時態句條件不僅能限制句法部分的轉換規則，而且也能限制第一種類型的語義解釋規則 SI-1。請看下面的例子：

<1> a. the men like each other

（那些人彼此喜歡對方）

b. the men like them

（那些人喜歡他們）

c. I like me

（我喜歡我）

<2> a. the men want〔John to like each other〕

（那些人要約翰彼此喜歡對方）

b. the men want〔John to like them〕

（那些人要約翰喜歡他們）

c. I want〔John to like me〕

（我要約翰喜歡我）

相互代詞解釋規則適用於 <1> a.，但明確的主語條件阻止將其應用於 <2> a.之上。因此，<1> a.合乎語法，而 <2> a.不合乎語法。分立指稱規則適用於 <1> b.，給予「the men」和「them」以互相分立的指稱，但明確的主語條件阻止將其應用於 <2> b.之上。因此，<2> b.中的 them 的指稱是自由的，特別是它可以被理解為指稱了 the men。在 <1> c.的情況下，分立指稱規則可應用於其上，給出分立的指稱，但這是不可能的。在 <2> c.中，明確的主語條件阻止分立指稱規則應用於其上，因此 me 和 I 可以是（而且必須是）共指的 (co-referring)，即具有相同的指稱（所指）。因此，<1> c.是「怪異的」(strange)，或不合語法的，而 <2> c.則完全正常。再請看下面的例子：

<3> a. the candidates expected〔that each other would win〕

（那些候選人希望彼此（對方）獲勝）

b. the candidates want〔each other to win〕

（那些候選人想要對方獲勝）

c. the candidates expected〔that they would win〕

（那些候選人希望他們獲勝）

d. the candidates want〔them to win〕

（那些候選人想要他們獲勝）

e. I expected〔that I would win〕

（我希望我獲勝）

f. I want〔me to win〕

（我想要我獲勝）

時態句條件不允許將相互代詞解釋規則應用於 <3> a.之上，但允許將其應用於 <3> b.之上。它不允許將分立指稱規則運用於 <3> c.上，但允許將其應用於 <3> d.上。因此，在 <3> c.中代詞可以指稱the candidates，但在 <3> d.中不可以。最後，它不允許將分立指稱規則應用於 <3> e.中，而允許將其應用於 <3> f.中。因此 <3> f.是「怪異的」，或不合乎語法的。

喬姆斯基將適用於解釋規則的時態句條件稱為「命題孤島條件」(Propositional Island Condition) 或「主格孤島條件」(Nominative Island Condition)。後來，他將適用於解釋規則的時態句條件和明確的主語條件統一為如下形式：

在結構式

$$\cdots〔\cdots\beta\cdots\alpha\cdots〕\cdots$$

中，如果 β 中含有時態或主語，則照應語（anaphor, 這裡泛指代名詞、反身代詞、相互代詞等）必須約束在 β 範圍內。

這便構成了他所謂的「非透明條件」(Opacity Condition)。

4.對規則應用方式及其應用次序的限制

在標準理論中，語法規則（包括句法轉換規則、語義規則、音系規則等等）在應用於某一個給定的（句子）結構之上時要遵循所謂的循環原則：由內向外，一個循環一個循環地進行，直至

達到整個結構（最外層的或最大的循環語類）。六十年代末以後喬姆斯基仍然堅持著這樣的原則，並在此基礎上提出了所謂「嚴格循環條件」(Strict Cycle Condition)：

> 任何規則都不能以如下方式應用於由循環節點 A 所主導的一個區域之上，即它僅僅影響 (affect) 由循環節點 B 所主導的 A 的真子區域 (proper subdomain)。這也就是說，在推演（或解釋）已經進行到更大的、更為總括的 (inclusive)區域上後，規則不能再度返回到該循環的較早的階段。❶

此外，從五十年中期一直到七十年代初，喬姆斯基一直堅持著這樣的觀點：語法規則在某一個給定的循環（或結構）內的使用要遵循一定的次序限制（至少對於某一部分規則來說是這樣）。但到七十年代後期他開始對這種觀點產生懷疑。

以對語言官能之特性的如上刻畫為基礎，六十年代末到七十年代中後期喬姆斯基對語言習得過程進行了如下解釋：給定了特定的經驗材料，處於初始狀態 S_0 的語言官能接觸到它們後，便給出（生長出）由它們所固定但又符合 S_0 關於規則系統的組織形式的規定以及它關於規則的諸限制條件的規則系統。這樣的系統很可能不止一個。於是 S_0 按照它所包含的評價尺度從其中選擇出那個最有價值的系統 (the highest valued system)。這時，語言官能便進入下一個狀態 S_1。給定了新的經驗材料，經過類似的程序，語言官能從 S_1 過渡到 S_2，如此直到最終進入穩定狀態 S_s(steady state)（或曰最終狀態 (final state)，成熟狀態 (mature state)）。S_s 不再發生大的變化，只在邊緣有所變動（如詞彙之增加）。在

---

❶　參見 Noam Chomsky, *Essays on Form and Interpretation*, pp. 97, 165.

這樣的每一次過渡中，語言學習者的心理或大腦都選擇出那個與新給定的材料和語言官能當時所處的狀態一致的、具有最高價值（「最簡單」）的規則系統。穩定狀態便構成了我們的最終的語言知識（語言資質、I‑語言）。

第四章　喬姆斯基語言理論的發展歷程（下）

一、第四個模式：原則和參數理論

從七十年代末期起，喬姆斯基的語言理論發生了又一次重大的轉變，即從規則系統的研究過渡到了原則系統的研究，提出了所謂的「原則和參數理論」(Principles-and-Parameters Theory)❶。下面我們就簡要地介紹一下這種理論。

㈠描寫

原則和參數理論是以對修改了的擴充的標準理論的再度修改為基礎而發展起來的。

按照修改了的擴充的標準理論，由語類部分(短語結構規則系統)和詞庫構成的基礎部分生成初始短語標式；然後轉換部分的轉換規則系統將其轉變成表層結構；音系部分的音系規則將表層結構解釋為語音表現式；而第一種類型的語義規則(邏輯式規則)將表層結構解釋為邏輯式；最後，第二種類型的語義規則

---

❶　喬姆斯基曾一度使用「支配和約束理論」(Government and Binding Theory,
簡稱 GB-Theory) 來稱呼他的這個新理論。但由於該名稱具有一定的誤導作用，
使人們誤以為該理論只處理「支配」和「約束」問題，所以八十年代中期後喬姆
斯基就不再使用它了，而採取了「原則和參數理論」這個更具概括性、更為貼切
的名稱。

與其他論知系統相互作用，給出完全的意義表現式。從七十年代末開始，喬姆斯基對修改的擴充的標準理論關於語法組織形式的上述解說進行了如下修改和補充：將初始短語標式稱為 D- 結構 (D-structure)，將表層結構稱為 S- 結構(S-structure)；將經音系規則 (及其他規則) 解釋了的 S- 結構稱為語音表現式或語音式 (phonetic form，簡寫為 PF) 或表層結構；語音式 PF 和由邏輯式規則所決定的邏輯式 LF 構成了語言 (這裡指內在化語言即語法規則系統) 與其他認知系統的「交界面」(interface)。在其上，語言分別與發音 - 知覺系統 (articulatory-perceptual system) 以及概念－意圖系統 (conceptual-intentional system) 相互作用，一方面產生聲音表現式 (the representation of sound)，另一方面產生意義表現式 (the representation of meaning)。這種對修改的擴充的標準理論的修改可以通過下頁的簡圖加以表達。

在對修改的擴充的標準理論進行了上述修改和補充後，喬姆斯基又對其規則系統進行了大幅度的歸約和壓縮，以最大限度地減少可能的規則系統的數目，並相應地最大限度地增加語法理論的解釋能力。下面我們就看一看喬姆斯基究竟是如何歸約和壓縮規則系統的。

我們先從基礎部分談起。按照標準理論以及 (修改的) 擴充的標準理論，基礎部分是由語類部分和詞庫兩個子部分構成的。詞庫包含著每一個詞項的所有不能通過普遍原則所決定的特異特徵，如關於詞項的子語類化特徵；語類部分則是由獨立於語境的短語結構規則組成的。七十年代末以後，喬姆斯基認識到，短語結構規則實際上可以通過如下方式加以歸約：將它們看作是包含於詞庫中的詞彙特徵 (lexical property) 的某種「投射」(projection)。

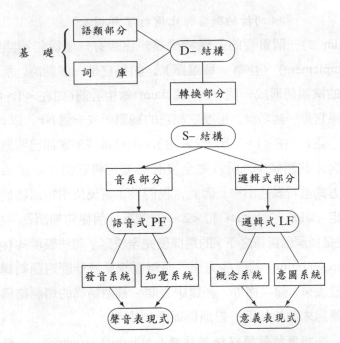

我們知道，短語都是由一個中心語 (head)（名詞 N、動詞 V、形容詞 A、介詞 P，除此而外，可能還有其他種類的中心語）和由該中心語的詞彙特徵所決定的一列補語 (an array of complements) 組成的。喬姆斯基將由一個中心語和其補語所構成的語類稱為該中心語的一個投射。如果中心語是一個 N，則投射便為 NP (N′)而如果它是一個 V，則投射便為 VP (V′)。請看下面的例子：

  <1> a. John$[_{VP}$ claimed$[_S$ that Bill hit the man$]_S]_{VP}$

   （約翰斷言比爾打了那個人）

   b. the$[_{NP}$claim$[_S$ that Bill hit the man$]_S]_{NP}$

   （比爾打了那個人這個斷言）

  <2>John's$[_{NP}$ claim$[_S$ that Bill hit the man$]_S]_{NP}$

（約翰的斷言：比爾打了那個人）

claim 的一個重要的詞匯特徵是：它帶有一個從句補語(clausal complement) （作為一種選擇）。如果它是一個動詞，那麼它和它的補語便形成一個 VP，以 claim 做中心語(如在 <1> a.中)；如果它是一個名詞，那麼它和它的補語形成一個NP，以 claim 做中心語 (如在 <1> b.和 <2> 中)。由於這些事實都已明確地表達於詞庫的詞條中，所以完全沒有必要再將它們以短語結構規則的方式重新表述出來。因此，我們並不需要使用短語結構規則來決定 claim 在例 <1> 和 <2> 中帶有一個從句補語，詞項 claim (在這種詞匯選擇之下) 的選擇便完全決定了句法表現式 (syntactic representation) 的這些方面，而無需求助於什麼短語結構規則。一般說來，除次序外，表達中心語－補語結構的短語結構規則可以通過求助於如下一般原則而予以取消：

詞匯特徵須以語類結構(categorial structure) 的形式表現於每一個句法層次 (D－結構，S－結構，LF) 之上。

這就是所謂的「投射原則」(Projection Principle)❷ 。例如，如果 claim 的詞匯特徵之一是：帶有一個從句補語，那麼在句法表現式中它就必須有一個從句補語。

投射原則的後果之一便是：如果某個成分被「理解」為處於某一個特定的位置之上，那麼它就必須出現於句法表現式的那個位置之上，或者是作為一個語音上實現 (體現) 出來的公開的語類 (overt category) 出現在那裡，或者是作為沒有被賦予上任何語

---

❷ 喬姆斯基曾將其投射原則加以擴充，給其附加上如下要求：每一個從句都需要有主語。他將附加上了這個要求的投射原則稱作「擴充的投射原則」(Extended Projection Principle，簡稱為 EPP)。

音形式的空語類 (empty category，通常以 e 代表) 出現在那裡 (其出現可以影響語音式的形式)。比如，如果 see 的詞匯特徵被規定為及物動詞，那麼它就必須帶有一個賓語，在每一個句法層次上 —— 在 D- 結構、S- 結構和 LF 上，但不必在表層結構 —— 該賓語都被從句法上表現為 (syntactically represented as) 它在一個動詞短語中所帶的補語。而如果沒有公開的語類出現於這個位置上，那麼就必須有一個所需類型的空語類出現於其上。於是，「the man I saw」(我看見的那個人) 的結構表現式必是「the man〔I〔vp saw e〕vp〕(這裡，空語類 e 為 see 的 NP 賓語)。我們再看一個稍為複雜的例子，即「who was John persuaded to see」(約翰被說服去看誰)，在其中 see 和 persuade 一起出現。persuade 的詞匯特徵是要求其後跟有一個賓語及一個從句補語；此外，see 和 persuade 都要求有一個主語。但在上面的句子中，persuade 的賓語和從句補語，see 的賓語和主語都空缺，因此按照投射原則它應被表現為：「who was John persuaded e_1〔e_2 to see e_3〕」。這裡，空語類 e_1 是 persuade 的賓語，是一個語跡，它與先行語 John 相連；e_2 是 see 的空主語，以 John 的語跡為先行語；e_3 也是語跡，受 who 約束，是 see 的賓語。

　　進一步的研究還表明，即使補語的次序在很大程度上也能通過 UG 所包含的其他的一般原則而加以決定。例如，格理論 (Case theory) 的一個原則是所謂的「格鄰近原則」(Case Adjacency Principle)，它要求：在格沒有從形態上實現 (體現) 出來的地方，一個標格成分 (Case-marked element) 必須與其賦格者 (Case-assigner) 相鄰近。因此，如果一個動詞帶有一個 NP 和一個 PP 補語，那麼按照此原則，前者須更靠近該動詞。如「put〔the book〕〔on the table〕」（放那本書於桌子上）合語法，但「put〔on the table〕〔the book〕」（放桌子上那本書）卻不合語法。

上述考察表明，詞匯結構特徵和 UG 諸系統的一般原則完全決定了句法表現式的短語結構形式（或曰其基礎結構），根本不用求助於短語結構規則。因此，短語結構部分可以完全取消。

在取消了短語結構規則之後，現在我們考慮一下這樣的問題：詞庫中究竟應該包含那些信息？顯然，詞庫首先應該陳述出每一個詞項的（抽象的）音系形式和與之相聯的任何語義特徵，特別是結構式（construction）的中心語 —— 名詞、動詞、形容詞和介詞 —— 的「選擇特徵」（selectional properties）。比如，hit 這個詞的詞條將規定：它帶有一個補語，而這個補語具有行為的接受者（recipient）即受事（patient）的語義作用；它的主語具有施事（agent）即行為的發出者的語義作用。對於 persuade 這個詞來說，詞庫中相應於它的詞條將規定：它帶有兩個補語，即 persuade 這個行為的目標（goal）和一個命題（proposition）；以 persuade 為中心語的那個短語將施事的語義作用指派給主語。喬姆斯基將這些特徵稱為「s– 選擇」（s–selection），即「語義選擇」（semantic selection）。與 S– 選擇相對的是所謂的 c– 選擇（c–selection），即語類選擇（categorical selection）。簡單說來，c– 選擇是詞項的這樣一種特徵，它規定了可以和一個詞項一起使用的語類。例如，hit 帶有一個 NP 補語(hit John) 說明 hit c– 選擇了 NP。那麼詞庫中是否也應包括 c– 選擇特徵呢？喬姆斯基認為詞庫中沒有必要包括這樣的特徵。因為 c– 選擇實際上已由 s– 選擇決定了。例如，如果 hit s– 選擇了一個受事，那麼這個成分就必須是 NP。

我們假定，如果一個動詞（或其他中心語）s– 選擇了一個

語義語類(semantic category) C，那麼它便 c- 選擇了一個句法語類 (syntactic category)，後者是「C 的範式結構實現 (體現)」(canonical structural realization of C，簡寫為 CSR(C))。將 CSR (受事) 和 CSR (目標) 視為 NP，那麼 hit 便 c- 選擇了 NP。現在，考慮 persuade，它出現於如下句法框架 (syntactic frame) 之中：

<3> a. —— 〔John〕〔that he should go to college〕

b. —— 〔John〕〔to go to college〕

c. —— 〔John〕〔of the importance of going to college〕

persuade 的詞條表明它 s- 選擇了一個目標和一個命題。那麼給定了 UG 的原則，我們能夠僅僅從這個特徵就推演出 <3> 中的事實嗎？

讓我們繼續假定CSR(目標)=NP，這樣我們便可取消「persuade c- 選擇 NP」之類的規定。假定 CSR (命題) 或者是從句或者是 NP (NP 在這裡將接受一種命題性解釋，而且也只有那些允許做這樣的解釋的 NP 才能出現在這裡)。於是，除了其賓語 NP 外，persuade 將 c- 選擇第二個語類，它或者為從句或者為 NP。而且我們也沒有必要規定賓語位於第二個補語之前，因為格鄰近原則已保證了這一點。因此，由 persuade 做中心語的 VP 的可能的結構如下：

<4> a. —— NP_1 clause

b. —— NP_1 NP_2

在 <4> b.的情況下，第二個 NP 就其現狀而言違反了格過濾原則 (Case Filter Principle)。一般說來，英語是通過在其前面插入 of 的方式 (即將 of 當作是標格者 (Case-marker)) 來解決這個問題的。

因而我們便有如下形式:

<5>—— NP₁〔of–NP₂〕

這樣 <4> 便變成為如下形式:

<6> a. —— NP₁ clause
b. —— NP₁〔of–NP₂〕

現在,我們回過頭來看 <3>。顯然, <3> c.是 <6> b.的一個實例,其中的 NP「the importance of going to college」被解釋成為一個命題(「that it is important to go to collge」)。<3> a.和 <3> b.都是 <6> a.的實例,它們分別體現了 clause 的兩種不同的選擇: 定式從句 (finite clause) 和不定式從句 (infinitival clause)。

　　總而言之,詞庫中相應於 persuade 的詞條只需表明: 它 s– 選擇兩個補語,一為目標,一為命題。由 persuade 做中心語的 VP 的所有其他特徵都由 UG 的一般原則所決定了。

　　接下來我們看一下轉換部分。從前面我們看到,標準理論已經大大地歸約和壓縮了轉換規則,因為它取消了第一個模式中的概括轉換。七十年代末以後,喬姆斯基對轉換規則進行了更為劇烈的歸約和壓縮。我們知道,第一個模式中所列出的那些單獨轉換實際上可歸併為如下幾種類型: 前移 –wh, 移取 –NP, 移取 –PP, 移取 –V; 刪略 –NP, 刪略 –wh; 插入規則。這幾種轉換規則實際上還可以進一步加以歸併。前移 –wh 可以歸併為移取 –wh, 因為研究表明方向性 (directionality) 並不需要在移取規則中加以特別的規定。進一步說來,移取 –wh、移取 –NP、移取 –PP、移取 –V 等等可以被歸併為移取 –α (Move–α 或 Move–Alpha) (α 為一任意語類) —— 將任何語類移至任何位置,而刪略 –NP、刪略 –wh 可被歸併為刪略 –α (Delete–α 或 Delete–Alpha)。最後,我們還可以

將移取 $-\alpha$、刪略 $-\alpha$ 和插入規則歸併為「影響 $-\alpha$」(Affect$-\alpha$ 或 Affect–Alpha) —— 對任一語類做任何事情：移取、刪略、插入。

當然，在將轉換規則歸約為移取 $-\alpha$ 或影響 $-\alpha$ 後，我們需對其進行多所必要的限制。此外，我們還需對它們應用於其上的表現式，以及由它們所形成的表現式提出一些一般的條件，否則就會形成不合 (語) 法的句子。這些限制和一般條件應被歸屬於語言官能的初始狀態 S_0，即將其作為普遍原則置於 UG 中。

顯然，一旦我們做了上述歸約和縮減，那麼以前為了規定一個特殊的轉換而必須提出的結構分析和結構變化也就可以取消了；而且我們也沒有必要再對轉換規則的應用次序進行特別的限制了。最後，我們也沒有必要區分強制性的轉換和非強制性的轉換。所有這一切都由普遍語法中的普遍原則所決定了。比如，我們可以借助於普遍語法中的格理論來解釋在如下情形之下使用移取 $-\alpha$ 規則的強制性 (obligatoriness)：

<7> a. e seems〔John to be happy〕

b. John seems〔to be happy〕

格理論中包含有如下這樣的普遍原則 (格過濾 (Case Filter))：

每一個語音上實現了的 NP (phonetically realized NP) 都須被賦予上 (抽象) 格

在某些語言中，所有的格都有其形態上的體現 (實現)，而在其他的語言中，格並非都有其形態上的體現 (實現)。但我們可以假定：無論它形態上實現 (體現) 出來了與否，它都被賦予給了某種成分。我們進一步假定：賓格 (objective Case) 被賦予給了動詞的賓語，主格 (nominative Case) 被賦予給了定式從句的主語，而介詞則將間接格 (oblique Case) 賦予給其賓語。一般說來，除了在

「he dreamt a dream」(他做了一個夢) 這樣的有限的情況以外，不及物動詞不賦予任何格。seem 是不及物動詞，並且 <7> a.中的 NP John 是非定式 (不定式) 從句的主語，因此它沒有接受到任何格，這違反了格過濾。為了滿足格過濾的要求，我們就必須使用移取 $-\alpha$ 而將 John 前移到定式主句 (the finite main clause) 的主語位置，在那裡它接受主格。這樣，我們便令人滿意地解釋了在 <7> a.的情況下使用移取 $-\alpha$ 的強制性。

　　由於任何語言都含有移取 $-\alpha$ (或影響 $-\alpha$)，所以我們可以將其作為普遍原則而歸併於普遍語法之中。但在不同的語言中，該原則的應用方式並不完全一樣。在英語中，為了形成疑問句，我們需移取 wh- 短語，而在漢語和日語中它們並沒有被移取。英語中具有 <8> b.那樣的 S- 結構，它得自於 D- 結構(8) a.；但在漢語和日語中 D- 和 S- 結構都相應於 <8> a.：

　　　　<8> a. you think[NP who]NP saw John

　　　　　　(你認為誰看到了約翰)

　　　　b. who — you think[NPt]NP saw John

　　　　　　(你認為誰看到了約翰)

由此喬姆斯基斷言，普遍原則移取 $-\alpha$ 實際上是與一個決定著 α 的選擇的參數 (parameter) 聯繫在一起的，而這個參數的值必須由經驗來確定 (如果它不能通過語言的其他特徵來決定的話)。

　　那麼，英語與漢語和日語之間的這種區別的真正本性是什麼呢? 它是否意味著漢語和日語在形成特殊疑問句時不使用移取 $-\alpha$ 原則呢? 留美臺灣學者黃正德博士令人信服地證明：即使在漢語和日語中在形成特殊疑問句時 wh- 短語也被移到了從句的外緣，並在其原來的位置留下一個充當變元的語跡 t。只不過在漢語和

日語中這種運作並非是公開地 (overtly) 進行的，也即，並非是在公開句法 (overt syntax) —— 句法或語法中處理 D- 和 S- 結構之間的關係的那部分 (之所以將其稱為「overt」是由於將這兩個結構關聯起來的那些運作的後果通常在 PF 層次上有所反映) —— 內進行的，而是被運用於從 S- 結構到 LF 層次 (在這個層次，量詞的轄域的其他邏輯特徵得到表達) 的映射中。因此，漢語和日語中也有相應於英語 <8> b.的形式，而它可被解釋為：

<9>for which person x, you think x saw John

（對哪一個人 x 來說，你認為 x 看到了約翰）

簡言之，除詞項的選擇和詞序之類的特徵而外，漢語和日語與英語共同享有 D- 結構和 LF 表現式，但在 S- 結構上有所差異：在漢語和日語中 S- 結構同於 D- 結構，而在英語中 S- 結構同於 LF。實際上，在英語中也存在 wh- 短語的 LF- 移取現象。如在 <10> 這個多層 wh- 問句中：

<10>I wonder who gave the book to whom

（我想知道誰將那本書給了誰）

<10> 的 LF 表現式為 <11>(式中 e_i 和 who_i 同標 (co-indexed) 表明前者是後者的語跡；同理， e_j 是 $whom_j$ 的語跡)，該表現式的解釋為 <12>：

<11>I wonder〔$whom_j$, who_i〔e_i gave the book to e_j〕〕

<12>I wonder〔for which person x, y,〔y gave the book to x〕〕

因此，兩種類型的語言在 LF 部分中都使用了移取 –wh，漢語和日語與英語的 LF 表現式非常相似，儘管 S- 結構不同。實際上，這正好與喬姆斯基原則和參數理論的另一個觀點不謀而合：

LF 構成了形式結構或語法與其他認知系統(特別是語言運用系統)的交界面之一。也許正因各種語言都含有由共同的原則所決定的共同的 LF 結構,所以人們才能借助於它們而互相交流。

上面的考察說明,與移取 –α 原則相聯的參數真正說來與 α 的選擇無關,而只與在 α 的不同選擇之下該原則的應用層次有關。

最後,我們看一下語音式部分和邏輯式部分。形成語音式的語音式部分的某些內容可以以某種形式表達於詞庫中,而其另一些內容則可以被歸併為少數幾條普遍原則,因而被納入普遍語法之中。由於邏輯式部分的規則是所有語言都共同具有的,它們很少變化,而且很難想像它們會歷經參數變異 (parametric variation),因此也可將它們悉數歸併於普遍語法系統之中。

以上表明,規則系統已經被最大限度地歸約和壓縮,最後終至於「無」:其中的內容或者被以某種獨特的方式表達於詞庫中,或者被以普遍原則的形式納入於 UG 之中。

(二)解釋

1.普遍語法的組合性質

隨著原則系統的極大擴充,喬姆斯基逐漸認識到,普遍語法本質上具有組合性質 (modularity):它是一個由許多子系統 (subsystems) 或者說組件 (modules) 組合而成的組合性系統。其中的每一個子系統(組件)中都包含有一些普遍原則,它們按一定的方式相互影響、相互作用。每個子系統本身都很簡單,它們所包含的原則中的一些與特定的、需由經驗加以調定的參數相聯。這些參數都具有這樣的性質:它們分別具有有限數目的(通常是

兩個）值，而且只需少量經驗即可被調定 (set)。當所有子系統的所有參數值都參照特定語言的經驗材料而調定以後，我們便得到了一個核心語法 (core grammar)。從這樣的核心語法，經過複雜的運算過程 (computational process)，我們便能最終為我們所研究的特定語言中的每一個句子都指派上一個由 D- 結構(D)、S- 結構 (S)、PF (P) 和 LF (L) 組成的複合結構表現式 $\sum \equiv (D, S, P, L)$。

在通常情況下，每種語言都包含有一些例外的成分，即「有標記的結構式」(marked construction)，如不規則形態 (irregular morphology)、方言 (idioms) 等等，它們構成了該語言的「邊緣」(periphery)。邊緣現象的變化也十分有限，也要受天賦的標記原則 (markedness principles) 的限制。邊緣結構通過削弱核心語法的某些條件而與其系統相關。核心與邊緣相互配合，形成錯綜複雜的語法整體。

顯然，這種由原則系統產生的核心語法已全然不同於以前借助於評價程序所得出的那種規則系統。一方面，以前意義上的規則系統已不復存在；另一方面，曾經一度是普遍語法之一個重要組成部分的評價程序已沒有任何作用了，可以被取消掉。

在構成普遍語法的諸原則之中，有些是極其概括的原則 (overriding principles)，包括前面曾提到過的投射原則，還有所謂的完全解釋原則（the principle of full interpretation, 簡寫為 FI）。後者要求 PF 和 LF 中的每一個成分都須以某種方式得到適當的解釋，換言之，都要得到允准 (licensed)。在 PF 層次上，每一個語音成分都要通過某種物理解釋而得到允准。例如，book 這個詞具有[buk]這樣的語音表現式。我們不能將其表現為[fburk]，因為

這樣我們便忽略了〔f〕和〔r〕。只有在存在著允許刪略這些成分的特殊規則或普遍原則的情況下這樣表現它才可以。同樣，如果 <1> 中的句子

<1> a. I was in England last year〔the man〕

（去年我在英格蘭〔那個人〕）

b. John was here yesterday〔walked〕

（約翰昨天在這兒〔走步〕）

c.〔who〕John saw Bill

（〔誰〕約翰看見比爾）

d.〔every〕everyone was here

（〔每一個〕每一個人都曾在這兒）

分別被解釋為:「I was in England last year」,「John was here yesterday」,「John saw Bill」和「everyone was here」，那麼它們就都不是良構的結構 (well-formed structures), 因為它們忽略了括弧中沒有得到允准的成分 the man, walked, who 和 every。在 LF 層次上，其每一個成分都要滿足如下允准條件 (licensing conditions) 之一種: 一個算符 (如 who 等) 必須約束 (bind) 一個變元; 一個變元必須受到強約束 (stronly bound), 即或者它的變程 (range) 由它的算符所決定了，或者它的值由約束它的一個先行語所決定了; 指稱依賴 (referential dependence) 必須滿足約束理論 (binding theory) 的條件; 一個中心語的每一個補語都須由其 s- 選擇而來; 指派語義角色 (semantic roles) 的成分須在適當句法位置上有其接受者 (比如, 動詞 hit 必須有一個經由 s- 選擇而來的賓語以接受受事的角色); 一個謂語必須有主語; 一個需要語義角色的成分必須被指派給一個這樣的角色（這種指派是由其

語法功能（主語、賓語等等）和中心語的詞匯特徵而決定的）
等等。

　　構成普遍語法的子系統(組件)主要有以下一些：

　　　a. X– 階理論 (X–bar Theory)

　　　b. θ– 理論 (θ–Theory)

　　　c. 界限理論 (Bounding Theory)

　　　d. 格理論 (Case Theory)

　　　e. 支配理論 (Government Theory)

　　　f. 約束理論 (Binding Theory)

　　　g. 控制理論 (Control Theory)

下面我們簡單地介紹一下這些理論(組件)。

2. 普遍語法的諸原則子系統

(1) X– 階理論

　　前面在考慮如何歸約和縮減短語結構規則的時候，我們實際
上已接觸到了 X– 階理論。它所探究的是人類語言短語結構的一
般特徵，其直接的應用領域是構成句法表現式的 D– 結構層次。

　　我們都知道，人類語言所共同具有的短語結構總是由至少一
個中心語和其他一些成分組成的，它們是「向心」(endocentric)
結構。作為一個短語結構之中心成分的中心語的類型總是和該短
語結構本身具有密切的關係。X– 階理論是這樣表達這種關係的：

　　　<1> XP→ ···X···

式中的 X 代表單詞語類 N、V、A 和 P 中之一種。因此， <1>
斷言： VP 含有 V， NP 含有 N， AP 含有 A， PP 含有 P。

　　下面我們接著考慮短語結構中的其他成分。首先，每一個中心
語都需有一些補語(而且補語本身又可以是完整的短語或句子)，

因此便有了 X– 階理論的第二條原則:

    <2> a. X′ →X 補語

      或者:

      b. X′ → 補語 X

一個語言中的短語結構或者全屬 a.類型 —— 中心語在前 (head-first),或者全屬 b.類型 —— 中心語在後 (head-last)。這構成了 X–階理論的一個重要參數,即所謂的「中心語參數」(the head parameter)。英語屬 a.類型,日語屬 b.類型。

    短語結構中除中心語和補語外,還有一類成分,即所謂的標誌成分 Spec。一般說來,它與作中心語的單詞語類的關係沒有補語那樣密切,它也並非總以獨立的完整短語的形式出現。比如,不定冠詞「a」、定冠詞「the」、還有量詞、所有格名詞短語等限定成分 (Det) 都可以是 N′ 的標誌成分。標誌成分與短語中其他成分的關係可以以如下方式加以表達:

    <3> a. X″ → 標誌成分 X′

      或者

      b. X″ → X′ 標誌成分

<3> 可圖解如下:

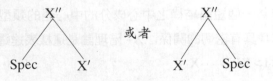

例如,「the claim that the earth is flat」(斷言:地球是扁平的)這個英語短語結構便符合上面的分析:整個短語是一個 N″ (NP),它由一個標誌成分 the 和一個 N′ (NP)≡claim that the earth is flat

組成；這個 N′ 又由一個 N ≡ claim 和一個補語 S′ ≡ that the earth is flat 組成。至於標誌成分和中心語的次序，存在著兩種不同的看法，一種意見認為它構成了另一個參數；另一種意見則認為它是由中心語參數決定的，如果中心語在前，則標誌成分位於中心語左側，如中心語在後，則標誌成分位於中心語右側。

　　根據我們前面介紹過的投射原則，中心語的詞匯特徵便決定了它可以帶有 (heads) 什麼樣的補語，所以可以將 X′ 稱為 X 的投射；由於中心語的詞匯特徵最多只能投射到 X″ (XP)，而不能超越此範圍，所以可將 X″ 稱為 X 的最大投射 (maximal projection)。X 既是 X′ 的中心語，也是 X″ 的中心語。(在有些情況下，中心語所帶的補語不止一個，這時它們的次序要由普遍語法的另一個組件格理論來決定。這點我們前面已有所介紹。) 由此我們有如下示圖：

<4>

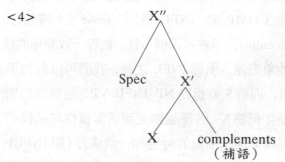

總結以上的分析，我們可以得出如下結論：任何語言的任何短語都具有如下一般結構：

　　<5>XP ≡ 標誌成分 –X–YP

也就是說，對 X 的任意一個選擇 (N、A、V、P) 來說，都存在一個短語 XP (VP，NP，AP，PP)，它以 X 為中心語，以短語

YP 為其補語 (YP 或位於 X 之前，或位於 X 之後)；此外，它還包含一個標誌成分 (可假定它或者位於 XYP 之前，或者位於 YPX 之後)；而且 YP 又可以是另一個 XP，是某個單詞語類 Y 的投射或最大投射，可依同樣的方式再進一步加以分析。

以上所介紹的是八十年代初期以前喬姆斯基關於 X- 階理論的觀點，它只處理了由單詞語類做中心語的短語結構。從八十年代中期開始，他力圖將 X- 階理論加以推廣，使其也能應用於從句結構 (clausal structure)，即由所謂的標句成分 COMP，還有所謂的屈折變化成分 (inflection，簡寫為 INFL) 之類非詞匯成分 (nonlexical element) 所引導的結構。關於 COMP 我們已有所介紹，就英語而言，它除了體現為 that 之外，還可以體現為 for，if 或零位形式 (null)。(當它體現為零位形式時，便可將 wh- 短語移到它的位置上。) 引進 COMP 之後，對句子結構可以做如下分析：S′ ≡ COMP S。INFL 是〔± Tense〕(〔±時態〕)、AGR (agreement elements，即表示人稱、性、數等一致關係的成分) 等形態變化的抽象表達。引進 INFL 之後，我們可以對句子進行更進一步的分析，即將 S 分析為 NP-INFL-VP。現在我們看一下喬姆斯基究竟是如何將 X- 階理論擴充到這兩種從句結構的。

按照音系學原則，抽象的時態和一致成分 (即 INFL) 一般說來總是與一個鄰近的動詞聯繫在一起的。因此我們可以這樣看待 INFL (進一步簡寫為 I)：它帶有 (head) 一個由中心語 INFL 和其補語 VP 構成的投射 INFL′ (簡寫為 I′)；最大投射 INFL″ (簡寫為 I″) 則由 INFL′ 和其標誌成分，即 INFL″ 的主語 NP 構成。這個最大投射即我們稱為 S 的結構。同樣，可以假定 COMP (簡寫為 C) 將 S 作為它的補語，帶有一個投射 COMP′ (簡寫為 C′)；

最大投射 COMP″（簡寫為 C″）由 COMP′ 和其標誌成分構成。
COMP′（C′）便是我們通常稱為 S′ 的結構。最大投射 C″ 和 I″ 分別
是 CP（Complementizer Phrase，標句成分短語）、IP（Inflection
Phrase，屈折變化短語）。經如此一番分析後，我們便有如下程式：

<6>$[_{I''(S)}NP[_{I'}I[_{VP}V\cdots]_{VP}]_{I'}]_{I''(S)}$

（其中 NP 的結構為：$[_{NP}Det[_{N'}N\cdots]_{N'}]_{NP}$）

<7>$[_{C''}\cdots[_{C'}CI'']_{C'}]_{C''}$

<6> 中的「…」代表 V 和 N 的補語；<7> 中的「…」代表 C′
的標誌成分。<6> 和 <7> 可分別由如下樹形圖加以表達：

    <8>

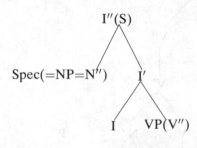

    <9>

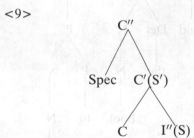

由於通常情況下 C′ 的標誌成分並不存在，所以通常可以認為 C″ =
C′ = S′。

    按照擴充了的 X– 階理論，「John lent the book to Harry」

(約翰把那本書借給了哈利) 這句話的完整的 (短語) 結構可分析
如下:

<10>

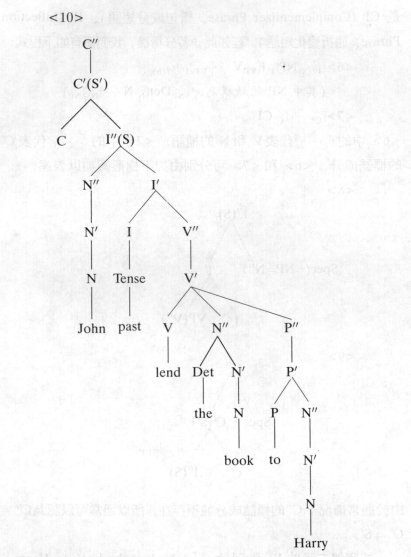

X– 階理論只適用於 D– 結構。移取 –α 原則可以形成不符合 X– 階程式 (X – bar Schemata) 的結構。

X– 階理論不僅可以用來幫助取消短語結構規則，而且還可以用來定義語法功能。以前我們是這樣定義它們的：主語就是由句子 S 所直接主導的 NP (或者說直屬於 S 的 NP) (即 S 的 NP)，賓語就是由 VP 所主導的 NP (即 VP 的 NP)。現在有了 X– 階理論，我們便可以這樣來定義它們：主語就是 X″ 的 NP，賓語是 X′ 的 NP。比如，在圖 <10> 中，由於 John 是 I″ (S) 的 NP，所以它是主語；而 Harry 為 P′ 的 NP，所以為賓語 (介詞賓語)； the book 為 V′ 的 NP，所以為賓語。

(2) θ– 理論

θ– 理論所關心的是題元關係 (thematic relations) 或曰題元角色 (thematic roles) ── 喬姆斯基又將其稱為 θ– 角色 (θ–roles, theta–roles) ── 的賦予問題。所謂題元角色 (θ– 角色) 就是指由中心語所賦予的語義特徵 (因而它們是 s– 選擇特徵)，因之它們又可被稱為語義角色 (semantic roles)。前面曾提到過的施事 (即實施動詞所表達的行為的行為者)、受事 (即受動詞所表達的行為影響的事事物物)、目標 (行為的對象的承受者) 等都是 θ– 角色。與 θ– 角色密切相關的概念是主目語 (argument)。喬姆斯基用它意指那些需要 (或能夠承擔) θ– 角色的名詞短語，如 John、the man 等等。非主目語 (non-argument) 則指那些不需要 (或不能承擔) θ– 角色的詞語，如 there 等。θ– 角色和主目語的關係由 θ– 理論中的一條重要原則即 θ– 標準 (θ–Criterion) 加以制約：

<1>每一個主目語承擔一個，而且只承擔一個 θ– 角色；

每一個 θ– 角色被賦予給一個，而且只被賦予給一個

主目語。

簡言之，主目語和 $\theta-$ 角色必須一一對應。一個主目語不能同時承擔兩個 $\theta-$ 角色；反過來，一個 $\theta-$ 角色也不能同時由兩個主目語承擔。

下面我們接著看一下主目語和 $\theta-$ 角色與句法結構中諸句法位置的關係。喬姆斯基首先區分開了 A- 位置(A-position) 和非 A 位置(non-A position, ～A-position, Ā-position)。他將那些被賦予上了主語和賓語(包括介詞賓語)之類的語法功能的句法位置稱為 A- 位置，以此表示它們可以(儘管不必)被主目語填充上。因此，A- 位置也就是那些可以被賦予上 $\theta-$ 角色的句法位置。補語位置和主語位置都是 A- 位置，二者的區別在於：前者與中心語的 c- 選擇(語類選擇)特徵密切相關，中心語的詞匯特徵決定不同類別的補語，而後者與 c- 選擇無關。句法結構中除 A- 位置以外的所有位置都是非 A 位置。中心語位置和附加語 (adjunct)位置(如標誌成分 Spec 和標句成分 COMP 所占的位置)都是非A位置。由於 INFL 可以看成為從句 S 的中心語，所以它也構成了一種非 A 位置。顯然，主目語可以出現在所有的 A- 位置之上。那麼我們能否反過來說 A- 位置上出現的詞匯(或短語)都是主目語呢？當然不能這麼說。這裡我們只能說，出現在補語位置上的詞匯(短語)一定是主目語，而出現在其他 A- 位置之上的詞匯(短語)不一定是主目語。例如，就主語位置而言，情況就是如此。請看下面的例子：

<2>there is a fly in my soup

（我的湯裡有隻蒼蠅）

<3>it seems that John has resigned

（似乎約翰已辭職了）

出現於 <2> 和 <3> 中主語位置上的 there 和 it 都不是主目語，因為它們都沒有承擔θ-角色。

既然並非所有 A- 位置上都必然有主目語出現（即被賦予上θ- 角色），所以我們需要標 -θ (θ-marking) 概念。那些事實上被賦予上了θ- 角色的 A- 位置可被稱為標-θ的 (θ-marked) A- 位置，簡稱為θ- 位置。中心語的補語總是占據θ- 位置，但主語並非總是占據這樣的位置。

在所有表現式層次上，只有 D- 結構層次最直接、最純粹 (pure) 地反映了θ- 角色 (θ- 關係)，因為在其上每個主目語都占據一個θ- 位置，每一個θ- 位置都為一個主目語所占據。到了 S- 結構，有些主目語已經被移走，不在θ- 位置上了，而有些θ- 位置上沒有主目語 (不過，在這種情況下，有其留下的語跡)。

(3)界限理論

界限理論所探討的是如何限制移取運作的「距離」的問題：我們可以將一個語類移至多遠？移取的合理的句法區域 (Syntactic domain) 有多大？

前面在介紹移取 -α 原則時，我們已經指出，需對其加以限制。比如，首先它就需遵守如下條件：被移取的成分須是最大投射，如 N″，或者是零投射 (zero projection)(中心語)，如 N、V 等。除此而外，從θ- 理論中的θ- 標準我們還可以推出對於移取 -α 的如下限制條件：被移取的成分除動詞外都處於 A- 位置；而且它只能移取到沒有被標上θ的位置(a position that is not θ- marked)，也即或者空的 A- 位置，如空主語 (empty subject) 位置 (在移取 -NP 的情況下如此)，或者非 A- 位置，如 COMP 位置

(在移取 -wh 短語的情況下如此)。請看下面的例子:

    <1> a. were defeated the Japanese

         b. the Japanese were defeated

      （日本人被打敗了）

<1> b.由 <1> a.移取而來。按照 defeat 的詞匯特徵, 它 s- 選擇一個施事和一個受事, 並且 c- 選擇一個 NP 緊隨其後。因此, <1> b.就其現有形式來看違犯了投射原則, 因為沒有 NP 跟隨在 defeat 的後面, 為了滿足投射原則, 我們可以根據語跡論在 defeat 後面附加上一個語跡 t。另外, <1> a.顯然不符合擴充的投射原則, 因而我們需設定一個沒有語音內容的空語類 e, 讓其占據主語位置 (A- 位置)。這樣 <1> 便成為 <2>:

    <2> a. e were defeated the Janpanese

         b. the Japanese were defeated t

<2> a.為 <2> b.的 D- 結構, <2> b.為 <2> a.的 S- 結構。將 the Japanese 移至 e 處的運作便構成了移取 -α 運作之一種。這樣的選作之所以可以進行, 是因為 <2> a.中的 the Japanese 處於 A- 位置, 而它所移入的位置又是空的 A- 位置 (空主語), 因而滿足上述限制條件。

    <3> a. he past see who?

         b. who did he see?

see 的詞匯特徵是: 它 s- 選擇一個施事和一個受事, 並且 c- 選擇一個 NP 緊隨其後。施事的 θ- 角色被賦予給了語法功能主語 he, 而受事的 θ- 角色被賦予給了語法功能賓語 who。在 <3> a. (它是 <3> b.的 D- 結構) 中, 無論是主語位置還是賓語 (或曰補語) 位置都已被占據, 因而已沒有 A- 位置可供將 who 移入其中,

以形成 <3> b.。因此只能將其移入非 A 位置, 在這裡即 COMP
位置 (在 wh– 短語移入之前它總是空的)。 (由此我們可以看出移
取 –NP 和移取 –wh 的區別: 前者是從A– 位置移到 A– 位置, 後
者是從 A– 位置移到非 A 位置。) 於是我們得到 <4>:

　　　<4>who he past see t?

經過移取 –V 運作便可最終得到 S– 結構 <5>:

　　　<5>who did he see t?

通過上面的限制, 我們知道了究竟什麼成分可以被移取, 它們可
以從什麼位置上被移取, 以及可以將其移取到什麼位置之上。現
在我們看一下移取運作究竟能進行「多遠」的問題。實際上, 對
這個問題喬姆斯基於七十年代初期就已經處理過了 (見上一章第
三部分的介紹)。那時他提出了領屬條件, 規定: 在一個給定的
循環層次上, 轉換規則 (主要指移取轉換) 只能應用於出現於該
循環層次上的成分, 或者直接位於其前面的層次上的成分。這也
就是說, 每一次移取至多只能跨越一個循環節點。八十年代後,
喬姆斯基仍然堅持著這樣的條件, 但根據其他語言學家的研究結
果對其進行了必要的補充。請看下面的例子:

　　　<6>your brother,[CPto whom$_i$[IP1 I wonder[CP which stories$_j$
　　　[IP2 they told t$_j$ t$_i$]IP2]CP]IP1]CP

　　　　　（我想知道他們告訴了你弟弟哪些故事）

這個句子在英語中是不合語法的, 因為它違反了領屬條件: 在將
to whom 從其原來所處的位置 ti 移取到其目前所處的位置時跨越
了兩個界限節點 (bounding node)(八十年代後喬姆斯基將循環節
點改稱為界限節點), 即 IP1 和 IP2。但與該句子相應的意大利語
句子 <7> 卻是合乎意大利語語法的, 儘管在其上進行

<7>tuo fratello, $[_{CP}$a cui$_i[_{IP1}$mi domando$[_{CP}$che storie$_j$ $[_{IP2}$

abbiano raccontato t$_j$ t$_i$ $]_{IP2.}]_{CP}]_{IP1}]_{CP}$

的移取也跨越了 IP1 和 IP2 這兩個界限節點。那麼這是否說明領
屬條件不適用於意大利語呢？ 不是。請看如下例子：

<8> tuo fratello, $[_{CP}$ a   cui $[_{IP}$ temo $[_{NP}$ la
     your brother,   to   whom   I   fear   the
     你的兄弟,   給 他   我   怕   那種

     possibilità $[_{CP}$ t$_i'$ che $[_{IP}$ abbiano   raccontato
     possibility   that   they-have   told
     可能性   即   他們－已經 告訴

     t$_i$ tutto $]_{IP}]_{CP}]_{NP}]_{IP}]_{CP}$
     everything
     所有事情

這個句子在意大利語中也是不合語法的。這說明即使在意大利語
中也並非可以任意移取 α，而不必考慮移取的距離。針對這種令
人困惑的現象，瑞茲 (L. Rizzi) 在其《意大利語句法學中的一些
問題》*(Issues in Italian Syntax)*(1982) 一書中指出： 並非所有語言
都有同樣的界限節點，界限節點具有參數差異。英語中的界限節
點為 NP 和 IP(s)，但在意大利語中界限節點卻是 NP 和 CP。正因
如此，例句 <7> 合乎意大利語語法，因為在其中移取運作只跨
越了一個 CP；而例句 <8> 不合乎意大利語語法，因為在其中將
a cui (to whom) 從 ti 移取到其現在所處的位置時跨越了 NP 和
CP。喬姆斯基接受了瑞茲的這個觀點。

(4)格理論

    格理論處理的是抽象格 (abstract Case) 的賦予及其形態實現
(體現) (morphological realization) 的問題。

　　格理論與傳統語法中的格概念密切相關。在傳統語法中，格被看作是體現了句子中諸成分之間的某種內在的關係。如在拉丁語中，當「amor」（愛）這個詞以「amor」形式出現時，表明它是句子的主語，採取了主格 (Nominative Case)；當它以「amorem」這個形式出現時，表明它是句子的賓語，採取賓格 (Accusative (Objective) Case)；當它以「amoris」形式出現時，表明它處於與某種東西的所有關係中，採取所有格 (Genitive Case)。在拉丁語、德語和芬蘭語中充滿了變格現象。但英語的變格現象較貧乏，僅限於名詞短語中的所有格 (如 John's book) 以及代詞系統 (如 she, her, hers)。在句子 <1> 中：

　　　　<1>He rides a bicycle

　　　　（他騎著自行車）

he 處於主格；而在 <2> 中：

　　　　<2>She disliked him

　　　　（她不喜歡他）

him 處於賓格；在 <3> 中：

　　　　<3>his piano-playing was excellant

　　　　（他鋼琴彈得很棒）

his 處於所有格。這表明，儘管在英語中格只有在極少的情況下才體現於句子的表層形式之中，但它還是必不可少的。

　　不過，現代格理論所要處理的格關係遠遠超出了名詞的形態詞尾 (morphological ending) 的範圍。它不僅處理句子的表層形式中所明確可見的 (visible) 格形式，而且也處理所謂的抽象格。在有些語言中，所有的抽象格都得到了形態上的體現 (實現)，但在另一些語言中，並非如此。但無論它們得到了形態上的體現與

否，我們都假定它們是以一種一致的方式被賦予 (assign) 的。賦格 (Case-assignment) 有時也稱標格 (Case-marking)，有格的名詞稱為標格名詞 (Case-marked noun)，沒有格的名詞 (短語) 稱為未標格名詞 (短語) (un-Case-marked noun)。

主格和賓格是在 S– 結構中被賦予的，它們是「結構」格 (「Structural」Case)，因為它們是按照句子的語法功能結構式 (configuration) 來賦予的。在這些語法功能中的每一個中，一個特定的成分都作為「賦格者」(Case-assigner) 而起作用。是否將主格賦予給主語 NP 將取決於句子中的 INFL 成分是否包含有 〔+Tense〕(〔+ 時態〕)，無 Tense (時態) 的句子 (即非定式句) 的主語將不被賦以主格。如在 <4> 和 <5> 中：

    <4>for him to resign is silly

      （他辭職是愚蠢之舉）

    <5>his resign is silly

      （他之辭職是愚蠢的）

him 和 his 都不具主格形式 he，儘管它們都是它們各自所在的內嵌句的主語。是否將賓格賦予 NP 賓語取決於 VP 內的動詞。只有及物動詞才賦予賓格給賓語，一般說來，不及物動詞不賦格。〔+Tense〕和 V 是結構格的賦予者。在介詞短語 PP 內也存在賦格現象，其中的介詞是 NP 賓語的賦格者。一般將介詞所賦的格稱為間接格 (Oblique Case)。到目前為止，我們一直將名詞和形容詞排除於賦格者之列。那麼，在「her piano」中是什麼成分給 her 賦予所有格的？喬姆斯基認為，所有格的賦格者是整個結構所具有的某種內在屬性，而非某一個單個成分。語境〔NP NP–〕NP (即 NP 及緊隨其後的 NP 內的某種成分) 賦予所有格。依這樣的方式我們便

可以解釋如下形式的所有格的賦予問題：Harry's book，Harry's reading the book aloud。因此，英語中表示所有格的「'S」的賦予取決於 NP 內的結構式。喬姆斯基認為，所有格和介詞賓格是在 D- 結構中被賦予的，因而稱它們為「內在」(inherent) 格，以與 S- 結構中的「結構」格對照。

當然，格理論的重心並不是對格作出這樣那樣的劃分，而是格是否存在及其存在對句子的結構所具有的內在意蘊。格理論中的一條重要原則是我們曾提及的格過濾：

　　<6>每一個語音上實現出來的 NP 都須被賦予上（抽象）
　　　　格

這也就是說，句子表層結構中的任何 NP 都須由某個賦格者給其賦上某種格，一個不能被賦格的 NP 不合法。因此格過濾又可表述如下：

　　<7>如果 NP 具有語音內容而沒有格，那麼 NP 須被排除
　　　　掉

格過濾和 $\theta-$ 理論中的 $\theta-$ 標準相互作用，產生如下結論：所有標記上了 θ 的位置都須有抽象格 (因為它們都含有 NP)。實際上，在某種程度上格過濾甚至可以被所謂的「可見性」(visibility) 條件所代替：一個名詞短語 NP 只有在被賦予上了格的情況下對於標 θ 來說才「可見」(visible for θ-marking)，即才承擔 $\theta-$ 角色。有了這個條件，格過濾也就不必獨立存在了。因為，如果一個名詞短語沒有格，那麼它便不能承擔 $\theta-$ 角色，而如果沒有 $\theta-$ 角色，它在 LF 表達式中就成了多餘的成分，這樣便違反了完全解釋原則 (FI)。但這裡我們要注意，可見性條件與格過濾在下述情況下還是有所不同：其一，可見性條件不僅要求有語音內容的

名詞短語有格，而且要求作主目語的空語類也有格。比如，我們就不能借助於 wh- 移取而從 <8> b.推出 <8> a.:

    <8> a. who does it seem〔e to be intelligent〕

        b. it seems〔who to be intelligent〕

因為在 <8> a.中，受 who 約束的變元 e 需被賦予 θ- 角色，因而必須有格，但 e 並沒有被賦予任何格。其二，可見性條件只要求被標記上了 θ- 角色 (標 θ) 的 NP 有格，並沒有要求一個沒有標記上 θ- 角色的 NP 也須有格，但格過濾卻要求所有有語音內容的 NP 都要有格。例如，格過濾要求如下例子中的括號內的 NP 都要被賦上格，但可見性條件並沒有做這樣的要求:

    <9> a. John is〔a fine mathematician〕

        b.〔John〕, I consider〔a fine mathematician〕

        c. John did it〔himself〕

    前面我們曾提及，格過濾能很好地解釋移取 $-\alpha$ 原則在某些情況下使用的強制性。換言之，它能成功地解釋為什麼要進行移取 $-\alpha$ 運作。請再看下面的例子:

    <10> a. the lectures will be dimissed

        （講座將被取消）

        b. e will be dismissed the lectures

<10> a.從 <10> b.推演而來。那麼為何要進行這樣的推演？格過濾能為此提供合理的解釋。格過濾要求 VP 中的 V 將賓格賦予給其後的 NP，但被動式結構 (the passive morphology) 阻止了這樣的賦格行為的順利進行。因此，<10> b.中的 the lectures 不能被賦格，這便違反了格過濾。我們必須設法將其移至這樣的位置，在其上它可以被賦格，也即空的 NP 位置 e。這樣，我們便很好

地解釋了英語中移取 –NP 運作的必要性。

格理論中存在著如下參數：某些語言要求賦格者與接受它所賦的格的 NP 鄰近 (adjacent)，而另一些語言不做這樣的要求。如英語屬前者，在英語中「I liked very much him」不合格；而法語屬後者，它允許這樣的句子「J'aime beaucoup la France」（與「I love very much France」相當）。

在英語中還存在一種所謂的「例外標格」(exceptional Case-marking) 現象。我們上面說過，只有含有時態的 INFL 才賦予主格。換言之，只有定式句的主語才享有格。但是，下面的句子似乎與此相違：

<11>we believe〔John to have taught English〕

（我們相信約翰教過英語）

在 <11> 中，John 為非定式句的（邏輯）主語，因而應該沒有格。根據格過濾，<11> 不合語法。但通常卻認為它是合乎語法的。對此喬姆斯基給出了如下解釋：believe、consider、ask、think 等類型的動詞比較特殊，它們能夠給緊跟著它們的不定式從句的（邏輯）主語賦格（賓格）。如 <11> 中的 John 便從 believe 那裡取得賓格。由於英語中的絕大多數動詞都不具有這個特徵，所以上述現象純屬例外，是有標記的 (marked)，構成了所謂「例外標格」現象。這種現象似乎為英語所獨具，其他語言（如法語和德語）中並不存在。

喬姆斯基力圖通過語鏈 (chain) 概念對界限理論、θ– 理論和格理論進行統一的表述。所謂語鏈是指由 S– 結構中的如下成分所構成的有序 n 元組 ($\alpha_1, \alpha_2, \cdots, \alpha_n$)：被移取的成分 α_1，移取後留下的語跡 $\alpha_2, \cdots, \alpha_n$。由一個語鏈中前後相繼的兩個成分構成

的有序對被稱為該語鏈的環節 (link)。如在 <12> 中：

　　<12> a. John was hit e by a car

　　　　（約翰被汽車撞了）

　　　　b. John seems〔e_1 to have been hit e_2 by a car〕

　　　　（約翰似乎被汽車撞了）

<12> a. 由移取 –NP 的一次使用而得，而 <12> b. 則由其兩次使用而得。在 <12> a. 中，我們有語鏈 (John, e)，表明其中的移取運作是從 e 的位置到 John 的位置 (John 被稱為該語鏈的鏈首 (head))；在 <12> b. 中，我們有語鏈 (John, e_1, e_2)，表明其中的移取運作首先是從 e_2 的位置到 e_1 的位置，然後從 e_1 的位置到 John 所在的句首位置。(John, e_1, e_2) 有兩個環節 (John, e_1) 和 (e_1, e_2)，而 (John, e) 只有一個環節。另外，喬姆斯基認為， S– 結構中任意一個沒有接受移取運作的 A– 位置上的成分也構成了一個語鏈，即只有一個成員的語鏈。一些語鏈顯示從 D– 結構中的 A– 位置到空的 A– 位置 (它既不包含實際的 NP，也沒有被賦予上 θ– 角色) 的移取 –NP 運作。這樣的語鏈被稱為 A– 語鏈 (A–chain) —— 從 D– 結構中標上了 θ 的 A– 位置到沒有標上 θ 的 A– 位置的移取。其他的語鏈顯示了從 A– 位置到 COMP 位置 (非 A– 位置) 的移取運作，如「who did he see e?」中 (who, e)。這樣的語鏈被稱為非 A 語鏈 (non-A-chain)。此外，喬姆斯基還對語鏈概念做了引申使用，將 <13> a. 中的 it 和 John 以及 <13> b. 中的 there 和 a man 所構成的有序二元組 (it, John)，(there, a man) 也稱為語鏈。

　　<13> a. it seems [John to be intelligent]

　　　　（約翰似乎是聰明的）

b. there is a man in the room

（房間裡有個人）

他用大寫的 CHAIN 來表示這樣擴充了的語鏈概念 (中文不妨用粗體字**語鏈**表示)。

從上面的介紹可以看出，語鏈不過是「移取史」(history of movement) 在 S- 結構上的反映。以前我們一直將 S- 結構看作是通過使用移取 $-\alpha$ 運作而從 D- 結構推演而來的。一旦引入了語鏈概念，我們便可以以另一種方式來看待 S- 結構和 D- 結構的關係了：實際上，我們可以把移取 $-\alpha$ 運作看作是 S- 結構上的一種關係，即語鏈關係，而 D- 結構則是借助於這種運作從 S- 結構上抽離(abstract) 而來。這兩種態度儘管不無經驗上的差別，但從理論上說最終說來是等價的，沒有什麼差別。

通過語鏈概念，我們可以將界限理論中的領屬條件重新表述如下：

如果 (α_i, α_{i+1}) 是一個語鏈 $(\alpha_1, \cdots, \alpha_n)$ 中的一個環節，那麼 α_{i+1} 領屬於 $\alpha_i(\alpha_{i+1}$ is subjacent to $\alpha_i)$。

一個語鏈可被看成是作為其鏈首的短語的一種抽象表現式 (abstract representation)。我們可以假定 $\theta-$ 角色和格是被賦予給語鏈的。比如，<12> a.和 <12> b.的語鏈是 John 的抽象表現式。<12> a.中的 e 和 <12> b.中的 e_2 都處於 $\theta-$ 位置，儘管這些位置沒有被標上格，但由於語鏈的鏈首處於標格位置 (Case-marked position)，所以對於 $\theta-$ 角色的賦予來說它們是可見的 (visible for θ-role assignment)。在我們的語言中普遍存在著這樣的情形：語鏈從標格位置開始，終止於一個 $\theta-$ 位置；格被從鏈首「傳遞」(transfer) 給語鏈的終點位置，後者因此而「可望接受 $\theta-$ 角色」

(visible to receive the θ–role)，而該 θ– 角色反過來又由它「傳遞」給引導語鏈的那個主目語。現在，我們可以將 θ– 標準重新表述為語鏈的一種性質：

> 每一個主目語 α 都出現於一個這樣的語鏈之中，它包含唯一可見的 θ– 位置 P；每一個 θ– 位置 P 在這樣的語鏈中都可見，它包含唯一的主目語 α。(一個位置 P 在一個語鏈中可見，當且僅當該語鏈包含一個標格位置，我們可以將這個位置看成是該語鏈的鏈首。)

於是，主目語 α 承擔了在 P 上所賦予的那個 θ– 角色。

(5) 支配理論

支配 (government) 概念在整個原則和參數理論系統中起著中心性的統一作用 (central unifying role)。通過它諸子理論（組件）都得到了統一的表述。

當然，僅就支配這個詞而言，可以說古已有之。而且它也經常出現在傳統語法學家們的著作中。早在 1819 年，考貝特 (William Cobbett，1763～1835) 就寫道：

> 名詞……受動詞和介詞的支配。這也就是說，後一類詞項使得名詞處這樣或那樣的格之中；在名詞和其他詞項（二者共同構成了一個句子）之間必須存在諧和(concord) 或一致 (agreement) 關係。❸

但原則和參數理論中所講的支配概念與此有很大的差異：它是通過結構式 (configuration) 而加以精確規定的，而且它遠比傳統的支配概念寬泛，不僅僅局限於名詞之上。

---

❸ William Cobbett, *A Grammar of the English Language* (1819)，Reprinted by Oxford University Press, 1984, p. 67.

到目前為止，我們的討論主要是圍繞著主語、賓語和介詞賓語這三類語法功能而進行的。它們是 A- 位置，$\theta-$ 角色可以賦予給它們，NP 可以移取到它們之上，格可以賦予給它們等等。它們是通過主導概念或者 X- 階理論而得到定義的。比如，在例 <1> 中，

    <1>Helen drove her to the station

      （海倫開車將她送到車站）

NP Helen 是主語，NP her 是賓語，NP the station 是介詞賓語。但通過語法功能概念我們並不能將句子中的所有重要的關係都悉數表達出來。例如，它就不能表達出如下關係：V (drove) 必須與 her 發生關係，否則它就不能將賓格賦予給它，同樣，為了給 station 賦格，P 必須與其發生關係；反過來，某些成分又不能與某些其他成分發生關係，如 NP (her) 獨立於做主語的 NP (Helen)，不由它賦格，如此等等。諸如此類的關係便是現代支配概念所涵蓋的對象。下面我們就看一下喬姆斯基是如何定義它的。

首先，我們需引入語域 (domain) 概念。一個語類 α 的語域就是指包含著它的最小的最大投射 (the least maximal projection)。例如，在例 <1> 中，V (drove) 的語域是 VP (drove her to the station)；P (to) 的語域是 PP (to the station)；I 的語域是 I'' (S)；C 的語域是 $C'' \equiv C' \equiv S'$。接下來我們便可引入 c- 統制 (c-command, constituent command (成分統制)) 概念了：α c- 統制其語域之內的所有這樣的成分，它們不被 α 所包含。在例 <1> 中，V (drive) c- 統制位於其語域 VP 之內除 V 以外的所有成分以及由它們所主導的成分（包括 her, to the station, to, the, station）；P (to) c– 統制 PP 之內除 to 之外的所有成分(the, station)；Det (the) c–統制 N (station)；I (past)c– 統制位於其語域S 之內除 past 之外的所有成分以及由它們所主導的成分。

有了 c– 統制概念我們便可以精確地界定支配了：

一個語類 A 支配另一個語類 B，當且僅當如下三個條件都得到了滿足：

a. A c– 統制 B；

b. A 或者是一個單詞語類 (N、V、A、P)，或者是一個單詞語類的投射，或者是 INFL 的〔+Tense〕或 AGR（這個條件將 COMP 和 INFL 的不定式要素〔– Tense〕排除於支配者 (governor) 之外了）；

c. 對任意一個最大投射而言，如果它主導B，那麼它也主導A，這也就是說，在支配者和受支配者 (the governed) 之間不能存在任何最大投射 —— 二者不能被一個最大投射分開（這個條件等於說 A 須最小或最低限統制 (minimal c-command) B）。❹

按照如此界定的支配概念，一個中心語 α 支配其補語（這是支配的典型情況），即所謂「中心語支配」(the head government)。如在 $[_{VP}V\ NP]_{VP}$ 這樣的結構式中（其中 NP $\equiv[_{NP}\ Det[_{N'}N\cdots]_{N'}]_{NP}$），V 支配 NP、Det 和 N；此外，主語和謂語彼此支配；最後，INFL 的〔+Tense〕或 AGR 支配主語。

如此界定的支配概念和 UG 的其他子理論密切相關。首先看一下格理論。前面我們看到，格是由賦格者 INFL (〔+Tense〕)、V

---

❹ 我們也可以這樣定義支配概念：一個語類 α 支配一個最大投射 X″，當且僅當 α 和 X″ 彼此 c– 統制。

或 P 賦予給做主語或賓語的 NP 的。實際上，賦格者與接受格的 NP 之間的關係是一種支配關係：只有支配者才能賦格，它將格賦予給受支配者。如在例 <2> 中：

<2> he gave it to her

賦格者 INFL（[+Tense]）支配接受它所賦的主格的主語 NP (he)（因為 INFL c- 統制 NP (he)，且在二者之間不存在任何最大投射）；賦格者 V (gave) 支配接受它所賦的賓格的賓語 NP (it)（因為 V c- 統制 NP (it)，且二者之間不存在任何最大投射）；同樣，賦格者 P (to) 支配接受它所賦的賓格的 NP (her)（因為 P c- 統制 NP (her)，且二者間不存在任何最大投射）。由此看來，格理論依賴支配關係。另外，X- 階理論和 θ- 理論與支配理論也密切相關，因為從詞匯特徵到句法結構的投射依賴支配關係。give 的詞條規定了三種 θ- 角色，它們是施事、目標和受事，句子中它們分別由 he、her 和 it 承擔。V (give) 作為支配者將受事角色賦予給 it, to 作為支配者將目標角色賦予給 her, 只有施事角色的賦予不依賴支配關係：give 與 he 不構成支配關係，因為二者間存在著最大投射 VP。最後，支配關係與移取 -α 運作也息息相關。從移取 -α 運作的過程不難看出，只有受支配的位置才可出現語跡，這也就是說，只有受支配者才能被移取。但我們能否反過來說，處於受支配者位置上的任何成分皆可被移取呢？當然不能這麼說。請看下面的例子：

<3> a. John thinks that Mary saw Bill

（約翰認為瑪麗看到了比爾）

b. who does John think that Mary saw t?

（約翰認為瑪麗看到了誰？）

c. who does John think that t saw Bill？

（約翰認為誰看到了比爾？）

<3> a.中的 Mary 和 Bill 都是受支配者，前者受 INFL（〔+Tense〕）支配，後者受see 支配。但只有由移取 Bill 而得到的 <3> b.成立，而由移取 Mary 而得到的 <3> c.並不成立。這說明並非所有受支配者都可被移取。這裡我們不妨引入適當支配 (proper government) 概念：α 適當支配 β，當且僅當 α 支配 β，且 $\alpha \neq$ INFL。由此我們可以說：所有（而且只有）受適當支配的成分都可（而且才可）被移取。換言之，移取運作所留下的語跡t 必須受到適當支配。這便是所謂的空語類原則 (Empty Category Principle，簡稱 ECP)。這個原則是原則和參數模式中的重要原則之一。請看如下例子：

<4> a.? this book, I wonder how well Smith understands t

b. Smith, I wonder how well t understands this book

c.? this book, I wonder how well Smith knows t

d. Smith, I wonder how well t knows these men

這些句子都多少有點蹩腳，但a.、c.要好於b.、d.。原因是 a.、c.中的語跡t 都處於賓語位置，受到動詞的適當支配，符合空語類原則；而b.、d.句中的語跡t 都處於主語位置，雖受到 INFL 的支配，但沒有受到適當支配，因此違反了空語類原則。

以上我們只是注意到了支配概念在語言(I- 語言) 的句法部分和 LF 部分以及 D- 結構層次、S- 結構層次和 LF 層次中的重要作用。實際上，它在PF 部分也起著重要的作用。請看下面的收縮規則 (Contraction Rule)<5> 以及通過它而形成的口語形式 <6>：

<5>want + to → wanna

<6>I don't wanna visit them

（我不想去拜訪他們）

眾所周知，規則 <5> 並非處處都可應用，有時某種原因阻止 (block) 了其應用。請看如下例子：

<7> a. who do you wanna visit?

b. who do you wanna visit Tom?

<7> a.沒有任何問題，意指「for which person x, you want to visit x」（但並非意指「for which person x, you want x to visit），而 <7> b.是不可能的。之所以如此的原因是：在 <7> b.中本來可以應用規則 <5> 的地方出現了 wh- 移取語跡，因此 want 和 to 互不鄰近，因此規則 <5> 不能應用。但是，除 <7> b.這樣的不能應用收縮規則的情況外，還存在著其他一些不能應用它的情況，而這些情況是不能通過上面的方式得到解釋的：

<8> a. I don't〔need or want〕to hear about it

（我不需要或不想要聽那件事）

b. we cannot expect〔that want〕to be satisfied

（我們不能指望那個要求得到滿足）

c. they want, to be sure, a place in the sun

（他們當然需要一個有太陽的地方）

<8> a.～<8> c.都不能應用規則 <5>。阿恩 (J. Aoun) 和萊特福特 (D. Lightfoot) 建議給規則 <5> 附加上如下條件：只有在 want 支配 to 的情況下它才能應用❺。這樣通過支配概念我們便很好

---

❺ 參見 Aoun, J. & Lightfoot, D., 'Government and contraction', in *Linguistic Inquiry*15, 1984.

地解釋了為何不能將規則 <5> 應用於 <8> 之上，因為 <8> 中 want 都不支配 to。

(6)約束理論

約束理論處理的是照應語（在這裡僅指反身代詞和相互代詞）、代名詞和指稱語 (referring expression，簡寫為 R–expression)（指獨立起指稱作用的名詞短語，如 John, the man, the student, the France king 等）與句中其他成分 —— 通常被稱為先行語 (antecedent) —— 之間的共指(co-referring) 或異指 (counter-referring) 關係，即所謂的指稱依賴關係 —— 它們指稱相同的對象還是指稱不同的對象❻。我們假定，共指的成分都被加上相同的下標，稱其為同標的 (co-indexed)；異指的成分都被加上不同的下標，稱其為異標的 (counter-indexed)。由此我們便可給出約束 (bind) 的嚴格定義如下：如果 α c– 統制 β 且與 β 同標，則 α 約束 β，換言之，β 受約束 (bound)。約束相對於自由而言，不受約束便是自由的 (free)。下面我們就具體地看一下制約約束關係的一些原則。

首先我們引入支配語類 (governing category) 概念。α 的支配語類是這樣的一個最大投射 β，它包含一個 c– 統制 α 的主語和一個支配 α 的支配者（因而它包含 α）。喬姆斯基將 c– 統制 α 的主語稱為 α 可及的主語 (accessible subject)，並將 α 和其可及主語看作是同標的（不過，這裡「同標」的意義並非指「共指」）。由於時態句中的AGR 包含著與主語一致的人稱、性、數

---

❻　注意：「指稱依賴關係」不同於我們曾經提到的「照應關係」，後者比前者寬泛，包括了前者。比如，代詞和量詞間可以具有照應關係，但不能具有指稱依賴關係，因為量詞根本不指稱什麼。

等特徵，所以它所起的作用實際上是「名詞性的」(nominal)，可以將其看作是和主語同類的成分，構成了與主語並行且與之同標（這裡，「同標」也非指「共指」）的另一個主語（喬姆斯基用大寫的 SUBJECT 來表示這種廣義的主語）。由於 AGR c- 統制時態句的主語，所以它構成了後者的可及的主語。由於支配語類必須含有主語，所以它只可以是 S 或者帶有主語的 NP。喬姆斯基將 α 的最小支配語類 (the minimal governing category) 稱作 α 的局部語域 (local domain) 或約束語域 (binding domain)❼。有了這個概念，我們便可給出如下約束原則：

A.照應語在其局部語域中受約束

B.代名詞在其局部語域中是自由的

C.指稱語是自由的

請看下面的例子：

〈1〉Jane distrusted her

（珍妮不信任她）

---

❼　這裡給出的局部語域的概念還有待進一步完善，比如需給其附加上所謂「i 內的 i 條件」(i-within-i condition)：$[_{\beta_i} \cdots \alpha_i \cdots]_{\beta_i}$ 結構式需排除。換言之，在某些情況下在其局部語域內 α 不得與包含它的短語同標。請看如下例子：the children thought that$[_S [_{NP}$ pictures of each other$]_{NP}$ were on sale$]_S$（孩子們認為（他們）彼此的照片被出售）。在這個例子中，如果按照我們上面給出的局部語域的定義，each other 的局部語域應該是內嵌句 S：S 包含 each other 的支配者 INFL ([+Tense])，且 AGR 為 c-統制 each other 的主語。這樣 each other 在 S 內應受約束，但它事實上是自由的，因此上面這句話應不成立。然而它事實上是成立的，each other 將主句主語 the children 作為先行語。有了上面的附加條件，我們便可以解釋這個事實了：each other 的局部語域不可能是內嵌句 S，而是整個主句。因為如果 each other 的局部語域是內嵌句 S，那麼 each other 將以 S 的 AGR 為可及主語，因而二者將同標；由於 AGR 與包含 each other 的 NP 必同標，所以 each other 與包含它的 NP 同標。這便違反了「i 內的 i 條件」。

在 <1> 中，最大投射 S (I″) 是 her 的支配語類，因為 S 包含一個 c- 統制 her 的主語 Jane，並且還包含一個支配 her 的支配者 V (distrust)。此外，S 還是 her 的最小支配語類。因此 S 構成了 her 的局部語域。因為 her 屬代名詞，所以約束原則 B 條在這裡有效：her 在 S 內自由。於是，我們可以這樣理解 <1>：

　　　<2>Jane$_i$ distrusted her$_j$

其中 her 的所指不同於 Jane 的所指。但我們不能這樣理解 <1>：

　　　<3>Jane$_i$ distrusted her$_j$

也就是說，在這個句子中，Jane 和 her 不能指同一個人。如果我們用照應語 herself 代替 her，便有如下句子：

　　　<4>Jane distrusted herself

　　　（珍妮不信任她自己）

在 <4> 中，herself 的支配語類仍然是 S，而且 S 為其最小支配語類即局部語域。所以約束原則 A 條在這裡生效。我們可以這樣理解 <4>：

　　　<5>Jane$_i$ distrusted herself$_i$

但不能這樣理解 <4>：

　　　<6>Jane$_i$ distrusted herself$_j$

按照約束原則 C 條，Jane 在所有這些句子中都自由，其所指與局部語域無關。

　　指稱語和代名詞的共同之處是：它們在局部語域中都自由。但二者有重要區別：指稱語不僅在局部語域中自由，而且在其外也自由，而代名詞則可能受局部語域之外的某個成分的約束。請看如下例子：

　　　<7> a. Mary$_i$ said〔Jane$_j$ distrusted her$_{i,k}$〕

b. Mary$_i$ said[Jane$_j$ distrusted the student$_k$]

上述約束原則包括了明確的主語條件和主格孤島條件。請看下面的例子：

　　<8> a. they expected[that each other would win]

　　　　（他們希望彼此都獲勝）

　　　b. they$_i$ expected[them$_i$ to win]

　　　　（他們希望他們獲勝）

<8> a. 中 each other 的局部語域是從句（因為它包含一個 c- 統制 each other 的主語 (SUBJECT) AGR 且 INFL ([+Tense]) 支配 each other），因而 each other 應該在其內受約束，但卻是自由的，因而 <8> a. 不合語法，這便得出了與主格孤島條件相同的結論。<8> b. 中局部語域是整個句子，在其內 them 應自由，因而 <8> b. 不合語法，這便得出了與明確的主語條件相同的結論。

　　約束原則可以推廣到空語類，首先讓我們看一下 NP- 語跡。請看下面的例子：

　　<9> a. John was killed t

　　　　（約翰被殺了）

　　　b. John is likely t to win

　　　　（約翰很可能獲勝）

顯然，<9> 只能做如下解釋：

　　<10> a. John$_i$ was killed t$_i$

　　　b. John$_i$ is likely t$_i$ to win

這也就是說，NP- 語跡和照應語一樣，在其局部語域內受約束。現在我們看一看另一種空語類 Wh- 語跡。請看如下例子：

　　<11> a. Whom$_i$[did he give the book to t$_i$]？

（他把那本書給誰了？）

b. What$_i$ [is he writing t$_i$]?

（他在寫什麼？）

在 <11> a.和 <11> b.中，Wh- 語跡在其局部語域中都是自由的。再請看如下例子：

<12> a. Who$_i$ does she$_j$ believe[t$_i$ writes the book]?

（她認為誰寫了那本書）

b. Who$_i$ does she$_i$ believe[t$_i$ writes the book]?

在 <12> a.中，Wh- 語跡不僅在局部語域中自由，而且在局部語域之外也自由（它不與 she 共指），<12> a.是可以成立的；但在 <12> b.中，Wh- 語跡只是在其局部語域中自由，而在局部語域之外被理解為與 she 共指，如此理解的 <12> b.不成立。這說明 Wh- 語跡在局部語域內外都是自由的，因而它相當於指稱語。最後，我們看一下空語類 pro。它是某些語言的定式句的空主語。請看如下意大利語中的句子：

<13> a. e parla

（he is speaking，他在說話）

b. e arriva un ragazzo

（there arrives a boy，來了一個男孩）

<13> a.的主語並不出現，但是從動詞 parla 的變位可以推測出。這裡的空位主語 pro 相當於英語的 he，漢語的他。<13> b.的主語位置上缺了相當於英語語助詞 (expletive) there 之類的詞。顯然，pro 在其局部語域中自由，因此它相當於代名詞。pro 一般只出現在動詞形態變化比較豐富的語言中，之所以如此的原因是：在這樣的語言中，即使主語不出現，人們也能從動詞形態中推演出主

語的人稱、性、數等特徵。而在諸如英語之類的語言中，由於其形態變化較貧乏，因而必須以代詞做主語，否則就難於確定主語。允許省略主語的語言被稱為 pro 省略語言 (pro-drop language)。是否允許省略主語構成了普遍語法中的一個重要參數，即 pro 省略參數(pro-drop parameter)。

(7)控制理論

除上面涉及到的三種空語類外，還有一種重要的空語類，我們還一直沒有提及，這就是 PRO（是 proform（代形式）的縮寫）。PRO 不同於 pro：pro 是時態句（定式句）的空主語，是某些語言所特有的現象，而 PRO 則是指不定式從句的空主語，存在於所有語言之中。PRO 也不同於語跡，它在 S- 結構和 D- 結構中都存在，而語跡只存在於 S- 結構。PRO 的另一個重要特徵是它不受任何成分的支配，因為在不定式從句中，INFL 不含有 AGR 和〔+ Tense〕，因而它不能做支配者。既然如此，PRO 也就不可能有支配語類。因此，真正說來，約束原則不適用於它。確定 PRO 的所指構成了 UG 的另一個子理論 —— 控制理論的主要任務。

一個句子中的某些成分與其中的 PRO 的共指關係（指稱依賴關係）被特別地稱為控制 (controlling) 關係，與 PRO 共指的成分被稱為控制語（控制成分）(controller)。

控制理論主要有以下內容：

第一，通過〔± CONTROL〕(〔± 控制〕) 特徵給動詞分類。具有〔± CONTROL〕特徵的動詞要求其賓語從句中的主語用 PRO，而具有〔−CONTROL〕特徵的動詞的賓語從句中不能用 PRO。請看例 <1>：

<1> a. John tried〔PRO to leave〕

（約翰試圖離開）

      b. John said〔PRO to leave〕

try 是有〔+CONTROL〕特徵的動詞，say 是有〔−CONTROL〕特徵的動詞。所以 <1> b.中的從句不應該用 PRO。顯然，這種分類是詞匯分類。某個詞究竟屬哪一個類別是由詞庫中的詞匯特徵決定的，無規律可循。

    第二，通過〔±SUBJECT CONTROL〕（〔± 主語控制〕）特徵（簡稱〔±SC〕）對有〔+CONTROL〕特徵的動詞進一步分類。試比較：

      <2> a. John$_i$ promised Bill$_j$〔PRO$_i$ to leave〕

      （約翰答應比爾走開）

      b. John$_i$ persuaded Bill$_j$〔PRO$_j$ to leave〕

      （約翰說服比爾走開）

promise 有〔+SC〕特徵，因此 <2> a.中的 PRO 要受 promise 的主語 John 控制；persuade 有〔−SC〕特徵，因此 <2> b.中的 PRO 不能受 persuade 的主語 John 控制，於是受其賓語 Bill 控制。

    第三，區分COMP = ϕ 和COMP $\neq \phi$ 兩種情況。當包含 PRO 的S′ 中 COMP 的位置空著的時候，PRO 受句中某個特定成分的控制；當 COMP 位置由wh- 短語占據時，PRO 不受特定成分控制，這時它為具有任意指稱 (arbitrary reference) 的代詞。比較：

      <3> a. John$_i$ was asked〔PRO$_i$ to leave〕

      （約翰被請求離開）

      b. John$_i$ was asked〔how PRO to leave〕

      （約翰被問及如何走開）

括號中的語類為 S′，<3> a.的 S′ 中的 COMP 位置空著。因而

PRO 受句中的John 控制； <3> b.的S′ 中的 COMP 位置被 how 占據，因此 PRO 不受 John 控制。

簡單說來，對 PRO 的控制遵循最小距離原則 (Minimal Distance Principle)：如動詞有補語（賓語），PRO 便受補語（賓語）控制，如 <2> b.；如果動詞沒有補語（賓語），PRO 則受主語控制，如 <1> a.。這個原則在英語中有少數例外，如promise、ask、threaten 等，它們都具有〔+SC〕特徵，雖然有補語（賓語），但仍然受主語控制，如 <2> a.。

喬姆斯基的上述控制理論存在有嚴重的缺點，根據〔+SC〕特徵所作的分類不適用於被動從句。比較：

<4> a. John$_i$ asked Bill$_j$〔PRO$_i$ to be allowed to leave〕

（約翰請求比爾允許他走開）

b. John$_i$ promised Bill$_j$〔PRO$_j$ to be allowed to leave〕

（約翰答應比爾允許他走開）

上述控制理論只能用來確定 <2> 中的PRO 的控制成分，而不能用來確定 <4> 中的 PRO 的控制成分。promise 是有〔+SC〕特徵的動詞，但 <4> b.中PRO 並不受主語 John 控制，而受補語 Bill 控制； ask 具有〔−SC〕特徵，但是 <4> a.中PRO 卻受主語 John 控制。之所以造成如是結果，可能是由於 <2> 中的從句是主動結構，而 <4> 中的從句是被動結構的緣故。

構成普遍語法的上述諸原則子統互有區別，分工不同，但又互相交織、互相影響、互相作用，形成一個非常複雜、精緻而又高度受限了的 (highly constrained) 結構。只要對其中的諸原則和概念做微小的變動，就會引起廣泛而複雜的結果，哪怕是只對其中的一個參數值加以改變，就會引起一系列表面上看來並不相關的

複雜後果，出現截然不同的語言現象，形成不同的外在化語言。

3.語言習得問題

在這種原則和參數模式之內，我們能更好地回答人類語言知識的來源問題。

我們可以設想由原則和未調定值的參數組成的系統是對剛剛出生的嬰兒的心理或大腦中專司語言的那一部分（組件）所處的狀態的刻畫，我們將其稱為初始狀態 S_0。它構成了嬰兒的天賦的語言官能。它為人類所普遍具有 (common to all human beings)，而且只為人類所具有 (specific to human beings)。我們可以將嬰兒心理或大腦中的這些天生的原則所具有的參數設想為一系列開關 (switches)，而將其值（通常具有正負二值）設想為開關所處的不同狀態（即開和關）。嬰兒自出生之日起便不斷地接觸到特定的經驗的語言材料，處於特定的語言環境之中。經過一段大致固定的成熟過程後，他就能有條不紊地每間隔一段時間便根據經驗的語言材料調定一個參數值，或者說，使某個開關處於開或關的狀態。這樣的過程一直持續到所有的參數（開關）都被調定（被打開或關上）為止。這時，他的心理或大腦經過複雜的運算過程便決定了他所聽到或他所欲說出的每一個句子的全部結構表現式（心理表現式）：D- 結構、S- 結構、LF 和 PF。最後他的心理或大腦的語言官能便從初始狀態過渡到了穩定狀態 S_s。他的心理或大腦由此所獲得的語言便是所謂的核心語言 (core language)，即我們所說的內在的語言知識（內在化語言）。不同的語言環境決定了參數值的不同的選擇。諸參數值的每一組可允許的調定方式都決定了一種（可能的）特殊語言。因此，語言之習得不過是在經驗材料基礎上以一種或另一種方式調定參數值的過程。

那麼，具體說來，參數值是如何調定的？這個問題非常複雜，目前尚處於探索階段。喬姆斯基認為，參數的調定要遵循羅伯特・伯威克 (Robert Berwick) 所謂的「子集原則」 (Subset Principle)：如果一個參數有正負兩個值，在其他條件相同的情況下，選負值之後所生成的合乎語法的句子是選定正值之後所生成的合乎語法的句子的一個真子集 (proper subset)，那麼兒童一般會選定負值，選範圍較小的外在化語言，除非有證據證明選錯了 —— 選擇負值之後，有一些合乎語法的句子不能生成。因而，參數的負值一般可以被視為「無標記的值」 (unmarked value)。根據子集原則，兒童在學習語言時，只需正面證據 (positive evidence)，即證明某句話是合乎語法的證據，而無需間接的反面證據 (negative evidence)，即證明某句話不合語法的證據。

在習得核心語言的同時或其後，兒童還根據同是天賦的標記原則習得一個由有標記的例外構成的邊緣。這些例外或多或少地偏離了普遍原則，但它們也是語言知識的一個必要的組成部分。

至此，我們還一直沒有論及語言習得的另一個重要方面，即詞匯習得 (vocabulary (lexical) acquisition) 問題。詞匯（詞庫的內容）是語言知識的基礎。調定了參數的原則系統與已經習得的詞匯知識互相結合，根據投射原則和 X 階理論提供出初步的短語結構；然後其他互相作用的原則子系統再對其進行一系列「加工」，經過複雜的（心理）運算程序依次提供出各個層次上的句法表現式；這些表現式經過與其他認知系統（語用系統）進一步的相互作用，最終便提供出一系列外在化的語言表達式（音義結合體）。由此可以看出，當參數調定以後，語言習得的相當大一部分任務是詞匯習得之事。令人驚異的是，兒童在非常短的時間

內、在高度模糊的情景中便輕而易舉地學會了如何準確使用我們的語言中的絕大部分詞彙乃至其最為精微、最為複雜的用法（在大多數情況下，甚至只需接觸一次就學會了）。那麼我們應該如何解釋這個事實呢？喬姆斯基斷言，這個事實只能以與我們上面解釋句法結構的習得方式相同的方式來加以解釋。具體說來，他是這樣解釋詞彙習得的：在所有正常兒童的大腦或心理之內都存在著一個共同的、豐富不變的概念框架 (conceptual framework)，它構成了兒童的遺傳稟賦的一個重要部分，在其未接觸任何經驗以前便已經具有了。它構成了他們藉以解釋任何經驗的方式的一個重要部分，甚至可以說是他們的經驗的可能性的先天的條件。兒童在習得任何語言的詞彙（包括詞彙的意義或用法）的過程中毫無例外地要受這個概念框架的制約或指導。進一步說來，詞彙習得過程不過就是為這些預先存在的概念尋找合適的標籤 (labels) 的過程。

　　請看 book（書）這個非常簡單的語詞。在未受到任何教導或未接觸到任何相關的語言經驗之前，每一個講英語的便知道這個詞既可以接受抽象的解釋，又可以接受具體的解釋。在下面的句子(a)中，應對其做具體的解釋，指某一個具體的物理對象；而在(b)中，應對其做抽象的解釋，指某一種可以有許多物理實例 (physical instances) 的抽象實體。

　　a. the book weighs two kilos

　　（那本書重兩公斤）

　　b. John wrote a book

　　（約翰寫了一本書）

此外，這個詞還可以同時具有兩種意義，如在下例中：

　　c. John wrote a book about politics that weighs two kilos

　　（約翰寫了一本關於政治方面的書，它重兩公斤）

這裡，　book about politics 在主句中被用作為動詞「write」的賓語，這時它具有抽象的意義；同時它又是從句動詞「weigh」的主語，這時它又具有具體的意義。任何語言的任何正常的說者都知道 book 用法中的上述細微差別，而且他們的這種知識並非來源於經驗，而是天生就具有的，是他們的生物遺傳稟賦之一部分。實際上，正是語言使用者心中先天具有的關於「book」所標記的概念的這種概念性知識使得他們毫無困難地學會了這個詞。

　　當然，作為詞彙習得之基礎的這個獨立於經驗的概念框架中的概念並不僅僅是一個沒有內在聯繫的清單 (a mere list)。實際上，它們構成了一個以某些基本的、重複出現的 (recurrent) 概念和某些結合原則為基礎的系統結構。諸如行為、行為的施事、目標、意圖之類的觀念都以非常複雜的方式進入思想和語言的概念之中。請看「跟著」(follow) 和「追逐」(chase) 這兩個詞。後者涉及到人類意圖。「追逐某人」(to chase someone) 並不僅僅是「跟著他」(to follow him)。事實上，一個人可以追逐某個人而並沒有亦步亦趨地跟著他走；反過來，一個人可以跟著某個人走並與之保持固定的距離，但並沒有追逐他（例如，這可能完全是偶然而已）。更準確地說，追逐某個人就是指懷著某種意圖跟著他走（如意在抓住他）。同樣，「說服」(persuade) 既涉及到意圖或決定的概念（以及諸如此類的其他概念），也涉及到引起或促使 (causation) 的概念。說服約翰去上大學意即促使他決定或意圖去上大學；如果他根本不決定或意圖去上大學，那麼我也就沒有說服他去上大學，無論我為此而做了多少努力。細究起來，事情還

要複雜一些。我可以通過武力或威脅促使約翰決定去上大學，但嚴格說來我並沒有說服他去上大學。說服含蘊著意志 (volition)。如果某個人說警察局的審問者通過酷刑的威脅而「說服」約翰坦白其罪行了，那麼誰都知道這只是戲言而已。沒有任何英語知識的人也知道關於語詞「persuade」的這些事實。同樣的話也適用於學習英語（或其他任何人類語言）的兒童。兒童必須有足夠的信息來確定 persuade 這個形式就是對應於那個預先存在的概念的形式，但他並不需要發現這個概念的精確的界限和其精微複雜之處 (intricacies)，因為在他接觸任何語言經驗之前他就已經具有它們。

喬姆斯基認為，語言的聲音結構 (sound structure) 的習得過程也是以天賦原則為基礎的。考慮 strid 和 bnid 這樣的聲音形式。說英語的人從沒有聽到過類似的形式，但他們知道 strid 是一個可能的語詞（可能意指一種他們以前從未見過的水果）； bnid 儘管也可發音，但卻不是英語的一個可能的詞。相反，說阿拉伯語的人則知道 bnid 是一個可能的語詞，而 strid 則不是一個可能的語詞。說西班牙語的人知道 strid 和 bnid 都不是他們的語言中的可能的語詞。這些事實都可以借助於制約聲音結構的規則加以解釋。但這些規則本身又是如何習得的呢？喬姆斯基認為，它們的習得依賴於這樣的固定原則：它們制約著人類語言的可能的聲音系統，制約著這些聲音系統的構成成分，以及這些構成成分的結合方式及其在不同的語境下所可能經歷的變化。這些原則為人類語言所共同具有，學習任何語言的人都要無意識地 (unconsciously) 使用它們。簡言之，它們構成了天賦的人類語言官能的一個重要部分。

綜上所述，我們看到，語言真正說來並非是因學習而來，而

是自然而然地生長 (grow) 而來。我們不能說「語言習得（學習）」
(language acquisition (learning))，而應說「語言生長」(language
growth) 或「語言成熟」(language maturation)。它並不是小孩可
以做或可以不做的事情，而是發生於他們頭上的事情 (something
that happens to the child)，只要將他們置於適當的（語言）環境
中，語言就會按預先決定的方式從他們的遺傳稟賦中生長出來，正
如有了適當的營養和環境刺激小孩的身體就會生長並成熟一樣。
這當然並不是說環境的性質無關宏旨，環境決定了普遍語法諸參
數的調定方式。作為我們人類共同的遺傳稟賦之一部分的語言官
能隨制約著它的生長條件的不同而有不盡相同的命運：它或者可
以茁壯成長，生長成為人類語言，或者可以受到限制和抑制，並
因而隨語言生長（發育）的關鍵時期 (critical period) 的結束而退
化掉。

二、第五個模式：最小綱領

九十年代初，喬姆斯基對原則和參數模式進行了比較大的修
改，提出了所謂的「語言理論的最小綱領」(A Minimalist Program
for Linguistic Theory)。其主要內容可概括如下：

(1)交界面層次 PF 和 LF 是僅有的語言表現式層次；所有限
制條件（或原則）都只是表達了交界面層次的性質，反映了某種
解釋要求。換言之，D- 結構和 S- 結構可以取消，關於它們的限
制條件 —— 約束理論、格理論和 θ- 理論的諸原則 —— 或者可以歸
併為 PF 或 LF 的限制條件，或者可以部分（甚或完全）取消。

(2)UG 提供了一個唯一的運算系統 (computational system)，

其內的推演 (心理運作 (mental operations)) 都是根據形態特徵 (morphological properties，也可譯作詞法特徵) —— 不同語言之間的句法差異 (syntactic variation) 僅僅局限於這樣的性質 —— 的必然要求而不得不進行的。

(3)一個語言表達式 (linguistic expression) 是交界面條件的最優實現 (optimal realizations)，進一步說，是由滿足交界面條件的最優推演 (optimal derivation) 所生成的對子 (π, λ) (其中 π 和 λ 分別為PF 層次和 LF 層次上的表現式)。這裡所謂的「最優性」(optimality) 是由 UG 的經濟原則 (economy principles) 所決定的。

上述論斷都是以「最小綱領」所允許使用的基本關係和基本概念為基礎而作出的。

㈠基本關係和基本概念

在「最小綱領」中，重要的性質和關係都是通過 X– 階理論中的簡單而基本的詞項加以陳述的。我們知道，一個X– 階結構 (X–bar structure) 是由取自於詞庫的中心語的諸投射而構成的。因此，基本關係將把中心語作為其中的一項。而且，基本關係一般說來是「局部性的」(local)。在 <1> 圖所示的結構中，有兩個局

<1>

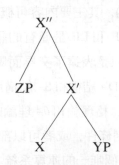

部關係：ZP 與 X 的標誌成分－中心語 (Spec–head) 關係；X 與 YP 的中心語－補語 (head-complement) 關係（這裡我們將不考慮次序）❽。在這兩種關係中，後者「更為局部」(more local)，而且更為根本 (more fundamental)，它直接與題元關係 (θ– 關係) 相聯，可稱為核心局部關係 (core local relation)。除上述兩種局部關係外，其他兩種可允許的局部關係為中心語－中心語 (head–head) 關係，如一個動詞與其名詞短語補語 (的中心語) 的關係；鏈環節 (chain link) 關係。最小綱領只允許這些關係，而取消了諸如中心語支配 (head government) 之類的關係。由於中心語支配在 UG 的所有組件中都起著重要的作用，因此所有組件都須依最小綱領的要求而加以修改。下面我們以格理論為例來說明如何進行這種修改。

　　一般說來，標誌成分－中心語關係進入主語位置的結構格，而賓語位置則是在 V– 支配之下被賦格的。最小綱領要求，賦予結構格的所有這些模式都要按照統一的 X– 階理論詞項加以重新表述。我們不妨假設從句都具有如 <2> 圖（下頁）那樣的基本結構。這裡省略掉了 TP (Tense Phrase，時態短語) 可能具有的標誌成分 Spec 以及由功能成分否定 (Negation) 所帶有的短語 (或者更為一般地，包含肯定標式 (affirmation marker) 及其他東西的語類)，Agr_s 和 Agr_o 區分開了 Agr (AGR) 的兩種功能角色 (functional roles)，即主語部分中的 Agr 和賓語部分的 Agr。我們可以將一致關係和結構格都看作是標誌成分－中心語關係 (NP, Agr) 的表現形式 (manifestations)。但格性質依賴 T ([Tense]) 和

---

❽　這裡 ZP 與 YP 本身又可以是複雜的短語結構。

<2>

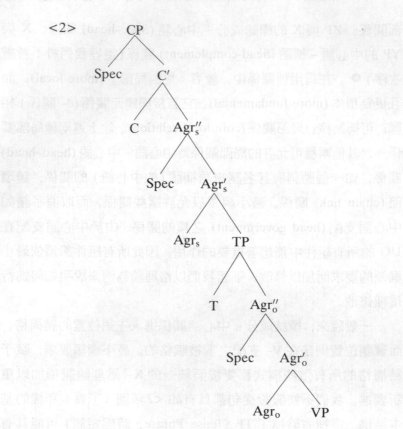

VP 的中心語 V。因此，我們可以假定 T 提升到 (raises to) Agr$_s$，形成 <3> a.；V 提升到 Agr$_o$，形成 <3> b.。由此而形成的 Agr 復合體 (the Agr Complex) 包括了 Agr 的人稱、性、數特徵和 T、V 提供的格特徵。

　　　　<3> a.$_{[Agr}$ T Agr$_{]Agr}$

　　　　　　 b.$_{[Agr}$ V Agr$_{]Agr}$

　　這裡，喬姆斯基假定主語和賓語的屈折變化系統間存在著對稱關係。在兩個位置之上，NP 與 V 的關係都經由 Agr 中介

而成。在兩個位置之上，一致關係都由Agr 複合體的 Agr 中心
語的人稱、性、數特徵所決定了，而格則由附加於 Agr 之上的一
個成分 (T 或 V) 所決定了。與這個 Agr 複合體有標誌成分 – 中
心語關係的 NP 承受了相關的格和一致特徵。因此，標誌成分 –
中心語和中心語 – 中心語關係構成了屈折變化形態 (inflectional
morphology) 的核心結構式 (core configuration)。

　　接下來我們考察進入最小綱領的基本概念。一個表現式的基
本成分是語鏈。對於這個概念我們前面已有所介紹。請看 <4>：

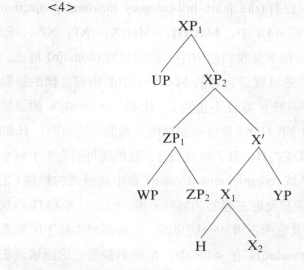

<4> 中XP、ZP 和 X 都是雙語段語類 (two-segment category)，即
都由一個高語段 (higher segment) (分別為 XP_1、ZP_1、X_1) 和一
個低語段 (lower segment) (分別為 XP_2、ZP_2、X_2) 構成。<4>
只能是通過將 H 提升並將其附加於 (adjoin to) X 之上的方式而
出現的 (這裡我們不考慮 UP 和 WP 的可能的來源)。因此 H 帶有
一個語鏈CH= (H, …, t)，而且只有這個語鏈而非單獨的 H 進入

中心語 $-\alpha$ 關係之中。假設所有概念都是非自反性的 (irreflexive)
(除非特別聲明它們不是)。利用我們以前給出的主導概念,可以
定義如下概念:如果 α 的每個語段都主導 β,那麼 α 主導 β;如
果 α 的某些語段主導 β,那麼 α 包含 (contain) β。因此,雙語段
語類 XP 主導 ZP、WP、X′ 以及所有由它們所主導的東西;XP
包含 UP 以及所有被 UP 和 ZP 所主導的東西;ZP 包含 WP,但
並不主導它;雙語段語類 X 包含 H,但不主導它。

對於一個中心語 α 而言,將 Max(α) 看作是主導 α 的最小
的完整語類最大投射 (the least full-category maximal projection
dominating α)。在 <4> 中, Max (H) =Max(X)=〔XP$_1$, XP$_2$〕,即
雙語段語類 XP。接下來我們給出中心語的語域 (domain) 概念:
一個中心語 α 的語域就是包含於 Max (α) 中的所有這樣的節點
的集合,它們不同於 α 並且不包含 α。比如, <4> 中 X 的語域
是 {UP, ZP, WP, YP, H }以及這些語類所主導的一切東西; H 的
語域是 X 的語域減去 H。有了語域概念,我們便可引入如下概念
了: α 的補語語域 (complement domain) 是由結構式的補語 (如
<4> 中的 YP) 所自反地主導的語域的子集。因此, X 和 H 的補
語語域是 YP 以及它所主導的一切東西。α 的語域中餘下的那部
分是 α 的剩餘 (residue)。在 <4> 中, X 的剩餘是它的語域減去
YP 及其所主導的任何東西。

起作用的關係 (operative relations) 都具有局部特徵。因此我
們感興趣的不是剛剛定義的那些集合,而是它們的具有如下特
徵的最小子集 (minimal subsets): 這些子集恰好包含了那些與中
心語局部相關的語類。假設 S 為中心語 α 的語域,那麼 α 的最
小語域 Min(S(α)) 是 S 的具有如下特徵的最小子集 K: 對於任何

$\gamma \in S$，某個 $\beta \in K$ 自反地主導 γ。在 <4> 中，X 的最小語域是 {UP, ZP, WP, YP, H }；它的最小的補語語域是 YP；它的最小剩餘是{UP, ZP, WP, H }。H 的最小語域是{UP, ZP, WP, YP}；它的最小補語語域是 YP；它的最小剩餘是{UP, ZP, WP}。喬姆斯基將 α 的最小補語語域稱作它的內部語域 (internal domain)，而將 α 的最小剩餘稱作它的核對語域 (checking domain)。這兩個術語意在分別指示出如下事實：內部語域中的成分一般說來是 α 的內部主目語 (internal arguments)(即賓語)，而在核對屈折變化特徵時一般要涉及到核對語域。

　　上面的定義都是聯繫著「瑣屑語鏈」(trivial chain)，即只有一個成員的語鏈 (one-membered chain) (進一步說來，即沒有經過任何移取的語類) 而給出的。現在我們設法將其推廣到非瑣屑語鏈 (nontrivial chain)，即不止一個成員的語鏈CH= $(\alpha_1, \cdots, \alpha_n)$ $(n>1, \alpha_1$ 為零層次的語類，即單詞語類或 INFL)。在此，我們不妨以 n=2 的情況為例。假設 <5> 的基礎結構 (underlying structure) 是 <6> 見下頁：

　　<5>John put the book on the shelf

　　　　（約翰將那本書放在書架上了）

V_2 提升到空位置 V_1，形成語鏈 (put, t)。我們可以這樣定義 CH 的語域：包含於 $Max(\alpha_1)$ 中的節點的集合，但該集合不包含任何 α_i。CH 的補語語域是由 α_1 的補語所自反地主導的 CH 的語域的子集。剩餘和 $Min(S(\alpha))$ 的定義同前，只是令 α = CH。在 <6> 中，CH=(put, t)，在將 put 提升到 V_1 之後，在 V_2 位置留下語跡t。於是，CH 的語域就是由包含於 VP_1 (即 $Max(V_1)$) 中的節

<6>

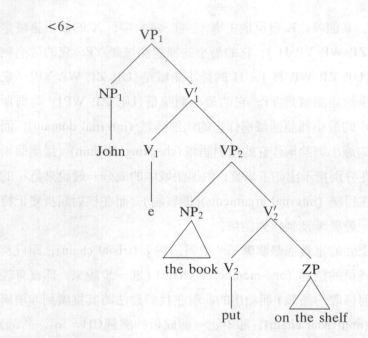

點所構成的這樣的集合，它不包含 put 或t，也即{ NP₁, NP₂, ZP}
及其所主導的任何東西；最小語域是{NP₁, NP₂, ZP }；內部語
域是{ NP₂, ZP}（即 CH 的兩個內部主目語）；核對語域是 NP₁。

㈡D- 結構和 S- 結構之消除

在原則和參數模式中，一個語句與四個表現式層次相聯，即
D- 結構、S- 結構、 PF 和 LF。但最小綱領認為，只有 PF 和 LF
才有存在的必要， D- 結構和 S- 結構皆可取消。相應地，與它們
相聯的限制條件或原則或者可以取消，或者可以歸併到其他層次
上。我們首先看一下 D- 結構。

按照原則和參數模式， D- 結構是詞庫和運算系統的內部交
界面 (internal interface)，它是由一種可稱為「滿足」 (satisfy) 的

運作構成的：從詞庫中選擇出一列詞項 (an array of items) 並將其置於一個滿足 X– 階理論的諸條件的型式 (format) 之中。滿足是一種「同時」(all-at-once) 運作：在 LF 層次上起作用的所有詞項在運算開始之前就都被從詞庫中取出並被置於 X– 階型式之中。UG 的某些原則 (如投射原則，θ– 標準) 被認為適用於 D– 結構。運算程序將 D– 結構映射到另一個層次即 S– 結構，然後 S– 結構互相獨立地「分支」(branches) 為 PF 和 LF。UG 的其他組件 (約束理論、格理論、pro 組件等等) 的原則適用於 S– 結構層次 (在某些情況下，也適用於其他層次)。

　　進入九十年代後，喬姆斯基對上述觀點提出了質疑。首先，滿足運作以及作為其基礎的那些假設並非沒有問題。滿足是選擇一個詞項列 (array) 而非一個詞項集合 (set) 的運作，詞項的不同排列 (arrangements) 就會產生不同的表達式。而「一列」究竟是什麼需加以澄清。而且，在這種觀點之下，我們需要給出保證 D– 結構具有 LF 的基本屬性的條件。在 LF 層次，這些條件無甚意義，如果它們沒有得到滿足，在交界面層次表達式便得到某種偏異的解釋 (deviant interpretation)，這時沒有更多可說的。明確地說，投射原則和 θ– 標準在 LF 層次沒有任何獨立的意義。因此，從概念必然性 (conceptual necessity) 角度說，這些原則是十分值得懷疑的。當然，為了徹底取消它們我們還需以其他的方式解釋它們所具有的經驗後果 (empirical consequences)。

　　此外，D– 結構的設定還引起了一些經驗問題。請看如下複雜的形容詞結構：

　　　　<1> a. John is easy to please

　　　　　　（讓約翰高興很容易）

b. John is easy[CP Op[IP PRO to please t]IP]CP

我們有充足的理由認為，<1> b.為<1> a.的S- 結構表現式 (t 為
空算符 (empty operator) Op 的語跡)，但 John 卻占有一個非 θ-
位置，因此它不能出現於D- 結構中。這樣，滿足便被違犯了。
在《支配和約束講演集》一書中喬姆斯基曾提出如下解決辦法：
將滿足弱化，規定一個詞項，如 John，可以在推演的過程中插入
一個非 θ- 位置，只是在 LF (或 S- 結構) 層次才被賦予上其 θ- 角
色。但是這種解決辦法是不能成立的，因為任意複雜的 NP (如包
含 <1> a.那樣的結構的 NP) 都可以出現在 John 的位置。近來的
研究提供了其他一些表達式，它們也是只在 LF 層次可以得到解
釋，但在它們的 D- 結構位置卻不能得到解釋。這一切都表明，
存在著以前所謂的概括轉換。如果果真如此，那麼作為設定 D-
結構之基礎的那些特殊的假設便失去了其可信性。既然這些假設
失去了其獨立的概念支持，我們就不得不取消D- 結構層次以及滿
足的「同時」性質，取而代之的將是關於詞匯接近 (lexical access)
的概括轉換理論。下面我們就看一下喬姆斯基是如何構造這種理
論的。

首先，運算系統從詞庫中選出一個詞項 X，並將其投射為具
有如下形式之一種的 X- 階結構：

<2> a. X

b.[X′ X]X′

c.[X″[X′ X]X′]X″

其中 $X = X^0 = [_X X]_X$ (即單詞語類)。這是投射原則的唯一的用
途。假設有一個唯一的概括轉換 (a single generalized transforma-
tion) GT，它將一個短語標式 K′ 插入另一個短語標式 K 中的指

定的空位(designated empty position) φ 之上，形成一個滿足 X-
階理論的新的短語標式 K*。運算程序繼續並行前進 (proceeds in
parallel)，自由地在任何點上從詞庫選擇詞項。於是，在推演的
每一個點上我們都有一個結構 ∑，我們可以將 ∑ 看作是短語標
式的集合。在任何點上，我們都可以應用「拼出」(Spell-Out) 運
作，它去掉了 ∑ 結構中那些只與 π 相關的成分，即音系特徵，
因而使運算轉向 (switches to) PF 部分。如果 ∑ 不是單獨一個短
語標式，推演將毀於 (crashes at) PF (因為 PF 規則不能應用於短
語標式集合) 而且沒有生成任何合法的 (legitimate) PF 表現式 π。
如果 ∑ 是單獨一個短語標式，PF 規則應用於其上，得出 π：它
或者是合法的 —— 這時推演收斂於 (converges at) PF，或者是不
合法的 —— 這時推演再次毀於 PF。

　　應用拼出運作後，運算過程繼續前進，但它不再能接近詞庫
了。例如，我們必須保證，「John left」(約翰走了) 並不意味著
「they wondered whether John left before finishing his work」(他
們想知道約翰走開前是否完成了他的工作)。PF 和 LF 部分的輸
出必須滿足 (外在的) 交界面條件。這樣，D- 結構便消失了。相
應地，因設定它而引起的問題也就不復存在了。

　　GT 是一種替換 (substitution) 運作。它以 K 為應用對象 (targets
K) 並用 K′ 替換 K 中的 φ。但 φ 並非取自於詞庫，因此它必是由
GT 自己所插入的。GT 以 K 為應用對象，附加上 φ，然後以 K′
替換 φ，形成 K* (K* 須滿足 X- 階理論)。

　　而且，GT 是一種二元替換運作 (the binary substitution op-
eration)，它將 (K， K′) 映射到 K*。除此而外，還有一種單獨替
換運作 (the singulary substitution operation) 移取 -α，它將 K 映射

到 K*。假設該運作的進行方式和 GT 一樣: 它以 K 為應用對象, 附加上 ϕ, 然後以 α 替換 ϕ (這裡, α 是被當作應用對象的短語標式 (the targeted phrase marker) K 自身之內的一個短語標式)。我們繼續假定該運作留下 α 的一個語跡 t, 形成語鏈 (α, t)。

我們可以對替換運作作出進一步的限制, 要求 ϕ 位於被當作應用對象的短語標式 K 之外。在這種要求之下, GT 和移取 $-\alpha$ **便將 K 擴展為 K*, 後者包含 K 作為其子部分。**例如, 我們可以以 **K=V′ 為應用對象, 附加 ϕ 形成 $[_{\beta}\phi V′]_{\beta}$; 然後或者從 V′ 之內將 α** 提升出來以取代 ϕ, 或者插入另一個短語標式 K′ 以取代 ϕ。在每一種情況之下, 所得的結果都須滿足 X- 階理論。這也就是說, 取代 ϕ 的成分須是一個最大投射 YP, 即新的短語標式 V″ = β 的標誌成分。

以上述方式限制了的替換運作總是**擴展**其應用對象的。這種限制產生許多有利於最小綱領的後果。例如, 給定一個具有 $[_{X′} X \ YP]_{X′}$ 形式的結構, 我們不能將 ZP 插入 X′, 形成 $[_{X′} X \ YP \ ZP]_{X′}$, 其中 ZP 或者是從 YP 之內 (提升) 而來, 或者是由 GT 從外面插入進來的。同樣, 給定 $[_{X′} X]_{X′}$, 我們不能插入 ZP 形成 $[_{X′} X \ ZP]_{X′}$。一般地, 不能將任何成分提升到補語位置。這樣, 我們便得出了投射原則和 $\theta-$ 標準在 D- 結構中的一個主要結果。顯然, 這進一步佐證了喬姆斯基的如下信念: 投射原則和 $\theta-$ 標準可以取消。

接下來, 我們看一下喬姆斯基是如何消除 S- 結構的。

喬姆斯基認為, 關於 S- 結構最重要的問題是是否存在著 S- 結構條件 (原則)。如果沒有 S- 結構條件, 那麼我們便完全可以取消 S- 結構。

　　人們常常提出如下兩種證據來證明 S- 結構條件的必要性。

　　　<3> a.對下述問題不同的語言給出了不同的回答，即在

　　　　　推演LF 的過程中拼出運作究竟在何處加以應用？

　　　　　(wh- 短語是被移取了，還是原封未動 (in situ)？

　　　　　一個語言是法語式的 —— 公開提升動詞 (overt Verb

　　　　　raising)，還是英語式的 —— 只是在 LF 部分將動詞

　　　　　提升 (LF Verb raising)？)

　　　　b.在每一個 UG 組件中都存在著大量的證據表明某

　　　　　些條件應用於 S- 結構。

為了證明 S- 結構是多餘的，可以取消，我們就必須證明上述兩
種證據都不是令人信服的。

　　在證據 <3> a.的情況下，我們必須證明推演中拼出的位置是
由 PF 或者 LF 的性質決定的，因為按照最小綱領的假設，它們是
僅有的表現式層次。而且，如果最小綱領按照到目前為止所假定
的那些術語加以構述的話，那麼參數差異 (parametric differences)
必須被歸約為形態特徵。有足夠的理由認為 LF 條件無關乎於此。
我們希望不同的語言在 LF 層次上是非常相似的，如果說它們在
LF 層次上有什麼區別的話，那麼這種區別也只不過是在 PF 層
次上容易發現的性質的反映而已 (其中的理由根本說來可歸約為
可學性 (learnability) 方面的考慮)。因此，我們希望，在LF 層次
上在具有如下性質的兩種語言之間並沒有相關的區別：一為包含
有公開提升 (指在拼出運作進行之前所進行的提升；在拼出運作
進行之後所進行的提升被稱為隱蔽提升 (covert raising)) 的短語
(wh- 短語或動詞) 的語言，一為相應的短語在拼出運作進行之前
都原封未動的語言。這樣看來，按照最小綱領推演中拼出運作的

應用位置只能是由 PF 性質決定的。為了證明這個論斷，我們就必須考察反映在 PF 上的形態特徵。限於篇幅，在此我們將不做進一步的介紹。

至於 <3> b.類型的證據，我們可以提出如下三種反對 S- 結構條件的論證：

<4> a.討論中的那些條件 (原則)可以只在 LF 上應用；

b.而且那些條件有時必須應用於 LF；

C.而且那些條件一定不要應用於S- 結構。

<4> a.、<4> b.、<4> c.的力量有所不同，<4> a.最弱，<4> c. 最強。但即使只給出 <4> a.也就足夠了，因為 LF 有獨立的根據 (independent motivation)，但 S- 結構沒有。

請看約束理論。人們提出許多論證來證明約束理論的諸原則必須應用於 S- 結構而非 LF。請看下例：

<5> a.you said he liked〔the pictures that John took〕

（你說他喜歡約翰拍的照片）

b.〔how many pictures that John took〕did you say he liked t

（你說他喜歡約翰拍的多少照片）

c.who〔t said he liked〔α ho many pictures that John took〕$_\alpha$〕

（誰說他喜歡約翰拍的多少照片）

在 <5> a.中，he c- 統制 John 且不能以 John 為先行語；在 <5> b. 中，不存在 c- 統制關係且 John 可以是 he 的先行語；在 <5>c. 中，John 又不能是he 的先行語。由於 <5>c. 的約束性質是 <5> a.的約束性質，而非 <5> b.的約束性質，所以我們斷言在應

用約束原則 C（即指稱語自由）的表現式層次上 he c- 統制 John。但是如果 LF 移取運作將 α 附加於 (adjoin to) <5> c. 的 who 之上，則 he 不 c- 統制 John，這樣約束原則 C 在此失效。因此約束原則 C 必須應用於 S- 結構之上。同理，約束原則 A 和 B 也須應用於 S- 結構之上。

　　喬姆斯基認為，這個論證沒有任何說服力。實際上，我們完全可以拒絕最後那個假設：LF 移取運作將 <5> c. 的 α 附加於 who 之上，形成 <6>（其中 t′ 為 LF 移取所移走的短語 α 的語跡）：

　　　　<6>[[how many pictures that John took]who][t said he liked t′]

我們可以假設，唯一可允許的選擇是將 how many 從完整的 NP 即 α 中提取出來，形成如下 LF 形式（其中 t′ 為 how many 的語跡）：

　　　　<7>[[how many]who][t said he liked[[t′ pictures]that John took]]

對 <7> 的回答可以是對子 (Bill, 7)，意指「Bill said he liked 7 pictures that John took」（比爾說他喜歡約翰拍的 7 張照片）。但是在 (7) 中 he c- 統制 John，因此約束原則 C 應用於此，正如其應用於 (5) a. 一樣。因此我們並沒有被迫假定原則 C 應用於 S- 結構（依同樣的方式我們也可以證明：我們並沒有被迫假定約束原則 A 和 B 應用於 S- 結構）。我們完全可以固守如下更為可取的選擇：涉及到解釋的原則（條件）只應用於交界面層次。

　　取消 D- 結構和 S- 結構之後，只剩下 PF 和 LF 兩個表現式層次。假設 π 為 PF 上的一個表現式，也即普遍語音學中的一個表現式（它沒有指示出句法成分或存在於它們之間的關係，

如X– 階結構、約束等等）。為了能夠被發音 – 知覺系統 (運用系統 (performance system) 之一種) 加以解釋，π 就必須完全由合法的 PF 對象 (legitimate PF objects) —— 即這樣的成分，它們在該交界面層次具有一致的、獨立於語言的解釋 (uniform and language-independent interpretation) —— 構成。在這種情況下我們便說 π 滿足完全解釋條件 (FI)。如果 π 未滿足 FI，那就說明它並沒有為運用系統提供適當的指令 (appropriate instructions) 或信息 (information)。FI 構成了一種收斂條件：如果 π 滿足 FI，則形成它的推演 D 收斂於 PF；否則，它毀於 PF。例如，如果 π 含有一個重讀輔音或一個〔+ 高，＋ 低〕(〔+high，+low〕) 元音，則形成它的推演 D 毀於 PF；同樣，如果 π 包含這樣的形態成分 (morphological element)，它「存活 」到 (survives to) PF 層次，但在該交界面層次卻缺乏任何解釋，那麼形成 π 的 D 也毀於 PF。如果 D 收斂於 PF，那麼它的輸出 π 便得到一個發音 – 知覺的解釋 (也許是無意義的聲音 (gibberish))。

現在我們來看一下 LF 上的表現式 λ。為了能夠被概念 – 意圖系統 (運用系統之另一種) 加以解釋，λ 就必須完全由合法的 LF 對象構成。我們假定，每一個合法的 LF 對象 —— 中心語、主目語、修飾語 (或附加語)、算符 – 變元結構式 (operator–variable constructions) —— 都是一個語鏈 $CH = (\alpha_1, \cdots, \alpha_n)$。在中心語的情況下，構成 CH 的 α_i 為 X^0；在主目語的情況下，構成 CH 的 α_i 須處於 A– 位置；在修飾語的情況下，構成 CH 的 α_i 須處於非 A– 位置。如果 λ 事實上完全由合法的 LF 對象構成，那麼我們便說在 LF 層次上，λ 滿足 FI。如果 λ 滿足 FI，那麼形成 λ 的推演收斂於 LF；否則它毀於 LF。正如在 PF 層次上一樣，一個收斂

的推演可能產生一個完全無意義的表達式。表達式只具有決定它
們的內在化語言所嵌入於其中的那些運用系統所指派給它們的那
些解釋。

㈢運算系統及經濟原則

至此，我們可以說：一個語言 (I- 語言) 是一個由詞庫和一個唯
一的運算系統 (運算程序) 構成的生成程序 (generative procedure)。
運算系統從詞庫中將詞項取出來置於 X- 階結構之中，並以 X- 階
結構為基礎進行推演。每一個推演都決定了 (生成了) 一個結構
描寫即語言表達式，它包含一個滿足諸交界面條件的對子 (π, λ)。
由於在 LF 層次上不同的語言幾乎不存在差異，只是在 PF 層次和
詞匯特徵方面 — 如概念與音系矩陣 (聲音) 的任意結合❾ 、語
法形素 (屈折變化等) 的特性❿ 、適用於所有詞項的某些獨特特
徵 (如中心語參數) — 存有差異，所以我們可以說只存在一種運
算系統 (運算系統幾乎是不變的 (invariant)，只是在與知覺和發音
緊密相關的那些部分才存在著一些差異)，不同語言之間的句法
差異僅限於詞的形態特徵方面 (或者說完全是由其決定的)。所

---

❾　即所謂「索緒爾任意性」(Saussurean arbitrariness) — 遺傳程序 (genetic pro-
　　gram) 並沒有決定 tree (樹) 這個概念是否與「tree」或「Baum」(德文的「樹」)
　　等聲音聯繫在一起 (不過，正如我們已強調過的，可能的聲音是受到非常嚴格的
　　限制的，而概念系統幾乎是固定不變的)。

❿　但是，即使是在這裡差異也是很小的。表面上看，就屈折變化的豐富性而言，英
　　語似乎與德語、拉丁語、希臘語和梵語具有顯著的區別，而漢語則更是如此。但
　　是，有證據表明，所有的語言根本說來都具有相同的屈折變化系統，而只是在其
　　運算程序中負責為發音和知覺器官提供指令的那一部分處理形式成分的方式上有
　　所不同。從其他方面看心理運算似乎是相同的，它們都能產生可觀察的屈折變化
　　結構的間接效果，即使屈折變化本身不能從言語中聽到。

存在的唯一的運算系統是由推演構成的，而推演最終說來則是由形態特徵或者說形態必然性 (morphological necessity) 所「驅使」(driven) 的：所有形態特徵都須在某個中心語的核對語域中受到核對，否則推演將毀掉。下面我們通過動詞的屈折變化特徵來說明此點。

請回過頭來看一下㈠中圖 <2> 上的動詞系統。主要動詞「撿拾起」(picks up) Tense 和 Agr (包括 Agr_s 和 Agr_o) 特徵，將其附加於屈折變化成分 I 之上，形成〔V I〕。對於一個詞匯成分 α 來說，有兩種解釋該過程的方式。一種方式是將 α 看作是一個光禿禿的、沒有經過任何屈折變化的形式，PF 規則的用途是將抽象複合體〔α I〕解釋為單個的具有屈折變化的音系語詞 (a single inflected phonological word)。另一種方式則將 α 看成是這樣的成分：它在詞庫中的固有特性 (intrinsic property) 之一便是具有屈折變化特徵，我們的任務是根據複合體〔α I〕的屈折變化成分 I 對其加以核對。如果 α 的特徵和 I 相匹配 (match)，則去掉 I，α 經拼出運作後進入 PF 部分；如果二者相衝突，I 繼續存留，推演則毀於 PF。這種核對程序可以發生在推演的任何階段，特別是可以發生在 LF 移取運作之後。在這種解釋之下，PF 規則就是通常類型的簡單的改寫規則，而不是適用於複合體〔α I〕的更為精緻的規則。喬姆斯基採取了後一種解釋方式。

Tense 和 Agr 的形態特徵具有兩種功能：一為核對提升到它們那裡的動詞的特徵；一為核對提升到它們的標誌成分 Spec 位置上的 NP 的特徵，因此它們保證 V 和 NP 適當地配合在一起。我們不妨將核對理論加以推廣，假定：和動詞一樣，名詞在詞庫中便已具有了它們的一切形態特徵 (包括格和人稱、性、數等特

徵），並且這些特徵也須在適當的位置上被核對 —— 在這裡，是在
〔Spec, Agr〕（它可以包括 T (Tense) 或 V）上。這種核對也可以發
生在推演 LF 過程中的任何階段。

　　我們上面說到，語言表達式是由運算系統中的推演生成的對子
(π, λ)。實際上，這個說法還需進一步加以限定。嚴格說來，我們
應該這樣說：語言表達式是由滿足交界面條件的「最優」(optimal)
推演而生成的對子(π, λ)。而所謂最優推演就是指滿足經濟原則
的推演。下面我們就看一下究竟何為經濟原則。

　　從前面的介紹我們已經知道，在喬姆斯基語言理論的發展歷
程中，七十年代末以前，經濟方面的考慮是作為評價程序（評價
尺度）的一個部分而引入語言理論之中的。評價程序的作用是：
在原始的語言材料的基礎上選擇一種可能的語法規則系統（可能
的內在化語言）。但隨著研究的進展，評價程序的這種作用逐漸
被弱化，最後在原則和參數模式中它被完全取消了：原則系統已
具有足夠的限制性，以致於在正常情況下原始的語言材料足以調
定參數值並最終決定一種語言。進入九十年代後，喬姆斯基認識
到，完全取消經濟原則是錯誤的，實際上，它們在解釋語言的性
質方面具有不可忽視的重要作用。

　　九十年代，喬姆斯基將經濟原則分為兩種：一種適用於表現
式，一種適用於推演。適用於表現式的經濟原則是FI：每一個符
號都須接受一種由獨立於語言（這裡指 I- 語言）的規則給予它
的「外在」解釋。在 LF 層次不需要投射原則或者 θ- 標準。一
個收斂的推演可能違反它們，但在那種情況下它將接受有缺陷的
(defective) 解釋。適用於推演的經濟原則要複雜一些，我們簡單
介紹如下。

　　一個原則是所謂的「拖延」(Procrastinate)： LF 移取比公開移取「便宜」(cheaper)。直觀地說， LF 運作是一種「內固式」反射 (「wired-in」 reflex)，它們以機械的方式進行活動，而沒有任何直接可觀察的效果。它們比公開運作代價少。運算系統總是力圖「盡可能快地」到達 PF，以最大限度地縮減(minimizing) 公開句法。（在「最小綱領」中，所謂公開句法是指運算系統中既與 PF 表現式 π 相關又與 LF 表現式 λ 相關的那些部分，也即，拼出運作進行之前的那些部分。）

　　適用於推演的另一個重要的經濟原則是所謂的「最後一著」(Last Resort) 原則。按照此原則，一個推演中的一個步驟只有在其為收斂所必需的情況下才是合法的 —— 如果不採取該步驟，則該推演將不會收斂。例如， NP– 提升便是受格過濾原則 (現在假設其只適用於LF) 所驅使的：如果 NP 的格特徵已經被核對，則 NP 可以不提升。請看如下例子：

　　　　<1> a. there is[α a strange man]α in the garden

　　　　　　（有一個陌生人在花園裡）

　　　　　　b. there seems to[α a strange man]α[that it is raining outside]

<1> a.是完全可以解釋的，但 <1> b.並非如此。 <1> a.中短語 α 沒有處於適於核對格的位置，因此在 LF 層次必須提升它，將其附加到 LF 詞綴 there 之上，留下語跡 t。短語 α 現在處於母式句屈折變化 (matrix inflection) 的核對語域之內， LF 層次上的母式句主語 (matrix subject) 是[α–there]。它是這樣一個 LF 語詞：它的所有特徵都被核對了，但只有在語鏈 (α, t) 的語跡t 的位置上它才能獲得解釋。它的中心語在詞語內部是「不可見的」(「invisible」

word-internally)。與之相對照，<1> b.中的 α 則使其格特徵在 PP (to a strange man) 內獲得滿足，因此它不能再加以提升，there 在這裡是獨立的 (freestanding)。換言之，α 在這裡是一個合法的對象，一個只含有一個成員的 A- 語鏈，它的所有形態特徵都受到了核對。因此該推演收斂。但是，在這裡不存在前後一貫的解釋，因為獨立的 there 沒有接受任何語義解釋 (而且事實上，即使在 θ- 位置也不能接受 θ- 角色)。因此，該推演雖然收斂，但卻導致半無意義式的 (semigibberish) 的話語。

「最後一著」運作的概念可以部分地用經濟詞項加以表述：短的推演優於長的推演；如果推演 D 在沒有應用某種運作的情況下便收斂，那麼該運作便不能在這裡加以運用。在 <1> b.中，將 α 附加於 there 之上將產生一個可以理解的解釋 (intelligible interpretation) (如「there is a strange man to whom it seems that it is raining outside」(有一個陌生人似乎認為外面在下雨))。但是這樣的附加是不允許的，因為導致 <1> b.的推演已經收斂，儘管它導致不可理解的解釋 (unintelligible interpretation)。推演只是由「核對特徵」(feature checking) 這個狹窄的機械式要求所驅使的，而不是由「追求可理解性」(searching for intelligibility) 之類的東西所驅使的。

請注意，<1> b.中的 α 的提升是由「它自己的要求在沒有提升的情況下就已經得到了滿足 (儘管這樣的提升將會克服 LF 詞綴 there 的不足之處)」這個事實所阻斷 (block) 的。更為一般地說來，移取 -α 只有在下述情況下才可以應用於一個成分 α，即 α 自身的形態特徵沒有通過其他方式而得到滿足。該運作不能應用於 α 以便使某個不同的成分 β 滿足其特徵。因此，「最後一著」總是「利

己的」(self-serving)，有利於其他成分 (benefiting other elements) 是不允許的。於是，在「拖延」之外，我們又有了一個「貪婪」(Greed) 原則：利己的最後一著 (self-serving Last Resort)。請看 <2>，它與 <1> b.類似，但沒有從詞庫而來的 there– 插入：

    <2>seems to〔$_\alpha$ a strange man〕$_\alpha$〔that it is raining outside〕

這裡，母式句中的 T (the matrix T) (Tense，時態) 有一個 NP– 特徵 (格特徵) 需要釋放 (discharge)，但 α 不能提升 (公開地或隱蔽地) 以克服這個缺陷。因此該推演不能收斂。這與 <1> b.的情況相反，<1> b.是可以收斂，但沒有適當的解釋。即使為了保證收斂，「最後一著」的利己性質也不能受到「侵犯」。

「最後一著」的利己性質具有如下後果：它限制了決定最優性時需加以考慮的諸推演的集合，因而它也就有助於達到最優推演。

通過「拖延」原則和「貪婪」原則，我們便得到了一個相當狹窄而確定的最經濟的收斂推演 (the most economical convergent derivation) 概念，它阻斷了所有其他的推演。

喬姆斯基認為，通過上述經濟原則和語鏈概念我們便能令人滿意地將界限理論中的領屬條件和所謂的空語類原則 (ECP) 的主要內容納入最小綱領之中了。為此我們需首先引入一個新的運作「形成語鏈」(Form Chain)，並以之作為基本的轉換運作以取代移取 $-\alpha$。「形成語鏈」應用於類似於 <3> a.那樣的結構，僅通過一個推演步驟 (in a single step) 便形成 <3> b.，因之得到 <3> c.的語鏈 CH：

    <3> a. e seems〔e to be likely〔John to win〕〕

      b. John seems〔t′ tɔ be likely〔t to win〕〕

（約翰似乎有可能獲勝）

　　c. CH＝(John, t′ t)

有了「形成語鏈」運作，我們便可以對推演提出如下要求：要使推演的步驟盡可能地少且使鏈環節盡可能地短。根據這個要求我們便有如下原則：給定兩個收斂的推演 D_1 和 D_2，並且假設它們包含有相同數目的步驟，如果 D_1 中的鏈環節比 D_2 中的鏈環節短，那麼 D_1 便阻斷 D_2。以這個非常直觀的原則為基礎，我們便可以在最小綱領中將領屬條件和ECP 的主要內容完好地表述出來了。但在此我們將不予以進一步的介紹。

　　在最小綱領中，語言習得問題是通過類似於原則和參數模式中的方式而得到解決的。我們假定，初始狀態 S_0 由不變的原則(如X–階理論、格理論、約束理論、經濟原則、領屬條件等等)構成，可能的選擇(即參數)僅限於功能成分 (functional elements) —— 如名詞的格、動詞的屈折變化特徵等等 —— 及詞庫的一般特徵(詞匯參數 (lexical parameters))。這些選擇中的任何一種(喬姆斯基將其稱為 $\sum$) 都決定了一種語言(內在化語言)。該語言則決定了無窮的語言表達式，其中的每一個都是由分別取自於交界面層次PF 和 LF 的 π 和 λ 構成的對子。語言習得的首要任務是根據原始的語言材料固定 $\sum$。

　　至此，我們對喬姆斯基語言理論發展歷程中的幾個主要階段都做了介紹。現在我們做一下簡單的總結。我們曾指出，喬姆斯基的語言理論一開始提出便掀起了語言研究中的一場革命：它徹底逆轉了(或倒轉了)語言研究的方向，使語言研究的重心從外在化語言 (E–語言) 轉變到了內在化語言 (I–語言)，即內在的語言

資質或語言知識。從五十年代中期起一直到九十年代，喬姆斯基
所努力達到的目標就是正確地刻畫內在化語言（語言知識），以達
到描寫充分性；並在此基礎上令人信服地解釋語言習得問題，以
達到解釋充分性。喬姆斯基為自己所設置的這兩個目標是互相矛
盾的：為了要充分描寫，就必須擴充可以使用的手段（即增加語法
規則的種類和數目）；而要解決語言習得問題，達到解釋充分性，
則必須限制可以使用的手段，以便在材料不足，遠不足以概據歸
納、概括、類比或聯想等原則選擇語法的時候，只有少數幾種語
法可供選擇（最好只有一種）。喬姆斯基語言理論的整個發展歷程
便是在這種矛盾或緊張關係(tension) 的驅使下而不斷演進的。在
六十年代末期以前，喬姆斯基將主要精力都放在了刻畫內在化語
言（語言知識）之上，將其規定為豐富而複雜的規則系統，在其
內包含有不同的層次，不同的層次具有各自獨特的特徵及相互關
聯。而諸規則則是為某一結構所特有(construction-particular) 或為
某一語言所特有的 (language-particular)。例如，在英語中形成動
詞短語或被動式或關係從句的規則就是為英語這個語言之內的這
些結構所特有的 (specific to these constuctions in this language)。
UG 只是提供了一個可以允許的規則系統的型式，不同的結構和語
言之間的相似性便得自於這樣的型式。顯然，這樣的 UG 的解釋
力量相對來說比較薄弱，無法解釋人類的語言知識的習得問題。
從七十年代初期開始，喬姆斯基便力圖增強語法的解釋力量，所
用的方法是提出一些限制性條件或原則來限制可用的規則的種類
及數量。按照這樣的方式解決描寫充分性和解釋充分性間的矛盾
的努力最終導致了原則和參數理論：UG 提供了一個由諸原則
和有窮數目的參數（它們僅具有有限數目的值）構成的固定的系

統，該系統的每一個特殊的實現便構成了一種特殊的(內在化)語言，為某一語言所獨有的規則被歸約為對這些參數值的選擇。傳統的語法結構 (grammatical construction) 的概念被取消了，相應地，為某一結構所獨有的規則也被取消了。諸如動詞短語、關係從句、被動式等等只是作為分類性的人造物 (taxonomic artifacts) 而繼續存在，它們都可以通過調定了參數的 UG 之內的諸原則的相互作用而得到解釋。在原則和參數理論中，解釋充分性得到了最大程度的實現；另外，由於規則系統已被歸約到最低限度，乃至被完全取消，所以描寫充分性也不難達到：我們只需刻畫從 UG 推演出 D- 結構、S- 結構、PF 和 LF 的生成程序即可。原則和參數理論的提出構成了喬姆斯基語言研究中的一次重大的重心轉移(概念轉移)：從規則系統到原則系統。九十年代初所提出的最小綱領實際上屬於原則和參數理論之列，只不過是對其的精雕細琢而已。**⓫**

三、語言使用及語言的物理機制問題

在第二章開首我們曾指出，喬姆斯基語言理論的最終目標是解釋人類正常語言使用中的創造性特徵。為了完成這個任務，他對語言使用的基礎和前提 —— 語言知識的本性及其來源做了深入細緻的分析和探究，最終將其規定為由詞庫和運算系統構成的有機整體；它是人類天賦的、遺傳決定了的(生物學上決定了的)語

⓫　在 1995 年出版的名為《最小綱領》(*The Mini-malist Program*) 的論文集的最後一篇文章〈語類和轉換〉(Categories and transformations) 中，喬姆斯基對我們上面介紹的「最小綱領」的許多內容又做了比較大的修改。但從其總體精神上看，這篇文章並沒有超出「最小綱領」的範圍，而只是進一步發展並完善了它。

言官能之初始狀態與經驗的語言材料相互作用的結果。以對語言知識及其來源的如是規定為基礎，我們便可以考慮如何解釋語言使用中的創造性問題了。

　　我們已經知道，語言使用中的創造性實際上體現在兩個方面，一為接受方面（或曰知覺（看或聽）方面、理解（解釋）方面），一為生產（說出或寫出）方面。我們首先看一下接受方面。在某種情形之下，某個人說出或寫出一句話，我聽到或看到（知覺到）了它，與此同時我便給其以特定的解釋：我知道這個人在這種情況下說出或寫下的這句話的聲音和意義，我理解了它。那麼，我是如何解釋這句話的呢？喬姆斯基認為，語言使用的接受方面的這種創造性在很大程度上可以通過語言官能所具有的天賦的抽象原則加以解釋：一個人為了理解一個語言表達式，他的心理或大腦首先必須確定該表達式的構成語詞，並根據普遍語法原則和普遍語音學原則（它們也是天賦的語言官能的屬性）確定它的語音式 PF；然後使用普遍語法的諸原則和參數值確定該表達式的邏輯式 LF，並確定 LF 之諸構成部分的聯結方式；最後，他的心理或大腦的知覺系統和（常識理解）概念系統（信念系統）分別根據 PF 和 LF 所包含的信息及其所下達的指令最終確定該表達式的聲音表現式和意義表現式。

　　請看如下例子：

　　　　<1>who was John persuaded to visit?

　　　　　（約翰被說服去拜訪誰）

當我聽到或看到這句話時，我首先確定其構成語詞：who、was … persuaded、John、visit、to，並根據普遍語法原則和普遍語音學原則確定其語音式 PF（這裡我們略而不談）；然後，根據普遍

語法諸原則和參數值確定它的邏輯式 LF。具體說來，邏輯式是這樣確定的❷：首先，確定該句話的構成語詞的詞匯特徵，如 visit 是一個及物動詞，它 s- 選擇一個語類，該語類的範式結構實現為 NP 賓語。根據 X- 階理論，visit 必須帶有一個 NP；按照投射原則，它的 NP 賓語必須出現於句法表現式之中。該賓語構成了一個空語類，因為沒有任何公開的 (overt) NP 出現在那裡。對於英語而言，X- 階理論諸參數的值中的一個是：英語是「中心語在前」的語言，因此該賓語位於 visit 的右側。而且，為了能夠被允准，謂語 visit 須有一個主語，二者合在一起形成一個從句 S。由於該主語並沒有公開出現，因此它構成另一個空語類。現在我們來看一下 persuade，我們知道它是這樣一個動詞：帶有一個賓語和一個從句補語，二者的次序由格鄰近原則所決定了 (這點我們前面已有所介紹)。由以上分析可知：<1> 的結構必是 <2>：

　　　<2>who was〔John〔$_{VP}$ persuaded e_i〔e_j to〔$_{VP}$ visit e_k〕$_{VP}$〕〕$_{VP}$〕

<2> 是在詞匯特徵和中心語 – 補語參數的值的基礎上，根據 UG 原則推斷而來的。現在我們接著考察 <2>。<2> 為了成為良構的結構，它的每一個成分都須受到允准。wh- 短語 who 必須約束一個變元，每一個主目語都要被指派上一個 θ- 角色。根據 UG，只有 e_k 可以充當變元 (其他空語類都不處於標格位置，因而對於 θ- 角色的賦予來說都是不可見的 (invisible))。因此 who 必須約束 e_k。John 是被動式的主語，處於非 θ- 位置 (不能將 θ- 角色指派於其上)，因此它必須約束處於某個 θ- 位置之上的一個成分。根據有關語鏈的一般約定，該成分可以將其 θ- 角色傳遞給 John。

---

❷　注意，下面的敘述是以「原則和參數理論」而非「最小綱領」為基礎而進行的。

除非受到 John 的約束，否則 e_i 得不到允准，因此 John 必約束 e_i。e_i 雖然不處於標格位置，但由於它位於以標格成分 John 為鏈首的語鏈之中，所以對於由 persuade 所進行的標 θ 來說它是可見的。現在，我們來考察空語類 e_j，它是我們前面所說的 PRO，處於沒有標格的主語位置。persuade 要求它的賓語控制 PRO，因此在 <2> 中 PRO (e_j) 受 persuade 的賓語 e_i 的控制。於是，在 <2> 中 i=j, e_i 受 John 約束，e_k 受 who 約束。所有這些關聯都由 UG 的普遍原則唯一決定了。綜合以上分析，<1> 的 LF 為：

　　　(3)for which person x, someone persuaded John that John

　　　　　should visit x

（對於哪個人 x 來說，某個人說服約翰應拜訪 x）

　　在確定了 PF 和 LF 之後，我的心理或大腦的知覺系統部分根據 PF 提供的指令和信息，部分根據自身的屬性，最終確定出 <1> 的聲音（表現式）（至於這個過程具體說來是如何進行的，在此從略）；我的心理或大腦的（常識理解）概念系統（信念系統）（其中的很大一部分也是天賦的、遺傳決定了的）部分根據 LF 所提供的信息和指令，部分根據自身的內在屬性最終確定出 <2> 的完全的意義（表現式）。我們的概念系統（信念系統）決定意義的過程是非常複雜的，下面我們舉例說明一下。

　　請看如下例子：

　　　<4>我將我的房子刷成了白色

　　　　(I painted my house white)

這句話看似簡單，但如要真正地理解它，還需使用我們的複雜的概念系統（信念系統）所提供的概念知識。當我說「我將我的房子刷成了白色」時，我的話實際上包含了如下意思：我的房子現在

有了白色的外表 (a white exterior)。我當然也可以將我的房子的
內部刷成白色，但無論如何我們不能通過 <4> 表達這個意思，
而只能通過如下稍為複雜的方式來表達它：我將我的房子的內部
刷成了白色 (I painted my house white on the inside.)。再看如下
例子：

　　　<5>我看到了我的房子。

　　　(I see my house).

當我說出這句話時，我假定了：我在房子的外邊，或者至少房子
的外形 (exterior surface) 通過某種方式 (如通過放置在對面房子
之上的反射鏡) 映入了我的眼簾；如果我處在我的房子的裡面，
且沒有通過其他方式而看到我的房子的外形，那麼我就不能說我
看到了它。諸如此類的概念知識是非常複雜而豐富的，它們以複
雜的方式與由 I– 語言(詞庫和運算系統即生成程序) 所提供的符
號對象 (symbolic object) LF 相互作用，最終提供出語言表達式的
完全的意義 (表現式)。

　　現在我們轉而考察語言使用的生產方面的創造性問題。每一
個具有語言知識的人 (即這樣的人，其心理或大腦的語言官能已進
入穩定狀態，已處於 I– 語言狀態中)，在某種情形之下，如有必
要都能自由地 (即非決定地) 說出或寫出適合於該情形的話語，以
表達他的思想或達到其他目的。那麼，這是如何可能的呢？這就
是語言使用的生產方面的創造性問題，即所謂的笛卡兒問題。我
們可以按照如下思路來嘗試著解決這個問題：處於某種情形之下
的某個人，當其欲說出或寫出適合於該情形的話語時，他會首先
尋找適合於該情形的語詞，並確定這些語詞的詞彙特徵；之後，
他按照 UG 的原則和參數值以及該情形的實際情況將這些語詞以

特定的方式連結起來，並確定這樣的語詞結合的 PF 和 LF 形式；最後，他的心理或大腦的發音系統和(常識理解)意圖系統分別根據 PF 和 LF 所提供的信息和指令給該語詞結合賦予特定的聲音和意義。如果由此而確定的音義結合體恰巧符合該情形的要求，那麼他便最終找到了適合的語言表達式。當然，以上我們只是提供了「解決」笛卡兒問題的思路。這個思路需要大大地補充和完善，因為發音系統和意圖系統賦予聲音和意義的方式是非常複雜的。而且，最終說來，笛卡兒問題是不可解決的(至少對於人類而言是如此)：我們的言語生產行為的自由性、非決定性從何而來的問題似乎超出了人類理智範圍之外。我們能設計出處理嚴格決定性 (strict determinacy) 及純粹隨意性 (pure randomness) 的理論，但這些概念似乎不適合於笛卡兒問題，而且我們可能也無法獲得適合於它的概念。

以上我們是分別討論知覺系統和發音系統以及概念系統和意圖系統的。實際上。它們分別是密切相關的，形成複雜的發音－知覺系統和(常識理解)概念－意圖系統。I－語言是心理或大腦的一個屬性(狀態)，是其語言官能的穩定狀態。由它所生成的符號對象 PF 和 LF 為運用系統提供必要的信息和指令。(這裡，喬姆斯基假定了：PF 提供給發音系統的信息和指令和其提供給知覺系統的信息和指令是相同的；同樣，LF 提供給概念系統的信息和指令和其提供給意圖系統的信息和指令也是相同的。)運用系統使用這些信息和指令進行發音(說話)、知覺(聽他人講話或看他人寫下的句子)、談論世界、表達或理解信念和欲求、提出問題、講述笑話等等活動。總之，I－語言是內嵌於運用系統中的(而且為了成為真正的人類語言，它也必須內嵌於後者之中)，二

者一起進入更為廣大、更為複雜的人類行為系統之中。

最後，我們十分簡略地談一下語言的物理機制問題。

到目前為止，可以說我們一直在循著喬姆斯基的思路在抽象的層面上探討語言官能的穩定狀態及其初始狀態的內在性質：語言知識的本性、來源及其使用。這裡，人們自然而然會提出如下這樣的問題：語言官能或者說語言的物理機制 (physical mechanisms) (或腦機制 (brain mechanisms)) 是什麼？對這個問題人們還沒有作出足夠的探討，因而目前還不可能給出確切的回答。實際上，這個問題是十分難以探究的。按照喬姆斯基的分析，之所以如此的原因是：若想真正地弄清楚語言官能的物理機制 (腦機制) 就必須對人類的大腦進行直接的實驗研究，但這顯然是不可能的，因為這樣做有違倫理原則。我們不能容忍像對待動物被試 (subjects) 那樣對待人類同胞：我們不允許研究者將電極 (electrodes) 插入正常的人類大腦之內以研究其內部活動；也不允許將它的某一部分隨意切除以確定這樣做的後果；我們不能將小孩放在受到控制的環境 (controlled environments) 中，以便查看在不同的實驗條件下他能否發展出正常的人類語言，或者他會發展出什麼樣的語言。但這一切在非人類被試的情況下都是允許的、合法的 (當然，這大可值得懷疑)。在人類被試的情況下研究者只能滿足於「自然的實驗」(nature's experiment)：意外的大腦損傷、腦疾病等等。但是，很明顯，企圖在這樣的非正常的條件下發現語言官能的腦機制是非常之困難的，甚至是不可能的。在心理或大腦的某些其他 (認知) 系統 (如人類的視覺系統) 的情況下，對其他高等有機體 (如猴子、貓等) 所進行的實驗研究可以為人類研究者提供許

多極有價值的信息，這是因為人類的這些系統 (特別是其視覺系統) 和其他高等有機體非常相似。但是，由於語言官能為人類所獨有，因而對其他動物的腦機制的研究幾乎不可能為我們提供關於語言官能的腦機制的任何有價值的信息。

四、小結：喬姆斯基語言理論的基本特徵

從上面對喬姆斯基語言理論的系統介紹，我們不難看出它有如下基本特徵：

第一，它是唯理論 (rationalism) 的。

按照喬姆斯基的語言理論，我們每個人的語言知識是由我們所先天具有的、生物學 (遺傳) 上決定了的語言官能經過與經驗的語言材料的相互作用歷經一定的成熟過程自然而然地「生長」而來。我們的語言官能先天就已具有了大量的概念和原則，它們先於任何經驗而存在，但同時又是我們藉以解釋 (語言) 經驗的基礎和前提。顯然，這不過是傳統唯理論哲學觀點在語言領域中的具體運用而已。

第二，喬姆斯基的語言理論還是自然論 (naturalism) 的。

它甚至把語言直接就看作是自然世界中的一種自然對象，像研究其他自然對象那樣去研究語言，力圖構造出關於它的正確的解釋性理論，並希望最終將其與「核心」自然科學統一 (unify) 起來。

第三，喬姆斯基的語言理論雖然從哲學基礎上說是唯理論的，但它又純然是一種經驗性的 (empirical) 探究。

因為無論是在刻畫語言知識的本性時還是在探究這種這種知

識的來源 (即刻畫語言官能的本性) 時，它都是在某一抽象層面上探討一種自然對象 —— 大腦 —— 的某種成分 (某種物理機制) 的性質。因而它的命題都是可真可假的經驗假設，都有被新的經驗證據、被進一步的探究所否證的可能。

第四，喬姆斯基的語言理論是內在論 (internalism) 的。

按照它，我們的日常的語言行為實際上是由我們的心理或大腦內的語言知識 (I– 語言) (以及其他內在的認知系統，特別是常識理解概念 – 意圖系統) 所決定的，而這種語言知識最終說來又來源於我們的內在的天賦語言官能。

第五，最後，喬姆斯基的語言理論還是個體論 (individualism)的。

按照它，我們的語言 (自然語言) 的最為實在、最為根本的方面並非如人們通常所認為的那樣是社會性的、公共的 (共享的 (shared))nobreak，而是純粹個體性的，它實際上是內在於我們每個人之內的，而且是由同樣內在於我們每個人之內的共同的天賦語言官能生長發育而來。

下篇

喬姆斯基語言理論的哲學基礎及其哲學意蘊

喬姆斯基的語言理論遠遠不止是一種語言學理論。確切說來，它是一種關於語言的哲學理論。它所關心的是如何令人滿意地解釋人類語言知識的本性、來源、使用及其物理（生物）機制。因此它和通常所謂的語言學理論是截然有別的，嚴格說來，我們根本就不應該將其稱為語言學理論。（正因如此，在本書中我們常常使用的是「喬姆斯基的語言理論」這個稱呼，而很少使用「喬姆斯基的語言學理論」這個易致人迷誤的稱呼。）喬姆斯基的這種語言理論是有著其深厚的哲學基礎的，這就是歷史上的唯理論傳統。他的理論可以說深化並發展了傳統的唯理論思想，使其具有了現代形態。另外，喬姆斯基在提出和論證他的語言理論時，常常聯繫到現代語言哲學中的爭論和問題，諸如心－物關係問題、意義問題、無意識的知識問題、遵守規則問題等等，並根據自己的常常是獨樹一幟的觀點給其以獨到的分析和評判。因此，他的語言理論有著深遠的哲學意蘊。下面我們就比較詳細地介紹並分析喬姆斯基語言理論的哲學基礎和哲學意蘊。

第五章　哲學基礎：歷史上的唯理論傳統

一、歷史上的唯理論和經驗論

　　喬姆斯基的語言理論是作為對形形色色的經驗論的反對而提出的，其哲學基礎是歷史上的唯理論（理性主義）傳統。

　　簡單說來，唯理論就是指強調理性在認識過程中的至關重要的作用的哲學理論，而經驗論則是指強調感性經驗在認識過程中的至關重要的作用的哲學理論。不過，唯理論和經驗論之爭遠比這複雜，它表現在許多方面。就我們目前所關心的範圍而言，關鍵之點是：是否存在著普遍必然（或絕對確實）的知識（即所謂的真正的知識）？如果存在著這樣的知識，它們究竟來源於何處？對諸如此類的問題，唯理論者和經驗論者給出了十分不同的回答。

㈠巴門尼德

　　唯理論思想最早可追溯至巴門尼德（Parmenides, 鼎盛年約在西元前 504～ 前 501 年）。巴門尼德將人們感官所及的個別的、雜多的、相對的、具有生滅變化的事事物物稱為非存在，與其相對立的是完整單一（不可分）、無生滅變化的存在。只有思想（理

智）才能通達（認識）存在，幫助人們獲得普遍必然、確實可靠的真理，而感覺只能通達（認識）非存在，借助於它人們只能得到搖擺不定的意見。那麼為什麼思想（理智、理性）能夠把握（認識）存在（實即一般、普遍、絕對）呢？對這個問題巴門尼德並沒有給出回答。

㊁德謨克里特

比巴門尼德晚一些的德謨克里特（Demokritos, 鼎盛年約在西元前 420 年）將感覺所及的世界（感性世界）的本質設想為原子和虛空，和巴門尼德一樣認為只有理智才能認識原子和虛空。和巴門尼德不同的是，德謨克里特並未因此就貶低（更沒有否定）感覺在認識過程中的重要作用。在他看來，理智是離不開感覺的，因為正是感覺為理智提供了影像原料，而只有借助於這種原料，理智才能通過現象而通達事物的本質：原子和虛空。對理智（理性）德謨克里特沒有作出足夠的探討，但對人們的感性認識過程則進行了深入的研究，提出了著名的影像說。他首先是在論述視覺時提出「影像」(eidolon, image) 概念的。在他看來，視覺是依這樣的方式發生的：眼睛和對象都發出原子射流，二者相互作用，最終產生視覺影像。視覺影像要以空氣為媒介來形成和傳遞，因此可以造成影像的減弱甚至變形。德謨克里特依類似的方式解釋了其他的感覺。他認為聽覺是這樣產生的：密集的空氣產生一種運動，氣流中大量粒子（原子）進入耳朵的孔道，以很強的力量擴散到全身，形成聽覺。味覺和觸覺則是各種不同形狀的原子刺激舌頭和身體的結果。德謨克里特將外部事物作用於人類感官而產生的影響統統都稱為「影像」，影像說因此而得名。

由於感覺是外部事物和人類感官相互作用的結果，因此人類感官和身體狀況對感覺也有十分重要的影響。那麼，是否存在著制約著人類的感知過程的一般原則呢？對這個問題德謨克里特給出了否定的回答。另外，由於在他看來，即使關於事物本質的知識，即原子和虛空的知識，最終也取決於感覺，所以我們可以將德謨克里特視為經驗論在古代的最大代表。

(三)柏拉圖

柏拉圖（Plato, 西元前 427～ 前 347 年）將單一的存在理解為多樣而又統一的理念（理念世界），與之相對的是由有生滅變化的雜多的個體事物構成的感性世界。借助於感覺人們只能獲得意見，只有通過靈魂中的理性功能才能獲得關於理念的知識。那麼人們的理性（靈魂）為何能夠具有關於理念的知識呢？柏拉圖是通過其著名的「回憶說」來回答這個問題的。「回憶說」是以當時流行的奧菲教派的「靈魂說」為基礎而構造起來的。按照奧菲教派的教義，完整的人是由肉體和暫時依附於其上的靈魂而構成的，肉體是靈魂的墳墓，靈魂投身於肉體之上是對其的一種懲罰；通過入教典禮，靈魂可以得到淨化和解脫，可以避免在來世或陰間遭到進一步的懲罰；不死且輪回轉世的靈魂，能保持生前固有的記憶。柏拉圖接受了這種靈魂說，並進一步從哲學上發展了它，認為：靈魂是肉體的原因而不是結果，靈魂領導肉體，靈魂是純然精神性的，它並非如自然哲學家所認為的那樣，是由元素或憑藉元素而創造出來的；靈魂和神同族，與神血脈相通，它永遠追求擺脫肉體的束縛，力求回到神那裡；從時間上說，靈魂先於肉體而存在，它是不死的，「它在一個時候有一個終結稱為

死，在另一個時候又再生出來，但是永遠也不會消失……」❶。
既然靈魂是不死的，並且已經投生了好多次，既然它已經看到了
現世 (this world) 和陰間 (underworld) 的一切，因此它獲得了關
於一切事物特別是事物本身即理念的知識。但是當靈魂投生為
人時，由於某種原因它把它先前所具有的知識給忘掉了，因此所
謂學習、探究不過就是通過某種方式來回憶起這種知識的過程。
這也就是說，人的靈魂（心靈、心理）之內先天就具有真正的知
識，知識是天賦的，它們來自於人類的理性本身。在《斐多篇》
(Phaidon) 中柏拉圖以「相等」理念為例對他的上述結論進行了
具體的論證。下面我們就看一下這個論證。

　　按照柏拉圖的理念論，在所有具體的相等 —— 如一塊木頭與
另一塊木頭的相等，或者一塊石頭與另一塊石頭的相等 —— 之外，
還有一個更為實在和本真的相等，即相等本身，或相等的理念。
具體的相等之所以成其為相等，只是因為它們「分有」了相等本
身（相等的理念），但它們和相等本身還是具有根本的區別：相
等的木頭和相等的石頭，即使它們沒有改變，但有時從一個角度
看它們是不相等的，而從另一個角度看又是相等的；但相等本身
絕不會不相等，相等的理念絕不會和不相等的理念混而為一。由
此柏拉圖斷言，具體的相等（石塊之間的相等，木頭之間的相等）
比相等本身的相等要差一些。現在，我們假定，當一個人看見一
個東西的時候，這樣想：「我看見的這個東西要想和另一個存在
的東西相似，但是卻趕不上這另一個東西，不能和它相似，而是
比它不如」。顯然，當一個人這樣想的時候他必然是已經預先有

---

❶　《古希臘羅馬哲學》，頁119。

了對於這另一個東西的知識。而相等的東西和相等本身之間的關係恰恰是這樣的。因此，在我們第一次看見相等的東西並且想著所有這些東西都要力求和相等本身相似但卻趕不上它的時候以前，我們（我們的靈魂）必然已經有了對於相等本身的知識了。依此類推，在我們第一次使用其他的感官（如觸覺）感覺到相等的東西並且想著所有這些東西都要力求和相等本身相似但卻趕不上它的時候以前，我們的靈魂必然已經有了對於相等本身的知識了。

由於一方面我們（的肉體）一生下來就具有了所有感覺（視覺、聽覺、觸覺等），另一方面，我們（我們的靈魂）又必然是在我們（我們的肉體）有了所有這些感覺之前得到關於相等本身的知識的，所以我們（我們的靈魂）必然是或者在我們（我們的肉體）出生以前或者正在出生的時候就已經獲得這種知識了。柏拉圖排除了後一種可能（因為如果我們是在出生的時候獲得關於相等本身（相等理念）的知識的，那麼我們就應該始終具有它（我們不可能在得到它們的那個時候就同時把它們給丟掉了），但這與事實相違），認為我們的靈魂在我們出生（在其投成肉身）以前就已經獲得了關於相等本身的知識。既然如此，那麼為什麼並非我們出生以後就知道相等本身（相等的理念）呢？對此柏拉圖是這樣解釋的：雖然我們（的靈魂）在出生以前就已獲得了相等本身的知識，但在其出生的時候由於某種原因（這種原因究竟是什麼他沒有明確論及）把它給忘掉了。這樣，所謂學習，不過就是通過感覺的喚醒作用（或誘導作用）而將我們的靈魂在投成肉身以前（在前世）所具有的知識逐一回憶起來的過程。

柏拉圖認為，上面的論證是普遍適用的，不僅僅適用於相等本

身（相等的理念），而且也適用於所有其他的事物本身（理念），如美本身、善本身、公正本身，神聖本身等等。這也就是說，我們的現世的靈魂關於理念所知道的一切都只是因回憶而來，實際上我們早在出生以前就已經具有了這種知識。這裡，柏拉圖特別強調，為了重新獲得（或者說，恢復）我們以前所具有的知識，必須有適當的感覺作為契機（誘因）。「除非通過視覺或者觸覺或者其他的感覺，我們就得不到，也不可能得到這種知識。」❷在用視覺或者聽覺或者其他的感官感覺到一個東西的時候，這個感覺就可以在人的心中喚起另一個已經忘記了的，但是和這個感覺到的東西聯繫在一起的東西，即與這個感覺到的東西相對應的理念。

在比《斐多篇》稍早的《美諾篇》（Menon）中柏拉圖以另一種方式論證了回憶說。該篇的對話場景是這樣的：蘇格拉底（實即柏拉圖自己）正在和美諾談論知識的回憶說，美諾對此表示不理解，希望蘇格拉底給以進一步的解釋。蘇格拉底便將美諾的一個家奴喊到跟前，在沙地上畫了一個正方形ABCD（見下頁圖），其邊長皆為二英尺，然後問這個家奴是否知道這是一個正方形（即四個邊都相等的平面圖形）。家奴說他知道。接著他又問該家奴這個正方形有多大，家奴答曰四平方英尺。然後蘇格拉底問道：兩倍於 ABCD 的正方形（它有八平方英尺）的邊長應該是多少？家奴不假思索地回答說是 ABCD 的邊長（二英尺）的兩倍即 4 英尺。這時蘇格拉底將 DC 延長一倍至 N，DC ＝ CN ＝ 2 英尺，因此 DN ＝ 2×2 英尺。依同樣的方式將 DA 延長一倍，得兩倍

---

❷ 同❶，頁186。

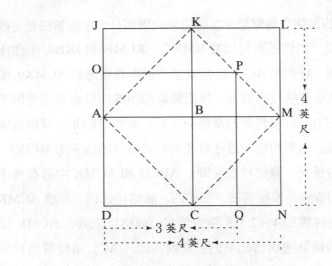

於 DA 的線段 DJ，以 DJ 和 DN 為基礎便可作出正方形 DNLJ，
但它並非是八平方英尺大，而是十六平方英尺 (4×4)，因此它四
倍於（而非兩倍）ABCD。這說明兩倍於 ABCD 的正方形的邊長
不應是 ABCD 的邊長的兩倍。家奴認識到了自己的錯誤。接著蘇
格拉底問家奴：八平方英尺大的正方形是不是 ABCD 的兩倍，
DNLJ 的一半？家奴答曰是。蘇格拉底接著問：它的邊長是不是
要比 ABCD 的邊長（二英尺）長，而比 DNLJ 的邊長（四英尺）
短？家奴回答說必然是這樣的，而且恍然大悟地說它的邊長應是
三英尺，也即應是 DQ。蘇格拉底問道：由 DQ 所作成的正方形
OPQD 有多大？家奴答曰3×3 即九平方英尺。蘇格拉底指出，
OPQD 並不是我們所尋找的兩倍於 ABCD 的正方形（因為它是
八平方英尺大），後者不能以三英尺長的線段為邊。接下來蘇格
拉底將 CB 延長一倍至 K，將 AB 延長一倍至 M，因而形成四個相
等的小正方形，問道：我們是不是可以做這樣的一條線 AC，它

將 ABCD 的兩個角聯繫起來並將它分成兩部分？家奴答曰是。蘇格拉底又問：我們是否可以在 BMNC、KLMB 和 JKBA 中作出同樣的線呢，它們和 AC 一起組成了一個新的正方形 ACMK？家奴說是。然後蘇格拉底問道：我們剛剛作出的四條線是否分別將那四個小正方形分成相等的兩部分了呢？家奴答曰是。蘇格拉底問：這樣劃分出來的每一部分有多大？家奴答曰四平方英尺的一半即二平方英尺。蘇格拉底又問：ABCD 和 ACMK 中各有多少這樣大小的圖形？家奴答曰：二和四。蘇格拉底問：那麼 ACMK 有多大？家奴答曰 $4 \times 2 = 8$ 平方英尺。蘇格拉底問：ACMK 是以什麼樣的線為邊構造起來的？家奴答曰：AC。這時蘇格拉底對家奴說：AC 那樣的線就是專家們稱為「對角線」的東西，這也就是說，兩倍於一個正方形的正方形可以以該正方形的對角線為邊而構造起來。家奴答曰：是這樣的。這時，蘇格拉底問一直站在旁邊的美諾他是否在一直詢問家奴，而沒有教他任何東西，或者向他解釋任何東西？美諾說是這樣的。蘇格拉底又問：家奴是否在一直按照自己的意見回答他？美諾答曰是。於是蘇格拉底作出結論說：家奴實際上早已具有關於如何構造一個兩倍於某個正方形的正方形的知識（以及其他的幾何知識），只不過，他忘掉了這種知識，經過巧妙的提問，他最後又從自己之內將這種知識恢復起來（回憶起來）了，也就是說：知識就是回憶。那麼家奴是在何時獲得這種知識的呢？蘇格拉底問美諾以前是否有人教過家奴有關這方面的知識，美諾肯定地回答說沒有，蘇格拉底由此斷言：家奴不可能是在今生今世獲得這種知識的，而只能是在前世獲得這種知識的。

這裡有一個問題：如果人的靈魂在生前就已具有了關於理念

的知識 —— 真正的知識，或者說確實可靠、普遍必然和實在的知識，那麼我們不禁要問：靈魂是如何在生前（前世）獲得這種知識的？對此柏拉圖並沒有為我們提供一個可以接受的答案。按照他的回憶說，回答似應是：靈魂於前世所具有的知識是回憶它於「前前世」所具有的知識的結果。但這樣我們最終便陷於無窮後退的尷尬境地。

　　關於柏拉圖的回憶說還有一點值得注意，那就是：柏拉圖只是認為關於理念（實即一般，共相）的知識是由回憶而來，而關於可感事物（它們是理念的摹本）的「知識」（嚴格說來，不應稱其為知識而應稱其為「信念」或「意見」）並非由回憶而來，而是由實際的經驗感知而來。至於這種感知是如何發生的，他接受並發展了德謨克里特的影像說，認為感覺是由感覺器官、可感事物和太陽等發出的流射物相互作用的結果。如視覺就是由如下三種流射物相互作用而來：由太陽放射出的光線；面對可感對象，從眼睛中散出的和日光一樣的視覺流；發光的物體自身發出的光線，或者由太陽發出的光線照射到物體上面後反射出來的光線。它們在視野中相遇便產生視覺。這說明，柏拉圖不承認（或者還沒有認識到）存在著制約著人們的感性認識過程的一般原則。不過，由於他堅信存在著普遍必然（絕對確實）的知識（即理念的知識），並以為這種知識是天賦於作為靈魂之一部分的人類理性之中的，因此，可以認為他是唯理論在古代最為傑出的代表。

㈣亞里士多德

　　亞里士多德（Aristotle，西元前 384～ 前 322 年）批判地繼承並發展了他的老師柏拉圖的理念論和目的論思想，認為宇宙根本

說來是一個理念的世界 (ideal world)，一個相互關聯的、有機的整
體，是永恆不變的理念或形式 (forms) 的系統。這種永恆不變的理
念或形式構成了宇宙間一切事事物物的終極原因和本質，是它們
的指導力量 (directing forces) 或目的。不過，和柏拉圖不同，亞
里士多德並不認為理念或形式是獨立於具體的、現實的事事物物
而存在的。在他看來，它們就存在於我們所知覺到的現實的（經
驗的）世界之中，構成了其至關重要的一個有機組成部分，正是
借助於它們現實的（經驗的）世界才有其意義和生命。因而，我
們的經驗世界並非如柏拉圖所說只是不真實的現象，是獨立於其
外的理念世界的不完善的摹本，相反，它就是最為真實的世界。

　　按照亞里士多德的觀點，理念或形式雖然不能脫離開具體
的事事物物而存在，但只有它們才構成了真正知識的對象。真正
的知識就是關於事物的終極原因或本質的知識，即關於理念或形
式的知識。它們絕對確實，具有最大的普遍性和必然性，是一切
演繹證明或推理的前提和基礎。那麼這種知識來自於何處呢？它
們不可能來自於經驗或感官知覺，因為經驗或感官知覺只能提供
或然性，因而它們必來自於人類的理性本身 —— 靈魂的最為高級
的部分，是理性的直接的直覺。這也就是說，理念或形式不僅僅
是事物的原則或本質，而且是理性的原則或本質，它們就潛在於
人類的心理或靈魂之中，它們既是實在本身的形式也是思想的形
式。因此，思想和存在是符合一致的，真理就在於思想與存在的
符合。

　　潛在於人類心理之中的理念或形式為了能夠顯現出來變成現
實，為了使理性認識到它們，就有必要求助於經驗（感官知覺）。
人類的理性具有從具體的事物中將其形式抽離出來的能力。因此，

我們的知識總是始自於感官知覺即對個體事物的知覺，從特殊的事實上升到普遍的概念，即關於共相（形式）的知識。形式（共相，普遍，一般）雖然是我們在思想過程中所達到的最後的東西，但從本質上說它們是第一性的：它們是第一原則。

　　亞里士多德還對人類的感官知覺過程作了一定的探討。當我看到某種東西 —— 如我的書桌 —— 的時候，我的眼中發生了什麼事情呢？亞里士多德認為，這時在我的眼中發生了這樣的事情：我的書桌的可感知的形式 (sensible form) 進入了我的眼中。正如當我將一個印章壓在蠟塊上之後，印章的形式便進入蠟塊中一樣。不過，亞里士多德並不認為眼睛（或其他感官）只是被動地接受感知對象的形式，在他看來，事物的形式實際上早就潛在於我們的眼睛（或其他感官）之中了：在我看一個紅色的對象之前，我的眼睛已潛在地是紅的了，而當我實際上看到了一個紅色的對象時，這種潛能便被變成了現實。

　　從上面的介紹我們看到，亞里士多德的思想比較複雜，他力圖調和柏拉圖和德謨克里特的思想。一方面，他充分強調了普遍必然性知識的先天性 —— 它們就內在於人類的理性本身之中（而且這裡亞里士多德比柏拉圖走得更遠，因為他認為即使感官知覺也有賴於先天的理性原則 —— 形式），另一方面，他又充分強調了感官知覺或經驗在認識過程中的重要作用。科學的理想必然始終是從共相中推出特殊，提供出必然的證明（演繹推理），但這在共相被從我們的理性中喚醒以是不可能的。而為了喚醒共相，就必須求助於經驗。沒有經驗，就無從獲得真正的知識，而如果真正的知識沒有先天的來源，它們也就不可能具有絕對的確實性。

㈤赫伯特

在近代切伯利的赫伯特 (Herbert of Cherbury, 1581～1648) 勛爵繼承了柏拉圖和亞里士多德的唯理論思想。在其著作《論真理》 (*De Veritate*) 中他斷言，在我們心靈之內先天地存在著一些原則或概念 —— 赫伯特稱其為「共同觀念」(Common Notions)，我們將其作為一種自然的直接的禮品 (direct gifts)、自然本能的箴言 (precept) 而帶給對象，只有借助於它們我們才能很好地區分對象並理解其性質及關係，才能比較和結合個別的感覺並根據對象、對象的性質及其所參入的事件來解釋經驗。它們向我們透露了我們所能知覺的東西、所能認識的東西的本性。一言以蔽之，天賦於人心中的共同觀念構成了人類的所有經驗和所有認識的可能性的前提。

那麼，這些內在於人心中的天賦原則又是從何而來呢？赫伯特的回答是：它們來自於上帝，是上帝親手印於人心之中的，是上帝寫於人心中的不可磨滅的文字。

在赫伯特看來，共同觀念有如下重要特徵：先在性 (Prioritas)；獨立性(Independentia)；普遍性(Universalitas)；確實性 (Certitudo)；必然性(Necessitas)；一致的方式 (Modus conformationis)，也即直接的同意 (Assensus nulla interposita mora) 或普遍同意 (Universal Consent)。其中最後一個特徵最為重要。不過，有兩點必要的限制：第一，這裡所提到的普遍同意是指「正常的、有理性的、頭腦清楚的人」之間的普遍同意。這也就是說我們必須將精神不正常之人或精神上有殘疾的人、剛愎自用的人、愚笨的人、優柔寡斷的人、厚顏無恥的人等等排除在外。第二，為了引出或激活這

些天賦的原則，需要有適當的經驗，除非受到經驗對象的適當的刺激，它們將無所作為。在這方面，共同觀念與看、聽、愛、希望等官能（能力）特別相似：儘管我們生來便具有這些官能，但如果不存在相應於它們的對象，那麼它們便始終處於潛伏狀態，甚至於會最終消失。赫伯特認為如下原則是共同觀念的範例：世上存在著至高無上的神威；這個神威必須受到尊敬；美德和虔誠是對上帝的最好的崇拜；人們必須悔改他們的罪惡；歷經此生以後，我們一定會受到獎賞或受到懲罰。

㈥笛卡兒

笛卡兒改造並發展了柏拉圖等人的唯理論思想。他斷言，無論是在邏輯數學中，還是在哲學中都存在著普遍必然或絕對確實的知識，諸如「與同一個東西相等的兩個東西彼此相等」，「三角形三內角之和等於兩直角」，「我存在」，「凡是清晰明確地被認識的東西都是真的」，「任何事情都有原因」，「原因至少必須同結果一樣實在和完善」，「上帝存在」，「上帝是完善的」等等都是這樣的知識。它們都或者本來就天賦於人類的理性之中，或者是理性直觀自身所具有的普遍觀念（共同觀念）的結果，或者是由天賦於人心中的普遍原則經演繹推理推演而來。因此所有普遍必然的知識都得自於人類理性本身，都可以說是天賦的。對這個結論笛卡兒給出了如下論證：外在的物質世界只包含著特殊的物質運動 (corporeal movements)，因此純粹從外界對象經過我們的感官而直接進入我們的心靈中的東西只是某些物質運動。但是即使這些運動以及由它們而引起的圖形 (figures) 也並非是被我們按照它們在我們的感官那裡所採取的那種形式來加以構想的。

因此運動和圖形的觀念自身以及關於它們的知識是天賦於我們的心中的，並因之疼、顏色、聲音、滋味、氣味、冷和熱等等這些由物質運動所產生的感覺觀念，以及與之相關的知識也都必是天賦於我們的心中的。（這裡我們要注意，雖然在大多數時候笛卡兒認為普遍觀念或普遍原則就現成地天賦於我們的心中，但在反對者的批評之下，他有時又認為我們的心理（心靈）並非天生就具有一些現成的觀念和原則，而只是天生具有一種從自身之內產生普遍觀念和原則的思維能力 (the faculty of thinking) 而已。所有由這樣的思維能力產生的觀念他都名之為天賦的。）在笛卡兒看來，獲得全部可靠知識的途徑就是從天賦觀念和原則出發，運用所謂的理性演繹法，推演出一個又一個的命題，構造出一個自身一貫的、無矛盾的體系。

㈦庫德沃斯

劍橋柏拉圖派學者庫德沃斯 (Ralph Cudworth, 1617～1688) 繼承並詳細發揮了笛卡兒等人的唯理論思想。他區分開了本質上被動性質的感覺官能和天賦的「認識能力」(cognoscitive power)。感覺的作用是將對象給予心靈，以便為心靈進行其自己的活動提供機緣；而認識能力則幫助人們理解或判斷感覺所提供的對象，它不僅僅是思想的倉庫，而且是一種從自身之內將理智觀念和概念提供出來的能力。例如，當我們觀看街道並知覺到其上行色匆匆的人群時，我們不僅僅只是使用了感覺（感覺至多只是向我們顯示了表面現象 —— 如帽子和衣服等等 —— 甚至都沒有向我們顯示對象），而更使用了理智形式 (intelligible form)。我們藉以理解和認識事物的這種理智形式並不是被動地從外部印於人心中的印記，

而是主動地從自身之內引發出來的觀念。在庫德沃斯看來，根據對象及其關係，根據原因和結果、全體和部分的關係、對稱、比例，根據對象的動能及用途，以及最後根據道德判斷等等來解釋感覺材料，這一切都是人類心靈的組織活動的結果。同樣的道理也適用於對象的統一性。感覺就像一架「狹窄的望遠鏡」一樣，它們只能提供零碎的景觀，只有心靈才能提供關於整體的綜合的觀念。正是在這種意義上我們才說：關於一個對象的理智觀念並不是從外部印於心靈之上的，而是借助於感知觀念(scnsible idea)的機緣從主動和總括的理智本身的能力產生而來的。

㈧洛克

　　笛卡兒等人的上述先驗唯理論思想激起了以洛克(John Locke, 1632～1704)為首的經驗論者的堅決反擊。在《人類理智論》(*An Essay Concerning Human Understanding*)中洛克花了很大篇幅對其進行了詳盡地批判。在批判過程中洛克所使用的論據主要是：如果果真存在著什麼天賦的觀念或原則，那麼它們一定是得到了普遍同意的，換言之，只有得到了普遍同意的觀念或原則才可能是天賦的。那麼為何如此呢？洛克的回答是：所謂一個觀念或原則天賦於人心中只是意味著它被自然地印(imprinted)在人的心中，而對自然地印在人心中的觀念或原則人們當然是能夠知道或意識到的，並因之必然也會同意的。說一個觀念被印在了某個人的心中，但同時又說他（他的心）對其毫無意識、一無所知，這就等於又消除了所印的印記。這時唯理論者可能會說：作為自然印記的東西只是認識的能力，而非現成的觀念或原則。但是，如果果真如此，那麼人們所能知道的一切真理都將是天賦的了，這樣再

說什麼天賦便沒有任何意義了。

如果只有受到普遍同意的觀念或原則才能說是天賦的，那麼也就根本沒有什麼天賦觀念或原則了。因為沒有一個被認為是天賦的觀念或原則受到了普遍的同意。以「存在者存在」和「一種東西不能同時既存在而又不存在」這兩個著名的斷言為例。顯然，並非所有人都同意它們，兒童、未受教育者、野蠻人就對它們一無所知。這說明它們並非是天賦的。這裡唯理論者也許會辯解說：當人們使用理性時他們就都知道並同意它們。在洛克看來，這樣說也沒有道理，因為兒童、未受教育者和野蠻人早就有理性，但卻對這些原則一無所知。再如，任何道德律都不能總是天賦的，因為它們都不是一致公認的。在許多民族看來是罪惡的東西，另外一些民族則視之為義務。如果說由於偏見、教育和風俗而使得這種觀念逐漸模糊了，這恰恰否定了對這種觀念的普遍同意。如果說這種觀念不能磨滅，那麼它就應該為一切人所有，而且在兒童和沒有文化的人的心中最為清楚，但這正好與事實相違。笛卡兒所強調的上帝的觀念也不可能是天賦的，因為一些部落整個都缺乏神的觀念和知識，或者沒有清楚的神的印象。即使全人類都有上帝的觀念，也不能由此就說上帝的觀念是天賦的，正如火、熱、太陽和數的觀念，雖普遍為人類所擁有但並非是天賦的一樣。

總而言之，沒有任何天賦的原則或觀念。人的心靈的最初的狀態有如一塊白板，其上沒有任何字跡、任何觀念。人類理性和知識的一切材料都來自於經驗，人類的所有知識都建立在經驗之上，歸根到底都發源於經驗。經驗基本上可分為兩種，一為感覺，它為心靈提供可感覺的性質；一為反省（或內在的感覺），它為

心靈提供有關它自己的活動的觀念，諸如知覺、思維、懷疑、相信、推理、認識和願望等。感覺和反省所提供的是簡單的觀念，心靈能夠對其加以重複、比較和結合，所以能夠構成無限數目的新的複雜觀念。知識不過是關於觀念的聯繫、觀念彼此符合或不符合和彼此矛盾的知覺。我們知道白不是黑，白的觀念和黑的觀念不相符合。知識的確實性和明確性彼此不同。有時心靈直接認識到兩個觀念的相符或不相符，而無需以其他的觀念作為中介。洛克稱這樣獲得的知識為直觀的知識(intuitive knowledge)。心靈立刻認識到白不是黑，圓不是三角形，三大於二等等。這是人類薄弱的能力所能得到的最為清楚最為確實的知識，不必證明，也不能證明，具有無可爭辯的自明性，一切知識的確實性和證實都要以這種知識作為基礎。有時候心靈不能立刻認識到兩個觀念的相符或不相符，只是在將這兩個觀念與其他觀念比較以後它才能發現它們相符或不相符。洛克將由此得到的知識稱為論證的知識(demonstrative knowledge) 或理性的知識 (rational knowledge)。這種知識的確實性依靠介於其間的觀念或證明，它的明確性不如直觀的知識那樣高。要使結論可靠這種知識中的每一步都必須有直覺的確實性。邏輯和數學中都充滿了直觀的知識和論證的知識，為了獲得這樣的知識我們只需在思想中考察一下它們所包含的觀念之間的關係即可，無需考察外界實在。不過，這裡我們要注意，洛克並沒有否定直覺的知識和論證的知識與經驗的根本關聯，因為在他看來，這兩種知識所包含的觀念最終說來都可歸約為簡單觀念，而簡單觀念必然來自經驗 —— 感覺或反省。

　　洛克認為，我們具有關於我們自己的直觀的知識，具有關於上帝的存在的論證的知識。除上述兩種知識以外，我們也能獲得

關於外界個別有限東西的存在的知識，洛克稱這種知識為感性的知識 (sensitive knowledge)。這種知識的獲得要借助於感官，僅僅思考觀念間的關係是不夠的，因而它遠不如前兩種知識那樣確實可靠。嚴格說來，只有直覺的知識和論證的知識才真正有資格享有知識的美譽。

洛克斷言，除關於我們自己和上帝的存在，以及關於個別的有限東西的存在之外，我們不能獲得關於實在存在的任何確實的知識，而只能達於或大或小的或然性。這也就是說，不存在關於外部實在的普遍必然、絕對確實的知識，只是在思考我們自己心中的抽象的觀念時，我們才能獲得普遍必然、絕對確實的知識。

㈨萊布尼茨

唯理論的另一個重要代表萊布尼茨對洛克對先驗唯理論（天賦論）的上述批判進行了強有力的反批判。首先，萊布尼茨認為洛克在批判時所依據的主要論據，即天賦的觀念或原則必然是普遍同意了的或者只有受到了普遍同意的觀念或原則才能是天賦的，根本就是錯誤的。因為人們並非總是能夠清楚明白地意識到或知道、察覺到天賦於他們心中的原則或觀念，人們有著許多東西卻並不知道（沒有意識到、察覺到），情況就是這樣的。心靈每時每刻都依靠那些天賦的原則或觀念，但它並不容易把它們區別出來和清晰明確地表象出來，因為對於那些在我們心中的東西的察覺，有賴於一種很大的注意力，而大部分人由於不習慣於沈思卻幾乎沒有這種注意力。其次，在萊布尼茨看來，洛克的觀點前後矛盾。一方面，他斷言人心中沒有任何天賦的觀念或原則，一切都發源於感覺經驗；但另一方面，他又承認我們的觀念除感覺

外還有另一種來源，即反省，而所謂反省不是別的，就是對於我們心裡已有的東西的一種注意，但這種已有的東西顯然只能是天賦的，我們不能說它們來自於感覺，因為這樣我們便又否定了反省作為一種獨立的知識源泉的地位。再次，洛克所說的心靈「白板」在萊布尼茨看來純然是一種虛構，是自然所不允許的，是建立在哲學家們那些不完全的概念的基礎之上的，就像虛空、原子和靜止，或者是絕對的靜止一樣。不包含任何變化的齊一的事物，從來就只是一些抽象，就像時間、空間，以及其他一些純數學上的東西那樣。沒有什麼物體，它的各部分都是靜止的，也絕無一個實體是沒有什麼可以和其他一切相區別的。人類的靈魂不僅和別的靈魂有區別，它們自己彼此之間也是有差別的。如果有人辯解說哲學家們所提出的心靈白板的意義只是說靈魂自然地原本只有一些赤裸裸的功能，那麼這也不能令人信服，因為沒有任何現實活動的功能，一句話，就是經院哲學家們所講的那種純粹的潛能，也只是一種虛構，是自然所不允許的，只是人們由抽象得來的。最後，如果一切知識都由經驗而來，那麼我們無法解釋我們所具有的普遍必然知識即理性真理（必然真理、永恆真理）的來源。洛克認為普遍必然或絕對確實的知識有兩種，即直觀的和論證的知識。而後者又可歸約到前者，即直觀的知識。直觀的知識是心靈直接比較自身所具有的觀念的結果，正因如此，它們是必然的，絕對確實的。但是，這種解釋不能令人信服，因為心靈所具有的觀念如果最終都來自於感覺經驗，那麼它們就不可能是清晰明白的，因而以它們為基礎而建立起來的直觀知識也不可能絕對確實。感覺對於我們的一切現實的認識雖然是必要的，但是不足以向我們提供全部認識，因為感覺永遠只能給我們提供一些

例子，也就是特殊的或個別的真理。然而印證一個一般真理的全部例子，不管其數目怎樣多，也不足以建立這個真理的普遍必然性，因為不能得出結論說，過去發生的事情將來也永遠會同樣發生。只有理性才能建立可靠的規律，並指出其例外，以補不可靠的規律之不足，最後更在必然後果的力量中找出確實的聯繫。對於一個普遍的真理，不論我們能有關於它的多少特殊經驗，如果不是靠理性內在固有的原則認識了它的必然性，靠經驗歸納是永遠也不會得到對它的確實保證的。一句話，普遍必然的知識（必然真理、理性真理）只能來自於人類心靈之中固有的天賦的觀念和原則。（在理性真理之外，萊布尼茨還提到有一種事實真理，它們來自於感覺經驗，甚至來自我們心中那些混亂的知覺，沒有任何必然性，純粹是偶然的。這裡有一點需特別加以注意，那就是在萊布尼茨那裡，理性真理和事實真理之間的區別並不等同於「與實際無關的真理」和「與實際有關的真理」的區別，很多必然真理事實上也涉及到實際，它們與事實真理不同之處在於：它們是對實際的本質原因或必然聯繫的認識，而事實真理則只是對實際的偶然聯繫的認識。）

那麼人類心靈天生具有那些觀念和原則呢？萊布尼茨認為，上帝、自我、實體、同一、存在、原因、知覺、推理、運動、形狀、空間、靜止等等觀念都是天賦的。同一律、矛盾律、排中律、因果律以及算術、幾何學，還有形而上學、倫理學、法學和神學中的基本原理都是天賦原則。有時，萊布尼茨甚至於認為我們的一切觀念和命題都是天賦的。「我們靈魂的一切思想和行動都是來自它自己內部，而不能是由感覺給予它的。」❸

---

❸　萊布尼茨：《人類理智新論》，中譯本，頁36。

與笛卡兒不同，萊布尼茨並不認為觀念和原則就現成地作為現實天賦於我們心中，而是認為它們只作為傾向、稟賦、習性或自然的潛能天賦在我們心中，雖然這種潛能也永遠伴隨著與它相應的、常常感覺不到的某種現實。我們的心靈始終有一種要活動的特殊稟性（認識能力），並且除此之外，還有活動的傾向。我們的心靈有如「一塊有紋路的大理石」，「如果在這塊石頭上本來有些紋路，表明刻赫爾庫勒的像比刻別的像更好，這塊石頭就會更加被決定（用來刻這個像），而赫爾庫勒的像就可以說是以某種方式天賦在這塊石頭裡了」❹。雕塑家的工作就是對這塊大理石進行加工，琢磨，使其固有的紋路顯現出來。同樣，我們的認識過程也不過就是設法使我們的稟性或潛能按其天生的樣子（傾向）顯現出來而已。在這個過程中，感覺經驗的刺激 (stimulating) 或激活、發動 (activating, initiating) 作用在很多情況下是很有必要的。它們為我們提供了機緣 (occasion)，使我們注意並察覺到我們所具有的稟性或潛能，沒有感覺我們永遠不會想到它們。

㈩休謨

休謨 (David Hume, 1711～1776) 對萊布尼茨對經驗論的上述批判不以為然，仍然堅持與洛克大體相似的經驗論觀點，並在某些方面使經驗論達到了其邏輯的終點。他堅信，人類的一切知識都來自於經驗。經驗的基本成分是印象。印象是當人聽、看、感受、愛或恨、要求或希望時所產生的比較鮮明的知覺，即最初出現於人的心靈中的一切感覺、情緒和情感。而人的思想或觀念則是這類印象的摹本，是不太鮮明的知覺，是模糊微弱的印象，是

---

❹　同❸，頁6～7。

人反省以上所述的感覺或運動時才意識到的。每一種觀念都由摹寫相同的印象而來。沒有印象就沒有觀念，盲人不能有顏色的觀念，聾人不能有聲音的觀念。我們的思想或觀念並不是鬆散而互不相關的，它們是互相連結在一起的。它們依某種方法和規則性互相關聯，它們之間有互相聯繫的紐帶，藉此一個喚起另一個。觀念之間存在著七種主要的關係：類似，同一，時間和空間關係，數量的比例，性質的程度，相反和因果關係。其中，類似、相反、性質的程度和數量的比例這四種關係完全決定於我們所比較的各個觀念，只要我們弄清了這些觀念，那麼我們立刻就會確定這些關係存在與否，因此它們可以成為知識和確實性的對象。在這裡我們總能獲得普遍必然或絕對確實的知識。由於數學主要是處理量和數的，因此在數學中我們能達到確實無誤的知識。數學真理僅僅通過思想上的運作就可以發現，而與宇宙間任何地方發生的事情都無甚關係，即使自然界沒有圓形或三角形，幾何真理仍會保持其確實性和自明性。與類似、相反、性質的程度和數量的比例相反，同一、時間和空間關係以及因果關係都不僅僅取決於所比較的觀念，而更取決於世界中所發生的事情即實際的事情，它們可以在觀念沒發生任何變化的情況下而有所變化。例如，兩個物體間的接近和遠隔的關係，可以僅僅由於它們的位置的改變而有所變化，並不需要它們的觀念有所變化。在這幾種取決於實際的事情的關係中最為重要的是因果關係。我們關於實際事情的一切推論都是建立在因果關係基礎之上的。因此，關於實際事情的知識的確實性問題也就自然而然地變成了因果關係知識的確實性問題：人們如何取得因果關係知識？這種知識的確實性有多大？

　　我們不可能是通過先天的推論而達於因果關係的知識的。亞

當不能從火光和火的熱度先天地、先於任何經驗地推出火會將他化為灰燼。心靈不能從假設的原因演繹地推出結果。無論怎樣進行推理我們都不能先天地發現火藥會爆炸, 磁石之間會互相吸引的事實。因為結果和原因全然不同, 永遠不能在原因中發現。我們不能演繹地證明某一原因必產生某一結果或它必定總是產生同樣的結果。我們不能像證明數學命題一樣合乎理性地證明麵包含有營養、火能生熱等等。麵包和營養的性質之間沒有這樣的必然聯繫, 即其中一個概念必然涵蘊另一概念, 如果有這樣的聯繫的話, 那麼我們不靠經驗, 從這些性質的第一次出現, 就會推論出那樣的結果, 猶如從三角形的性質推論出其三內角之和等於兩直角一樣。關於因果關係的知識是建立在觀察和經驗基礎之上的。我們觀察到對象之前後相連, 相同的東西經常結合在一起, 火焰生熱, 寒冷降雪, 一個檯球的運動後面接著便有另一個檯球的運動。在眾多的事例中發現兩種對象恆常地結合在一起, 我們便推論它們之間有因果關係, 其中一個是另一個的原因。此後, 一旦我們看見其中的一個出現便期待另一個出現。心靈由習慣所推動而相信那兩種東西有聯繫, 將永遠結合在一起。我們看到兩種東西如火和熱、重量和堅固性等恆常結合在一起, 便從一種東西的出現而期待另一種東西的出現。換言之, 對象間恆常結合的經驗在我們之內產生了它們之間存在一種穩定聯繫的信念: 我相信、我們認為或我們覺得它們是關聯在一起的。但是, 習慣是本能, 而本能會出錯。因此我們不可能獲得關於因果關係的絕對確實的知識, 並因之我們也就不能獲得關於實際的事情的絕對確實的知識。人根據經驗而建立結論, 相信未來同過去一樣, 但是沒有絕對的把握, 不能肯定事情不會發生變化。

㈡康德❺

　　從上面的介紹可以看出，無論是經驗論者還是唯理論者一般都是承認存在著普遍必然或絕對確實的知識的。但他們對這種知識的範圍和來源有著不甚相同、甚至截然相反的理解。按照經驗論者的觀點，普遍必然或絕對確實的知識的範圍是很狹窄的。只是在邏輯數學中必然存有這樣的知識，在有關實際存在的科學中斷然不能具有這樣的知識（我們看到，在這方面洛克的觀點要寬容一些，他認為在自我的存在、上帝的存在等方面，我們也能獲得普遍必然、絕對確實的知識）。而這種僅有的普遍必然的知識最終說來並非是天賦於人類的心靈之中的，也並非僅僅是由理性從自身中發掘出來的，因為作為它們的基礎和構成成分的觀念最終來源於（感覺）經驗。按照唯理論者的觀點，不僅邏輯、數學中有這樣的知識，即使在有關實際存在的科學中如形而上學、倫理學、神學和法學以及以探討自然為己任的自然科學中也存有這樣的知識。這種知識之所以可能是因為它們純然是由人類心靈或理性從自身中發掘出來的，甚或就天賦於人類的心靈或理性之中。

　　顯然，無論是經驗主義者還是唯理主義者都是片面的、獨斷的。前者雖然注意到了人類知識的經驗來源，但卻忽略了理性在認識過程中的巨大作用，因而他們無法令人信服地解釋絕對確實的知識的存在。如果所有的觀念（包括構成所謂普遍必然知識的那些觀念）都來自於感覺經驗，那麼就不能存在什麼普遍必然的知識，因為來自於經驗的觀念不可能絕對清楚明白。（為了首尾

---

❺　這一小節和下一小節的寫作參考了我的另一部著作《石里克》的部分內容。

一貫，只能像極端經驗論者那樣否定這樣的知識的存在，認為一切知識都源自於經驗，都是或然的。）唯理論者雖然充分注意到了理性在認識中的巨大作用，「令人滿意地」解釋了絕對確實（普遍必然）知識的存在，但卻貶低甚或忽略了感性經驗的作用，因而最終也就無法正確地解釋絕對確實的理性知識何以能與實際相符合並在實際中獲得應用（而只能像萊布尼茨那樣求助於「預定的和諧」，獨斷地斷言：事物的本性和心靈的本性本來就是彼此一致的）。康德 (Immanuel Kant, 1724～1804) 看到了經驗論和唯理論的這種片面性、獨斷性，力圖在吸收二者的合理因素的基礎上正確地解釋人類知識之由來。

　　為了很好地完成這個任務，康德認為我們有必要首先作出下述雙重區分：「先天的（知識）」(a priori) 和「後天的（知識）」(a posteriori)；「分析判斷」 (analytische Urteile) 和「綜合判斷」 (synthetische Urteile)。下面我們分別看一下這兩個區分。

　　在康德那裡，「先天的東西」和「後天的東西」的區分實際上就是「獨立於經驗的東西」和「依賴於經驗的東西」的區分。「這樣的知識〔即獨立於一切經驗，甚至獨立於一切感官印象的知識〕被稱為先天的，它們區別於經驗的知識，後者的來源是後天的，也即，經驗的。」❻

　　康德認為，我們可以從以下兩個方面將「先天的知識」和「後天的知識」區別開來：其一，

　　　如果有這樣一個命題，每當我們思考它時，我們就認識到了它是必然的，那麼它就是一個先天的判斷；❼

---

❻　Immanuel Kant, *Critique of Pure Reason*, pp. 42～43.

❼　Ibid., p. 43.

其二，

> 經驗從不會給予其判斷以真正的或嚴格的普遍性，而只
> 能經由歸納給其以假設的、比較的普遍性。因此，嚴格說
> 來，我們只能說直到目前的觀察為止，還沒有對這個或那
> 個規則的例外。於是，如果一個判斷是以嚴格的普遍性，
> 也即以這樣的方式：它不容許有任何可能的例外，被加以
> 思考的，那麼它就不是得自於經驗的，而是絕對先天地有
> 效的。經驗的普遍性只是一種任意的擴展，它將在大多數
> 情況下成立的有效性擴展到了在所有情況下都成立的有
> 效性，如在「所有的物體都是有重量的」這個命題中。相
> 反，當嚴格的普遍性成為一個判斷的本質時，這便表明了
> 一種特殊的知識源泉，即一種先天的知識能力。❽

因此，必然性和嚴格的普遍性便成了先天知識的可靠標準。康德
斷言，先天知識是實際存在著的。比如，所有數學命題便都是先
天知識，而「每種變化都必有其原因」也是不折不扣的先天知識。

康德不僅將「先天的」和「後天的」的區分應用於判斷（命
題、陳述或斷言）之上，而且將其應用於概念之上。按照他的解
釋，獨立於任何經驗的概念是先天的，反之則是後天的。例如，
當我們從我們關於一個物體的經驗（後天）概念中將那些僅僅是
經驗的特徵（如顏色、硬度、重量，甚至不可入性等）一個一個地
去除掉，那麼最後將仍然剩下一個東西，即該物體所曾占有的空
間，而它無論如何是不可去掉的。康德認為，它便是先天概念。
如果在一個先天的判斷中出現的所有概念都是先天的，也就是

---

❽ Ibid., p. 44.

說，在其中沒有攙雜任何後天的、經驗的成分，康德就將其稱作純粹的判斷。如數學命題便是純粹的先天命題。

「先天的知識（判斷）」和「後天的知識（判斷）」的區分是從來源上對知識（判斷）所作的劃分。此外，康德還從內容上對知識（判斷）做了嚴格的區分。

> 各種判斷，無論其來源以及其邏輯形式如何，都按其內容而有所不同。按其內容，它們或者僅僅是解釋性的，對知識的內容毫無增加；或者是擴展性的，對已有的知識有所增加。前者可以稱之為分析判斷，後者可以稱之為綜合判斷。❾

由於康德深信一切判斷本質上都具有主謂判斷的形式，所以他又從主謂項關係的角度對這個區分作出了進一步的界說：分析判斷就是這樣的判斷，它的謂項概念已經明顯地或隱蔽地包含在主項概念之中了；而綜合判斷恰恰相反，它的謂項概念並沒有包含在主項概念之中。康德認為，「所有的物體都是有廣延的」就是分析判斷，因為只需分析一下我們就不難發現，「物體」這個概念中已包含了「有廣延」這個特徵；相反，「所有的物體都是有重量的」則是綜合判斷，因為它的謂項概念「有重量」並沒有包含在它的主項概念「物體」之中，無論經過怎樣的分析我們也不能從「物體」概念中抽取出「有重量」這個概念。因為「一個肯定的分析判斷的謂項既然事先已經在主項的概念裡被想到了，那麼從主項裡否定它就不能不陷於矛盾；同樣道理，在一個否定的分析判斷裡，它的反面也必然要從主項而被否定，當然也是根據矛

---

❾　康德：《任何一種能夠作為科學出現的未來形而上學導論》，頁18。

盾律」❿，因此，我們可以說：「一切分析判斷的共同原理是矛盾律」⓫。但綜合判斷的反面（即其否定），並不包含或導致矛盾，也就是說，僅僅根據矛盾律我們還不能判定一個綜合判斷的真假。「綜合判斷除矛盾律外，還要求另外一種原理」⓬。

如果我們將先天判斷和後天判斷的區分與分析判斷和綜合判斷的區分結合起來，那麼就有下面四種判斷形式：先天分析判斷；先天綜合判斷；後天分析判斷；後天綜合判斷。很明顯，後天分析判斷是不存在的，因為無論是為了作出一個分析判斷，還是為了證明一個分析判斷，我們都無需超出於概念之外而求助於經驗，為此我們只需分析一下它的主項概念並且根據矛盾律從其中將謂項概念抽取出來即可。由此看來，任何分析判斷必然都是先天判斷，先天分析判斷是存在著的（康德認為所有邏輯判斷都屬於這樣的判斷）。不過，（先天）分析判斷雖然都是普遍必然有效的（絕對確實的），但由於它們不能擴展、增加我們的知識，因此康德認為它們並不構成真正的知識。至於後天綜合判斷，雖然某種意義上講它們能增加我們的知識，但它們缺乏普遍性、必然性，因而也不能構成真正的知識。這樣，最後只剩下一種可供選擇的判斷形式了，即先天綜合判斷 (die synthetische Urteile a priori)。在康德看來，真正的知識只能存在於這種判斷之中，因為它們既具有普遍性和必然性（絕對確實性），同時又能增加我們的知識。那麼，這樣的判斷（知識）究竟有沒有可能呢？對此康德作出了肯定的回答：它們當然是可能的，因為它們是實有

---

❿ 同❾，頁 19。

⓫ 同❾，頁 19。

⓬ 同❾，頁 20。

的，它們的存在是不容爭辯的事實。首先，所有的（純粹）數學判斷都是先天綜合判斷，因為一方面，它們是普遍必然有效的、絕對確實的，因而是先天的；另一方面，「數學在命題裡必須超出概念達到與這個概念相對應的直觀所包含的東西」❸，因而它們又是綜合的。對於數學判斷的先天性質（即其普遍必然性或絕對確實性）一般不會有人懷疑（除極端懷疑論者和極端經驗論者以外），但對於它們的綜合性質，大部分哲學家都會表示出深深的不解。在他們看來，數學判斷最終都可歸約為同一陳述，它們的唯一根據就在於矛盾律，因此它們只能是康德意義上的分析判斷（萊布尼茨和休謨的觀點實際上就是這樣的，儘管他們還沒有使用「分析判斷」這個術語）。康德認為，這嚴重地誤解了數學判斷的本性。比如，就「七與五之和等於十二」這個算術命題而言，從它的主項概念「七與五之和」我們無論如何也分析不出「十二」這個概念來。為了作出或理解這個算術命題，我們必須超出這些概念，借助於相當於這兩個數目之一的直觀，比如說，用五個指頭，或者用五個點，把直觀所給的「五」的各單位　個、一個地加到「七」的概念上去。這樣，我們就通過「七與五之和等於十二」這個命題實際上擴大了我們的概念，並且在第一個概念上加上了一個新的概念，而這個新的概念是在第一個概念裡所沒有想到過的。

　　因此算學命題永遠是綜合的，而且隨著我們所採取的數字越大就越明顯，因為那樣我們就看得清楚，無論我們把我們的概念翻轉多少遍，如果不借助於直觀而只是一個勁兒

---

❸　同❾，頁23。

　　　　地把我們的概念分析來分析去，我們是一輩子也得不到和
　　　　數的。❹

在康德看來，純粹幾何學的一切公理也同樣不是分析的，而是綜
合的。

　　　　「直線是兩點之間最短的線」，這是一個綜合命題。因為
　　　　我關於「直」的概念絕不包含量，只包含質。所以「最短」
　　　　這一概念完全是加上去的，用任何分析都不能從直線的概
　　　　念裡得出來，在這上面必須借助於直觀，只有直觀能使綜
　　　　合成為可能。❺

這裡，人們也許會提出這樣的反對意見：數學中也包含「a＝a」
（整體等於其自身）和「(a＋b)＞a」（整體大於部分）之類的
命題，而它們顯然是分析的，僅僅根據於矛盾律。對此康德答覆
道：諸如此類的命題「只作為在方法上連接之用，而不作為原理
之用，……而即使是這些命題，儘管單從概念上來說它們被認為
是有效的，但在數學上它們之所以被承認，也僅僅是因為它們能
夠在直觀裡被表象出來」❻。此外，康德認為，所有純粹自然科
學的基本原理也都是先天綜合判斷。比如，下面這兩個判斷就都
是先天綜合判斷：「在物質世界的一切變化中物質的量始終保持
不變」；「一切發生的事情永遠按照經常不變的法則事先被一個
原因所規定」（即因果原則）。因為一方面，它們是必然的、普
遍適用的（絕對確實），任何自然現象都必須受制於它們，因而
它們是先天的；另一方面，它們又是綜合的。就上面的第一個判

---

❹　同❾，頁 21～22。
❺　同❾，頁 22。
❻　同❾，頁 23。

斷來說, 在物質的概念中我們無論如何也想像不到 (分析不出) 它的恆常性, 而只能想像到 (分析出) 它在它所占有的空間中的存在性 (即其廣延性), 在作出這個判斷的時候, 我們必已超出了物質概念之外而在思想中先天地給它附加上了某種它所不曾包含的東西。因為同樣的道理, 上面所舉的第二個判斷也是綜合的。

我們看到, 先天綜合判斷的可能性已由其實有性加以保證了, 但它們是如何成為可能的呢? 換言之, 純粹數學是如何可能的? 純粹自然科學是如何可能的? 回答這個問題並不容易, 可以說康德的整個批判哲學主要就是圍繞著這一問題而展開的。為了解答它, 康德認為我們有必要首先考察一下我們的認識的官能, 考察一下它的能力、可能性和限度。認識以心靈為必要條件。沒有需加以思維的東西, 我們不能思維。除非有通過感官所獲得的對象, 除非心靈有接受能力或有感受性, 我們沒有思維的對象。感受性提供對象或知覺 (直觀, 康德有時稱之為經驗的直觀)。此外, 這些對象還必須被知性 (Verstand, Understanding) 所思維、所理解, 由知性中產生概念。沒有感覺或知覺以及思維或理解就不可能有知識。知識的這兩種必要條件根本不同, 卻又相互補充, 知覺和概念構成人類一切知識的要素。沒有概念, 則知覺是盲的; 沒有知覺, 則概念是空洞的。知性所能做的是對感受性所提供的材料進行加工、整理和排列。由此看來, 先天綜合判斷 (或先天綜合知識) 如何可能? 這個問題實際上可以分解為下面兩個問題: 感性或感官知覺如何可能? 知性如何可能?

⑴康德首先探討了人類的感性或感官知覺能力的必要條件。顯然, 為了有所知覺, 就必須有感覺。但是, 單純的感覺還不是

知識，感覺僅僅是意識的變化，僅僅是由某種別的東西使人產生的主觀狀態。感覺一定要涉及到時空，涉及到時空中的特定的位置：感覺必被知覺為某種外在的東西，它位於其他東西旁邊，在某種東西以前或以後，或和它同時發生。因此，人們的感覺必都被排列在時空的秩序中。感覺為知覺提供了材料或內容，而對時間和空間的直觀則為它提供了形式：感覺提供原料（顏色、聲音和質量），這種原料由感性給排列在時空的格局或形式中，於是成為知覺。心靈不僅接受感覺，而且由於它有直觀能力，還知覺這種感覺：它看見顏色、聽見聲音在它以外，在空間中，在時空秩序中。感性具有先天地知覺空間和時間的能力，我們的心靈是這樣構成的，即使沒有物體呈現，它也知覺時空，它不僅知覺在時空中的物體，而且還知覺時空本身。康德將這種意義上的知覺稱為純粹知覺或先天知覺。

把感覺排列在時空中的功能或形式本身不是感覺。它們不是經驗的或後天的直觀形式，而是心靈本身所固有的，因而是先天的。時間是內在感覺的直觀形式，就是說，我們不能不把人類的心理狀態理解為在時間的連續中的彼此相隨。空間是外在感覺的直觀形式，從空間上說，我們只能理解那影響人類感覺器官的東西。

在康德看來，時空不是實在的，或獨自存在的東西，也不是為事物所擁有的真正的性質和關係。它們是感性理解事物的方式，是感覺的形式或功能。因而，如果世界上沒有能夠直觀或知覺時空的人，這世界也就不再具有空間和時間性質了。我們永遠不能設想沒有空間，雖然我們能設想空間中沒有物體。這也就是說，我們不能不藉空間而知覺和想像。空間是對象或現象之能成

為對象或現象的必要的先決條件，因而是必要的純粹先天觀念。沒有空間，我們不能思考事物；沒有事物，我們能夠思考空間。因此，空間也是我們關於對象或現象的表象或認識之所以可能的必要的先決條件（邏輯前提）。凡是必要的先決條件必定是心靈的先天形式。康德認為，類似的話也完全適用於時間。既然一切所與或呈現於感官者都是意識的變化，從而屬於內在的感覺，那麼時間也就構成了一切表象或現象（對象）的必要的先決條件。

由於數學（在康德看來，它主要包括幾何和算術兩部分）恰恰是關於作為感性的純粹直觀形式的空間和時間的科學，它是以對空間或時間的先天知覺（純直觀、純粹知覺）為基礎的：幾何學是建立在先天的空間知覺之上的；算術是建立在那表達先天的時間知覺的數的概念之上的，因此它的命題必然也構成了對象（現象）之能成為對象（現象）以及我們關於對象（現象）的表象或認識之所以可能的必要的先決條件（邏輯前提）。我們的感性世界中的一切對象必然要極其準確地同我們的數學命題（算術命題和幾何學命題，特言之，歐氏幾何命題）符合一致。這樣，先天綜合的數學判斷（知識）便最終得以成為可能了。

(2)通過感官知覺（感性）我們獲得了一系列處於時空中的對象的知覺。但是，僅僅沒有關係，沒有聯繫的知覺（或直觀表象、直觀的雜多）還不就是知識，而且即使我們（作為能思維的主體）將它們聯繫在一起了，我們也不一定就獲得了知識，而獲得的有可能僅僅是只具有主觀有效性，而不具有客觀必然性的個別的知覺判斷。只有當我們以某種特殊的方式將它們聯繫在一起時，我們才能獲得真正的知識，即具有普遍必然性（絕對有效或絕對確實）的「經驗判斷」(Erfahrungsurteile) —— 先天綜合判斷。在康

德看來，這種方式就是：將它們置於某個（或某些）純粹知性概念之下，這個（或這些）知性概念規定了有關直觀的一般判斷的形式，把直觀的經驗的意識連結在一個一般的意識裡，從而使經驗的知覺判斷具有了普遍必然性。比如，我們有了關於太陽的知覺，隨後又有了關於熱石頭的知覺，然後將它們聯結在一起作出下述判斷：「太陽曬石頭，石頭熱了」。顯然，這不是什麼知識，它還沒有必然性，儘管我和別人曾經多次地知覺過這個現象，但這些知覺僅僅是通常這樣結合起來的。只有當我們將「因果性」這個純粹知性概念加到知覺上去（它將「熱」的概念必然地聯結到了「太陽曬」的概念上）而形成「太陽曬熱了石頭」這樣的判斷的時候，我們才獲得了真正的知識。這也就是說，為了獲得真正的知識，我們必須對對象加以適當的聯繫、連結或思維。因此，沒有一個起綜合統一作用的、能思維的心靈，即知性，知識或判斷是不可能的。我們必須使知覺為人理解，或置知覺於純粹知性概念之下，同時又要使知性概念聯繫到感性，或者給予它們以知覺的對象。知性不能獨立直觀或知覺任何事物，感覺不能獨自思考任何事物。只有將兩者結合起來才可能有知識。

康德將這樣的純粹知性概念稱為範疇。它們是先天的，是知性本來就具有的，並非來自於經驗，它們的唯一職責就「在於給一個直觀規定出它能夠供判斷之用的一般方式」❶ 。那麼，這樣的範疇一共有多少呢？換言之，知性思維或聯結或聯繫直觀表象即知覺的形式一共有多少種呢？知性表現於判斷之中，實際上，知性就是判斷能力：思維就是判斷。因此，思維的形式就是判斷

---

❶ 同❾，頁67。

的形式，要發現這種判斷的形式，我們就必須分析判斷，檢查判斷所表現的形式。邏輯的判斷表可以引導人們去發現範疇。判斷表中有多少可能的判斷，就說明有多少心靈的純粹概念或範疇。康德斷言，總共有十二種可能的判斷形式，因而相應地也就有十二種範疇：全稱判斷、特稱判斷、單稱判斷，在這些判斷中我們用量的範疇來思考事物，即總體性、多樣性、單一性；肯定判斷、否定判斷、不定判斷，這些判斷表示質的範疇，即實在性、否定性、限制性；直言判斷、假言判斷、選言判斷，這些判斷表示關係範疇，即實體性、因果性、共存性（相互作用性）；或然判斷、實然判斷、必然判斷，這些判斷表示模態範疇，即可能性、實存性、必然性。

我們看到，純粹的知性概念或範疇導源於心靈卻被運用於經驗之中。我們把那獨立於經驗，即並非來自於經驗的範疇注入到了經驗中，注入到自然世界之中，這如何可能？我們有什麼權利這樣做？對此康德作出了如下證明（他將他的這個證明稱為「純粹知性概念的先驗的演繹」）：如果沒有使用範疇進行判斷的知性的思維活動，沒有一個正在進行這樣的思維活動的統一的和有統一作用的意識或自我意識，簡言之，如果沒有憑藉範疇而活動的先驗的、統一的統覺 (Apperzeption)，那麼就不會有經驗對象──因為所謂對象（或現象）就是指出現在時間空間裡並由範疇聯結起來、處於一定的關係中的東西，也永遠不會有關於經驗對象的經驗或知識。由此康德斷言：範疇構成了經驗對象以及對經驗對象的認識或經驗的可能性的先天條件或原則。

判斷，在僅僅被視為提供出來的表象在意識裡結合的條件時，就是規則；規則，在把這種結合表現為必然的結合

時，就是先天規則；在上面再沒有更高的規則可以由之而推出時，就是原則。說到全部經驗的可能性：如果僅就思維的形式來說，除了把現象（按其直觀的不同形式）安排在純粹理智〔知性〕概念之下的那些經驗判斷的條件，上面再沒有什麼條件了，那麼純粹理智〔知性〕概念就是可能經驗的先天原則。**⑱**

由於自然界不過是可能的「經驗的一切對象〔即現象〕的總和」**⑲**，所以範疇也構成了自然界之所以可能的先天的條件或原則。換言之，它們構成了自然界的普遍法則。正是因為如此，範疇才能被正當地運用於經驗中，運用於自然世界中。由於作為可能經驗的原則的純粹知性概念或範疇同時也是自然界的普遍法則，而這些純粹知性概念或範疇當然是能夠加以先天地認識的，所以自然界的普遍法則是能夠加以先天地認識的，進一步，自然界本身也是能夠加以先天地認識的：關於自然的先天綜合知識，即純粹自然科學也就以這樣的方式而成為可能了。

正如我們已強調過的，康德的認識理論是為了調和經驗論和唯理論的矛盾而提出的，表面上看它確實起到了這樣的作用：它既注意到了感覺經驗在認識中的作用 —— 我們的認識必始自於經驗，我們只能認識我們所經驗的東西，感覺為知識提供了材料或內容，又充分地宏揚了理性的作用 —— 我們用以整理感覺材料的純直觀形式（時間和空間）以及用以聯結、聯繫知覺對象的範疇都是我們的心靈或理性本來就具有的，天賦的。但是本質上說它最終還是陷入了唯理論的泥淖。因此總體上說，它是屬於唯理

---

⑱　同❾，頁73。

⑲　同❾，頁60。

論之列的，而且是一種至為精密、至為複雜的唯理論。因為按照它，我們的先天綜合知識的「先天性」即其普遍必然性最終只能來自於我們的理性或心靈。的確，如果我們堅持認為先天綜合知識無論如何是可能的，甚至是實存的，我們只能像康德以及其他唯理論者那樣，到我們的理性或心靈中尋求這種知識。

㈢石里克和維也納學派

　　二十世紀二十年代左右，康德的先天知識觀受到了以石里克 (Moritz Schlick, 1882～1936) 為首的維也納學派的激烈攻擊。由於是石里克最早、最為系統地進行這種攻擊的，所以下面我們的介紹將以他的觀點為中心。

　　⑴首先，石里克認為，康德的提問方式 —— 先天綜合判斷（知識）是如何可能的？ —— 就是錯誤的，因為它是以存在著先天綜合判斷這樣的假定為基礎的。但實際上這樣的判斷（知識）根本就不存在。石里克首先改進了康德關於分析和綜合判斷的界定。康德的界定是以如下假定為基礎的：所有的判斷都是主謂式判斷或者都可歸約為這樣的判斷。但事實並非如此，主謂式判斷只是部分判斷所具有的形式。因此有必要重新界定分析和綜合判斷。石里克的界定是：分析判斷就是那些僅僅根據單純的概念分析或定義便可建立起來的判斷；綜合判斷就是那些不能僅僅依靠概念分析或定義而建立起來的判斷。在石里克看來，分析判斷具有（而且只有分析判斷才具有）普遍必然性或絕對確實性，是先天的。綜合判斷不可能具有普遍必然性或絕對確實性，不可能是先天的，而只能是後天的（經驗的）。這也就是說，先天綜合判斷（知識）是不可能的，「先天綜合判斷（命題）」是一個自相矛

盾的語詞組合。

> 一個先天綜合判斷就是這樣的一個命題，它表達了一個事
> 實但又不依賴於這個事實 —— 這與表達的本質相悖[20]。

康德所謂的先天綜合判斷實際上根本不是什麼先天綜合判斷，一經縝密的分析即可發現它們或者雖是先天的，但非綜合的（如算術和純幾何命題），或者雖是綜合的，但非先天的（如所謂的因果原則）。

首先讓我們看一下算術命題。石里克認為，康德對「七與五之和等於十二」這樣的算術命題的「綜合性」的證明是非常表面化的，毫無說服力，可以說是他的整個理論中最為糟糕的部分。即使我們不考慮弗雷格 (Gottlob Frege, 1848～1925) 和羅素 (Bertrand Russell, 1872～1970) 的宏偉計劃 —— 算術（甚至整個數學）可以歸約為邏輯 —— 的對錯，現在也沒有多少人認為，為了獲得或建立一個算術命題我們需要超出於算術的基本概念和公理之外而求助於什麼（純）直觀。比如，我們只需分析一下「七」、「五」、「十二」以及「和數」這些語詞的涵義就可知道「七與五之和等於十二」的正確性了。因此，算術命題只能是分析的、先天的，但非綜合的。

至於幾何學命題，情況則要複雜一些。石里克認為，我們首先應嚴格區分開物理幾何和數學幾何（純粹幾何）。前者是關於實際世界的空間關係，也即剛體間位置關係的經驗科學；而後者則以純形式的關係為對象，是一個純形式化的演繹系統，組成它的命題並不是真正的命題，而是命題函項。物理幾何命題由於對

---

[20] Moritz Schlick, 'Form and content', in *Philosophical Papers II*, p. 343.

實際有所斷言，單靠概念的分析是不能建立起來的，因而必是綜合的，但顯然不是先天的；而數學幾何（純粹幾何）命題由於對實際無所斷言，與實際無關，僅憑概念分析或定義即可建立起來，因而是分析的，並因之也是先天的，但不是綜合的。數學幾何經過解釋可以應用於實際的世界，這時它也就轉變成為物理幾何了。在石里克看來，從純粹幾何到物理幾何的轉變相當於從語言理論到語言應用的轉變，「純粹幾何是物理幾何的語法」**㉑**。但究竟哪一種形式的數學幾何可以應用於我們的實際的世界（或其某一部分）則要由經驗和某些實際的考慮（如簡單性）所決定。康德認為，歐氏幾何公理表達了我們的直觀能力的構成方式，因而必然適合於整個可以知覺和可以想像的世界，是先天的。但是，根據愛因斯坦 (Albert Einstein, 1879～1955) 的廣義相對論，為了描述這個世界我們必須使用非歐幾何，因為在有引力場的領域，空間的性質不再服從歐氏幾何，而遵循著非歐幾何。現實的物質空間不是平直的歐幾里德空間，而是彎曲的黎曼空間。以上的分析說明，幾何命題無論怎麼看都不可能具有先天綜合性質。

最後，被康德當作為純粹自然科學的基本原理的那些命題也不具有先天綜合性質。它們雖然都是綜合的，但非先天的。如就因果原則而言，它當然是綜合的──因為僅僅通過單純的概念分析我們永遠也得不到它，但卻並非是普遍必然有效的，也即不是先天的。現代自然科學的發展，特別是量子力學的新進展，充分證明了這一點。

(2)石里克認為康德對「先天綜合判斷是如何可能的？」這個

㉑　Moritz Schlick, *Philosophy of Nature*, Chap. 6.

問題所作的解答整個說來也是不能成立的，充滿了毫無根據的妄斷。

　　a.康德為了回答「數學命題作為先天綜合判斷是如何可能的？」這個問題而提出了他的直觀形式理論，認為先天綜合的數學命題之所以可能完全是因為我們在作出或理解一個數學命題時必須借助於所謂的純粹的空間直觀或時間直觀，而正是這樣的純直觀使我們的數學命題具有了先天綜合特徵。但石里克認為，並不存在這樣的純粹直觀（或先天直觀）。

　　首先，讓我們看一下幾何學命題。石里克認為，為了很好地剖析康德的幾何觀，我們有必要嚴格區分開兩種空間，即直觀的心理空間和客觀的物理空間。直觀空間是主觀體驗的空間，是以空間知覺為基礎的，正因如此，石里克又將它們稱為知覺空間。顯然，我們有多少種空間知覺便有多少種知覺（直觀）空間，如視覺空間、觸覺空間、動覺空間等等。這些不同的空間彼此完全不同，無從比較。客觀的物理空間則是用以表示實際世界或者說物理物體的次序的概念性的輔助手段 (ein begriffliches Hilfsmittel)，它是一種概念構造 (eine begriffliche Konstruktion)，借助於所謂的重合方法 (die Methode der Koinzidenzen) 我們便可將其從個別的知覺中構造出來。比如，如果將主觀的知覺空間的個別要素彼此單義地配置起來，我們便構造出了客觀的物理空間的「點」的概念。客觀的物理空間的特徵只取決於下述考慮：要使自然律的表達盡可能地簡單、緻密 (geschloss)。顯然，對客觀的物理空間我們是不能進行感性直觀的，那麼我們可以對它們進行「純粹的（先天的）直觀」嗎？換言之，存在著純粹的（先天的）空間直觀（實即牛頓的絕對空間）嗎？對此石里克作出了斷然的否定

回答：根本就不存在什麼純粹的（先天的）空間直觀，只有一種空間直觀，那就是感性的空間直觀。但借助於感性的空間直觀我們至多只能建立起物理幾何 —— 它雖是綜合的，但不是先天的，而不能建立起純先天、純分析的數學幾何。因而，無論從哪種角度看，幾何都不是以什麼「純粹的（先天的）空間直觀」為基礎的，康德的幾何觀是不能成立的。

對所謂的純粹的時間直觀石里克做了同樣的分析。在他看來，正如在空間的情況下一樣，我們也應區分開兩種不同的時間：一種是主觀體驗的直觀的時間，一種是客觀的或數學的時間。前者是一種直接的所與，是感性直觀的結果；後者則是一種純粹的概念次序、概念構造。主觀體驗的直觀的時間作為一種前後相繼和持續的體驗是不可定義、不可描述的，它是多變的瞬間，我們不能借助於它給予處於事件序列之中的距離以客觀的決定。它構成了關於「時間意識」的心理學研究的對象，借助於心理學研究我們可以作出一些關於它的經驗判斷 —— 綜合判斷。對於我們來說，主觀的時間只可用作估測時間的手段，而絕對不能用作測量時間的手段。相反，客觀的時間則總是以這樣的方式出現的：我們選定某些簡單的周期過程，將其用作為我們的體驗的連續過程的固定的參考點，並且用數字將它們表示出來。以這樣的方式我們便給所有的事件都配置上了一個一維的多樣體 (eindimensionale Mannigfaltigkeit) 或一維連續統 (eindimensionales Kontinuum)，一個純粹的概念構造物。借助於它，當初始點 (Anfangspunkt) 和參考系選定了以後，我們便可以給每一個過程都對應上一個用數字（通過日期、小時、分、秒等）加以表示的確定的位置。客觀時間或數學時間的形態 (Gestaltung) 只取決於下述考慮：要使自然律

的表達盡可能地簡單、緻密。顯然，這種意義上的時間不是直觀的，而且在石里克看來，它也不可能是純粹直觀的。實際上，只有一種時間直觀，那就是對於主觀體驗的直觀時間的感性直觀，而不存在康德所謂的純粹的（先天的）時間直觀（實即牛頓的絕對時間）。算術作為一種形式化的公理系統或演算系統，如果它與時間有什麼關係的話，那麼與它相關的也只能是客觀的或數學的時間（比如，我們可以把時間一維連續統看作是算術系統的一個解釋或一個模型）。因此，我們可以斷言：算術不是以任何直觀為基礎的，它的命題是關於隱定義 (die implizite Definition) 所定義的概念的分析命題（先天命題），而不是什麼綜合判斷。

b.為了回答「純粹自然科學命題作為先天綜合判斷是如何可能的？」這個問題，康德發明了他的「範疇說」。在他看來，作為純粹知性概念的範疇是先天的，我們的一切經驗對象或者說認識對象都要受制於它們，某種意義上說都是它們造作的結果。那麼，事實是這樣的嗎？對此石里克給予了斷然的否定回答。在他看來，康德的這種觀點與概念的真正本質相悖。我們知道，按照石里克的理解，概念只是一種記號，它們只有在被配置上了對象的情況下才有意義。因此，如果人們將先天的概念理解為這樣的東西：它們不僅在不依賴任何其他概念和經驗對象（認識對象）的情況下就已經具有了一個意義，而且只有借助於它們經驗對象（認識對象）才得以出現，那麼我們不能不說它們包含著內在的矛盾。「斷言概念就先天地包含在理智之中是荒謬的，這正如下述想法是荒謬的一樣：某些事物必須用語言的某個特定的語詞加

以表示……。」❷ 總之，概念絕對沒有塑造經驗對象（認識對象）的功能，經驗對象（認識對象）是一種實際的客觀存在，它們是獨立於任何概念的。

按照康德的觀點，純粹知性概念或範疇不僅具有塑造經驗對象（認識對象）的功能，而且更具有聯結、聯繫經驗對象或感官知覺（直觀雜多）而從其中做成先天綜合判斷（知識）的功能。它們將一個結構 (Gestalt) 給予了由直觀所給予、已經擺放在那裡、但某種意義上講還不具有形式的質料，並因之而在它之中製作了這樣一些關係，它們使得對於它的先天的認識或經驗最終成為可能。這也就是說，作為一切判斷或認識（經驗）之基礎的那些關係、那些聯結並非如人們通常所認為的那樣已經存在在直觀所與的材料之中了，相反，它們要經過意識（有綜合統一作用的心靈）所獨具的思維功能或純思維形式即範疇加以製作。石里克認為這是不折不扣的妄斷，沒有任何事實根據。實際上，相應於康德的範疇的那些關係（如因果關係 —— 它不過意味著事件的合乎規律的前後相繼）在這些範疇（如因果範疇）出現之前就已經客觀地存在於世界之中了。

總之，在石里克看來，唯理論無論它採取什麼樣的形式都是極端錯誤的。只有經驗論才正確地解釋了日常生活和科學中的認識的本質。因為所謂

認識就是借助於舊的詞項而對一個新的事實的表達，它是建立在對這個事實的構成成分的再次認識的基礎之上的。沒有這種再次認識就沒有知識，它不僅是先於知識的，而

---

❷　Moritz Schlick, *Allgemeine Erkenntnislehre*, 2nd. ed., p. 329.

且構成了其邏輯基礎，它為其有效性提供了根據。但很明顯，這個過程就是人們通常稱為經驗的東西。無論在何處，只要我們使用了「經驗」這個語詞，那麼它就只能意味著這種再次認識出那個自己呈現給我們的原始材料並且對之加以命名的初始性的工作（及其結果）。若不然，它還能意味著什麼呢？材料先於我們能就它而談論的一切 —— 它如何能不是這樣呢？一切知識都是經驗的，這個命題本身僅僅是一個同語反複式。㉓

因此，唯理論和經驗論彼此是正相反對的，不可調和。石里克認為，我們可以將承認不承認先天綜合判斷（知識）作為唯理主義者和經驗主義者之間的區分標準：如果你承認先天綜合判斷（知識），那麼你就是一個唯理主義者；如果你不承認這樣的判斷（知識），那麼你就是一個經驗主義者。

從上面的論述我們看到，按照石里克的看法，只有分析命題才具有絕對的有效性即普遍必然性或絕對確實性，因為它們僅僅是建立在概念分析或定義基礎之上的，沒有就實際而斷言任何東西，沒有任何事實內容，它們所關心的是命題（也即其他的事實）對事實的表達，特別是不同表達式之間的等值關係，因而它們也就永遠不會被實際所否證（當然也不會被實際所證實），它們是名符其實的「先天命題」。（而且嚴格地說，它們根本就不是命題，根本就沒有表達任何知識，我們盡可以將它們看成是我們藉以形成和轉換語言符號的規則或定義。）由於所有的數學命題和邏輯命題根本說來都是分析性的，所以它們都是絕對確實的。與

㉓　同㉒。

分析命題相反，所有的綜合命題都不是絕對地確實的，因為我們不能僅僅通過概念分析或定義就建立起它們，為了建立起它們，我們必須涉足於瞬息萬變的經驗領域，這樣它們也就總有被實際所否證的可能，它們是名符其實的「後天命題」。總而言之，只有沒有就實際而斷言什麼的真命題才具有絕對的確實性；相反，我們關於實際的任何斷言（命題），即使是真的，也不具有絕對的確實性。這也就是說，不存在關於實際對象的絕對確實、普遍必然的知識。

這裡，也許有的讀者會提出如下這樣的問題：既然分析命題（特別是邏輯和數學命題）只處理符號而無關乎事實，那麼我們為什麼能用它們認識世界呢？換言之，它們為什麼能應用於事實世界呢？對此石里克回答道：既然認識就是表達❷，而表達就意味著符號的使用，因此作為關於符號使用和轉換規則的分析命題在認識中的可用性也就不難理解了。

石里克的上述經驗論觀點受到了維也納學派其他成員的普遍贊同。他們不遺餘力地宣揚並發展、完善它。在他們的不懈努力下，二十世紀二十至四十年代在歐洲形成了一個強大的復興經驗論的運動。這種新興的經驗論常常被稱為邏輯經驗論（或邏輯實證論，徹底經驗論）。它與傳統經驗論的重大不同之處在於，它割斷了普遍必然的知識（即邏輯和數學真理）與經驗和實在的任何關聯，並因此似乎為普遍必然知識的存在提供了更為「合理」的辯護：它們只取決於我們關於我們自己所制定的概念（或詞項意義）的任意規定，所以有普遍必然性或絕對確實性。邏輯經驗

---

❷　關於石里克有關認識和表達間關係的觀點請參閱拙作《石里克》第三章。

論的另一個重要學說是所謂的意義證實說：一個綜合命題（經驗命題）的意義就是在經驗上證實它或否證它的方法。邏輯經驗論者認為借助於這個學說我們便可以取消傳統形而上學了：因為形而上學命題不同於分析命題，企圖對世界有所斷言，但它們又不可證實，因而沒有意義。

㈢蒯因和本世紀四十年代到六十年代經驗論在美國的廣泛流行

1936 年石里克被一神經病學生槍殺，此後隨著希特勒納粹勢力的惡性膨脹，戰爭的日益逼近，維也納學派不得不解散，大部分成員先後逃往美國。在美國他們仍努力宣傳並發展邏輯經驗論。

美國哲學家一開始便十分「同情」邏輯經驗論，並接受了它的某些觀點。但他們更有興趣於這樣的事情：將它與美國傳統的實用主義哲學結合起來。這種結合的產物便是所謂的邏輯實用主義。在邏輯實用主義的形成過程中，現代美國著名哲學家蒯因起到了非常重要的作用。三十年代初蒯因便熟悉並接受了邏輯經驗論；但四十年代以後，其立場有所改變，開始對邏輯經驗論持懷疑和批判態度，到五十年代進一步對邏輯經驗論的某些基本觀點提出系統的批評。不過，從總的哲學傾向上說，他並沒有完全拋棄邏輯經驗論，而是用實用主義觀點對其加以補充和修改。

蒯因對邏輯經驗論的批判主要是圍繞著分析命題和綜合命題之分而進行的。在他看來，堅持存在著分析命題和綜合命題之分的信念以及意義證實說構成了邏輯經驗論者的非經驗的教條。對這兩個教條他進行了不遺餘力的批判。簡單說來，他的批判是

這樣的：堅持分析命題和綜合命題有根本區別的人從來沒有能夠真正地作出這種區分，因為他們始終未能給出「分析性」的令人信服的規定。最後他們只好求助於所謂的意義證實概念：分析命題就是那些無論發生什麼情況而總能得到證實的命題，反之則是綜合命題。蒯因認為，這樣的證實概念最終依賴於如下形式的還原論：每一個有關實際的命題（即綜合命題）都可以被翻譯成為一個關於直接經驗的命題，或者每個有關實際的命題都可以單獨地接受經驗的驗證或否證，都有自己獨立的經驗內容（經驗意義），但還原論無論它採取什麼樣的形式最終說來都是不可接受的。並非所有有關實際的命題都可歸約為有關直接經驗的命題；並非所有有關實際的命題都可單獨地接受經驗的驗證或否證，都有自己獨立的經驗內容（經驗意義）。既然還原論不成立，那麼以之為基礎的證實概念進而所謂的意義證實說，也就不能接受了。最後，也就不能企圖通過證實來定義分析性，並進一步來作出分析命題和綜合命題的區分了。總之，根本不存在什麼分析命題和綜合命題的嚴格區分，通常被認為是分析命題的邏輯和數學命題真正說來是和通常被認為是綜合命題的經驗科學命題聯為一體的，它們共同構成了一個人造的織物 (man-made fabric)。這個織物只是沿著邊緣同經驗緊密接觸。或者換個說法，整個科學猶如一個力場，其邊界條件是經驗。場的邊緣與經驗的衝突引起場的內部的再調整。對我們的某些命題的真值就必須作出重新分配。由於命題之間存在著這樣那樣的邏輯關聯，對一些命題的重新賦值 (reevaluation) 便導致對其他命題的重新賦值，既已對某一個命題進行了重新賦值，我們就必須對某些其他命題 —— 它們或者是與該命題邏輯相關的命題，或者本身就是關於邏輯關聯的命題

— 進行重新賦值。但是邊界條件即經驗並不能完全決定整個力場，在面對著任何一個單個的相反經驗時我們有很大的選擇自由來決定究竟對哪些命題進行重新賦值。實際上，無論發生什麼情況，任何命題都可以被認為是真的，只要我們在整個命題系統的其他地方做出足夠劇烈的調整。即使一個非常靠近邊緣的命題在面對難以對付的經驗 (recalcitrant experience) 的情況下也可以藉口發生了幻覺或通過修改某些被稱為邏輯規律的命題而被認為是真的。反過來，因為同樣的原因，沒有任何命題可以免於修改。人們甚至建議修改邏輯的排中律以簡化量子力學。在蒯因看來，這樣一種改變和科學史上慣常發生的改變 —— 開普勒 (J. Kepler, 1571~1630) 之代替托勒密 (Claudius Ptolemaeus, 約 90~168)，愛因斯坦之代替牛頓 (Isaac Newton, 1642~1727)，或者達爾文 (Charles Robert Darwin, 1809~1882) 之代替亞里士多德並沒有任何原則上的區別。邏輯和數學命題與所謂經驗科學命題之間的區別僅在於它們處於整個命題系統內部比較中心的位置，很少有同任何特殊的感覺材料的聯繫闖進來，人們一般不會輕易地修改它們。因為一旦對它們作出修改，就意味著要對整個命題系統進行複雜而全面的變動，而這是與我們的下述實用傾向相違背的：我們一般總是希望盡可能少地打亂一個科學系統，盡可能利用舊的科學規律或原理去解釋新現象，而對舊原理作出盡可能少的修正 —— 保守主義；我們一般總是希望選擇較為簡單的科學理論 —— 簡單性的追求。蒯因認為，保守主義和簡單性不僅在是否修改邏輯和數學規律方面起著決定性的作用，在是否修改其他命題上，乃至在我們選擇任一語言系統（概念系統、科學系統）上，都具有最終的決定權。蒯因在知識問題上的上述觀點通常被稱為整體論

(holism)。

從蒯因對邏輯經驗論所作的上述批判中不難看出，一方面他嚴重地削弱了經驗論的基礎：並非每一個（關於實際的）概念、每一個（關於實際的）命題單個說來都與經驗有關，都有自己獨立的經驗內容，而是命題的總體、整個命題系統才與經驗有關，具有獨立的經驗內容。但是，另一方面，他又加強了經驗論的基礎：不存在與經驗無關的概念或命題，一切概念、一切命題都因與直接面對經驗、直接與經驗相關的概念、命題（他稱之為觀察詞項、觀察命題）的直接或間接的關聯而與經驗相關，即使邏輯和數學概念和命題也不例外。正因如此，也就不存在任何絕對確實或普遍必然的知識。所有知識都是或然的，都只具有相對的確實性。

那麼我們是如何獲得這種或然的知識的呢？對這個問題蒯因作出了和其他經驗論者相同的回答：我們的心理根本就沒有天賦的抽象觀念和原則，它只是一系列行為傾向，而且大部分說來是言語行為傾向，而這些行為傾向又只是生理狀態而已，我們所有的知識都是從經驗歸納概括而來。

五十年代左右，邏輯經驗主義和在此基礎上發展起來的邏輯實用主義在美國哲學界贏得了眾多的支持者（有名的有古德曼、普特南等等），成為當時乃至其後很長一段時間占主導地位的哲學思潮。由於行為主義心理學是以經驗論為思想基礎而構造起來的，所以經驗論的勝利進一步支持並鼓勵了行為主義心理學。如果說行為主義心理學構成了布隆菲爾德及後布隆菲爾德學派語言學理論的心理學基礎，那麼邏輯經驗論和邏輯實用主義則構成了其深層的哲學基礎。因為按照布隆菲爾德及後布隆菲爾德學派的

觀點，我們的語言知識是按照歸納、概括、類比、聯想、條件控制、習慣形成等程序從我們的語言經驗中學習而來㉕。

二、喬姆斯基對經驗論的批判

在喬姆斯基看來，無論是傳統經驗論還是現代經驗論都是錯誤的。他從如下幾個方面對其進行了深入的批判。

第一，經驗論實際上發展了一種特殊形式的心－身（心－物）二元論 (mind-body dualism)。

在經驗論的框架內人的身體是作為自然科學的一個重要對象來加以研究的。它通常被看作是由各種各樣非常專門化的器官 (organs) 組成的。這些器官非常複雜，就其基本特徵來看是遺傳決定了的 (genetically determined)，它們彼此互相影響、互相作用，而且這種互相影響、互相作用的方式也是遺傳決定了的。但是，另一方面，經驗論者卻堅持認為：人類的心理（大腦）原本

㉕ 布隆菲爾德和邏輯經驗論者有著直接的聯繫。1939 年他應邀為邏輯經驗論者主持編輯的「國際統一科學百科全書」(International Encyclopedia of Unified Science) 撰寫了《科學的語言學方面》(*Linguistic Aspects of Science*)。在這本書中布隆菲爾德非常明確地道出了（邏輯）經驗論哲學、行為主義心理學和他的語言學之間的密切關係。

如果將語言考慮在內，那麼我們可以通過同義如下斷言的方式來將科學與人類活動的其他方面 (phases) 區別開來：科學將只處理任何和所有觀察者都能觀察到的事件（在這樣的事件出現的時間和地點）（嚴格的行為主義），或者只處理處於時間和空間坐標中的事件（機械主義）；或者科學只使用那些導致確定的操縱運作 (handling operations) 的初始陳述和預言（操作論 (*operationalism*)），或者只使用那些可以借助於嚴格的定義而從一系列關於物理事件 (physical happenings) 的日常詞項得到的詞項（物理主義 (*physicalism*)）。(p. 13)

是沒有任何結構 (unstructured)、沒有任何差別 (undifferentiated)
的空無一物的白板，作為其構成成分的任何認知結構（系統）都
是環境或經驗的產物。這樣他們便陷入了二元論：只按日常的科
學態度和方法去處理人的身體，而卻不依同樣的態度和方法去處
理人的心理（大腦）。喬姆斯基把這種形式的二元論稱為方法論
的二元論 (methodological dualism)。在他看來，這種二元論和傳
統意義下的實體二元論（形而上學的二元論）一樣都是不可接受
的（而且，與實體二元論比較起來，它更不可信）。我們沒有任
何理由認為我們的身體器官與我們的心理的認知結構有任何本質
上的不同，更不能認為前者在複雜性上高於後者。我們應當對它
們一視同仁，按照同樣的態度和方法對它們進行科學的研究。實
際上，正如身體一樣，心理是一個由很多高度特殊的器官 —— 更
準確地說，心理器官(mental organs) —— 組成的系統。這些器官
都是按照特定的遺傳程序組織起來的，這些遺傳程序以非常精細
的方式決定了它們各自的功能、它們的結構、它們發育的過程。
當然，遺傳程序所包含的遺傳信息（基本原則）之具體實現要取
決於外在的和內在的環境和經驗。

　　第二，經驗論實際上具有獨斷論和先驗論的典型特徵。

　　經驗論者先驗地斷言：我們的心理必是沒有任何結構的空無
一物的白板，一切知識必然都是從經驗材料中經過刺激、反應、
強化機制、聯想、習慣形成、歸納概括等等簡單的、機械的程序
得來的。他們從來不認為有必要對照著我們所獲得的複雜的知識
或信念系統來認真地審查一下這些獨斷的斷言。事實上，只要對
最簡單的事實稍加留意，我們就足以駁倒他們。如果他們的斷言
果真成立的話，那麼人類就應該是一種極度可憐的生物：它們只

具有極為低下、極為有限的認知能力，彼此不同，只是各種各樣
偶然的經驗和環境的映象而已。但事實恰恰相反。人類有著極為
複雜的認知能力，在這方面彼此並沒有明顯的差別，他們所獲得
的知識（認知結構）之複雜性、一致性遠遠超出了他們所面對的
經驗或環境所提供的東西。與經驗論者相反，唯理論者注意到，
我們能夠在極為分散而不足的經驗材料基礎上獲得高度複雜而一
致的知識；而這種複雜的程度和一致的程度不可能是由經驗材料
唯一而充分地決定的，由此他們便順理成章地斷言，我們的知識
中超出經驗材料的那些部分必然來自於人類的心理，人類的心理
中先天地具有一些生物學上（遺傳上）決定了的概念或原則，它
們構成了人類經驗或知識的可能性的先決條件。被唯理論者所普
遍採用的這種推理方式是非常合乎科學常規的，一個科學家，當
他對這樣一個裝置 —— 他只知道它的輸入和輸出 —— 進行研究時，
他便會採取這種推理方式。因此，通常用來批評唯理論的詞項，
如先驗論或獨斷論實際上倒更適合於用來批評經驗論。總之，所
謂的經驗論實際上並沒有任何經驗基礎，並沒有令人非相信不可
的證據，並沒有得到經驗的證實。

　　第三，經驗論必陷於自相矛盾。

　　顯然，心理如果果真是沒有任何結構和差別、空無一物的白
板，那麼它絕對不可能獲得任何知識。因此，任何經驗論者如果
真想解決人類知識的來源問題的話，那麼他就必須承認人類的心
理已天生就具有某種東西，最低限度說來，他必須承認人心中已
有某種基本的「材料處理機制」 (data-processing mechanisms)，
某些基本的歸納原則（聯想原則和概括原則等等），或者為其提
供基礎的某些先天傾向或原則，這樣便陷於自相矛盾。如，休謨

就承認人心中天生就具有某些本能，例如，我們的試驗性推理 (the experimental reasoning)，它們得自於原始的自然之手 (the original hand of nature)，構成了我們一切經驗和認識的基礎。和休謨一樣，蒯因也不得不承認人類心理天生就具有某些屬性，比如知覺相似性標準 (the standard of perceptual similarity)（蒯因又將其稱為「性質空間」(quality space)）：假設 a、b、c 為某一知覺主體生活中的三個片斷（時段，實即刺激），如果該主體受條件作用以某種方式對 b 作出了某種反應，對 c 沒有作出這樣的反應，但接著對 a 作出了這樣的反應，那麼我們就說從知覺角度講 a 與 b 比 a 與 c 更為相似。在蒯因看來，如果一個人想學習點什麼的話，那麼相似性程度上的差異必已暗含於其學習模式之中了。若不然，也就不會有任何選擇性強化和反應的消失 (selective reinforcement and extinction of responses) 現象了。任何反應只要受到了強化，就將同等地、不加區別地在任何將來的生活時段（它們都被知覺為相似的）表現出來。因此，某種用來把我們的不同的生活時段判定為或大或小相似的暗含的標準必是先於一切經驗而存在於人心之中的，因而是天賦的。在蒯因看來，正是這種天賦的知覺相似性標準，為我們大家視為當然的歸納推理提供了某種「解釋」：人們的歸納期待是由知覺相似性外推而來的 —— 開始時相似的經驗其結果可望也是相似的。

　　以上諸點表明，經驗論既沒有得到經驗證實又沒有內在的合理性，更沒有什麼會令人稱羨的解釋力量。既然如此，為什麼無論是過去還是現在經驗論卻都擁有那麼多的信奉者呢？（尤其是在本世紀，經驗論獲得了異乎尋常的成功，成了占居主導地位的哲學觀念，人們都自覺地或不自覺地將其作為思想和研究所必須

遵循的框架。）喬姆斯基認為，其中的原因只能到社會和意識形態 (ideology) 領域中去尋找。

在近代經驗論之所以能夠擁有眾多的信奉者主要是因為它和一種進步的社會學說 —— 特別說來，古典自由主義(classical liberalism) —— 具有某種看似必然的聯繫。唯理論認為，人類的心理天生就具有某些概念或原則，它們構成了人類的真正本性 —— 人性。這種觀點被反動人士所利用，他們斷言：某些人天生就是奴隸主，而其他人天生就是奴隸，天生就要在市場上出賣自己的勞動力；男人天生就居主導地位，女人天生就是受壓迫的對象，……。因此，奴隸制、獨裁統治、封建等級制度、歧視婦女等等都是建立在基本的、不可變更的人性基礎之上的，都是合「理」的，不可破壞。與唯理論相反，按照經驗論，人心是一塊無任何結構的白板，因此人根本沒有任何本性，人性是虛構，是神話，人的一切屬性都是歷史的和社會的產物。顯然，這種思想非常適合於社會變革者的要求：對社會進行任何變革都是合理的。因此，在近代經驗論可以說是一種進步和啟蒙的學說。在現代社會，經驗論受到知識分子普遍歡迎的原因則與此不同。我們可以從知識分子在現代社會所扮演的角色談起。知識分子的標準形象是：獨立不倚，誠實正直，最高價值的維護者，專制和獨裁統治的反對者。但在喬姆斯基看來，實際情況恰好與此相反：知識分子一直是意識形態和社會的管理者，他們常常標榜自己是群眾運動的領導者，藉此來控制群眾運動，並最終為權勢階層服務或為自己尋求權力。無論是社會主義制度下的知識分子還是資本主義制度下的知識分子，其社會作用實質上都是這樣的。在社會主義制度下，技術型的知識分子屬於設計和傳播意識形態體系和組織並控制社會的精

英階層。在資本主義制度下，知識分子通過服務於國家可以獲得威望和權勢。而為國家服務的形式包括社會操縱、對資本主義意識形態和資本主義制度的鼓吹和保護等等。對於以控制和操縱別人為目標的人來說，相信如下信條是非常有用的：人並沒有什麼內在的道德和理智本性，他們僅僅是需由國家、私人管理者和所謂的理論家 —— 只有他們才知道什麼是好的和正當的 —— 任意加以塑造的對象，他們遠不必為了根本不存在的自己的命運和本性而鬥爭。顯然，經驗論為上述信條提供了理論基礎。但唯理論則可以用作相反的信條的理論基礎：人有固有的內在本性，如果這種本性是自由或反抗壓迫的話，那麼隨意對人進行操縱和控制則違反了人性，踐踏了人權。正是因為經驗論可以用來為控制和操縱人民大眾提供論證，所以儘管它沒有什麼經驗的根據，沒有內在合理性，沒有什麼解釋力量，但它依然在現代社會（無論是資本主義社會還是社會主義社會）獲得了如此廣泛的歡迎。

　　這裡，喬姆斯基提醒我們注意：即使在近代，從其社會後果來看，經驗論也並非如通常所認為的那樣完全是一種「進步」的學說。實際上，它和種族主義、殖民制度有著千絲萬縷的聯繫，可以說它構成了其哲學基礎：既然人並沒有什麼不變的先天的本性，他不過是偶然屬性的集合，因此就可以把他的任何偶然的屬性，特別是其皮膚的顏色，認為是其本質。在近代，某些主要的經驗論哲學家（如洛克）在其職業生涯中與殖民制度有著直接的聯繫，種族主義也是在這一時期由他們所率先提出的。當然，經驗論與種族主義和殖民主義的聯繫只是歷史性的，它們之間並沒有邏輯上的關聯。

　　正如經驗論在近代所起的作用並非總是「進步」的一樣，唯

理論所起的作用也遠非總是「反動」的，而且總的說來，唯理論哲學家們之提出唯理論最終是為了維護人之為人的尊嚴，捍衛人之為人的權利。這是因為他們一般並不把人的（先天的）本性規定為：某些人天生為奴隸，天生就受壓迫，而另一些人則天生就是奴隸主，就要壓迫別人，而是將其規定為：自由。另外，種族主義與唯理論也是不相容的。比如，按照笛卡兒的學說，人是思維的存在物，人與動物的最大區別是他擁有一個統一而不變的思維實體 (res cogitans) —— 心靈，而這個思維實體是沒有顏色的。不存在什麼「黑色的心靈」或「白色的心靈」。一個生物或者是人，或者是機器。人與人之間的一切差別根本說來都是外在的、表面的，都是無關宏旨的：它們對不變的人性（人的本質）沒有任何影響。

最後，喬姆斯基還提醒我們注意一點，那就是：儘管經驗論因其所具有的政治的和社會的意蘊而在長時間內受到了普遍接受，但這並不能證明它是真的（或有道理的）。真假問題或者關乎於事實的問題是不能在意識形態承諾 (ideological commitment) 的基礎上加以解決的。

喬姆斯基關於語言知識之來源的唯理論觀點便是以對傳統唯理論的繼承和對經驗論的上述一般性批判為基礎而建立起來的。

三、喬姆斯基對傳統唯理論的深化和發展

既然經驗論不能正確地解釋人類知識的本性、來源及其使用，喬姆斯基認為我們就必須求助於唯理論。在他看來，傳統唯理論對人類知識的本性、來源及其使用的解釋從總體上說是正確

的，只是需加以極大地充實、深化和發展。他的博大精深的語言理論就是按照傳統唯理論的基本精神而構建起來的。可以說，他在語言領域具體地、饒有成效地實現了傳統唯理論（特別是康德式的唯理論）的理想。

以對語言知識的這種唯理論解說為基礎，喬姆斯基還對組成人類心理的其他認知結構進行了初步的探究。在他看來，語言研究為人類心理本性的研究提供了一個「範型」。語言對於人類心理本性的研究來說，具有特別重要的意義。因為：首先，語言官能是一種真正的種特性 (species property)，從本質上說為人類所獨有 (unique to the human species)，並且為人類所共有 (common to the human species)，它構成了人類共享的生物稟賦 (shared biological endowment) 的一個共同部分，除了因為一些嚴重的病理原因外，在不同的人之間幾乎沒有差異；其次，由語言官能發展出來的人類語言以一種非常重要的方式進入人類的思想、理解、行為乃至社會關係之中，並因而形成人類本性的一個至關重要的部分；最後，與人類心理的其他方面比較起來看，語言還是比較易於進行研究的。因此我們可以按照我們上面研究語言的「路數」來研究人類心理的本性。正是在這種特定的意義上，我們可以說「語言是人類心理的鏡子 (mirror of human mind)」。

㈠認知結構的本性及其來源

前面在研究語言時，我們看到，通常所謂的語言行為（外在化語言）實際上是以某種內在化語言——內在於人類心理（大腦）之中的語言資質（語言知識）——為基礎的，而這種內在化語言根本說來又是由作為人類共同的生物稟賦的語言官能生長發育而

來。這樣，語言研究的主要任務便是準確地刻畫內在化語言和語言官能的性質。喬姆斯基認為，我們的人類心理研究也可按照這樣的方式而進行：首先準確地刻畫處於成熟狀態的人類的心理狀態（即認知狀態），然後尋找作為其基礎的心理官能 (faculties of mind, mental faculties)。

按照喬姆斯基的理解，發育成熟的人類的心理狀態（認知狀態）實際上具有組合性質，它是由若干互有區別的組件，即認知結構（系統）(cognitive structures (systems)) —— 或稱其為心理器官 (mental organs) —— 構成的。這些組件中重要的有：語言（內在化語言）；視覺系統；常識理解 (the common-sense understanding) 概念－意圖系統，它是一個關於物理世界（自然世界）和人類社會的性質 —— 對象的本性和行為，它們在「自然物類」(natural kinds) 系統中的位置，自然物類範疇的組織，那些決定對象的範疇化（範疇劃分）(categorization) 以及事件的分析的性質，人在社會中的位置和作用，工作的本性及條件，人類行為的結構，人類的意志和選擇、興趣和關心的範圍等等 —— 的信念、意圖、期待和知識系統；道德和倫理系統；藝術創作和表達 (artistic creation and expression) 系統；（物理）科學理論。我們可以將這些組件（認知結構）分為兩種，一種是毫不費力地、無意識地生長發育而來的，另一種是費盡力氣、且經過有意識的努力才發展而來的（至少其部分內容是如此得來的）。語言、視覺系統、常識理解概念－意圖系統、道德和倫理系統、藝術創作和表達系統等都屬前者；科學理論則屬後者。對於前一種認知結構來說，沒有有否根據 (ground) 或辯護 (justifications) 的問題，只有對後一種認知結構而言才存在著這樣的問題。這些組件（認知結構）雖互有區別，但又

以非常複雜的方式相互作用，它們與環境一起共同進入人類的思想和行為系統中，或者說共同決定了它。由於在喬姆斯基看來，大部分認知結構都是由心理表現式 (mental representations) 以及作用於其上（形成或修改它們）的心理運算 (mental computations) 構成，所以心理研究的一個重要任務便是探究構成認知結構的那些心理表現式及心理運算究竟是什麼樣的。

　　在準確地刻畫了諸認知結構的本性之後，我們便可以探究其本源了：它們是如何生長發育或發展而來的？對這個問題，喬姆斯基毫不猶豫地給出了這樣的回答：和語言一樣，它們分別都是由與它們相應的天賦的或生物學上決定了的（遺傳決定了的）心理官能通過與環境相互作用生長、發育或發展而來。這也就是說，每一個組件都有作為其來源的心理官能：有產生語言的語言官能；有產生視覺系統的視覺官能 (visual faculty)；有產生常識理解概念 – 意圖系統的心理官能；有產生道德和倫理系統的道德或倫理官能；有產生藝術作品和藝術體驗的審美官能 (aesthetic faculty)；有產生科學知識的「形成科學的官能」(science-forming faculty) 等等。正如認知結構可以分為兩類一樣，相應於它們的心理官能也可分為兩類：一類是語言官能、視覺官能、產生常識理解概念 – 意圖系統的心理官能、道德官能、審美官能，它們自然而然地、毫不費力地、無意識地生長出人類的語言、視覺系統和常識理解系統、道德和倫理系統、藝術作品和表達系統，可以將它們稱為「特殊目的」官能 (「special purpose」faculty)；另一類是形成科學的官能，只有經過艱苦的有意識的努力才能從其發展出科學知識系統。喬姆斯基又將形成科學的官能稱為理性官能 (the rational faculty)。關於語言官能我們上面已有詳盡的刻畫，

現在我們對其他官能的本性及其起作用的方式做一簡略的展望性的考察。

　　除語言官能外，視覺官能是我們目前了解最多的一種心理官能。它具有某些特定的性質，正是這些性質決定了我們人類會生長發育出什麼樣的視覺系統 —— 當然，它也含有一些需由視覺經驗加以調定的參數，例如，水平和垂直感受器(receptors) 的密度(density)。不過，視覺官能與語言官能（以及其他心理官能）相比有一個重要的不同之處，那就是它所產生的嚴格說來不是一個知識系統，而是一個處理系統 (processing system)。視覺官能的一個重要特點是，它遵循所謂的「剛性原則」(rigidity principle)：在大多數情況下，眼 – 腦 (eye–brain) 將呈現於其面前的現象解釋為運動中的剛性對象 (rigid objects in motion)。如果我手裡拿著一個平面圖形（比如說，圓形），並且將其以與視線垂直的方向呈獻給你，你看到的將是一個圓形。如果我將其旋轉 90°，實際上它便從你的視野中消失了，但你卻看到一個圓形在旋轉。到達你的眼中的視覺信息與如下結論實際上是一致的：你看到的東西是這樣一個平面圖形，它不斷縮小並同時改變其形狀，直至變成一條線並消失。但在大多數情況下，你所「看到」的東西卻是一個旋轉著的剛性的平面圖形。眼 – 腦將這樣的解釋加在了它所看到的東西之上，因為它就是以這樣的方式構造起來的。正如我們前面所說，因為某些高等動物的視覺系統與人類的視覺系統在很大程度上相同，所以通過對這些動物的實驗研究我們已經獲知了人類視覺官能和視覺系統的某些物理機制。

　　至於產生常識理解概念 – 意圖系統的心理官能，喬姆斯基未作出足夠的探討。但我們認為他是會同意如下假定的：它是一個

由一系列先天的概念和原則構成的概念框架（它就是我們前面提到的作為詞匯習得之基礎的那個概念框架），只需極少的經驗刺激便可產生出複雜的常識理解概念－意圖系統。

接下來我們看一看道德官能。究竟什麼構成了人們的道德判斷的基礎，這個問題非常複雜，但有一點十分清楚，那就是它在基本的人性事實中有其根源。我們將某些事情看作是正當的 (right)（善的），而將另一些事情看作是不正當的（惡的），這樣的判斷不可能純粹是約定之事。生長在一種特殊的社會環境之下小孩便獲得某些關於道德判斷的標準和原則。它們是在極為有限的證據的基礎上獲得的，但卻有著廣泛的適用性。通常人們把那些與他們自己的內在化的道德原則相衝突的判斷或行為判定為不正當的。道德判斷當然並不總是乏味的 (pointless)，並不僅僅是「我斷定這個」和「你斷定那個」的事情。具有深遠後果的特定的道德和倫理系統的習得不可能僅僅是來自於社會環境的「成形作用」(shaping) 和「控制作用」的結果。和語言的情況一樣，環境過於貧乏，過於不確定，它不可能將那麼豐富且很具適用性的道德和倫理系統提供給孩子們。因此我們不得不假定，孩子們所習得的道德和倫理系統中的很大一部分內容來自於某種天賦的人類官能—— 即所謂的道德官能。環境的作用當然也不可低估，正是環境上的差異造成了道德和倫理系統間的個人的和文化的差異。那麼道德官能究竟具有什麼樣的性質呢？換言之，它遵循什麼樣的「人性規律」呢？洪堡特將道德官能的性質或人性（規律）規定為：每個人在自己的控制之下與他人協作進行生產性和創造性的工作 (productive and creative work)。因此，假如一個人在外在的指導和控制之下創造出了美麗的物件，這時我們可以欣賞他所製做的

東西，但卻鄙視他所是的東西 —— 一架機器，而不是一個完整的人。實際上馬克思 (Karl Marx, 1818~1883) 的異化勞動 (alienated labor) 理論 —— 這是其整個社會理論的基石 —— 就是建立在這樣的觀念基礎之上的。在其早期著作中他是通過決定了某些基本人權 —— 工人控制生產、生產的本性及其條件等 —— 的「種特徵」(species character) 來表述這個觀念的。巴庫寧 (Bakunin, 1814~1876) 將人性規定為「自由的本能」(instinct of freedom) 或「反抗的本能」(instinct of revolt)，認為侵犯這個本質的人性特徵的任何行為都是不合法的。喬姆斯基完全同意這些主張，認為所謂人權就是每個人充分地、自由地發揮自己的人性 —— 自由 —— 的權力。因而人權植根於人性之中，當人們被迫成為奴隸（包括工資奴隸 (wage slaves)）、成為外在的權力的服侍者，受制於權勢和統治制度，並因而被他人操縱和控制時，他們的基本的人權便被侵犯了，他們便有理由起來反抗。正是從這樣的人性觀，喬姆斯基引出了他的「自由社會主義」(libertarian socialism) 的政治主張。（注意：上面所說的「人性」是指傳統的較為狹窄意義上的人性，喬姆斯基認為，我們還可以從更廣的意義上來理解人性，即將其規定為天賦的心理官能原則之總和。）

　　同樣，具有真正的審美價值的藝術作品的創作、欣賞以及藝術體驗也遵循著某些內在的天賦原則，這些原則刻畫了我們的審美官能，反映了我們人類的基本本性，無論是在藝術創造還是在藝術體驗中，我們都只具有很小的選擇自由。至於這些基本原則是什麼樣的，喬姆斯基並沒有作出什麼探討。

　　最後我們來看一看「形成科學的官能」。作為人類共同的遺傳稟賦的一個部分，我們每一個人都被先天地賦予了某種概念

裝置 (conceptual apparatus)，某些表述問題的方式，可理解性 (intelligibility) 和解釋等概念。這一切合起來便構成了所謂的形成科學的官能。我們可以按如下方式來解釋形成科學的官能構造科學知識系統的過程：首先借助於由當前的科學知識水平所決定的某些背景假設對形成科學的官能加以補充，然後它便開始處理現成的科學問題，或者使用它自己的資源提出新的問題。接著它便努力為它所面對的問題構造理論解釋。它自己內部的標準將確定它是否成功地解決了它的問題。如果它成功了，那麼背景假設會發生變化，形成科學的官能便面臨著其他的問題。當然在實際的情形之下，為了解決問題和構造理論，我們必須大大地充實和豐富上面的解說。

在語言的情況下，存在著一個特殊的官能，它構成了人類心理的一個中心成分。它為人類所共同具有，以一種決定論的方式，無意識地快速起作用，最終產生出一個豐富而複雜的知識系統，即一種特殊的語言。但是對解決問題和構造理論來說，並沒有這般特定和確定的東西：人們所面對的問題過於多變，人們之間的差異過於明顯，因此這裡的情況要比語言複雜得多。

在大多數情況之下，當面對著一個問題時，形成科學的官能並沒有提供出任何有用的反映。大多數問題都令人困惑不解。有時少數幾個各有道理的理論被同時提供出來。這時形成科學的官能便利用它自己的資源進行一系列對比實驗，來評估它們，有時這些理論可能接近於真理，在這種情況下我們便有了潛在的知識。這種關於世界的真理和由人類形成科學的官能所提供的理論之間的局部的一致 (partial congruence) 或交叉 (intersection) 便產生了科學。喬姆斯基認為，如果人類的形成科學的官能最終產生

了一個或多或少符合關於世界的真理的結果，那麼這純然是幸運的巧合，是生物學奇蹟。

上面我們對諸心理官能進行了簡單的介紹。我們看到它們各有自己獨特的天賦原則。那麼，有沒有制約著所有這些官能的統一的天賦原則呢？換言之，它們各自遵循的原則可否互相歸約為更為根本的原則呢？再進一步說，有沒有「普遍的學習機制（能力）」(general learning mechanisms (capacity)) （或者「多種用途的學習策略」 (multipurpose learning strategy)）呢？對這個問題古今許多哲學家都給出了肯定的回答。例如，笛卡兒就認為，人類的心靈是統一 (uniform) 而無差別的 (undifferentiated)，「在我們之內只有一個靈魂，這個靈魂本身不包含任何不同的部分」❷⑥；「心靈完全是不可分割的」❷⑦。皮亞杰和斯金納也持有類似的看法。但是在喬姆斯基看來，並不存在什麼普遍的學習機制，不同官能所遵循的不同的原則不能相互歸約，並沒有制約著所有心理官能的統一的天賦原則，因而也就沒有所謂的「普遍的學習機制」。比如，視覺官能中的剛性原則和語言官能中的約束原則就不能相互歸約，我們很難設想它們為語言官能和視覺官能所共同遵循。如果我們將個別的原則納入到它們各自所屬的原則系統中，那麼不同的官能遵循不同的原則這個事實將會變得更加明顯。

不過，儘管諸心理官能間存在著巨大的差異，但是在它們之間還是存在著各種各樣的相互作用的，而且它們間相互作用的方

---

❷⑥　Descartes, *The Passions of the Soul*, Article XLVII, in *The Philosophical Works of Descartes*, Vol. I, p. 353.

❷⑦　Descartes, *Meditation VI*, in *The Philosophical Papers*, Vol. I, p. 196.

式很大程度上也是遺傳決定了的。正是憑藉著這種相互作用，某一種官能在適當的環境條件才能產生出相應於它的特定的認知結構。比如，常識理解概念－意圖系統與語言官能相互作用便為語言表達式提供了完全的意義（表現式）。

以上說明我們的心理的天賦的初始狀態也具有組合性。在喬姆斯基看來，不僅作為整體的心理具有組合性，而且組成它的諸組件本身也具有組合性，它們也都是分別由具有各自獨特的特徵但又以高度確定的方式相互作用的子系統組成的。比如，我們的語言官能便明顯地呈現出如此的特性。

我們人類所生來具有的這諸多心理官能使得我們能夠生長或發展出許多認知結構（知識、體驗等），使我們有所能。但另一方面，正是這些心理官能又使我們有所不能，它們大大地限制了我們的認識範圍。比如，就語言官能來說，它所具有的諸多性質允許人類的心理獲得某種特定類型的語言，但正是這些性質又將其他可能的語言作為「不可學的」(unlearnable) 排斥於外。我們人類也許能夠通過使用其他的心理官能來理解某些這樣的非人類的語言，但它們中的另一些則完全超出了人類的理智能力之外。在我們發現了人類語言官能的性質的範圍內，我們便能構造出「不可學的語言」，即不能由我們的語言官能習得的語言，因為我們總是作出錯誤的選擇，總是猜錯該語言的本性。在我們能發現其他心理官能的性質的範圍內，我們便能構造出這樣的語言：需費很大的力氣才能習得它們，或者我們根本就不能習得它們，它們完全超出了我們人類的理智能力之外。同樣的道理也適用於人類的視覺官能、道德官能、審美官能以及形成科學的官能。比如就審美官能來說，它使得我們能夠從某些創造性的作品中體驗

到深厚的情感 —— 歡樂、痛苦、激動等等。但另一方面，它又使我們不能欣賞其他的作品並從中得到其他的情感體驗。再以形成科學的官能為例，它使我們能夠在廣大的領域內獲得豐富多彩的科學知識，但另一方面，某些問題又完全超出了它的認識範圍之外 —— 無論我們如何補充適當的背景信息。比如，前面提到的笛卡兒問題便是一例。

喬姆斯基認為，上述事實是必然的。如果一個生物具有很好地執行某些任務的能力 (capacities)（官能），那麼同是這些能力將導致它在某些其他方面的無能。如果我們能知道這些能力是什麼樣的，那麼我們便能設計出該生物所不能解決的問題，它們超出了它的能力。對於一個生物而言，如果存在著一些它不能解決的問題，那麼這是值得慶幸的，因為這意味著它具有很好地解決某些其他問題的能力。這個區別可能是容易或困難的區別，也可能是可能性或不可能性的區別，但它無論如何是必然存在的。而且，某一個問題對於一個生物來說解決它可能是非常容易的，而對另一個生物來說解決它則是非常困難甚或是不可能的。生物有機體並不是按如下方式從低級到高級排列在一起的：高級的生物具有更高的理智，能解決更為複雜的問題。實際上，不同的生物之間的區別僅在於它們所能夠解決的問題不同而已。

鴿子能準確無誤地找到回巢之路；人類不能在毫無依賴的情況下很好地執行這樣的任務。這個事實並沒有說明鴿子具有比人類更高的理智能力，而只是意味著二者具有不同的生物學上決定了的能力（官能）。而且，對於心理學或生物學來說，根本就不存在絕對意義上的簡單或困難的問題，對於一個生物有機體而言重要的是其獨特的設計以及由這個獨特的設計而決定的問題的困

難程度。

顯然，所有這一切在物理生長 (physical growth)（身體生長 (bodily growth)）的情況下都是非常明白的。人類按照其天生的設計就要長出胳膊和腿，而不是翅膀。如果缺少適當的營養或者其他必要的環境條件，那麼胚胎可能不會正常地長出胳膊和腿，但環境中的任何變化都不會使其生長出翅膀。如果物理生長只是反映了環境特徵，我們將成為無形體的生物，彼此全然不同（因為各個人所處的環境不可能完全相同）。既然我們的生物稟賦非常複雜而且高度特化 (specific)，那麼我們的生長方式在極大的程度上根本沒有反映物理環境的特徵，而只是反映了我們的內在的本性。正因如此，我們才生長為這樣的複雜的有機體：他們具有十分獨特的物理特徵，在其基本特徵方面彼此十分相似，能勝任某些任務，而不能勝任其他的任務 — 走路而不是飛翔，等等。

總之，我們總是面對著這樣一個「悖論」：在人類可以以非常一致的方式構造出豐富而複雜的認知系統的地方，必然存在著由人類的生物稟賦所施加的、對人類心理所能發展的認知系統的限制或制約。人類所能獲得的知識的範圍 (scope) 根本說來與其界限 (limits) 是密切相關的。如果不存在這樣的界限，那麼我們便從來不會獲得如我們的語言知識那樣廣泛的知識。這是因為：在沒有這些先天的界限的情況下，我們便可以構造出大量的可能的知識系統，其中每一個都和經驗材料符合一致。這樣我們也就不可能一致地獲得遠遠超出於經驗之外的特殊的知識系統了 — 我們雖然可以得到眾多不同的認識系統，但卻不能決定其中的哪一個事實上是正確的。如果我們有一大批理論，但它們具有相同程度的可信性，那麼事實上這和沒有理論沒有什麼區別。喬姆斯

基將由人的心理的生物學稟賦（生物學上給定了的限制）所決定
（或所提供）的理論（認知系統）的集合稱為「可獲得的理論」
(accessible theories)（這個集合可能並非是同質的，在可獲得性的
程度上可能有所不同）。屬於這個集合並和實在符合一致的理論
便是關於實在的真正的知識。

　　這裡，我們要提醒讀者注意一個重要的事實：喬姆斯基是在
與「遺傳決定了的」或「生物學上決定了的」同義的意義上使用
「天賦（或先天）」這個概念的 —— 心理官能或者說它們所遵循
的原則是作為遺傳密碼而存在於人類的遺傳基因之中的，它們構
成了人類的遺傳程序 (genetic program) 的一個重要組成部分。

　　這裡，人們不禁要問：這些心理官能又是如何形成的呢？對
這個問題，有些人可能會給出這樣的回答：心理官能或其原則是
由千百年來的進化過程逐漸發展而來的。喬姆斯基不完全同意
這種回答。在他看來，儘管進化論在許多方面為我們提供了有價
值的解釋性理論，但它在解釋人類的生物稟賦方面作用甚微。對
於人類生物稟賦（特別是他們的心理官能）的來源問題，有價值
的回答與其說來自於自然選擇理論，不如說來自於分子生物學，
來自於對於如下問題的深入研究：從地球上某一時期可以提供的
生活條件或環境條件究竟能發展出什麼樣的物理系統？我們當然
不能假定，生物的每一種特徵都是為了某種特定的目的選擇而來
(specifically selected)。在諸如語言或翅膀這樣的系統的情況下，
我們甚至都很難設想，一個可以引起它們的選擇過程。例如一個
初級的翅膀，不僅對運動來說無甚用處，而且還阻礙了它。那麼，
作為生物稟賦的人類心理官能（或制約著它們的原則）究竟從何
而來？對這個問題不存在統一的、一勞永逸的回答，應針對不同

的官能給出不盡相同的回答。下面我們不妨以語言官能和數官能 (the number faculty) 為例來加以說明。

　　我們都知道，人類的語言官能有一個非常重要的特徵，即其運算能力 —— 通過遞歸規則來處理離散無窮 (discrete infinities) 的能力：它能構造出無窮數目從物理學角度看可以分割的、由一個個不連續（即離散）的成分以特定的方式組合而成的句子。我們所知的存在於動物世界中的其他的系統顯然不具有離散無窮性。猿的叫聲系統是有限的（大約僅有四十種不同的叫聲）；所謂的蜜蜂的語言雖然具有無窮性，但卻不具有離散性。（一個蜜蜂通過某種形式的運動而向同伴們指示花兒與蜂房的距離，運動的次數越多表示距離越遠。在任何兩次這樣的運動（記號）之間原則上總存在著另一次這樣的運動，用以表示比由前兩者所表示的距離更為短的距離。也許有人會爭辯說蜜蜂的這個系統甚至比人類語言豐富，因為在某種數學上得到良好規定的意義上它包含有「更多的信號 (signals)」。但喬姆斯基認為，這樣說毫無意義，它與人類語言截然不同，將其稱為語言是用錯了語詞。）基於對語言官能的一般特點的上述認識，我們便可以嘗試以如下方式來解釋其來源了：在某一遙遠的古代時期，前人類 (prehuman) 的有機體的細胞內發生了一次突變 (mutation)，它導致前人類的有機體的心理或腦產生了處理離散無窮性的運算能力（前人類心理的如此巨大的變異可能是以某種未知的物理機制（如腦的大小和複雜性的變化）為基礎的），這種運算能力在強大的進化壓力之下與前人類的心理或者腦的其他組件，特別是其常識理解概念－意圖系統聯合在一起便最終形成了人類的語言。而語言的形成又直接導致了自由思想能力。只有在這時，前人類才真正變成了人

類，真正意義上的人類才最終形成❷。

下面我們看一下人類的數官能之源起。小孩天生便具有習得數系統的能力，他們能學會數數並且知道無限地往上加一是可能的。他們也能很容易地學會算術計算的技巧。如果一個小孩不是天生就知道可以無限地往上加一，那麼他便絕對學不會這個事實。那麼這樣的數系統是如何發展而來的呢？不可能設想它是為了某個特定的目的選擇而來。會數數的人，或能解決算術理論或數論問題的人，並不必然就能更好地代代相傳，繁殖出更多的後代。實際上，我們應該這樣解釋人類數官能的由來：它是作為人類語言官能的副產品 (by-product) 發展而來的。數官能是從人類語言官能抽象而來的，它保留了語言官能的離散無窮性而去掉了它的其他獨特的特徵。這裡，人們也許會提出這樣的問題：既然數官能來自於語言官能，那麼為什麼時至今日還有這樣的原始部落存在，在其內人們使用著與我們的語言類似的語言，但卻不知道我們的數系統？喬姆斯基的回答是這樣的：他們的數官能這時處於潛在狀態 (latent)，還沒有表現出來。一旦將他們置於現代社

---

❷ 關於語言之源起，以前人們曾提出過多種多樣的假說：起源於神創；起源於人類的自然的哼叫；約定俗成而來等等，不一而足。喬姆斯基認為這些說法都不甚合理。它們都是混亂的，它們所關注的對象只是外在化語言之源起。實際上，這種語言是由內在化語言決定的。（當然，內在化語言決定外在化語言的過程是複雜的，其中需要有其他認知系統的協同作用。我們認為，習俗、習慣、傳統、制度等等在這裡起著重要的作用（不過，喬姆斯基否認這點）。比如，究竟用哪一個詞來表示我們的概念系統中的某一個概念便是約定俗成的結果。這是約定俗成說在解釋語言起源方面所能起的唯一的一種作用。）而內在化語言正如我們一再強調的，來源於我們的天賦的語言官能。至於這種天賦的語言官能之源起，說它是人類自己有意識地創造出來的（無論是斷言其源起於自然的哼叫，還是斷言其源起於人們的約定俗成）沒有任何道理。正如說人類的視覺官能是由人類自己創造的沒有任何道理一樣。

會之中，那麼他們很容易學會（「生長出」）數系統❷。

　　正是因為人類的心理官能具有如是的經驗來源，所以它們現在所具有的特性或者說刻畫這些特性的原則不是邏輯上（概念上）必然的，而只是經驗上（進一步說，生物學上）必然的。我們很容易構造出不具有這些特性或者違反這些原則的認知結構，但如是的結構將不再是人類的心理的有機組成部分。換言之，一種不同的有機體可以使用不同的原則，面對著人類的經驗獲得不同的知識系統（或者根本沒有獲得任何系統），或者在人類不足以獲取任何知識的情況下獲得了一個豐富的知識系統。

　　除語言外，喬姆斯基並沒有對組成人類心理的其他組件進行過專門而深入的研究，而只是對人類心理研究所應採取的「路數」做了如上概括性、指導性的描述。按照這種描述，人類心理研究雖然是以存在著天賦的心理官能這樣的假定為基礎的，但它卻純然是一種經驗性的研究，因為無論是在刻畫認知結構的本性時，還是在刻畫心理官能的本性時，我們都是在抽象的層面上研究一種自然對象 —— 人腦的物理機制的特性。喬姆斯基有時甚至直接就將心理官能和認知結構（心理狀態），簡言之，心理，稱為自然對象或物理結構（系統）。當然，當他這樣做時，他並非意在作出什麼本體論承諾或者說形而上學的斷言 —— 他並非是認為存在著一種不同於「物理實在」的「心理實在」，而只是為了強調如下之點：我們應該像研究其他自然對象那樣去研究它們，

---

❷　喬姆斯基認為，數學的另一個基本概念「三維空間」也與我們的語言能力有關。我們的視覺官能決定了我們可以有對物理空間的直覺，而我們的語言官能則決定了我們可以形成關於幾何空間的觀念。由於數學的大部分內容都是以數和空間為基礎的，所以我們可以說：數學能力是由語言能力決定的，數學結構是從語言結構抽離出來的。

努力構造出關於它們的正確的解釋性理論並希望最終將其與「核心」自然科學統一起來。這便是他對待人類心理研究的自然論態度 ❸。此外，喬姆斯基對人類心理研究還持有內在論和個體論的態度：我們的一切行為都是由我們的心理或大腦中的內在的認知結構（心理狀態）所決定的，而這種內在的認知結構（心理狀態）最終又來源於我們天賦的心理官能（內在論）；我們的認知結構是純粹個體性質的，它內在於我們每個人之內，是由同樣內在於我們每個人之內的共同的、天賦的心理官能生長發育或學習而來（個體論）。

㈡喬姆斯基對傳統唯理論的深化和發展

從上篇及上一小節的分析和介紹，不難看出喬姆斯基至少在如下幾個方面深化和發展了傳統唯理論思想。

1.他重新揭起了「先天綜合知識（判斷）」的旗幟，並給其賦予了嶄新的內容

首先，他重新引入了分析命題和綜合（事實）命題之間的區分。在他看來，蒯因等人之否定這樣的明確區分的存在沒有任何道理。那麼他又是如何規定分析命題的呢？我們上面曾一再提到我們的心理的一個重要組件，即我們的常識理解概念－意圖系統。這個系統內的某些概念（範疇）或者說與它們對應的語言表達式之間存在著某種必然關聯或分析性的關聯。而表達這種關聯

---

❸　這種自然論實際上只是一種方法論的自然論 (methodological naturalism)，它是作為對我們前面曾經提到過的方法論的二元論 —— 按照這種理論，我們不應該像研究自然對象那樣研究人類心理（心理官能及認知結構），在心理研究中我們應該放棄科學理性 (scientific rationality)，而預先設置一些任意的規定和先驗的要求 —— 的反對而提出的。

的（命題）便是所謂的分析命題。無需任何經驗我們便知道它們是真的，它們是所謂的意義真理。比如，無需具備任何關於實際事情方面的知識，我們便知道如果你說服約翰上大學，那麼在某一時刻他便意圖或決定上大學；如果他沒有這樣的意圖或決定，那麼你便沒有說服他。因此如下命題是分析地真的: 說服約翰做某事就是使他意圖或決定做某事。這個命題可以說是因其構成詞項的意義而真的，獨立於任何事實。相反，所謂的綜合命題並不是表達我們的常識理解概念－意圖系統的概念之間的必然關聯或表達它們的詞項之間的分析性關聯的，它們所表達的是事實，它們的真假是由事實情況決定的。比如，為知道約翰上大學了這個命題是否是真的，我們就必須知道世界中的事實情況是怎樣的。至此我們還看不出喬姆斯基關於分析命題和綜合命題的規定有任何新穎獨到之處。不過，一旦我們提出如下問題，喬姆斯基的規定的新穎之處便顯示出來了: 分析命題是否具有邏輯的必然性? 按照洛克、休謨、萊布尼茨、康德和邏輯經驗主義者的觀點，分析命題和邏輯真理具有同等的邏輯地位（後者構成了前者的範例），它們之為真都是邏輯上必然的。但喬姆斯基不這樣看。在他看來，我們的常識理解概念－意圖系統中概念之間的必然關聯或表達它們的詞項之間的分析性關聯並不具有邏輯上的必然性，而只具有生物學的必然性。只是在我們這種人類的心理所發展出的常識理解概念－意圖系統中的概念間或表達它們的詞項間才存在這種關聯。完全可以設想，存在著（或可以存在）這樣一種「人類」，他們的心理發展出了一種和我們的常識理解概念－意圖系統（如果他們的確發展出了任何這樣的系統的話）不盡相同的常識理解概念－意圖系統，在其內的概念間並不存在我們的概

念間所存在的那種必然性關聯（或者在這種「人類」用以表達它們的詞項間並不存在我們用以表達我們的概念的詞項間所存在的那種分析性關聯）。因此，表達我們的常識理解概念－意圖系統的概念間所存在的必然關聯或表達它們的詞項間所存在的分析性關聯的分析命題也就不具有邏輯的必然性。總之，分析命題和綜合命題之間的區別是一個經驗問題，而不應該僅僅通過反思或規定 (stipulation) 而加以決定。

分析命題可以說構成了一種特殊的「先天綜合命題」：一方面，它們是綜合的，因為它們的真假最終說來取決於這樣的經驗事實，即我們人類的常識理解概念－意圖系統的概念（或者我們用以表達這些概念的詞項）間恰巧具有它們所表達的那種必然關聯（或分析性關聯）；另一方面，它們又是先天的，因為它們之為真是生物學上（遺傳上）決定了的，我們人類不需察看任何經驗，就知道它們是真的。

按照喬姆斯基的理論，還存在著其他兩種形式的「先天綜合知識（命題）」：一為制約著我們的天賦的心理官能的抽象原則，一為經過與環境（經驗）的接觸而從心理官能發展出的特殊的認知結構原則（規則）（如語言知識，常識理解概念系統等等）。它們之為先天綜合的知識（命題）都不難理解：就前者來說，一方面，它們是先天的，因為在接觸任何經驗之前我們就具有了（知道）它們，它們是與生俱來的（遺傳決定了的）；另一方面，它們又是綜合的，它們之真假不具有邏輯的必然性，我們之具有（知道）它們，完全是由偶然的「經驗事實」（當然，這是一種特殊的經驗事實，將其稱為自然史事實更為恰切）造成的，它們來自於突變和進化的雙重變奏。就後者來說，一方面，它們是先天的，

因為它們是從先天的心理官能原則發展而來；另一方面，它們又是綜合的，因為它們與實際有關，它們的真假取決於外在的環境（經驗）事實。顯然，上面所介紹的三種先天綜合知識（命題）中的任何一種與康德所謂的先天綜合知識（命題）都不盡相同。因為喬姆斯基所謂的先天綜合知識都是由生物學上（遺傳）決定了的自然事實所決定的，因而都不具有邏輯的必然性（絕對的必然性）；而康德的先天綜合知識（命題）從本質上說則是他先天設定的結果，它們被認為具有邏輯的必然性。

2.喬姆斯基通過其複雜精微的語言理論而使傳統的唯理論思想具體化了，使其具有了豐富而具體的內容

康德以前的唯理論者只是大而化之地斷言人類具有天賦知識，而至於這種知識究竟具有什麼樣的形態，他們或者乾脆沒有給出任何說明，或者只是給出一些零星的、沒有任何內在聯繫的例證（如笛卡兒）。也正因如此，他們在反駁經驗論者對唯理論的責難時也就顯得十分蒼白無力，提不出任何令人信服的論證。康德企圖改變唯理論的這個內在的缺點，他通過自己的先天直觀學說和範疇說而大大地充實、豐富了唯理論，第一次使其具有了紮紮實實的內容。另外，康德還力圖全面地解釋人類利用其所與生俱來的先天的直觀形式和範疇來獲得知識的過程。雖然康德的努力取得了非常令人稱羨的理論成果，但是總的說來，他的理論還是過於空泛，需進一步充實和具體化。另外，他的理論是以一些非常值得懷疑的假設為基礎而構建起來的：人類心理是一致無差別的，沒有任何組合性質，直觀說和範疇說適用於人類的所有知識領域等等。喬姆斯基放棄了這些假設，力圖首先在一個知識領域（即語言知識）內有所突破，構建起關於一個領域的唯理論理

論，然後推而廣之，以期最終獲得對於人類所有知識領域的全面的認識。他在這種信念指導下所建構起來的語言理論內容充實、具體，令人毫無空泛之感。

3.喬姆斯基對唯理論的另一個重要貢獻是他將其變成了一種可以檢驗的經驗性假說，去掉了其思辯性和玄妙性

我們上面說到，傳統唯理論總的說來都過於空泛，正因如此它們都具有很強的思辯色彩並常常給人以玄妙不可測之感。它們無法接受經驗的檢驗。喬姆斯基則自覺地將其語言理論（或其一般的知識理論）看作是關於我們的心理結構之一個組件（或諸組件）的本性、來源或其使用的經驗性假說。它們是在對語言素材進行細心觀察的基礎上而提出來的大膽假設，既複雜而又非常具體，我們可以從它們那裡推論出眾多可以直接進行檢驗的經驗假設，因而絕不會給人以思辯或玄妙莫測之感。（正是現代唯理論的這種「科學」性證實了我長期以來的直覺：認識論作為對人類知識的本性、來源及限度的研究最終說來屬於科學，而不是哲學。）

4.喬姆斯基對傳統唯理論的又一個重大發展是他對天賦知識本身的來源進行了解說

傳統唯理論者只是獨斷地斷言必有這樣的知識，但是如果我們要問：這樣的知識究竟存在於人腦中的何處？它們究竟是如何得來的？他們只能或者求助於上帝——我們的天賦知識是上帝恩賜給我們的，或者像柏拉圖那樣求助於「靈魂輪迴」學說——我們的天賦知識是我們的靈魂從前世，前前世，……，帶來的。喬姆斯基以現代科學，特別是現代生物學為基礎，認為人的天賦的知識（先天的心理官能）有其深刻的經驗來源，它們最初來源於人

類的基因突變。後來經由進化而固定下來，逐漸形成人類遺傳信息的一部分，然後便代代相傳，綿延不絕。這也就是說，人類心理是可以遺傳的。正如我們因遺傳信息的代代相傳而要生長發育出胳膊、眼睛等身體器官一樣，我們也是因遺傳信息的代代相傳而生長發育出語言知識等等的。從喬姆斯基對人類心理官能（人類知識）的如是解說，我們可以引出如下重要結論：作為「靈魂輪迴說」之基礎的「靈魂不朽說」如以現代生物學的術語加以重新解釋，而不考慮其倫理的、宗教的意義，那麼它還是有點道理的：構成我們的靈魂（心理）之本質的那些原則代代相傳，因而靈魂（心理）是不朽的。（這說明我們人類的直覺在某些情況下是多麼深刻！）

第六章　哲學意蘊（上）

一、心 – 物關係

　　以其對心理研究的（方法論的）自然論態度為基礎，喬姆斯基對具有悠久歷史的心（理）– 物（體）（身）(Mind–Body) 關係問題提出了自己獨到的見解。

　　我們都知道，這個問題最先是由笛卡兒明確而尖銳地提出來的。笛卡兒本人發展了一種關於宇宙的力學（機械）理論，這是對他那個時代的物理科學的重要貢獻。他堅信，在我們的經驗所及的宇宙中發生的幾乎所有事件都可以借助於他的力學概念，借助於這樣的物體概念 —— 所有物體只有通過直接接觸才相互作用 —— 來加以解釋。他的這種力學觀常被稱為「接觸力學」(contact mechanics)。笛卡兒力圖通過接觸力學來解釋從天體運行到動物的行為乃至人類行為和知覺的一切事情。但在努力完成這個任務的時候他發現並非我們的所有經驗都能夠容納進這個框架之內。而最為引人矚目的例外 —— 正如我們已經提及過的，便是所謂的語言使用的創造性方面。它完完全全超出了接觸力學概念之外。為了很好地解釋這些接觸力學概念所無法解釋的事實，笛卡兒認為我們就必須找到某種力學之外的原則，可稱之為創造性原則。在其實體 – 屬性形而上學的框架內，這個創造性原則變成了「第

二種實體」即心靈（心理）。它完全不同於物體：物體以廣延為本質屬性，遵守力學定律；心理以思維為本質屬性，不受制於任何機械的力學定律。既然心理和物體如此不同，它們如何能夠相互作用呢？具體說來，心理的決定如何能導致身體 —— 物體之一種 —— 的行為，反過來，身體的變化（或外界物體的變化）如何能導致心理的變化呢？這便是所謂的心－物關係問題。

我們看到，笛卡兒的物體概念是通過接觸力學觀而得到明確的界定的。但是十七世紀物理學的進一步發展，特別是牛頓萬有引力的發現，很快就摧毀了笛卡兒的接觸力學觀。按照牛頓的力學觀，在兩個物體之間總存在著這樣一種「力」，一個物體無需接觸到另一個物體便將這樣的力施加給它。這也就是說存在著「遠距離的利用」（超距作用）(action at a distance)。無論這種力是什麼，總之，它都不能在笛卡兒接觸力學的框架之內得到解釋。利用這種學說牛頓令人信服地解釋了接觸力學所無法正確地解釋的天體的運行規律。既然接觸力學不能成立，那麼建立在其基礎之上的物體概念也就成了無源之水，必須拋棄。喬姆斯基斷言，自從牛頓的新的力學觀提出以後，直到今天，我們一直就沒有清楚而明確的物體（物質 (matter, the material)，物理的東西 (the physical)）概念。當然這並不是什麼可悲的事情。如果我們可以構造出的關於物質世界的理論包含著各種各樣的力，沒有質量的粒子，以及其他有違笛卡兒派「科學常識」的實體，那麼我們大可不必因此而大驚小怪。我們盡可以毫無顧忌地斷言：這些東西就是物理世界、物體的世界的性質。這些斷言正如其他經驗假設一樣無疑都是嘗試性的，但我們不能因它們超出了某一先驗的物體概念而就對它們橫加批判。實際上，再也沒有什麼清楚確

定的物體概念了。物質（物理）世界就是我們發現它所是的任何東西 (whatever we discover it to be)，它具有為了達到解釋的目的而必須假定它具有的任何性質（包括以前被稱為「心理」性質的那些性質）。任何提供了真正的解釋並能夠被歸併到 (assimilated to) 物理科學的核心概念之上的可理解的理論都構成了關於物質世界的理論的一部分，構成了我們關於物體的敘述的一部分。如果我們在某一領域內有了這樣一種理論，我們便努力將其歸併到物理學的核心概念 —— 在進行這樣的歸併時有時需修改這些概念本身。

　　總而言之，不存在確定的物體概念，不存在關於究竟什麼才應算作物體的先驗的界線，物體概念是開放的 (opening)，是不斷變化著的 (evolving)，它一再地擴展自身以處理以前曾被認為是不屬於它的新的現象。我們只能說：存在著一個物質（物理）世界，其性質有待發現。既然不存在確定的物體概念，那麼我們也就不能有意義地追問某些現象是否超出了物體的範圍而落入了心理的範圍。這也就是說，心理概念同樣也變得不確定了。從前面我們看到，笛卡兒之所以能構述出心－物關係問題是因為根據他的接觸力學他有一個十分清楚而確定的物體概念，以及作為其對立物的同樣清楚而確定的心理概念，但由於自牛頓以後再也沒有什麼清楚確定的物體和心理概念，所以我們根本就無法有意義地或前後一貫地 (coherently) 構述出心（理）－物（體）關係問題。正因如此，時至今日哲學家們仍然沒能回答這個問題也就不足為怪了。

　　在喬姆斯基看來，儘管不存在清楚、確定的心理概念，但這並不意味著我們就不能使用「心理」、「心理的」等術語了。實際

上，我們盡可以繼續放心地使用這些術語（喬姆斯基自己就大量地使用了它們），只是我們要認識到：每當我們談論到心理的時候，我們總是在某一適當的抽象層面上談論我們的腦的幾乎未知的物理機制（正如談論氧的（化合或原子）價，談論原子或分子，談論苯環等的人是在某一抽象層面上談論某種物質機制一樣）。當我們說我們在進行心理研究時，其實我們的真正意思是：我們正在在某一抽象層面上研究物質世界的性質，我們相信在這一層面上可以構造出一個真正解釋性的理論 —— 它可以為我們提供關於人類心理現象的本性的真正的洞見。而且最終說來，我們總抱有這樣的希望：將這種研究歸併到（或者說統一到）自然科學的主流中去。正如對基因或（化合或原子）價以及化學元素的性質的抽象研究最終被歸併到更為基本的科學中一樣。（不過，為了為關於人類心理這樣複雜的系統的抽象理論提供基礎，我們常常需要修改或擴展這些基本科學。）

由此看來，我們的任務便是努力發現關於人類心理的真正的解釋性理論，然後利用這些發現來促進對具有這些理論所揭示的性質的物理機制的研究。無論這種研究通達到何處，我們都是在「物體」的範圍之內。或者更為準確地說，我們乾脆放棄可能不同於其他什麼東西的物體這種觀念，而是使用理性研究的方法去盡可能多地了解關於世界 —— 即我們所說的物質世界 —— 的事情，而不管最後發現它具有什麼樣異乎尋常的性質。

正是因為對心－物關係問題持有如上立場，喬姆斯基才經常這樣使用「心理」和「腦（物體之一種）」等語詞：心理，最終是腦 (the mind, ultimately the brain)；心理或者腦；心理／腦。

這裡，有的讀者也許會提出如下問題：喬姆斯基在心－物

關係問題上到底是持一元論觀點，還是持二元論觀點呢？如果
他持一元論觀點，那麼他的一元論是唯物主義的，還是唯心主義
的？從上面的介紹人們也許會得到這樣的印象：喬姆斯基是一元
論者，而且是唯物論者（或物理主義者），因為他似乎是將心理
歸約為物體（腦）的特性或狀態。但是喬姆斯基自己堅決反對對
他做如是的「歸類」，因為在他看來，心理和物體（或物理的東
西，物質）概念根本就沒有清楚、確定的涵義，因而也就不會存
在有意義或前後一貫的心－物關係問題，相應地也就不會存在對
這種問題的有意義的回答：無論是唯物論，還是唯心論，抑或是
其他什麼理論，都沒有意義。喬姆斯基對剔除唯物論 (eliminative
materialism)（或剔除論 (eliminativism)，物理主義 (physicalism)）
的批判非常清楚地向人們昭示了他在心－物關係問題上的獨特
立場。

　　所謂剔除唯物論是指心－物關係問題上的如下立場：世界中
發生了的和將要發生的一切事情都必然可以借助於物理科學的概
念和命題加以描述；心理論的話語和心理實體終將失去其在我們
描述和解釋世界的努力中所起的作用。首先我們看一下所謂「可
以借助於物理科學的概念和命題加以描述」是什麼意思。也許它
的意思是：液體可以通過分子的行為加以描述。但是試問：一個
世紀以前我們能這樣描述液體嗎？那時居主導地位的物理學家只
是將分子看作是方便的虛構，因此液體的狀態根本就不能借助於
那個時代所存在的物理學來加以描述。的確，那時還沒有與物理
學統一起來的某個科學分支 (化學) 能夠根據它自己的理論構造
物為人們提供許多說明。但是，今天心理研究中的某些理論構造
物也為我們提供了與此類似的說明。那麼為什麼這些說明就比一

個世紀以前的化學所提供的說明 (比牛頓的神秘的「力」，比今天神秘而違反直覺的理論設置物 (posits)) 更少物理學特徵呢? 或許我們現在對於心理現象的自然論的解釋在將來的某一天與物理科學統而為一了 (為了達到這種統一，我們可能必須修改現在的物理學觀念)，而到了那個時候，我們也就再也沒有理由堅持剔除唯物論立場了。同樣，剔除唯物論斷言中的後一句話:「心理論的話語和心理實體終將失去其在我們描述和解釋世界的努力中所起的作用」也無甚意義。用「物理的」取代這句話中「心理的」，我們得到: 物理論的話語和物理實體終將失去其在我們描述和解釋世界的努力中所起的作用。無可爭辯的是: 如果我們將「物理論的」和「物理的」理解為我們日常談話和思維中所使用的概念，那麼「物理論的話語和物理實體」實際上早已「失去了其在我們描述和解釋世界的努力中所起的作用」。那麼為什麼我們就應該對「心理論的話語和心理實體」抱有不同的期待呢? 假設我們說「石頭從天上掉下來，滾下山去，砸在地上」。顯然，這個陳述不能被翻譯成人們用來描述和解釋世界的理論，其中的詞項屬於不同的理智氛圍 (intellectual universes)。但是並沒有人由此就認為這個事實提出了物－物問題 (body–body problem)。方法論的自然論者並不指望在他們所自覺地 (self-consciously) 設計的解釋性理論中找到我們日常談話和思維中所使用的那些概念的對應物 (counter parts)。不過，他們總是抱有這樣的希望: 他們的自然論研究能在日常的談話和思維所開闢的研究領域中獲得理解和洞見。

二、意義

　　意義問題可以說構成了現代哲學研究的中心問題。哲學家們就此而提出了各種各樣的「意義理論」，力圖全面地、一勞永逸地解決它。但是令人遺憾的是，至今還沒有一個理論博得了人們的普遍贊同。

　　從上篇的介紹我們看到，在意義問題上喬姆斯基的觀點是有一個發展過程的。六十年代初期以前，他的意義觀是指稱論和維根斯坦的使用論的混合物。六十年代中期到七十年代初期他基本上接受了卡茨和福都的語義理論，這種語義理論的目標是利用轉換生成語法理論所提供的關於語言形式的語法信息來描寫並解釋說者和聽者所具有的抽象地確定我們的語言的任何句子的語義內容即其意義的內在能力。在卡茨和福都看來，存在著一個普遍的語義（區別）特徵（語義範疇）系統，它們表達了所有可能的概念內容。語義理論的最終目標就是：根據這樣的普遍特徵系統，不依賴於一切外在於語言的考慮，對所有語言的所有詞項和所有話語的所有可能的語義特性進行完全的刻畫，也即給出對任何語言所能表達的任何東西，任何可以被思想的東西的完全的敘述。七十年代中期以後，喬姆斯基認識到卡茨和福都的意義理論是不能成立的，因為根本就不存在普遍的語義區別特徵系統，而且我們也不能獨立於一切外在於語言的考慮，對任何詞項和任何話語所具有的所有可能的語義特性進行完全的刻畫，因為其他的認知系統 —— 特別是我們關於實際世界的常識理解概念和意圖系統 —— 在我們的意義決定中起著舉足輕重的作用，欲將表達式的意義和其

他認知系統截然區分開是不可能的，也是不正確的。當然喬姆斯並不否認我們可以獨立於一切外在於語言的考慮來部分決定表達式的意義，也就是說，某些語義特性（如題元關係，重心和預設，否定和量詞的轄域，名詞和代詞的共指關係等等）還是可以借助於純粹的語言學規則來進行完全的刻畫的。不妨將這樣的語義特性稱為形式意義 (formal meaning)。給定了一個在特定的語境或情形之下說出的表達式，當我們借助於有關的純粹的語言學規則（或者根據語法結構）而確定了其形式意義之後，接下來的任務是根據我們的其他認知系統（特別是我們的常識理解概念－意圖系統）以及具體的語境，來確定它的進一步的意義，不妨稱其為語用意義 (pragmatic meaning)。語用意義豐富多彩，多種多樣，確定它的工作更為複雜、艱巨。（儘管如此，我們每一個正常的說話者或聽話者都能順利地完成它。）形式意義和語用意義一起（更準確地說，它們的複雜的互相作用）才完全刻畫了我們日常生活中所說的意義概念。

由於形式意義的確定真正說來是句法的事情，而語用意義的確定最終說來是語用學的任務，所以嚴格說來，自然語言根本就沒有通常所說的「語義學」方面。它是由內在的運算系統和運用系統構成的，運用系統和我們關於世界 (包括我們自己在內) 的其他信息和信念一起接近運算系統，以特定的方式執行其指令，這樣我們便可以進行談話和交流等等言語行為了。句法研究的是內在的運算系統，而語用學研究的是運用系統的內在機制。

從喬姆斯基對意義的分析不難看出：意義概念是非常複雜的，它的內涵多種多樣，既有其純粹的語言學方面 (形式方面)，更有其豐富多彩的語用方面，可以說它根本就不是一個同質的概念。

正因如此，我們也就很難，甚至於不可能給出關於它的全面而又不流於空泛無用的規定。正是基於對意義的如是理解，喬姆斯基對各種各樣流行的意義理論進行了深入的分析和批判。下面我們就看一下他是如何進行這種分析和批判的。

（一）對觀念論、指稱論和刺激－反應論的分析與批判

1.觀念論、指稱論和刺激－反應論簡述

觀念論、指稱論和刺激－反應論都是比較傳統的意義理論。我們首先看一下觀念論 (ideational theory)。按照它，一個語言表達式（語詞、短語或語句）的意義就是它所代表（或者由它在人們的心中所引起）的心理對象 (mental objects)，如意象 (images)。在近代，洛克最為清楚明白地表述了這種理論。

> 語詞的用處是作為觀念 (ideas) 的可感覺到的標記；而它們所代表 (stand for) 的觀念就是它們的真正的、直接的意義（意味，signification）。❶

（這裡我們要注意，在洛克及其他英國近代經驗論者那裡，所謂觀念就是指心理意象。）這種意義觀是以如下語言觀為基礎的：語言本質上說來是交流思想的工具。思想是由存在於心靈中的觀念構成的，而這些觀念只有其擁有者才能直接意識到。為了使他人認識到我自己的思想，就不得不使用公開可觀察的聲音和標記來將這些觀念表達出來。當我用以表達我心中某些觀念的話語在他人的心中引起了與我心中的這些觀念「相同的」觀念時，交流的目的便算達到了。

---

❶　John Locke, *Essay Concerning Human Understanding,* BK III, Ch. 2, Sec. 1.

顯然，觀念論很符合人們的常識看法，但在現代哲學家中它幾乎沒有支持者。通常人們對其作出的批評如下：其一，根本就不存在諸如觀念或意象之類的心理對象(心理實體)；其二，即使存在著意象之類的心理對象，對於很大一部分表達式如「增加」、「在」、「如果 A，那麼 B」而言，也很難說我們能對其形成任何意象，但它們卻是有著完好的意義的；其三，即使對於那些我們易於形成意象的表達式而言，也根本不存在觀念論所要求的那種意義與意象間的嚴格的對應關係，因為同一個意象可以與有著不同意義的表達式相聯，而同一個表達式(在其同一種意義上)可以與非常不同的意象相聯。例如：「熟睡的小孩」的意象既可以和「睡」這個詞相聯，又可以和「小孩」、「家」、「安靜」、「可愛」等詞相聯；而「狗」這個詞既可以和「狼狗」的意象相聯，又可以和「我家的哈巴狗」的意象，以及其他種類的狗的意象或其他人的狗的意象相聯。

接下來我們看一下指稱論。按照這種理論，一個表達式(語詞、短語、語句)的意義就是其所指稱(refer)(指示(denote)或代表(stand for)、命名(name))的對象。前期維根斯坦是這種理論的最為堅定的支持者。在他看來，我們的語言的所有語詞最後都或者可以被歸約為名稱(維根斯坦的名稱並非指通常所謂的名稱，而是指就邏輯結構而言最簡單的符號，)或者可以被歸約為邏輯常項(邏輯聯結詞和量詞)；所有命題都可以被歸約為基本命題(它們僅僅是名稱的結合或聯結)的真值函項。邏輯常項不具有意義，只起聯結作用；名稱的意義(Bedeutung)則是其所指稱的對象(維根斯坦的對象也絕非通常意義上的對象，而是指世界的終極結構元素或構成元素)；命題的意義是其所描述的事實或事

態。其他哲學家不贊成維根斯坦這種過分「總括」的指稱論，他們不認為所有的語詞都可以被歸約為名稱，而嚴格說來，只有對於名稱而言指稱論才能成立。這裡有一點需加以注意，那就是：指稱論所謂的對象在不同的哲學家眼中是很不一樣的。有的人只承認具體的對象，有的人則還承認抽象的對象（共相）。另外，有的哲學家只承認物理對象，而另一些哲學家同時還承認心理的對象。這樣，按照後一類哲學家的觀點，我們上面介紹的觀念論實際上已包括於指稱論之內了。

指稱論曾一度博得了許多哲學家的贊同，但它也遭到了另外一些哲學家的激烈反對，特別是曾一度是它的最為堅定的擁護者的維根斯坦在其後期哲學中也對它進行了堅決的否棄。哲學家們對指稱論的批評主要集中在如下之點：其一，並非所有表達式都是指稱什麼的（如「如果……，那麼……」、「並且」、「或者」之類的聯結詞，顯然就不是指稱什麼的）；其二，具有相同的所指的兩個表達式可以具有不同的意義，如「《理想國》一書的作者」和「亞里士多德的老師」都指稱同一個人 —— 柏拉圖，但它們顯然具有不同的意義；其三，一個表達式（如柏拉圖）的所指可以毀滅、死去或不存在，但我們不能因之就說它沒有意義了；其四，指稱論導致柏拉圖主義。既然意義即所指，那麼，任何表達式為了有意義也就必須有所指，這樣，共相也就必須存在了，否則抽象名稱或謂詞就無意義了。

最後，我們看一下刺激–反應論。這種意義理論是在行為主義心理學的影響下而提出來的。語言學家布隆菲爾德給出了其最為粗糙的形式：一個表達式的意義就是說話的人說出它時所處的情景（刺激）和它在聽話的人那裡所引起的反應。這種表述形式過於

拙劣，不值一駁。顯然，任何一個表達式的說出情景和它在不同的說話人那裡所引起的反應都是多種多樣的，同義的表達式不一定是在相同的情景下說出，而即使是在相同的情景下說出的，也不一定就能在聽話者那裡引起相同的反應；而不同義的表達式常常在相同的情景下說出，而且常常在聽話者那裡引起相同的反應。另外，更有這樣一些表達式，它們在某種情景下說出後根本就沒有引起聽者的任何反應，但由此我們卻不能說它就沒有意義。在《符號，語言和行為》 (*Signs, Language, and Behavior*)(1946) 中，哲學家莫里斯 (Charles Morris) 提出了一個更為精緻但也更為片面的表述形式：一個表達式的意義就是其在聽話者那裡產生的反應傾向 (dispositions to respond)。莫里斯認為，當有機體接收到某個符號後，他常常並非是立即對其作出反應，而只是產生了某種 (些) 反應傾向。只有在某種或某些必要的附加條件都滿足了以後，他才會將潛在的反應傾向轉化為實際的反應 — 公開的行動。例如，我走在大街上，餓得發慌，突然看到前面的大街上掛著麥當勞標誌牌，這時我自然會加快腳步，嘴裡不自覺地開始分泌出唾液，腸胃也開始活躍起來。但是摸一下口袋之後方知沒有帶錢夾子，這時我也只好停下腳步，放棄努力了。莫里斯的表述毫無疑問要精緻一些，但同樣難以成立：其一，同義的話語可能引起不同的反應傾向，反過來，並非同義的話語卻能引起相同的反應傾向；其二，某些有著完好意義的話語在有些情況下說出後，在聽者那裡常常根本引不起任何反應傾向。

2. 蒯因對觀念論和指稱論的批判及對刺激 – 反應論的修改

從上面的介紹我們看到，按照觀念論和指稱論，我們的語言的任何一個表達式孤立地看都有它自己獨立的確定的意義，這就

是它所指稱的內在的(心理的)或外在的(物理的)對象。同一個
語言的不同的表達式可以具有相同的意義，即指稱相同的東西，
而不同的語言的兩個表達式也可以具有相同的意義，即指稱相同
的東西，因而它們可以以確定的方式互相翻譯。蒯因完全不同意
這種意義觀。他把觀念論和指稱論比作「博物館神話」(the myth
of museum)，在其中展品是意義，而語詞(或其他表達式)則是貼
在展品上的標籤。在他看來，根本就不存在什麼確定的、獨立於
(外在於)語言的意義，任何表達式孤立地看都不具有任何意義。
蒯因主要是通過其翻譯的不確定性(indeterminacy of translation)
論題來駁斥他所謂的「博物館神話」並藉以建立自己的意義觀的。

　　假設有一個美國人甲，他孤身一人到太平洋上的一個荒島
上旅遊，偶然發現了一個處於原始狀態的部落群體，他們講著
一種他完全陌生的語言。但甲對他們的語言發生了濃厚的興趣，
企圖翻譯它。顯然，他只能通過觀察該部落的人們的行為才能完
成這個艱巨的任務。蒯因將甲所面對的這個任務稱為極端翻譯
(radical translation)。假設甲首先聽到了這樣一句話「gavagai」，
甲觀察到：只有當部落裡的人們看到 rabbit(兔子)時，他們才說出
或者同意(assent)這句話，因此他便將「gavagai」翻譯為「there
is a rabbit」(有一個兔子)。但蒯因認為，這裡完全存在著作出
許多其他不同的翻譯的可能，它們都與甲的觀察相一致。如「it is
rabbiting here」(這裡正在兔子著)便是一種可能。它是比照「it
is raining here」(這裡正在下雨)而來。後一個句子報導的是某一
普遍的特徵(feature)即「raininess」(雨性)出現在某一特定的區
域中，其中根本就沒有提及任何 individual raindrops(單個的雨
點)。也許該部落裡的人們根本就不關心 individual rabbits(單個

的兔子)(正如我們根本不關心 individual raindrops),而僅僅滿足於記錄下某個特徵 rabbitiness(兔子性) 出現在某一區域中這個事實。對於我們來說這似乎不可理解,但是我們不能毫無根據地假定該部落的人們享有與我們完全相同的思考世界的方式。而且「it is rabbiting here」遠遠還沒有窮盡所有其他可供選擇的翻譯。或許該部落的人們觀察動物時比我們更為經常地採取屠夫的觀點也未可知。如果真是這樣的話,那麼我們或許更應將「gavagai」譯為「there are some undetached rabbit-parts」(有一些未分解開的兔子-部分)。或者也許該部落的人們的形而上學觀和「科學」觀促使他們更感興趣於對象的轉瞬即逝的斷片而不是持存的對象本身。當我們說「there is a rabbit」(有一個兔子) 時,我們斷言了一個可存在數月甚或數年的對象的存在。但是當該部落的人們說「gavagai」時,他們也許只是斷言了 rabbit(兔子) 一生中的某一個非常短的時段或階段的存在。在這種情況下,「gavagai」就應翻譯為大致如下的英語句子:「there is a rabbit-stage」(有一個兔子-階段)。或者,也許該部落的人們的宗教信仰促使他們比我們更為關心全體。當他們看到一個 individual rabbit(單個的兔子) 時,他們認為自己看到了一個有機的整體即所有 rabbits(兔子) 的類 (aggregate) 的一小部分。這時對「gavagai」的最好的翻譯應該是「there is a bit of the rabbit-aggregate」(有一點兔子-類)。

在此或許會有人認為,甲只需再做進一步的觀察,獲取關於該部落的語言使用的更多的信息就可以知道「gavagai」究竟意味著什麼了。但什麼樣的信息能夠幫助解決這個問題呢?假設甲通過觀察知道了該部落的人們如何表達同意 (assent) 和反對 (dissent),也

知道了他們如何使用正確的音調將一個句子變成詢問句。那麼這時他能否通過如下方式來解決他所面臨的翻譯難題呢：指著整個兔子 (whole rabbit) 用詢問的語氣對某個知道他正在進行翻譯的該部落中的人說「gavagai」？蒯因認為他的回答沒有任何用處，因為在指著整個兔子的同時，甲便同時指著該 rabbit–aggregate（兔子－類）的一個成員，指著未分解開的兔子－部分，乃至所有其他可能的情況。蒯因強調指出，無論甲做了多少觀察，積累了多少信息，他都絕對不能只留下對「gavagai」的一種可能的翻譯，而將所有其他可能的翻譯全部排除掉。即使甲能夠用該部落的語言表述出他自己的複雜的問題，他也不能最終解決它。例如，假設甲指著同一個兔子的頭和尾向部落裡的一個人問：「ei gavagai seif–seif ei?」他對這句話所作的初步翻譯是：「is this one and the same gavagai as that?」（這兒和那兒是同一個 gavagai 嗎？）那麼我們能否由此斷言一個肯定的回答至少將 rabbit–parts(兔子－部分)(或許還有 rabbit–stage(兔子－階段)) 排除掉了呢？蒯因認為我們不能作出這樣的斷言。因為儘管這個特定的譯者將「is one and the same as」視為「seif–seif」的翻譯，並將對他的問題的肯定的回答看作是排除了將「gavagai」譯為「undetached rabbit–part」（未分解開的兔子－部分）的可能，但是另一個譯者乙可能將「undetached rabbit–part」看作是「gavagai」的翻譯，而將對「ei gavagai seif-seif ei?」的肯定的回答看作是排除了將「seif-seif」譯為「is one and the same as」的任何可能(他或許會樂於用「is part of the same thing as」(是和……相同的東西的部分) 來翻譯「seif-seif」)。完全可以設想，這些不同的翻譯方案 (schemes) 或手冊 (manuals) 中的每一個都不會與該部落的人們的

言語和與之相聯的行為發生衝突。無論如何，只要對我們的翻譯方案中的其他地方做些「補償性的篡改 (調整)」 (compensatory juggling (adjustments))，那麼對「gavagai」的所有可能的翻譯中的任何一種都可以保留下來。這也就是說，對於任何語言來說，都必然存在著許多關於它的可供選擇的翻譯方案。儘管它們為許多個別的句子所提供的翻譯非常不同，但是它們與該語言所有使用者的可觀察的行為 (既包括實際的行為，也包括可能的行為，即行為傾向) 的整體卻都完好地符合一致。因此，這裡也就不存在什麼事實 (fact of the matter) 問題或真假對錯問題。任何一種翻譯方案，只要其前後一貫，就都是正當的。

以上便是蒯因的翻譯不確定性論題的主要內容。正是從這個論題蒯因最終得出了他對觀念論和指稱論的意義概念的毀滅性批判：既然我們語言中的每一個表達式都有多種非常不同的譯法，而且每一種譯法都可以通過調整整個翻譯方案中的其他某個或某些地方而得到完好的辯護，那麼這說明每一個表達式孤立地看都沒有確定的意義，嚴格說來，只有由所有的表達式所構成的語言整體才具有意義。我們也可以說，根本就不存在什麼獨立於（外在於）語言的意義，不同的語言的句子彼此不可能具有相同的意義。

蒯因關於意義的上述觀點通常被稱為「整體論」意義觀。整體論意義觀為其整體論知識觀提供了理論基礎。

這裡，人們也許會提出如下反對意見：關鍵的問題不是作為譯者的某甲或某乙，而是部落裡的人們。他們是知道「gavagai」的意義的，而且這種意義根本說來必進入他們的交流行為之中。蒯因不同意這種說法。在他看來，即使作為外來者的甲通過不懈

的努力最後終於全部理解了該部落的語言，並全身心地投入到他們的生活（包括言語行為）中去了，那麼翻譯的不確定性論題仍然成立。實際上，在這方面，部落裡的人和作為譯者的甲並沒有本質的區別：某種意義上講，部落裡的每一個人都是他的鄰人的極端的譯者。為了掌握本部落的語言，每一個部落成員可以利用的材料也只是其他成員的言語和行為。毫無疑問，這點也適合於我們及我們的語言。我們都是極端的譯者，「極端的翻譯始於家中 (radical translation begins at home)」❷。比如，當你說「瞧，有一個兔子」時，我該如何將你的「方言」(idiolect) 譯成我的「方言」呢？是將其譯為「瞧，有一個兔子」還是將其譯為「瞧，有一個兔子－階段」，抑或是其他什麼。實際上，我怎麼譯都行，只要能前後一貫就可以了。

不過，儘管蒯因否定有什麼確定的、獨立於語言之外的意義，但他並沒有因之而完全否定了意義這回事，他只是告誡我們不要將其作為一種確定的、獨立於語言之外的東西看待。在對觀念論和指稱論做了上述批判之後，他也提出了自己對意義的正面規定：意義就是刺激意義 (stimulus meaning)。那麼何謂刺激意義？蒯因認為它是由肯定的刺激意義 (affirmative stimulus meaning) 和否定的刺激意義 (negative stimulus meaning) 兩方面組成的有序對 (ordered pair)。一個句子在某一時間對於某一給定的說話者的肯定的刺激意義是指所有那些在該時間內會引起他同意該句子（或導致他產生同意該句子的傾向）的刺激的類；而否定的刺激意義則是指會引起說話者反對該句子（或導致他產生反對該句子的傾

---

❷　W. V. Quine, *Ontological Relativity and Other Essays,* p. 46.

向) 的刺激的類。蒯因認為, 他給出的這種意義規定特別適合於觀察語句 (observation sentence) —— 即這樣的語句, 為了判定其真假, 我們只需察看當下的感覺刺激即可 (或者: 在其真假問題上, 一個特定的言語共同體 (speech community) 的所有成員在一致的刺激之下都能達到一致), 因為只有觀察語句才直接面對著感覺刺激。其他語句特別是所謂的恆常語句 (standing sentences) 或理論語句 (theoretical sentences), 與感覺刺激的關係遠沒有那麼直接, 嚴格說來, 只有由它們所構成的整體 (至少是一個理論) 才適合於用行為傾向之類的詞項加以分析, 才有刺激意義。顯然, 蒯因的這種意義規定不過是對刺激 – 反應論的精雕細琢而已。

3. 喬姆斯基對觀念論和指稱論的分析和批判

　　喬姆斯基也不同意觀念論和指稱論, 但他所提出的反對理由和蒯因的不一樣。我們首先談觀念論。喬姆斯基當然不否認觀念或意象之類的心理對象的客觀存在, 他也不否認在某些情況下一個表達式的確是被用來代表 (指稱) 心理對象的, 但他認為我們不能由此就獨斷地斷言: 所有表達式的所有意義都在於代表意象之類的心理對象。

　　顯然, 同樣的話也適用於指稱論。我們當然不能否認在有些情況下一個表達式的確是被用來指稱某一個對象的, 但我們不能由此就斷言所有表達式的所有意義都只在於指稱對象。進一步說來, 即使對於那些僅僅被用來指稱對象的表達式而言, 我們也不能說它們的意義就是它們所指稱的對象, 因為自然語言中的指稱行為本身是非常之複雜的, 它不僅僅是簡單的二元關係 (表達式 E 指稱對象 Y), 甚至也不是三元關係 (某個人 X 使用表達式 E 指稱外部世界中的實際的對象 Y), 而至少是複雜的四元關係: 在

某種情況 C 之下，某個人 X 使用表達式 E 指稱 Y(Y 不必是外部世界中的實際的對象)。更為一般地說來是這樣：在某種情況 C 下，某個人 X 使用表達式 E(它具有複雜的語義特性) 從某一複雜的角度談論世界 (著眼於它的某些特殊的方面)。總之，

> 詞項本身並不指稱什麼 —— 至少就指稱這個詞在自然語言中的意義而言；而是人們能夠使用它們指稱事物，從某些特殊的觀點看待事物……。❸

為了能成功地指稱一個對象，往往需要動用我們的複雜的常識理解概念－意圖系統。因此，喬姆斯基斷言，在我們的自然語言的表達式與外界事物之間根本就不存在單純的指稱關係。

以「命名」(naming) 這個通常看來最為簡單的指稱行為為例。命名遠非通常所認為的那般簡單：取出一個名稱「貼在」某個對象之上。實際上，至少有兩個認知系統制約著我們的命名行為：一為語言系統，一為我們的常識理解概念－意圖系統。名稱取自於前者，而被命名的對象則是根據常識理解概念－意圖系統選定的。從語言系統中選取名稱並非是簡單的事情，要考慮到語言自身加於命名行為之上的一些限制條件。語言本身並沒有一個純粹的名稱範疇，而是有人名、地名、顏色名等等。而一個對象為了成為「自然而然地可命名的 」(naturally nameable) 對象它就必須滿足一些非常複雜的條件：某些格式塔性質 (Gestalt qualities)，人類的意志、興趣和行為等等。飛機的一片機翼是一個可命名的對象，但它的一半卻不是可命名的對象；樹上的樹葉的類聚不構成一個可命名的對象，但是如果人們設計出了一種關

---

❸　Noam Chomsky, 'Explaining language use', p. 15.

於「樹葉的排列」的新的藝術形式或者某位藝術家將樹葉的類聚
巧妙地設計成為一件藝術品(他將其命名為「寧靜」),那麼它也
就變成了可命名的對象。

接下來看一看倫敦 (London) 這個名稱。作為一個城市名(一
種特殊的語言表達式類型),我們賦予它多種多樣奇特的屬性:
在某些情況下它可以被完全毀滅,但若干年,或者甚至一千年
之後,它可以在某個其他的地方被重建,這時它仍是倫敦,那同
一座城市。在考慮倫敦的時候我們既可以將其人口考慮在內,也
可以不將其人口考慮在內:從一種觀點看,我們可以說在柴契爾
(Thatcher) 夫人執政的年代倫敦具有一種嚴酷的感覺(這是一種
關於那裡的人們如何行動和生活的評論)。從另一種觀點看,如果
那裡的人們棄城而走,它仍是同一座城市。在提到倫敦的時候,
我們可以是在各種各樣的上下文中談論一個地點或區域:有時生
活在那裡的人們,它上空(但不是很高處)的空氣,它的建築,
它的制度等等(如在下面的話中:「倫敦是那麼的不幸,醜陋,
它被污染得那麼厲害,應該將它毀掉,然後在一百英里之外將其
重建」,儘管如此,它還是同一座城市)。諸如倫敦之類的詞項
是被用來談論實際的世界的,但是實際世界中並沒有(人們也不
會相信有)這樣的事物,它具有倫敦作為一個城市名所涵蘊的那
些複雜的指稱模式的所有屬性。此外,在決定一個東西是否是一
個可命名的對象時,我們還自覺或不自覺地將其歸入某個「自然
物類」(natural kind),後者可以用一個通名 (common noun)(「分
類謂詞」(sortal predicate)) 來加以稱謂。如果一個東西不能做這
樣的歸類,那麼它就不可命名。顯然,這種歸類涉及到有關被命
名的對象的性質(概念性質或事實性質)的一些假設。在我們的

常識理解概念－意圖系統中，自然物類通常是通過內部結構、構成、來源、功能（對人造物品來說）等等來加以規定的。當然這並不是說我們必須知道這些規定性特徵，這裡我們只是假定了：它們是存在的，對於某一新的東西來說，只有當它具有它們的時候我們才能將其正確地歸入到這個「類別」之中並用這個分類謂詞來指示它。我們也許不知道究竟什麼樣的內部結構決定了某個東西是一隻虎，但是如果某個看起來像虎的東西事實上與作為「範型」的虎具有不同的內部結構，那麼我們就不能適當地將其歸入虎類。

總之，名稱並不是依隨意的方式聯繫於對象之上的（但像維根斯坦那樣，將其視為「簇詞項」(cluster word)，也不具有太多的啟示意義）。每一個名稱都屬於一個特定的語言學範疇即語類，該語類以確定的方式進入我們的一個認知結構即語言的語法系統(I－語言)之中；被命名的對象則總是被放在另一個認知結構即常識理解概念－意圖系統之中。當名稱被「傳遞」(transferred)給新的使用者時，這兩個結構也繼續起作用。當一個聽話者注意到一個對象被命名為某某之後，他便自覺或不自覺地將該名稱置於一個語言結構的系統之中；將該對象置於一個包含著實際信念的概念關係和條件的系統中。因此，為了理解「命名」（即指稱）我們就不得不理解這些系統，而且除此之外，還要理解它們所從出的心理官能。

喬姆斯基認為哲學家們之所以頑固地堅持指稱論，之所以要將建立在單純的指稱概念基礎之上的意義觀強加給我們的自然語言，其理由不外如下三種，對它們喬姆斯基都一一進行了批駁。

第一，命題的真或假需建立在這樣的單純的指稱關係之上。

如果構成命題的語詞的意義不在於指稱外在事物，那麼命題也就無真假可言了。喬姆斯基認為這個理由根本不成立。我們語言中的許多命題雖有真假但很難說它們的構成語詞指稱了什麼外界事物。以「漢語是北京和香港的語言，但不是倫敦的語言」為例，這句話顯然是真的，但其中的語詞「漢語」嚴格說來根本就沒有指稱實際世界中的一個物件。

　　第二，哲學家們之所以堅持指稱論的另一個理由是為了理解科學的歷史發展。他們認為，如果不假定科學家們使用的表達式的意義就是指稱了某種外界的事物，那麼我們以前的時代的科學理論就很難理解了。例如，普特南就曾斷言：早期玻爾 (Niels Bohr, 1882～1962) 所謂的電子就指現代量子論意義上的電子，若不然他那時的所有信念就和人們關於天使的信念一樣都是完全錯誤的了。在指稱論者看來，既然科學表達式的意義如此，那麼自然語言中的表達式 (如房子，水，桌子等等) 的意義也只能如此了，二者並沒有什麼本質的區別。對於這個理由喬姆斯基做了如下批判。首先他指出，科學的技術性的表達式與自然語言的表達式具有本質的不同，適用於前者的斷語不一定就適用於後者。其次，即使我們假定二者是一樣的，沒有什麼不同，並且還假定對科學的歷史發展的可理解性的關心是正當的，我們也不能以此為基礎而推演出一個普遍的意義理論來。因為這種關心只是眾多的關心中的一種，而且對於意義和語言研究來說它也不是至關重要的。最後，對於科學的歷史發展的可理解性我們完全可以通過另一種方式來加以解釋：我們可以說在玻爾的早期用法中，他實際上表達了一個錯誤的信念，因為並沒有當時他談到電子時他心中所想的那種東西；不過，他當時關於世界的理解以及他對這種理

解的表達從結構上來說與人們 (包括他自己) 後來的想法是吻合一致的。正因如此，他關於電子的信念與人們關於天使的信念是截然有別的。

　　再請看如下來自於語言研究的稍為簡單的例子。六十年代左右語言學家們曾就音系單位 (phonological units) 的本性而展開過熱烈的討論。後布隆菲爾德學派的語言學家們設定了音段 (segments)(音素) 和語音特徵。生成學派的語言學家爭辯說根本沒有這樣的實體，實際的語音成分具有完全不同的性質。假設這兩種觀點中的一種(比如，後一種) 是正確的。那麼試問：後布隆菲爾德學派語言學家用音段和語音特徵所指稱的東西和生成派語言學家們用其所指稱的東西是一樣的嗎？對此，他們會給出斷然的否定回答。他們這樣做當然是正當的。因此他們就在談論無意義的東西嗎？也不是。後布隆菲爾德學派的音系學是可理解的。如果我們不做出這樣的預設：存在著它所設定的實體，那麼它的很大一部分內容都可以在生成音系學中重新得到解釋，而它的很多結果從根本上說也可以接受下來。並不存在什麼原則性的方法來決定該如何作出這種重新解釋，或者來決定兩個思想流派之間的「信念的相似性」或者它們所共享的思想和信念。有時注意到相似之處並重新表述概念是有用的，但有時卻不然。同樣的話也適用於早期和晚期玻爾。為了保持科學事業的完整性 (integrity)、連續性，或者為了堅持科學總是在向著世界的真諦不斷邁進這樣的可敬的進步觀念，根本就不需比結構相似性更為確定的東西。

　　第三，哲學家們之所以堅持指稱意義論的最為重要的理由大概是如果意義不在於指稱外界的、公共可觀察的、「共享的」 (shared) 事物，那麼我們也就很難解釋人們之間何以能夠借助於語

言彼此進行成功的交流的事實。喬姆斯基不同意這種觀點。在他看來，成功的交流並不以存在著共享的意義 (shared meanings)(如外界對象) 為前提，正如它並不以存在著共享的發音 (shared pronunciations) 為前提一樣。(試比較：兩個人體形上的相似並不以他們共同享有一個公共的形體 (public form) 為前提。) 我們完全可以設想人們之間的言語交流是這樣進行的：施密斯聽到瓊斯說話後便假定瓊斯和他基本上一樣，只是在某些情狀 M 上 (modulo some modifications M) 有所區別。因此，他的任務就是確定 M(這個任務難易程度有很大的不同)。在完成這個任務的過程中，他將使用他所知道的任何技巧 (artifice)。確定了 M 之後，施密斯便使用任何可用的技巧構造「暫時的理論」(passing theory)。在完成了所有這些任務後，他便將他自己的心理所構造的表達式 (連同其聲音和意義) 歸屬給瓊斯。這樣，他們兩個人之間的交流也就在或大或小的程度上最終實現了。

不過，儘管喬姆斯基堅決反對哲學家們通常所說的那種存在於表達式與外界事物之間的單純的指稱關係，但他並不反對在研究語言時我們常常需要假定 (postulate) 的另一種指稱關係：即存在於語言表達式與我們所設置的各種各樣的抽象對象 ── 心理模型 (mental models)、話語表現式 (discourse representations)、語義值 (semantic values) 等等，喬姆斯基將這些抽象的對象或理論裝置 (theoretical apparatus) 的類稱為 D ── 之間的指稱關係。為了避免誤解，喬姆斯基將這種純技術性的指稱關係 (也是唯一前後一貫的指稱關係) 特稱作 R (讀作「refer」(「指稱」))。比如，我們前面提到的普遍語法約束理論所處理的指稱關係便是 R。R 是非常單純的，但 D 中的對象與實際世界中具有各種各

樣的性質、處於各種各樣關係中的事物的關係則是非常複雜而遙遠的。我們不能簡單地將其描述為「一對一的聯繫」(element by element association) 或「具體化」(incorporation)。請看約束原則的例子。在「John thinks that he is intelligent」(約翰認為他聰明) 這句話中，he 按照約束原則可以「指稱」John。但是，在「he thinks that John is intelligent」(他認為約翰聰明) 中 he 卻不能指稱 John。同樣的原則也適用於如下句子：「the average man thinks that he is intelligent」(普通人認為他聰明)，「he thinks that the average man is intelligent」(他認為普通人聰明)。但是沒有一個人會認為在實際的世界中存在著這樣一個實體 the average man(普通人)，代詞 he 在一種情況下可以指稱他，而在另一種情況下卻不能指稱他。在「John took a look at him,but it was too brief to permit a positive identification」(約翰看了他一眼，但它太短了，以致於他未能肯定地認出他來) 中，it 可以指稱 the look that John took(約翰看的那一眼)；但是與這句話的前半句幾乎同義的表達式「John looked at him」(約翰看了他) 卻不能被以同樣的方式加以解釋，儘管沒有人會相信世界中存在著 looks that a person can take(一個人可以進行的看)，而前一句中的 it 就是指稱其中的一個 look 的。再請看如下句子：「everyone who owns a donkey beats it」(每一個擁有一條驢的人都打它)。這個句子似乎不易按照約束原則加以處理，因為代詞 it 從形式上看似乎不在約束它的量化名詞短語 a donkey 的轄域之內。但喬姆斯基認為我們可以通過如下方式來分析諸如此類的句子：構造這樣一個表達式，它具有這樣的屬性，即對每一對 (man, donkey) 來說，如果 own 適用於它，那麼 beat 也適用於它。顯然，我們也應依同

樣的方法處理「everyone who has a chance wastes it」（每一個擁有一個機會的人都將它浪費掉），不過我們並沒有因之就接受了如下信念：chances 是世界中的一類事物。

對 R 關係的研究表面上看是語義學的事情，但喬姆斯基認為我們應該將其看作是句法學的事情。在他看來，D 中的成分和音系表現式或短語結構表現式並沒有什麼兩樣，我們可以將 D 和 R 作為交界面層次的一個部分而包括於語言表達式之內。像其他技術性的句法概念一樣，D 和 R 的設置也應是有根據的，應有助於增加句法理論的解釋能力。

通常所謂的自然語言的語義學是指對我們的自然語言與實際世界中的事物的關係的研究，特別是指對真值和指稱（自然語言中非技術性的真值和指稱關係）的研究。喬姆斯基將這種語義學稱為外在論語義學 (externalist semantics)，而將以 R 關係為研究對象的語義學稱為內在論語義學 (internalist semantics)。在他看來，外在論語義學根本就不是什麼語義學，嚴格說來它屬於語用學範圍之內；而內在論語義學真正說來屬於句法學，因此根本就不存在什麼語義學。

附論：喬姆斯基對克里普克本質論的批判

以其關於指稱關係（或曰命名關係）的上述觀點為基礎，喬姆斯基還對克里普克 (Saul Kripke，1941～) 的「本質論」(essentialism) 進行了尖銳的批判。按照克里普克的觀點，每一個對象，每一種自然物類 (natural kind)，都有其本質屬性（或曰必然屬性）。他將一個對象（或自然物類）的本質屬性規定為：只要它存在它就具有的屬性，或者說，我們不能設想這樣一個可能世界 (possible world)，在其中它不具有這樣的屬性。克里普克認為，一個對象（或自然物類）具有某種本質屬性完全是它自己的事情，與我們關於它的描述，或者與我們的認知結構(如語言系統和常識理解概念－意圖系統) 沒有任何內在的聯繫。請看如下命題：

　　<1>尼克森在 1968 年的總統競選中獲勝了

　　　　(Nixon won the 1968 election)

　　<2>尼克森是一個有生命的對象

　　　　(Nixon is an animate object)

顯然，命題 <1> 無論如何不是一個必然真理。可以設想存在著這樣一種可能的情形(或者說，一個「可能世界」)，在其中 <1> 是假的，即如果漢弗萊 (Hmphrey) 獲勝了。那麼命題 <2> 又怎樣呢？它不是先天地真的，也就是說，我們或許會發現那個被命名為「尼克森」的對象事實上是一部自動機。假設尼克森事實上是一個人。這時我們便可以爭辯說，不存在這樣的可能世界，在其中 <2> 是假的， <2> 之真具有「形而上學的必然性」。具有「有生命」這個性質是尼克森的一個必然屬性 (本質屬性)。因此，對象 (自然物類) 可以有獨立於它們的稱謂 (designation)(命名) 和我們的概念－意圖系統的必然屬性 (本質屬性)。

　　喬姆斯基堅決反對諸如此類的觀點。在他看來，儘管我們應該承認，給定了尼克森是一個人這個事實， <2> 的確是必然真理，但由此我們不能得出尼克森有獨立於其稱謂 (命名) 和我們的概念－意圖系統的必然屬性。因為在我們的語言系統中，「尼克森」這個詞項並不僅僅是一個名稱，而且是一個人名 (personal name)。因此 <2> 的意義大致與 <3> 相同：

　　<3>尼克森這個人是一個有生命的對象

(the person Nixon is an animate object)

顯然，除開其稱謂或命名外，我們根本無需將什麼必然屬性歸屬
給尼克森這個個體就可得出 <3> 的必然性。這是關於命題的模態
(modality de dicto) 的一種情況，而不是關於對象的模態 (modality
de re) 的一種情況。<3> 的必然性和「住在樓上的人住在樓上
(the man who lives upstairs lives upstairs) 這個命題的必然性是一
樣的。<3>(並因之 <2> — 假定了「尼克森」這個名稱所屬的
範疇) 之為必然真的，可以從「人是有生命的」這個命題之為必
然真的推論出來。而後者之為必然真的是以常識理解概念 – 意圖
系統中的範疇之間的必然聯繫為基礎的。無論作出了這些假設中
的哪一個，我們都無需假定：除開其被命名的方式或者其所屬的
常識理解概念 – 意圖系統中的那個範疇之外，一個本質屬性 (必
然屬性) 被歸屬給了尼克森這個個體。

另一方面，假定我們給我們的自然語言附加上了一個新的語
類，即「純粹的名稱」(pure name)，包括尼克森的名字「N」。
這樣便不再有任何直觀的根據來區分開 <1> 和 <2>(注意，其中
的「尼克森」已被「N」取代)。如果我們能夠擺脫開來自於我們
的語言框架和常識理解概念 – 意圖系統 (在這樣的框架和系統內，
「尼克森」是一個人名，被命名的事物被歸屬給自然物類人 (進
而，有生命的東西) 之列) 的「束縛」，那麼 <1> 和 <2> 便是
具有同等邏輯地位的真命題。這時，我們當然可以說：N 這個事
物不可能不是它現在所是的那樣 (there is no way for the thing N
to have been anything other than what it is)，因為若不然它便是
一個不同的東西了。因此，從一個不怎麼有意思的意義上來說，
它的所有性質都是「本質的」。或者，我們可以說它的任何性質

都可以不同於它們目前所是的那樣。在我們所設想的這個新的系統之中，再也不存在我們上面在作出解釋時所不得不求助的那些區別了：<1> 和 <2> 之間的區別；可以不同於其目前所是的那樣的東西 (what might have been otherwise) 和不可以不同於其目前所是的那樣的東西 (what could not have been otherwise) 之間的區別。因為這些區別假定了由我們的語言官能和常識理解官能所構造起來的思想和語言系統。

現在讓我們回到我們都熟悉的思想和語言的認知結構。假定我們發現被命名為「尼克森」的對象實際上是一部自動機，結果 <2> 便是假的了。於是，我們便會斷言道：「尼克森」這個人名在這裡被用錯了，或者我們可以這樣做：在擬人化比喻 (這是我們的語言的一種自然而然的用法) 的框架下解釋包含著這個名稱的句子。因此，即使在這種情況下我們也無需接受本質屬性的概念。

喬姆斯基還考察了克里普克所舉的另一個例子。克里普克斷言，不可能存在著這樣的情形，在其中英國國王伊利莎白二世這個女人可以有不同的父母。她具有她所具有的那個特定的父親和那個特定的母親，這是一個必然真理 (不過，我們並非是先天地知道這點的)。他由此推論說：來自於不同的來源的任何東西都不是這個對象。因此「具有一個特定的來源」構成了一個對象的另一個「本質屬性」。對此喬姆斯基不以為然。在他看來，我們完全可以設想伊利莎白二世寫了這樣一部虛構的自傳，在其中她這同一個人具有不同的父母。我們完全可以將這部自傳看作是對這個人在一個不同的「可能世界」中的經歷 (或者說這個世界的一種可能的狀態) 的描寫。現在我們假定情況不是這樣，假定

具有某個特定的來源是對象的一個「本質屬性」。那麼它是對象本身的獨立於其命名(或稱謂)或其在常識理解概念－意圖系統中的範疇化(範疇劃分)的本質屬性嗎？喬姆斯基認為我們無論如何不能這麼說。我們用一個人名「伊利莎白二世」命名那個對象，將其歸屬在常識理解概念－意圖系統的一個範疇之下。或許情況是這樣：如果一個被當作是人的對象具有與他事實上父母不同的父母，那麼他就不再是同一個人了(喬姆斯基不這樣認為)。但是，在喬姆斯基看來，即使果真如此，那麼這也只是常識理解概念－意圖系統的一種性質(也許還是相關的語言系統的一個性質)，是人這個概念的一種性質。給定了某些特定的認知結構，我們能區分開必然的屬性和偶然的屬性，能區分開本來可以適用於在這些結構之內被範疇劃分(範疇化)並被稱謂(命名)的對象的屬性(what might have been true of an object categorized and designated within these structures)和不可以不同於其目前所是的那樣的東西(what could not have been otherwise)。關於本質屬性的論證的直觀的力量得自於分別作為名稱和對象的歸宿的語言系統和常識理解概念－意圖系統。如果丟棄了這兩個「背景系統」及其關於命題的模態和概念關聯，那麼對象自身便具有本質屬性這樣的建議也就沒有任何直觀的力量了。

克里普克曾建議將「是一張桌子」看作是桌子的一個本質屬性。喬姆斯基認為這沒有任何道理。假定我們發現，這個特定的對象的設計者一直打算把它用作一張硬床，而且它事實上就是這樣被使用的。如果這樣，我們當然會說這個對象不是桌子而是硬床，它只是看起來像桌子。無論是發明者的熱望，還是一般的習慣都不能決定它的本質屬性，但意圖和功能在確定我們究竟將

一個人造物看作什麼方面有著重要的作用。進一步假定，我們討論中的這個對象是一張牢牢地釘在地板上的桌子。我們會傾向於說，如果它沒有被釘在地板上它也仍然是同一個東西，它不可能不是一張桌子。因此，它必然是一張桌子，但只偶然是不可移動的。現在，我們假定存在著另一種生物，它具有與我們完全不同的語言和完全不同的常識理解概念－意圖系統，在其中諸如「可移動的－不可移動的」之類的範疇是基本的，而功能和使用居於次要地位。這樣的生物會說，如果這個不可移動的對象沒有被釘在地板上，它就會是一個不同的東西。對於它們來說，「不可移動性」（而非「是一張桌子」）將成為該對象的一個本質屬性。如果情況是這樣，那麼一個屬性既可以是本質的，又可以不是本質的，而至於其到底是本質的還是非本質的，則要取決於哪一種生物的判斷占了上風。

總之，無論是專名所指稱的獨一無二的個體事物，還是通名所指稱的自然物類都沒有絕對的、獨立於描述（或者說獨立於命名，進而，命名所依托的語言結構系統）和常識理解概念－意圖系統的本質屬性。

4.喬姆斯基對蒯因意義觀（包括刺激－反應意義論）的批判

對蒯因的整體論意義觀喬姆斯基也進行了分析和批判。從前面的介紹我們看到，蒯因是以其「翻譯的不確定性」論題而建立起整體論意義觀的。對這個論題喬姆斯基做了如下批判：如果我們僅僅將其局限在這樣的斷言 —— 無論我們擁有多少支持某一翻譯方案 A 的證據，總是存在著其他可供選擇的翻譯方案，它們雖然和 A 不一致，並且彼此也不一致，但都與我們所擁有的證據諧和一致 —— 的範圍之內，那麼它當然是有道理的。這種意義上

的不確定性實際上不過是(經驗)科學理論不能被證據所充分決定 (underdetermination of scientific theory by evidences) 這一普遍現象的一個特例而已: 在我們關於世界的所有科學探究中, 無論我們擁有多少支持某一假設的證據, 總存在著其他可供選擇的假設, 它們雖然和這個假設不一致, 並且彼此也不一致, 但都與我們的證據諧和一致。但是如果我們由如此限定了的不確定性論題而引出「在翻譯問題上, 甚至在所有科學探究中, 沒有事實問題或真假對錯問題」這樣的結論, 那麼我們就大錯而特錯了。對於某一個人(無論他是我們所陌生的原始部落中的一個人, 還是我們的鄰國人, 抑或是我們的同胞中的一員)所說出的某一句話, 雖然存在著多種翻譯或多種解釋的可能, 但是只要我們知道了制約著所有語言的普遍語法原則(及其相互作用的方式)的所有(或部分)參數在這個人所說的話所屬的特殊語言中的調定方式, 並且對他的常識理解概念－意圖系統有了足夠的了解, 再充分考慮到他說這句話時所處的具體情形, 那麼我們最終總會傾向於接受其中的一種(或幾種 ── 如果他的話本來就是歧義性的)為正確的翻譯或解釋。在所有其他經驗科學探究的情況下也一樣, 對於一種現象儘管存在著不止一種可能的解釋性假設(理論), 但經過進一步的探討, 我們最終總會傾向於接受其中的一種是正確的 ── 如果那些可能的解釋彼此不一致的話。以「rabbit」是否意味著 undetached rabbit part 為例。儘管翻譯的不確定性論題從上面限定好了的意義上說並非沒有道理, 但說當另一個人(或者屬於另一種文化背景之下的某個人)使用我們的語詞「rabbit」(或者, 我們傾向於用「rabbit」來翻譯的另一個語詞)時, 他意指的是 undetached rabbit part, 卻是非常難以置信的。這是因為, 我

們自動地知道我們自己所意指的是 rabbit 而非 undetached rabbit part；除非有相反的證據，我們一般假定其他的人（包括不同文化背景中的人）在相關的方面與我們相似。正如一個化學家，當他分析取自於同一種溶液中的兩種樣品時，除非有相反的證據，一般都會假定它們在相關的方面是一樣的。當被進一步追問時，所有人都會同意，即使最充分的證據也不能確定地 (definitely) 證明這些假設（無論是自然科學中的假設，還是有關我們的鄰人對「rabbit」這個詞的使用情況的假設）是正確的。而且，如果我們不像蒯因那樣，對實驗作出任意的限制（將其限制在同意和反對的研究上），而是也考慮其他的證據，那麼關於其他人在相關的方面類似於我們的假設是可以得到確證的（比如，通過研究他對「part」、「undetached」等詞的使用情況，並求助於各種各樣的其他的證據）。

對喬姆斯基的如上批評，蒯因作出了如下答覆（反批評）：

……翻譯的不確定性不僅僅是作為我們關於自然的理論不能被〔證據〕充分決定這一普遍現象的特殊情況承襲而來的。它與這種普遍現象是並行的 (parallel)，但並不是附加於其上的 (additional)。因此，現在請接受我關於電子、μ 介子 (muons) 和彎曲時－空的徹底實在論態度（這樣便與當前流行的世界理論保持一致了），儘管我們知道原則上說來從方法論角度看它並非是被充分決定了的。請從這種實在論的觀點考慮關於自然 —— 已知的和未知的，可觀察的和不可觀察的，過去的和將來的 —— 的真理所組成的整體。翻譯不確定性的要義是它能經受住 (withstand) 甚至所有這些真理 —— 關於自然的全部真理 —— 的考驗。當

> 我說在翻譯不確定性所適用的任何地方都不存在真正的
> 正確選擇問題時，我的意思就是這樣的。甚至在我們認可
> 自然理論不能被充分決定的範圍內也沒有事實問題 (there
> is no fact of the matter even to *within* the acknowledged
> under-determination of a theory of nature)。❹

這也就是說，即使我們獲得了關於自然的全部真理 (所有正確的
自然理論)，翻譯的不確定性也仍然存在，它是去除不了的。對此
喬姆斯基反駁道：只有在令人信服地證明了關於「翻譯」的研究
不是自然理論之一部分的情況下，蒯因的上述回答才有道理。但
蒯因並沒有 (他也不能) 給出這樣的證明，因此他的回答不能令
人信服。如果我們沒有因為物理理論不能被證據充分決定的事實
而就放棄我們關於物理理論所持的實在論觀點，那麼由翻譯不確
定性的事實我們也不能就斷言在翻譯的情況下不存在事實問題、
真假對錯問題。

顯然，如果對不確定性論題有了如上正確的理解 (或做了如
上嚴格的限定)，那麼從中根本就不能引出所謂的整體論意義觀。
當然，不能否認我們的語言的所有命題彼此都有或大或小的意義
上的關聯，但因此就斷言只有所有命題的整體才有意義，則是荒
唐的。人們在具體情景下所使用的每一個表達式當然都是有其特
定的、獨立的意義的。實際上，蒯因自己也沒有將其整體論意義
觀貫徹到底，最後他也不得不承認，至少觀察語句具有它們自己
獨立的意義。我們知道，他將這種意義規定為刺激意義。但是以
如此狹隘的方式規定意義是完全不能令人信服的。因為，其一，

---

❹　W. V. Quine, 'Reply to Chomsky', in *Words and Objections*, p. 303.

並非任何說話者在任何場合下所說出的任何句子都能引起我們的反應。為了回擊這個反對而求助於反應傾向也無濟於事，因為同一種語言或者兩種不同的語言中的兩個根本不同意的句子完全可以引起我們的相同的反應傾向，反之，同一種語言或者兩個不同語言的兩個同義的句子可能引起截然不同的反應傾向；其二，並非任何語句在任何人那裡在任何時候引起的反應或導致的反應傾向都是同意(傾向)或反對(傾向)，人們的反應是多種多樣的。(對刺激意義論我們還可作出如下批評：由於構成意義的刺激被解釋成為某種「情形」(situations)，所以刺激意義論最終「墮變」成為某種特殊形式的指稱論。)

（二）對真值條件論和可能世界語義學的分析和批判

按照真值條件論，一個命題的意義就是其真值條件(truth-conditions)，即其成真或成假的條件。維根斯坦就曾暗示過這種理論：「理解一個命題就意味著知道如其為真情況會是怎樣的。」❺ 但只是到了六十年代末，經戴維森等人的大力提倡和充分發揮，它才真正成為引人注目的理論。下面我們就介紹一下戴維森(Donald Herbert Davidson, 1917～)的真值條件意義論。

戴維森的意義理論是以如下兩個預設為前提的：第一，一個令人滿意的意義理論必須成功地解釋清楚句子的意義是如何依賴於其構成成分(語詞或其他的句子)的意義的。戴維森認為，如果我們不能給出這樣的解釋，那麼我們就無法解釋我們的習得語言的能力 —— 只需掌握有限的詞彙和以有窮的方式加以陳述的規則集合我們便能理解和生產出無限數目的句子。第二，一個令人滿

---

❺ Ludwig Wittgenstein, Tractatus Logico - Philosophicus, 4.024.

意的意義理論還必須是整體論性質的。只有事先找到了給出所有
句子(和語詞)的意義的一勞永逸的方法,然後我們才能依次給
出每一個句子(或語詞)的意義。換言之,只有在一個特定的語
言的背景之下一個句子(或語詞)才有意義。那麼為何如此呢?
戴維森給出的解釋是:如果句子的意義依賴於其結構,並且我們
將該結構中每一項 (item) 的意義只是理解為從包含著它的所有
句子的整體中抽離出來的某種東西,那麼這說明只有通過給出語
言中所有句子(和語詞)的意義的方式我們才能給出它的任意一
個句子(或語詞)的意義。

　　顯然,為了滿足第二個預設,我們就必須將某一個語言 L 的
意義理論設計成這樣:從其中我們能推出所有具有「s 意指 m」
(s means m) 這樣的形式的句子。這裡「s」是語言 L 的任意一個
句子的結構描述(結構名稱),「m」是一個指示該句子的意義的
詞項。由於戴維森堅決否認有什麼實體性的意義,因而他建議最
好將「s 意指 m」改寫為「s 意指 p」(s means that p)(其中「p」
是這樣一個句子,它給出了「s」所描述的那個句子的意義)。接
著戴維森又大膽地建議用「是 T, 當且僅當」(is T if and only if)
來改寫「意指」(means that)(其中「T」為「s」的一個謂詞)。
這樣我們便有了如下結果(戴維森將其稱為圖式 T (Schema T)):

　　　s 是 T, 當且僅當 p (s is T if and only if p)

　　至此我們便可以說,為語言 L 所設計的意義理論必須滿足
這樣的要求,即在不求助於任何新的語義概念的情況下它對謂詞
「是 T」(is T) 給出了足夠的限制,以便使我們能夠從其中推出
作為圖式 T 的替換實例的所有句子。戴維森認為,符合這個要求
的意義理論實際上構成了對謂詞「是 T」的定義。那麼這樣的定

義如何給出？由於圖式 T 恰恰是塔斯基 (Alfred Tarski, 1901～1983) 用以驗證他所給出的關於形式語言中的真概念的定義的實質充分性 (material adequacy) 的約定 T(Convention T)，所以謂詞「是 T」能夠應用於其上的那些句子實際上就是 L 的真句子。這也就是說，「是 T」就是真值謂詞「是真的」(is true)。由此說來，我們所要建立的意義理論就是關於真值謂詞「是真的」的定義。由於塔斯基已經給出了這樣的定義，因此我們便可像塔斯基那樣來建構我們的意義理論了。而且，以如此方式構建起來的意義理論還自動地滿足了我們上面關於意義理論的第一項要求，即它可以令人滿意地解釋句子的意義是如何依賴於其構成成分 (語詞或其他句子) 的意義的，因為塔斯基的真定義是以遞歸的方式構造起來的。這樣，戴維森就將意義理論與塔斯基的真理理論合而為一了。正因如此，戴維森式的意義理論通常又被稱為真理論語義學 (truth-theoretic semantics)。下面我們簡單介紹一下塔斯基是如何定義真的。

　　塔斯基真理理論的目的是為形式化語言 (formalized language) 中的真概念提供一個滿足如下兩個條件的定義：

　　實質充分性條件：

　　　　任何可接受的真定義都應蘊含著約定 T —— s 是真的，當且僅當 p，其中「p」可以被我們正在為其定義真概念的那個語言的任何句子所代替；「s」可以被取代「p」的句子的名字 (如引號名字或結構名字即結構描述) 所代替 —— 的所有替換實例 (比如，「雪是白的」是真的，當且僅當雪是白的)；

　　形式正確性條件：

> 任何可接受的真定義都應在非語義封閉的 (non-semantically closed) 語言 (即這樣的語言，它自身並不包含談論自己的表達式的方式以及諸如「真」和「假」之類的語義謂詞) 中進行 (否則，就會導致悖論)。

形式正確性條件要求，一個語言中的真概念的定義必須在另一個語言中給出。塔斯基將我們正在為其定義真概念的語言稱為對象語言 (object language)，將我們給出這種定義時所使用的語言稱為元語言 (metalanguage)。

假設我們有這樣一個對象語言 O，它含有如下初始符號：

變元：x_1, x_2, x_3, …

謂詞：F，G，… (它們中的每一個都帶有特定數目的主目 (arguments))

語句聯結詞：～，∧

量詞：(∃ …)

括號：(,)

O 的原子語句 (atomic sentence) 是由 n– 元謂詞及緊隨其後的 n 個變元構成的，如 F_{x_1}、$G_{x_1 x_2}$ 等等。O 的所有其他語句 (分子語句 (molecular sentence)) 都是由如下規則遞歸構成的：

(i) 如果 A 是一個語句，那麼～A 也是；

(ii) 如果 A 和 B 是語句，那麼 (A∧B) 也是；

(iii) 如果 A 是語句，那麼 (∃ x) A 也是。

在此有必要引入閉語句 (closed sentence) 和開語句 (open sentence) 的概念。所謂閉語句就是指不含任何自由變元的語句；反之，則為開語句。

塔斯基是通過「滿足」(satisfy) 而定義真的，因此首先必須

定義「滿足」。

假設 X 和 Y 是任意的對象序列，A 和 B 為 O 的任意語句，X_i 指示任一序列 X 中的第 i 個對象。下面我們便可以定義滿足了：

原子語句的滿足概念：

當構成原子語句的謂詞是一元謂詞時，對於所有 i，X：X 滿足「Fx_i」，當且僅當 X_i 是 F；

當構成原子語句的謂詞是二元謂詞時，對於所有 i，j，X：X 滿足「Gx_ix_j」，當且僅當 X_i 和 X_j 處於關係 G 中；對於由三元以上的謂詞構成的原子語句，可以類似地定義其滿足概念。

分子語句的滿足概念：

(i)對於所有 X，A：X 滿足「$\sim A$」，當且僅當 X 不滿足「A」；

(ii)對於所有 X，A，B：X 滿足「$A \land B$」，當且僅當 X 滿足 A 並且 X 滿足 B；

(iii)對於所有 X，A，i：X 滿足「$(\exists x_i) A$」，當且僅當存在著這樣一個序列 Y，對所有不等於 i 的 j 來說，$X_i = Y_j$ 並且 Y 滿足「A」。

定義了滿足概念我們便可以定義真了：

O 的一個閉語句是真的，當且僅當所有序列都滿足它。這裡我們要注意，只有閉語句才可以是真的或假的，而開語句無所謂真假，只有滿足與否的問題（比如，$(\exists x_1)Fx_1$ 是真的或假的，但 $(\exists x_1)(Fx_1 \land Gx_2)$ 則既不能說是真的也不能說是假的）。而對於閉語句來說，如果有一個對象序列滿足它，那麼所有對象序列都

滿足它；同樣，如果有一個對象序列不滿足它，那麼所有對象序列都不滿足它。這也就是說，閉語句或者被所有的對象序列所滿足，或者不被任何對象序列所滿足。

經過嚴密的邏輯推理，塔斯基證明，他的這個定義既滿足實質充分性條件(即從其中可以推出約定 T 的所有替換實例)又滿足形式正確性條件。這表明我們得到了我們所要求的那種真概念定義，它給出了每一個(閉)語句之為真的充分而且必要的條件。

上面我們看到，戴維森將建構意義理論的任務等同於構造真謂詞的定義。現在塔斯基已經為我們提供了這個定義。那麼這是否意味著建構意義理論的任務已經最終完成了呢？當然不是。因為塔斯基的定義是針對於形式化語言而給出的，但我們所欲建立的卻是自然語言的意義理論。因此關鍵問題是：塔斯基定義形式化語言中的真謂詞的方法能夠被用來定義自然語言中的真概念嗎？塔斯基本人對此持深深的懷疑態度。在他看來，自然語言根本就不具備為了給出其真概念的適當定義而必須滿足的一系列條件：其一，它是典型的語義封閉語言，既包含著談論它自己的表達式的方式又包含「真」和「假」之類的語義謂詞(因此，如在其內定義真概念必然導致各種各樣的悖論)；其二，我們的自然語言過於模糊、混亂、變化多樣，我們甚至都無法準確地確定究竟應該將什麼樣的符號串算作它的語句。

> 如果誰不顧所有這些困難而仍希望借助於精確的方法來研究口頭語言 (colloquial language)〔即自然語言或日常語言〕的語義學，那麼他首先就不得不從事改造這個語言這樣的徒勞的工作。他將發現有必要規定它的結構，克服出現於它之中的語詞的歧義性，最後將它劃分成一系列範圍

越來越大的語言，這些語言中的每一個與下一個的關係和一個形式化語言與其元語言的關係是一樣的。但是，值得懷疑的是，一旦對我們在日常生活中使用的這個語言進行了如此這般的「理性化」(rationalized)，它是否還能保持住其自然性 (naturalness)，它是否不會因之而具有了形式化語言的典型特徵。 ❻

　　和塔斯基本人不一樣，戴維森堅信定義形式化語言中真概念的方法原則上說也適用於自然語言。那麼，他如何消除塔斯基上面的那兩點疑慮呢？對於第一點疑慮，戴維森並沒有給出令人滿意的回答，而只是武斷地說：「我們有根據在還沒有清除掉造成我們的概念上的憂慮 (conceptual anxiety) 的這個來源的情況下繼續進行我們的工作」❼ 。他的想法似乎是這樣：我們的自然語言並非處處都是語義封閉的，它的許多部分實際上並不會導致(語義)悖論，而我們構建真概念的定義即意義理論的工作便可以從這裡開始，然後逐漸推廣開來。但是，很明顯，這種態度很難與他的整體論觀點 —— 即一個適當的意義理論必須是針對於整個語言的理論 —— 調和起來。對於塔斯基的第二點疑慮，戴維森的回答也不甚令人滿意。他承認，為了將塔斯基的方法應用於自然語言，我們須對後者進行一番「改造」，但他認為這種「改造」絕對不會像塔斯基所認為的那樣劇烈，以致於它會因之而變得「面目全非」。他非常樂觀地認為，經過哲學家和語言學家們的共同努

---

❻　Alfred Tarski, 'The concept of truth in formalized language ', in *Logic, Semantics and Metamathematics,* p. 267.

❼　Donald Davidson, 'Truth and meaning', in *Inquiries into Truth and Interpretation,* p. 28.

力，自然語言中越來越大的部分、甚至於其全部終將會借助於塔斯基的方法而得到適當的處理。基於上述認識，戴維森便將構建意義理論的主要任務界定為：逐一分析並適當地改造自然語言中那些初看起來難於用塔斯基的方法處理的現象 (諸如：反事實條件句 (counterfactual sentences)(虛擬句)，或然陳述，因果陳述，副詞和歸屬形容詞 (attributive adjectives) 的邏輯作用，關於相信、知覺、意圖的句子，具有目的意蘊的行為動詞 (verbs of action)，似乎缺乏真值的句子 (如祈使句，疑問句，感嘆句等等))，找到它們的真正的邏輯形式或邏輯作用，直至它們都能夠用這種方法處理為止。

這裡我們要注意，塔斯基最初給出的真概念定義是針對於現實世界中的對象序列而給出的，通常被稱為絕對的真理定義。戴維森意義理論所使用的也是這種形式。五十年代塔斯基又給出了針對於一個模型 (model) 的真概念定義，即所謂的模型論定義 (model-theoretic definition)。六十年代克里普克以關於真的模型論定義為基礎給出了模態邏輯的語義解釋。他將塔斯基的模型解釋為可能世界，於是：一個必然命題是真的，當且僅當它在所有可能世界中都真；一個可能命題是真的，當且僅當它在某一個可能世界中真；一個實然命題 (非模態命題) 是真的，當且僅當它在現實世界中真。以這樣的真定義為基礎而構建起來的真理理論或意義理論被稱為可能世界語義學 (possible world semantics)。

對戴維森的真理論語義學以及與之相聯的可能世界語義學，喬姆斯基進行了如下批判。

第一，一個句子的真值條件雖然構成了其意義的一個重要內容，但我們不能因此就說句子的意義就在於真值條件。因為，

一方面，並非所有句子都有真假（如命令句、祈使句就無所謂真假）；另一方面，即使對於有真假的句子而言，其意義也並非完全等同於其真值條件，知道了一個句子的真值狀況，並不意味著知道了其全部的意義，完全理解了它。

　　第二，即使我們同意將所有有真假的句子的意義等同於其真值條件，那麼我們也不能依照塔斯基的方式來成功地、一勞永逸地確定它們的意義（真值條件）。因為正如我們上面所言，塔斯基定義真的方法是針對於形式化語言而給出的。在這樣的語言中，一個句子的真值僅僅依賴於其構成語句的真值。但是在我們的自然語言中，有相當一部分句子，其真值與其構成語句的真值無甚直接的關係，如表達我們的信念的句子便是如此。戴維森等人絞盡腦汁地設計出來用以對付這些句子的方法太過人為，根本無法令人信服。

　　第三，戴維森企圖借助於塔斯基的方法，在不顧及我們關於外在世界和我們自身的任何信念和知識的情況下，抽象地、一勞永逸地給出我們的自然語言中的所有句子的真值條件（甚或意義）。喬姆斯基認為這完全是不可能的。因為不僅意義，而且真值都與我們關於世界和我們自身的信念和知識息息相關。意義的情況我們已有所述及，下面我們看一下真值的情況。以「紐約離波士頓有 200 英里」為例。請問：這句話是真的還是假的？如果你問我開車從紐約到波士頓需多長時間，是四個小時還是四天，那麼上面那句話便是真的。但是，如果你僅有 10 加侖汽油，並且我知道你的汽車的耗油量是每 20 英里 1 加侖汽油，你想知道你是否能夠用這些汽油開車不間斷地從紐約到波士頓。這時，如果實際的距離是 210 英里，我的話便是假的。再如，假設我說「氣溫正

在下降」。如果不知道一些語言外的預設，那麼沒有人確切知道這句話的意思是什麼。它的意思是氣溫比五分鐘前低了嗎？也許是。但是，如果我說這句話實際上要表達的意思是又一個冰紀 (ice age) 要來臨了，那麼我的話即使在下述情況下也可以是真的：有些地方的氣溫實際上在升高。以上說明，即使在最簡單的句子的情況下，我們也不能在更為廣大的語言使用的實際背景 (包括我們關於實際世界及我們自身的信念和知識)之外來確定其真值條件。

第四，對可能世界語義學喬姆斯基還作出了如下批判：堅持它的人或者將可能世界看作是表現於人們的心理中的東西，或者將其看作是純粹的抽象構造物，類似於數學對象之類的東西。如果採取了第一種觀點，那麼我們將面臨一系列非常嚴重的問題，因為我們無法理解可能世界之類的東西如何能夠表現於心理之中，也無法理解當人們在作出判斷時他們如何能夠接近 (access to) 使用可能世界的運算。正因如此，許多堅持可能世界語義學的人採取了第二種觀點，即不對可能世界作任何心理的解釋，而只是將其視為一種數學構造。但是，在這種情況下，他們所研究的根本就不是什麼自然語言的語義學，而只是某種數學。

（三）對達梅特證實論的分析和批判

意義證實論本是邏輯實證論者(邏輯經驗論者)的重要論題。在他們看來，一個有關實際的命題的意義就在於其證實方法，一個命題有意義，當且僅當它可以被證實(或可被否證)。在這裡，證實的可能性指的是一種邏輯的可能性，即證實方法的可描述性。因而證實論嚴格說來應表述如下：一個命題有意義，當且僅

當我們可以描述出或表述出它的證實方法（這是石里克給出的表述形式）。對於這種證實論，人們提出了各種各樣的批評意見，邏輯實證論者一再地對之進行修改，但最終也未提出一個各方面都令人（包括他們自己）滿意的表述形式。喬姆斯基未明確地論及邏輯實證論者的證實論。但我們認為他是會同意我們的如下斷語的：證實雖與意義不無關係，但如果將所有有關實際的命題的意義都直接等同於其證實方法，那就大錯而特錯了。因為不僅對於許多命題而言無所謂證實與否的問題，而且即使對於那些對之我們可以談論證實與否的命題而言，在許多情況下當我們說出（寫下）或聽到（看到）它們時也並非想到的總是它們的證實方法。總之，證實至多只構成了部分命題的部分用法的部分意義。

　　七十年代，在證實論幾近銷聲匿跡之時，達梅特重又舉起了證實論的旗幟。不過，他的證實論與邏輯實證論者的證實論有明顯的不同。它是在批評戴維森的意義理論（真理論語義學）的基礎上而建立起來的。達梅特認為，戴維森的意義理論實際上是以其關於真概念的如下原則為基礎的：其一，如果一個陳述是真的，那麼就必須存在著這樣一種東西，正是通過它該陳述才得以成為真的；其二，如果一個陳述是真的，那麼原則上我們必然能夠知道它是真的，而且這種「原則上的可能性」(possibility in principle) 是相對於我們人類自己的能力而非相對於所謂超人類的力量 (superhuman powers) 而言的。達梅特指出，就我們的語言的某些句子而言，這當然是不成問題的。這些句子就是所謂的「可判定的」(decidable) 句子，即這樣的句子，我們有一個能行的程序 (effective procedure) 來確定何時其真值條件成立，來「決定性地確立」(conclusively establish) 它們是成立的。通常所謂的

觀察句子以及可以通過語詞解釋 (verbal explanation) 而被歸約為
觀察句子的陳述都屬於這樣的「可判定的」句子之列。但是我們
的語言中的所有其他的句子都不是這樣的「可判定的」句子，我
們沒有一個能行的程序來確定它們的真值條件是否被滿足了。在
這樣的句子的情況下，

> 我們全然不知道應該如何解釋一個說話者關於某一個陳述
> 的真值條件的潛在知識 (implicit knowledge) 能夠是什麼，
> 因為我們顯然不能根據他已經學會對這個句子所做的實際
> 使用來對這種知識作出窮盡的解釋。❽

換言之，對於一個「不可判定的」(undecidable) 句子，我們不能
將識別 (recognize) 某種情形滿足或不滿足它的成真條件的能力等
同於關於該條件本身是什麼的知識。之所以如此的理由是我們或
許不能識別該條件何時成立。

> 因此，關於該條件成立與否是怎麼回事的知識儘管或許要
> 求有一種識別某種或其他種情形（在我們可以這樣做的任
> 何時候）的能力，但是我們絕對不能通過這種能力而對其
> 作出窮盡的解釋。❾

既然如此，將關於該條件是什麼的潛在知識歸屬給某個說話者也
就沒有任何意義了，因為根本就不存在這種知識藉以展現自己的
那種實際的能力 (practical ability)。

> 以真概念為基礎而構建起來的意義理論的困難源自於這樣
> 的事實，即我們的語言的許多句子看起來超過了我們的識

---

❽　Michael Dummett, 'What is a theory of meaning? (II)', in Gareth Evans and
　　John McDowell, eds., *Truth and Meaning*, p. 101.

❾　Ibid., pp. 81~82.

別能力。 ❿

對戴維森的意義理論進行了如上一番批判之後，達梅特提出了自己的意義理論，即所謂的「意義的證實論」(verifictionist theory of meaning)。首先，他對他這裡所謂的證實作出了如下限定：一個句子的證實意指這樣的實際過程，借助於它在實踐中我們可以最終將該句子作為已經被決定性地確立為真的東西而接受下來。以這樣的證實概念為基礎，達梅特對句子的意義做了如下規定：一個句子的意義是通過規定其證實條件——規定什麼情形決定性地確立了一個借助於該句子而作出的陳述以及什麼情形決定性地否定了這樣一個陳述——的方式而給出的。而這種證實條件只能僅僅根據一個講話者能夠識別的條件系統地加以規定。根據這種解釋，所謂理解一個陳述就在於識別什麼東西算是對它的證實，即決定性地確立它為真的能力。換言之，理解一個陳述就在於知道它為真的決定性證據是什麼。意義理論應該澄清我們用來判斷我們的句子的真值的那種實際的基礎，也就是說，它應根據人類識別真理的實際能力來解釋意義。比如，我們具有識別「那本書在桌子上」這句話被決定性地確立為真的能力，但是在虛擬條件句、帶有過去時和將來時的句子、或以無窮整體為對象域的量化式 (quantification over infinite totalities) 等情況下我們卻缺少這種能力。

對達梅特的這種意義觀喬姆斯基從以下兩方面進行了尖銳的批判：

第一，它是建立在對人類語言能力和人類語言知識的嚴重的

---

❿ Ibid., p. 88.

混淆基礎之上的。達梅特宣稱，他的意義理論的主旨是對語言使用者所具有的語言知識作出說明。他斷言，當一個人知道一種語言時，他所具有的東西是一種實際的知識，即關於如何說出該語言的知識，也即一種做某些事情的「實際能力」。這就是構成關於一種語言的知識的東西。進一步說來，語言是學習來的(習得的)，當某個人學會了一種語言時，他所學會的是一種實踐。他學會了如何對別人的話語作出言語的和非言語的反應，以及如何說出他自己的話語。總之，達梅特將語言知識與實際的語言能力合而為一了，語言知識就是由做某某事的實際能力所組成的一個系統。正是以這種混淆為基礎，達梅特才能將我們關於一個句子的真值條件的(潛在)知識等同於我們識別某種情形滿足還是不滿足這種條件的實際能力，並進一步作出這樣的斷言：在「不可判定的」句子的情況下，既然我們沒有識別某種情形滿足還是不滿足其真值條件的實際能力，因此說我們具有關於其真值條件的(潛在)知識也就無任何意義了。

喬姆斯基堅決反對將語言知識混同於語言能力的做法。在他看來，兩者之間存在著重大的區別。我們不妨從以下兩點來體會這種區別：

其一，具有相同的語言知識的兩個人可以具有非常不同的語言能力。考慮這樣兩個人，他們共同具有完全相同的英語知識——他們的發音、他們關於語詞意義的知識、他們對句子結構的把握等等都完全一樣，但是在他們使用英語的能力方面卻有巨大的差別。其中的一個人可以是一個偉大的詩人，另一個人則可以是一個只會講流俗的話的平淡無奇的、缺乏想像力的語言使用者。具有典型意義的是，面對著同樣的情況，兩個享有相同的語言知

識的人往往會說出完全不同的話語。因此，將語言知識等同於語言能力是沒有根據的。

其二，能力可以改進，而知識並沒有因之而發生任何相應的變化。一個人可以通過參加演講訓練班或作文班的方式來改進其使用語言的能力，但我們卻不能說他藉此而獲得了關於他的語言的新的知識，他具有和以前相同的關於語詞、語法構造等等的知識。他的使用語言的能力得到了改進，但他的知識並沒有得到改進。同樣，能力可以受到損害甚或喪失掉，但知識卻可以毫毛無損。假設講英語的約翰因嚴重的腦損傷而患了失語症，喪失了說話和理解別人說話的一切能力。那麼約翰也失去了其英語知識嗎？並非必然如此。請看如下例子：當損傷的後果逐漸消退之後，約翰又恢復了其說話和理解別人說話的能力。約翰所恢復的當然是說和理解英語而非漢語的能力，他甚至是在沒有受到任何教導或接觸到任何相關的英語經驗的情況下恢復他的這種能力的。假如他的母語是漢語而非英語，那麼他所恢復的將是說和理解漢語而非英語的能力。當然，他同樣也是在沒有受到任何訓練或接觸到任何相關的漢語經驗的情況下恢復他的這種能力的。如果約翰在喪失掉其說和理解英語的能力的時候便同時喪失掉了其英語知識，那麼他之能夠恢復他的這種能力就將是奇跡了。為什麼約翰最後說英語而非日語？在沒有受到任何教導或接觸到任何相關的英語經驗之前他如何發展出這種能力？顯然，在說和理解英語的能力喪失掉的時候，某種東西存留了下來。所存留的東西不可能是能力，因其已經喪失。所存留的東西是一個知識系統，心理或大腦的一個認知系統。很明顯，我們不能將這種知識混同於說話和聽別人說話的實際能力，更不能將其混同於傾向、技巧或習慣

系統。

第二，從達梅特意義理論所引出的結論悖於常理。下述斷言沒有任何意義：我們可以決定性地確立「那本書放在桌子上」這個陳述的真，或者我們知道什麼是關於其真的決定性證據，或者我們具有識別這種決定性證據的實際能力；而對於「昨天下雨了」或者「假使下雨，那麼草地就會變濕」或者「太陽總是照射在某處」之類的陳述，我們卻不能這麼說。為了進一步看清這樣的斷言的荒謬性，請看達梅特提出的如下原則：

> 如果我們能夠理解關於我們不能識別其存在與否的情形的陳述，並且能夠接受這樣的情形確實存在的假設，那麼我們就沒有任何理由不將意義看作是由一般說來我們所不能識別的真值條件給出的。❶

但是，由於他認為他已經證明了我們不能以如此的方式看待意義，因此便有如下結論：我們不能理解關於我們不能識別其存在與否的情形的描述，也不能接受這樣的情形確實存在的假設。現在考慮關於某個無限領域的普遍陳述，比如「宇宙在不斷地擴展自身」(也就是說，每一個時刻它的範圍都在增加)。我們能識別這個情形存在與否嗎？達梅特會回答說不能。因此，我們也就不能理解關於這個情形的描述，也不能接受這個情形確實存在的假設。顯然，這個結論是非常悖乎常理的。

（四）對用法論和交流－意圖論的分析和批判

1. 用法論和交流－意圖論簡述

用法論首先是由後期維根斯坦提出來的。上面我們已經看

---

❶ Ibid., p. 122.

到，前期維根斯坦（三十年代以前）所堅持的是一種極端形式的指
稱論：我們語言的所有語詞都可以歸約為指稱什麼的名稱，所有
命題都可以歸約為描述什麼的基本命題的真值函項。名稱的意義
是其所指稱的對象，命題的意義是其所描述的事實或事態。三十
年代以後，當他重返哲學舞臺後，逐漸認識到了這種觀點的獨斷
性。實際上，並非所有的語詞都可以歸約為名稱，並非所有的命
題都可歸約為基本命題的真值函項。語詞是多種多樣的，名稱只
是其中之一種（而且即使名稱也並非僅僅具有指稱功能）；命題也
是多種多樣的，陳述句只是其中之一種（而且即使陳述句也並非
僅僅具有描述什麼的功能）。既然如此，那麼我們應該如何給出
語詞和命題的意義的一般性規定呢？對此，維根斯坦的回答是：
語詞或命題的意義就是其在語言遊戲 (Sprachspiel) 或者說語言實
踐，進一步說來生活形式 (Lebensform) 中的使用或用法。

> 一個語詞在實踐中的用法就是它的意義。❶❷
>
> 在使用「意義」一詞的大部分情況下——即使不是在所有情
> 況下——我們可以這樣地解釋它：一個語詞的意義就是它
> 在語言中的用法。❶❸
>
> 把命題看作工具而把它的意義看作為它的使用！❶❹
>
> 一個語詞的意義真的只是它的用法嗎？難道它不是這個用
> 法嵌入生活的方式嗎？難道它的用法不是我們的生活的一
> 部分嗎？❶❺

---

❶❷　Ludwig Wittgenstein, *The Blue and Brown Books*, p. 69.

❶❸　Ludwig Wittgenstein, *Philosophische Untersuchungen*, § 43.

❶❹　Ibid., § 421.

❶❺　Ludwig Wittgenstein, *Philosophische Grammatik,* p. 65.

維根斯坦認為，語詞或命題的用法不僅從量上講無窮無盡，而且從質上說也多種多樣。在不同的用法(或不同的語言遊戲)之間僅存在著某種「家族相似性」(Familienähnlichkeiten)。

維根斯坦的用法論一經提出，便受到了許多哲學家的贊同。但他們也清楚地認識到，它只是為意義理論的研究開闢了一個新的方向，還有必要進一步充實和發展。塞爾、斯特勞遜和格萊斯在充實和發展用法論方面起到了重要的作用。他們都企圖通過語言使用中的一個重要因素，即交流–意圖(communication–intention)來解釋意義。

塞爾認為，語言從本質上說來是一個交流系統(communicative system)。語言的目的就是交流，正如心臟的目的就是輸送血液一樣。在兩種情況之下，我們當然都可以在不求助於功能的情況下來研究結構(一為句法結構，一為心臟的內部結構)。但這樣做有違常理(perverse)、不得要領(pointless)，因為結構和功能很明顯是互相作用的。在我們人類進化的史前時期，交流的需要曾深深地影響了我們的語言的句法結構。為了理解我們語言的句法事實，我們就必須理解它們在交流中的功能，因為功能是語言所關心的全部東西。塞爾進一步認為，語言交流的基本單位並非如人們通常所認為的那樣是作為抽象的句法或語義實體的語詞和句子，甚至也不是語詞或句子的標誌(token)，而是完成言語行為過程中句子標誌的說出。所有語言交流都必然包括著這樣的言語行為。而在所有言語行為中都涉及到說話者的意圖，更準確地說，交流–意圖。在說出每一句話的時候，我們都企圖通過如下方式而向我們的聽話者交流一些事情：讓他認出我們交流這些事情的意圖。語言交流的過程也就是說話者設法使聽話者把握其交流–

意圖的過程。既然如此，自然而然我們便可以通過交流－意圖來解釋意義了。那麼如何給出這種解釋？塞爾認為，我們可以以格萊斯給出的解釋為基礎來考慮如何回答這個問題。

按照格萊斯的解釋，說一個說話者 S 通過說出（在說出）X（時）意指某件事情就是說 S 意圖 X 的說出通過如下方式在聽者 H 那裡產生某種效果（反應），即讓 H 認出他的這個意圖（to say that a speaker S meant something by (when) uttering X is to say that S intended the utterance of X to produce some effect (response) in a hearer H by means of H's recognition of this intention ）。在塞爾看來，格萊斯的這個解釋雖然明確地指示出了意義概念和意圖概念之間的密不可分的聯繫，但是它還有重大的缺陷，需加以修改。它的最為嚴重的缺陷是沒有清楚地說明在多大程度上意義是規則或約定 (conventions) 之事。這也就是說，它沒有揭示出一個人通過他所說的話意指某件事情和他所說的話在其所屬的特定語言之中所實際上意指的東西之間的聯繫。請看如下例子。設想第二次世界大戰中某個美國士兵甲被意大利部隊俘虜了。假設他想讓意軍認為他是一名德軍軍官，希望意軍因此而把他給放了。他所要做的是用德語或意大利語告訴意軍他是一名德軍軍官。但假定甲既不懂德語也不懂意大利語，而只會背誦一句兒時學的德語詩，比如「kennst du das Land, wo die Zitronen blühen？」（你可知道有這樣一個國度，在那裡檸檬樹花兒飄香？）。這時甲可能會產生這樣的想法：意軍可能沒人懂德語，因而說出這句德語詩他們或許會以為我在向他們說我是德軍軍官。於是，他便裝腔作勢地向意軍說出了那句德語詩。上述情形可以分析如下：甲意圖通過說出那句德語詩在意軍中產生某種效果，即認為他是德軍

軍官；而且甲意圖通過讓他們認出他的意圖的方式來產生這種效果。按照格萊斯的解釋，那句德語詩的意義就應該是「我是德軍軍官」(ich bin ein deutscher Offizier)。但顯然這荒唐至極。這說明格萊斯的解釋是行不通的。它之所以行不通是因為我們說出的話語的意義絕對不僅僅是意圖之事，而且也是規則和約定之事。

因此塞爾認為，我們必須以這樣的方式修改格萊斯的解釋，使得人們從中能清楚地看出某個人通過說出某句話來意指某件事情這回事並非僅僅偶然與該句子在這個人所講的語言中所意指的東西相關。簡單說來，塞爾是以如下方式修改格萊斯的定義的：他首先引入了關於表達式的使用規則的概念，並發展出了一個範圍更廣的「在聽話人那裡所產生的效果」的概念，它包括「理解我說的話」之類的東西。一個句子的意義是由意圖和規則 (或約定) 共同決定的。一個人說出一句話並用它意指某件事情實際上就是這樣一回事：他意圖通過如下方式在聽者那裡產生某種效果，即讓聽者認出他要產生這種效果的意圖；而且他意圖聽者是通過其有關如下事實的知識而認出這一點的，即他所說出的表達式的使用規則將該表達式與該效果的產生聯繫在一起了。

斯特勞遜持有與塞爾大致相同的看法。在他看來，在意義問題上，長期以來存在著一場「荷馬史詩式的鬥爭」(Homeric struggle)。一方為交流 – 意圖論者；另一方為形式語義學家 (如喬姆斯基)。他們的主要分歧表現在對待我們的語言的決定意義的規則和其交流功能之間的關係上的截然不同的態度：一方認為這些規則的一般性質只有通過這種功能才能加以理解，而另一方則堅決否定這一點。斯特勞遜首先對形式語義學進行了批判，指出它是不適當的，因為它依賴著一個未加分析、未加解釋的「表

達一個信念」的概念。按照形式語義學，決定我們的語言的某個句子的意義的規則就是那些決定在給定的語境條件之下說出那個句子的人通常表達了什麼樣的信念的規則，而決定這個信念是什麼和決定作出了什麼樣的斷言是一回事。對這種觀點，斯特勞遜反駁說：一個從本質上講與任何交流－意圖都無關的、獨立不倚的信念－表達概念是需要進一步加以解釋的。但形式語義學家不能給出這種解釋，因為他們將交流的目的或目標完全排除於考慮之外了，他們沒有告訴我們說話者通過表達他的信念而滿足了他的什麼需求。此外，按照形式語義學，決定我們的語言的句子的意義的那些規則或約定是公共的或社會的規則或約定這一點純屬偶然，只是一種偶然的自然事實，對於語言概念來說是非本質的。因此，按照這種理論，人們學會一種語言並用其表達信念，而且也習得了交流他們的信念這種派生的技巧 (secondary skill)。但是，後者只是某種附加上去的東西，是一種外加的、從概念上說並非必得的好處。與對於掌握了我們的語言的意義規則是怎麼回事的描述相比它完全是次要的、附屬性的東西。聽者可以假定信念－表達事實上確實表達了信念；而且它們就是這樣被意圖的，但無論如何這只是一個偶然的事實。對於語言來說，交流的功能無論怎麼講都只是第二性的、導出的，從概念上說來非本質的。在斯特勞遜看來，諸如此類的觀點完全是不可接受的，它們有悖於常理，太任意。他向形式語義論者提出了這樣的質問：一個人為什麼應該遵守他自己的規則 (或任何規則)？當他恰好要表達一個信念的時候，他為什麼不應該以他恰巧想到的任何方式來表達它？假定形式語義學家回答道：這個人希望記錄下他的信念以備日後參考。對此斯特勞遜反駁說：形式語義學家根本就不能

求助於這種回答，因為它重新引入了交流－意圖概念，即這個人較早的階段與其後來的階段的交流。總之，形式語義學是不能成立的，在這場「荷馬史詩式的鬥爭」中，贏家最後只能是交流－意圖論者。下面我們看一下斯特勞遜是如何表述交流－意圖意義論的。

斯特勞遜給出的初步表述是：一個說話者通過說出 X 意指如此這般的事情實際上是這麼回事，即他意圖使聽者認為他相信某個命題，如命題 P；而且他或許意圖他的這個意圖完全公開化，使該聽者清清楚楚地認出它。但是，由於並非我們說出的每一句話都有聽眾在場(如在自我表達時，在澄清思想時等等)，所以這個表述還需修改。如何修改？像塞爾一樣，斯特勞遜也求助於格萊斯。不過，他所援引的是格萊斯關於意義的另一種解說。按照這種解說，說一個說話者通過說出 X 來意指如此這般的事情就是說存在著這樣一個性質 P，該說話者說出 X 時帶有這樣的意圖，即任何具有性質 P 的人都將思考(或意圖做) 任何一個合適的聽者在(與另一個聽者) 進行「正常的」交流的情況下都應該思考(意圖做) 的事情(如，該說話者相信某種東西)。

我們看到，無論是塞爾還是斯特勞遜，在規定意義時都是以格萊斯的工作為基礎的。實際上，他們所引用的只是格萊斯意義規定的一個方面。格萊斯的意義規定是非常總括而精緻的。下面我們就簡要地介紹一下他的這個規定。

格萊斯首先區分開了「場合意義」(occasion meaning) 和「無時間性的意義」 (timeless meaning)(或曰「約定意義」(conventional meaning))。前者指由「U(說話者) 意指(meant) ⋯⋯」這樣的表達式所規定的意義；後者指由「X(話語類型， utterancetype) 意指 (means)『……』」這樣的表達式所規定的意義。格萊斯又將無時間性的意義分為無時間的「個人習語－意義」(idiolect–meaning) 和無時間性的「語言意義」(language-meaning)。前者指由「對於 U 來說 (在 U 的個人習語中) X 意指『……』」這樣的表達式所規定的意義；後者指由「在 L(語言) 中 X 意指『……』」這樣的表達式所規定的意義。另外，由於我們的語言的話語分為「句法上講有結構的話語類型」(syntactically structured utterance-types) 和「句法上講無結構的話語類型」(syntactically unstructured utterance-types)(如語詞)，而前者又可以分為「完全的 (complete)(即句子式，sentential) 有結構的話語類型」和「非完全的 (non-complete) (即短語式，phrasal) 有結構的話語類型」，因此我們關於無時間性的意義規定還必須分別針對著上述不同的話語類型而給出。

顯然，塞爾和斯特勞遜所引用的只是格萊斯的關於場合意義的意義規定。下面我們介紹一下格萊斯關於無時間性的意義的規定。

首先，我們看一下格萊斯是如何規定無結構的話語類型的無時間性的意義的。為此我們有必要先介紹一下他所引入的如下概念：「在某個人的保留劇目中有某種做法」(having a certain procedure in one's repertoire)。格萊斯承認，令人滿意地定義這個概念是非常困難的事情，他只能給出關於它的一些非形式的評論。他認為，至少有三種情況，在其中我們可以正當地談論關於話語類型 X 的既定的 (established) 做法。第一種情形是這樣的，在其中 X 為某一個團體 G 所通用。這也就是說，在如此這般的情況下說出 X 是 G 的許多成員的實踐、策略 (policy) 或習慣的一

部分。假定某個人 U 是團體 G 的一個成員，如果有這樣一個話語
X，在如此這般的情況之下 G 的大部分成員都樂於（或準備）說
出它，那麼即使 U 非常討厭說出 X，我們也應該說在他的保留劇
目中有一個說出 X 的做法。第二種情形是這樣的，在其中 X 只
為 U 所通用。這也就是說，在如此這般的情況下說出 X 只是構
成了 U 的實踐、策略或習慣，他將樂於（或準備）說出 X。第三
種情況是這樣的，在其中 X 根本不為任何人所通用，但是在如此
這般的情況下說出 X 構成了 U 所設計出的某個通訊系統的一部
分，但是他從來未將其付諸使用。在這種情形下，在下述意義上
說 U 擁有一個關於 X 的做法：他設計出了一個可能的實踐、策
略或習慣系統，在其中將涉及到在如此這般的情況下樂於（準備）
說出 X。

　　通過「在某個人的保留劇目中有某種做法」概念我們便可給
出無結構的話語類型的無時間性的意義的定義了。

　　定義 1（無結構的話語類型的無時間性的個人習語意義的定
義）：

　　　　「對於 U 來說，無結構的話語類型 X 意指（它的一種意義
　　　　是）『*ψp』」＝ df.「U 在其保留劇目中有如下做法：如
　　　　果 U 意圖（想要）Aψ‡p(U intends (wants) A to ψ‡ that p)，
　　　　那麼他就說出 X 的一個標誌(token)」

　　定義 2（無結構的話語類型的無時間性的語言意義的定義）：

　　　　「對于某個團體 G 來說，無結構的話語類型 X 意指『*ψ
　　　　p』」＝df.「至少團體 G 的某些成員（多少不定）在他們
　　　　的保留劇目中有如下做法：如果對於某個 A 來說他們想要
　　　　Aψ‡p (they want A to ψ‡ that p)，那麼他們便說出 X 的一

個標誌」。

下面我們對定義 1 和定義 2 中所出現的一些符號做些解釋：

<1> 星號「*」是一個虛位語氣指示語 (dummy mood-inddcator)，它不同於具體的語氣指示語，如「⊢」（直陳的或斷言的）或「！」（祈使的）。更準確地說，我們可以通過如下兩步轉換而將程式 (schema)「X 意指『*p』」(X means 「*p」) 轉換為一個完整的英語句子：

(i)用一個特定的語氣指示語代替「*」，用陳述句代替 p。由此得到：

「X 意指『⊢ 史密斯將回家』」

(X means 「⊢ Smith will go home」)

或者

「X 意指『！史密斯將回家』」

(X means 「！ Smith will go home」)

(ii)按照語言學規則，用一個適當的句子替代「意指」(means) 之後的部分。由此得到：

「X 意指『史密斯將回家』」

(X means 「Smith will go home」)

「X 意指『史密斯要回家』」

(X means 「Smith is to go home」)

<2>「*ψ」（讀作「星號加下標 ψ」(asterisk-sub-ψ)) 也是一個虛位符號，它代表對應於命題態度 ψ(ψ-ing)（不管是哪一種命題態度）的特定的語氣指示語，如「⊢」對應於相信 (believing) 或認為 (thinking)，「！」對應

於意圖 (intending)。

<3>A 指任意一個聽話者。

<4>「$\psi^{\ddagger}$」(讀作「ψ–劍號」) 是一個按如下方式運作的
虛位符號: 在某些情形下, 短語「A$\psi^{\ddagger}$p」(A to $\psi^{\ddagger}$
that p) 應被解釋為「A 認為 Uψ p」(A to think U to
ψ that p); 在其他情況下, 該短語應被解釋為「Aψ
p(經由認為 Uψ p)」(A to ψ that p(via thinking U to
ψ that p))。至於究竟應選擇哪一種解釋則要取決於
對「$*\psi$p」的規定。

接下來我們看一下格萊斯是如何規定有結構的話語類型的無
時間性的意義的。先考慮完全的有結構的話語類型的無時間性的
意義。為了規定這種意義, 格萊斯認為我們有必要引入「合成做
法」(resultant procedure) 概念。他是這樣解釋這個概念的: 關於
一個完全的有結構的話語類型 X 的一種做法在下述情況下便是
一種合成做法, 即如果它是由關於作為 X 的構成成分的特殊的話
語類型的做法的知識和關於任何一個例示了句法語類 (某一特殊
的句法形式) 的一種特殊的排序的話語類型的序列的做法的知識
所共同決定的 (或者其存在可以由這樣的知識推論出來)。但是,
僅僅從這種初步的解釋我們很難了解所謂的「合成做法」到底是
什麼。顯然, 為了令人滿意地解釋它, 我們不得不求助於句法規
則, 因為有結構的句子的構成方式是由句法規則所決定的。這也
就是說, 我們必須從實踐意義上的做法概念轉移到規則意義上的
做法概念。我們的語言實踐似乎表明我們好像接受了句法規則之
類的語言學規則並有意識地遵守它們。格萊斯認為, 這不僅僅是
關於我們的語言實踐的有趣的事實, 而且是對它的解釋。這又促

使我們假定：在某種意義上，我們的確潛在地 (implicitly) 接受了這些規則。但是，我們該如何對我們的確接受了這些規則這種想法進行適當的解釋呢？對此格萊斯並沒有正面加以回答，而只是斷言：如果我們將規則之「接受」與相關的實踐截然區別開來，那麼我們也就無法解釋這種「接受」了，這種「接受」也就成為神秘莫測的了。由這種很成問題的合成做法概念格萊斯對完全的有結構的話語類型的無時間性的意義做了如下規定：

定義 3 (個人習語意義)：

「對 U 來說，完全的有結構的話語類型 X 意指『 ∗ψp 』」=df.「U 有一個關於 X 的合成做法，即如果對於某個 A 來說，U 想要 A$\psi^{\ddagger}$p(U wants A to $\psi^{\ddagger}$ that p)，那麼 U 便說出 X」

定義 4 (語言意義)：

「對某個團體 G 來說，完全的有結構的話語類型 X 意指『 ∗ψp 』」=df.「至少團體 G 的某些成員 (多少不定) 有關於 X 的合成做法，即如果對於某個 A 來說，他們想要 A$\psi^{\ddagger}$p，他們便說出 X」

上面我們給出了完全的有結構的話語類型的無時間性的意義規定，那麼非完全的有結構的話語類型的無時間性的意義又怎樣呢？我們能夠給出關於它的一般性規定嗎？格萊斯自己沒有給出這種規定而且他也不相信其他人能給出這種規定。因為為了給出這樣的規定，事先就必須給出每一個這樣的話語類型的句法語類，但這顯然是不可能的。

在分別處理了場合意義和約定意義 (無時間性意義) 之後，我們還需進一步考慮如何將二者有機地聯繫起來的問題。這也就

是說，我們須解釋在什麼樣的條件下 U 借助於一個話語按照約定所表達的東西 (約定意義) 也構成了 U 實際所說的東西 (場合意義) 之一部分。格萊斯認為我們可以按如下方式來解決這個問題：

<1> 給出那些只能由有限數目的言語行為所滿足的條件，這些言語行為將被看作是特別基本或特別重要的；

<2> 規定在說出 X 時，在下述條件下 U 將已經說出了 *p(U will have said that *p)：

(i)U 已經 Y*p(U has Y-ed that *p)(這裡 Y(Y-ing) 是一個基本的言語行為)；

(ii)X 包含著某種約定的手段，這種手段的意義是：它在 X 中的出現指示出說出它的人正在 Y*p(its utterer is Y-ing that *p)；

<3> 針對於基本的言語行為中的每一個 Y，通過場合意義 (意指⋯⋯)(meaning that ⋯) 或者通過已經提供的場合意義的定義中涉及到的某個 (某些) 重要的成分定義「U 已經 Y*p」 (U has Y-ed that *p)。

2. 喬姆斯基對用法論和交流 – 意圖論的批判

我們首先看一下喬姆斯基對維根斯坦的用法論的態度。我們曾提到，六十年代初期以前喬姆斯基曾贊同過維根斯坦等人的用法論，在一定程度上將語義學研究 (意義研究) 等同於語言使用的研究。六十年代中期至七十年代初期他一度放棄了這種看法，認為存在著獨立於語言使用的語義學研究。七十年代中期以後，他的態度又發生了逆轉，從某種程度上說回復到了六十年代初期以前的態度：一個表達式的除形式意義以外的所有意義，即語用

意義，可以說就是其用法，意義研究就是語言使用的研究，語義學真正說來或者屬於句法學或者屬於語用學。不過，儘管我們可以說喬姆斯基某種程度上說接受了維根斯坦的用法論，但他並不認為它是一個了不起的理論創造，是意義研究中的一個重大的理論發現。因為嚴格說來，維根斯坦只是為我們提供了一種洞見，而這種洞見徹底粉碎了關於意義的種種根深蒂固的錯誤看法，他遠沒有為我們提供什麼意義「理論」。如果有人硬要將這種洞見稱為意義理論 (顯然，這有違後期維根斯坦的一貫精神。我們知道，後期維根斯坦是極力反對動輒便提出一種「理論」這種做法的)，那麼我們只能說它是空洞的。真正的意義理論，即全面的語言使用理論還遠沒有建立起來。但喬姆斯基認為他的句法研究為這種理論的最終建立提供了十分重要的結構信息，為其提供了堅實的基礎。

與維根斯坦意義觀過分空泛這一事實形成鮮明對照的是，交流－意圖論則顯得過分狹隘了。下面我們就看一下喬姆斯基是如何批判這種意義觀的。

首先看一下塞爾的觀點。喬姆斯基認為，塞爾關於語言本性的一般性看法大部分都是獨斷的、錯誤的，不可接受。現在我們就依次考察一下塞爾的這些看法。

塞爾斷言，語言的本質就在於其交流功能。喬姆斯基堅決反對這種狹隘、片面的語言觀。在他看來，語言的用途是多種多樣的。我們不僅可以用其進行交流，即傳遞信息並引出信念，而且可用其做許多其他的事情，諸如表達或澄清思想、建立人際關係、進行遊戲、進行創造性的精神活動、獲得理解等等。我們沒有任何理由給其中的某一種或某幾種功能以特殊的地位。如果必須作

出選擇的話，倒是應該採取這樣一種十分古典的說法：語言從本質上說是用來表達思想的(當然，這種說法同樣是空洞的)⑯。塞爾自己也認識到了他關於語言的本質在於交流的看法過於片面，因而企圖以如下方法加以彌補：爭辯說他之所謂交流不僅指說話者與聽話者之間的事情，而且也包括說話者自己與自己的交流(自言自語或用語言進行思想)。但是，很明顯，一旦他承認了這點，那麼交流概念也就失去了其原有的內容，思想的表達也就成了交流的一種形式。

　　塞爾認為，不求助於語言的功能研究語言的結構有違常理，不得要領。喬姆斯基不同意這種看法。作為對比，我們先看一下心臟的情況。毫無疑問，生理學家們在研究心臟時都會注意到它的功能是輸送血液這個事實。但是他們也會研究心臟的結構以及這種結構的個體發育和種系發育情況，而絕不會輕率地作出這樣的獨斷的假定：可以僅僅通過功能術語來解釋這個結構。語言的情況與此完全類似。請看上篇曾提及的結構依賴原則。這個原則看起來為許多語言原則所共同遵守，是天賦於人類心理之中的。按照塞爾的看法，為了解釋它我們只能求助於交流功能。但是，在喬姆斯基看來，僅僅通過交流功能我們無論如何是解釋不了該原則的。誠然，它也進入語言的功能之中，我們也可以研究它進

---

⑯　關於思想和語言間的關係，喬姆斯基不同意哲學家們通常所採取的觀點：思想與語言有著不可分割的必然聯繫，沒有無語言的思想(心理學家華生則進一步將思想直接等同於「無聲的言語」(silent speech))。在他看來，思想(思維)與語言本是兩個互相獨立的領域，在語言官能產生以前人類就已經有了初步的思想能力(概念能力)。待語言官能產生之後，人類便自覺地或不自覺地通過它而表達自己的思想。只是在此之後，語言和思想才緊密地聯繫在一起。語言的使用使得人類的思想水平無論是在深度還是在廣度方面都得到了極大程度的提高。

入這種功能的方式。但是，我們的語言為了起到交流的功能，它的規則大可不必是結構依賴性質的。對於一個依不同的方式構成的心理而言，或許獨立於結構的規則更為優越，因為最低限度說來，他們不需要對語句進行抽象的分析。如果某一種結構被證明能夠服務於某一特殊的功能，那麼這不失為一個有價值的發現。總之，我們不能通過功能上的考慮來解釋我們的語言的句法結構（特別是普遍語法原則）。

　　塞爾還斷言，在我們人類進化的史前時期，交流的需要曾深深地影響了我們的語言的結構。對此喬姆斯基有保留地表示了同意。但是，關鍵問題在於：我們能夠從這個事實中抽引出什麼樣的有關語言本性的結論？他的回答是：從其中我們抽引不出任何這樣的結論。運動的需要曾經影響了下述事實：人類發育出腿，鳥發育出翅膀。但是由此我們不能推論出任何有關人的身體和鳥的身體的本性的結論。正如物理結構一樣，人的認知系統（結構）（語言就是其中的一種）無疑是依某種方式進化而來的。的確，如果以遺傳為基礎的系統（結構）一直具有嚴重的機能障礙，那麼進化的發展就會夭折；而如果這樣的系統（結構）促進了差異性生殖 (differential reproduction)，那麼它們便有助於進化。但喬姆斯基認為，如此一般性的評論對於我們的目的來說並沒有太大的好處。在人類進化發展過程中所發展出的認知系統包括形成科學的官能和非常直觀地處理數系統的非常深奧的性質的官能（即前面所說的數官能）。就我們所知，這些官能沒有任何選擇價值 (selectional value)，儘管它們完全可能是作為確實具有這種價值的其他系統的一部分發展而來的。總之，我們絕不能武斷地假設，我們的物理系統和認知系統的所有性質都是進化而來的，都可借

助於自然選擇而加以解釋。

由於塞爾的交流－意圖意義論是以他對語言本性的一般看法為基礎而建立起來的，既然這種一般看法是獨斷的、錯誤的，因此他的交流－意圖論也就失去了其根基。

喬姆斯基不僅對塞爾的交流－意圖論的思想基礎進行了批判，而且還對這種理論本身進行了批判。他指出，有意義的語言使用根本就不必涉及交流，甚至也不必涉及交流的意圖。比如，在下述情況下就是這樣：我使用語言表達或澄清我的思想，意圖欺騙，避免令人尷尬的沈默等等。在這些情況下，我的話都具有嚴格的意義，我能完好地意指我所說的東西。但是關於我意圖我的聽者(如果有聽者的話)相信(或我意圖他做)的事情的全面的理解或知識不會為你提供有關我的話的意義的任何有價值的提示，因為我根本就沒有想使他知道任何事情或認出任何事情的意圖。喬姆斯基認為，所有這一切都是非常明顯的，勿需過多的論證。在這裡，他提到他自己親身經歷過的一件事作為例子。在做研究生時，他曾花兩年時間寫一部非常長的書稿，但自始至終他都認為沒有人會出版它，也不會有人去讀它(七十年代它以《語言理論的邏輯結構》為名出版)。他所寫的每一個句子都是有其嚴格的意義的，都是有所意指的。但他在那時根本就沒有意圖任何人相信他所寫的東西，他甚至不認為他的書稿會有讀者。

接下來我們看一下喬姆斯基是如何批判斯特勞遜的觀點的。首先，喬姆斯基指出，斯特勞遜根本就沒有準確地診斷出交流－意圖論者與形式語義學家之間爭論的焦點所在。他們爭論的焦點並不在於：我們語言的決定意義的規則的一般性質是否只有通過其交流功能加以理解，而在於：一方(交流－意圖論者)斷言這些

規則的一般性質可以（而且只可以）通過交流功能而得到理解，而另一方（形式語義學家）則要求給出作出如是斷言的根據，而且他們也不滿意人們通常所給出的根據。

其次，喬姆斯基還對斯特勞遜對形式語義學的批評進行了反批評。他認為，斯特勞遜在批評形式語義學的過程中，自始至終都假定了語言的本質在於交流這樣的毫無根據的信念。實際上，斯特勞遜所拒斥的那種語言觀不僅不悖乎常理或不得要領，而且還是非常有道理的，甚至是正確的。我們人類這種有機體是以這樣的方式構成的，它會自然而然地習得一個包括決定意義的規則在內的語言系統。說話者使用這些規則來表達他們的信念並做無數其他的事情。我們每一個人並非是出於什麼「理由」（如為了交流）而習得語言的，我們並不是經過選擇而決定學習語言的，在正常的條件下我們也不可能學不會語言。正如我們不是經過選擇而決定（或者說，我們不能不）按某種方式組織我們的視覺空間一樣，也如胚胎中的某些細胞不是經過選擇而決定（或者說，它們不能不）在某些適當的環境條件下生長成為胳膊或腦的視覺中心一樣。某個人在習得語言系統之後，原則上說他當然可以經過選擇而決定使用它或不使用它，正如他可以經過選擇而決定堅持或放棄他關於某個對象在空間中的位置的判斷一樣。但是，他不能經過選擇而決定使句子意指它們所不意指的東西，正如他不能經過選擇而決定讓知覺空間中的對象採取不同於它們事實上所採取的那種分布一樣。交流只是語言系統的一種功能，它絕對不是其唯一的功能。至於問到一個說話者通過表達他的信念而滿足了他的什麼需求，回答可以是多種多樣的：誠實和正直的需求，給別人以好印象以期高升的需求，保持良好的社會關係的需求等

等，不一而足。斯特勞遜還指責說形式語義學家將決定意義的語言規則的公共性、社會性看作是偶然的自然事實也是錯誤的。對此喬姆斯基回答道：如果所謂語言的「公共性」、「社會性」這種說法還有些意義的話，那麼它只能是指這樣的事實，即處於不同語言背景之下的人們都具有相同的遺傳稟賦(語言官能)，遵守共同的普遍語法原則；而對於處於同一種語言背景之下的人們來說，從他們所共同具有的相同的語言官能會自然而然地生長出大致相同的語言結構 (I- 語言)。因此，在這種特定的意義上，我們和其他人享有共同的語言原則或規則。但是，顯然，這完全是偶然的生物學事實，沒有什麼邏輯上的必然性。在批評形式語義學的過程中，斯特勞遜還向其支持者提出了這樣的問題：一個人為什麼應該遵守他自己的規則 (或任何規則)？當他恰好要表達一個信念的時候，他為什麼不應該以他恰巧想到的任何方式來表達它？他認為如果不求助於交流 - 意圖我們是很難回答諸如此類的問題的。但喬姆斯基不同意斯特勞遜的觀點。在他看來，斯特勞遜混淆了兩個截然不同的問題：其一為決定意義的規則的本性是什麼？其二為一個人為什麼遵守他(以某種方式) 習得的規則？可以設想對後一個問題的回答要涉及到交流 - 意圖，但是我們不能由此推論說交流 - 意圖也依某種方式進入對前一個問題的回答(即對意義及其被規則決定的方式的解釋) 之中。而且為了回答後一個問題，形式語義學家只需斷言：一個人傾向於遵守他所習得的規則，這是一種自然律。最後，喬姆斯基還指出，斯特勞遜之所以頑固地堅持認為他所謂的形式語義學家的意義觀悖於常理、太任意，完全是由於他關於語言的如下未經任何論證的假設 (偏見)在作怪的緣故：語言是別人通過條件作用和訓練有意識地教授給

我們的，因而完全不同於有機體從其內部按照其本性在適當的環境條件下所自然而然地發展出的物理結構或認知結構。喬姆斯基堅決反對關於語言的諸如此類的假設。我們當然應該承認，在語言的生長、知覺空間的構造、器官在胚胎內的發育、以及其他的物理的和認知的發育過程之間存在著重要的差別。但是，這種差別決非斯特勞遜所提及的那種差別。就我們所關心的範圍而言，在許多重要的方面，這些結構是相似的。為了解釋它們在某個人那裡的發育過程，我們根本無需涉及什麼「選擇」、「理由」或「目的」等等。我們這裡所處理的是作為一種動物本能自然而然地發育出來的結構（系統），為了正常地發育出來，它們不需要有意識的選擇。無需理由，當然也無需訓練和條件作用。所發育出的結構的本性很大程度上是由生物學上給定了的心理組織所預先決定了的。

最後，喬姆斯基還批評了斯特勞遜所援引的格萊斯的意義規定。他認為，我們沒有任何理由相信說話者必須具有格萊斯的解釋中所涉及到的那些意圖。在任何情況下說話者都沒有關於一個具有性質 P（無論 P 是如何被選擇的）的聽話者所會想到的東西的相關意圖。在誠實的自我表達的情況下，說話者根本就不關心這樣的意圖；在漫不經心的談話中，說話者關於一個假想的聽話者的意圖不必超出於他關於那個實際的聽話者的意圖的範圍之外，這時很明顯不需要這樣的意圖：那個實際的聽話者相信該說話者的信念是如此這般的。現在我們進一步來考察出現於格萊斯的解釋中的性質 P。格萊斯建議可以把這個性質解釋為：「是一個說英語的人」。喬姆斯基認為，做這樣的解釋是行不通的。我們假設，一個說話者相信存在著這樣的土生土長的說英語的人，他們

總是習慣性地誤解他們所讀到或所聽到的東西，比如他的書的評論者。這時，即使這個說話者恰巧具有格萊斯所假定為必然的那種意圖，我們也須將P做如下這樣的解釋：「是這樣一個說英語的人，在聽到 X 後他便認為他所面對的那個說話者相信 Q (Q 是 X 的字面意義 (literal meaning))」。只是對於這樣的「聽話者」來說，說話者才會意圖：他們的認知反應按照所要求的方式符合於他的意義。這樣，「字面意義」(或某種與其等值的東西) 便被引進於格萊斯關於意義的規定中。因此，即使我們假定說話者恰巧具有格萊斯所設定的那些關於假想的聽話者的意圖 (顯然，在正常的語言使用的情況下這絕對不是必要的)，格萊斯的意義規定也必陷於循環定義的泥淖中而不能自拔。

現在，我們看一下喬姆斯基是如何批判格萊斯關於無時間性的意義 (即約定意義) 的定義的。我們看到，對於無結構的話語類型的無時間性的意義格萊斯是通過「在某個人的保留劇目中有某種做法」這個概念而進行規定的。但問題是，他並沒有對這個概念作出令人滿意的規定或解釋。他提出了三種情況，在其中我們可以合法地談論「關於話語類型 X 的一種既定的做法」。但是由於第三種情形涉及到的是人為設計出來的一種通訊系統，而且該系統從未被付諸使用，因此我們忽略這種情形，而只考察第一和第二種情形。第一和第二種情形最終都被歸約到「實踐」，或習俗和習慣。在第二種情形中一個說話者具有「在如此這般的情況下說出 X 的實踐」，因此他也就「樂於或準備在如此這般的情況下說出 X」。喬姆斯基認為，這樣說是不適當的，因為一個說話者或許根本就沒有在無論什麼情況下說出 X 的任何程度的準備。因此我們似乎需要假設這樣的觀念，即該說話者就是「被裝

備來使用這個表達式的」(being equipped to use the expression)。
這也就是說，我們需要我們上面在介紹喬姆斯基語言理論時所一
再提到的「資質」概念。格萊斯認為諸如此類的概念是「成問題
的」。不過，他並沒有解釋它們為什麼是「成問題的」。喬姆斯
基斷言，只有對於行為主義者來說它們才是「成問題的」，而對
於將人類看作是自然世界之一種對象（一種有機體）的人來說，
它們完全是正當的、合理的。當然，他並不否認的確有很多東西
還沒有得到很好的理解。但是，如果我們摒棄行為主義者關於合
法的理論創造的先驗的、毫無根據的妄斷，那麼依他那樣的方式
研究語言乃至所有認知結構的本性、使用及其習得根本就沒有什
麼原則上的「成問題」（值得懷疑）之處。現在我們考察格萊斯
所提到的第一種情形。在其中如果在如此這般的情況下說出 X 構
成了一個說話者 U 所屬的團體中許多成員的實踐的一部分，即
該團體的許多其他成員的確樂於或準備在如此這般的情況下說出
X，那麼 U 便具有一種所需意義上的「關於 X 的做法」。喬姆
斯基認為，這種分析不僅不適當，而且無甚用處。在他看來，無
論借助於什麼樣的實踐、風俗或習慣（無論是個人的，還是團體
的），或者什麼樣的準備、意願或樂於（無論是個人的，還是團體
的），我們都不能適當地解釋我們的正常語言使用中的創造性。
就格萊斯所要求的意義而言，漢語的任何說者都「是被裝備」來
說或理解這一頁紙上的任何句子的，但無論是一個給定的說者還
是任何團體都沒有在任何情況下說出這些句子的實踐或準備。如
果我們嚴肅地對待「實踐」和「準備」等概念，那麼上述話甚至
也適用於單個的語詞。

　　至於有結構的話語類型的無時間性的意義，格萊斯是通過所

謂的「合成做法」概念來加以規定的。在對這個概念進行解釋時格萊斯從「實踐」意義上的「做法」過渡到了「規則」意義上的「做法」。但顯然，「規則」是一個完全不同的概念，屬於完全不同的「概念空間」(conceptual space)。無論是格萊斯還是塞爾，抑或是斯特勞遜，都面臨著同樣的困難（或者「謎」）：在什麼意義上我們的確「接受」語言規則？格萊斯似乎斷言：只有通過相關的實踐（風俗、習慣）我們才能作出這種解釋。但是，在喬姆斯基看來，在這裡求助於什麼實踐（風俗、習慣）離題太遠，完全無助於解決我們所面臨的問題。為了解決這個問題，我們有必要區分開兩種不同的「接受」規則概念：一為語言習得過程中的「接受」，一為語言使用中的「接受」。無論在哪一種情況之下都必須將規則之「接受」與相關的實踐之存在嚴格區別開來。一般說來，根本就沒有相關的實踐。但是，在第一種情況下，我們應該完全放棄規則之「接受」概念，也應同時放棄與這種概念聯繫在一起的如下想法：規則是「選擇而來」的，而且我們有作出這樣的選擇的理由。實際上，我們的語言的規則並非是為了某些理由而接受下來的，而是由處於某種客觀的條件下的心理發育而來，正如身體器官是按預先決定好了的方式在適當的條件下發育而來一樣。至此，並沒有什麼神秘的、不可理解的東西。但是，一旦我們企圖根據實踐或風俗、習慣等來解釋規則的發育（「接受」或「習得」），那麼神秘的東西便立即就產生了。正如如果我們企圖根據我們的實踐或風俗、習慣等來解釋我們對我們藉以組織我們的視覺空間的原則的「接受」就會遇到神秘莫測的東西一樣。因此，喬姆斯基斷言：只要我們摒棄經驗論（特別是行為主義）的任何殘餘，像他那樣認真地分析我們的語言（以及其他認

知結構）的本性、來源，那麼格萊斯所謂「神秘莫測的問題」的一個重要方面完全是可以令人滿意地加以解決的。不過，喬姆斯基承認，一旦我們轉向語言使用中的規則之「接受」，那麼就會發現，在這裡的確存在著或許是不可解的「神秘莫測的問題」。一旦我們的心理發育出了語言和其他認知結構，那麼我們便有了關於如何使用這些系統的許多選擇。那麼，在這種情況之下，說一個人「接受」語言規則是什麼意思？其意或許是這樣的：他選擇遵守構成他目前的認知狀態之一部分的語言規則。喬姆斯基斷言，它不可能還意味著其他什麼東西。但是，這裡我們便遇到了真正的神秘莫測的問題，即所謂「笛卡兒問題」。我們所「接受」的規則並沒有告訴我們應該說什麼。我們或許要問我們如何（或者為什麼要）將我們的心理所發育出的規則系統付諸使用這樣的問題。在什麼樣的條件下我們選擇違反這些規則？在這樣的選擇中究竟包含著什麼樣的精巧之處？它的概念限制又是什麼？等等。在這裡，求助於實踐或風俗、習慣等肯定是不行的，但是求助於其他形式的解釋似乎也於事無補。總之，在對認知結構之發育（第一種意義上的「規則之接受」）進行研究時，我們碰到了眾多需要加以解決的問題，但它們並沒有構成絕對不可測的謎。但是，在對使用這些結構的能力以及這種能力之具體運用進行研究時，我們卻碰到了這樣的絕對不可測的謎。無疑，這構成了我們的認識能力的一個不可逾越的界限。

3. 簡短的評論

從上面的介紹我們看到，喬姆斯基從其自然論、內在論和個體論的立場出發，完全否認了實踐以及作為這種實踐之基礎的風俗、習慣、傳統、制度等等在分析和解釋語言的本性、習得（來

源）乃至其使用（包括語言意義的賦予（生產）和理解）方面的任何作用。他甚至於簡單地認為，在分析和解釋語言、乃至任何認知結構時，只要我們求助了實踐或作為其基礎的風俗、習慣、傳統、制度等等，那麼我們便將陷於行為主義的泥淖。我們認為喬姆斯基的這種絕對的觀點過於片面、獨斷，不能令人信服。我們同意喬姆斯基觀點中的如下方面：我們關於語言結構以及部分語言意義（即所謂的形式意義）的知識在很大程度上是天賦的，它們由我們的語言官能在適當環境下發育而來。但是由此就認為語言本性、語言習得和語言使用（包括語言意義的賦予和理解）中的所有方面都與我們的實踐以及風俗、習慣、傳統和制度等無關，這沒有任何道理。因為，一方面，既然天賦的語言官能只有處於適當的社會和語言環境下才能發育出語言知識，那麼我們也就不能斷然否認這種知識與我們的實踐、風俗、習慣、傳統、制度等有著某種密切的關係；另一方面，喬姆斯基承認，所謂形式意義只構成了意義概念之內容的很小一部分，它的大部分內容（即語用意義）是由其他認知系統，特別是常識理解概念－意圖系統決定的。我們同意喬姆斯基的主張：後者也有其先天的來源，源自於我們的天賦的概念框架。但我們認為，它的大部分內容是後天獲得的，最終說來，來自於我們的實踐，來自於我們的風俗、習慣、傳統、制度等等（無論如何，它是以它們為基礎的）。有著與我們截然不同的實踐、風俗、習慣、傳統、制度的「人類」，必然也就有著與我們不同的常識理解概念－意圖系統。既然如此，我們也就不能像喬姆斯基那樣斷然否認實踐、風俗、習慣、傳統和制度等在決定我們語言的意義（或其意義規則）方面的作用了。比如，我們前面曾提到過這樣的例子：「我看到了我的房

子」。這句話的意義中包含了如下內容：當我說出這句話時，我在我的房子的外部，如果我在我的房子的內部我便不能這麼說。顯然，這樣的意義是由我們的概念知識所決定的，而這樣的概念知識不可能是天賦的，也不可能是內在的、純個人性的，而是由我們的實踐、風俗、習慣、傳統、制度決定的。正是由於實踐、風俗、習慣、傳統和制度等在決定我們的語言的意義方面具有如此重要的作用，所以維根斯坦的下述一段話不無道理：「語言恰是一種人類生活現象」❶。（不過，我們認為維根斯坦的如下看法是錯誤的：不僅語言的意義決定於實踐、風俗、習慣、傳統和制度，而且語言的結構也決定於後者）。實際上，實踐、風俗、習慣、傳統和制度不僅在解釋語言本性、習得及其使用方面具有重要的作用，在解釋其他認知結構的本性、獲得及其使用方面也是具有重要作用的。總之，它們和我們所具有的天賦的心理官能原則一起，共同構成了我們的知識的基礎。

這裡，我們還有必要評論一下喬姆斯基的下述觀點：在分析和解釋我們的認知結構時，只要求助了實踐，求助了風俗、習慣、傳統、制度等，我們便將陷入行為主義的泥淖。我們堅決不同意這種觀點。我們認為，經驗論實際上可以分為兩種形式，一為洛克－休謨式的經驗論，一為維根斯坦式的經驗論。前者將所謂的經驗僅僅理解為個體的感覺經驗或者所謂的反省，歷史上和現代的經驗論大部分都屬於這種形式之列，行為主義則是其極端的表現形式，它進一步將經驗簡單地等同於「（刺激－反應）行為」或「行為傾向」；後者則具有更為廣闊的視野，更為深沈的歷史

---

❶　Ludwig Wittgenstein, *Bemerkungen Über die Grundlagen der Mathematik,* p. 351.

眼光，它把經驗理解為人類的生活（生命）實踐，而這種實踐是以風俗、習慣、傳統和制度為基礎的，正是（也只能是）這種經驗才構成了人類知識 —— 既包括關於實際的歸納知識，又包括通常認為與實際無關的邏輯和數學知識，甚至還包括人們的宗教信仰和倫理信條 —— 的最終的、牢不可破的基礎。後期維根斯坦是這種觀點的最為傑出的代表。（洛克－休謨式的經驗論者也談論「習慣」，但他們所謂的「習慣」是純粹個人性的。）另外，後期維根斯坦不僅認為人類的知識需以實踐，以風俗、習慣、傳統、制度（簡言之，以生活形式）為基礎，而且更認為人生意義也需以它們為基礎，人生的意義就在於今生今世的生活中，只有在現實的生活形式中我們才能找到人生的支點。我們可以說，實踐、風俗、習慣、傳統和制度構成了人的本性：人的本性就在於生活形式。

顯然，維根斯坦式的經驗論根本不同於（也不可能導致）淺薄的行為主義（維根斯坦明確地否認他是一個行為主義者）。但是，我們認為，即使是維根斯坦式的經驗論也並非就是完全正確的，因為它忽略了我們的知識的另一個基礎，即其先天的基礎。知識的這兩個基礎並非是互相衝突的，不可調和的，而是互為補充的。在此我們不妨作出如下假設：人類知識的形式（結構）方面是以先天的概念和原則為基礎而發展起來的，而其內容方面則是以人類的生活（生命）實踐，以風俗、習慣、傳統和制度，以生活形式為基礎而發展起來的。

既然包括語言在內的一切認知結構都是以實踐，以風俗、習慣、傳統和制度，以生活形式為基礎的，因而我們也就不能像喬姆斯基那樣說語言乃至一切認知結構純然是一種自然對象（而且

是一種純然內在化的、純然個體化的自然對象），更不能進一步
說人純然是一種自然對象。實際上，語言（以及所有其他的認知
結構）既是一種內在的、個體化的自然對象，又是一種人類生活
（社會）現象；進而，人既是一種自然對象（是自然世界、生物世
界之一部分），又是一種社會性動物。根本說來，自然和社會，
內在和外在，個體和共同體（以及心和物）是密不可分的，它們
本來就是一體化的東西。

第七章　哲學意蘊（下）

一、無意識的知識

　　自從五十年代末開始，喬姆斯基一直持有這樣的觀點：我們關於某種特定語言的語言知識和作為這種知識之基礎的天賦的（遺傳決定了的）普遍語法原則（以及後者經過複雜的運算程序而決定前者的過程）是意識不到的 (inaccessible to consciousness)，甚至通過反省 (reflection) 我們也意識不到它們。這也就是說，存在著無意識的知識 (unconscious knowledge)（或稱：潛在的知識 (implicit knowledge)、隱而不露的知識 (tacit knowledge)）。無意識的知識不僅存在於人類心理的語言組件（認知結構）中，而且也廣泛存在於人類心理的其他組件（認知結構）中。總起來說，我們關於制約著我們的心理官能的原則的知識以及我們的某些認知結構的全部和其他認知結構的某些內容都是無意識的，它們都不可意識。某些知識的這種無意識性質導致如下後果：雖然我們每個人都具有它們，但並非每個人都能輕而易舉地說出這種知識究竟是什麼樣的。在此，喬姆斯基提醒我們注意，在無意識的知識的情況下，我們雖然可以說：某個人知道什麼，但不能由此就斷言：他知道什麼成立。例如，假設 R 為一條普遍語法原則，我們當然可以說：約翰知道 R，但卻不能由此就斷言：約翰知道 R

成立（R 是一條人人都需遵守的原則。實際上，只有專事語言研究的人才有可能知道這一點。）

　　喬姆斯基的這種觀點與哲學家們的傳統觀點形成了尖銳的對立。可以說，自古迄今的絕大部分哲學家都持有與此相反的意見：一切知識原則上講都是可以意識到的，至少可以通過反省或者通過其他什麼手段而被意識到。柏拉圖認為，知識就是回憶，通過回憶我們的靈魂（心靈）便重新意識到了它在前世就已經具有的關於理念的知識。亞里士多德同樣認為通過努力靈魂可以意識到早已潛存於自身之中關於理念（形式）的知識，使其由潛能變為現實。笛卡兒也明確地認為我們可以意識到我們的天賦知識。洛克更是「不存在無意識的知識」這種觀點的堅定的支持者，他就是以此為論據而反對天賦知識觀的。同樣，萊布尼茨也自覺地維護這種觀點。不過，他不完全同意笛卡兒和洛克等人的過分簡單化的觀點。在他看來，知識（特別是天賦的原則和觀念）並非都直接就可以意識到，為了意識到它們，需要反省，需要很大的注意力。康德也明確地堅持所有知識原則上講都是可以意識到的這個論題。請看他的如下一段話：

> 所有表象（representations）都與一種可能的經驗意識有一種必然的聯繫。因為如果它們不具有這種聯繫，並且如果完全不可能意識到它們，這實際上就等於承認它們是不存在的。 ❶

現代哲學家也大都堅持著這樣的觀點，他們幾乎就將意識與包括喬姆斯基意義上的知識在內的心理內容相等同了。比如，維根斯

---

❶　Immanuel Kant, *Critique of Pure Reason*, p. 142n.

坦就否認存在著什麼無意識的知識。在喬姆斯基看來，即使大談特談無意識的弗洛伊德 (Sigmund Freud, 1856～1939) 實際上也是否認無意識的知識（或者無意識的心理內容）的存在的。因為他曾斷言，無意識的東西可以經由我們的努力最終轉化成為有意識的東西。只有榮格 (C. G. Jung, 1875～1961) 是個例外，他明確地拒絕了心理內容的可意識性。他斷言，我們幾乎沒有希望意識到自我（哪怕是近似地意識到它也不太可能），因為無論我們意識到了屬於它的多少東西，總還是存在著一個不確定且不可確定數量的無意識材料，它們雖屬於自我之總體，卻沒有被意識到。榮格的「原型」(archetypes) 是空洞的純形式結構。每一個原型都只是一種先天地給定了的表象的可能性，或者說是一種不可表象的、無意識的、預先存在的形式，它似乎構成了心理的繼承下來的結構之一部分。總之，原型的真正本性是不可意識的。至於意識，榮格認為，無論是從個體發育角度講 (ontogenetically) 還是從種系發育角度講 (phylogenetically) 它都只是一種「派生的現象」(secondary phenomenon)。兒童的心理在其前意識狀態 (preconscious state) 絕不是白板，它早已以一種可以辨認的個體化的方式而預先形成了。而且它既配備有高級的心理功能的先天基礎又配備有人類所特有的一切本能。由此我們可以認為：榮格是堅持構成心理的基本原則（至少，構成其所繼承下來的結構的那些原則）是不可意識的這樣的斷言的。

　　那麼，為什麼哲學家們一般說來總是否定無意識的知識的存在呢？喬姆斯基認為，這是由如下原因造成的：哲學家們一般都不加批判地（自覺或不自覺地）接受了柏拉圖關於知識的這樣的定義，即真意見（信念）加上邏各斯 (logos)（理性，合理的解

釋或說明）就是知識（注意，柏拉圖自己對這個定義並不完全滿
意）。這個定義用近代或現代的術語加以表述便是：受到了辯護
的（或有根據的，證明了的）真信念（justified true belief）就是知
識。由於尋找根據或提供辯護、說明或解釋之類的活動肯定都是
有意識地進行的，所以知識必都是有意識的，或至少都是可以意
識到的。現代哲學家中維根斯坦是這種知識觀的最為堅定的維護
者之一。在他看來，將知識規定為受到了辯護的（有根據的，證
明了的）真信念是完全符合我們的自然語言的日常用法的。按照
日常用法，「知道」是和「懷疑」、「相信」、「猜測」、「有證
據」、「可證明」、甚或「不知道」等聯繫在一起使用的。也就是
說，在我們能有意義地說「我知道……」的地方，我們也必能有
意義地說「我懷疑……」、「我相信……」、「我猜測……」、
「……是有證據的」、「……是可證明的」、「……是可以得到
辯護的」、「我不知道……」等等。

> 在人們說「我知道」的地方，人們也能說「我相信」，或
> 者「我猜測」。因而在那裡人們也能說他們確信什麼。❷
> 「我知道……」或許意味著「我不懷疑……」，但它並
> 不意味著：「我懷疑……」這句話在此就無意義了，這裡
> 就邏輯地排除了任何懷疑的可能性。❸

以對「知道」一詞的用法的這種分析為基礎，維根斯坦斷言：第
一，我們不能說我們知道我們自己的心理內容（心理狀態、心理
事件、心理過程、感覺材料等等），因為我們對我們的心理內容
具有直接的體驗，直接的意識，對其存在沒有任何懷疑，它們是

---

❷ Ludwig Wittgenstein, *Philosophische Untersuchungen*, p. 564.

❸ 同❷。

不可懷疑的。我們關於它們的信念無需辯護、無需證明。例如，我通常就不能說「我知道我疼」。第二，關於常識命題（即諸如「我有兩隻手」、「我面前有張桌子」、「這是我的腳」、「每個人都有雙親，都有祖先」、「我叫某某」之類的命題）我們也不能說我們知道它們，因為它們不可懷疑、不可猜測、不可解釋、不可辯護、不可證明，它們是一切懷疑、一切猜測、一切解釋、一切辯護、一切證明的基礎，因而也是我們的學習和研究活動的基礎，進而它們構成了我們的一切認識和思維活動的基礎。更深一層說來，常識命題構成了我們的生活形式之一重要部分。由於喬姆斯基所謂的語言知識（和其他認知結構）以及作為這種知識之基礎的普遍語法原則（心理官能原則）構成了我們每個人的心理內容之一重要部分，因此我們也就不能說我們知道它們了。（注意，維根斯坦並不承認語言知識是內在地表達於我們每個人的心理之中的，因此他並不認為我們不能說我們知道它們。）

　　喬姆斯基堅決反對哲學家們的這種傳統看法。在他看來，受到了辯護的（有根據的，證明了的）真信念並非是知識的定義性特徵。也就是說，它既不是我們通常所謂的知識的充分性條件，也不是其必要性條件。我們知道，早在六十年代初蓋梯爾 (Edmund L. Gettier) 便證明，受到了辯護的（有根據的，證明了的）真信念還不足以構成知識。為了使一個真信念成為知識，僅僅為其提供辯護（根據、證明）還遠遠不夠。蓋梯爾舉了一些例子，這些例子表明完全存在著這樣一種可能：我們相信一個真理，而且有相信它的充分的理由，但我們卻不知道它。他所舉的一個例子是這樣的：一個名叫史密斯的人和瓊斯在競爭一個工作職位。他們是僅有的兩個競爭者。雇主向史密斯暗示他的對手瓊斯最終將贏

得這個工作；史密斯數了一下瓊斯兜裡的硬幣，發現其數目正好為十個。因此他有足夠的證據確信如下命題：

　　a.瓊斯將是贏得這個工作的人，並且瓊斯兜裡有十個硬幣
由 a.他推論道：

　　b.贏得這個工作的人兜裡有十個硬幣
史密斯相信 b.是真的，並且他的這種信念是受到了辯護的（有根據的，證明了的）。但是，讓我們進一步假設：因某種意外的原因，最後雇主決定將這個工作給史密斯而非瓊斯，史密斯暫時對此還一無所知；而且史密斯的兜裡恰巧也有十個硬幣，儘管他不知道這點。這時，b.仍是真的，但 a.卻是假的。至此，我們得到如下真命題：

　　<1> b.是真的；

　　<2> 史密斯相信 b.是真的；

　　<3> 史密斯的這種信念是受到了辯護的（有根據的，證明了的）。

但同樣清楚的是，史密斯並不知道 b.是真的。因為 b.之為真是根據於史密斯兜裡的硬幣的數目，而史密斯並不知道他的兜裡有多少硬幣。他對於 b.的信念是因數了瓊斯兜裡的硬幣的數目的結果；而且他錯誤地認為瓊斯是那個得到這個工作的人❹。六十年代末，哥德曼 (Alvin Goldman) 則證明，知識不一定非得是由辯護（證明）而來，為了使一個真信念成為知識我們只需為其找到適當的原因即可。這也就是說，知識等於適當地引起的真信念 (appropriately caused true belief)：一個真信念 P 等於知識當且

---

❹　參見 Edmund Gettier, 'Is justified true belief knowledge?', in *Analysis* 23 (1963): 121~123.

僅當事實 P 構成了這個真信念的原因，即存在著這樣一個因果鏈條，它將事實 P 與這個信念聯繫在了一起❺。有一些哲學家（如但托 (Arthur Danto)）甚至認為，原則上可以設想存在著這樣一種「西班牙語藥丸」(Spanish pill)，一個沒有任何西班牙語知識的人服用它之後很快就完全掌握了西班牙語，成了西班牙語大師，具有了西班牙語知識，「知道了」西班牙語❻。

就語言知識的獲得而言，喬姆斯基自己提出了這樣一種大膽的設想：某種突變或某種遺傳工程 (genetic engineering) 可以創造出這樣一種有機體，它不需任何經驗便知道西班牙語（或其他什麼語言），也即具有這種心理狀態（知道語言）是它的一個天賦的屬性。類似的話在語言的運用系統的情況下也是成立的，也就是說，通過突變或遺傳工程可以創造出這樣一種有機體，它天生就知道如何適當地、創造性地使用西班牙語或其他什麼語言。顯然，在但托和喬姆斯基所描述的情形下（認為語言是「由我們人類自己創造的」或者是「經過訓練學習來的、被教會的」的人當然會否認這樣的情形有任何可能），知識的獲得並非是因辯護（證明）的結果，而是因某種外在的原因而被引起的。喬姆斯基認為，類似的話也完全適用於我們人類的其他知識系統（認知結構），特別是適合於作為這些知識系統（認知結構）之基礎的心理官能原則。以常識理解概念－意圖系統（維根斯坦所謂的常識命題就屬於這個系統）為例。正如維根斯坦所言，該系統的許多

---

❺　參見 Alvin Goldman, 'A causal theory of knowing', in *Journal of Philosophy* 64 (1967).

❻　參見 Arthur Danto, 'Semantical vehicles, understanding, and innate ideas', in Sidney Hook (ed.), *Language and Philosophy*.

內容看起來都缺乏根據、辯護或好的理由。我們完全可以設想它們是遙遠的古代時期的某一次巨大的突變的結果。但我們一般並不因此就說它們不是知識。同樣，對於那些事實上的確受到了辯護的（有根據的、證明了的）知識，如量子物理學，我們也可以設想存在著這樣的可能情形：一個學生通過服用一種特殊的藥丸而獲得了它們，達到了與按通常的方式學會它們的學生相同的心理狀態。顯然，在這種情形下，用「受到了辯護的（有根據的、證明了的）」之類的詞形容所獲得的知識也是十分不適當的。

　　總之，「受到了辯護（有根據，經過了證明）」並沒有構成我們的知識的充分而必要的條件。因此，我們也就不能因為我們的某些認知結構（或者認知結構的某些內容）和作為其基礎的天賦的心理官能原則沒有受到自覺的辯護（證明）、進而沒有被意識到（甚或不能被意識到）而就斷定它們不應該享有知識的美譽。

　　在喬姆斯基看來，哲學家們之所以總是喜歡用「受到了辯護（有根據，證明了的）」來規定知識，其原因也不難理解。日常生活中和通常的科學研究中我們所關心的（所使用、所構建的）知識幾乎都是有意識地建立起來的、受到了辯護的（有根據的、證明了的）知識。在那裡，重要的知識斷言總是那些需要辯護的斷言。我們把語言知識和常識理解概念－意圖系統，把作為它們及其他認知系統之基礎的先天的心理官能原則，都作為當然的東西接受下來，通常幾乎無暇顧及它們。正因如此，人們也就很容易得出如下一般結論：所有知識都是（而且必須是）有根據的，受到辯護的。但這顯然是片面的、錯誤的。為了真正理解組成我們的心理的諸組件（認知結構）的本性及其來源（也即認識的本性及其來源），我們就必須堅決地、徹底地拋棄這樣的錯誤主張。

　　上面我們曾提到，維根斯坦認為我們的語言的日常用法決定了我們不能將「知識」一詞用在表達心理內容的命題和常識命題（常識理解概念–意圖系統）之上，因為在他看來「知識」（或其動詞形式「知道」）與「受到了辯護（或「可辯護」）、「有根據」、「可證明」之類的表達式通常情況下可互換使用，而在這兩種命題的情況下我們不能使用後一類表達式。那麼，維根斯坦關於「知識 」（「知道」）的用法的分析真的合乎日常用法嗎？喬姆斯基認為不然。（當然，即使維根斯坦自己也承認他的分析並非沒有例外，不過他認為他的分析一般情況下說是正確的。）不過，他在這裡作出了如下讓步：如果哲學家們無論如何都不情願將「知識」（「知道」）用在他所謂的無意識的知識之上，那麼他們盡可以這樣做。喬姆斯基建議使用「cognizing」（及其動詞原形「cognize」）（認知）來稱謂他的比較寬泛意義上的知識（知道）：它既包括無意識的知識（無意識地知道）又包括有意識的知識（有意識地知道）。

二、遵守規則

　　從上篇的介紹我們看到，按照喬姆斯基的觀點，語言使用過程可以分為兩個方面，即知覺（理解、解釋）方面和生產（說出或寫下）方面。而無論是在知覺（理解、解釋）一個句子時還是在生產一個句子時，我們都是在以 PF 和 LF —— 它們由調定了參數的普遍語法原則系統和詞庫的詞彙特徵所決定的心理運算過程提供 —— 所包含的信息和指令為基礎，並根據我們心理或大腦之內的發音–知覺系統和概念–意圖系統以及具體的情景，來決定我們

正在知覺（理解、解釋）的這個句子的聲音和意義或者為我們所欲生產（說出或寫下）的這個句子提供聲音和意義。由此看來，語言使用的過程（行為）實際上也就是「遵守原則」(principles following) 的過程（行為）：我們是在原則的指導 (guide) 或支配 (govern) 下來使用語言的。如果我們樂於用「規則」(rule) 來稱呼普遍語法原則系統的諸原則及其在特殊語法中調定了參數的形式 (parametrized versions)，那麼我們便可以像通常人們所做的那樣，說語言使用過程（行為）就是遵守規則的過程（行為）或者說受規則指導或支配的過程（行為）：我們的心理或大腦之內（通常是潛在地或無意識地）具有關於語言規則的知識，我們使用它們（以及其他認知系統）來知覺（理解、解釋）和生產（說出或寫下）無窮無盡的話語。喬姆斯基關於語言使用的如是解說（或者：他對傳統語言使用觀的如是「新解」）引起了哲學家們的激烈反對。下面我們就依次考察一下這些反對意見。

㈠規則系統之歸屬

我們看到，喬姆斯基的語言使用觀乃至他的整個語言理論是以如下假定為基礎而建立起來的：普遍語法的原則系統和它的調定了參數的形式即語言知識（語言資質）是內在於語言使用者（聽者－說者）的心理之中的，它們是對心理（特別說來，其語言官能的初始狀態和穩定狀態）的本性的刻畫。正因如此，語法（普遍語法和特殊的生成語法）才有真假對錯之分，它們都是有關心理本性的心理學假設。在不同的語法系統之間作出選擇是事實問題，而不是方便與否的約定問題。

蒯因和達梅特等哲學家堅決反對喬姆斯基的這種觀點。蒯因

認為如下斷言是愚蠢的：一組外延上互相等值（即生成相同的句子集合）的語法系統中的一個作為以某種方式編碼於某種物理機制之上的 (physically encoded) 性質被正確地歸屬給 (attributed to) 了說者－聽者，而其中的另一個或另一些語法系統僅僅是碰巧適合於 (fit) 他們的言語行為，而並沒有正確地表達他們的語言知識。如果語言學家們企圖尋找證據以區分開人們所提出的這樣兩種語法，它們生成同樣的句子，但卻將十分不同的結構性質歸屬給了這些句子（如，一種語法像通常那樣將「John hit Ball」（約翰打球）分析為由三個詞構成的句子，而另一種語法則將其分析為由兩個詞「Johnhi」和「tBill」構成的句子），那麼這就更加愚蠢了。我們對有關語言使用的事實的解釋無論多麼成功都與關於語言官能的事實乃至其存在與否無甚關係。真正說來，根本就不存在喬姆斯基所說的那種內在於說者－聽者心理中的語言知識（語法規則系統）。在語法選擇之事上沒有事實或真假對錯問題，而只有方便與否的問題。顯然，蒯因的所有這些結論都是其對語法所作的如下界定的結果：語法不過是為了這樣的目的而對我們的日常語言的句子所作的某種形式的改寫 (paraphrase)，即將其排列成便於用語法樹 (grammatical tree) 以最為有效的方式生成出來的形式。達梅特也堅決不同意喬姆斯基將規則（原則）系統（無意識的語言系統 ）歸屬給語言使用者的心理的做法。他認為，這樣做或者是循環論證或者是空洞無物。他責怪喬姆斯基從來沒有為他的下述斷言提供明確的證據：我們的語言能力是以無意識的語言知識為基礎的，而絕不僅僅是一種技巧，一種以反射或反饋機制 (feedback mechanisms) 為基礎的說某句話和理解某句話的能力。達梅特認為，通常所說的（語言 ）理解只是一

種實際的能力，比如，適當地作出言語（或其他）反應的能力。因此，將關於語言規則的無意識知識歸屬給語言使用者是完全沒有必要的。除了我們所知道的東西 (what is known) 的那個結構之外，我們不知道被看作是一種內在狀態的語言知識還能有其他什麼結構和特徵。我們只是通過這種知識的表現 (manifestations) 而辨認出它的。因此，達梅特斷言：為了讓人們理解或評估他的理論，喬姆斯基就必須向人們更為明白充分地解釋無意識的知識一般說來是如何表現出來的；為了讓人們承認他的解釋不是空洞無物的，喬姆斯基就必須為人們提供不同於他們所知道的東西的結構的獨立的核對物 (check)。

　　對蒯因和達梅特等人的懷疑和反對喬姆斯基不以為然。他堅信自己的觀點是正確無誤的。在他看來，意義重大的語法只能是他那種意義上的語法，即以描寫和解釋人們的語言知識（它是我們每個人心理結構的一部分）及其來源為旨歸的語法。蒯因所說的語法與布隆菲爾德及後布隆菲爾德學派的語法觀念（結構語言學）如出一轍，根本就不能正確地描寫和解釋人們的語言知識及其來源。而以描寫和解釋人們語言知識及其來源為旨歸的語法當然有真假對錯之別，當然關乎事實。關於語言官能的穩定狀態（即語言知識，I–語言）的兩個不同的語法理論或許會給出有關合語法性 (grammaticality) 或者形式–意義對應等方面的相同的判斷，但它們在下述方面可能仍然是不同的：其中的一個更為可取並且（或者）和其他的證據更為諧和一致，因此它最終會被選中作為事實上正確的理論。正如在其他理性研究中一樣，我們可以依多種多樣的方式作出這種選擇，而不能一勞永逸地給出一個嚴格的選擇「標準」以決定這樣的選擇如何作出。關於穩定狀態的

理論 G 可能與某個已經被證明也適合於其他語言的關於初始狀態的普遍語法理論 UG 符合一致，而 G′ 則不具有這樣的性質。或者 G′ 可能包含著多餘的規則（原則），因為它的某個與 G 等值的真子部分 (proper subpart) 就已決定了由它所規定的所有事實。或者我們或許發現了一些來自於腦科學的證據可用來幫助決定是選擇 G 還是選擇 G′。總而言之，我們始終在力圖發現有關語言官能的真理。在這個過程中我們不失時機地使用我們可以發現的任何種類的證據，並依靠理性研究中所慣用的方法論原則以發現更為優雅、更為深刻、從經驗上說更為適當的理論。當然，我們將努力在關於穩定狀態的諸多外延上互相等值的理論 —— 即這樣的理論，它們相對於證據的某個子部分（如合語法的判斷，形式－意義對應等等）互相重合，或者雖然相對於「所有證據」互相重合，但在深度、洞見多寡、是否含有冗餘之處等諸多方面卻彼此不同 —— 之間作出選擇。這恰恰是標準的科學實踐。我們沒有任何理由對所有這些努力都關乎事實這一點發生懷疑。除了各種各樣的經驗的不確定性之外，我們沒有任何理由不把它們的結論看作是有關我們的語言官能的（嘗試性的）真理。這裡關鍵的問題只是我們所構造的理論是否具有說服力和解釋力，以及作為它們的基礎的證據的性質和規模。

在作出如上一般性批評後，我們看一下蒯因和達梅特的具體論證。顯然，蒯因整個批評的要旨是否定語法理論關乎事實，否定「語法理論不能被證據所充分決定」只是構成了「自然科學理論不能被證據充分決定」這一普遍現象的一個特例（正如他否定翻譯的不確定性構成了這個普遍現象的一個特例一樣）。在他看來，二者有重大區別：語法選擇只是方便與否的問題，在這裡

我們不應採取實在論立場；而在自然科學理論的選擇上卻是存在著事實問題的（儘管方便與否等實用方面的考慮也不無作用），在這裡我們應採取實在論立場。喬姆斯基認為這種二元論立場毫無道理，不可接受。至於達梅特的批評喬姆斯基認為也是完全不能接受的。他堅信他對語言知識的本性及其來源所作的深入刻畫不可能是循環的或空洞的，因為它們顯然可能是錯誤的，我們很容易給出能否證它們的假設性證據。喬姆斯基認為，達梅特對於他的這樣的指責也是毫無根據的：他沒有為他的斷言「我們的語言能力是以以某種方式表達於心理之中的原則或規則（即語言知識）為基礎的」提供任何根據。喬姆斯基指出，他當然為他的這個斷言提供了明確的根據，而且他認為他的根據還是有足夠的說服力的。相反，認為我們的語言理解僅僅是一種實際能力、一種技巧的人卻沒有為我們提供任何有關這種能力或技巧的本性的解釋。請看達梅特的這個斷語：除了我們所知道的東西的那個結構之外我們不知道所謂內在的知識狀態還能有其他什麼結構和特徵。在這裡，達梅特並沒有清楚地向人們表明究竟什麼是他所謂的我們「所知道」的東西。他的意思似乎是：我們所知道的東西是句子意指如此這般的事情，即某種形式的E-語言（外在化語言）的成分。但是，如果這樣，那麼什麼是「我們所知道的東西的那個結構」呢？我們完全不清楚它究竟能夠意指什麼東西。與此相反，我們對於作為一種內在狀態的知識的結構和特徵則有完全清楚的了解，我們有關於它們的並非瑣屑不足道的理論。這些理論是以達梅特意義上的「所知道」的東西之類的證據以及許多其他的證據為基礎而建立起來的，它們當然不是空洞的，也不是循環的。最後，喬姆斯基還分析了達梅特的如下斷言：我們只是

通過知識的表現而辨認出它的。在他看來，這種說法只有在如下意義上才是真的：十九世紀的化學家只是通過苯的表現而辨認出它的。事實上，我們是通過如下方式而辨認出用來解釋我們的語言使用之事實的語言知識的：考察我們關於語言表達式的判斷，考察其他語言使用者的行為等等。對於無意識的知識是如何表現出來的——不管是在一般的情況下，還是在許多具體的情況下——我們具有非深廣泛的解釋。而如果達梅特認為這些解釋無助於表明我們是如何理解或評估囊括了這些情況的理論的，那麼他就必須給出之所以如此的理由，以及這裡的情形如何原則上不同於我們所熟悉的經驗科學中的情形的理由。

(二)遵守規則之歸屬

按照喬姆斯基對語言使用的解釋，語言使用的過程（即言語行為）就是按照表達於語言使用者心理之中的普遍原則（規則）系統的「指導」而行動的過程，即所謂的遵守規則的過程。對這種觀點，哲學家們極力反對。蒯因認為，只有在一個人的行為不僅與某個規則相符合，而且他還知道它並能陳述出它的時候，我們才能說他「遵守」它，否則我們只能說他的行為「適合於」(fit)它。一個人如果不知道或不能陳述出某個規則，甚至對它無所意識，那麼即使他的行為恰好符合它，我們也不能說他遵守它。適合是真的描寫之事，而指導或遵守規則則是因果之事。由此看來，即使我們同意喬姆斯基的如下斷言：語言規則（原則）系統是內在於我們心理之內的，那麼我們也不能因此就說我們的語言使用行為是受這些規則指導的行為或者遵守規則的行為，因為按照喬姆斯基的觀點，我們根本就不能意識到這個語言規則系統。塞爾

也堅持著大致相同的看法。他斷言，即使喬姆斯基等人認為內在於心理之中的語言規則（原則）在解釋人類語言使用（行為）方面不無用處，並且他們所謂的普遍語法規則（原則）系統成功地解釋了這種知識之由來，那麼這也是不夠的。因為為了證明內在於人類心理之中的語言學規則（原則）的確是行動者所實際遵守的規則，而不僅僅是正確地描述了他們行為的假設或概括，我們就需要提供出附加的證據。僅僅擁有具有正確的預測力的規則是遠遠不夠的，我們必須為如下假設提供某種獨立的理由：這些規則是以因果關聯的方式起作用的(funtioning causally)。塞爾認為，喬姆斯基等人根本就沒有提供出任何證據，以證明它們不僅僅是描寫語言行為的「單純假設」。

對哲學家們的上述反對喬姆斯基是堅決不予接受的。他堅信將遵守規則歸屬給語言使用者的觀點沒有任何值得苛責之處。他認為，如果哲學家們不能令人信服地駁倒他上面關於規則歸屬的斷言 —— 我們關於語言行為的最為成功的描寫和解釋模式將包含著某些規則（普遍語法的原則系統及其調定了參數的形式，或者其他種類的規則）的初始狀態和穩定狀態歸屬給某個語言使用者並且用這些詞項解釋他的言語行為（即這些規則構成了關於他的語言使用（理解和生產）的最好的理論的一個中心部分並且在用這樣的最好的理論解釋他的語言使用時我們須直接地、不可避免地求助於它們），那麼我們就有權利說：這些規則指導著或支配著該語言使用者的語言理解和語言生產行為，換言之，他的語言行為是遵守（內在）規則的行為。因為所謂「受規則的指導（或支配）」或者「遵守規則」在這裡並不比我們關於規則之歸屬的斷言意味著更多的東西。由於反對遵守規則之歸屬的哲學家們並

沒有（也不可能）令人信服地駁倒我們關於規則之歸屬的斷言，所以他們也就不能駁倒我們關於遵守規則之歸屬的斷言。總之，只要我們的關於語言行為（使用）的最好的理論將某些規則（原則）歸屬給了某個語言使用者並且求助於它們來解釋他的行為，那麼我們就有充分的理由說他遵守了它們。

　　現在我們看一下塞爾的批評。他的立場是這樣的：為了證明一個人正在遵守規則 R，我們就必須證明該規則的內容在他的受規則支配的行為的生產中起到了某種因果作用。那麼，除了我們上面提到的那種出於最好的理論的考慮之外，還有其他什麼證能夠用來證實這個結論嗎？一種可能是根本就不需要更多的證據。在這樣的情況下堅持求助於上述條件不過是符咒而已。另一種可能是：需要發現比所有證據更多的證據，找到比最好的理論更好的理論。這顯然是不可能的。最後一種可能是：需要某種特殊類型的證據以證明那些構成語言使用者知識之一部分並進入其語言使用中的運算原則的確是他正在遵守的規則。那麼這種證據應該是什麼呢？塞爾等人認為可以將「可以意識到」作為這樣的證據，但這顯然是錯誤的。這樣的證據至為無用，與遵守規則之事無甚本質的聯繫。我們可以設想出來的其他類型的證據（如神經生理學的）或許不無價值，但它們絕對沒有超出於為了建立有關知識和行為的理論我們通常所引用的證據之外的神奇的力量。

　　請看如下例子。假定瓊斯（他在美國生活）遵守規則 R：在公路的右邊行駛。現在考慮規則 R′：始終在公路的這樣的那邊行駛，在其上汽車的方向盤離公路的中心線最近。假定我們想確定瓊斯是在遵守 R 還是在遵守 R′（顯然 R 和 R′ 都正確地描寫了人們通常的行為）。那麼通常我們會怎麼做呢？我們或許直接問瓊

斯他在遵守哪個規則。但是這種可能只是在不怎麼重要的例子中
才存在，而在一般的情況下（如在遵守發音規則或句法規則的情
況下）並不存在。而且，這樣的證據即使在最好的情況下也是十
分脆弱的，因為人們對為什麼他們做他們所做的事情這個問題而
給出的回答常常並不值得信賴。因此我們需要尋找其他的辦法來
確定瓊斯到底遵守了哪條規則。為此我們可以構造一些其他的情
況。只是為了簡單的緣故，我們假定瓊斯是前後一貫地遵守其規
則的，即他或者始終遵守 R 或者始終遵守R′。一個顯而易見的測
驗是讓瓊斯開一輛英國產的汽車（其方向盤在右側而非左側）。
假設我們發現瓊斯遵守 R，違犯了 R′，於是 R′ 需被修改為 R″：
始終在公路的這樣的那邊行駛，在其上汽車的方向盤離公路的中
心線最近 —— 如果方向盤位於左邊，或者最遠 —— 如果方向盤位於
汽車的右邊。在通常的科學實踐中我們的探究也就到此為止了。
但這裡我們不妨繼續進行下去。假定我們在多車道 (multilane) 高
速公路上測試瓊斯，發現他突然改變了汽車的方向，使其偏向了
路的右邊（即離開了中心線），以避免與在公路右邊迎面向他開
來的另一部汽車相撞。於是我們有證據證明他遵守 R 而不是 R″。
因此我們必須以某種方式將 R′ 修改為 R‴。或者，我們可以在沒
有標出中心線的地方（如海灘）進行同樣的試驗，發現了相同的
結果，又一次支持了 R 而不是 R″。原則上說，我們可以尋求神
經學方面的證據。假定某種藥物 X 可以給大腦造成這樣的影響：
大腦內不再有「右邊」的概念了，但 R′ 中的所有概念卻都保持
原樣。再假定另一種藥物 Y 恰好具有相反的影響。假設我們發現
服用 X 後瓊斯丟掉了按規則開車的行為，而服用Y 不會給其造
成這樣的影響。於是我們便有證據支持 R 而非 R′。我們可以設

想出各種各樣的證據，這只不過是天才和可行性的問題。在一般情況下我們就是按如上方式來確定瓊斯所遵守的是 R 還是 R′，來確定在其行為中哪一條規則具有「因果效用」的。

簡而言之，我們努力發現適於所有證據的最好的理論，而如果這樣的理論援引 R 來解釋瓊斯的行為，我們便說他在遵守 R。僅從遵守規則之事來看語言的情況與此並沒有本質的區別。

接下來我們看一下刪因的反對意見。我們看到，刪因的批評是以如下假定為基礎的：語言行為與規則之間的關係只有如下兩種可能 —— 語言行為或者是在從因果關聯上說「引起」(cause) 它的、可以意識到的規則的指導下而進行的，或者它只是「適合」這樣的規則。喬姆斯基認為我們沒有任何理由接受這樣的假定。語言行為是受作為語言知識系統的規則和原則的指導的，而後者事實上一般說來是不能意識到的。這個結論是完全可以理解的 (intelligible)，而且事實上也是唯一一種被已知的事實所證實的結論。以這樣的假設為基礎，我們便能夠解釋有關語言使用的許多事實，儘管一般說來我們不能預測在某種情況下人們將要說什麼樣的話。嚴格說來，我們根本就不能說我們的語言行為是由我們的語言知識（或者說作為其構成成分的規則或原則）所「引起」的。事實上，我們不知道我們的言語行為是如何被引起的（或者，說它是被引起的是否適當）。在我們的語言行為和構成語言知識的規則（原則）系統之間根本就不存在嚴格意義上的因果關係。

㈢源自於維根斯坦的批評

對喬姆斯基的語言使用觀的另一種批評來自於維根斯坦哲學，或者，更準確地說，來自於克里普克對維根斯坦哲學的解釋。這

種批評與上面的兩種批評相比，更為深入，更為重要。我們從中可以引出十分重要的結論。

1.克里普克對維根斯坦遵守規則觀的解釋

維根斯坦在其後期著作中花了大量的篇幅探討遵守規則問題。可以說是克里普克最先注意到了遵守規則觀念在後期維根斯坦哲學中的重要性。在《維根斯坦論規則和私人語言》(*Wittgenstein on Rules and Private Language*) 一書中。他對維根斯坦遵守規則觀念及其與私人語言論證的關係做了深入的探討，並在多處明確地指出維根斯坦的觀點與喬姆斯基的觀點是根本對立的。下面我們就看一下他究竟是如何分析維根斯坦的觀點的。

按照克里普克的解釋，後期維根斯坦發現了一個重要的悖論，即關於遵守規則的「懷疑論悖論」(skeptical paradox)：給定了一個規則 R，我過去的經驗（包括我的有意識的心理狀態）中的任何事實都不能證明我關於如下事情的信念（或者為其提供辯護），即我對規則 R 的下一次應用是否符合我的意圖。關於我的任何事實都不能告訴我我是在遵守 R 還是某個 R′（它在過去的情況下和 R 重合，但在將來的情況下不同於 R）。舉例來說，我沒有任何辦法知道我是在遵守通常所謂的加法規則（「plus」，符號表示是「+」），還是在遵守具有如下性質的另一種規則（克里普克稱之為「quus」，符號表示為「⊕」）：

如果x、y 皆小於 57, 那麼 $x \oplus y = x+y$

否則　　　　　　　　　　 $x \oplus y = 5$

關於我的任何事實（無論是「內在的」還是「外在的」）都不能區分開我意指的是 plus 還是 quus。而且，一般說來，根本就不存在通過任何語詞來意指什麼東西這回事。規則的每一次應用都是

「黑暗中的一躍」。我對規則的每一次應用都是黑暗中的一次得不到任何辯護的努力，我是「盲目地」(blindly) 應用規則的。上述論證不僅適用於概念之使用，而且可推廣到任何形式的規則之應用。簡言之，如果我遵守了 R，那麼我之遵守它沒有任何理由。

維根斯坦當然認為這個悖論所包含的（或其所導致的）上述懷疑論結論是愚蠢的、不正常的、不可容忍的。那麼如何解決或消除它們，換言之，我們該如何解決或消解這個悖論？克里普克認為，維根斯坦是通過引入「共同體」(community) 這個概念來解決或消解這個悖論的。如果我們將自己僅僅局限在一個孤立的人的身上，僅僅查看他的心理狀態及其外在行為，那麼我們只能說：在應用規則時，他是盲目地、沒有任何理由地行事的。不存在任何關於他的這樣的事實，通過它我們便能夠說他的所作所為符合或不符合他的意圖。「如果孤立地看一個人，作為指導他的規則（他採用了這個規則）的概念不可能有任何實質性的內容」❼。但是

> 如果我們將我們的視野從只考慮孤立的規則遵守者這樣
> 狹隘的範圍拓寬開來，允許我們自己將他看作是正在與一
> 個更為廣大的共同體互相作用，那麼情況就大不一樣了。
> 這時其他的人就具有了對於他們的如下行為的辯護條件
> (justification conditions)：將正確的或不正確的遵守規則歸
> 屬給這個主體……。❽

這個條件就是：他的反應同於他們的反應。這也就是說，在某種

---

❼　Saul Kripke, *Wittgenstein on Rules and Private Language*, p.89
❽　同❼。

情況下，面對著一個規則 R，如果你作出了我在同樣的情況下也會作出的反應，你可以與我的共同體適當地相互作用，並且如果將規則 R 歸屬給你的實踐在我們的共同體的生活中有某種作用和用途，那麼我便有權利說你在遵守規則 R。通過將遵守規則歸屬給你我便將你納入到我所屬的共同體之中了。對於一個個體來說，只要其行事的方式合乎某個共同體的行為，合乎其「生活形式」，那麼該共同體就可以將它的某個相關的概念或規則（及其應用）歸屬給該個體。偏異的 (deviant) 行為作為「無情的事實」(brute facts) 是極為罕見的。因此將概念和規則歸屬給某個人的實踐是非常有用的。因為遵守規則之歸屬需要參照某個共同體的實踐，因此不可能有「私人語言」(private language)。說一個人「私自地」(privately) 遵守規則沒有任何內容或意義。

> 認為自己遵守了規則並不就是遵守了規則。因此，人們不能「私自地」遵守規則。因為否則，認為自己遵守規則和遵守規則就沒有什麼區別了。❾

　　克里普克將維根斯坦對於他的懷疑論悖論的解決稱為「懷疑論的解決」(skeptical solution)。那麼在這種解決之下，遵守規則之事是否關乎事實呢？克里普克認為，即使在這種解決之下，維根斯坦也不認為遵守規則關乎事實，不存在有關遵守規則之歸屬的陳述（如「瓊斯遵守規則 R」）的真值條件，因為在這裡沒有任何事實與這樣的陳述相對應。更一般地說來，我們根本就不應該為日常語言的表達式尋找真值條件，而應為其尋找可斷言性條件 (assertability conditions)（也可稱為「辯護條件」）：在什麼樣的

---

❾　Ludwig Wittgenstein, *Philosophische Untersuchungen*, § 202.

情況下我們被允許作出一個給定的斷言？如上所述，我們關於遵守規則之歸屬的陳述「某某在遵守 R」的可斷言性條件是：某某的反應與我們的反應相同。總之，遵守規則之事是規範 (normative) 或規定 (prescriptive) 之事（如果我意圖與我過去關於加法的理解相一致，我就應該說「68+57=125」），而不是描述（什麼樣的事實）之事。

在對維根斯坦的觀點做了如上一番詮釋之後，克里普克還對其做了擴充的使用。請看這樣的情況：獨自生活在太平洋某個孤島上的魯賓遜是否也可以說在遵守某些語言規則呢？由於魯賓遜不屬於任何共同體，所以這裡的情況比較複雜。顯然，我們應區分開如下兩種不同的情形：一為對某個規則 R 魯賓遜作出了與我們相同的反應；一為對 R 他作出了與我們完全不同的反應，他說一種完全不同於我們的語言。就前一種情況來說，維根斯坦的標準的解決辦法仍然有效，這時我們可以將魯賓遜看作是我們的共同體中的一員，認為他像我們一樣在遵守規則 R。但是後一種情況就比較難以處理了。那麼，在這種情況下我們還能說魯賓遜遵守某個規則嗎？遵守規則之歸屬在這裡還有什麼意義嗎？對此克里普克給出了肯定的回答。不過他認為，在這種情況下我們需將維根斯坦的標準的解決辦法加以擴充。具體說來，他是這樣擴充它的：我們將魯賓遜看作是這樣一個人 (person)，他在某種經驗中習得某種規則，這種規則與我們的規則不同（因為他的經驗不同於我們的經驗）。這樣，我們便可以將他納入到更為廣闊的共同體，即人的共同體之中了。屬於這個共同體的人們享有與我們相同的「生活形式」（更為寬泛意義上的）。總之，對於任何個體而言，如果他通過了那些適用於我們的共同體的任何成員的遵

守規則的測驗，即如果他像我們共同體的規則遵守者那樣行事，那麼我們就可以說他遵守了規則（儘管他或許不會作出與我們相同的反應）。

顯然，如此解釋之下的維根斯坦的遵守規則觀與喬姆斯基的語言（使用）觀形成了尖銳的對立。我們知道，喬姆斯基的語言（使用）觀是個體論、內在論的：我們的語言知識（語言資質）被看作是內在於我們每個人的心理或腦之中的一種狀態。而維根斯坦對關於遵守規則的懷疑論悖論的解決則主要是通過引入語言使用者的共同體概念而進行的。此外，喬姆斯基的語言觀還是經驗論和自然論的，它假定了如下事情：特殊語法和普遍語法中的陳述與自然科學理論中的陳述沒有任何原則性的區別，它們是事實性的（正如關於化合價或化學結構或視覺處理機制的陳述是事實性的一樣），而且包含著真的斷言。我們可以期待著有這樣一天，那時這些陳述被納入到一個關於（物理）機制的更為廣闊的理論之中，這個理論將向人們明明白白地解釋為什麼它們在我們表述出它們的那個抽象的層次上是真的（或者為什麼它們不是真的）。但這一切看起來都被維根斯坦對他的懷疑論悖論的天才解決而破壞殆盡了。正如克里普克所說，生成語法似乎給出了一種維根斯坦所不會接受的解釋。

很明顯，如果接受了維根斯坦的觀點，那麼我們就必須以與大部分語言學文獻中人們所暗中假定的那種看待「資質」的方式完全不同的方式看待它。因為如果像維根斯坦那樣既不把關於遵守規則之歸屬的陳述看作是陳述事實的，又不把其看作是解釋我們的行為的……，那麼我們似乎就有必要認認真真地重新考慮一下語言學中對規則和資質概念

的使用（即使這些概念沒有因之而成為「無意義的」）。
（依我們每個人觀點的不同，我們可以將這裡所揭示出的
存在於現代語言學和維根斯坦的懷疑論的批評之間的緊張
關係 (tension) 看作是或者向現代語言學提出了質疑，或者
向維根斯坦的懷疑論的批評提出了質疑 —— 或者同時向它
們二者提出了質疑。）❿

2.喬姆斯基對克里普克解釋之下的維根斯坦遵守規則觀的批判

喬姆斯基認為克里普克所提出的這種源自於維根斯坦的批評
非常有趣，非常重要，有必要加以詳盡地分析和反批評。

首先，喬姆斯基同意維根斯坦的如下觀點：日常生活中我們
每個人都是在盲目地、沒有任何理由地遵守規則的。因為根本說
來我們就是以這樣的方式構成的 (constituted)。因而喬姆斯基認
為這個結論並沒有構成對他的觀點的真正挑戰。我之遵守 R，是
因為我的語言官能的初始狀態將我所遇到的經驗材料「映射到」
(map into) 包括 R 的穩定狀態。於是我便盲目地應用規則 R。在
這裡，沒有對維根斯坦的懷疑論的回答，也沒有必要有這樣的回
答。在此我的知識是沒有任何根據的。我知道 $27 + 5 = 32$，知道
這個東西是桌子，知道在某個句子中某個代詞與某個名詞短語不
能有任何指稱依賴關係等等。這一切都是我知道我所遵守的某些
規則的結果（或者我可以因某種理由而不遵守它們，因而給出錯
誤的答案）。但是，我沒有關於我的知識的任何根據，沒有為什
麼遵守這些規則的理由：我只是這樣做而已。如果我是以不同的

---

❿　同❼，p. 31(footnote).

方式構成的，具有不同的心理或腦結構（如不同的語言官能的初始狀態），那麼在相同的經驗的基礎之上我最後將知道並遵守不同的規則（甚至不知道且不遵守任何規則），或者我可能從我的環境中的相同的物理事件構造出不同的經驗。

但是對維根斯坦（或克里普克解釋之下的維根斯坦）的所有其他觀點，喬姆斯基則堅決不予同意。喬姆斯基提醒我們注意，維根斯坦對其所謂懷疑論悖論的解決並非意在改革語言使用，而是意在描寫它，意在證明為什麼就其現狀而言它就是完好的。因此，首先從描寫方面說它必須是充分的、適當的。但是它恰恰不是描寫充分（或適當）的，它並不適用於遵守規則之歸屬的標準情況。請看如下例子。在其語言生長的某個階段，兒童常常顯示出概括過度 (overgeneralize) 的傾向：他們說 sleeped 而不是 slept（「sleep」（睡）的過去式），說 brang（由 sang 類推而來）而不是 brought（bring（帶來）的過去式）等等。我們可以很容易地將形成過去式的規則歸屬給他們，這些規則不同於我們的規則。在這種情況下我們將說他們的規則是「不正確的」，意指它們不同於成人共同體的那些規則。這裡我們使用了常識的語言概念的規範性–目的論的方面。如果所有成人都因某種疾病而突然死去，這時「語言就會發生變化」，這些所謂的不規則性將被自動消除。犯錯誤的那個兒童的規則在新的語言中可能是「正確」的。這時我們便可以說這個兒童正在遵守他的或她的語言（一種可能的人類語言，但和我們的有所不同）的一條規則。為了避免常識語言概念的規範性–目的性方面所引起的問題，現在讓我們考慮一個不同的情形。假設屬於某個不同於我們的方言區域的一批旅遊者來到了我們這裡。在他們那裡，作為鬆元音 (lax vowel)

的〔i〕和作為緊元音 (tense vowel) 的〔i〕在〔g〕前合而為一了，因此 regal 和 wriggle 發音方式相同，都帶有一個中元音 (intermediate vowel)；或者在那裡，人們說：「I want for to do it myself」或者「he went to symphony」，而不說：「I want to do it myself」和「he went to the symphony」。這時我們會說他們在遵守規則，儘管他們的反應不同於我們傾向於給出的反應，僅從這些方面而言，我們並不把他們納入我們的語言共同體中。他們不享有我們的「生活形式」，或者在相關的意義上不與我們的共同體相互作用。在諸如此類的情況下沒有「正確」與否的問題，正如在是選擇英語還是選擇法語問題上沒有這個問題一樣。而且，我們關於他們正在遵守著不同於我們的規則的結論在我們的生活中沒有任何作用或效用。事實可能是這樣：在通常情況下，只有在人們的反應不符合我們的反應，只有在其出乎我們的意料或者令我們感到生疏的情況下，我們才將遵守規則歸屬給他們。除語言學家之外，幾乎沒有人會說：當瓊斯將出現於「the men expected to like them」之中的 them 理解為指稱上自由的即不依賴 the men 時，他在遵守約束理論中的原則。維根斯坦的標準解決的確能夠處理這種情形，但是，從實踐上說，這種情形是不多見的。通常的情況並不符合維根斯坦的模式。

　　喬姆斯基斷言，同樣的道理也適用於概念之歸屬。和許多人一樣，我起初是從 livid with rage 這個短語而知道 livid 這個語詞的。在那個時候我的語言中的這個詞意指類似於「flushed」（（臉色）發紅）或者「red」（「紅」）之類的東西。後來，我的語言知識和實踐發生了變化，在我現在的語言中，它意指類似於「pale」（蒼白）之類的意思。我可以毫無困難地將一個不同的規則（我

以前使用的那個）歸屬給我看見正在遵守它的某個人。同樣，我們通常將不同於我們的概念歸屬給兒童和外國人，或者講其他語言的人。在plus-quus 的情況下，我們作為玩正常的語言遊戲的人通過察看人們的行為而將一個或另一個概念歸屬給他們（在一種情形下他們的反應不同於我們）。這裡或許存在著我們如何作出這樣的歸屬的問題，但是毫無疑問我們的確作出了這樣的歸屬。而且這樣的歸屬似乎在我們的生活中並沒有任何效用。

在遵守規則之歸屬的標準情況下，在人們實際的行為中規則可能得到了遵守，也可能沒有得到遵守。例如，那個概括過度的兒童在某種特殊的情況下或許遵守了他關於如何形成 sleep 的過去式的規則，或者出於某種理由他或許沒有遵守它（而且他甚至違犯了它，而令人不解地說出 slept）。我們的旅遊者或許經過選擇而決定（像我們一樣）按照緊－鬆元音的區分來發regal 和 wriggle 的音，因此違犯了他們那時的規則（但仍保留著它）等等。因此，即使我們拋棄了任何規範性的考慮，規則或者遵守規則也不是對行為或行為中的規則性的描述（原則上說，我們的旅遊者或許出於某種理由在大部分時間或者所有時間都選擇違犯他們的規則）。

接著喬姆斯基還對維根斯坦《哲學研究》 (*Philosophische Untersuchungen*) 第202 節進行了批判。他認為維根斯坦的這段話錯誤地解釋了日常語言中或科學中遵守規則之歸屬的蘊義，它所包含的論證是無效的。這個論證的前提當然是正確的：對於瓊斯來說，無論他在思考什麼，他都或者可以是在遵守規則，或者可以沒有遵守規則。之所以如此的原因是：他或許根本就沒有思考規則，或者他的自我分析因為某種原因是錯誤的（一般說來人們對

他們自己的行為所作的解釋是很不可靠的，即使在他們感到他們能夠提供這樣的解釋時也是如此）。因此，的確某個人認為自己遵守了規則並不就等於他真的遵守了它。但維根斯坦由此而引出的結論並不是正確的。如果我們說瓊斯在「私自地」遵守一條規則（因此他在遵守這條規則），由此並不能引出關於他是否認為他在遵守這條規則的任何結論。事實上，我們的確說瓊斯「私自地」遵守某條規則，── 即使他認為他在遵守一條不同的規則或者他根本就沒有關於遵守規則的任何觀念（而且依與我們不同的方式進行反應）。這恰恰是我們玩我們的（語言）遊戲的方式，維根斯坦（或克里普克）並沒有提出任何理由來證明我們為什麼不能這樣做。不難看出，這裡維根斯坦假定了如下論斷：我們對於我們的心理狀態及其內容總是可以意識到的（只要我們遵守了規則，我們便能意識到，因而便能想到或思考這點）。但在喬姆斯基看來，這個論斷不能成立。

喬姆斯基認為，克里普克對維根斯坦所提供的標準解決所作的擴充使用也是站不住腳的。原因如下：

第一，它不能幫助我們確定魯賓遜究竟在遵守什麼樣的規則。假定魯賓遜通過了人的共同體關於遵守規則的測驗，因此我們能夠說「他遵守了某條規則」。但他所遵守的究竟是哪一條規則？在這裡，維根斯坦的標準解答肯定是不能成立的。但是克里普克對它所作的擴充也不能勝任這個任務。由於在正常情況下我們不僅將遵守規則這個一般性質歸屬於某個人，而且也將遵守某個（某些）特殊規則歸屬於他，所以克里普克之擴充的上述缺陷是很嚴重的缺陷，並非無關宏旨。

第二，克里普克的擴充使用導致維根斯坦所絕對不願接受的

後果，即它破壞了維根斯坦的私人語言論證。顯然，克里普克對維根斯坦的「生活形式」概念做了歧義性使用。他首先將其定義為「我們所同意的反應的集合以及這些反應與我們的活動互相交織的方式」**⓫**。在這種技術性意義上，按照維根斯坦的標準解決辦法，如果某個人的反應與我們一樣，我們便將其看作是享有與我們相同的生活形式的人並將其納入我們的共同體之中。但是魯賓遜顯然不能享有我們的這種意義上的生活形式。因此維根斯坦的解決不能處理我們關於規則歸屬的正常情況，我們不能將遵守規則歸屬給魯賓遜。正因如此克里普克給「生活形式」概念賦予了一個比喻性的擴充意義。在這種擴充的意義上，「生活形式」指的是「這樣一些在很大程度上針對於人這個種的限制條件(highly species-specific constraints)，它們使得一個兒童在接受了有限數目的句子之後便為新的情形設計出了各種各樣的新句子」**⓬**。這也就是說，這裡「生活形式」指的是獨具特色的種行為(species behavior)。當一個人的行為與我們的行為不相符合時，與遵守規則之歸屬或概念之具有密切相關的只能是這種意義上的生活形式概念。在這種擴充了的意義上，魯賓遜享有我們的「生活形式」。（當然，為了最終確定他究竟遵守了什麼樣的規則，他使用了什麼樣的概念，我們還需要進一步的方法。）

　　喬姆斯基認為，這兩種意義上的「生活形式」之間的區別實際上是描寫層次的區別：技術性意義上的「生活形式」處在特殊語法（習得的語言）的層次上；擴充意義上的「生活形式」處在普遍語法（初始狀態）層次上。我們可以像克里普克那樣修改維

⓫ 同**❼**，p. 96.

⓬ 同**❼**，p. 97(footnote).

根斯坦的標準解決辦法，使其包含這種區別。這樣，它便接近正常用法了。但是，一旦我們這樣做了，我們便會得到一個十分不同的關於概念之歸屬的實踐和受規則支配的行為的分析。這個分析將破壞維根斯坦的私人語言論證以及從其抽引出的諸多結論。因為屬於人這個種的某個成員完全可以有這樣一種獨特的經驗，它產生出一種獨特的規則系統。由於這個人屬於人這個種，所以他享有我們的生活形式，可以被納入我們的共同體，因而我們可以將遵守規則歸屬給他。而他所遵守的規則系統便構成了他的私人語言。

　　以上述分析為基礎喬姆斯基分析批判了克里普克解釋之下的維根斯坦的如下斷言：如果孤立地看一個人，作為指導他的規則（他採用了這個規則）的概念不可能有任何實質性內容。如果我們將這個斷言中的「孤立地看一個人」僅僅理解為意指行為獨特的某個個體，那麼該斷言顯然不能成立，因為這時他仍然屬於人這個種，仍然享有我們的生活形式，仍然是我們的共同體的一員，因此說他遵守規則並非沒有實質性內容。不過，如果我們將「孤立地看一個人」引申理解為不把他看作是像我們一樣的人，那麼這個斷言就無疑是正確的了。但是這時維根斯坦的私人語言論證再一次遭到了破壞，因為顯然只有對於人而言才談得上有無私人語言的問題。

　　綜上所述，喬姆斯基最後斷言：遵守規則的「私人模型」—— 按照這種模型，一個人遵守一條給定的規則的概念應該僅僅通過關於這個單獨的規則遵守者的事實而加以分析，而不應參照他之屬於一個更廣大的共同體的成員身分 —— 沒有任何可以反對之處，而且人們也沒有提出其他任何像樣的可供選擇的可能（至

少在與涉及「資質」或「語言知識」的解釋和概念密切相關的意義上是如此）；在遵守規則之歸屬問題上求助於語言使用者的共同體是離題之舉。

　　至此我們所關心的一直是：日常生活中我們是如何幾乎不加思考地將遵守規則歸屬給其他人的。喬姆斯基認為，如果我們把我們的目光僅局限在這樣的情況，那麼的確如克里普克解釋之下的維根斯坦所言，遵守規則之歸屬無關乎事實，關於它的斷言無需根據和理由。但我們不能因此就斷言，遵守規則之歸屬在任何情況之下都無關乎事實。實際上，一旦我們作為科學家來斷言某某人遵守某條規則時，我們便涉入了事實領域，我們的斷言便需要有根據和理由了。那麼我們可以給出這樣的根據和理由嗎？喬姆斯基認為可以。具體說來，我們應當按如下方式進行。

　　首先，我們搜集關於瓊斯、關於他的行為、他的判斷、他的歷史、他的生理組織以及其他任何相關之事的證據。此外我們也需考慮關於其他人的類似的證據，根據如下不無道理的經驗假設這樣的證據與我們關於瓊斯的結論是密切相關的：這些其他人的遺傳稟賦在相關的方面與他毫無二致，正如我們將一瓶特殊的水樣視為水，一隻特殊的果蠅視為果蠅一樣。然後我們便嘗試構造關於瓊斯的構成的相關方面的完全的理論，我們所能構造的最好的理論。這樣的理論所必須滿足的重要的經驗條件之一是，它要包括這樣一個關於瓊斯的心理的初始狀態的理論，它足以產生對於瓊斯的語言的解釋（給定了相關經驗）以及對於其他人所獲得的狀態的解釋（給定了他們的不同的經驗）。這個理論是關於瓊斯的心理官能及其如何實現出來（它們都是關於瓊斯的經驗事實）的理論。同時，它也是關於人 —— 作為經驗假設，我們將瓊斯置

於這個範疇之下 ── 的理論。

　　假定按照我們的最好的理論，瓊斯的心理的初始狀態包括如下成分：語言官能的初始狀態、某些處理機制，記憶的某種組織及規模、一個有關隨機錯誤及功能紊亂的理論等等（所有這一切都是種特徵）。這個理論對瓊斯這個人的當前的狀態做了如下解釋：它包含一個特殊的語言 L， L 是語言官能的初始狀態的原則的一個特殊的實現 (a particular realization)，即由調定了參數的原則形成的核心加上一個邊緣部分。在給出這樣的解釋後，我們便可以說：瓊斯遵守 L 的規則（即調定參數的原則以及由此而推演出來的具體的結論）； L 的規則決定了他所使用的表達式對於他而言的意義及其正確的形式等等。這種研究態度當然不能免於受到一般的懷疑論論證的攻擊 ── 歸納的不確定性、普特南的反實在論論證等等。但喬姆斯基認為，這些論證在這裡並沒有什麼特別的意義，因為它們同樣威脅著所有其他經驗科學的探究。一個這樣的特殊的理論當然有可能是錯誤的，並可能被證明是錯誤的。比如，如果用來解釋瓊斯的語言的普遍語法理論不適用於處於不同語言（如漢語）背景下的某個人。事實上，情形始終是這樣的，而且就目前的理論來說也只能是這樣。因此，很清楚，我們所構造的這些理論是經驗性的，它們也很有可能是正確的。這說明，作為科學家，在將遵守規則歸屬給某個人時我們的確在作出一個可真可假的事實判斷，遵守規則之歸屬並非如克里普克解釋之下的維根斯坦所認為的那樣無關乎事實。當維根斯坦斷言在遵守規則之歸屬上不存在事實問題時，他遠遠超出了他的論證所能支持的範圍。他所證明的只是這樣的結論：關於瓊斯的過去的行為及其有意識的心理狀態的事實不足以建立瓊斯正在遵守規則

R 的斷言，但由此我們卻不能進一步得出如下結論：不存在任何
關於他的這樣的事實，正是根據於它，他的所作所為符合或不符
合他的意圖，我們才能說他遵守或未遵守規則 R。

　　最後，喬姆斯基還批評了維根斯坦的如下觀點：遵守規則
是「規範」或「規定」之事，瓊斯的語言的規則具有「規定性力
量」。喬姆斯基不同意這種觀點。在他看來，瓊斯所內在地具有
的語言規則並非是類似於倫理學規則那樣的規範性規則。它們並
沒有含蘊著有關瓊斯應當 (ought) 做什麼之類的內容（或許因為
某種理由他不應遵守這些規則，在這種情況下它們仍不失為他的
規則）。屬於哪個共同體的規範之類的問題在這裡無關宏旨。但
是無論我們就這些規則的地位作出什麼樣的結論，我們關於它們
的理論始終是描述性的。我們有充分的權利斷言（當然是試探性
地）如下事情都是關於瓊斯的事實：他的語言有規則 R， R′，
…（發音規則，決定代詞之先行語的約束理論的規則，通過一個
運算過程來決定「John is too stubborn to talk to」（約翰太頑固，
沒人願意和他談話）之意義的規則等等）；具有了某種經驗後，
他便將livid 理解為「flushed」（發紅），而具有其他經驗後，他
會將其理解為「pale」（蒼白）。這些都是關於瓊斯及其性質的
事實。在初始狀態的情況下，它們是有關瓊斯所屬的人這個範疇
的事實。瓊斯的所有這些性質都進入他的行為和理解中，但它們
並沒有決定他的行為，甚至都沒有決定他的行為的傾向。

3.簡短的評論

　　喬姆斯基在批評克里普克解釋之下的維根斯坦的遵守規則
觀時作出了如下假定：克里普克對維根斯坦的解釋是正確的。那
麼事實是否如此呢？我們認為，克里普克的解釋從總體上說基本

符合維根斯坦的原本思想。不過，我們認為，它還嫌膚淺，它沒有揭示出維根斯坦思想的更為深邃的本質。克里普克對維根斯坦的共同體和生活形式這兩個概念的解釋尤其不能令人滿意。按照我們的理解，一個共同體是以其生活形式為基礎的，而生活形式決非如克里普克所說僅僅是指「該共同體的所有成員都同意的反應的集合以及這些反應與我們的活動互相交織的方式」，或者指「針對於人這個種的限制條件（如『人性』(personhood)）」，而是有其更為廣闊的範圍和更為深沈的歷史意蘊。所謂生活形式就是指在特定的歷史背景下通行的，以特定的、歷史地繼承下來的風俗、習慣、傳統、制度等為基礎的人們的思維方式和行為方式的總體或局部。因此，生活形式具有如下特徵：首先，一種生活形式就是一種實踐，它是由一系列的實踐活動構成的；其次，由於任何生活形式（實踐）都是在特定的歷史背景下通行的，都以特定的風俗、習慣、傳統和制度等為前提，所以任何生活形式都構成了人類自然史之一部分；最後，人們的任何概念活動、認識活動（包括遵守規則及其歸屬活動）都可在生活形式中找到其根源，都以特定的生活形式為基礎。也正因如此，克里普克關於維根斯坦遵守規則觀的另一個斷言也就沒有根據了：遵守規則及其歸屬無關乎事實。實際上，它們是以人類的生活事實（自然事實之一種）為基礎的。

　　　　「遵守規則」是一種實踐。❸

　　　　遵守規則是一種人類活動。❹

---

❸　同❷，§202.

❹　Ludwig Wittgenstein, *Bemerkungen Über die Grundlagen der Mathematik*, p.331.

> 遵守規則……是習慣（風俗，制度）。⑮
>
> 「遵守規則」這個概念的應用是以一種習慣的存在為前提的。⑯

接下來我們分析一下喬姆斯基對維根斯坦的批判。我們看到，喬姆斯基的批判是以其一貫的主張為基礎的：所有的語言規則都內在於個別的語言使用者的心理之中，而且其中的大部分是由天賦於人心中的普遍原則發展而來的，因而語言規則之遵守不僅可以是，而且只能是，內在的、個體的事情，根本與什麼共同體或生活形式等無關。我們認為，這種觀點是片面的。但維根斯坦的恰好與之相反的觀點（無論是克里普克解釋之下的維根斯坦還是我們解釋之下的維根斯坦）也同樣是片面的。正如我們前面所說，語言規則有兩種：一為抽象的結構規則（如句法規則），一為意義規則（實即語用規則）。前者可以被看成是內在於人類心理之中的，而且大部分是遺傳決定了的；而後者很大程度上說來是後天的，是以人類的生活事實（生活形式）為基礎而建立起來的。我們認為，喬姆斯基關於語言使用的觀點只適合於結構規則 —— 結構規則之遵守是內在的、個體性的事情；而維根斯坦的觀點只適用於意義規則 —— 意義規則之遵守是以生活形式（生活事實）為基礎的。由此看來，全面而正確的觀點應該是喬姆斯基觀點和維根斯坦觀點的有機的結合：遵守規則既是內在的、個體的事情，又是外在的、社會的事情。

---

⑮ 同❷，§ 199.

⑯ 同⓭, pp. 322～323.

結語　喬姆斯基語言哲學思想的歷史意義

喬姆斯基語言哲學思想的重要歷史意義之一便是它強有力地復興並捍衛和發展了傳統唯理論思想。從本世紀二十年代開始一直到六十年代，在世界範圍內（尤其是在英美）經驗論獲得了廣泛的接受，唯理論幾乎被人遺忘。在這種局面下，喬姆斯基「孤軍奮戰」，為唯理論的復興和再度崛起而殫精竭慮，勤奮創作。最後，終於以自己紮實的理論在一定程度上為唯理論「奪回」了已經失去多年的「地盤」。現在他已不再是孤軍奮戰了，有一大批語言學家和哲學家（如卡茨等）正在和他一起繼續充實和發展唯理論思想。

喬姆斯基的另一個重要的歷史貢獻是他逆轉了哲學研究的方向，使其重又回到了傳統的認識論研究的軌道上來。我們都知道，從十九世紀末到二十世紀初開始，哲學研究領域發生了一次影響深遠的「轉向」，這就是通常所說的「語言的轉向」(linguistic turn)。所謂「語言的轉向」是指這樣一種思想傾向的轉變，即將哲學從其傳統的世襲領地 —— 本體論和認識論研究轉向以語言問題（當然是與哲學有關的語言問題）為中心的研究。我們都知道，哲學在其初創時期關心的主要是世界的本原是什麼？世界中究竟存在著什麼東西？共相是否存在？之類的本體論問題。這也不難解釋。人作為一種生活在大千世界中的理性存在物，最先也

是最直接令他發生疑惑和驚奇的必是其所處的周遭世界。他看到世界萬物豐富多彩、各色各樣、種類殊異，那麼存在不存在所有這一切藉以構成的本原性的東西呢？另外，世界萬物不僅是多樣的，而且都始終處於生生滅滅的變化之中，那麼它們都具有真正的存在嗎？是不是它們都萬變不離其宗，在它們之上或之下有一個以不變應萬變的不變者嗎？再者，世界中存在的似乎只是具體的事物（殊相），那麼作為這些具體事物之共性的共相是否有其獨立的存在呢？等等，不一而足。這些問題一直困擾著近代以前的古典哲學家們，他們為之而苦苦思索、苦苦探求並提出了各種各樣的理論。但他們所提供的答案並沒有令後人心滿意足。自笛卡兒以降，哲學家們逐漸認識到，要想真正地了解我們所居處於其中的世界，首先我們必須對我們的認識得以進行的媒體 —— 心靈以及我們的認識過程（或思維過程）、認識能力及其限度有所了解，以便確定我們究竟能認識什麼以及我們如何去認識它們。這樣，在古典哲學中居於主導地位的本體論研究便逐漸讓位給認識論研究了（當然，哲學家們並沒有因之就完全忽略了本體論研究）。這就是哲學發展過程中的第一個重要的轉向 —— 認識論的轉向。在對人類的認識過程、認識能力及其限度進行研究的過程中，哲學家們首先是從人類認識的心理結構、心理機制方面入手的。但由於心理結構、心理機制是個人性的、非主體間的 (non-intersubjective)，因而從它們入手我們不易得到客觀的、共同可接受的認識理論，而且非常容易陷入心理主義的泥淖。作為對這種心理主義的反對哲學家們便轉而求助於作為認識（思想）之外在表達的語言（甚至言語行為）了，因為語言（或言語行為）畢竟是主體間的。在對語言進行研究時，有些哲學家提出了這樣的觀

點：世界、語言、思想之間存在著某種一致性，這就是邏輯結構上的一致性。對這種觀點其他的哲學家出提了質疑。這便引出了關於世界、語言、思想間關係的爭論，並進而引出了關於語言表達式的意義、理解等問題的諸多理論和論爭。同時，隨著對語言的哲學研究的深入，有些哲學家發現傳統哲學中的許多問題都與語言有關，都是因對語言的本性或其正常用法的誤解或不解而引起的。因而他們便專心研究起語言實際起作用的方式和語言表達式的實際用法了，希望藉此來解決（更準確地說，消解）傳統的哲學問題。至此，語言問題便最終成了哲學家們關注的中心，而在哲學史上曾「稱霸」一時的本體論問題、認識論問題則或者被消解、或者被迴避。

對哲學研究中的這種「語言的轉向」的是是非非，喬姆斯基未明確地加以論及。但從其整個思想傾向上看，他應該對這種「轉向」持否定態度。實際上，導致這種「轉向」的動機就大可令人懷疑。上面我們提到，這種「轉向」之發生主要是為了反對傳統認識論研究所表現出來的心理主義傾向。但是，所謂心理主義果真就「一錢不值」，應該徹底摒棄嗎？喬姆斯基認為不然。在這裡我們應嚴格區別開兩種不同的心理主義。一為傳統經驗論者（如洛克、休謨等人）的心理主義，一為傳統唯理論者（如笛卡兒、萊布尼茨、康德等人）的心理主義。前者將人的心理過程設想為某些心理對象（如印象、觀念之類的意象對象）的活動；而後者則將心理過程設想為以某些天賦的範疇和原則為基礎而進行的抽象的心理運算過程。的確，傳統經驗論者的心理主義沒有什麼道理，不具有足夠的解釋力量，應該摒棄；但是傳統唯理論者的心理主義則具有解釋人類的認知結構的本性、來源（或習得）以及

人類的認識能力和限度的強大的潛在力量，不僅不應摒棄，而且應該加以發揚光大。而喬姆斯基語言理論的最終目的恰恰就是為了復興並充分發展這種形式的心理主義。另外，喬姆斯基對「語言的轉向」所導致的結果也非常失望：許多語言哲學家竟然將深刻的哲學問題直接等同於語言學問題，認為某種形式的語言學研究可為哲學問題的最終解決提供「鎖鑰」。在喬姆斯基看來，以如此輕率的方式將哲學問題轉變成或等同於語言學問題是不可取的。請看他的如下評論：

> 有這樣一批人，他們求助於語言學以試圖回答哲學問題。以芝諾·溫德勒 (Zeno Vendler) 的著作❶ 為例。如果他對有關原因和結果的哲學問題發生了興趣，他便追問「原因」這個詞在我們的語言中是怎樣被使用的，並試圖發現語言學家們關於這點說了些什麼。如果你出自於日常語言哲學學派，那麼這種期待就是順理成章的事。你會期待處理日常語言的領域應該就你所感興趣的哲學上講意義重大的問題而說些什麼。但在我看來，從語言學領域抽取出對這些問題的答案的機會非常之小。我不能想像為什麼語言學會為碰巧令溫德勒之類的人感興趣的那些特定的問題提供任何特定的答案。也許它會為此提供某些幫助，但無論如何這令人有牽強附會之感。❷

> 〔在語言學和哲學之間〕還存在著另一種層次的接觸，這裡哲學家們真正說來只是在從事語言學研究，比如出自於

---

❶ 指溫德勒的《哲學中的語言學》(*Linguistics in Philosophy*) 一書。

❷ Noam Chomsky: *The Generative Enterprise,* p. 5.

約翰・奧斯汀的著作❸的那個傳統就是如此。我認為，奧
斯汀自己將非常樂於把自己看成是一名語言學家。只不過
在我看來他更應該被稱作是一名語文學家 (philologist)。他
感到某些本質上講屬於語文學的工作或許是在他那個時代
被稱為哲學的東西的領域內需要做的最為重要的工作，而
且通過做這樣的工作人們可以為回答，或者說，至少是消
除，主要的哲學問題奠定基礎（甚至可能為其提供答案）。
人們可以把這樣的工作以及其他出自於它的、關於言語行
為和完成行為式話語 (performatives) 的工作看作是某種類
型的語言學。❹

哲學研究的重要使命是研究人類知識的本性、來源及其範圍和
限度。而這種研究說到底只能是對人類心理本性的研究。為了卓
有成效地進行這種研究我們可以「轉向」語言，對語言知識的本
性、來源及其使用的研究有助於我們最終弄清心理的本性，即認
知結構（知識系統）的本性、來源及其範圍和限度。對語言的研
究表明，經驗論的心理主義是不能成立的，而唯理論的心理主義
則是大有希望的。因此，某種意義上可以說，喬姆斯基通過轉向
語言，通過對語言的研究對哲學中的「語言的轉向」做了根本的
「反轉」，又將哲學拉回到了傳統的認識論研究這個主題上來。
（我們不妨將喬姆斯基的這種工作稱作哲學研究中的「喬氏轉向」
(the Chomskyan turn)。）這就是喬姆斯基語言哲學思想的最為重
要的歷史意義所在。

---

❸　指奧斯汀的《如何以言行事》(*How to Do Things with Words*) 一書。

❹　同❷，pp. 5~6.

喬姆斯基年表

1928年　12月7日出生於美國賓西法尼亞州費城。其父威廉·喬
　　　　姆斯基是一位著名的希伯萊語專家。他的家庭充滿了猶
　　　　太文化氣氛，熱衷於復興希伯萊語的偉大事業。兒時喬
　　　　姆斯基常常跑到他叔叔在紐約大街開設的報攤上翻看報
　　　　紙，與他叔叔討論文學、卡爾·馬克思、西格蒙特·弗
　　　　洛伊德。這深深地影響了他後來的政治觀點。

1930年　入費城一所實驗小學讀書。非常喜歡這所小學。學習成
　　　　績優異。

1939年　入費城一所公立中學讀書。不太喜歡這所中學的教學體
　　　　制和方法。曾寫一篇關於西班牙內戰的小社論發表於這
　　　　所中學的報紙上。

1945年　進賓西法尼亞大學讀書。對政治興趣甚濃。

1947年　欲中斷學業獻身於政治活動。結識哈里斯，改變想法，
　　　　選讀語言學專業。聽了著名哲學家古德曼和懷特等人開
　　　　的哲學課和邏輯學課。

1949年　以〈現代希伯萊語的語素音位學〉的論文獲學士學位。
　　　　同年與卡洛爾·沙茲 (Carol Schatz) 結婚。

1950年　修改並擴充〈現代希伯萊語的語素音位學〉，以修改稿
　　　　做碩士論文，獲碩士學位。

1951年　受資助到哈佛大學繼續研究語言學。結識哈利。在哈佛

期間，常與蒯因、奧斯汀等討論哲學問題。

1952年 著手構建英語的生成語法。開始懷疑哈里斯等人的結構語言學方法。

1953年 到巴勒斯坦地區以色列定居點上的庫布茲生活了六個星期。徹底放棄結構語言學，著手構建轉換生成語法體系，撰寫表達這樣的嶄新語法體系的書稿。

1955年 春，基本完成書稿。提交其中的一部分作為博士論文。獲博士學位。秋，完成哈佛的研究任務，受聘到麻省理工學院任教。修改書稿。

1956年 繼續修改書稿，以期出版。出版社拒絕出版。在專業雜誌上發表文章的努力受挫。荷蘭莫頓出版社答應出版其講稿。

1957年 講稿以《句法結構》為名出版。理茲在《語言》雜誌上發表書評，引起了語言學家們對喬姆斯基的工作的關注。

1958年 參加德克薩斯大學英語語言分析大會，提交名為〈關於句法的轉換觀點〉的論文。

1959年 再次參加德克薩斯大學英語語法分析大會，提交名為〈句法的轉換基礎〉的論文，引起了語言學家們的更大關注。發表書評〈評斯金納的《言語行為》〉，批評斯金納的行為主義學習觀。1958～1959年喬姆斯基還到普林斯頓大學進行了一年訪問研究。在此期間，繼續修改書稿。

1961年 越南戰爭正式爆發。此後的時間喬姆斯基不斷發表反戰文章，抨擊美國對越南的入侵。

1962年 參加在麻省理工學院召開的第九屆國際語言學大會。在

會上作題為「語言學理論的邏輯基礎」的報告。該報告
經修改和擴充後於 1964 年以《當前語言學理論中的若
干問題 》為書名出版。

1963~1964年　到哈佛大學認知研究中心撰寫專著。

1965年　《句法理論面面觀》出版。生成語法的第二個模式 ── 標
準理論 ── 正式誕生。

1966年　《笛卡兒語言學》出版。

1967年　在加州大學伯克利分校做講演。講稿於 1968 年以《語
言和心理》為名出版。榮獲倫敦大學和芝加哥大學名譽
博士學位。

1968年　參加紐約大學舉辦的「語言學和哲學」討論會，宣讀論
文〈語言學和哲學〉。

1969年　在明尼蘇達州阿道夫斯學院做講演，開始修改標準理論。
寫作並發表〈現代語言哲學中的某些經驗論預設〉。出
版政治論文集《美國的權力及新達官貴人》。

1970年　撰寫〈深層結構，表層結構和語義解釋〉和〈論名物化〉
等文章，進一步修改標準理論。出版政治論文集《與亞
洲開戰：印度支那論集》。榮獲斯旺莫斯學院和芝加哥
勞約拉大學名譽博士學位。

1971年　到劍橋大學三一學院主持羅素講座。同年講稿以《語言
和自由問題》為名出版。撰寫了〈轉換分析〉，從另一
個方面充實標準理論。

1972年　修訂《語言和心理》。出版論文集《對生成語法中的語
義學的研究》。榮獲印度德里大學博士學位。

1973年　出版政治論文集《為了國家的理由》和《智囊人物》。

　　　　　　榮獲麻薩諸塞大學博士學位。

1974年　　到麻薩諸塞大學參加美國語言學協會大會。出版《中東
　　　　　　的和平？》。

1975年　　參加美國語言學會大會和紐約科學院主辦的學術會議。
　　　　　　到巴黎參加那裡組織的討論會，與皮亞杰面對面地討論
　　　　　　他們互不相同的語言學習觀。應邀到加拿大麥克馬斯特
　　　　　　大學主持惠頓講座，講稿於1976 年作為《關於語言的反
　　　　　　思》的主要內容出版。喬姆斯基語言理論的第三個模式
　　　　　　── 擴充的標準理論 ── 趨於成熟。

1976年　　接受法國語言學家羅那的訪談（訪談錄於 1977 年以法
　　　　　　文形式出版。1979 年由弗爾特譯成英文以《語言和責
　　　　　　任》為名出版）。到康乃爾大學參加紀念語言學家勒內
　　　　　　伯格的討論會。

　　　　　　自是年起任 MIT 學院教授 (Institute Professor)。

1977年　　出版《形式和解釋論文集》。

1978年　　到哥倫比亞大學主持伍德布里奇講座。講稿於 1980 年作
　　　　　　為《規則和表現式》的主要內容出版。出版《「人權」
　　　　　　和美國的對外政策》。

1979年　　應邀到斯坦福大學主持康德講座。到意大利比薩高等師
　　　　　　範學院參加「歐洲生成語言學家協會」大會。在會上及
　　　　　　會後所作的報告修改擴充後於1981 年以《支配和約束
　　　　　　講演集》為名出版。修改擴充的標準理論。11 月份和
　　　　　　1980 年 3 月份接受語言學家惠布賴茲和里姆斯蒂吉克
　　　　　　的訪談。訪談錄於 1982 年以《生成事業》為名出版。

1980年　　發表重要論文〈論約束〉。到加州大學聖迭哥分校做題

為「關於心理研究的組件觀點」的講演。講演稿於 1984年出版。

1981年　到挪威參加第六屆斯堪的納維亞語言學大會。1982 年將在該次大會上所作的報告補充後以《支配和約束理論的某些概念和後果》為名出版。語言學家奧太羅編輯的喬姆斯基政治論文集《極端的優先權》出版。

1982年　到哥倫比亞大學做題為「語言研究中的概念轉移」的學術報告，宣告生成語法理論的第四個模式 —— 原則和參數理論 —— 正式誕生。出版政治論文集《走向新的冷戰》。

1983年　出版《致命的三角：美國，以色列和巴勒斯坦》。

1984年　被授予美國心理學協會特殊科學貢獻獎。

1985年　出版《改變潮流：美國對中美洲的干涉及為和平而鬥爭》。獲賓西法尼亞大學名譽博士學位。

1986年　應邀到尼加拉瓜馬那瓜中美洲大學做學術講演（講稿分別於1987 年和 1988 年以《論權力和意識形態》和《語言和知識問題》為名出版）。出版重要著作《語言知識：其本性，來源和使用》和《語障》。

1987年　到日本京都大學和東京索菲亞大學作學術講演，由詹姆斯・派克 (James Pack) 編的喬姆斯基政治論文集《喬姆斯基文選》(*The Chomsky Reader*) 出版。

1988年　《恐怖主義文化》和《製造同意》（與人合著）出版。榮獲日本「京都大學基礎科學大獎」。

1989年　到荷蘭參加格羅寧根大學建校 375 周年學術討論會。應邀到英國做政治講演。出版《必要的幻覺》。

1990年　發表論文〈論形式化和形式語言學〉。

1991年 發表〈關於推演和表現式的經濟性的一些評論〉，開始大幅度縮減和歸約原則和參數理論。出版《阻止民主》(Deterring Democracy)。波斯灣戰爭爆發。

1992年 發表〈一個關於語言理論的最小綱領〉，喬姆斯基語言理論的第五個模式 ——「最小綱領」—— 正式誕生。發表論文〈解釋語言之使用〉和〈語言和解釋：哲學反思和經驗探究〉。

1993年 做題為「語言和心理研究中的自然論和二元論」的講演。《語言和思想》出版。

1994年 在倫敦大學大學學院和國王學院做兩次講演，題目分別為：「作為一種自然對象的語言」和「從一個內在論者的觀點看語言」。發表論文〈僅有的短語結構〉。

1995年 仍精力充沛、富有創造性地進行著語言學和哲學研究，並積極發表對國際政治形勢的獨特見解。不過，從其傾向上看，他越來越偏重於哲學探討了。

參考書目

一、喬姆斯基書目

1951   'Morphophonemics of modern Hebrew'. Unpublished Master's thesis, University of Pennsylvania.

1953   'Systems of syntactic analysis'. *Journal of Symbolic Logic* 18, 242~56.

1955   'Logical syntax and semantics: their linguistic relevance'. *Langage* 31, 36~45.

'The Logical Structure of Linguistic Theory'. Mimeographed, MIT Library, Cambridge, Mass. (Now published, with revisions and an important and informative Introduction; New York & London: Plenum, 1975. See below.)

'Transformational Analysis'. Ph. D. dissertation, University of Pennsylvania.

'Semantic considerations in grammar'. Monograph No. 8, 141~53; Washington, D. C.: Georgetown University Institute of Languages and Linguistics.

1956   'On accent and juncture in English', with M. Halle and F. Lukoff. In M. Halle, H. Lunt, and H. MacLean (eds.),

For Roman Jakobson; The Hague: Mouton.

'Three models for the description of language'. *I. R. E. Transactions on Information Theory*, Vol. IT-2, 113～24. Reprinted, with corrections, in R. D. Luce, R. Bush and E. Galanter (eds.), *Readings in Mathematical Psychology*, Vol. II; New York: Wiley, 1963.

'Logical structures in laguage'. *American Documenation* 8, 284～91.

1957　*Syntactic Structures*. The Hague: Mouton.

Review of C. F. Hockett, *Manual of Phonology*. In *International Journal of American Linguistics* 23, 223～34.

Review of R. Jakobson and M. Halle, *Fundamentals of Language*. In *International Journal of American Linguistics* 23, 234～42.

1958　'Finite state languages', with G. A. Miller. *Information and Control* 1, 91～112. Reprinted in R. D. Luce, R. Bush and E. Galanter (eds.), *Readings in Mathematical Psychology*, Vol. II; New York: Wiley, 1963.

Review of I. Belevitch, *Langags des Machines at Langage humain*. In *Language* 34, 99～105.

1959　Review of B. F. Skinner, *Verbal Behavior*. In *Language* 35, 26～58. Reprinted in J. A. Fodor and J. D. Katz, *The Structure of Language*.

Review of J. Greenberg, *Essays in Linguistics*. In *Word* 15, 202～18.

'On certain formal properties of grammars'. *Information and Control* 2, 137～67. Reprinted in R. D. Luce, R. Bush, and E. Galanter (eds.), *Readings in Mathematical Psychology*, Vol. II; New York: Wiley, 1963.

'A note on phrase structure grammars'. *Information and Control* 2, 393～5.

1960　'The morphophonemics of English', with M. Halle. *Quarterly Progress Report* No. 58; Cambridge, Mass.: Research Lab. of Electronics, 275-81.

1961　'On the notion "rule of grammar".' In R. Jakobson (ed.), *Structure of Language and its Mathematical Aspect*, 6～24; Providence, R. I.: American Mathematical Society. (Reprinted in J. A. Fodor and J. D. Katz, *The Structure of Language*).

1962　'Explanatory models in linguistics'. In E. Nagel, P. Suppes and A. Tarski (eds.), *Logic, Methodology and Philosophy of Science: Proc. of the 1960 Int. Congress*; Stanford, California: Stanford University Press.

'Context-free grammars and pushdown storage'. *RLE Quarterly Progress Report* No. 65; Cambridge, Mass.: MIT.

'A transformational approach to syntax'. In A. A. Hill (ed.), *Proceedings of the 1958 Conference on Problems of Linguistic Analysis In English*, 124～48; Austin, Texas. (Reprinted in J. A. Fodor and J. D. Katz, *The Struc-*

ture of Language.)

1963 'The algebraic theory of context-free languages', with M. P. Schutzenberger. In P. Braffort and D. Hirschbert (eds.), *Computer Programming and Formal Systems*, 119~61; Amsterdam: North-Holland.

'Formal properties of grammars'. In R. D. Luce, R. Bush, and E. Galanter (eds.), *Handbook of Mathematical Psychology* II, 323~418; New York: Wiley, 1963.

'Introduction to the formal analysis of natural languages', with G. A. Miller. *Ibid.*, 269~322.

'Finitary models of language users', with G. A. Miller. *Ibid.*, 419~91.

1964 *Current Issues in Linguistic Theory.* The Hague: Mouton. 'Formal discussion: the development of grammar in child language'. In Ursula Bellugi and Roger Brown (eds.), *The Acquisition of Language* (Monographs of the Society for Research in Child Development, 29); Lafayette, Indiana: Purdue University.

1965 'Some controversial questions in phonological theory', with M. Halle. *Journal of Linguistics* 1, 97~138.

Aspects of the Theory of Syntax. Cambridge, Mass. & London: MIT Press.

1966 *Cartesian Linguistics.* New York and London: Harper & Row. *Topics in the Theory of Generative Grammar.* The Hague: Mouton. (Also in T. A. Sebeok (ed.), *Current*

Trends in Linguistics III: Linguistic Theory; The Hague: Mouton.)

'The current scene in linguistics: present directions'. In *College English* 27, 587~95. Reprinted in D. A. Reibel & S. A. Schane, *Modern Studies in English*; Prentice-Hall, 1969.

1967   'The formal nature of language'. Appendix to E. H. Lenneberg, *Biological Foundations of Language*; New York: Wiley. Reprinted in the 1972 edition of Chomsky, *Language and Mind*.

'Some general properties of phonological rules'. *Language* 43, 102~128.

'The general properties of language'. In P. L. Darley (ed.), *Brain Mechanisms Underlying Speech and Language*(Proceedings of a Conference held at Princeton, N.J., 9~12 November 1965), 73~81; New York: Grune & Stratton.

'Recent contributions to the theory of innat ideas'. In *Synthese* 17, 2~11.

1968   *The Sound Pattern of English*, with M. Halle. New York and London: Harper & Row.

Language and Mind. New York and London: Harcourt Brace.

1969   'Linguistics and philosophy'. In S. Hook (ed.), *Language and Philosophy*; New York University Press (New York University Institute of Philosophy Symposium). (Reprinted in 1972 edition of Chomsky, *Language and Mind.*)

'Knowledge of language'. (Excerpted from the first John Locke Lecture, Oxford, 29 April 1969.) London: *Times Literary Supplement*, 15 May.

'Form and meaning in natural language'. In John D. Roslansky (ed.), *Communication*; Amsterdam: North-Holland.

'Quine's empirical assumptions'. In D. Davidson & J. Hintikka, *Words and Objections*; Dordrecht: Reidel.

'Some empirical assumptions in modern philosophy of language.' In S. Morgenbosser et al. (eds.), *Philosophy, Science and Method*; New York: St. Martin's Press.

American Power and the New Mandarins. New York: Pantheon; London: Chatto & Windus (paperback: Penguin Books).

1970 'Remarks on nominalisation'. In R. Jacobs and P. Rosenbaum (eds.), *Readings in Transformational Grammar*; Waltham, Mass.: Blaisdell. (Reprinted in Chomsky, *Studies on Semantics*, 1972.)

'Phonology and reading'. In H. Levin and Joanna P. Williams (eds.), *Basic Studies in Reading*; New York: Basic Books.

'Problems of explanation in linguistics'. In R. Borger and F. Cioffi (eds.), *Explanations in the Behavioural Sciences*; London & New York: Cambridge University Press.

'Deep structure, surface structure and semantic interpretation'. In R. Jakobson and S. Kawamoto (eds.), *Studies in General and Oriental Linguistics*; Tokyo: TEC Corporation for Language Research. (Reprinted in Chomsky, *Studies on Semantics*, 1972.)

'Some observations on the problems of semantic analysis in natural languages'. In A. J. Greimas et al., *Sign, Language, Culture*; The Hague: Mouton.

At War with Asia: Essays on Indochina. New York: Random House.

1971　*Problems of Knowledge and Freedom.* New York: Basic Books; London: Barrie & Jenkins (paperback: Fontana).

1972　*Language and Mind.* Enlarged edition; New York: Harcourt Brace Jovanovich.

Studies on Semantics in Generative Grammar. The Hague: Mouton. 'Some empirical issues in the theory of transformational grammar'. In S. Peters (ed.), *Goals of Linguistic Theory*, 63~130; Prentice-Hall. (Also in Chomsky, *Studies on Semantics*, 1972.)

1973　'Conditions on transformations'. In S. R. Anderson & P. Kiparsky (eds.), *Festschrift for Morris Hall*; New York: Holt, Rinehart & Winston.

For Reasons of State. New York: Pantheon; London: Fontana.

The Backroom Boys. New York: Pantheon; London:

Fontana.

1974   'Dialogue with Noam Chomsky'. In P. Parret (ed.), *Discussing Language*; The Hague: Mouton.

Peace in the Middle East? New York: Vintage; London: Fontana.

'What the linguist is talking about', with J. J. Katz, *Journal of Philosophy* 71, 347~67.

1975   'On innatenese', with J. J. Katz, *Philosophical Review* 84, 347~67.

'Knowledge of Language'. In K. Gunderson and Maxwell (eds.), *Minnesota Studies in Philosophy of Science* 6; Minneapolis: University of Minnesota Press.

'Questions of form and interpretation'. *Linguistic Analysis* 1, 75~109.

The Logical Structure of Linguistic Theory. New York & London: Plenum. 'Conditions on rules of grammar'. Unpublished.

1976   *Reflections on Language*. New York: Pantheon; London: Temple Smith (paperback: Fontana).

1977   *Essays on Form and Interpretation*. Amsterdam and New York: Elsevier/North Holland.

'On Wh-Movement'. In *Formal Syntax*, edited by peter Culicover, et al. (1977), pp. 71~132. New York: Academic Press.

1978   *'Human Rights' and American Foreign Policy*. Nottingham:

Spokesman Books.

1979　　'The ideas of Chomsky'. In Bryan Magee (ed.), *Men of Ideas: Some Creators of Modern Philosophy*. London: BBC Publications. *After the Cataclysm: Postwar IndoChina and the Reconstruction of American Imperial Ideology* (with Edward S. Herman). (*Political Economy of Human Rights*, Vol. 2.) Boston: South End Press; Nottingham Spokesman Books.

Language and Responsibility: Based on Conversations with Mitsou Ronat. New York: Pantheon Books. (Translation, with revisions by Chomsky, of *Dialogues avec Mitsou Ronat*. Paris: Flammarion, 1977.)

The Washington Connection and Third World Fascism (with Edward S. Herman). (*Political Economy of Human Rights*, Vol 1.) Boston: South End Press; Nottingham: Spokesman Books.

1980　　'On binding'. *Linguistic Inquiry* 2, 1~46. (Reprinted, with comments and discussion by others, in Frank Heny, ed., *Binding and Filtering*, London: Croom Helm; Cambridge, Mass.: MIT press, 1982.)

'On cognitive structures and their development'. In M. Piattelli-Palmarini (ed.), *Language and Learning: The Debate between Jean Piaget and Noam Chomsky*, London: Routledge & Kegan Paul; Cambridge, Mass.: Harvard University Press. English version of *Théories du langage*,

Paris: Seuil, 1979.

'On opacity'. In Sidney Greenbaum, G. Leech and J. Svartvik (eds.), *Studies in English Linguistics: For Randolph Quirk*, London and New York: Longman.

'Quelques commentaires élémentaires sur le droit de la liberté d'expression'. Preface to Robert Faurisson, *Mémoire en défense contre ceux qui m'accusent de falsifier l'histoire: la question des chambres à gaz*. Paris: La Vieille Taupe.

'Linguistic perspectives on language development' (with David Caplan). In David Caplan (ed.), *Biological Studies of Mental Processes*, Cambridge, Mass. and London: MIT Press.

Rules and Representations. Oxford: Blackwell; New York: Columbia University Press.

1981　'The Commissars of literature'. *New Statesman* (14 Aug. 1981) pp. 13~14. [Reply to Gitta Seremy's criticism of Chomsky's role in 'The Faurisson case' in 'The Nazi record on trial', *New Statesman* (10 Apr. 1981), p. 4.]

'The Faurisson affair: his right to say it'. *The Nation* (Feb. 28, 1981) pp. 231~35. Chomsky's reply to several critics of his preface to Faurisson's book.) (Reprinted as 'His right to say it: The Faurisson affair', *Social Alternatives* (2 Feb. 1982) 45~8.)

'Knowledge of language: its elements and origins'. In

Longuet-Higgins *et al.* (eds.), *Psychological Mechanisms of Language.* pp. 9~20.

Lectures on Government and Binding. Dordrecht: Foris.

'Markedness and core grammar'. In Adriana Belletti, L. Brandi and L. Rizzi (eds.), *Theory of Markedness in Generative Grammar.* Pisa: Scuola Normale Superiore.

'Principles and parameters in syntactic theory'. In N. Hornstein and D. Lightfoot (eds.), *Explanation in Linguistics: The Logical Problem of Language Acquisition.* London and New York: Longman, pp. 32~75.

Radical Priorities (edited with Introduction by Carlos Otero). Montreal: Black Rose Books. (2nd enlarged edn, 1984.)

1982   [*Noam Chomsky on*]*The Generative Enterprise: A Discussion with Riny Huybregts and Henk van Riemsdijk.* Dordrecht: Foris.

'The ideas of Chomsky'. In B. Magee, *Men of Letters*, Oxford: Oxford University Press, pp. 173~93.

'Reply to Erika Apfelbaum on "Forgetting the past"'. *Partisan Review* 3 (1982). 474~7. [On the Faurisson affair.]

Some Concepts and Consequences of the Theory of Government and Binding, Cambridge, Mass.: MIT Press.

Towards a New Cold War: Essays on the Current Crisis and How we Got There. New York: Pantheon Books.

'A note on the creative aspect of language use'. In *Philoso-*

phical Review 91, No. 3.

1983 *The Fateful Triangle: The United States, Israel and the Palestinians,* London: Pluto Press.

'Some conceptual shifts in the study of language'. (The Lionel Trilling Lecture, Columbia University, 4 November 1982.) In Leigh S. Cauman et al. eds., *How Many Questions? Essays in Honor of Sidney Morgenbesser.* Indianapolis: Hackett.

1984 *Modular Approaches to the Study of Mind.* San Diego: California State University Press.

Réponses inédites à mes détracteurs parisiens. Paris: Spartacus.

1985 'Censorship and twentieth-century culture'. *New Criterion* (New York) 3, 81∼4 (Jan. 1985). (Letter to the Editor replying to Geoffrey Samson 'Censorship and twentieth-century culture', in *New Criterion* 3, 7∼16, (Oct. 1984).)

Turning the Tide: US Intervention in Central America and the Struggle for Peace. London: Pluto Press.

1986 *Barriers. (Linguistic Inquiry Monograph*, 13.) Cambridge, Mass.: MIT Press.

Knowledge of Language: Its Nature, Origin and Use. New York and London: Praeger.

1987 *The Chomsky Reader* (edited by James Peck). New York: Pantheon Books; London: Serpent's Tail (1988).

Generative Grammar: Its Bases, Development and Prospects.

(Special Issue of the Bulletin of the English Department.) Kyoto, Japan: Kyoto University.

Language in a Psychological Setting. (Sophia Linguistica, 22.) Tokyo: Sophia University.

On Power and Ideology. Boston: South End Press.

1988　*The Culture of Terrorism.* Boston: South End Press and London: Pluto Press.

Language and Problems of Knowledge. Cambridge, Mass.: MIT Press.

Manufacturing Consent (with Edward S. Herman). Boston: South End Press.

1989　'Mental constructions and social reality'. Paper delivered at conference on knowledge and language held in Groningen. May 1989.

Necessary Illusions. London: Pluto Press.

1990　'On formalization and formal linguistics'. *Natural Language and Linguistic Theory* 8, 143~7.

1991　*Deterring Democracy.* London: Verso.

'Language and mind'. In P. N. Johnson-Laird (ed.), *Ways of Communicating.* London: Cambridge University Press.

'Prospects for the study of language and mind'. In Kasher 1991.

'Some notes on economy of derivation and representation'. In *Principles and Parameters in Comparative Grammar* (edited by R. Freidin). Cambridge, Mass.: MIT

Press.

'Linguistics and cognitive science: problems and mysteries'. In *The Chomskyan Turn* (edited by A. Kasher). Oxford: Blackwell.

'Principles and parameters theory', with H. Lasnik. In *Syntax: An International Handbook of Contemporary Research*, ed. J. Jacobs, A. Von Stechow, W. Sternefeld and T. Vennemann. Berlin: de Gruyter.

1992   'Language and interpretation: Philosophical reflections and empirical inquiry'. *In Inference, Explanation and Other Philosophical Frustrations* (edited by J. Earman). Berkeley and Los Angeles: University of California Press.

'Explaining language use'. In *Philosophical Topics* 20, 205-231.

'A minimalist program for linguistic theory'. *MIT Occasional Papers in Language*, No. 1.

1993   Language and Thought. London, Warwick R.I.: Moyer Bell.

'Naturalism and dualism in the study of language and mind'. Agnes Cuming Lectures.

The Prosperous Few and the Restless Many. Interviewed by David Barsamian. Berkeley, Calif.: Odonian.

1994   'Language as a natural object'. the Jacobsen Lecture.

'Language from an internalist perspective'. A Lecture Given at Kings College, London.

Bare Phrase Structure'. *MIT Occasional Papers in Linguistics*. No. 5.

1995　　*The Minimalist Program.*Cambridge,Mass.:MIT press.

二、其他書目（外文）

Aarsleff, Hans, *From Locke to Saussure*. London: Athlone, 1982.

Alston, William P. 'Meaning and use'. *Philosophical Quarterly* 13 (1963), 107~24.

Arnauld, Antoine, *The Art of Thinking: Port-Royal Logic*. Trans. J. Dickoff and P. James. Indianapolis: Bobbs-Merrill Co., 1964.

Austin, John L. 'The meaning of a word' (1940). In Urmson and Warnock, 1961.

——*How to Do Things with Words*. London: Oxford University Press, 1962.

Ayer, A. J., *Language, Truth and Logic*. 2nd edn. London: Victor Gollancz, 1946.

——*The Foundations of Empirical Knowledge*. London: Macmillan, 1940.

——(ed.) *Logical Positivism*. New York: The Free Press, 1959.

Bloch, Bernard, 'A set of postulates for phonemic analysis'. *Language* 24 (1948), 3~46.

Bloomfield, Leonard, 'A set of postulates for the science of Language'. *Language* 2 (1928). 〔Reprinted in M. Joos (ed.), *Readings in Linguistics*. Washington: American Council of

Learned Sciences, 1957.]

—— 'On recent work in general linguistics'. In *Modern Philology* 25 (1927).

——*Language*. New York: Holt, 1933.

——*Linguistics Aspect of Science*. *International Encyclopedia of Unified Science*, Vol. 1, No. 4. Chicago: University of Chicago Press, 1939.

Bracken, Harry M., 'Chomsky's Cartesianism'. *Language Sciences* (October, 1972), 11~18.

—— 'Minds and learning: the chomskian revolution'. *Metaphilosophy* 4 (1973), 229~45.

—— 'Essence, accident and race'. *Hermathena*, No. 116 (1973), 88~95.

——*Mind and Language*. Dordrecht: Foris, 1984.

Bresnan, J., (ed.), *The Mental Representation of Grammatical Relations*. Cambridge: MIT Press, 1982.

Burge, T. 'Individualism and psychology', ms., UCLA. Paper presented at Sloan Conference on Philosophy and Psychology, MIT, May 1984.

—— 'Philosophy of language and mind: 1950~1990'. *The Philosophical Review,* Vol. 101, No. 1, January 1992.

—— 'Wherein is language social'. In Alexander George 1989.

Carnap, Rudolf, 'Überwindung der Metaphysik durch logische Analyse der Sprache', *Erkenntnis* 3, 1932/1933.

——*Die logische Syntax der Sprache*. Wien, 1934.

——*Meaning and Necessity.* Chicago: University of Chicago Press, 1956.

—— 'Testability and meaning', *Philosophy of Science* 3, 1936.

—— 'Empiricism, semantics, and ontology', *Reve internationale de philosophie* 4, 1950. 〔Reprinted in *Philosophy of Mathematics*, edited by Paul Benacerraf and Hilary Putnam, New Jersey, 1964.〕

Cobbett, William, *A Grammar of the English Language* (1819). Reprinted by Oxford University Press, 1984.

Cook, Vivien, J., *Chomsky's Universal Grammar: An Introduction.* Oxford: Blackwell, 1986.

Cooper, David E. 'Innateness: old and new', *Philosophical Review* 81 (1972), 465~83.

——*Knowledge of Language.* London: Prism Press, 1975.

Cudworth, Ralph, *Treatise Concerning Eternal and Immutable Morality.* New York: Andover, 1838.

——*True Intellectual System of the Universe*, 1678.

Culicover, Peter, Wasow, Thomas, and Akamaijan, (eds.), *Formal Syntax.* New York: Academic Press, 1977.

D'Agostino, Fred, *Chomsky's System of Ideas.* Oxford: Clarendon Press, 1986.

Danto, Arthur, 'Semantical vehicles, understanding, and innate ideas'. In Hook 1969.

Davidson, Donald, *Inquiries into Truth and Interpretation.* Oxford: Clarendon Press, 1985.

——*Essays on Actions and Events.* Oxford: Clarendon Press, 1980.

—— 'Toward a unified theory of meaning and action'. In *Grazer Philosophische Studien* 2 (1980), 1~12.

—— 'The second person', ms. UC Berkeley, 1990.

—— 'A nice derangement of epitaphs'. In E. Lepore, ed., *Truth and Interpretation.* Oxford: Blackwell, 1986.

—— and Harman, Gilbert (eds.), *Semantics of Natural Language.* Dordrecht: Reidel, 1972.

—— and J. Hintikka, *Words and Objections.* Dordrecht: Reidel, 1969.

Demopoulos, W. & Matthews, R. J., 'On the hypothesis that grammars are mentally represented'. *Behavioral and Brain Sciences* 6. 3., 1983.

Dennett, D. 'Styles of mental representation'. *Proceedings of the Aristotelian Society*, 213~226, 1983.

Descartes, R., *The Philosophical Works of Descartes*, trans. E. S. Haldane and G. R. T. Ross. New York: Dover Publications Inc., 1955.

Devitt, Michael, and Sterelny, Kim, *Language and Reality. An Introduction to the Philosophy of Language.* Oxford: Blackwell, 1987.

Donnellan, Keith S., 'Reference and definite descriptions'. In *Philosophical Review* 75 (1966), 281~304 [Reprinted in Steinberg and Jacobovits 1971, Rosenberg and Travis 1971.]

Dowty, D. R. Wall, R. E., and Peters, S., *Introduction to Montague*

Semantics. Dordrecht: Reidel, 1981.

Dummet, Michael, *Frege: Philosophy of Language*. London: Duckworth, 1973.

—— 'What is a theory of meaning?'. In Guttenplan 1975: 97~138.

—— 'What is a theory of meaning?(II)'. In G. Evans and J. McDowell (eds.), *Truth and Meaning: Essays in Semantics*. Oxford: Clarendon Press, 67~137, 1976.

——*Elements of Intuitionism*. Oxford: Clarendon Press, 1977.

——*Truth and Other Enigmas*. Cambridge, Mass.: Harvard University Press, 1978.

—— 'Objections to Chomsky'. In *London Review of Books*, 3~16 September 1981. 〔Reprinted in *Noam Chomsky: Critical Assessments*, Vol. II, 391~398, edited by Carlos P. Otero.〕

—— 'Comments on Davidson and Hacking'. In E. Lepore, ed., *Truth and Interpretation*. Oxford: Blackwell, 1986.

——*The Sea of Language*. Oxford: Oxford University Press, 1993.

——*The Logical Basis of Metaphysics*. Cambridge: Harvard University Press, 1991.

—— 'Language and communication'. In Alexander George 1989.

Earman, John, ed., *Inference, Explanation and other Philosophical Frustrations*. Berkeley: University of California, 1992.

Emonds, J., *A Transformational Approach to Syntax*. New York: Academic Press, 1976.

Evans, Gareth, *The Varieties of Reference,* ed. by McDowell. Oxford:

Clarendon Press, 1982.

Fodor, Janet A., *Semantics: Theories of Meaning in Generative Linguistics*. New York: Thomas Y. Crowell, 1977.

Fodor, Jerry A., *The Language of Thought*. New York: Thomas Y. Crowell, 1975.

——*Representations: Philosophical Essays on the Foundations of Cognitive Science*. Cambridge, Mass.: Bradford Books / MIT Press, 1981.

——*The Modularity of Mind: An Essay on Faculty Psychology*. Cambridge, Mass.: Bradford Books / MIP Press, 1983.

—— 'Some notes on what linguistics is about'. In J. J. Katz, *The Philosophy of Linguistics* (see below), 146~60.

—— and Katz, J. J., *The Structure of Language: Readings in the Philosophy of Language*. Englewood Cliffs, N.J.: Prentice-Hall, 1964.

Frege, G., 'The thought'. *Mind* 65 (1956), 289~311.

——*Translations from the Philosophical Writings of Gottlob Frege*, 2nd edn. Corrected. Peter Geach and Max Black (eds.). Oxford: Blackwell, 1960.

——*Posthumous Writings*, trans. P. Long and R. White. Oxford: Blackwell, 1979.

Fries, Charles C., 'The Bloomfield "School"'. In *Trends in European and American Linguistics 1930~1960*. Utrecht: Spectrum, 1963.

Fromkin, Victoria & Rodman, R., *An Introduction to Language*. 4th edn., New York: Holt, Rinehart & Winston, 1988.

Geach, Peter, *Reference and Generality*. Ithaca, New York: Cornell University Press, 1962.

George, Alexander, *Reflections on Chomsky*. Oxford: Blackwell, 1989.

Gettier, Edmund, 'Is justified true belief knowledge?'. In *Analysis* 23 (1963): 121~123.

Gleitman, L., 'Maturational determinants of language growth'. *Cognition* 10 (1981).

Goldman, Alvin, 'A causal theory of knowing'. In *Journal of Philosophy* 64 (1967).

Goodman, Nelson, *The Structure of Appearance*. Cambridge, Mass.: Harvard University Press, 1951.

Graves, Christina, Jerrold J. Katz, et al. 'Tacit knowledge'. *Journal of Philosophy* 70 (1973).

Greenberg, Joseph, ed. *Universals of Language*. Cambridge, Mass.: MIT Press, 1963.

Greene, Judith, *Psycholinguistics: Chomsky and Psychology*. Harmondsworth, Middlesex and Baltimore: Penguin, 1972.

Grice, H. P., 'Meaning'. *Philosophical Review* 66 (1957), 377~88. 〔Reprinted in Rosenberg and Travis 1971.〕

—— 'Utterer's meaning, sentence meaning, and word meaning'. *Foundations of Language* 4 (1968), 225~42. 〔Reprinted in Searle 1971.〕

—— 'Utterer's meaning and intentions'. *Philosophical Review* 78

(1969), 147-77.

—— 'Logic and conversations'. In P. Cole and J. Morgan (eds.), *Syntax and Semantics*, Vol. 3.: *Speech Acts.* New York: Academic Press, 1975. [Reprinted in Davidson and Harman 1972.]

Gunderson, Keith (ed.), *Language, Mind and Knowledge.* Minneapolis, 1975.

Guttenplan, S. (ed.), *Mind and Language.* Oxford: Clarendon Press, 1975.

Haegeman,Liliane, Introduction to Government and Binding Theory. 2nd ed. Oxford: Blackwell,1994.

Halle, Morris, Horace Lunt, and Hugh Maclean, eds. *For Roman Jakobson.* The Hague: Mouton & Co., 1956.

Harman, Gilbert, 'Psychological aspects of the theory of syntax'. *Journal of Philosophy* 64 (1967), 75~87. [Reprinted in Rosenberg and Travis 1971.]

—— 'Three levels of meaning'. *Journal of Philosophy* 65 (1968), 590~602.

—— 'Linguistic competence and empiricism'. In Hook 1969, 143~51.

——*Thought.* Princeton: Princeton University Press, 1973.

—— (ed.) *On Noam Chomsky: Selected Essays.* New York: Doubleday, 1974.

Harris, Zellig S. *Methods in Structural Linguistics.* Chicago: University of Chicago Press, 1951.

—— 'Transformational theory'. *Language* 41 (1965), 363~401.

Hempel, C. G., 'Problems and changes in the empiricist criterion of meaning'. *Revue Internationale de Philosophie* 4 (1950), 41~63. 〔Reprinted in Linsky 1952.〕

—— 'The concept of cognitive significance: a reconsideration'. *Proceedings of the American Academy of Arts and Sciences* 80 (1951), 61~77.

—— 'Empiricist criteria of cognitive significance: problems and changes'. In *Aspects of Scientific Explanation*, ed. by Hempel, 101~122. New York: Free Press, 1965.

——*Philosophy of Natural Science*. Englewood Cliffs, N.J.: Prentice-Hall, 1966.

Herbert of Cherbury, *De Veritate*, 1624; trans. M. H. Carré, *University of Bristol Studies*, No. 6, 1937.

Hintikka, Jaakko, J. M. E. Moravcsik, and Patrick Suppes, eds., *Approaches to Natural Language*. Dordrecht: Reidel Publishing Co., 1973.

Hockett, Charles F., *The State of Art*. The Hague: Mouton, 1968.

——*A Manual of Phonology*. Baltimore: Waverly Press, 1955.

——*A Course in Modern Linguistics*. New York: Macmillan, 1958.

Hook, Sidney, (ed.) *Language and Philosophy*. New York: New York University Press, 1969.

Horrocks, Geoffrey, *Generative Grammar*. London and New York: Longman, 1987.

Horwich, P., 'Critical notice: *Saul Kripke: Wittgenstein on Rules and*

Private Language. 'Philosophy of Science 51 (1984).

Hume, David, *An Enquiry Concerning Human Understanding*, Austin, 1953.

——*A Treatise of Human Nature.* Oxford, 1978.

Humboldt, Wilhelm von, *Über die Verschiedenheit des menschlichen Sprachbaues,* 1836; facsimile ed., F. Dümmlers Verlag, Bonn, 1960.

Huang, C.-T. J., 'Logical relations in Chinese and the theory of grammar'. Ph. D. dissertation, MIT, 1982.

Hymes, Dell, 'Review of First Edition of Lyons' (Noam) *Chomsky,* in *Language* 48 (1972), 414~427. (Reprinted in Harman, *On Noam Chomsky.*)

——*Foundations in Sociolinguistics.* Philadelphia: University of Pennsylvania Press, 1974.

—— and Fought, J., 'American structuralism'. In T. A. Sebeok, ed., *Current Trends in Linguistics*, Vol. 13., The Hague, Mouton, pp. 901~1176.

Ishiguro, Hidé, *Leibniz's Philosophy of Logic and Language.* London: Duckworth, 1972.

Jackendoff, Ray S., 'Quantifiers in English'. In *Foundations of Language* 4 (1968): 422~442.

——'An interpretive theory of negation'. In *Foundations of Language* 5 (1969): 218~241.

——*Semantics and Cognition.* Cambridge: MIT Press, 1984.

Jespersen, O., *The Philosophy of Grammar.* George Allen & Unwin,

Ltd., London, 1924.

Jones, W. T., *The Classical Mind*. Harcourt, Brace & World, Inc., 1969.

Joos, M. (ed.), *Readings in Linguistics*, ACLS, Washington, 1957.

Kant, Immanuel, *Critique of Pure Reason,* trans. by Norman Kemp Smith. London: Macmillan, 1963. [1st German edn, 1781.]

——*Prolegomena to Any Future Metaphysics*, trans. Peter G. Lucas. Manchester: Manchester University Press, 1953. [1st German edn, 1783.]

Kasher, Asa, ed., *The Chomskyan Turn*. Oxford: Blackwell, 1991.

Katz, Jerrold J., 'Mentalism in linguistics'. In *Language* 40 (1964), 124~37.

——*Philosophy of Language*. Harper & Row, Publishers, Incoporated, 1965.

——*The Underlying Reality of Language and Its Philosophical Import*. New York: Harper and Row, 1971.

——*Semantic Theory*. New York: Harper and Row, 1972.

—— 'Logic and language: an examination of recent criticisms of intentionalism'. In Gunderson, Keith, (ed.) *Minnesota Studies in the Philosophy of Science,* Vol. VII: *Language, Mind and Knowledge*, Minneapolis, 1975.

—— 'The real status of semantic representations'. *Linguistic Inquiry* 8 (1977), 559~84.

——*Language and other Abstract Objects*. Oxford: Blackwell, 1981.

—— (ed.) *The Philosophy of Linguistics*. Oxford: Oxford University

Press, 1985.

—— and Fodor, Jerry A., 'The structure of a semantic theory'. *Language* 39 (1963), 170~210. [Reprinted in Fodor and Katz 1964 and in Rosenberg and Travis 1971.]

—— and Paul M. Postal, *An Integrated Theory of Linguistic Descriptions*. Cambridge, Mass.: MIT Press, 1964.

Kempson, Ruth, *Semantic Theory*. Cambridge: Cambridge University Press, 1977.

Koerner, Konrad & Tajima M., eds., *Noam Chomsky: A Personal Bibliography* 1951~1986. Amsterdam: John Benjamins, 1986.

Kornblith, Hilary, ed., *Naturalizing Epistemology*. Cambridge, Mass.: MIT Press, 1985.

Kripke, Saul A., 'A completeness theorem in modal logic'. *Journal of Symbolic Logic* 24 (1959), 1~14.

—— 'Semantical considerations on modal logic'. *Acta Philosophica Fennica* 16 (1962), 83~94. [Reprinted in Linsky 1971.]

—— 'Identity and necessity'. In Milton K. Munitz (ed.), *Identity and Individuation*. New York: New York University Press, 135~64. [Reprinted in Schwartz 1977.]

—— 'Speaker's reference and semantic reference.' In Peter A. French, Theodore E. Uehling Jr. and Howard K. Wettstein (eds), *Contemporary Perspectives in the Philosophy of Language*. Minneapolis: University Minnesota Press, 1979.

——*Naming and Necessity*. Cambridge, Mass.: Harvard University Press, 1980.

——*Wittgenstein on Rules and Private Language.* Cambridge: Harvard University Press, 1982.

Lakoff, George, 'On generative semantics'. In Steinberg and Jacoboribs 1971, 232~96.

Lasnik, H., 'Remarks on co-reference'. *Linguistic Analysis* 2. 1, 1976.

——'On two recent treatments of disjoint reference'. *Journal of Linguistic Research* 1. 4, 1982.

——and Saito, M., 'On the nature of proper government'. *Linguistic Inquiry* 15. 2, 1984.

Lees, Robert B., 'Review of Chomsky, *Syntactic Structures*', in *Language* 33 (1957), 375~407. 〔Reprinted in Harman, *On Noam Chomsky.*〕

Lenneberg, E. H., 'Cognition in ethnolinguistics'. In *Language* 29 (1953), 463~71.

——'The capacity for language aquisition'. In Fodor and Katz 1964, 579~603.

——*Biological Foundations of Language.* New York: John Wiley & Sons, 1967.

Lewis, David K., *Convention: A Philosophical Study.* Cambridge, Mass.: Harvard University Press, 1969.

——*Counterfactuals.* Oxford: Basil Blackwell, 1973.

——*Philosophical Papers*, Vol. I. Oxford: Oxford University Press, 1983.

——*On the Plurality of Worlds.* Oxford: Basil Blackwell, 1986.

Linsky, Leonard (ed.), *Semantics and the Philosophy of Language*. Urbana: University of Illinois Press, 1952.

—— (ed.) *Reference and Modality*. Oxford: Oxford University Press, 1971.

——*Names and Descriptions*. Chicago: Chicago University Press, 1977.

Locke, John, *An Essay Concerning Human Understanding*. New York: Dover Publications, Inc., 1959.

Lovejoy, Arthur O. 'Kant and the English Platonists'. In *Essays Philosophical and Psychological, in Honour of William James*. New York: Longmans, Green & Co., 1908.

Lyons, John, *Language and Linguistics*. Cambridge, New York, etc.: Cambridge University Press, 1981.

——*Language, Meaning and Context*. 2nd edn, London, New York, etc.: Cambridge University Press, 1992.

——*Chomsky*. Third edition. London: Fontana Press, 1991.

Matthews, Peter H., 'Review of Chomsky, *Aspects of the Theory of Syntax*'. In *Journal of Linguistics* 3 (1967), 119~152.

——*Generative Grammar and Linguistic Competence*. London: Allen & Unwin, 1979.

—— 'Language as a mental faculty: Chomsky's progress'. In N. E. Collinge ed., *An Encyclopaedia of Language*, London & New York: Routledge, 1990, pp. 112~38.

Modgil, S. and Modgil, C. (eds.), *Noam Chomsky: Consensus and Controversy*. Barcombe, Sussex: Falmer Press, 1987.

Montague, R. E., *Formal Philosophy.* ed. by R. H. Thomason. New Haven: Yale University Press, 1974.

Morgenbesser, Sidney, Patrick Suppes, and M. White, (eds.), *Philosophy, Science, and Method: Essays in Honor of Ernest Nagel.* New York: St. Martin's Press, 1969.

Morris, Charles, *Signs, Language, and Behavior. New Jersey:* Englewood Cliffs, 1946.

Munn, Norman L., *The Evolution of the Human Mind.* Boston: Houghton Mifflin Co., 1971.

Nagel, Ernst, *The Structure of Science.* London: Routledge and Kegan Paul, 1961.

Nagel, Thomas, 'Linguistics and epistemology'. In Hook 1969. [Reprinted in Harman 1974.]

Newmeyer, Frederick, J. (ed.), *Linguistic Theory in America: The First Quarter Century of Transformational Grammar.* New York Academic Press, 1980.

——*Grammatical Theory.* Chicago; University of Chicago Press, 1983.

—— (ed.), *Linguistics: The Cambridge Survey, 4 vols.* Cambridge: Cambridge University Press, 1988.

Ney, J., 'Review of Chomsky (1982)'. *Language Sciences* 5. 2. (1983).

Otero, Carlos P. (ed.), *Noam Chomsky: Critical Assessments.* London, New York, etc., 1994.

Passmore, John, *A Hundred Years of Philosophy.* 2nd edn. London:

Penguin Books, 1966. [1st edn, 1957.]

Peirce, Charles Sanders, 'The logic of abduction'. In Vincent Tomas, ed., *Peirce's Essays in the Philosophy of Science*. New York: Liberal Arts Press, 1957.

Piattelli-Palmarini, M. (ed.), *Language and Learning: the Debate between Jean Piaget and Noam Chomsky*. Cambridge, Mass.: Harvard University Press, 1980.

Plantinga, Alvin, *The Nature of Necessity*. Oxford: Oxford University Press, 1974.

Plato, *The Dialogues of Plato*. trans. by B. Jowett. New York: Random House, 1937.

Putnam, Hilary, 'The "innateness hypothesis" and explanatory models in linguistics'. *Synthese* 17 (1967), 12~22. [Reprinted in Searle 1971.]

—— 'The meaning of "meaning"'. In Gunderson 1975.

—— 'Meaning and reference'. *Journa of Philosophy* 70 (1973), 699~711.

——*Mind, Language and Reality: Philosophical Papers*, Vol. 2. Cambridge: Cambridge University Press, 1975.

——*Meaning and Moral Sciences*. London: Routledge and Kegan Paul, 1978.

——*Reason, Truth and History*. Cambridge: Cambridge University Press, 1981.

——*Representation and Reality*. Cambridge, Mass.: MIT Press, 1988.

Pylyshyn, Z, *Computation and Cognition*. Cambridge, Mass.: MIT Press, 1984.

Quine, W. V., *Word and Object*. Cambridge, Mass.: MIT Press, 1960.

——*From a Logical Point of View*, 2nd edn. Cambridge Mass.: Harvard University Press, 1980.

——*The Ways of Paradox and Other Essays*. New York: Random House, 1966.

——*Ontological Relativity and Other Essays*. New York: Columbia University Press, 1969.

——*Philosophy of Logic*. Englewood Cliffs, New Jersey: Prentice-Hall, 1970.

—— 'The inscrutability of reference'. *Journal of Philosophy* 65 (1968), 185~212.

—— 'Reply to Chomsky'. In Davidson and Hintikka 1969.

—— 'Linguistics and philosophy'. In Hook 1969.

—— 'Methodological reflections on current linguistic theory'. In Harman and Davidson 1972.

——*The Roots of Reference*. La Salle, Ill.: Open Court Publishing Co., 1974.

—— 'Structure and nature'. *Journal of Philosophy* 89 (1992), 5~9.

—— 'Mind and verbal dispositions'. In Samuel Guttenplan 1975.

Radford, Andrew, *Transformational Grammar: A First Course*. Cambridge: Cambridge University Press, 1988.

Rieber, Robert W. (ed.), *Dialogues on the Psychology of Language and*

Thought. Conversations with Noam Chomsky, Charles Osgood, Jean Piaget, Ulric Neisser, and Marcel Kinsbourne. New York: Plenum Press, 1983.

Rizzi, L., *Issues in Italian Syntax*. Dordrecht: Foris, 1982.

Robins, Robert H., *A Short History of Linguistics*. 2nd edn. London: Longman, 1979.

Rorty, R. (ed.), *The Linguistic Turn*. Chicago: Chicago University Press, 1967.

Rosenberg, J. F. and Travis, C. (eds.), *Readings in the Philosophy of Language*. Englewood Cliffs, New Jersey: Prentice-Hall, 1971.

Ross, John, 'Constraints on variables in syntax'. Ph. D. dissertation, MIT, 1967.

Russell, Bertrand, *Human Knowledge: Its Scope and Limits*. New York: Simon & Schuster, 1948.

——*Logic and Knowledge*. ed. R. C. Marsh. London: George Allen and Unwin, 1956.

Ryle, Gilbert, *The Concept of Mind*. London: Hutchinson, 1949.

——*On Thinking*. Oxford: Basil Blackwell, 1979.

Salkie, Raphael, *The Chomsky Update: Linguistics and Politics*. London: Unwin Hyman, 1990.

Sapir, E. *Language*. New York: Harcourt, Brace, 1921.

Saussure, Ferdinand de, *Course in General Linguistics*. eds. Charles Bally and Albert Sechehaye, trans. Wade Baskin. New York: McGraw-Hill Book Co., 1966. [1st French edn, 1916.]

Schiffer, Stephen, *Meaning*. London: Oxford University Press,

1972.

Schlick, Moritz, *Allgemeine Erkenntnislehre*, second edition (revised). Berlin, 1925.

——*Philosophical Papers* I, 1909~1922, Vienna Circle Collection 11, I. edited by Henk L. Mulder and Barbara F. B. van de Velde Schlick, Dordrecht and Boston, 1978.

——*Philosophical Papers II*, 1925~1936, Vienna Circle Collections 11, II, edited by Henk L. Mulder and Barbara F. B. Van de Velde Schlick, Dordrecht and Boston, 1979.

——*Philosophy of Nature*, New York, 1949.

Searle, John, *Speech Acts*. Cambridge: Cambridge University Press, 1969.

——(ed.) *The Philosophy of Language*. London: Oxford University Press, 1971.

——'Chomsky's revolution in linguistics'. *New York Review of Books* 18 (1972), 16~24. [Reprinted in Harman 1974: 2~33.]

——*Intentionality: An Essay in the Philosophy of Mind*. Cambridge: Cambridge University Press, 1983.

Skinner, B. F., *Verbal Behaviour*. New York: Appleton-Century-Crofts, 1957.

——*Beyond Freedom and Dignity*. Harmondsworth, Middlesex: Penguin, 1973.

Smith, Neil V. and Wilson, Deirdre, *Modern Linguistics: The Results of Chomsky's Revolution*. Harmondsworth, Middlesex: Penguin, 1979.

Steinberg, Danny D. and Jacobovits, Leon A. (eds.), *Semantics: An Interdisciplinary Reader in Philosophy, Linguistics and Psychology*. Cambridge: Cambridge University Press, 1971.

Stich, Stephen P. (ed.), *Innate Ideas*. Berkeley: University of California Press, 1975.

—— 'Empiricism, innateness, and linguistic universals'. *Philosophical Studies* 33 (1978).

——*From Folk Psychology to Cognitive Science*. Cambridge, Mass.: MIT Press, 1983.

Strawson, P. F., 'On referring'. *Mind* 59 (1950), 320~44. 〔Reprinted in Rosenberg and Travis 1971.〕

——*Meaning and Truth*. Inaugural Lecture, University of Oxford, November 5, 1969, London: Oxford University Press, 1970.

—— 'Grammar and philosophy'. In Harman and Davidson 1972.

Suppes, Patrick, 'Stimulus-response theory of finite automata'. *Journal of Mathematical Psychology* 6 (1969): 327~55.

—— 'Semantics of natural language'. In Hintikka, Moravcsik, and Suppes 1973.

Swadesh, Morris, 'The phonemic principle'. *Language* 10 (1934): 117~29.

Tarski, Alfred, *Logic, Semantics, Metamathematics*, trans. J. H. Woodger. Oxford: Clarendon Press, 1956.

Thilly, Frank, *A History of Philosophy*. New York: Henry Holt & Co., 1929.

Urmson, J. O. and G. J. Warnock, (eds.), *J. L. Austin: Philosophical*

Papers. London: Oxford University Press, 1967.

Vendler, Zeno, *Linguistics in Philosophy*. New York: Cornell, 1967.

Warnock, G. J., *English Philosophy Since 1900*. London: Oxford University Press, 1958.

Watson, J. B., 'Psychology as the behaviorist views it'. *Psychological Review* 20 (1913).

——*Behavior: An Introduction to Comparative Psychology*. New York: Henry Holt, 1914.

——*Psychology from the Standpoint of a Behaviorist*. Philadelphia: Lippincott, 1919; 2nd ed., 1924.

——*Behaviorism*. New York: Norton, 1925; 2nd ed., 1930.

Wells, Rulon, 'Immediate constituents'. *Language* 23 (1947): 81～117. 〔Reprinted in Joos 1957.〕

Weiss, A. P., *A Theoretical Basis of Human Behavior*. 1st ed., 1925; 2nd ed., 1929.

Whorf. B. L., *Language, Thought, and Reality*. New York: Wiley, 1956.

Whitney, W. D., 'Steinthal and the Psychological theory of language'. *North American Review* 114, 1872. 〔Reprinted in *Oriental and Linguistic Studies*, Scribner, Armstrong and Co., New York, 1874.〕

Wittgenstein, Ludwig, *Tractatus Logico-philosophicus*. In *Ludwig Wittgenstein. Werkausgabe in 8 Bänden,* Band 1. Suhrkamp, 1984.

——*Blue and Brown Books*. New York: Harper & Row, 1958.

——*Philosophische Untersuchungen*, herausgegeben von G. E. M. Anscombe, G. H. von Wright, Rush Rhees. In *Ludwig Wittgenstein. Werkausgabe in 8 Bänden*, Band 1. Suhrkamp, 1984.

——*Philosophische Grammatik.* In *Ludwig Wittgenstein. Werkausgabe in 8 Bänden*, Band 4. Suhrkamp, 1984.

——*Bemerkungen über die Grundlagen der Mathematik*, herausgegeben von G. E. M. Anscombe, Rush Rhees, G. H. von Wright. In *Ludwig Wittgenstein. Werkausgabe in 8 Bänden*, Band 6. Suhrkamp, 1984.

——*On Certainty (Über Gewissenheit),* ed. by G. E. M. Anscombe and G. H. von Wright. Oxford, 1979.

Ziff, Paul, 'On H. P. Grice's account of meaning'. *Analysis* 28 (1967): 1~18.

三、中文書目

萊布尼茨： 《人類理智新論》，陳修齋譯，北京：商務印書館，1982。

康　德： 《未來形而上學導論》，龐景仁譯，北京：商務印書館，1982。

布隆菲爾德： 《語言論》，趙世開等譯，北京：商務印書館，1980。

墨菲、柯瓦奇：《近代心理學歷史導引》，林方、王景和譯，北京：商務印書館，1987。

洪謙等編譯： 《古希臘羅馬哲學》，北京：商務印書館，1982。

洪謙（主編）：　《邏輯經驗主義》（上、下卷），北京：商務印
　　　　　　　　書館，1982。

洪　　謙：　　《邏輯經驗主義論文集》，臺北：遠流出版公司，
　　　　　　　　1990。

汪子嵩（合著）：《希臘哲學史》（第1，2卷），北京：人民出
　　　　　　　　版社，1988, 1993。

徐烈炯（編著）：《生成語法理論》，上海：外語教育出版社，
　　　　　　　　1988。

韓　林　合：　《維特根斯坦哲學之路》，臺灣：仰哲，1994。

韓　林　合：　《石里克》，臺灣：東大圖書公司，1995。

人名索引

名詞索引

世界哲學家叢書（一）

書　　　　名	作　　者	出　版　狀　況
孔　　　　子	韋　政　通	排　　印　　中
孟　　　　子	黃　俊　傑	已　　出　　版
荀　　　　子	趙　士　林	撰　　稿　　中
老　　　　子	劉　笑　敢	撰　　稿　　中
莊　　　　子	吳　光　明	已　　出　　版
墨　　　　子	王　讚　源	排　　印　　中
公　孫　龍　子	馮　耀　明	撰　　稿　　中
韓　　非　　子	李　甦　平	撰　　稿　　中
淮　　南　　子	李　　　增	已　　出　　版
董　　仲　　舒	韋　政　通	已　　出　　版
揚　　　　雄	陳　福　濱	已　　出　　版
王　　　　充	林　麗　雪	已　　出　　版
王　　　　弼	林　麗　真	已　　出　　版
郭　　　　象	湯　一　介	撰　　稿　　中
阮　　　　籍	辛　　旗	已　　出　　版
嵇　　　　康	莊　萬　壽	撰　　稿　　中
劉　　　　勰	劉　綱　紀	已　　出　　版
周　　敦　　頤	陳　郁　夫	已　　出　　版
邵　　　　雍	趙　玲　玲	撰　　稿　　中
張　　　　載	黃　秀　璣	已　　出　　版
李　　　　覯	謝　善　元	已　　出　　版
楊　　　　簡	鄭　曉　江　貴 李　承　貴　蓀	排　　印　　中
王　　安　　石	王　明　蓀	已　　出　　版
程　顥　、　程　頤	李　日　章	已　　出　　版
胡　　　　宏	王　立　新	已　　出　　版

世界哲學家叢書（二）

書　　　　名	作　　者	出　版　狀　況
朱　　　　熹	陳　榮　捷	已　　出　　版
陸　　象　　山	曾　春　海	已　　出　　版
陳　　白　　沙	姜　允　明	撰　　稿　　中
王　　廷　　相	葛　榮　晉	已　　出　　版
王　　陽　　明	秦　家　懿	已　　出　　版
李　　卓　　吾	劉　季　倫	撰　　稿　　中
方　　以　　智	劉　君　燦	已　　出　　版
朱　　舜　　水	李　甦　平	已　　出　　版
王　　船　　山	張　立　文	撰　　稿　　中
真　　德　　秀	朱　榮　貴	撰　　稿　　中
劉　　蕺　　山	張　永　儁	撰　　稿　　中
黃　　宗　　羲	吳　　　光	撰　　稿　　中
顧　　炎　　武	葛　榮　晉	撰　　稿　　中
顏　　　　元	楊　慧　傑	撰　　稿　　中
戴　　　　震	張　立　文	已　　出　　版
竺　　道　　生	陳　沛　然	已　　出　　版
真　　　　諦	孫　富　支	撰　　稿　　中
慧　　　　遠	區　結　成	已　　出　　版
僧　　　　肇	李　潤　生	已　　出　　版
智　　　　顗	霍　韜　晦	撰　　稿　　中
吉　　　　藏	楊　惠　南	已　　出　　版
玄　　　　奘	馬　少　雄	撰　　稿　　中
法　　　　藏	方　立　天	已　　出　　版
惠　　　　能	楊　惠　南	已　　出　　版
澄　　　　觀	方　立　天	撰　　稿　　中

世界哲學家叢書 (三)

書名	作者	出版狀況
宗密	冉雲華	已出版
永明延壽	冉雲華	撰稿中
湛然	賴永海	已出版
知禮	釋慧岳	已出版
大慧宗杲	林義正	撰稿中
袾宏	于君方	撰稿中
憨山德清	江燦騰	撰稿中
智旭	熊琬	撰稿中
嚴復	王中江	撰稿中
康有為	汪榮祖	撰稿中
譚嗣同	包遵信	撰稿中
章太炎	姜義華	已出版
熊十力	景海峰	已出版
梁漱溟	王宗昱	已出版
胡適	耿雲志	撰稿中
殷海光	章清	排印中
金岳霖	胡軍	已出版
張東蓀	張耀南	撰稿中
馮友蘭	殷鼎	已出版
唐君毅	劉國強	撰稿中
牟宗三	鄭家棟	撰稿中
宗白華	葉朗	撰稿中
湯用彤	孫尚揚	已出版
賀麟	張學智	已出版
印順	林朝成 陳水淵	撰稿中

世界哲學家叢書（四）

書　　　　　名	作　　者	出　版　狀　況
龍　　　　　樹	萬　金　川	撰　稿　中
世　　　　　親	釋　依　昱	撰　稿　中
商　羯　羅	江　亦　麗	排　印　中
維　韋　卡　南　達	馬　小　鶴	撰　稿　中
泰　戈　爾	宮　　靜	已　出　版
奧羅賓多・高士	朱　明　忠	已　出　版
甘　　　　　地	馬　小　鶴	已　出　版
尼　赫　魯	朱　明　忠	撰　稿　中
拉　達　克　里　希　南	宮　　靜	已　出　版
元　　　　　曉	李　箕　永	撰　稿　中
休　　　　　靜	金　煐　泰	撰　稿　中
知　　　　　訥	韓　基　斗	撰　稿　中
李　栗　谷	宋　錫　球	已　出　版
李　退　溪	尹　絲　淳	撰　稿　中
空　　　　　海	魏　常　海	已　出　版
道　　　　　元	傅　偉　勳	已　出　版
伊　藤　仁　齋	田　原　剛	撰　稿　中
山　鹿　素　行	劉　梅　琴	已　出　版
山　崎　闇　齋	岡　田　武　彥	已　出　版
三　宅　尚　齋	海老田輝巳	已　出　版
中　江　藤　樹	木　村　光　德	撰　稿　中
貝　原　益　軒	岡　田　武　彥	已　出　版
荻　生　徂　徠	劉　梅　琴	撰　稿　中
安　藤　昌　益	王　守　華	撰　稿　中
富　永　仲　基	陶　德　民	撰　稿　中

世界哲學家叢書（五）

書　　　　　名	作　　　者	出　版　狀　況
石　田　梅　岩	李　甦　平	撰　　稿　　中
楠　本　端　山	岡田武彦	已　　出　　版
吉　田　松　陰	山口宗之	已　　出　　版
福　澤　諭　吉	卞　崇　道	撰　　稿　　中
岡　倉　天　心	魏　常　海	撰　　稿　　中
中　江　兆　民	畢　小　輝	撰　　稿　　中
西　田　幾　多　郎	廖　仁　義	撰　　稿　　中
和　辻　哲　郎	王　中　田	撰　　稿　　中
三　木　清	卞　崇　道	撰　　稿　　中
柳　田　謙　十　郎	趙　乃　章	撰　　稿　　中
柏　拉　圖	傅　佩　榮	撰　　稿　　中
亞　里　斯　多　德	曾　仰　如	已　　出　　版
伊　壁　鳩　魯	楊　　適	排　　印　　中
愛　比　克　泰　德	楊　　適	撰　　稿　　中
柏　羅　丁	趙　敦　華	撰　　稿　　中
聖　奧　古　斯　丁	黃　維　潤	撰　　稿　　中
安　瑟　倫	趙　敦　華	撰　　稿　　中
安　薩　里	華　　濤	撰　　稿　　中
伊本・赫勒敦	馬　小　鶴	已　　出　　版
聖　多　瑪　斯	黃　美　貞	撰　　稿　　中
尼古拉・庫薩	李　秋　零	排　　印　　中
笛　卡　兒	孫　振　青	已　　出　　版
蒙　田	郭　宏　安	撰　　稿　　中
斯　賓　諾　莎	洪　漢　鼎	已　　出　　版
萊　布　尼　茨	陳　修　齋	已　　出　　版

世界哲學家叢書 (六)

書　　　　　名	作　　　者	出　版　狀　況
牛　　　　　頓	吳　以　義	撰　稿　中
培　　　　　根	余　麗　嫦	撰　稿　中
托馬斯・霍布斯	余　麗　嫦	已　出　版
洛　　　　　克	謝　啓　武	排　印　中
巴　克　萊	蔡　信　安	已　出　版
休　　　　　謨	李　瑞　全	已　出　版
托馬斯・銳德	倪　培　民	排　印　中
梅　里　葉	李　鳳　鳴	撰　稿　中
狄　德　羅	李　鳳　鳴	撰　稿　中
伏　爾　泰	李　鳳　鳴	已　出　版
孟　德　斯　鳩	侯　鴻　勳	已　出　版
盧　　　　　梭	江　金　太	撰　稿　中
帕　斯　卡	吳　國　盛	撰　稿　中
達　爾　文	王　道　遠	撰　稿　中
施萊爾馬赫	鄧　安　慶	撰　稿　中
康　　　　　德	關　子　尹	撰　稿　中
費　希　特	洪　漢　鼎	已　出　版
謝　　　　　林	鄧　安　慶	已　出　版
黑　格　爾	徐　文　瑞	撰　稿　中
叔　本　華	鄧　安　慶	撰　稿　中
祁　克　果	陳　俊　輝	已　出　版
尼　　　　　采	商　戈　令	撰　稿　中
彭　加　勒	李　醒　民	已　出　版
馬　　　　　赫	李　醒　民	已　出　版
迪　　　　　昂	李　醒　民	排　印　中

世界哲學家叢書（七）

書　　　　　名	作　　者	出　版　狀　況
費　爾　巴　哈	周　文　彬	撰　　稿　　中
恩　　格　　斯	李　步　樓	排　　印　　中
馬　　克　　斯	洪　鎌　德	撰　　稿　　中
普　列　哈　諾　夫	武　雅　琴	撰　　稿　　中
約　翰　彌　爾	張　明　貴	已　　出　　版
狄　　爾　　泰	張　旺　山	已　　出　　版
弗　洛　伊　德	陳　小　文	已　　出　　版
阿　　德　　勒	韓　水　法	撰　　稿　　中
史　賓　格　勒	商　戈　令	已　　出　　版
布　倫　坦　諾	李　　河	撰　　稿　　中
韋　　　　伯	韓　水　法	撰　　稿　　中
卡　　西　　勒	江　日　新	撰　　稿　　中
沙　　　特	杜　小　真	撰　　稿　　中
雅　斯　培	黃　　藿	已　　出　　版
胡　　塞　　爾	蔡　美　麗	已　　出　　版
馬克斯·謝勒	江　日　新	已　　出　　版
海　　德　　格	項　退　結	已　　出　　版
阿　　倫　　特	尚　新　建	撰　　稿　　中
高　　達　　美	嚴　　平	排　　印　　中
漢　娜　鄂　蘭	蔡　英　文	撰　　稿　　中
盧　　卡　　契	謝　勝　義	撰　　稿　　中
阿　多　爾　諾	章　國　鋒	撰　　稿　　中
馬　爾　庫　斯	鄭　　湧	撰　　稿　　中
弗　　洛　　姆	姚　介　厚	撰　　稿　　中
哈　伯　馬　斯	李　英　明	已　　出　　版

世界哲學家叢書（八）

書　　　　名	作　　者	出　版　狀　況
榮　　　　　格	劉　耀　中	已　　出　　版
柏　　格　　森	尚　建　新	撰　　稿　　中
皮　　亞　　傑	杜　麗　燕	已　　出　　版
別　爾　嘉　耶　夫	雷　永　生	撰　　稿　　中
索　洛　維　約　夫	徐　鳳　林	已　　出　　版
馬　　賽　　爾	陸　達　誠	已　　出　　版
梅　露　‧　彭　迪	岑　溢　成	撰　　稿　　中
阿　爾　都　塞	徐　崇　溫	撰　　稿　　中
葛　　蘭　　西	李　超　杰	撰　　稿　　中
列　　維　　納	葉　秀　山	撰　　稿　　中
德　　希　　達	張　正　平	撰　　稿　　中
呂　　格　　爾	沈　清　松	撰　　稿　　中
富　　　　　科	于　奇　智	撰　　稿　　中
克　　羅　　齊	劉　綱　紀	撰　　稿　　中
布　拉　德　雷	張　家　龍	撰　　稿　　中
懷　　特　　海	陳　奎　德	已　　出　　版
愛　因　斯　坦	李　醒　民	撰　　稿　　中
玻　　　　　爾	戈　　　革	已　　出　　版
卡　　納　　普	林　正　弘	撰　　稿　　中
卡　爾　‧　巴　柏	莊　文　瑞	撰　　稿　　中
坎　　培　　爾	冀　建　中	撰　　稿　　中
羅　　　　　素	陳　奇　偉	撰　　稿　　中
穆　　　　　爾	楊　樹　同	撰　　稿　　中
弗　　雷　　格	王　　　路	已　　出　　版
石　　里　　克	韓　林　合	已　　出　　版

世界哲學家叢書（九）

書　　　　　名	作　　者	出　版　狀　況
維　根　斯　坦	范　光　棣	已　　出　　版
艾　　耶　　爾	張　家　龍	已　　出　　版
賴　　　　　爾	劉　建　榮	撰　　稿　　中
奧　　斯　　丁	劉　福　增	已　　出　　版
史　　陶　　生	謝　仲　明	撰　　稿　　中
馮　‧　賴　特	陳　　　波	撰　　稿　　中
帕　爾　費　特	戴　　　華	撰　　稿　　中
梭　　　　　羅	張　祥　龍	撰　　稿　　中
愛　　默　　生	陳　　　波	撰　　稿　　中
魯　　一　　士	黃　秀　璣	已　　出　　版
珀　　爾　　斯	朱　建　民	撰　　稿　　中
詹　　姆　　斯	朱　建　民	撰　　稿　　中
杜　　　　　威	葉　新　雲	撰　　稿　　中
蒯　　　　　因	陳　　　波	已　　出　　版
帕　　特　　南	張　尚　水	撰　　稿　　中
庫　　　　　恩	吳　以　義	排　　印　　中
費　耶　若　本	苑　舉　正	撰　　稿　　中
拉　卡　托　斯	胡　新　和	撰　　稿　　中
洛　　爾　　斯	石　元　康	已　　出　　版
諾　　錫　　克	石　元　康	撰　　稿　　中
海　　耶　　克	陳　奎　德	撰　　稿　　中
羅　　　　　蒂	范　　　進	撰　　稿　　中
喬　姆　斯　基	韓　林　合	已　　出　　版
馬　克　弗　森	許　國　賢	已　　出　　版
希　　　　　克	劉　若　韶	撰　　稿　　中

世界哲學家叢書 (十)

書　　　　　名	作　　者	出 版 狀 況
尼　布　爾	卓　新　平	已　出　版
默　　　　燈	李　紹　崑	撰　稿　中
馬丁・布伯	張　賢　勇	撰　稿　中
蒂　里　希	何　光　滬	撰　稿　中
德　日　進	陳　澤　民	撰　稿　中
朋　諤　斐　爾	卓　新　平	撰　稿　中